ULLSTEIN

Das Buch

Erwachsenwerden ist schon verdammt kompliziert. Der 16-jährige Allen Mockery kann ein Lied davon singen. Gerade ist er durch die Fahrprüfung gefallen, und seine beste Freundin Peggy spricht von nichts anderem als ihre heißersehnte Brustverkleinerungs-Operation. Allens kleine Schwester Molly ist Nudistin, seine Zwillingsschwester Echo trägt ausschließlich existentialistisches Schwarz und sein Bruder Krieg ist ein Krimineller. Und dann ist da noch Onkel Bobbo, der versucht, sie alle irgendwie ins Erwachsenenleben zu bugsieren. Bis eines Tages in Allens High School eine furchtbare Katastrophe passiert.
»Jemand musste dieses Buch schreiben: Es ist smart, altklug und witzig.«
The Seattle Times

Der Autor

Adam Cadre hat mit *Alles klar?* begonnen, als er noch auf eine kalifornische High School ging, nicht ahnend, dass er 40 Prozent seines Lebens daran schreiben sollte. Heute ist er 27, lebt im Nordwesten der USA, programmiert Computerspiele und spielt in einer Rockband.

Adam Cadre

Alles klar?

Roman

Aus dem Englischen
von Stefanie Mierswa

Ullstein

Ullstein Taschenbuchverlag
Der Ullstein Taschenbuchverlag ist ein Unternehmen der
Econ Ullstein List Verlag GmbH & Co. KG, München
Deutsche Erstausgabe
1. Auflage 2002

Published in agreement with the author,
c/o Baror International, Inc., Armonk, New York, USA
Titel der amerikanischen Originalausgabe: *Ready, Okay!*
(HarperCollins Publishers Inc., New York)
Übersetzung: Stefanie Mierswa
Redaktion: Maria Buchwald
Umschlaggestaltung: Cordula Schmidt, Hamburg
Titelabbildung: Bavaria
Gesetzt aus der Bembo, Linotype
Satz: KompetenzCenter, Düsseldorf
Druck und Bindearbeiten: Clausen & Bosse, Leck
Printed in Germany
ISBN 3-548-25404-7

Für meine Schwester

Eins

An meinem sechzehnten Geburtstag ahnte ich noch nicht, dass vier Monate später fast alle Menschen, die mir etwas bedeuteten, tot sein würden. Unbelastet von diesem Vorwissen ging ich fröhlich und unbekümmert zum Straßenverkehrsamt runter und fiel durch meine Fahrprüfung.

»Schade eigentlich«, lautete Peggys Kommentar, als ich es ihr erzählte. Obwohl Peggy nun schon seit fast zehn Jahren meine allerbeste Freundin auf der ganzen weiten Welt war, schien das Ausmaß der Tragödie, die mir widerfahren war, ihrer Aufmerksamkeit zu entgehen. »Du kannst sie doch in zwei Wochen wiederholen, oder?«

»Ich glaube schon«, antwortete ich und sah zu, wie sie sich mit der Fernbedienung in der Plastikhülle durch die Kanäle zappte. Die Fernbedienung steckte deshalb in der Plastikhülle, damit sie nicht schmutzig wurde. Die Sofas, auf denen wir saßen, waren ebenfalls mit Plastik abgedeckt. Irgendwann hatte Peggy auch mal den Fernseher abdecken wollen, aber nachdem sie es ein paar Minuten lang ausprobiert hatten, hatte der Rest der Familie entschieden, dass es wichtiger sei, das Bild zu erkennen, als Fingerabdrücke auf der Mattscheibe zu vermeiden.

»Na, siehst du«, sagte Peggy. »Zwei Wochen. Ich dagegen muss ein ganzes Jahr warten.«

Natürlich hatte Peggy schon längst ihren Führerschein. Das, worauf sie so lange warten musste, war die Brustverkleinerungsoperation, mit der sie es schon seit einigen Jahren hatte. Zumindest *redete* sie schon seit einigen Jahren davon und kam dann jedes Mal zu dem

Schluss: »Natürlich könnte ich es nicht wirklich durchziehen – so hat Gott mich nun mal geschaffen und fertig.« Aber in letzter Zeit hatte sie ernsthaft den Entschluss gefasst, sich an den Dingern herumschnippeln zu lassen. Sie war deswegen sogar in der Woche zuvor an ihrem siebzehnten Geburtstag zum Arzt gegangen, nur um sich anhören zu müssen, dass das Problem für solch drastische Maßnahmen nicht schwer wiegend genug sei und sie bis zu ihrem achtzehnten Geburtstag warten solle. Sie ging sofort nach Hause und kreiste ihren achtzehnten Geburtstag im Kalender ein.

Ein Bild sagt so viel wie 384 Worte oder so

Es heißt ja, ein Bild sage so viel wie tausend Worte, dabei könnte man tausend ganze Seiten über jemanden lesen und denjenigen trotzdem nicht so gut wiedererkennen wie jemand, der nur eine halbe Sekunde lang ein Bild dieser Person gesehen hat. Da sich jedoch das einzige noch existierende Bild von Peggy Tausende von Kilometern entfernt in Illinois befindet und mir wirklich lieber ist, dass ihr nicht als einziges körperliches Merkmal ihre – zugegebenermaßen beeindruckende – Oberweite mit ihr verbindet, beschreibe ich sie besser, bevor ich es vergesse.

Peggys Augen waren offiziell blau. Das stand jedenfalls in ihrem Führerschein, den sie übrigens, anders als zum Beispiel ich, gleich beim ersten Versuch bekommen hatte. Aber man musste sie nur eine Sekunde lang anschauen, um zu merken, dass sie nur am äußeren Rand blau, um die Pupillen herum jedoch unverkennbar braun waren. Dazwischen vermischten sich die beiden Farben zu einem goldenen splitterartigen Sternmuster. Aber das kann man wahrscheinlich nicht alles in den Führerschein schreiben.

Mit sieben hatte Peggy ziemlich rötliches Haar. Wie bei vielen Leuten verdunkelte es sich jedoch ein paar Jahre später zu einem unspektakulären Braun. Wie bei ganz wenigen Leuten wurde es wieder ein paar Jahre später bereits langsam grau. Mit dreizehn oder so hatte ihr Haar so viele graue Strähnen, dass es ihren Klassenkameraden auffiel, doch sie weigerte sich, es zu färben: »So hat Gott mich geschaffen und fertig.«

Aus irgendeinem Grund galt dieser Grundsatz nicht für ihre Sommersprossen. Peggys Wangen waren mit reichlich Sommersprossen übersät, was ihr eigentlich ganz gut stand, doch sie hasste sie. Mit acht versuchte sie, sie loszuwerden, indem sie sich die Wangen mit Zitronensaft abrieb. Als das nicht funktionierte, probierte sie es mit Tabascosoße. Bevor sie mit Salzsäure weitermachte, konnten wir sie zum Glück aufhalten.

Peggys Zähne waren vollkommen normal, aber davon ließ sie sich nicht überzeugen. In der zweiten Klasse bekam sie eine Spange, die sie bis zur zehnten trug. Dieses Ding hatte zwar keine Ähnlichkeit mit den Metallungeheuern vergangener Jahrzehnte, als man noch aussah, als hätte man den Mund voller Stacheldraht – sie war durchsichtig und praktisch unsichtbar. Dennoch gewöhnte Peggy es sich an, nie die Zähne zu entblößen. Selbst als sie die Spange nicht mehr trug, blieben ihre Lippen beim Lächeln fest verschlossen.

Doch ich halte mich mit Kleinigkeiten auf. War sie hübsch, wollt ihr wissen? Schwer zu sagen. Wahrscheinlich kann *ich* das am allerwenigsten beurteilen. Da ich sie seit fast zehn Jahren kannte, hatte ich mich so an ihr Gesicht gewöhnt – auch wenn es sich zwischen sieben und siebzehn etwas verändert hatte –, dass mein Gehirn mir schon meldete: »Hey, da ist Peggy!«, bevor ich ihr Gesicht wirklich gesehen hatte. Und da sie ein toller Mensch war, sah sie für mich auch toll aus. Wie würde sie für mich aussehen, wenn ich nichts über sie als Mensch wüsste? Ich kann es mir einfach nicht vorstellen.

Zurück zu meinem bereits begonnenen kläglichen Scheitern

»Was hast du denn falsch gemacht?«, wollte Peggy schließlich wissen.

»Nichts!«, entgegnete ich. »Ich hab alle Geschwindigkeitsbeschränkungen beachtet, sicher die Spuren gewechselt, eine perfekte Wendung in drei Zügen gemacht, den ganzen Kram. Auf dem

Rückweg zum Amt dachte ich, ich hätte ein perfektes Ergebnis hingelegt. Aber der Fahrprüfer meinte, ich hätte fast einen Fußgänger angefahren, als ich auf den Parkplatz einbog, und deshalb hat er mich durchfallen lassen.«

»Wie knapp war das denn mit dem Fußgänger?«, fragte sie.

»Das ist es ja!«, antwortete ich. »Da war gar kein Fußgänger! Der Gehweg war leer. Das Ganze ist einfach lächerlich. Und überhaupt, wer hat jemals von einem Fußgänger in Orange County gehört?«

Genau in diesem Augenblick kam Mrs. Kaylin aus der Küche herein. Sie hielt in jeder Hand eine Untertasse mit einem kleinen Napfkuchen darauf. Ich vermutete, meiner war der mit der Geburtstagskerze in der Mitte. »Wow, danke«, sagte ich.

»Mom, du weißt doch, dass ich das nicht essen kann«, beschwerte sich Peggy. »Ich werde dick davon.«

»Und so ein Schicksal wäre natürlich schlimmer als der Tod«, erwiderte Mrs. K. Peggys Eltern waren beide ziemlich, äh, pummelig – pummelig und lustig mit schneeweißem Haar. Irgendwann ging mal das Gerücht um, sie hätten acht fliegende Rentiere hinten im Garten versteckt. Daher stieß Peggys Entschlossenheit, unter viereinhalb Pfund zu bleiben, auf wenig Gegenliebe auf der Elternseite.

»Ich esse ihn trotzdem nicht«, beharrte Peggy.

»Peggy, du könntest eine ganze Napfkuchenfabrik essen und nicht ansatzweise dick werden«, warf ich ein. Inzwischen tropfte Wachs von der Kerze auf meinen Kuchen, deshalb blies ich sie aus.

»Hast du dir etwas gewünscht?«, fragte Mrs. K.

»Nö«, antwortete ich. »Ich glaube nicht an so was. Sie wissen doch, wie es heißt: Wenn Wünsche Schlümpfe wären, wäre die Welt ein Spielzeugladen oder so ähnlich.«

»Okay, ich ess ihn«, beschloss Peggy. »Aber hol mir ein Messer, damit ich den Zuckerguss abkratzen kann. Bitte.«

»Wenn du mich so lieb fragst«, antwortete Mrs. K. Sie holte Peggy ein Messer. »Und, Allen, hat deine Schwester bestanden? Die Fahrprüfung, meine ich?«

»Mff?«, machte ich. Ich schluckte. »Echo? Nein, sie ist erst morgen früh dran.«

»Hast dir wohl den letzten Termin geschnappt, was?«, erkundigte sie sich.

»Hmmm?«, fragte ich. »Ach so, nein. Wissen Sie, ich wurde am vierten Februar um 23:56 Uhr geboren und sie am fünften Februar um 0:02 Uhr. Deshalb wird sie genau genommen erst morgen sechzehn.«

»Wirklich?«, meinte Peggy. Ich hatte meinen Napfkuchen inzwischen aufgegessen, aber sie war noch nicht mal damit fertig, den Zuckerguss abzukratzen. »Wieso habt ihr dann all die Jahre euren Geburtstag immer zusammen gefeiert? Und immer am vierten, stimmt's? Das ist doch irgendwie ungerecht.«

»Immer noch besser als die Alternative«, erwiderte ich. »Besser als eine Party, auf der fünfhundert Leute auftauchen, und eine zweite, auf der nur ein kleiner Junge auftaucht, der acht Blocks weiter unten wohnt und nur mal aufs Klo gehen will. Auf unseren gemeinsamen Partys dachten wir beide immer: ›Hey, alle sind meinetwegen gekommen!‹ Außerdem ist der vierte besser als der fünfte, weil ...«

Die Uhr im Wohnzimmer schlug sechs. »Schon sechs?«, stellte Peggy fest. »O nein! Ich bin in einer halben Stunde verabredet!« Sie stellte ihre Untertasse mit dem unberührten Napfkuchen und einem Haufen abgeschabtem Zuckerguss auf den Couchtisch. »Ich muss mich zurecht machen«, erklärte sie. »Wir sehen uns später.« Damit stürmte sie nach oben.

»Ich hätte mir für meinen Geburtstag wohl keinen Freitagabend aussuchen sollen, was?«, sagte ich.

Möchtet ihr nicht meine Nachbarn sein?

Auf dem Heimweg musste ich darüber nachdenken, wie sehr sich die Nachbarschaft verändert hatte, seit Peggy vor fast zehn Jahren hierher gezogen war. Ich dachte allerdings nicht lange darüber nach, da ich nur zwei Häuser weiter wohnte.

Wir wohnten beide in einer von Eukalyptusbäumen gesäumten Sackgasse namens Hyacinth Avenue in Fullerton, Kalifornien, der

Heimat der Elektrogitarre und, was weniger beeindruckend war, meiner Wenigkeit. Hyacinth gehörte zu einer Wohnsiedlung, die sich im Osten an die Cal State Fullerton University, im Süden an die Ilium High School und im Norden und Westen an den Fullerton Creek schmiegte: eine kurze, kleine Straße mit nur sechs Häusern, was dazu führte, dass alle Kinder der Wohnsiedlung am liebsten hier herumhingen, da hier praktisch keine Autos fuhren. Wenn sie es mal nicht schafften, die Hockeynetze aufzustellen, spielten sie mit Tennisausrüstung Baseball, fuhren Skateboard oder veranstalteten ein Fahrradrennen vom Ende der Sackgasse bis zum Stoppschild (was für gewöhnlich zwischen 1,3 und 1,5 Sekunden dauerte). Mein Haus stand an der Kreuzung, wo die Hyacinth auf die Querstraße traf. Ich hatte noch nie irgendwo anders gewohnt.

Kein einziger anderer Bewohner unserer Straße konnte von sich das Gleiche behaupten. Selbst die Kaylins waren erst eingezogen, als ich sechs war. Nur die Monihans wohnten schon so lange hier wie ich, und die waren ein altes Rentnerehepaar, das sich in den hundertdreißig Jahren seines Daseins sicher schon woanders herumgetrieben hatte. Sie wohnten an der Ecke gegenüber. Die übrigen Familien auf unserer Straße hatten alle Söhne in Echos und meinem Alter, doch als wir die Grundschule beendet hatten, waren sie schon alle weggezogen. Ein kauziger alter Mann zog in das Haus am Ende der Sackgasse. Alle Kinder gingen auf ihrem Schulweg quer über seinen Rasen und er brüllte uns immer an, weil wir seine Katze erschreckten. Und in das Haus zwischen Peggys und meinem zog ein Börsenmakler um die dreißig, den wir alle aus längst vergessenen Gründen »Dooj« nannten. Er hatte eine hübsche Frau und einen geisteskranken Hund – einen wunderschönen Siberian Husky, der in seinem Garten herumlief, immer im Kreis, Tag und Nacht, ohne zu fressen, ohne zu schlafen und ohne stehen zu bleiben, bis zu dem Tag, als mein Bruder ihn anschoss. Dooj konnte nie begreifen, warum irgendjemand den Wunsch verspüren sollte, auf seinen Hund zu schießen. Und er begriff ebenso wenig, warum ihn alle Kinder in der Nachbarschaft »Dooj« nannten, wo doch zumindest eines von uns schlau genug sein musste, um zu wissen, wie man »Doug« aussprach.

Als letztes der ursprünglichen Kinder unserer Nachbarschaft zog ein blasser, kränklicher Junge namens Carver Fringie weg. Er war ein Jahr älter als ich und wohnte in dem Haus neben den Monihans. Carver spielte nie mit den anderen Kindern auf der Straße, weil er nie gesund genug war, schaute aber immer zu: Immer wenn die anderen Kinder draußen spielten, saß er auf der Treppe vor der Haustür, meistens mit einer Decke und immer mit einem Buch. Und ich spreche hier nicht von irgendeinem niedlichen Kinderbuch, sondern von eindrucksvollen, Furcht einflößenden dicken Schinken: Literatur, Geschichte, Naturwissenschaften, Philosophie, was auch immer. Er hielt die Stadtbücherei von Fullerton fast ganz allein in Betrieb. Doch dann starb seine Mutter – eine robuste Gesundheit lag anscheinend nicht gerade in der Familie – und er musste zu seinem Vater nach Chino ziehen. Das Haus stand weit über ein Jahr leer, bis so ein Mädchen namens Cat Nicholls mit ihrer Mutter dort einzog. Cat war einige Jahre älter als ich und hing jeden Abend mit ein paar Freunden draußen vor der Haustür herum, genau wie Carver Fringie früher. Und obwohl ich jeden Morgen auf dem Schulweg wohl oder übel die Haufen von leeren Flaschen und Zigarettenstummeln auf der Treppe bemerken musste, machten sie so was nie, wenn wir jüngeren Kinder in der Nähe waren. Wahrscheinlich wollten sie kein schlechtes Vorbild sein oder so.

Nicht, dass es noch so viele von uns gab, denen man ein schlechtes Vorbild hätte sein können – zu dieser Zeit war es auf der Hyacinth ziemlich ruhig geworden. Die Straße war für gewöhnlich leer. Selbst wenn Peggys Bruder Grant mit seinem Rad fahren wollte, machte er das woanders. Und ich hatte es sowieso nie mit Sport, um es gleich zu sagen. Ich verbrachte meine Freizeit meistens bei Peggy zu Hause.

Kindheitslogik in Aktion

Solange ich denken kann, war ich immer mit Mädchen befreundet gewesen. Schon bevor ich in die Schule kam, schlummerte in mir der Verdacht, dass uns das weibliche Geschlecht von Natur aus überlegen war; doch an meinem ersten Kindergartentag wurde er endgültig bestätigt. Ich brauchte nur in der Pause den Spielplatz zu beobachten. Die Mädchen malten mit Kreide auf die Tafel, sprangen Seil und unterhielten sich miteinander. Die Jungen warfen Erdklumpen auf die Bäume. Quod erat demonstrandum.

Natürlich stellte sich das Problem, dass die Mädchen, mit denen ich gern befreundet sein wollte, selbst auch analytische Fähigkeiten hatten und zu genau dem gleichen Schluss gekommen waren wie ich. Und das bedeutete, sobald ich den Mund aufmachte und sie einen Jungen in mir erkannten, hielten sie mich zivilisierten Benehmens für unfähig und redeten nicht mit mir. Hier erwies es sich als nützlich, eine Zwillingsschwester zu haben. Nicht, weil sie als Eintrittskarte in die weibliche Gemeinschaft hätte fungieren können – weit gefehlt. Sie versuchte vielmehr, in die entgegengesetzte Richtung überzuwechseln: Jede Pause spielte sie mit einem Haufen Jungs Fußball (das in dem Alter aus wahnsinnig viel Treten und wahnsinnig wenig Zielen bestand) und konnte mit den gleichaltrigen Mädchen oder ihren Beschäftigungen wenig anfangen. Also hielt man mich für meine Schwester. Das war gar nicht so schwer. Ich musste nur eine Gruppe von Mädchen finden, die verschlagen und ernst dreinblickten. Dann konnte man sicher sein, dass sie gerade eine Massenaufnahme in irgendeinen Geheimklub zelebrierten. Außer Echo gehörte jedes Mädchen in meiner Klasse mindestens achtzehn oder neunzehn geheimen Klubs an. Also stellte ich mich unauffällig in den Hintergrund, so dass sie mich irgendwann entdeckten und dachten: »Hm, da ist einer von den Mockerey-Zwillingen.« Dann sahen sie Echo draußen auf dem Spielfeld und dachten: »Okay, da drüben ist der Junge, dann muss dieser Zwilling hier in Ordnung sein.« So wurde ich in den Klub aufgenommen. Normalerweise bekam man dabei irgendein Passwort genannt – »Alligator« war zum Beispiel sehr beliebt – und das war's auch schon. Danach gehörte ich zum Klub, und wenn ich »Alligator« sagte, mussten sie sich mit mir abgeben. Was sie dann auch meistens gar nicht so schlecht fanden, falls ich das bescheiden hinzufügen darf.

Deshalb könnt ihr euch sicher meine Reaktion vorstellen, als ich eines schönen Sommernachmittages nach draußen ging und auf der bis dahin von Jungen dominierten Hyacinth Avenue ein Mädchen entdeckte. Sie hatte einen kleinen runden Tisch und ein paar Stühle auf den Rasen vor dem Haus geschleppt und veranstaltete eine Art imaginäres Picknick mit drei Stoffpinguinen und ihrer Schwester Kelly, die zu der Zeit fünf Jahre alt war und einen zu Tode gelangweilten Eindruck machte. Ich fühlte mich berufen, sie in der Nachbarschaft willkommen zu heißen.

»Möbel gehören ins Haus und nicht davor«, sagte ich.

»Diese hier gehören davor«, entgegnete Peggy. »Sie sind extra dafür gemacht.«

»Was macht ihr hier eigentlich?«, fragte ich. »Das ist doch gar nicht euer Haus.«

»Jetzt schon«, antwortete sie.

Nachdem das Willkommenheißen also erledigt war, konnte ich nun mitmachen – was immer es sein mochte, was sie da tat. »Wofür sind die Pinguine?«, fragte ich.

»Wir machen eine Eisteeparty«, erklärte sie.

»Aber ohne Eistee!«, beschwerte sich Kelly. »Eistee ist braun. In den Tassen ist bloß Luft. Luft ist blau. Eistee ist braun.«

»Der Himmel ist blau, nicht die Luft. Luft ist braun«, erwiderte Peggy. »Sieh selbst.« Sie zeigte zum Horizont, wo die Luft eine ziemlich deutliche braune Farbe hatte, die der des Eistees durchaus nicht unähnlich sah. »Kelly weiß noch nicht viel«, vertraute Peggy mir an. »Sie ist erst fünfeinviertel.«

»In Wirklichkeit hat die Luft gar keine Farbe«, sagte ich. »Sie sieht nur dicht über der Erde braun aus, wegen dem Smog – dem schwarzen Zeug, das hinten aus den Lkws kommt. Der Rest sieht nur blau aus, weil die Luftmoleküle das blaue Licht zerstreuen und die anderen Farben durchlassen.«

»Wirklich?«, fragte Peggy. »Stimmt das?«

»Klar«, antwortete ich. »Du kannst es nachlesen.«

»Steht das in der Bibel?«

»Es steht in wissenschaftlichen Büchern«, erklärte ich. »Frag sie.« Ich zeigte auf Echo, die als Torhüter vor dem Netz stand, das die

Hockey spielenden Kinder am Ende der Sackgasse aufgestellt hatten. »Oder ihn.« Ich zeigte auf Carver Fringie, der vor der Haustür saß und sich das Hockeyspiel anschaute.

Peggy blickte auf. »Das ist toll«, fand sie.

»Wir haben immer noch keinen Eistee«, stellte Kelly fest. Sie stand auf und ging ins Haus. Peggy machte einen geknickten Eindruck.

»Ähm, wenn du willst, kann ich ja für sie weitermachen«, erbot ich mich.

»Na gut«, sagte Peggy. »Setz dich auf ihren Stuhl.« Ich gehorchte und sie gab mir einen Pinguin. »Möchtest du etwas Eistee?«, fragte sie ihn.

»Klar, sicher«, antwortete ich mit meiner besten Pinguinstimme.

»Nein, das ist falsch«, widersprach sie. »Pinguine mögen keinen Eistee. Sie mögen nur Fische.« Sie wandte sich an die Stofftiere auf ihrer Seite des Tisches. »Adélie, möchtest du etwas Eistee? Nein? Und wie sieht's mit dir aus, Goldschopf? Nein? Siehst du, sie mögen nur Fische.«

»Okay, dann will meiner einen Fisch«, sagte ich.

»Natürlich«, erwiderte sie. »Sie wollen immer Fische.« Sie drehte sich um und wies meinen Pinguin zurecht. »Du kriegst keinen Fisch. Sonst wirst du dick.«

Während das imaginäre Picknick so weiterlief, bekam ich irgendwie nicht mit, dass das Hockeyspiel zu Ende war, Carver Fringie ins Haus gegangen war und die Sonne tiefer am Himmel stand. Und ich merkte auch nicht, dass ich keine Ahnung hatte, wie die Antarktisspezialistin mir gegenüber eigentlich hieß. Das alles fiel mir erst auf, als Kelly zurückkam. In der rechten Hand hielt sie eine Scheibe Cheddarkäse. »Peggy, Abendessen ist fertig«, verkündete sie.

»›Peggy‹?«, fragte ich. »Bist du das?«

»Ja«, antwortete sie, verbesserte sich aber dann. »Ich bin Margaret Hannah Kaylin, Tochter von Robert und Josephine Kaylin, wohnhaft 151 Hyacinth Avenue, Fullerton, Kalifornien«, rasselte sie herunter.

Kelly biss in die Käsescheibe in ihrer Hand. »Wo ist der Käs?«, fragte sie.

»In deiner Hand?«, half ich ihr. Kelly betrachtete verwundert ihre linke Hand. »Die andere«, sagte ich.

»Sie meint Keith«, erklärte Peggy. »Meinen Bruder. Sie weiß genau, wie man es ausspricht, macht es aber absichtlich falsch, weil sie sich wie ein Baby benehmen will.«

»Ich bin kein Baby«, entgegnete Kelly.

»Dann benimm dich auch nicht so«, befahl ihr Peggy. »Keith ist in den Park gegangen.«

»Mom sagt, ich darf nicht alleine in den Park gehen«, sagte Kelly.

»Also ich kann ihn nicht holen«, stellte Peggy fest. »Ich muss die Pinguine in mein Zimmer bringen. Hol Mom.«

Kelly stürmte ins Haus zurück, so schnell das einer Fünfjährigen mit einer Scheibe Käse in der Hand möglich war. »MOM! Käs ist in den Park gegangen!«

Eine Minute später kam Mrs. Kaylin heraus. Sie sah damals genauso aus wie zehn Jahre später, nur dass ihr Haar grau statt weiß war.

»Oh, hallo«, sagte sie. »Habt ihr beiden die ganze Zeit hier draußen gespielt?«

»Wir spielen nicht«, erklärte Peggy. »Wir machen eine Eisteeparty. Aber jetzt ist sie zu Ende.«

»Und wer bist du?«, fragte mich Mrs. Kaylin.

»Ich bin Allen«, antwortete ich, beschloss dann aber, das weiter auszuführen. »Allen Mockerey, Sohn von Andrew und Susan Mockerey, wohnhaft 147 Hyacinth Avenue, Fullerton, Kalifornien.«

»Sag bloß nicht, sie hat dich dazu gebracht, auch damit anzufangen«, sagte Mrs. Kaylin. »Sieh mal, Peggy, wenn du dich verläufst, suchst du dir einfach eine Telefonzelle und rufst mich mit deiner Telefonkarte an. Dafür brauchst du keine fremden Leute zu belästigen.«

»Aber das kam in einem Film«, protestierte Peggy. »Sie haben ihn in der Schule gezeigt.«

»Dieser Film ist vierzig Jahre alt«, wandte Mrs. Kaylin ein. »Den hab ich auch schon gesehen, als ich so alt war wie du. Jetzt geh und wasch dir das Gesicht und die Hände, meine Kleine.«

»Okay«, antwortete Peggy. Sie schaute mich sehr ernst an. »Komm morgen wieder«, sagte sie. »Dann backen wir Plätzchen.«

Also kam ich am nächsten Tag wieder und wir backten Plätzchen. Oder besser gesagt, sie backte die Plätzchen und ich aß sie. Ich wollte ihr ja beim Backen helfen, doch als sie mir eine Schüssel gab und sagte: »Verrühr das hier«, erwies sich meine Rührtechnik offenbar als so unzulänglich, dass sie mir die Schüssel nach etwa fünf Sekunden wieder abnahm und selbst rührte. Was das Essen der Plätzchen betraf, so hätte ich ihr liebend gern welche abgegeben, aber sie wollte keine, weil »ich nicht dick werden will«.

Am Tag darauf wurde ich zum Abendessen eingeladen. Dabei entstand eine peinliche Situation, als mir Mrs. K. fröhlich ein riesiges Stück Rindfleisch auf den Teller lud und ich sie darauf hinweisen musste, dass ich in meinem ganzen Leben noch kein Stück Fleisch gegessen hätte und auch nicht beabsichtigte, jetzt damit zu beginnen. Mrs. und Mrs. K. zeigten sich verblüfft und Käs machte ein ausgesprochen ungläubiges Gesicht, aber Peggy schien sehr beeindruckt zu sein.

Ein paar Tage später ging ich mit Peggy, Kelly und Käs in den Park. Eigentlich gab es zwei Parks, die nur wenige Minuten Fußweg von unserer Straße entfernt lagen, aber der Greenbelt Park bestand aus nicht viel mehr als einer Hecke um den Bach. Der Acacia Park hatte dagegen einen großen Rasen mit Bäumen, einem Baseballfeld und einem Spielplatz mit Schaukeln und Klettergerüsten und so was. Meistens war er ziemlich leer. Wir hatten die Schaukeln ganz für uns.

Ich schubste Peggy an und Käs schubste Kelly an. Käs war so alt wie ich und hatte genauso lockiges Haar wie ich, aber ansonsten sah er mir überhaupt nicht ähnlich: Er war dick und stämmig, oder zumindest so stämmig, wie ein Sechsjähriger sein kann. Außerdem war sein Kopf ein wenig zu klein für seinen Körper, ein Merkmal, das sich wieder ausgleichen werde, wenn er älter würde, wie ihm die

Leute immer wieder sagten; doch dem war nicht so. Käs hatte ursprünglich nicht mitkommen wollen. Aber da Kelly unbedingt mitkommen wollte (»Ich bin doch kein Baby«), brauchten wir eine vierte Person, sonst hätten Peggy und ich die ganze Zeit auf sie aufpassen müssen und gar nicht erst loszugehen brauchen.

»Sag mal, wo kommt ihr eigentlich her?«, fragte ich Peggy zwischen den Schubsen.

»151 Hyacinth Avenue«, antwortete sie. »Du warst doch schon bei uns zu Hause.«

»Ich meine davor«, sagte ich. »Wo habt ihr gewohnt, bevor ihr hierher gezogen seid? In welchem Bundesstaat?«

»Bundesstaat?«, wiederholte sie. »Wir haben bloß am anderen Bachufer gewohnt. Wir sind nur umgezogen, weil meine Mom ein Baby bekommen hat und wir ein größeres Haus brauchten.«

»Oh«, sagte ich. »Meine Mom bekommt in ein paar Monaten auch ein Baby. Vielleicht müssen wir dann ja auch umziehen. Hoffentlich nicht.« Dann fiel mir etwas ein. »Hey, warte mal, wenn ihr schon die ganze Zeit hier gewohnt habt, wieso hab ich dich dann nie in der Schule gesehen?«

»Ich gehe auf eine katholische Schule«, erklärte Peggy. »Bist du katholisch?«

»Nö«, antwortete ich.

»Deshalb haben wir uns nicht in der Schule gesehen«, stellte sie fest.

»Hey«, sagte Käs, »glaubt ihr, dass die Schaukel einmal ganz rum geht, wenn man feste genug schubst?«

Ich dachte einen Moment lang darüber nach. »Wenn man einen Eimer Wasser ganz schnell herumdreht, bleibt das Wasser drinnen, auch wenn der Eimer verkehrt rum ist«, erklärte ich. »Weil das Wasser schneller nach oben fliegt, als es die Schwerkraft nach unten zieht. Wenn die Schaukel so schnell ist, könnte es klappen. Aber ich glaube nicht, dass du so feste schubsen kannst. Vor allem, wenn jemand darauf sitzt.«

»Klar kann ich das!«, antwortete Käs. Er gab Kelly einen kräftigen Schubs, und während die Schaukel nichts anderes tat als zuvor, purzelte Kelly mit überraschendem Tempo hinunter und landete in einem Sandhaufen. Dort schien sie einen Augenblick lang über ihre Lage nachzudenken und brach dann in Tränen aus.

Peggy sprang von der Schaukel herunter. »Geh nach Hause, Keith«, kommandierte sie.

Käs war so blass, dass man kaum glauben mochte, es sei jemals auch nur ein Tropfen Blut durch seinen Körper geflossen. »Ich ... ich wollte sie nicht ... ich dachte ...«

»Geh nach Hause«, wiederholte Peggy. Käs rannte über die Brücke, die vom Park wegführte, und dann die Straße hinunter. Kelly rieb sich die Augen, was man nicht gerade die klügste Idee nennen konnte, da ihre Hände voller Sand waren. Also schrie und heulte sie eine Weile, bis die Tränen den Sand herausgewaschen hatten. »Schhh«, machte Peggy leise. »Schhhh. Ist ja gut.« Sie schaute sich Kellys Hände und Knie an. »Sie blutet nicht«, stellte sie fest. »Sie hat sich nicht mal was aufgeschürft. Sie ist nur hart aufgekommen.«

»Und was machen wir jetzt?«, fragte ich.

»Nichts«, antwortete Peggy. Sie nahm Kelly in die Arme und ließ sie sich eine Weile an ihrer Schulter ausweinen. Ich fühlte mich ziemlich mies, weil ich ja derjenige war, der die Geschichte mit dem Eimer erzählt hatte. »Na komm«, tröstete sie Peggy. »Glaubst du, du kannst nach Hause laufen?«

»Weiß nicht«, schluchzte Kelly.

»Natürlich kannst du das«, sagte Peggy. »Du bist doch kein Baby. Du bist doch schon groß. Stimmt's?«

Kelly schniefte. »Ich glaube ja«, sagte sie. »Käs kann mich nicht leiden.«

»Keith wollte dir nicht wehtun«, erklärte Peggy. »Er wollte bloß ausprobieren, ob das mit der Schaukel funktioniert. Er hat dich lieb. Und ich hab dich lieb, Mom hat dich lieb, Dad hat dich lieb, und Grant hat dich lieb.«

»Wer ist das denn?«, fragte Kelly.

»Das Baby, du Dummerchen«, antwortete Peggy. »Und ich bin sicher, Allen hat dich auch lieb. Stimmt's?«

»Äh, ja, klar«, sagte ich.

»Siehst du«, sagte Peggy. »Niemand hat was gegen dich. Komm, wir gehen nach Hause.«

»Okay«, antwortete Kelly.

Als wir das Haus erreichten, war sie eigentlich wieder ganz die Alte, nur ihr Gesicht war noch von Tränen und weniger malerischen Flüssigkeiten verschmiert. »Was ist denn passiert?«, wollte Mrs. K. wissen.

»Sie ist von der Schaukel gefallen«, antwortete Peggy. »Hat Keith dir nichts erzählt?«

»Er ist nur nach oben in sein Zimmer gegangen«, sagte Mrs. K.

Das erinnerte mich an etwas, das ich schon die ganze Zeit fragen wollte. »Hey, Peggy, kann ich mal dein Zimmer sehen?«

Sie machte ein Gesicht, als hätte ich sie gebeten, den Kopf in ein Abflussrohr zu stecken. »Natürlich nicht«, entgegnete sie. »Das ist geheim.«

Aus irgendeinem Grund war ihre Schuluniform ebenso geheim. Ich hatte sie ein paar Mal flüchtig darin gesehen, als ich auf dem Schulweg an ihrem Haus vorbeikam und sie gerade in den Kombi ihrer Eltern kletterte. Eigentlich war die Uniform ganz normal: weiße Bluse, rote Krawatte (oder weißer Pullover), blauer Blazer, karierter Faltenrock, weiße Kniestrümpfe und blanke schwarze Schuhe mit blanken Silberschnallen. Doch wann immer es ihr möglich war, sorgte Peggy dafür, dass ich sie nicht darin zu Gesicht bekam. Fast jeden Tag ging ich nach der Schule zu ihr nach Hause und jedes Mal hatte sie sich schon ihre normalen Sachen angezogen, auch wenn sie selbst erst ein paar Minuten zu Hause war. Ich fand das irgendwie frustrierend. Versteht mich nicht falsch – zwar war ich meinen Altersgenossen gute acht oder neun Jahre voraus, weil ich bereits herausgefunden hatte, dass Mädchen irgendwie gefühlvoll, hübsch und interessant waren. Aber selbst ich war in dem Alter nicht scharfsichtig genug, um zu begreifen, wie sehr einen eine katholische Schulmädchenuniform anmachen kann. Was mir so zu schaffen machte, war die Art, wie sie sie benutzte, um mich absichtlich von diesem Teil ihres Lebens auszuschließen. »Meine Uniform ist für die Schule«, erklärte sie. »Du gehst nicht in meine Schule. Also darfst du sie auch nicht sehen.«

Das war seltsam, denn in anderer Hinsicht standen wir uns richtig nah. Zum Beispiel wenn wir uns mitten in der Nacht – oder zumindest um halb acht, was man im Winter durchaus als mitten in der Nacht bezeichnen kann – zusammen nach draußen schlichen. Ich hatte einen Dokumentarfilm über den KGB gesehen und war überzeugt davon, dass ich etwas deswegen unternehmen müsse. Peggy wartete mit einer Taschenlampe und einem Schreibblock auf ihrer Veranda. Wie ich war sie ganz in Schwarz gekleidet.

»Wissen deine Eltern, was du machst?«, fragte ich.

»Ich hab ihnen gesagt, ich gehe mit dir spielen«, antwortete sie.

»Okay, das klingt ziemlich glaubwürdig«, meinte ich. »Hier ist also unser Plan. Der KGB ist aus Russland. Wenn wir also Autos mit russischen Nummernschildern finden, wissen wir, dass hier KGB-Agenten wohnen.« Peggy nickte ernst. Das erste Verdachtsobjekt war ein Kombi, der auf der anderen Straßenseite parkte. Ich leuchtete mit meiner Taschenlampe auf das Nummernschild.

»Kalifornien«, stellte ich fest. »Schreib das auf.«

Peggy schrieb es auf. Auch die Nummern einiger Dutzend anderer Wagen auf benachbarten Straßen schrieb sie auf, die alle kalifornische Kennzeichen hatten. Ich verlor allmählich den Mut, als Peggy mich am Ärmel packte. »Sieh mal«, sagte sie und zeigte mit dem Finger. Ein Auto in einer nahen Auffahrt hatte offensichtlich kein kalifornisches Kennzeichen. Wir knipsten unsere Taschenlampen aus, damit man uns nicht sehen konnte, als wir die Auffahrt hinaufschlichen.

»Oregon«, flüsterten wir uns zu.

»Das ist zwischen hier und Russland«, wisperte ich.

»Vielleicht ist es kein KGB-Agent, sondern ein Helfer oder so«, wisperte sie zurück.

»Ein Sympathisant«, murmelte ich.

Wir erkundeten die ganze Nachbarschaft und es war schon nach neun, als wir schließlich erwischt wurden. Zu meiner Überraschung nicht von Mr. oder Mrs. K., sondern von meinem Vater. »Was macht ihr denn da?«, wollte er wissen.

Zuerst suchte ich nach einer überzeugenden Ausrede, befand aber dann, dass unsere Aktion viel zu offensichtlich war, um jemanden täuschen zu können. »Wir suchen nach Kommunisten«, gab ich zu. »Muss ich reinkommen?«

»Nicht sofort«, antwortete er. »Du kannst noch ein paar Minuten draußen bleiben. Eigentlich hab ich nach deiner anderen Hälfte gesucht. Hast du sie irgendwo gesehen?«

»Du meinst Echo?«, fragte ich. »Sie wollte auf dem Parkplatz der High School Rad fahren.«

»Aha«, sagte er. »Na, dann viel Spaß noch bei eurem McCarthyismus.« Er spazierte die Straße hinunter.

»Wer war das?«, flüsterte Peggy.

»Mein Vater.«

»Echt? Wie kommt's, dass er dir gar nicht ähnlich sieht?«, fragte sie. »Er hat eine andere Hautfarbe ...«

»Ich komme mehr nach meiner Mutter«, erklärte ich.

Ich hielt es für das Beste umzukehren. Peggy hatte fast die ganze erste Seite des Blocks mit Autonummern voll geschrieben. »Behalte die Liste«, sagte ich. »Falls wir dieselben Autos wieder sehen, müssen wir die Nummern nicht noch mal aufschreiben.«

»Okay«, antwortete sie. »Ich kann sie auch ordnen. Und auf Karteikarten schreiben.«

»Klingt gut«, stellte ich fest. Ich brachte sie zu ihrer Veranda. »Okay, bis morgen dann.«

»Warte«, bat sie. Sie schaute mich einen Moment lang an, ohne etwas zu sagen. Dann gab sie mir einen Kuss auf die Wange.

Ich hatte schon früher Küsse bekommen – ein angenehmer Nebeneffekt der Geheimklubs – und es gehörte sich so, dass man das Mädchen, das einen geküsst hatte, aus Höflichkeit ebenfalls küsste. Und für Peggy empfand ich mehr als nur Höflichkeit; sie war jetzt seit Monaten meine beste Freundin. Also beugte ich mich vor, um sie zu küssen. »Nicht«, wehrte sie ab. Dann schlüpfte sie ins Haus und machte die Tür hinter sich zu.

Wenn man sechs Jahre alt ist, ist es nicht allzu ungewöhnlich, dass der beste Freund oder die beste Freundin ein Haus weiter wohnt – oder zwei Häuser weiter, je nachdem. Kleine Kinder haben im Grunde nicht viele Interessen oder persönliche Eigenheiten, die sie daran hindern könnten, mit den Nachbarskindern klarzukommen. Ein Kind, das am anderen Ende des Kontinents lebt, wird sich wahrscheinlich nicht großartig von dem auf der anderen Straßenseite unterscheiden; also kann man sich ebenso gut mit demjenigen abgeben, das einem am nächsten ist.

Wenn man aber erst einmal ein paar Jahre in der Schule hinter sich hat, vergrößert sich das soziale Umfeld enorm. Man stellt fest, dass einem die Gesellschaft bestimmter Menschen eindeutig missfällt. Man stellt fest, dass ein Mitschüler drei Reihen hinter einem witzigere Dinge sagt als alle Kinder in der Nachbarschaft. Man stellt fest, dass man sich nicht mehr gleich mit jedem innerlich verbunden fühlt, der zufällig bei einem vor dem Haus steht. Man stellt fest, dass die Kinder auf der eigenen Straße vielleicht Nachbarn, aber nicht unbedingt Freunde sein müssen.

Zumindest stellt man das alles fest, wenn man nicht ich ist. Wenn man ich ist, und ich weiß, dass ich das bin, stellt man fest, dass niemand, den man trifft, dem Mädchen zwei Häuser weiter das Wasser reichen kann. Nicht, weil mit den Kindern in der Klasse irgendwas nicht stimmt oder so. Das hat eher mit einer gemeinsamen Vergangenheit zu tun. Man kann sich mit allen möglichen Menschen gut verstehen, aber eine gemeinsame Spionageabwehraktion verbindet mehr, als die Matheaufzeichnungen auszutauschen.

Deshalb blieb Peggy Kaylin meine allerbeste Freundin auf der ganzen Welt, obwohl wir weiterhin verschiedene Schulen besuchten. Fast jeden Tag ging ich nach der Schule zu ihr nach Hause, manchmal nur für zwanzig Minuten, manchmal den ganzen Nachmittag und weit in den Abend hinein. Da wir auf verschiedene Schulen gingen und uns den ganzen Tag nicht gesehen hatten, gab es immer reichlich viel zu bereden. Doch eines Tages änderte sich das.

Ich hatte meinen ersten Tag an der Vista de la Vista Middle School. Als mir mein kleiner Stundenplan verriet, dass ich jetzt Sport hatte, zog ich mir meine Turnsachen an und stellte mich mit vierzig anderen Kindern auf dem Asphalt auf. Alle trugen eine dunkelblaue kurze Hose und ein weißes T -Shirt, auf dem mit schwarzem Tintenstift der jeweilige Nachname geschrieben stand. Ich schaute mich um, suchte nach bekannten Namen und erfreute mich daran, wie einige Buchstaben auf die faszinierendste Weise verzerrt werden konnten, wenn sie sich auf dem richtigen Shirt an dem richtigen Mädchen befanden. Der Lehrer brüllte einen Namen nach dem anderen und ich ließ sie einfach irgendwie über mich hinweggleiten, weil er noch nicht in der Nähe der Ms angelangt war, als plötzlich ein Name aus dem Mund des Lehrers geschossen kam, in mein Ohr flog und in mein Gehirn krachte. »KAYLIN!«

Nachdem ich meinen Unterkiefer wieder hochgeklappt hatte, reckte ich den Hals und hielt hektisch nach der Person Ausschau, die der Lehrer gemeint haben könnte. Und tatsächlich stand niemand anderes als Käs ein paar Reihen von mir entfernt. »Was machst du denn hier?«, fragte ich ihn.

»Während des Namenaufrufens wird nicht geredet!«, brüllte der Lehrer. »Fünf Runden nach dem Unterricht!«

Also stand ich fünf Sekunden nach Schulschluss – vielleicht waren es auch mehr, denn nach all den Runden konnte ich nicht mehr allzu schnell nach Hause laufen – vor Peggys Tür und stach wie ein geistesgestörter U-Boot-Kommandant, der Torpedos abfeuert, auf den Klingelknopf ein. Peggy öffnete.

»Was soll das denn?«, japste ich. »Warum ist Käs auf der Vista de la Vista und nicht auf der katholischen Schule? Warum bist du immer noch auf der katholischen Schule und er nicht?«

»Wie oft hast du auf den Klingelknopf gedrückt?«, wollte sie wissen.

»Keine Ahnung«, antwortete ich. »Vielleicht fünfzig Mal.«

»Dann können wir uns jetzt fünfzig Mal nacheinander die Westminster-Glocken anhören«, erklärte sie. »Wir haben die Anlage gestern eingebaut.«

»Oh«, sagte ich nur.

»Na, komm rein«, sagte sie. »Ich hab was für dich. In der Küche.«

Peggy wartete, bis ich eingetreten war, damit sie hinter mir gehen konnte. Sie hasste es, wenn man sie beim Gehen sah. Eigentlich hasste sie es überhaupt, wenn man sie sah. Aber besonders beim Gehen. »Ich fühle mich so anmutig wie eine Kreuzung zwischen einer Kuh und einem Kleintransporter«, meinte sie. Der Grund war offensichtlich: Das T-Shirt, das sie trug, hatte sie nur wenige Monate zuvor gekauft, weil sie davon ausgegangen war, dass ihre erstaunliche Brustentwicklung schließlich zu einem Ende gekommen war. Doch wie sich herausstellte, hatte ihr Körper nur eine kleine Pause gemacht und nun hatte das arme T-Shirt sichtlich Probleme, ihrer neuen Formen Herr zu werden. Dennoch hatte sie irgendwie noch keinen Zusammenhang zwischen besagten Formen und der Tatsache gesehen, dass sie mit dreizehneinhalb bereits über zwanzig Exfreunde hatte.

In der Küche standen zwei Körbe. In dem kleineren lagen drei in Folie eingewickelte Plätzchen mit Schokoladensplittern, ein halbes Dutzend Erdbeeren und ein Minilaib Goudakäse. In dem anderen war das Gleiche, nur mehr davon.

»Der große ist für deine Familie«, erklärte Peggy. »Der kleine ist ganz für dich.«

»Wow«, sagte ich. »Du hast dir meinetwegen so viel Mühe gemacht?«

»Eigentlich nicht«, antwortete sie. »Heute war der erste Schultag, deshalb habe ich für alle meine Freunde und Lehrer Körbe gemacht. Nur dass die Lehrer Äpfel statt Erdbeeren bekommen haben. Und weil ich sowieso schon dabei war, dachte ich, könnte ich auch welche für dich machen.«

»Das ist echt toll«, sagte ich. Doch da sie den ersten Schultag erwähnte (und wegen des unaufhörlichen Westminster-Geläutes) fiel mir wieder ein, warum ich überhaupt hergekommen war. »Warum geht Käs jetzt also auf die Vista de la Vista?«, fragte ich.

»Also«, antwortete Peggy, »das ist so.« Sie schaute einen Moment lang nach oben, als stünde die beste Erklärung an der Decke geschrieben. »Weißt du, nach der siebten Klasse haben wir ein Picknick mit allen Kindern meiner Klasse und ihren Eltern gemacht. Dabei hab ich ein paar Eltern darüber reden hören, wie froh wir sein könnten, dass wir alle auf die ›gute Schule‹ mit den ›guten Kindern‹ gehen würden. Später hab ich darüber nachgegrübelt und mir gedacht: Hey, wenn wir die ›guten‹ Kinder sind, was sind dann die Kinder auf der staatlichen Schule? ›Böse‹? Und das hat mich geärgert. Weil ich Kinder auf der staatlichen Schule kenne, die ›gut‹ sind – so wie du – und genug katholische Schüler, die … es nicht sind.« Ja, dachte ich, Freund Nr. eins, Freund Nr. zwei, Freund Nr. drei, Freund Nr. vier …

»Auf jeden Fall«, fuhr sie fort, »musste Keith die Schule sowieso wechseln, und er wollte auf die staatliche, einfach weil ihm die Uniform, die Disziplin und all das nicht gefielen. Also hab ich mit Mom und Dad gesprochen und sie haben ihn auf die Vista de la Vista anstatt auf die St. Joseph's gehen lassen. Und wenn es ihm dort gefällt, gehe ich nächstes Jahr vielleicht auf die Ilium anstatt auf die Rosary.«

Und so kam Peggy ein Jahr minus einen Tag später auf die Ilium High School. Ich ging am Tag davor zu ihr hinüber, sie hatte gerade ihre Schulutensilien eingekauft. »Sieh mal!«, rief sie und breitete ihre neue Habe auf dem Couchtisch aus. Sie öffnete ein weinrotes Plastiketui. »Hier, das gehört alles zusammen! Zwei Füller, falls einer keine Tinte mehr hat, und zwei Bleistifte, falls einer kaputtgeht, und auf der anderen Seite ist ein Leuchtmarker, und ein Drehbleistift, und ein Radierstift zum Rausschieben, und ein Tintenkiller! Man schreibt einfach noch mal über das, was man schon geschrieben hat, und dann kommt diese durchsichtige Farbe statt Tinte raus! Und siehst du, was hier in das Etui eingebaut ist? Ein Anspitzer!«

Sie legte das Etui hin. »Und jetzt schau dir das hier an!«, rief sie. »Man hat sechs Kladden, eine für jedes Fach, und alle aus Recyclingpapier. Und wenn man sie nicht benutzt, steckt man sie in diesen Hefter, damit sie nicht durcheinander kommen.«

»Wie ich sehe, machst du dir sehr viel aus Schreibwaren«, stellte ich fest.

»Klamotten hab ich auch!«, verkündete sie. »Und zwar welche, die wirklich passen!« Sie durchwühlte die Taschen neben der Couch. »Hier ist ein Pullover... und noch einer... und ein paar Röcke...«

Mir entging nicht, dass alle Pullover weiß und alle Röcke kariert waren. »Ähm, weißt du, Peggy ... das ist eine staatliche Schule«, sagte ich. »Da kannst du tragen, was du willst.«

»Oh, ich weiß«, entgegnete sie. »Aber es kann trotzdem nicht schaden, Respekt zu zeigen. Hey, lass uns mal sehen, wie das Wetter morgen wird.«

»Wir sind in Südkalifornien«, sagte ich. »Wir werden achtundzwanzig Grad und Sonnenschein haben.«

Trotzdem nahm Peggy die Fernbedienung in der Plastikhülle und schaltete den Fernseher ein. Doch anstatt vor einer Karte zu stehen und von Warmfronten und Santa-Ana-Winden zu erzählen, stand der Wettermann auf einem Dach und hielt die Polizei mit einer halbautomatischen Feuerwaffe in Schach.

»O nein«, sagte Peggy.

»Wahrscheinlich ist ihm der Luftdruck zu Kopf gestiegen«, vermutete ich.

»Kommt bloß nicht hier rauf!«, brüllte der Wettermann gerade. »Ich springe! Ich meine es ernst! Zuerst erschieß ich euch alle und dann springe ich!«

»Mel, hier ist Herb!«, hörte man eine Stimme durch ein Megaphon. »Tu's nicht, Mann! Wir lieben dich!«

»Ich hab ja schon von einigen Tricks gehört, mit denen die Quoten gesteigert werden sollen, aber das hier ist einfach lächerlich«, sagte ich.

»Ich kann mir das nicht ansehen«, meinte Peggy. Sie schaltete den Fernseher aus und schauderte. »Das ist ja furchtbar. Wenn er wirklich springt, zeigen sie ihn wahrscheinlich auf dem ganzen Weg nach unten. Er fällt und fällt und dann ...« Es folgte ein blechernes Scheppern.

Also ich kannte Peggy zwar sehr gut, aber ich war mir doch ziemlich sicher, dass ich nicht ihre Gedanken hören konnte. »Was war das denn?«, fragte ich.

»Ach, Keith hat neuerdings ein Schlagzeug«, erklärte sie. Wie zur Bestätigung gab Keith plötzlich ein Trommelsolo zum Besten. »Ich kapier's einfach nicht«, sagte Peggy. »Wenn man sich umbringen will, sollte man es einfach tun. So ein Theater darum zu machen und andere Menschen zu verletzen ... Das hat doch keinen Sinn.«

»Oh, da bin ich mir nicht sicher«, entgegnete ich. »Man könnte doch argumentieren, wenn man sich schon umbringt, sollte man vorher alle diejenigen umlegen, die einen irgendwann mal fertig gemacht haben. Was sollen sie schon machen, einen hinrichten?«

»Aber man kann doch schon froh sein, wenn man nicht in der Hölle landet, weil man sich selbst umgebracht hat«, wandte Peggy ein. »Warum andere Menschen auch umbringen und mit Bestimmtheit in der Hölle landen?«

»Und wenn man nicht an die Hölle glaubt?«, fragte ich.

»Hm ... man könnte wahrscheinlich sagen, wenn man tot ist und nicht an ein Leben nach dem Tod glaubt, dann kann es einem doch egal sein, ob andere Menschen weiterleben oder nicht, weil ... weil man ja sowieso tot ist!«, spekulierte sie. »Und wenn es einem egal sein kann, warum soll man die anderen dann nicht verschonen? Das ist eine blöde Unterhaltung.«

»Das ist vor allem eine fast unhörbare Unterhaltung«, stellte ich fest. »Es gibt wahrscheinlich keine Möglichkeit, ein Schlagzeug irgendwie leiser zu stellen, oder?«

In diesem Moment kam Kelly herein. Eigentlich »kam« Kelly nie einfach nur herein – meistens stürzte sie sich in ein Zimmer, als wäre sie mit einem Katapult hineingeschossen worden. Sie trug einen Sportdress der Vista de la Vista und hatte den Namen »Kelly« quer auf der Brust stehen. »Sollte da nicht der Nachname stehen?«, fragte ich.

»Ja, ja, das weiß ich jetzt auch«, antwortete sie und blieb schlitternd stehen. »Ich musste mir ein zweites besorgen. Hey, Peggy, hast du vielleicht ein bisschen Zeit? Du hast doch gesagt, du würdest mir beim Üben helfen.«

Peggy schaute auf ihre Uhr. »Klar, in Ordnung«, antwortete sie. »Aber wir müssen uns beeilen. Ich bin gleich verabredet.«

Kelly eilte nach oben. »Üben?«, fragte ich. »Was denn üben? Und du bist verabredet? Einen Tag vor Schulbeginn? Mit wem denn, Nummer 44?«

»Er heißt Colin«, erklärte sie. »Und keine Sorge. Er ist nicht wie die anderen. Ich glaube, dieses Mal könnte es wirklich was Besonderes werden.«

»Ja, das hast du bei den anderen zweiundvierzig auch gesagt.«

Kelly stürmte die Treppe hinunter und platzte mit einem Pompon in jeder Hand ins Fernsehzimmer. »Ready, okay!«, verkündete sie. »Angreifen! A-N-greifen! A-N-G-R-E-I... Huch! Oh.«

Sie konnte noch rechtzeitig anhalten, bevor sie von der gegenüberliegenden Wand abprallte, und hob den Stuhl wieder auf, den sie umgeworfen hatte. »Kelly, worauf kommt es beim Cheerleading am meisten an?«, fragte Peggy.

»Auf die Energie!«, rief Kelly voller Überzeugung.

»Falsch«, entgegnete Peggy. »Auf Präzision. Um herumspringen zu können, braucht man nur ein paar Tassen Kaffee. Ein guter Cheerleader wird man erst, wenn man auf exakt die gleiche Weise herumspringt wie ein Haufen anderer Mädchen. Und das bedeutet, du musst deine Bewegungen auf die der anderen abstimmen, was du nicht kannst, weil die anderen nicht hier sind, und du musst deine Schrittfolge genau einhalten, was du kannst. Fang noch mal von vorn an und diesmal mit Präzision.«

»Okay«, sagte Kelly. Sie fischte ihren linken Pompon aus einer Zimmerpflanze und stellte sich in der Mitte des Raumes auf. »Ready, okay! Angrei...«

»Halt«, unterbrach sie Peggy. »Dein Arm. Wo gehört der hin? Nach oben? Nach unten? Zur Seite? Nach vorn?«

»Nach oben«, antwortete Kelly. »Er ist doch oben.«

»Er muss gerade sein«, erklärte Peggy. »Lass ihn nicht so hängen. Du musst die Ellbogen so lange steif halten, bis du sie laut Schrittfolge beugen musst.«

Von oben hörte man deutlich, wie Käs einen seiner Beckenständer umstieß. Kelly warf ihre Pompons auf den Boden. »Wie soll ich mich bei dem Krach denn konzentrieren?«

»Du meinst Krach wie bei einem Footballspiel?«, fragte Peggy. »Du trittst doch nicht in einer Bücherei auf. Mit dem Krach musst du schon fertig werden. Los, noch mal.«

»Von mir aus«, sagte Kelly. Sie hob ihre Pompons auf und ging die ganze Schrittfolge noch einmal durch. Sie sah fast aus wie Echo bei ihren Kata, als sie noch Kurse in asiatischen Kampfsportarten nahm. Gegen Ende gab Käs seine Schlagzeugübungen schließlich auf. Wahrscheinlich störten sie ihn inzwischen selbst. »Los! Kämpft! GEWINNT!«, endete Kelly. »Wie war das?«

»Schon besser«, antwortete Peggy. »Eigentlich ganz gut.«

»Nur ganz gut?«, fragte Kelly.

»Ehrlich gesagt, ja«, sagte Peggy. »Aber ›ganz gut‹ ist immer noch sehr viel besser als das, was die anderen Mädchen zustande bringen werden, gegen die du antreten musst. Die wirst du mit Leichtigkeit übertreffen.«

»Echt? Meinst du das wirklich?« Kelly stürzte sich über den Couchtisch und schlang Peggy die Arme um den Hals. »Du bist die Beste!« Sie ließ sie los und stupste ihr mit einem Pompon ins Gesicht. »Äh, tut mir Leid, dass ich deine Stifte runtergeschmissen hab und so . . .«

»Macht nichts«, sagte Peggy. Sie räumte ihre Schreibgeräte schnell wieder ins Etui zurück. »Bring Allen raus, ja? Ich muss mich für meine Verabredung fertig machen.«

Die große Eins-sieben

Trotzdem spielte ich immer noch eine Rolle, als sich Peggys siebzehnter Geburtstag näherte, während Colin nur eine weitere Nummer in dem Heer von Peggys Exfreunden geworden war. Na ja, zumindest halbwegs. Meine Rolle war groß genug, um an ihrem Geburtstag zum Abendessen bei ihr zu Hause eingeladen zu werden, doch als sie danach ausging, tat sie das nicht mit mir. Man könnte sagen, ich spielte zwar eine Rolle, aber nicht die Hauptrolle.

Ein paar Monate früher hatten wir im Fernsehzimmer rumgesessen und uns unterhalten, während sich Käs durch die Kanäle zappte. In einer der Sendungen, an denen er vorbeizappte, ging es um Kalligrafie, und ich merkte mir, wie Peggys Augen aufgeleuchtet hatten, als die Sendung vorbeiflimmerte. Ich sparte also etwas Geld und kaufte ihr ein Kalligrafieset. Ich brauchte ungefähr eine Woche, um herauszufinden, wie man es einpackte, ohne sich das Gesicht dabei vollzukleben. Doch schließlich schaffte ich es und klingelte mit der Schachtel in der Hand an der Tür (nur einmal – nachdem ich einen Monat lang die Westminster-Glocken im Kopf gehabt hatte, war ich jetzt schlauer).

Kelly öffnete die Tür. Sofort sprang mir das Herz aus der Brust und vergrub sich in meinem Brustkorb. Mit ihren vierzehn Jahren hatte sich Kelly Kaylin nämlich in die neunundneunzig reizvollsten weiblichen Pfund auf dem ganzen Planeten verwandelt. Zum Teil, weil ihr Gesicht... ich kann nicht sagen, »vollkommen« war, das würde ihr nicht gerecht. Sie sah viel fantastischer aus. Während Peggys Gesicht irgendwie rau wirkte, war Kellys glasiert, poliert, mit einer Porenverengungscreme behandelt und unglaublich schön. Genau wie Peggy hatte sie vor ein paar Jahren bemerkt, dass sie langsam grau wurde, doch im Gegensatz zu ihr hatte sie sich die Haare sofort schwarz gefärbt – ein aggressives Schwarz, das einen am Kragen packte und den Verstand rausprügelte. Das war also ein Grund. Ein anderer war, dass sich ihr Körper entwickelt hatte, nicht bis zu solch extremen Maßen wie Peggy, sondern genau so, dass man ihre Figur mit den Worten des örtlichen *Fútbol*-Kommentators in Bezug auf ein mexikanisches Tor nur *»perfecto y ESPECTACULAR!«* nennen konnte. Und ich spreche nicht nur von ihrem Busen, so *perfecto y espectacular* der auch war – ich spreche von jedem einzelnen zauberhaften Quadratzentimeter ihres Körpers. Das war also ein weiterer Grund. Aber das war noch nicht alles. Kelly kam nämlich auf Fotos nicht sonderlich gut rüber. Wenn man sie knipste, sah sie zwar gut aus, aber nicht umwerfend. Deshalb hatte ich die Theorie, dass sie fortwährend von einer dicken Pheromonwolke umgeben war, die sie gute vierzig bis fünfzig Prozent hübscher aussehen ließ, als sie eigentlich war. Darauf war ich gekommen, als ich einmal eine Woche lang erkältet war und sie mir zu der Zeit nicht ganz so toll wie sonst vorkam. Sobald meine Nasen und Ohren jedoch wieder frei waren, wurde mir wieder auf Anhieb klar, dass dieses Mädchen einfach spitzenmäßig war, ein wandelnder feuchter Traum mit Zahnspange. Um sich über längere Zeit in ihrer Nähe aufzuhalten, ohne sie bespringen zu wollen, hätte man jeden Morgen sein Körpergewicht in Salpetersäure runterkippen müssen.

Man konnte es auch nicht gerade hilfreich nennen, dass Kelly eine Minimalistin in Sachen Kleidung war. An diesem Abend trug sie zum Beispiel ein dünnes weißes T-Shirt mit nichts darunter, gestreifte Boxershorts und eine rosafarbene Socke. »Oh, hi«, begrüßte sie mich. »Komm rein.«

Als ich ihre Stimme hörte, wurde meine Qual noch größer. Ich konnte sie sehen und riechen, und jetzt auch noch hören, aber ich durfte sie nicht fühlen oder schmecken. Das war einfach nicht fair. Ich hätte das Hören zu gern gegen einen der anderen beiden Sinne ausgetauscht. »Hi«, antwortete ich. Ich schwenkte das Geschenk. »Soll ich das hier irgendwo abstellen?«

Sie zuckte mit den Achseln, und ich schwöre, was da unter dem T-Shirt vor sich ging – es sind schon Epen über weniger entzückende Anblicke geschrieben worden. »Du kannst es zu den anderen auf den Wohnzimmertisch legen«, antwortete sie. »Sie hat gesagt, sie packt sie aus, wenn sie zurückkommt, aber das wird wohl erst mitten in der Nacht sein. Wenn du willst, dass sie es auspackt, wenn du noch hier bist, musst du es ihr schon in die Hand drücken.« Sie stürmte ins Wohnzimmer. Ich folgte ihr etwas gemesseneren Schrittes. Die vierzig Minuten Vorbereitung, die ich vor dem Kommen drangesetzt hatte, hatten kein bisschen geholfen.

Als ich an dem kleinen Esszimmer vorbeikam, stellte ich fest, dass der Tisch bereits gedeckt war und nur an ein paar Plätzen das Besteck noch fehlte. Unter der Tischdecke kam ein merkwürdiges malmendes Geräusch hervor. Peggy bemerkte es anscheinend auch, während sie die Messer und Gabeln auf den Tisch legte. Sie hob die Tischdecke an und fand Grant darunter, der eine Schachtel Kekse mampfte. »Was machst du da unten?«; wollte sie wissen. »Gib sofort die Kekse her!«

»Das sind meine«, protestierte Grant. »Ich hab sie gekauft.«

»Es ist mir egal, wer sie gekauft hat«, erwiderte Peggy. »Komm sofort da raus.« Grant krabbelte unter dem Tisch hervor. »Wie viele hast du schon davon gegessen?«, fragte sie.

»Weiß nicht«, antwortete er.

»Was heißt hier ›Weiß nicht‹? Warst du nicht dabei?«

»Nur zwei«, behauptete er.

»Was sagt Mom denn, wenn du vor dem Abendessen Süßes isst?«, fragte sie.

»Dass ich es sein lassen soll«, gab er zu.

»Dann lass es auch sein!«, schimpfte sie. »Jetzt leg sie weg.«

Mrs. K. kam herein, um nachzusehen, was los war. »Weißt du, Peggy«, sagte sie, »es hat schon seinen Grund, warum es zwei verschiedene Wörter für ›Schwester‹ und ›Mutter‹ gibt.«

»Einer muss ihm doch was sagen«, entgegnete Peggy. »Man kann doch nicht einfach alle Regeln missachten. Außerdem wird er sonst zu dick.«

Kelly kam aus dem Fernsehzimmer zurückgehüpft. »Worüber streitet ihr denn?«, wollte sie wissen.

»Über gar nichts«, entgegnete Peggy. »Kannst du dir nicht mal was anziehen? Wir haben Besuch.«

»Klar, Allens Besuch«, sagte Kelly. »Du solltest mal etwas lockerer werden oder so.«

»Möchtest du das jetzt haben?«, fragte ich Peggy und hielt ihr mein Geschenk hin.

»Leg es einfach auf den Tisch«, antwortete sie. Sie schüttelte den Kopf. »Ich kapier das nicht. Sollten sich nicht alle für mich interessieren, wenn ich Geburtstag habe?«

»Für dich schon«, erwiderte ich. »Ob sie sich für das interessieren, was du sagst, ist eine andere Frage.«

Kurz darauf wurde das Essen serviert und ich musste eine taktisch wichtige Entscheidung fällen. Bei den Kaylins gab es nämlich eine bestimmte Gepflogenheit. Zuerst war ihr nur ab und zu nachgegangen worden, aber dann hatte Peggy angefangen, darauf zu bestehen: Sie sprachen das Tischgebet vor dem Essen und hielten sich dabei an den Händen. Das bedeutete, wenn ich neben Kelly saß, würde ich sie mindestens eine Minute lang berühren dürfen. Wenn ich ihr aber gegenübersaß, würde ich sie während der ganzen Mahlzeit anschauen können. Da ich eher auf lange Sicht dachte, entschied ich mich für Letzteres und nahm zwischen Peggy und Grant Platz.

Also hielten wir uns alle an den Händen. »Oh Gott, von dem wir alles haben«, begann Mr. K., »wir danken dir für diese Gaben. Du speisest uns ...«

»Was, wir werden aufgegessen?«, fragte Grant.

Mr. K. lachte. »Nein, ›speisen‹ heißt auch ›jemandem Essen geben‹«, erklärte er. »Du speisest uns, weil du uns liebst. Oh segne auch, was du uns gibst. Und an diesem besonderen Tage hoffen wir, dass du unserer Tochter in ihrem achtzehnten Jahr so viel Freude schenken wirst, wie sie uns in den letzten siebzehn Jahren geschenkt hat. Amen.«

Käs tupfte sich mit seiner Serviette die Augen ab. »Das war echt schön, Mann«, stellte er fest. »Ich glaub, ich muss heulen.«

Es gab Salat und dazu Lasagne in zwei Ausführungen: eine kleine ohne Fleisch für Peggy und mich und eine große mit Fleisch für alle anderen. Als Kind zweier Vegetarier war mir nie in den Sinn gekommen, dass man ernsthaft Lust verspüren könnte, sich ein Stück tote Kuh oder einen Hühnerkadaver in den Mund zu schieben. Peggy war dagegen im Alter von neun Jahren konvertiert, nachdem sie einen Dokumentarfilm über Fleischwarenhersteller gesehen hatte, in dem unter anderem die Schlachthalle eines Schlachthofes gezeigt wurde. Nachdem sie sich die ganze Nacht lang übergeben hatte, schwor sie, nie mehr auch nur ein einziges Stück Fleisch zu essen. Kurz danach schaute sie sich einen Dokumentarfilm über den Tylenol-Anschlag von 1982 an, bei dem sieben Menschen an einem mit Zyanid versetzten Schmerzmittel starben, und wollte aus Angst, vergiftet zu werden, überhaupt nichts mehr essen. Sie verlor über zwanzig Pfund und musste eine Zeit lang ins Krankenhaus. Von da an durfte sie keine Dokumentarfilme mehr sehen.

»Passt auf«, sagte Mrs. K. »Die Schüsseln sind heiß. Nehmt die Topflappen.«

»Das sagst du immer«, erwiderte Kelly. Sie nahm sich die große Schüssel und löffelte sich etwas Lasagne auf den Teller. Dann reichte sie die Schüssel an Käs weiter, der aufschrie und sie über den halben Tisch warf. Wie durch ein Wunder zerbrach die Schüssel weder irgendetwas auf dem Tisch, noch landete ihr Inhalt bei irgendjemandem auf dem Schoß.

»Shit!«, rief Käs. »Ist das heiß!« Er lief in die Küche und hielt die Hände unter den Wasserhahn.

»So heiß ist es doch gar nicht«, meinte Kelly. »Man spürt es fast gar nicht. Weichei.«

»Kelly, fang keinen Streit an«, sagte Peggy. »Und, Keith, achte auf deine Wortwahl. Und, Grant . . .«

»Was hab ich denn gemacht?«, fragte Grant.

». . . reich mir bitte das Dressing.«

Dann aßen wir alle. Und dann gab es Nachtisch. Mrs. K. brachte einen Kuchen mit siebzehn Kerzen, die Peggy halbherzig ausblies. »Hast du dir etwas gewünscht?«, fragte Mrs. K.

»Nein«, antwortete Peggy. »Ich hab mir schon vor einiger Zeit etwas gewünscht und es ist nicht in Erfüllung gegangen.«

»Ich versteh sowieso nicht, wieso du dich operieren lassen willst«, sagte Käs. »Es gibt Mädchen, die würden alles für solche . . .«

»Nur diejenigen, die nicht wissen, wie das eigentlich ist«, entgegnete Peggy.

»Schneid schon mal den Kuchen an«, sagte Kelly.

Der Kuchen wurde geschnitten und herumgereicht. Jetzt kam der Zeitpunkt, da sich meine taktische Entscheidung auszahlte: Ich durfte den Anblick genießen, wie Kelly sich Zuckerguss von den Fingern leckte. Nicht ganz so reizvoll wie der Anblick, als sie mal ein Eis am Stiel verschlang, aber nahe dran. Peggy dagegen schob nur ihren Kuchen mit der Gabel auf dem Teller herum, und das nicht nur, weil sie nicht dick werden wollte. »Was ist los?«, fragte ich sie leise.

»Ist das deine Therapeutenstimme?«, wollte sie wissen.

»Ich bin kein Therapeut, sondern Vertrauensschüler.«

»Gut«, antwortete sie. »Dann bin ich eine Trinkanimierdame.«

»Ist denn alles okay?«, fragte ich.

»Ich glaub schon«, erwiderte sie. »Ich weiß auch nicht. Es ist bloß – dieses Haus. Keiner macht, was er soll, und alle sind gemein zueinander. Es ist total chaotisch. Echt total chaotisch.«

»Total chaotisch«. Seitdem war ich nicht mehr zum Abendessen drüben gewesen, deshalb hatte ich diesen Abend und vor allem dieses Gespräch noch besonders in Erinnerung, als ich unsere Auffahrt hinaufging. Alles andere, die Kindheitsspiele und all die Nachmittage, die ich zwischen sechs und sechzehn bei ihr zu Hause verbracht hatte – ich kann nicht sagen, dass ich bewusst darüber nachdachte. Aber das brauchte ich auch gar nicht. Es war immer da, versteckt im Hintergrund. Immer wenn ich Peggy Kaylin anschaute, sah ich sie im Spiegel unserer gemeinsamen zehnjährigen Vergangenheit.

Wo das Herz ist – oder zumindest die Milz

In der Auffahrt stand das Auto, in das ich hätte springen und mit dem ich überallhin hätte fahren können, wenn ich nicht fast einen Fußgänger angefahren hätte, den es gar nicht gegeben hatte. Echo und ich hatten es zusammen gekauft: Es war ziemlich klein, was mir ganz gut passte, und schwarz, was mich nicht gerade begeisterte, aber Echo umso mehr. Und es war unverschlossen, was ich sehr erfreulich fand, da irgendjemand das Garagentor zugemacht hatte und der Weg zu unserer Haustür so überwuchert war, dass man ihn nur mit einer Machete und mehreren Kanistern Agent Orange hätte begehen können. Ich holte den Garagenöffner aus dem Wagen, öffnete per Knopfdruck die Schiebetür und ging ins Haus.

Als Erstes bot sich mir der Anblick meines Bruders Krieg, der in der Küche stand und sich über eine »Blutbad-Pizza« vom Pizza Hovel, dem Pizzaservice für Studenten, beugte: Tomatensoße, Käse, Pfeffersalami, Schinken, Wurst, kanadischer Speck, normaler Speck, Rindergehacktes, Huhn, Truthahn, Hammelfleisch, Wild, Straußenfleisch, Eichhörnchen und Waschbär. »Mmmgfmn«, begrüßte er mich. Dann wischte er sich mit dem Handrücken den

Mund ab und hinterließ eine Blutspur auf seiner Wange und Teigkrümel in seinem schmuddeligen Schnurrbart. »Meine«, führte er aus.

»Ist auch ganz gut so«, antwortete ich. Krieg grunzte und stopfte sich weiter Pizza in den Schlund.

Echo stand mit verschränkten Armen in der Ecke. Sie trug schwarze Jeans und ein unförmiges schwarzes T-Shirt – eigentlich ein sehr unpassendes Outfit in Südkalifornien, das hier drinnen jedoch durchaus Sinn machte, da die Klimaanlage in jedem Zimmer bis auf eines mindestens vierundzwanzig Stunden am Tag und manchmal länger auf vollen Touren lief. »Und? Hast du deinen Führerschein?«, fragte sie.

»Nein«, antwortete ich. »Angeblich habe ich beinah jemanden angefahren. Ich hab aber niemanden gesehen.«

»Klingt logisch«, stellte sie fest. »Die Leute verletzen immer andere Leute, ohne es zu merken.«

»Klar«, sagte ich. »Ich würd mich ja gerne selbst geißeln, aber ich hab die Peitsche im Taxi vergessen. Wie sieht's aus, gibt's für uns auch was zu essen?«

»Wir haben was beim Delhi-Catessen bestellt«, erklärte sie. »Müsste jeden Moment da sein. Wir haben nichts für dich mit bestellt, aber du kannst die Hälfte von meinem haben.« Draußen fiel eine Autotür zu. »Das müssen sie sein«, meinte Echo.

Sie irrte sich. Das Garagentor flog auf und herein spazierte mein Halbonkel Bobbo mit irgendeinem neuen Flittchen im Schlepptau. »Hallo zusammen!«, rief er. »Das hier ist Trina.« Trina war genau Bobbos Typ: so viel Schminke, dass man ein Team von Archäologen bräuchte, um sich hindurchzugraben; Parfum, das eine Kuh auf dreißig Schritte umhauen würde, und Haare, die weniger gebleicht als mit gelber Farbe besprüht zu sein schienen. »Sagt ›Hi‹ zu Trina, alle miteinander«, bat Bobbo.

»Hi«, sagte ich.

»Mgmff«, sagte Krieg.

»Wie viel nimmst du?«, fragte Echo. »Fünfzig Dollar pro Nacht? Oder sechzig?«

»Das war nicht sehr nett«, sagte Bobbo. Er wandte sich an Trina. »Möchtest du was trinken? Ich hab eine Minibar in meinem Zimmer.« Sie gingen nach oben. Und so endete Trinas Rolle in der Geschichte meines Lebens.

Wenig später kam der Typ vom Heimservice. Echo bezahlte und packte alles auf der Arbeitsplatte aus: Nan-Brot mit Knoblauch, Samosa-Pasteten, Dal Makhani, Korma mit Gemüse, alles Mögliche. Es polterte auf der Treppe und meine Schwester Molly schlitterte in die Küche. Sie war dreizehn Jahre alt und hatte überhaupt nichts an. »Hey, da bist du ja!«, rief sie. »Hast du deinen Führerschein gekriegt?«

»Nein«, antwortete ich. »Ich hab die Kontrolle über den Wagen verloren, bin direkt ins Straßenverkehrsamt gedonnert und hab Hunderte von Menschen dabei umgebracht.«

»Klar!«, sagte sie. Sie holte sich einen Pappteller aus dem Schrank und begann, ihn voll zu packen. »Darf ich ihn mal sehen?«

»Ich bin wirklich durch die Prüfung gefallen«, erklärte ich. »Dass ich ein Taxi statt mein eigenes Auto fahren musste, hat die Sache nicht gerade einfacher gemacht. Aber Bobbo war wahrscheinlich zu sehr damit beschäftigt, irgendwelche Tussis aufzureißen, um mich zum Straßenverkehrsamt zu fahren.«

»Dann kriegst du ihn halt nächstes Mal«, meinte Molly. Sie nahm das Telefon zur Hand und tippte eine Nummer ein. »Jerem?«, fragte sie. »Hier ist Molly. Das Essen ist gekommen.« Pause. »Ich geh da nicht rein«, sagte sie. »Das verdirbt mir den Appetit. Ja, er ist hier. Nein, er ist durchgefallen. Okay. Tschüs.« Sie legte auf. »Jerem will, dass du ihm was zu essen bringst«, verkündete sie.

»Von mir aus«, sagte ich. »Ich verstehe nicht, warum ein Neunjähriger ein Handy braucht.« Echo hatte bereits einen Teller für sich und einen für mich beladen, also räumte ich alles Übrige in die Tüte zurück und brachte sie nach oben.

Jerem teilte sich ein Zimmer mit Krieg – oder so gut wie. Sie schliefen zwar beide hinter derselben Tür, aber Jerem hatte sein Bett mit einem riesigen Vorhang umgeben, der vom Boden bis zur Decke reichte. Ich öffnete die Tür und der Gestank haute mich fast um. »Essen ist da«, sagte ich.

Ich hörte, wie Jerems Finger hinter dem Vorhang auf der Computertastatur tippten. »Stell das Essen auf den Boden und mach die Tür hinter dir zu«, antwortete er. »Öffne nicht den Vorhang. Versuche keine weitere Unterhaltung.«

»Ich gehe auch nicht über Los und ziehe zweihundert Dollar ein«, fügte ich hinzu. Ich stellte die Tüte auf den Boden und schloss die Tür hinter mir.

»Es ist total chaotisch«, hatte Peggy gesagt. »Echt total chaotisch.«

»Genau«, hatte ich geantwortet. »Deine Familie ist wirklich das reinste Chaos.«

Was ist sonst noch so los?

Bevor ich an diesem Abend schlafen ging, beschloss ich, zur Krönung des Tages noch etwas Gitarre zu spielen. In den zwei Jahren, die ich nun schon spielte, hatte ich mich von »absolut unfähig« zu »auffallend unbegabt« weiterentwickelt. Doch trotz meines mangelnden Talents machte mir das Spielen wirklich Spaß – jede Woche verbrachte ich mehrere Stunden in meinem Zimmer und tat so, als wäre ich ein Rockstar. Natürlich kannte ich nur etwa vier Akkorde, also musste ich so tun, als wäre ich ein Rockstar, der sich gerade von einer außergewöhnlichen Rückenmarksverletzung erholte und daher in seiner Motorik stark beeinträchtigt war. Auf jeden Fall rockte ich also gerade fröhlich vor mich hin, als ich plötzlich merkte, dass ich von einem unerwarteten Schlagzeug begleitet wurde: Jemand klopfte ans Garagentor. Ich legte meine Gitarre hin und wollte gerade hingehen, als das Telefon klingelte. Da das Telefon näher war, ging ich ran. »Hallo?«

»Piep!«, machte das Telefon. »Dies ist eine aufgezeichnete Nachricht der Dienststelle für Anwesenheitsprüfung der Ilium High School. Gemäß unseren Aufzeichnungen hat Craig Robert Mockery heute eine oder mehrere Unterrichtsstunden versäumt. Unentschuldigtes Fehlen kann zu Disziplinarmaßnahmen führen. Piep!«

Ich legte auf und ging nach unten, um nachzusehen, wer vor der Garage stand, aber Bobbo war schneller gewesen als ich. Es war Peggy. »Ja?«, sagte Bobbo. Dann wanderte sein durchdringender Blick ungefähr auf die Höhe ihres dritten Blusenknopfes. »Wow, hallooo!«, rief er. »Komm rein! Eigentlich hab ich mit 'ner Pizza gerechnet, aber das hier ist viel besser!«

Peggys Gesicht glühte auf wie die Spirale in einem Elektroofen. »Sehr einfühlsam, Bobbo«, stellte ich fest. »Hey, warum fährst du nicht zu diesem Behindertenzentrum runter? Da gibt's bestimmt viele Leute in Rollstühlen, auf die du mit dem Finger zeigen kannst . . .«

»Ach komm, hör auf«, sagte er. »Hast du *diesen* Käfer gesehen?«

»Nur an jedem einzelnen Tag während der letzten zehn Jahre«, entgegnete ich. Ich trat in die Garage hinaus und machte Bobbo die Tür vor der Nase zu. »Tut mir Leid«, sagte ich. »Ich wollte schon zur Tür gehen, aber dann musste ich mir vom Ilium-Computer erzählen lassen, dass Krieg heute geschwänzt hat. Mann, was für ein Schreck.«

»Lasst ihr immer das Garagentor offen?«, fragte Peggy und schaute sich um. »Hier könnte jeder einfach so hereinspazieren und alles Mögliche klauen.«

»Ja, ich weiß«, antwortete ich. »Ich würde ja gern sagen, wir vertrauen auf die menschliche Natur, aber wir sind einfach nur faul. Wie war deine Verabredung?«

»Nicht so toll«, sagte sie. »Er hat versucht . . . Ich meine . . . Er hat was versucht.«

»Aha«, erwiderte ich.

»Was soll das heißen, ›Aha‹?«, fragte sie. »Es ist genau das passiert, was du vorausgesagt hast. Genau das, was du die anderen einundneunzig Male auch vorausgesagt hast, und du hattest immer Recht. Ich kapier es nicht. Liegt es an mir? Setzt da irgendwas in dem Gehirn anständiger Jungs aus, wenn sie mit mir weggehen, dass sie dann . . . unanständig werden? Oder schätze ich sie einfach alle von vornherein falsch ein?«

»Das würde ich nicht sagen«, meinte ich. »Du hast nur nicht viel

Zeit, um sie einzuschätzen. Wollen sich nicht die meisten dieser Jungs auf der Arbeit mit dir verabreden? Oder fragen dich auf der Arbeit nach deiner Telefonnummer und wollen sich dann nach einem zehnminütigen Gespräch mit dir verabreden?«

»Nicht immer«, erklärte sie. »Ich lerne Jungs in meiner Kirche kennen, und in der Schule ... Und Mike kenne ich schon seit Wochen! Eigentlich sogar seit Monaten! Er war immer mit Dave und Chris zusammen, wenn ich sie getroffen hab, und da war er immer echt nett.«

»Aber selbst in diesen Monaten, in denen du wusstest, wer er *war*, wie viel Zeit hast du da wirklich *mit ihm* verbracht?«, fragte ich. »Ein paar Nachmittage? Vielleicht hast du dich ab und zu mal fünf Minuten mit ihm unterhalten?«

»Aber deshalb verabrede ich mich doch mit ihnen!«, rief sie. »Um sie besser kennen zu lernen! Du bist doch Vertrauensschüler – was soll ich machen?«

»Als Vertrauensschüler darf ich eigentlich keine Ratschläge geben«, erwiderte ich.

»Dann als Freund«, bat sie.

»Na ja«, sagte ich, »solche Verabredungen laufen eben irgendwie darauf hinaus, dass man mehr als nur befreundet ist oder dass man später mehr als nur befreundet sein wird ... Anstatt dass sich jemand auf natürliche Weise von einem Fremden zu einem Bekannten und dann zu einem Freund entwickelt, den man dann allmählich näher an sich heranlässt, fallen hierbei eben alle Zwischenschritte weg.«

»Aber ich will ja nicht nur befreundet sein«, entgegnete sie. »Es gefällt mir ja, wegzugehen, Spaß zu haben, sich zu küssen und so was.«

»Das ist ja auch okay«, sagte ich. »Ich sag ja auch nicht, dass du dich mit niemandem treffen sollst. Aber es ist doch nichts Verwerfliches daran, sich Zeit zu lassen und eine Weile Single zu bleiben. Ich meine nur, dass ich mich nicht dabei wohl fühlen würde, mit jemandem zusammen zu sein, den ich nicht schon in- und auswendig kenne, verstehst du?«

Sie grinste spöttisch. »Ich weiß nicht. Das klingt ja so, als sollte ich mit meinem Bruder oder so jemandem zusammen sein. Oder mit dir.«

»Nein«, widersprach ich schnell. »Nicht unbedingt ...«

»Hm. Ich werde darüber nachdenken«, erklärte sie. »Hier, für dich.« Sie öffnete unsere Gefriertruhe in der Garage und holte ein Päckchen heraus, das in Geschenkpapier eingewickelt war.

»Was ist das denn?«, fragte ich. »Schmilzt das jetzt?«

»Ein Geschenk, du Blödmann«, antwortete sie. »Und das war der einzige Platz, den ich sehen konnte, um es zu verstecken.«

Ich packte es aus. Es war ein kleines gebundenes Buch, das wie ein Tagebuch aussah. Ich blätterte durch die Seiten und entdeckte darauf etwas, das wie eingeklebte Fernsehankündigungen aussah.

»Du machst dich doch immer über Fernsehsendungen lustig«, erklärte sie. »Also hab ich alle dämlichen Ankündigungen aufgehoben, die ich in der Zeitung gefunden habe ...«

Ich schlug eine beliebige Seite auf:

14 TEEN-VEE

Ashley: Die frühen Jahre

Ashley stellt fest, dass ihr geliebter Kunstlehrer ihr in die Bluse schaut, als er sich über ihre Schulter beugt, um ihr »bei der Pinselführung zu helfen«. Mit Holly Madera als Ashley.

53 DER ABGELUTSCHTE SCHUNDSENDER

Straight Flush

Corey nimmt verunreinigtes LSD und versucht Zeke umzubringen, lernt aber ihre Lektion; Annie kann ihren Lieblingshut nicht finden. Mit Anastasia, Bathsheba, Coriander, Delilah und Ezekiel Oldenberg als Anastasia, Bathsheba, Coriander, Delilah und Ezekiel Smith. Gastauftritt von Mohan Tadikonda, Meister asiatischer Kampfsportarten.

78 DER 1978ER SENDER

Love Boat

Gaststar findet Liebe auf Boot. Gaststar: N. N.

»Wahnsinn«, meinte ich. »Dafür musst du ja ewig gebraucht haben.«

»Nur ein paar Minuten ab und zu«, erklärte Peggy. »Hat Spaß gemacht.«

»Möchtest du nicht reinkommen?«, fragte ich. »Ich pass schon auf, das Bobbo dich nicht belästigt . . .«

»Nein, es ist schon spät«, antwortete sie. »Ich gehe besser.«

»Okay«, sagte ich. »Vielen Dank. Und, hey, weißt du . . . ich liebe dich, Peggy.«

Sie lächelte. »Nett von dir. Gute Nacht.«

Ich sah zu, wie sie unsicher die Auffahrt hinunterging und dann allmählich auf der Straße verschwand. Dann schloss ich das Garagentor und ging nach oben.

In meinem Zimmer schaltete Echo gerade den Verstärker aus. »Oh«, sagte ich. »Hab ganz vergessen, dass ich ihn angelassen hab. Tut mir Leid.« Ich gähnte und stellte die Gitarre auf den Ständer zurück. »Ich glaub, ich geh schlafen«, sagte ich.

»Okay«, erwiderte Echo und ging auf die Tür zu. »Soll ich das Licht ausmachen?«

»Ja, bitte.« Sie knipste das Licht aus. Im Dunkeln hörte ich, wie sie die Tür schloss und in ihr Bett am anderen Ende des Zimmers schlüpfte.

Zwei

Echo stand am nächsten Morgen um halb zwei auf, tat in den nächsten paar Stunden das, was sie jeden Tag vor Sonnenaufgang tat (keine Ahnung, was), machte um neun ihre Fahrprüfung und legte ein perfektes Ergebnis hin – mit demselben Taxi, in dem ich so schmählich versagt hatte. Dann fuhr sie nach Hause, schwang sich auf ihr Fahrrad, verschwand irgendwohin und kehrte erst spät abends zurück. Das Auto stand weiter als Staubfänger in der Einfahrt.

Was mich betraf, ich musste am Montag in der Schule einiges erklären. Vor allem, als mich September Young entdeckte. »Hey!«, rief sie. »Bist du mit dem Auto zur Schule gekommen? Darf ich es sehen?«

»Warum sollte ich mit dem Auto zur Schule kommen?«, fragte ich. »Man kann unser Haus vom Parkplatz aus sehen.«

»Stimmt«, sagte sie. »Darf ich dann deinen Führerschein sehen? Ist ein gutes Foto von dir drin? Mein Bruder sieht auf seinem Bild aus wie ein radioaktiver Mutant.«

»Ich bin durch die Prüfung gefallen«, erklärte ich. »Wir haben noch mindestens zwei Wochen Taxi Ocho vor uns. Tut mir Leid.«

»Oh«, meinte sie. Sie machte einen Moment lang ein enttäuschtes Gesicht. »Ach, ist schon okay. Was sind schon zwei Wochen? Wir sehen uns nach der Schule.«

We shall overcome

Ein paar Wochen vor meinem ersten Tag in der Ilium hatte ich einen braunen Umschlag mit lauter Werbeblättern in meiner Post, die verschiedene Veranstaltungen außerhalb des Lehrplans anpriesen, so was wie: »Bist du unfähig, einen grammatikalisch korrekten Satz zu bilden? Bist du dir unsicher in der Zeichensetzung? Dann ist das Jahrbuch genau das Richtige für dich!« Ich wollte schon den ganzen Krempel in den Müll schmeißen, als mir ein Zettel ins Auge fiel, auf dem stand:

Sitzungen mit Vertrauensschülern

Bei kleineren Verstößen gegen die Verhaltensregeln bietet die Ilium High School ihren Schülern statt Nachsitzen Sitzungen mit Vertrauensschülern an. Wer wegen eines solchen Verstoßes eine Vorladung bekommen hat und diese Möglichkeit wahrnehmen möchte, möge bei Mrs. Handey im Sekretariat nachfragen. Wer Interesse hat, Vertrauensschüler zu werden, möge sich am 10. September um 15:30 Uhr beim stellvertretenden Direktor Dr. Todd melden.

Der 10. September war ein Mittwoch, so dass ich ganze zwei Tage High-School-Erfahrung hinter mir hatte, als ich mich an diesem Nachmittag zum Sekretariat aufmachte. Ich dachte mir, dass das für ein umfassendes Verständnis dieses ganzen Teenagerkrams mehr als ausreichte. Ein flüchtiger Blick auf meine Karte der Schule verriet mir, wo das Büro des stellvertretenden Direktors lag. Auf einem Stuhl direkt neben der Tür saß ein hübsches, frisch gewaschen und zurechtgemacht aussehendes Mädchen mit langem, glattem, honigfarbenem Haar. Ich erkannte sie aus ein paar meiner Kurse wieder, nicht so sehr wegen ihres Aussehens, sondern an der verwaschenen Jeansjacke, die sie die letzten zwei Tage getragen hatte und auch später fast immer tragen würde, wenn ich sie wieder traf.

Ich setzte mich auf den Boden. »Bist du wegen des Vertrauensschülertreffens hier?«, fragte mich das Mädchen.

»Nein, ich bin wegen des Sit-ins gekommen«, erwiderte ich. »An welchem Tisch soll ich meine Handschellen festmachen, was meinst du?«

»Ich bin schon seit einer Viertelstunde hier, aber außer dir ist niemand aufgetaucht«, erklärte sie. »Ich heiße übrigens September.«

»Ich heiße Allen«, sagte ich. »Vielleicht sind ganz viele Leute vorbeigekommen, aber gleich wieder gegangen, als sie gesehen haben, dass es nur einen Sitzplatz gibt.«

»Weißt du irgendwas über diesen Dr. Todd?«, fragte September.

Die gleiche Frage hatte ich Peggy am Tag zuvor auch gestellt und sie hatte mir ein bisschen über ihn erzählt. Doctor Dennis Todd war anscheinend *die* legendäre Persönlichkeit in der Ilium. In den Anfangstagen der Schule war er der Footballtrainer gewesen – er hatte seinen Doktor in Sport gemacht –, hatte sich jedoch zum stellvertretenden Direktor, der für die Disziplin verantwortlich war, in der Verwaltung hinaufgearbeitet. Man konnte ihn als eine Art Einsiedler bezeichnen, da ihn nur diejenigen zu Gesicht bekamen, die in sein Büro beordert wurden. Durch das Schulgelände patrouillierte seine Vertretung für ihn: eine verhutzelte alte Deutsche namens Uta Himmler, die seit der Eröffnung der Schule hier arbeitete. Sie verbrachte ihre Zeit damit, nach Schülern Ausschau zu halten, die die Verhaltensregeln missachteten, und sie Doctor Todd über ihr Walkie-Talkie zu melden. Wer auch immer bei der Verletzung der Vorschriften erwischt wurde, bekam die gleiche Strafe, ob man nun Abfall herumliegen lassen hatte oder jemanden mit einem Gabelstapler hatte umbringen wollen: einen roten Schein. Diese roten Scheine mussten im Sekretariat abgegeben werden. Manchmal musste man sie nur unterschrieben von den Eltern zurückbringen, aber man konnte auch Nachsitzen aufgebrummt bekommen, oder, wenn man etwas ganz Schlimmes getan hatte, in Doctor Todds Büro geschickt werden.

Die roten Scheine riefen schon bald sowohl Angst als auch Hohn hervor und Uta wurde von allen gehasst. Schon wenige Wochen nach der Eröffnung der Schule wurde ein Lied über sie verfasst, das von einer Generation zur nächsten weitergegeben wurde und das ungefähr so ging:

(zur Melodie von »Theme from *The Monkees*«)
Da kommt sie ...
Sie geht den Flur entlang ...
Sie ist so alt und hässlich ...
Und mir ist schon ganz baaaaaaang ...
Hey, hey, da ist Uta!
Nach dem Krieg in die USA!
Und jetzt wird sie dich kriegen
Pass auf, sie ist schon daaaaaa ...

Ich hatte den Refrain schon halb fertig, als September mich plötzlich anschaute, als hätte sie gerade gemerkt, dass die Rufe nicht von draußen, sondern von drinnen kamen. »Was?«, fragte ich und drehte mich um. Genau hinter mir stand Uta Himmler höchstselbst, in der vollen Größe von hundertdreißig kettenrauchender Zentimetern. »Wer bist du?«, zischte sie. »Keiner kann zu Doctor Todd ohne Termin. Er ist sehr beschäftigt.«

»Wir haben einen Termin«, erwiderte September schüchtern. »Könnte man sagen.«

»Das werden wir noch sehen«, versetzte Uta. Sie legte ihre Zigarette ab und nahm ihr Walkie-Talkie aus dem Halfter. Nach einigem Gerausche und Gefiepe zog sie überrascht eine Augenbraue hoch. »Na schön«, sagte sie. »Ihr dürft rein.« Dann nahm sie ihre Zigarette und marschierte in Richtung der Lehrertoiletten davon.

Doctor Todds Büro wurde nur von dem Licht erhellt, das durch die offene Tür hineinfiel, und kam mir vor wie ein Bunker in der Schlussphase eines Krieges. »Reinkommen«, befahl eine barsche und dennoch wehmütige Stimme im Dunkeln. »Setzen.«

September knipste das Licht an. Im weißen Neonlicht sah das Büro sehr viel weniger unheimlich und sehr viel mehr wie ein umfunktionierter Abstellraum aus. An dem Tisch am anderen Ende des Zimmers saß, wie ich annahm, Doctor Todd. Wenn Richard

Nixon und Adolf Hitler je zusammengekommen wären und ein gemeinsames Kind hätten, sähe es dem Mann, den September und ich vor uns erblickten, vermutlich ziemlich ähnlich: Er hatte enorme Hängebacken, eine Nase wie eine Skipiste und einen Schnurrbart wie eine Zahnbürste; und der halbherzig gezogene Scheitel konnte seine riesige Stirn nicht verdecken. »Setzen«, wiederholte er.

Wir setzten uns. September wischte ein paar nicht vorhandene Stäubchen von ihrem Rock. Doctor Todd holte einen Stapel roter Scheine hervor und gab jedem von uns einen. »Vorladungen«, erklärte er. »Achtet auf die Liste der Verstöße. Fett gedruckte Punkte fallen in meinen Zuständigkeitsbereich. Andere werden möglicherweise an euch übergeben. Kurze Definitionen. Verstoß gegen die Kleidungsvorschrift. Hauptaugenmerk: nackte Haut im Rumpfbereich. Kleidung mit unzüchtigen Sprüchen. Auch Bilder. Keine weiteren Spezifizierungen nötig. Dehnbarer Begriff: Ablenkung zählt auch als Verstoß. Darüber wurde bereits genug gesagt. Zurschaustellung von Zuneigung, Händchenhalten erlaubt. Darüber hinaus höhere Strafen bei entsprechend höherem Grad der Bekundung. Essen im Auto, sehr wichtig. Strengstens verboten. Kann man gar nicht genug betonen. Abfall liegen lassen, unentschuldigtes Fernbleiben vom Unterricht, Vandalismus ...«

In diesem Stil redete Doctor Todd noch etwa zwanzig Minuten weiter. September versuchte offensichtlich angestrengt, ihm zu folgen, doch ich gab nach ein paar Minuten auf und versuchte stattdessen, die Wörter zu zählen, die er sagte, was Echo und ich immer als Kinder gemacht hatten. Schließlich hörte er auf zu reden und überreichte jedem von uns mehrere dicke Ringbuchordner. »Lesen«, sagte er. »Fakten behalten. Sowohl medizinische Informationen als auch Beratungstipps. Zusätzliche Übungsstunden nach dem Unterricht mit Mrs. Handey, bevor die eigentliche Beratung beginnt. Termin ausmachen, bevor ihr geht. Das ist alles.«

In diesen »zusätzlichen Übungsstunden« passierte eigentlich nicht viel anderes, als dass der Inhalt der dicken Ordner abgefragt wurde. »Hätte nie gedacht, dass ich mal eine solche Spezialistin für Gleitcreme werden würde«, meinte September eines Nachmittags. Aber wir hatten auch ein paar Probeläufe, bei denen verschiedene Lehrer die Rolle der sorgengeplagten Schüler übernahmen. (Man weiß nicht, was man versäumt, wenn einem noch nie ein älterer Mann in einem braunen Anzug gesagt hat, dass er erst in der neunten Klasse und schwanger ist.) Nachdem September und ich zur Zufriedenheit aller bewiesen hatten, dass wir in einer Beratungsstunde sicher nichts tun würden, was dem Schulbezirk eine Reihe kostspieliger Gerichtsverfahren einbringen würde, galt es nur noch eine Hürde zu nehmen. Mrs. Handey rief uns eines Mittags ins Sekretariat und verkündete: »Es geht los! Doctor Todd hat für jeden von euch schon ein paar Schüler heute Nachmittag. September übernimmt die Mädchen und du, Allen, nimmst die Jungen.«

»Wie bitte?«, sagte ich.

»Sie meinen, wir werden nicht zusammenarbeiten?«, fragte September. »Aber wir haben doch zusammen geübt und alle Probeläufe gemeinsam gemacht! Wir haben die ganze Zeit nicht einzeln gearbeitet!«

»Das ist eine Frage des Ausgewogenheit«, antwortete Mrs. Handey. »Wir sind davon ausgegangen, dass ein Junge nicht auf ein Mädchen hören würde und dass ein Mädchen sich nicht einem Jungen anvertrauen würde.«

»Was?«, rief ich. »Hat das hier vielleicht was mit der Zeitumstellung zu tun? Nur dass wir unsere Uhren nicht um eine Stunde, sondern auf 1958 zurückstellen müssen?«

»Wenn wir euch aufteilen, schaffen wir doppelt so viele Schüler«, erklärte Mrs. Handey.

»Nein, schaffen Sie nicht«, entgegnete September. »Dann werfe ich nämlich das Handtuch.«

Das überraschte mich nun doch ganz schön. September machte ein wirklich empörtes Gesicht. »Ähm, ja«, sagte ich. »Ich auch.«

Zum Glück hatten wir es hier mit Mrs. Handey und nicht mit Doctor Todd zu tun – anstatt Uta hereinzurufen, damit sie uns fortschaffte, warf sie nur die Hände in die Luft und sagte: »Na schön! Euer erster Termin ist um halb vier.«

Otubo-Streife

Die Beratungssitzungen sollten im Konferenzraum des Sekretariats stattfinden – einem langen, schmalen Zimmer mit zwei langen, schmalen Tischen, die hintereinander gestellt worden waren und so einen wirklich langen, schmalen Tisch bildeten. Zu beiden Seiten der gegenüberliegenden Wand erstreckte sich ein jeweils fünfzehn Zentimeter breites Fenster vom Boden bis zur Decke. Beide waren jedoch mit Jalousien verschlossen; daher gab es keinen sichtbaren Hinweis darauf, dass wir uns nicht kilometerweit unter der Erdoberfläche befanden. Als ich kam, war September schon da und schaute in einen braunen Papphefter, auf dem SHARALAYEK, SHARON stand. »Worum geht's denn?«, fragte ich. »Sag nur nicht, es hat irgendwas mit Sprengstoffen zu tun.«

»Nö, nur Telefonieren während des Unterrichts«, antwortete September. »Wahrscheinlich wollten sie es uns am Anfang leicht machen.«

September saß auf dem Platz, den unser dicker Ringbuchordner empfahl: in einem Winkel von neunzig Grad vom schmalen Tischende entfernt und mit dem Rücken zum Fenster. Mir war allerdings nicht ganz klar, wo ich sitzen sollte. »Vielleicht gegenüber von mir?«, schlug September vor. »Nein, dann sieht es so aus, als wollten wir sie in die Zange nehmen ... Vielleicht zwei Plätze weiter neben mir ...?«

»Ich glaube, ich laufe einfach ein bisschen herum«, meinte ich. Wie sich herausstellte, blieb mir auch nicht viel anderes übrig – ich war schon dabei, als Sharon Sharalayek hereinkam.

Sharon entpuppte sich als ziemlich klein und hätte eigentlich ganz hübsch sein können, wenn sie keinen schwarzen Lippenstift getragen hätte. (Es war wirklich erstaunlich, wie viele der Schüler, die über die Jahre zu mir und September geschickt wurden, zu glauben schienen, sie würden sich durch Schminke gegen die Gesellschaft auflehnen.) Dazu trug sie Hammer-und-Sichel-Ohrringe, die es diesen Monat im Angebot bei Nordstrom gab. »Hi!«, sagte September zu ihr. »Ich heiße September. Das ist Allen.«

Sharon verdrehte die Augen. »Schön für euch«, gab sie zurück. Sie öffnete ihre Handtasche und kramte einen roten Schein hervor. »Was muss ich machen, damit ihr diesen Wisch unterschreibt?«

»Setz dich doch«, sagte September. Sie zeigte auf den Platz am anderen Ende des Tisches. »Wir müssen uns nur ein paar Minuten unterhalten.«

Sharon setzte sich. »Und«, sagte ich, »wie geht's mit dem Fünfjahresplan voran? Wird das Traktorkontingent erfüllt?«

»Hä?«, fragte sie.

»Deine Ohrringe«, erklärte ich. »Es gab mal eine Zeit, da wär ich dir bis nach Hause gefolgt und hätte deine Autonummer notiert, wenn ich dich mit kommunistischen Symbolen gesehen hätte.«

»Bist du irgendwie ein Psycho oder so was?«, erkundigte sie sich.

»Ach, Quatsch, ich hab nur Spaß gemacht«, erwiderte ich. »Eigentlich versuche ich, eher Psychologe als Psychopath zu sein.«

»Von mir aus«, meinte sie. »Ich kapier nur nie, was ihr Psychos so quatscht.«

»Was meinst du denn, warum du hier bist?«, fragte September.

»Und du bist wohl so eine Sektenheilige, was?«, wandte sich Sharon an September. »›Warum ich hier bin?‹ Du meinst wahrscheinlich, Gott hat mich aus einem bestimmten Grund in diese Welt gesetzt, und gleich wirst du mir sagen, wenn ich nicht sofort lieb und brav werde und mich nicht Jesus öffne, werde ich in der Hölle schmoren, was?«

September machte ein Gesicht, als wäre sie gerade durch eine Falltür geplumpst. »Ähm . . . eigentlich wollte ich nur wissen, ob du eine Ahnung hast, weshalb du deinen Schein bekommen hast . . .«

»Ja, weiß ich«, antwortete Sharon. »Angeblich, weil ich während der Stunde telefoniert hab, aber das ist bloß eine Ausrede. Alle haben geredet, außer diesen Dumpfbacken in der letzten Reihe, die noch den Test geschrieben haben. Sie haben mich nur ausgesucht, weil ich hier die Einzige bin, die anders ist als die anderen.«

Ich öffnete die Jalousie des Fensters neben mir. Obwohl es nur fünfzehn Zentimeter breit war, konnte ich dahinter ein gutes halbes Dutzend Leute mit schwarzer Schminke und Sowjetschmuck sehen. Sie winkten.

»Ja, du hebst dich ziemlich von den anderen ab«, stellte ich fest.

»Okay, kurze Pause«, schlug September vor. Sie stand auf und kam zum Fenster herüber. »Hör mal, wir kommen hier irgendwie nicht richtig weiter«, flüsterte sie. »Was sollen wir machen?«

»Ihr braucht nicht zu flüstern«, rief Sharon. »Ihr könnt einfach die Wörter buchstabieren. Das hat meine Mom immer gemacht, als ich vier war und sie nicht wollte, dass ich sie verstehe. Nur hat sie immer die falschen buchstabiert. ›Ich hab Joe W-I-E-D-E-R dabei erwischt, wie er dieses Flittchen gebumst hat‹.«

»Keine Ahnung«, flüsterte ich zurück. »Ich glaube nicht, dass sie eine Bedrohung für die Gesellschaft darstellt. Am besten reden wir einfach mit ihr und versuchen, nicht gegen sie zu arbeiten.«

September kehrte an ihren Platz zurück. »Na, habt ihr euch entschieden, wer der gute Cop und wer der böse ist?«, wollte Sharon wissen.

»Wir sind keine Cops«, entgegnete ich. »Glaubst du ernsthaft, wir wären hier, wenn wir Cops wären? Dann wären wir unten im Hinterzimmer von dem Supermarkt, der rund um die Uhr auf hat, oder wo immer die Cops sonst hingehen, wenn sie in so einem Laden verschwinden und die nächsten sechs Stunden nicht wieder rauskommen.«

Sharons Handy klingelte. Sie nahm es aus der Tasche, zog die Antenne aus und schaltete es ein. »Hallo?«, sprach sie hinein. »Nein, ist er nicht. Nein, die auch nicht. Die haben jetzt eine andere Nummer, kapiert? Wie oft muss ich das noch sagen? Die machen jetzt was anderes. Können Sie das nicht auch?« Sie rammte die Antenne ins Handy zurück und warf es wieder in die Tasche. »Wahrscheinlich haben sie nur deshalb die Nummer geändert, weil sie diesen Typ loswerden wollten«, schäumte sie. »Ich könnte wetten, der benutzt seit 1983 dasselbe Telefonbuch.«

»Warum nimmst du denn das Handy in die Schule mit?«, fragte September vorsichtig.

Sharon verdrehte die Augen. »Ist doch klar, Mensch. Ich *bin* in der Schule. Wie soll ich denn rangehen, wenn ich es zu Hause lasse?«

»Kannst du es nicht einfach klingeln lassen?«, fragte September.

»Hab ich schon versucht«, antwortete Sharon. »Dann beschweren sich die Lehrer immer.«

September rieb sich die Schläfen. »Nein, warte«, sagte sie. »Kannst du es nicht einfach zu Hause klingeln lassen?«

»Gehörst du zufällig den Amischen an?«, wollte Sharon wissen.

Da fiel mir eine Strategie ein. »Stimmt, Sep«, sagte ich. »Du lebst wirklich in der Vergangenheit, Mädchen. ›Es klingeln lassen‹. Also echt. Wenn ich ein Handy hätte und ständig Anrufe entgegennehmen müsste, würd ich mir so 'ne Mobilbox zulegen. Jeder, der einen stört, landet auf einem Band in irgendeinem Büro in El Paso, und man braucht sich nicht mal um so ein nerviges Blinken am Anrufbeantworter kümmern, wenn man nach Hause kommt.«

»Ich finde es nicht ›störend‹«, protestierte Sharon.

»Und ob es das ist«, meinte ich. »Für mich siehst du jedenfalls so aus, als hättest du was Besseres zu tun, als den ganzen Tag Anrufe entgegenzunehmen. Stimmt's?«

»Klar«, versetzte sie. »Aber es kann ja nicht immer alles superspannend sein. Immer noch besser, als den Sekundenzeiger auf der Uhr zu beobachten oder in einem leeren Haus herumzusitzen ...«

»Fühlst du dich einsam?«, unterbrach September sie. Offensichtlich hatte sie eine andere Strategie im Auge – ich hatte es mit etwas umgekehrter Psychologie versuchen wollen, aber sie hatte das »umgekehrt« weggelassen.

»Nein«, entgegnete Sharon unwillkürlich. »Das heißt – ihr wisst doch, wie das ist, wenn keiner zu Hause ist und in den nächsten Stunden auch keiner zu Hause sein wird ...«

»Hm, eigentlich nicht«, sagte September. »Ich habe elf Geschwister. Und solange ich denken kann, teile ich mir mit zwei Schwestern das Zimmer. Ich bin bei uns zu Hause noch nie allein gewesen.«

»Oh«, meinte Sharon. »Und du?«, wandte sie sich vorwurfsvoll an mich.

»Vier Geschwister und auch kein eigenes Zimmer«, antwortete ich.

»Ich nehme an, du bist ein Einzelkind?«, fragte September.

»Ja«, erwiderte Sharon. »Na und? Meine Eltern hatten halt keine Lust, zur Übervölkerung der Welt beizutragen.«

»Vielleicht haben sie sich auch getrennt, bevor sie weitere Kinder bekommen konnten«, mutmaßte ich.

»Ist ja auch egal«, sagte sie. »Unterschreibt ihr jetzt diesen Zettel hier oder nicht?«

»Gleich«, antwortete September. »Hast du dir mal überlegt, dir einen Job zu suchen, wenn du nach der Schule unter Leute kommen willst? Dann hättest du viel Gesellschaft und würdest außerdem noch Geld verdienen.«

»Ich bin erst vierzehn«, erklärte Sharon. »Wer sollte mich schon einstellen?«

»Du könntest ja ehrenamtlich arbeiten«, schlug September vor. »Zum Beispiel für deine Kirche oder Synagoge nach der Schule. Oder für irgendeine andere gemeinnützige Einrichtung. Dann würdest du zwar kein Geld verdienen, aber du kämst unter Leute, würdest dich nützlich machen und was Gutes tun.«

Sharon schaute September an, als wäre sie gerade aus einem Bus vom Neptun gestiegen. »So toll ist ehrenamtliche Arbeit auch wieder nicht«, warf ich ein. »Ich hab so was mal einen Sommer lang gemacht, ein paar Nachmittage jede Woche, und das war ziemlich mies. Ich dachte, ich würde Telefondienst machen, Nachrichten aufschreiben und so was. Und dann durfte ich nur Kaffee kochen. Dabei trink ich nicht mal Kaffee.«

»Wo denn?«, wollte September wissen.

»In einem Verein gegen Kindesmisshandlung in der Innenstadt«, antwortete ich. »Das war noch so ein Nachteil. Es war zu weit zum Laufen, deshalb musste ich immer den Bus nehmen. Jede Woche musste ich zehn Dollar für Fahrkarten blechen.«

»Ihr seid vielleicht komisch drauf«, stellte Sharon fest. »Ich hab mich geirrt. Du bist kein Psycho und du bist keine Sektenheilige. Ihr seid Otubos! Alle beide!«

»Äh, könntest du das bitte für mich übersetzen?«, fragte ich. »Slang für Fortgeschrittene hatte ich nämlich noch nicht.«

»Du«, erklärte sie, »du kommst daher, als hättest du ein Lexikon verschluckt. Und sie« – sie tippte September mit dem Daumen an –, »sie macht so einen auf ›Jesus mag mich am liebsten‹. Aber ihr lasst nicht raushängen, wie klug oder anständig ihr seid, sondern wie gütig und lieb und toll ihr seid. Ihr seid Obertugendbolde. Otubos. Unterschreibt ihr mir jetzt diesen Fetzen hier oder was?«

September unterschrieb ihren Schein und Sharon stürmte aus dem Zimmer. Eineinhalb Jahre später würde sie tot und ihr Körper von Schüssen durchlöchert sein.

Ratet mal, wer zum Essen kommt!

Nicht allzu lange nach unserer ersten Beratungsstunde stand ich in einem großen Haus in Yorba Linda und war von hunderttausend blonden Kindern umgeben – September hatte mich zum Abendessen eingeladen. »Das sind ein paar von meinen Geschwistern«, stellte sie sie mir kurzerhand vor. »Ich hoffe, du magst Kinder.«

»Klar«, antwortete ich. »Vor allem, wenn sie in einer leichten Sahnesoße köcheln.«

»Allen!«, rief sie. »Jetzt mal ernsthaft . . . magst du Kinder?«

»Keine Ahnung. Ich meine, das ist genauso, als würdest du mich fragen, ob ich Menschen mag. Ich hab die Erfahrung gemacht, dass Kinder genauso klasse oder blöd sein können wie ein beliebiger Erwachsener.«

Septembers Mutter steckte den Kopf aus der Küche. Sie sah aus wie eine typische Republikanerfrau aus Orange County: die Farbe ihres Lippenstiftes, der leicht geistesabwesende Gesichtsausdruck und diese Art, an der man erkannte, dass sie in ihrem ganzen Leben noch nie auf dem Fußboden gesessen hatte. Sie musste zweimal hinschauen, als sie mich sah, ließ sich aber nichts anmerken. »September, du könntest mir ein wenig in der Küche helfen«, sagte sie.

»Wusste sie nicht, dass ich komme?«, fragte ich.

»Doch, natürlich«, antwortete September. »Fühl dich ganz wie zu Hause. Ich bin in ein paar Minuten zurück.«

Ich schaute mich ein bisschen um und bemerkte an der Wand unter dem Treppenabsatz ein paar gestickte Schilder, auf denen stand FAMILIENBANDE SIND UNZERSTÖRBAR und JESUS IST UNSER HERR. Ich fragte mich, ob ich nicht Sharon Sharalayeks Beobachtungsgabe unterschätzt hatte. Einen Augenblick später kehrte September ins Zimmer zurück und hatte sich umgezogen. Außerdem schien sie zu dem Schluss gekommen zu sein, dass die letzten anderthalb Jahre ihrer Entwicklung nicht ganz zufrieden stellend verlaufen waren, und war in das Alter von ungefähr zwölfeinhalb zurückgefallen. »Ich darf in der Küche essen! Ich darf in der Küche essen«, sang sie und hüpfte im Zimmer herum. »Ich darf in der Küche essen und du ni-hicht!« Dann stutzte sie. »Oh!«, sagte sie. »Dich hat September bestimmt nicht in der Kirche kennen gelernt, oder?«

Erst jetzt dämmerte mir, dass ich nicht September, sondern eine ihrer Schwestern vor mir hatte. »Und wer bist du?«, fragte ich sie.

»Na, April natürlich!«, erklärte sie. Sie schenkte mir ein verschmitztes Lächeln, so als hätte sie sich in den letzten drei Monaten jede Nacht aus dem Schlafzimmerfenster geschlichen, nur um mich zu sehen. »Du wirst ziemlich schnell feststellen, dass ich das schwarze Schaf der Familie bin«, vertraute sie mir an und zwinkerte mir zu. »Das böse Mädchen. Die Unruhestifterin.«

»Genau«, warf September ein, die aus der Küche zurückkam. »So wie letzte Woche, als Mom nicht wollte, dass sie in der Schule Eyeliner trägt. Also hat sie gewartet, bis sie im Bus war und ihn dann aufgetragen. Wie rebellisch!«

»Ach ja?«, gab April zurück. »Du hältst dich doch schon für rebellisch, bloß weil du ein Poster von Paul McCartney in deinem Zimmer aufhängst!«

»Warum denkst du eigentlich immer, dass ich vor Scham im Erdboden versinke, wenn du damit ankommst?«, fragte September.

Ich dachte mir, dass ich vielleicht besser dazwischenging, bevor es zu Handgreiflichkeiten kam. »Also ist es irgendwie vorteilhaft, in der Küche zu essen?«, fragte ich.

»Ja«, antwortete April. »Du kannst dich unterhalten, du kannst Cornflakes statt Gemüse essen, du kannst fernsehen, du kannst die Ellbogen auf den Tisch tun, du kannst dir einfach alles nehmen und brauchst niemanden zu fragen, ob er es dir rüberreicht, und noch tausend andere Sachen.« Ihre Augen leuchteten voller Vorfreude auf. »Erst lassen sie dich ewig warten, bis du endlich am großen Tisch essen darfst, und dann stellst du fest, dass das ein totaler Reinfall ist und du vorher viel besser dran gewesen bist. Jetzt darf ich nur in der Küche essen, wenn wir Besuch haben und ich dafür Platz machen muss.«

April hüpfte in die Küche zurück und August schlurfte herein – Septembers älterer Bruder. Ich hatte ihn ein paar Mal in der Schule gesehen, aber wir hatten uns noch nie richtig unterhalten. »Ich darf nie in der Küche essen«, beschwerte er sich.

Septembers ältere Schwester und ihre Eltern kamen mit dem letzten Essen herein, einem riesigen halben Schmorbraten. Die andere Hälfte war schon für die Kinder in der Küche abgeschnitten worden. Die rothaarige ältere Schwester schloss die Trennwand und wir setzten uns.

Wir sprachen das Tischgebet, hielten uns dabei aber nicht an den Händen wie bei Peggy zu Hause. Auch wurden die verschiedenen Speisen nicht einfach herumgereicht und jeder nahm sich, was er wollte, sondern man musste warten, bis Mrs. Young einem einen Teller zusammenstellte und dann gab. Als ein mit Bratensoße bedeckter Teller grob in meine Richtung gereicht wurde, hielt ich es für besser, mich zu Wort zu melden. »Für mich bitte kein Fleisch«, sagte ich. »Ich bin Vegetarier.«

Mrs. Young schaute mich an, als hätte ich gerade verkündet, dass ich in sechs Bundesstaaten wegen bewaffneten Raubüberfalls gesucht würde. »Ich hab erst vor ein paar Wochen einen Artikel über Vegetarismus gelesen«, antwortete sie. »Wusstest du, dass es im ersten Brief an Timotheus 4:3 heißt: ›Die Speisen, die Gott geschaffen hat, sollen von den Gläubigen mit Danksagung empfangen werden, denn jedes Geschöpf Gottes ist gut und nichts verwerflich‹?«

August brach in Gelächter aus. September machte ein Gesicht, als hätte sie sich am liebsten unter der Tischdecke verkrochen. »Wusste ich nicht«, antwortete ich, »aber Salat reicht mir trotzdem vollkommen aus.« Schließlich bekam ich Salat, ein Brötchen und etwas Kartoffelbrei, auf den mir Mrs. Young fast noch Bratensoße gegossen hätte. Bei genauerer Betrachtung entpuppte sich der Kartoffelbrei als eher flüssig denn breiig. Aus der Küche hörte ich, wie sich jemand Cornflakes in eine Schale schüttete, und verstand jetzt Aprils Freude.

»Und«, fragte Mr. Young nach einer Weile, »wie gefällt euch eure Rolle als Vertrauensschüler?«

»Ähm, gut«, antwortete ich. »Der Anfang war ein bisschen schwer, aber ich glaube, wir haben den Bogen bald raus.«

Mr. Young nickte. Das war nun relativ gut über die Bühne gegangen und September wirkte eine Spur weniger angespannt. Allmählich fragte ich mich, warum sie mich überhaupt eingeladen hatte, denn seit wir uns an den Tisch gesetzt hatten, verhielt sie sich so, als befänden wir uns in einem Zimmer voller angriffslustiger Bienen. Eigentlich machten alle einen etwas gereizten Eindruck. Dann fragte mich Mrs. Young: »Gibt es *viele* schwarze Kinder in eurer Schule, Allen?«

August verschluckte sich fast an der Zunge und September schlug sich gegen die Stirn. »Mom!«, rief sie entsetzt.

»Was denn?«, entgegnete Mrs. Young. »Liege ich da etwa falsch? Welche Nationalität hast du?«

»Mom, hör auf damit«, zischte September.

»Sei nicht so frech«, sagte Mrs. Young.

Inzwischen hatten alle außer May zu essen aufgehört. (Ich nahm an, dass die ältere Schwester May hieß, denn wenn jemand sagte: »Reich mir bitte das Salz, May«, reichte sie ihm oder ihr das Salz.) »Oh, ich bin amerikanischer Staatsbürger«, antwortete ich.

»Ja, aber woher stammst du ursprünglich?«, wollte Mrs. Young wissen.

»Ach so, ursprünglich«, erwiderte ich. »Ursprünglich stamme ich aus Fullerton. Ich bin dort geboren, aufgewachsen und habe mein ganzes Leben lang im selben Haus gewohnt.«

»Ich meine, woher stammen deine Vorfahren?«, fragte Mrs. Young weiter.

»Eigentlich habe ich nur zwei von ihnen kennen gelernt, nämlich meine Eltern. Mein Vater stammt aus Pennsylvania und meine Mutter aus New Mexico.«

Mrs. Young nickte, als wären damit alle Fragen, die sie je in ihrem Leben gehabt hatte, zu ihrer vollsten Zufriedenheit beantwortet. »Also bist du Mexikaner«, stellte sie fest.

»Soweit ich weiß, haben sie New Mexico in die Union aufgenommen, wie ich einmal nachgelesen habe. Das war 1912.«

»Dein Ton gefällt mir nicht«, warf Mr. Young ein. »Du bist ein Gast in unserem Haus und solltest dich etwas höflicher verhalten. Meine Frau möchte nur wissen, zu welcher Volksgruppe du gehörst.«

»Schön«, antwortete ich. »Wenn Sie es unbedingt wissen wollen, mütterlicherseits bin ich zum Teil afrikanisch, zum Teil Dineh, das ist ein amerikanischer Indianerstamm, und zum Teil spanisch. Väterlicherseits bin ich zum Teil libanesisch, zum Teil italienisch, zum Teil skandinavisch und noch irgendwas.«

»Vielleicht irisch?«, mutmaßte Mr. Young. »Du heißt doch Mockery mit Nachnamen, oder? Das klingt wie ein irischer Name.«

»Ja, aber der Name stammt vom Stiefvater meines Vaters«, erklärte ich. »Der richtige Vater meines Vaters war ein Marine auf Landurlaub, der einen draufmachen wollte und zur Krönung des Abends das Mädchen vergewaltigte, mit dem er verabredet war. Vielleicht war er irischer Herkunft, aber das wäre reiner Zufall.«

Mrs. Young war schockiert. September sah aus, als hätte sie nichts dagegen gehabt, wenn genau in diesem Augenblick eine Atombombe explodiert und die Welt untergegangen wäre. May stand sogar auf und ging. August dagegen grinste, als hätte er gerade jemandem eine Torte ins Gesicht geworfen.

»Können wir bitte das Thema wechseln?«, bat September.

»Ich halte das für eine sehr gute Idee«, meinte Mr. Young. Er trank einen Schluck Wasser. »Was macht dein Vater denn so?«, wollte er wissen.

»Na ja«, antwortete ich, »bis vor ein paar Jahren war er Geschichtsprofessor an der Cal State Fullerton. Dann wurde er eines Abends auf der Autobahn von einem Wagen voller betrunkener Typen von einer Studentenverbindung platt gefahren, als er gerade ein Rad wechseln wollte, und seitdem macht er nicht mehr allzu viel.«

»Um Himmels willen«, sagte Mrs. Young. »Deine arme Mutter – sie muss ja völlig fertig gewesen sein.«

»Eigentlich nicht«, antwortete ich. »Es hat ihr gar nichts ausgemacht.«

»Was?«, meinte Mrs. Young. »Wie kalt und gefühllos muss man denn sein, um ...«

»Ziemlich kalt und gefühllos«, stimmte ich zu. »Aber sie hatte eine gute Entschuldigung, da sie zu dieser Zeit selbst schon gute fünf Jahre tot war.«

Mrs. Young wurde blass. »Ihr ... müsst mich entschuldigen«, sagte sie. Dann stand sie auf und verließ das Zimmer. Ich schaute zu September hinüber. Sie rieb sich so heftig die Schläfen, dass man meinen könnte, sie wolle sich die letzten paar Minuten aus dem Kopf herausmassieren.

»Hab ich was Falsches gesagt?«, fragte ich.

Oh Herr, höre die Worte meines Mundes

Als ich an diesem Abend nach Hause kam, schaute Echo von ihren Topologie-Hausaufgaben auf und sah mich misstrauisch an. »Wo warst du?«, wollte sie wissen.

»Bei September zu Hause«, antwortete ich. »Du weißt schon, September Young. Sie ist in unserem Geschichtskurs.«

Echo grinste spöttisch. »Ach, die«, sagte sie. »Hat sie dir die Zeichen der höheren melchisedekschen Priesterschaft erklärt?«

»Was für 'n Ding?«, fragte ich.

»Wahrscheinlich nicht, hm?«, sagte Echo. »Umso besser für sie. Man will ja nicht riskieren, ausgeweidet zu werden, nicht? Außerdem ist da noch die Sprachbarriere. Du hast ja noch keinen Berlitz-

Kurs in Verbessertem Altägyptisch gemacht. Und weit und breit keine Urim und Thummim, die dir helfen könnten. Armer Allen.«

»Ähm, Echo?«, unterbrach ich sie. »Versteh mich nicht falsch, aber ... wovon zum Teufel redest du eigentlich?«

Echos Gesicht nahm einen eisigen Ausdruck an. »Hör mal«, sagte sie, »vergiss nur eines nicht: Wenn du willst, dass ich nicht völlig meine Achtung vor dir verliere, halt dich von diesen Sektenheinis fern.«

»Keine Sorge«, erwiderte ich. »Ich hab es fertig gebracht, die ganze Familie gegen mich aufzubringen.«

Wie zu erwarten war, wurde ich danach nicht mehr dorthin eingeladen. Nicht weil mir September selbst böse war, sondern, so eröffnete sie mir am nächsten Tag, »meine Eltern glauben, du übst einen schlechten Einfluss auf mich aus. Sie wollen, dass ich mich von dir fern halte. Ich darf zwar mit den Beratungsstunden weitermachen, aber wir dürfen uns nicht nach der Schule sehen oder irgendwo zusammen hingehen oder so was.«

»Das haben wir doch sowieso nicht gemacht«, entgegnete ich.

»Ja, aber ... hättest du nicht einfach mitspielen können?«, fragte sie. »Meine Eltern wollen eben keine unangenehmen Dinge erfahren. Was ist daran verkehrt? Hättest du nicht einfach ein paar harmlose Antworten geben und das Thema wechseln können?«

»Das hab ich ja versucht!«, entgegnete ich. »*Sie* haben mir doch die Fragen gestellt! Ich hab mich so gut es ging bemüht, sie nicht zu beantworten. Und wenn du dich mit niemandem treffen darfst, dessen familiärer Hintergrund vielleicht ein bisschen ›unangenehm‹ ist, wirst du vermutlich bald nicht mehr viele Freunde haben.«

Doch September richtete sich nach den Wünschen ihrer Eltern und während des restlichen Schuljahres unterhielten wir uns nach den Beratungsstunden nie länger als ein bis zwei Minuten. Auch den ganzen Sommer hörte ich nichts von ihr. Daher war ich ziemlich überrascht, als ich einen Tag vor dem Beginn unseres zweiten Jahres in der High School einen – wie sich herausstellen sollte – verhängnisvollen Telefonanruf erhielt.

Ahoi-hoi?

Es war ungefähr elf Uhr abends und ich spielte vor dem Schlafengehen noch etwas Gitarre, als das Telefon klingelte. Wenn bei uns zu Hause das Telefon klingelte, musste man reagieren wie ein Jagdflieger, auf den eine Rakete abgeschossen wird: Man musste schnell handeln, um eine Katastrophe zu vermeiden. Bobbo hatte nämlich seinen eigenen Anschluss und Jerem hatte es irgendwie geschafft, sich ein Handy zu besorgen; aber wir vier anderen mussten uns den Hauptanschluss teilen. Das war auch prima, wenn Molly, Echo oder ich rangingen. Aber wenn Krieg zufällig ranging und der Anruf war nicht für ihn, konnte der Anrufer bestenfalls mit einem gebrummelten »Verpiss dich« und einem darauf folgenden Klicken rechnen. Dies führte dazu, dass es die Anrufer ungern ein zweites Mal versuchten. Und das war wiederum besonders problematisch, wenn derjenige am anderen Ende so etwas sagte wie: »Hallo, ich rufe an, um den Termin zum Abholen des Insulins zu bestätigen.«

Also warf ich in dem Augenblick, als ich das Telefon hörte, meine Gitarre beiseite – was sich als Fehler erwies, da ich den Gurt noch trug und mir daher nur den Hals verrenkte – und stürzte zum Telefon. Ich erreichte es, als es gerade wieder klingeln wollte. »Hallo?«, meldete ich mich.

»Äh, hi«, sagte die Stimme am anderen Ende. »Ist, ähm, Allen da?«

»September?«, fragte ich. »Hier ist Allen. Was ist los? Ich hab den ganzen Sommer nichts von dir gehört.«

»Äh, ja«, antwortete sie. »Tut mir Leid. Ich würde gerne mit dir plaudern, aber ich hab nicht viel Zeit. Ich stecke in der Klemme. Kannst du es irgendwie einrichten, dass du mich nach Hause fährst?«

»Hä?«, fragte ich. »Wo bist du denn?«

»Bei Greg Garner«, erklärte sie. »Er macht 'ne Party . . .«

Meine Kinnlade landete ungefähr zur selben Zeit auf dem Fußboden wie der Hörer. Ich hob den Hörer zuerst wieder auf. »DU?«, keuchte ich. »Du bist auf einer von Greg Garners SEXPARTYS??«

»Es ist keine Sexparty«, widersprach September, »sondern eine ganz normale. Zum Ferienende. Ich bin nur mitgekommen, damit August sich nicht betrinkt und sich lächerlich macht, aber das hat er trotzdem getan. Jetzt müssen wir nach Hause und außer dir fällt mir niemand ein, der es nicht meinen Eltern weitererzählen würde.«

»Könnt ihr kein Taxi nehmen?«, fragte ich.

»Dann wären *wir* zwar zu Hause, aber dann müsste ich meinen Eltern morgen erzählen, warum der Kombi nicht da ist«, antwortete sie. »Er steht vor der Tür. August hat vor ein paar Wochen den Führerschein gekriegt. Ähm, hey, kannst du in ein paar Minuten wiederkommen?«

»Was?«, fragte ich.

»Nicht du«, sagte sie. »Ich bin in einem der Schlafzimmer und gerade sind ein paar Leute reingestiefelt. Kannst du mir helfen?«

»Weiß nicht«, erwiderte ich. »Ich hab nur einen Anfängerführerschein. Kannst du dir kein Taxi nehmen und den Kombi abschleppen lassen?«

»Kostet das nicht hundert Dollar pro Kilometer?«, fragte sie. »Ich . . . ich hab überhaupt kein Geld.«

Sie klang, als hielte sie die Tränen zurück oder als bekäme sie gleich eine Panikattacke oder beides auf einmal. »Okay, okay«, sagte ich. »Wie lautet die Adresse?«

Die fette Villa

Nach dem kalifornischen Gesetz durfte ich mit meinem Anfängerführerschein nur dann ein Kraftfahrzeug führen, wenn eine Person mit darin saß, die über fünfundzwanzig Jahre alt war. Dafür kam nur Bobbo in Frage.

Ich ging nach unten und fand Bobbo vor dem Fernseher vor. Dieser Part erforderte einiges Geschick. Wenn ich ihm geradeheraus sagte, dass ich eine Freundin und ihren dümmlichen Bruder von einer Party draußen in Sunny Hills abholen und sie bis nach Yorba Linda fahren müsste und ihn für die ganze Strecke bräuchte, würde er niemals einwilligen. Ich musste daher so feinfühlig wie möglich vorgehen.

»Hey, hast du Lust auf 'ne Party?«, fragte ich.

»Klar, bin dabei«, antwortete er, griff nach der Fernbedienung und schaltete den Fernseher aus. »Auf geht's.«

Ich war zwar noch nie bei Greg Garner zu Hause gewesen, kannte ihn aber – er war im vorigen Jahr der Geschäftsführer der Schülerzeitung gewesen, als Echo und ich noch als feste Schreiber der Redaktion angehört hatten. Inzwischen hatte er die High School abgeschlossen, aber offensichtlich wohnte er noch in der Gegend, genau genommen im selben Haus – er und sein älterer Bruder hatten es geerbt, als ihr Vater ungefähr fünf Jahre zuvor wegen Insiderhandels ins Gefängnis musste. Er hatte das Anwesen ganz für sich, ganz zu schweigen von mehreren Millionen Dollar, über die er frei verfügen konnte. Am liebsten gab er sie für eine Reihe immer legendärerer Partys aus, von denen diejenigen die größte Berühmtheit erlangten, die sich als wahre Orgien entpuppten. Auf jeder galten ganz bestimmte, vorher festgelegte Regeln. Bei der Party, von der ich gehört hatte, waren das folgende: Zuerst musste man jemanden des jeweils anderen Geschlechts mitbringen, sei es einen Freund, Bruder oder Schwester, sonst jemanden Wichtiges, einen völlig Fremden oder wen auch immer. Wenn alle eingetroffen waren, zogen alle je nach Geschlecht eine Nummer aus einem rosafarbenen oder blauen Hut. Dann suchte man die Person mit der gleichen Nummer, zog sich in ein Schlafzimmer, ein Auto, einen Einbauschrank oder wohin auch immer zurück – und den Rest könnt ihr euch denken. Man durfte sich zwar weigern, wenn man zum Beispiel kalte Füße bekam oder denjenigen nicht mochte, den man als Partner erhielt. Aber wer sich weigerte, wurde selten ein zweites Mal eingeladen.

Ich folgte Septembers Beschreibung und schon bald standen Bobbo und ich vor Greg Garners Haus. Ein imposantes Eisentor versperrte die hufeisenförmige Zufahrt, doch es schwang gerade auf, um einen Wagen herauszulassen, und so fuhren wir schnell hindurch, bevor es sich wieder schließen konnte. Die Haustür stand weit offen und die Wände wackelten vor ungeheuer lauter Fahrstuhlmusik, auch Rap genannt. Wir gingen hinein.

Die Eingangshalle war ungefähr so groß wie meine ganze Nachbarschaft. Der Fußboden war aus hellbraunem Hartholz, und die Mitte des Salons – es wäre eine schändliche Untertreibung gewesen, hier von einem Zimmer zu sprechen – war abgesenkt und schien mit einem dicken Teppich ausgelegt zu sein, soweit ich das unter der halben Million Fußpaare erkennen konnte. Ich entdeckte September auf Anhieb – sie hockte in der Ecke, die der Tür am nächsten war, scharrte mit den Füßen auf der Stufe darunter und machte einen äußerst unglücklichen Eindruck. Sie sah genauso hilflos und verlassen aus wie jemand, der in strömendem Regen an einer nicht überdachten Bushaltestelle wartet und sich nur mit einer alten Seite Kleinanzeigen zudecken kann. »Na, können wir gehen?«, fragte ich.

Sie zuckte zusammen. »Da bist du ja!«, rief sie. »Ich schwöre, noch fünf Minuten und ich hätte meine Eltern angerufen. Selbst wenn ich dann bis zum College Hausarrest bekommen hätte. Ich hole nur schnell August, dann können wir fahren.«

Ich bahnte mir einen Weg durch die Menge und packte Bobbo am Arm, als er gerade in die Küche wollte. »Komm, wir brechen auf«, sagte ich.

»Was?«, antwortete er. »Wir sind doch gerade erst angekommen!«

»Sieh dich doch mal um«, sagte ich. »Das sind alles High-School-Kids. Du bist sechsunddreißig Jahre alt. Fühlst du dich nicht ein bisschen fehl am Platz?«

»Sie werden mich für einen College-Typen halten«, entgegnete er.

»Was, im zwanzigsten Semester?«

»Von mir aus«, meinte er. »Hör mal, ich werd jetzt ein bisschen was trinken, ein paar Telefonnummern einsacken und mich einfach ein bisschen amüsieren! Kann dir nicht schaden, wenn du das Gleiche machst. Krieg würde es auch machen.«

»Also, erstens müsste Krieg ein Mädchen schon k.o. schlagen, ihr die Handtasche klauen und die Nummer aus ihrem Adressbuch abschreiben, um sie zu bekommen«, erklärte ich. »Zweitens machst du dich nicht gerade beliebt, wenn du ihn als Vorbild hinstellst. Der Typ ist ein Psychopath.«

»Er ist der einzig Normale von euch Kids«, antwortete Bobbo.

»Und außerdem«, fuhr ich fort, »wie ich schon gesagt habe, bist du sechsunddreißig. Die Mädchen hier sind fünfzehn, sechzehn, allerhöchstens achtzehn. Ist das nicht ein bisschen gruselig? Und abgesehen davon illegal?«

»Streite dich mit mir nicht über Rechtskram«, entgegnete er. »Ich hab nicht umsonst Jura studiert.«

»Die Schule, auf der du warst, ist ja noch nicht mal offiziell anerkannt!«, protestierte ich.

»Als ich dort war, schon«, erklärte er. »Und jetzt hau ab. Wir fahren in einer Stunde oder so.«

September wartete mit August im Schlepptau an der Tür. Er hatte ein rotes Gesicht, so als hätte er den ganzen Tag auf einer Skipiste verbracht. »Schlechte Nachrichten«, verkündete ich. »Sieht aus, als müssten wir noch eine Weile hier bleiben. Bobbo lechzt danach, sich mit Minderjährigen zu vergnügen.«

»Hä?«, sagte September.

»Mein Halbonkel«, erklärte ich. »Ich hab nur einen Anfängerführerschein. Er muss mit im Wagen sitzen, damit ich fahren darf.«

September stöhnte auf. August schien das dagegen überhaupt nichts auszumachen. Er hatte so einen glasig lächelnden Gesichtsausdruck, der zu sagen schien: »Ich hab keine Ahnung, was hier vor sich geht, also muss es lustig sein.«

September setzte sich wieder auf die Stufe und hielt sich die Ohren zu. »Das ist echt ein Albtraum«, sagte sie.

»Hör mal, du könntest doch einfach im Wagen warten«, schlug ich vor. »Da draußen würdest du dich wahrscheinlich besser fühlen als hier.«

»Das würde ich ja, aber ich muss *ihn* hier im Auge behalten«, entgegnete September und zeigte mit dem Daumen auf August. »Vor einer Stunde bin ich mal eben fünf Minuten im Badezimmer verschwunden und da ist er die ganze Zeit irgendwelchen Mädchen nachgelaufen und hat zu ihnen gesagt: ›Du siehs' echt klasse aus.‹ Wenn ich jetzt gehe, prügelt er sich noch mit jemand oder so was.«

Ich schaute auf August hinunter, der auf der Stufe saß und mit seinem rötlichen Gesicht den Teppich anstrahlte. »Hey«, sagte ich zu ihm, »du wartest mit September im Wagen, okay?«

August nickte mit der Liebenswürdigkeit, die vom Zustand vollkommener Verwirrtheit herrührte. »Ich halte die Stellung«, kicherte er.

Plötzlich packte mich eine Hand am Arm. Zum ersten Mal fiel mir ein, dass ich gar nicht eingeladen war. Es sah ganz so aus, als sollte ich bald enge Bekanntschaft mit Greg Garners Rausschmeißern schließen. Doch wie sich herausstellte, war es niemand anders als Greg persönlich.

Die wenigen Male, die ich mich im selben Zimmer wie Greg Garner aufgehalten hatte, war er mir immer vorgekommen, als würde er sich gut als einer dieser aufgeblasenen jungen Hollywood-Schauspieler machen: Man nehme einen Teil Geld, einen Teil Kokain und zwei Teile Arroganz und rühre alles gut um. Er trug eine schmale Krawatte und sein Gesicht glänzte vor Schweiß. »Hey, dich kenne ich doch«, sprach er mich an. »Von der Zeitung. Alex, stimmt's?«

»Allen«, verbesserte ich.

»Genau«, sagte er. »Tja, ich hätte ja nicht gedacht, dass der Altersdurchschnitt heute Abend derart niedrig sein würde, aber darum brauch ich mir wohl jetzt keine Sorgen mehr zu machen. In der Küche ist noch Bier übrig, falls du was willst.«

»Äh, nein, danke«, erwiderte ich. »Eigentlich bin ich nur hier, um die beiden hier nach Hause zu fahren. Ich warte bloß noch auf meinen, äh, anderen Freund. Das könnte noch eine Weile dauern.«

»Wirklich?«, fragte er. »Hey, wartest du mal einen Moment? Du könntest mir einen Gefallen tun.« Er verschwand ins Nebenzimmer und kehrte mit einer Salatschüssel zurück. »Kannst du auf die hier aufpassen?«, fragte Greg.

Ich blickte in die Schüssel. Sie war voller Schlüssel. Einige hingen an Funkfernbedienungen, andere an großen, protzigen Ketten und wieder andere an gar nichts. »Was meinst du damit, aufpassen?«, fragte ich.

»Na, du weißt schon, sie den Leuten zurückgeben, wenn sie nach Hause wollen«, erklärte er. »Oder auch nicht, wenn sie so aussehen, als würden sie gleich an den nächsten Baum fahren. Du machst doch diesen Schülerberatungsmist, oder? Das hier ist im Grunde das Gleiche. Danke. Ich weiß es zu schätzen.« Damit ging er und redete mit jemand anderem.

»Was für eine unangenehme Entwicklung«, stellte ich fest. »Ähm . . . hier.« Ich reichte September die Schüssel.

»Wo willst du hin?«, wollte September wissen.

»Ich will mich nur mal hier umsehen«, antwortete ich.

Jedes einzelne Zimmer war voller Leute. Ich vermutete, dass zwischen sechzig und siebzig Prozent der kalifornischen Bevölkerung hier sein mussten. Die meisten kannte ich nicht. Mit einigen tauschte ich Blicke aus, die sagen sollten: »Hey, ich hab dein Gesicht schon mal in der Schule gesehen, hab aber keinen blassen Schimmer, wer du bist.« Einige wenige kannte ich aus Kursen oder Beratungsstunden in der Schule, aber das waren eigentlich keine Freunde von mir. Oh, und im großen Fernsehzimmer grub Bobbo ein Mädchen an, das jünger als Molly aussah. Erst im Spielzimmer entdeckte ich jemanden, den ich ziemlich gut kannte.

Wiederkunft

Ihr erinnert euch sicher, dass Carver Fringie mit seinem Vater nach Chino gezogen war, doch nach der Middle School und einem Jahr High School war er wieder zurückgezogen. Nicht in sein früheres Haus – dort wohnte jetzt Cat Nicholls –, aber in denselben Schulbezirk, und so ging er auf die Ilium. In gewisser Weise war er noch immer der Alte: Zum Beispiel hatte er immer ein Buch bei sich. (Auf Greg Garners Party war es »Zur sexuellen Aufklärung der Kinder« von Sigmund Freud.) Aber da hörte die Ähnlichkeit auch schon auf: Carver Fringie hatte sich verändert.

Fringie war immer ein kränkliches Kind gewesen – er hatte schon eine Decke gebraucht, um auf der Veranda zu sitzen und den Kindern beim Hockeyspielen auf der Straße zuzusehen, sogar im Sommer. Aber in den drei Jahren, die er weg gewesen war, hatte er das offensichtlich überwunden. Jetzt war er ein wahrer Athlet. Nicht groß und stämmig wie ein Footballspieler, sondern schlank und geschmeidig wie ein Schwimmer. Und tatsächlich wurde er zu Beginn seines vorletzten High-School-Jahres zum Kapitän des Wasserballteams ernannt. Auf der Ilium war Wasserball der wichtigste Sport. Nicht, weil die Mannschaft so gut war – sie gewann weniger als die Hälfte ihrer Spiele –, sondern aus Prestigegründen. Auf Schritt und Tritt folgten ihm seine Anhänger aus dem Wasserballteam, Möchtegern-Fringies mit nachgemachten Spitznamen wie Skippie, Grungie und Buddie (außerdem einige mit etwas originelleren Namen wie Sluggo und Lemming, und das einzige Teammitglied, das keinen Spitznamen hatte, Kevin Love). Und natürlich liefen ihm die Mädchen nach, Unmengen von Mädchen.

Fringie war erst wenige Tage wieder in der Stadt, als er bereits einen gewissen Ruf erlangte. Dieser wurde zum Teil durch die anderen Wasserballspieler, hauptsächlich jedoch durch seine Unfähigkeit verbreitet, die Beweise zu vertuschen. Allerdings versuchte er, diesen Ruf so weit wie möglich zu entschärfen. »Hört mal«, sagte er dann, »ich bin kein ›Jungfrauenchirurg‹. Das klingt viel zu krass. Ich würde mich eher schlicht als ›Entjungferer‹ bezeichnen.«

Sein Erfolg auf dem Gebiet der Entjungferung war leicht zu verstehen. September und ich hatten im vorigen Jahr Beratungsstunden mit einigen von Fringies, ähm, Patientinnen durchgeführt, alle wegen unterschiedlicher Anschuldigungen, und die zählten reichlich Gründe für Fringies Attraktivität auf:

Amber Flores: »Er ist so sensibel. Ich meine, er hat so sensible Augen. Und die Lippen. Mann kann an der Form seines Mundes erkennen, wie klug er ist.«

Linda Garcia: »Er ist muskulös, aber nicht derb. Ihr wisst schon. Er hat zwar den Körper eines Typen, aber so einen, wie ihn ein Mädchen hätte, wenn es ein Typ wäre. Aber ein Mädchen, das sich wie ein Typ benimmt, und kein Typ, der sich wie ein Mädchen benimmt. Versteht ihr?«

Erika Christensen: »Er ist keiner von diesen Typen, mit denen man ausgeht und ein bisschen rumknutscht, obwohl man sie eigentlich gar nicht kennt. Er redet wirklich mit einem, die ganze Zeit! Ich meine, die meiste Zeit hab ich zwar nicht verstanden, was er gesagt hat, aber das liegt nur daran, dass er so viel klüger ist als alle anderen!« (Als ich nachfragte, woher sie wisse, dass er so viel Intelligentes von sich gebe, wenn man es doch nicht verstehen könne, antwortete sie: »Carver sagt, genau das würde ein unsicherer, spießbürgerlicher Poseur sagen!«)

Keine Einzige von ihnen hatte jedoch eine einleuchtende Erklärung für Fringies Frisur. Er hatte früher immer gelockte blonde Haare gehabt. Jetzt hatte er sich die Seiten und den Hinterkopf ganz kurz rasieren lassen, so dass nur die dunklen Ansätze übrig blieben, und trug oben auf dem Kopf eine dicke blonde Haarrolle wie einen breiten, platten Hut. So sah sein Kopf aus wie ein riesiger Pilz. Ich kannte mich allerdings nicht genug auf dem Gebiet der Fungi aus, um zu wissen, ob es sich hierbei um eine giftige Sorte handelte oder nicht.

Und nun stand Carver Fringie hier und spielte mit einigen anderen Wasserballspielern Billard. Seit er die Hyacinth Avenue verlassen hatte, hatte ich mich nicht einmal annähernd mit ihm unterhalten, obwohl ich es natürlich nicht vermeiden konnte, ihn in der Schule zu treffen. Trotzdem kannten wir uns schon ziemlich lange. Und nun standen wir uns nach all dieser Zeit endlich wieder gegenüber.

»Hey, Fringie«, sagte ich.

Er schaute auf. »Hey, Al«, antwortete er.

Da das nun erledigt war, machte ich wieder kehrt, weil ich wissen wollte, was der Rest des Hauses noch zu bieten hatte. »Der Penis weiß, was er will«, verkündete Fringie, als ich hinausging.

Ich warf einen Blick über die Schulter, um zu sehen, ob er mit mir redete. Ich hoffte inständig, dass dem nicht so war. Zum Glück sprach er mit ein paar Wasserballspielern – mit Sluggo, der aussah wie ein Drittklässler, der ein kleines Malheur mit einer Fahrradpumpe gehabt hatte und aus Versehen auf einen Meter fünfundfünzig aufgeblasen worden war; und mit Lemming, der nicht so hieß, weil er wie ein Nagetier aussah (obwohl das trotzdem stimmte), sondern weil er sich an seinem fünfzehnten Geburtstag total besoffen und einen Schwalbensprung auf den tiefen Boden eines leeren Swimmingpools vollführt hatte. Jedes Mal, wenn Fringie zu einer seiner Verkündigungen ansetzte, machten die Wasserballspieler alle Gesichter wie Hunde, die gerade den klagenden Ruf eines Büchsenöffners gehört haben. Diese beiden bildeten keine Ausnahme.

»Der Penis hat nur einen einzigen Zweck«, erklärte Fringie. »Er kann verzögert oder abgelenkt, aber niemals aufgehalten werden. Der Kopf kann sich der Illusion hingeben, er sei dem jetzigen und schon immer bestehenden Willen des Penis überlegen, aber der Penis ist reiner und muss sich deshalb durchsetzen.«

Alles war still. »Ähm . . . was?«, fragte Sluggo schließlich.

»Die Zwei ins Eckloch«, sagte Fringie. Er versenkte die Zwei, doch der Spielball rollte wieder weg und kullerte in das Loch auf der anderen Seite des Tisches.

Burn, Baby, burn

Ich hatte fürs Erste genug von Carver Fringie und dachte mir, dass ich besser zu September zurückkehren sollte. Sie saß immer noch auf der Treppe neben der Tür. Die Rap-Platte war durch irgendwelche geremixten Remixe ersetzt worden und August war wie ein Einmann-Disko-Inferno oder zumindest wie ein Möchtegern-Disko-Inferno auf die Tanzfläche gestürmt. Wie zu erwarten war, waren schon viele Leute gegangen.

Ich setzte mich neben September. »Hi«, sagte ich.

»Fahren wir bald?«, wollte sie wissen. »Ich glaube, ich hab morgen keine Schule. Wenn Mom und Dad aufstehen und sehen, dass der Wagen nicht da ist, bin ich tot. Das war die dümmste Idee, die ich je hatte.«

»Warum bist du denn überhaupt hier?«, fragte ich.

»August wollte unbedingt herkommen«, erklärte sie. »Und ich wollte sichergehen, dass er nicht mit dem Wagen zurückfährt. Außerdem dachte ich, wenn ich dabei bin, ist es ihm sicher peinlich, zu viel zu trinken ...«

»Ich dachte, ihr dürft alle nicht trinken«, erwiderte ich. »Ich meine, abgesehen davon, dass Minderjährige nicht trinken dürfen.«

»Stimmt«, sagte September. »Aber August ist nicht aktiv.«

Ich schaute zu August hinüber, der wild die Hüften schwenkte und mit den Fingern zeigte. »Also für mich sieht er sehr aktiv aus«, stellte ich fest.

»Ich meine, er hat sich von der Kirche gelöst«, antwortete sie. »Er und mein Vater streiten sich in letzter Zeit viel darüber. Und das ist nicht sehr schön.«

Genau in diesem Augenblick kam ein Mädchen zu uns, das ich noch nie gesehen hatte. Sie roch so, als wäre sie in einem Swimmingpool voller Nagellackentferner geschwommen. Sie zeigte auf die Salatschüssel. »Sind das die Schlüssel?«

Ich schaute auf die Schüssel hinunter. »Tatsächlich, du hast Recht!«, sagte ich. »Ich hab mich schon die ganze Zeit gefragt, was das wohl ist. Wir dachten, es muss irgendein Schmortopf sein.«

»Kann ich meine haben?«, fragte das Mädchen.

»Welche sind denn deine?«, fragte September zurück.

»Na, die mit meinem Namen auf der Kette«, antwortete das Mädchen. »Oh, Mann.«

»Und wie heißt du?«, erkundigte ich mich.

»Ingrid«, sagte sie. »Ingrid Escajeda.« Sie schaute zu einem anderen Mädchen hinüber, das benebelt an einem der Marmorpfeiler lehnte. »Werd jetzt nicht ohnmächtig, Jill«, rief sie. »Ich schwöre, wenn du ohnmächtig wirst, krieg ich einen Lachanfall. Ich werd ganz laut lachen ...«

Ich fand Ingrids Schlüssel, beschloss aber, sie zu behalten – sie machte selbst einen ziemlich alkoholisierten Eindruck. »Ähm, nur aus Neugierde, wie viel hast du heute Abend getrunken?«, fragte ich sie.

»Hä?«, sagte sie. »Keine Ahnung. Hab nicht gezählt.«

»Hast du von vornherein nicht gezählt oder irgendwann aufgehört zu zählen?«, wollte ich wissen.

»Äh . . . Was?«

»Warum bleibst du nicht einfach noch 'ne Weile hier?«, fragte ich. »Ich will mich ja nicht anstellen, aber ich hab kein gutes Gefühl dabei, wenn du dich jetzt hinters Steuer setzt.«

»Willst du mich auf den Arm nehmen?«, entgegnete sie. »Gib mir doch einfach die Schlüssel, okay? Jill muss um halb eins zu Hause sein.«

Ich dachte einen Moment lang nach. »Okay, dann bestellen wir ihr ein Bustaxi«, schlug ich vor. »Wir können dir auch eines rufen, wenn du willst. Dann kannst du morgen zurückkommen und deinen Wagen holen.«

»Das ist doch Schwachsinn«, sagte Ingrid. »Komm schon, es sind immer noch *meine* Schlüssel.«

Ich wandte mich an September. »Warum suchst du nicht das Telefon, mit dem du mich angerufen hast, und bestellst ein Bustaxi oder ein normales Taxi?«, fragte ich sie.

Und genau das tat sie. Zwanzig Minuten später kam der kleine, breite Bus vom Verkehrsverbund und brachte Ingrid, Jill und ein paar andere schnell nach Hause. Ich war zufrieden: Ich hatte das Gefühl, es wäre durchaus möglich, dass ich gerade mehreren Menschen das Leben gerettet hatte. Was Jill betraf, hatte ich vielleicht Recht. Was Ingrid betraf, so verlängerte ich es nur um neun Monate, denn dann kam sie in einem Kugelhagel um.

Wenige Minuten nachdem der Bus abgefahren war, kam Bobbo nach unten und verkündete, es sei nun Zeit zu gehen. Er war sichtlich angetütert. »Marihuana ist 'ne tolle Sache, Allen«, vertraute er mir an.

»Prima«, antwortete ich. Dann suchte ich Greg Garner, gab ihm die Schüssel mit den Schlüsseln zurück, teilte September und August mit, dass wir jetzt fahren konnten, und traf Bobbo draußen wieder. »Und was jetzt?«, fragte ich.

»Du musst uns nach Hause fahren«, erklärte September. Sie sagte irgendwas zu August und er zog ein paar Schlüssel aus der Tasche. Der Kombi stand auf der anderen Straßenseite. »Okay«, sagte September, »du fährst an der Ampel rechts und dann ...«

»Ich war schon mal bei euch zu Hause«, unterbrach ich sie.

»Ja, aber das ist ja schon 'ne Weile her«, entgegnete sie.

»Ich weiß den Weg noch«, versicherte ich. »Vertrau mir.«

Bobbo setzte sich nach vorn, September und August auf den Rücksitz. Ich ließ den Motor an und steuerte den Wagen vorsichtig vom Bordstein weg. Ich kam mit dem Straßengewirr der Wohngegend einigermaßen gut zurecht, war jedoch nicht daran gewöhnt, einen so großen Wagen zu fahren. Als wir also an der Kreuzung abbogen, schätzte ich die Ecke falsch ein und wir fuhren kurz über den Gehweg. »Vielleicht sollten wir lieber den besoffenen Jungen fahren lassen«, meinte Bobbo. »Das ist sicherer.«

»Sei still«, sagte ich. »Nur weil ich Bordsteine nicht wie angeblich unüberwindliche Hindernisse behandle, heißt das noch lange nicht, dass ...«

»Hey!«, unterbrach mich Bobbo und zeigte mit dem Finger auf etwas. »Fahr mal da ran. Dauert nur eine Sekunde.«

Wir fuhren auf den Parkplatz eines 24-Stunden-Shops. Bobbo sprang raus. Ich ließ den Motor laufen. Vor der Tür standen ungefähr hundertfünfzig Polizeiautos. Nicht, weil es einen Überfall oder so was gegeben hatte – vor diesen Läden standen grundsätzlich hundertfünfzig Polizeiautos. Ein paar Minuten später kam Bobbo mit zwei Plätzchentüten wieder heraus. Er riss eine auf und stopfte sich vier Kekse auf einmal in den Mund. »Auf geht's«, sagte er.

Der Rest der Fahrt verlief ziemlich ereignislos. Wir gondelten über die Bastanchury Road nach Yorba Linda und erreichten bald Septembers Wohnsiedlung; die Uhr auf dem Armaturenbrett zeigte Viertel vor eins. Ich parkte in der Einfahrt der Youngs und wir kletterten alle aus dem Wagen. Bis auf ein paar Grillen und einen Rasensprenger weiter unten auf der Straße war alles still. »Siehst du?«, sagte ich. »Heil und gesund angekommen. Ich hab dir ja gesagt, dass ich gut fahren kann.«

September kam herüber und legte die Hand auf meinen Arm. »Danke für alles«, sagte sie. »Du hast mir das Leben gerettet. Wirklich. Ich würde euch ja hereinbitten, aber du weißt ja ... Wenn meine Eltern rausfinden, dass du hier bist ...«

»Klar«, antwortete ich. Ich gab ihr die Autoschlüssel zurück. »Kannst du mir trotzdem einen Gefallen tun?«

»Jeden«, sagte sie.

»Könntest du bitte noch ein Taxi rufen, wenn du im Haus bist?«, fragte ich. »Zu Fuß ist es ziemlich weit zu Greg Garners Haus.«

September machte einen Augenblick lang ein verwirrtes Gesicht. Dann fiel ihr ein, dass *mein* Wagen immer noch dort stand. »Oh!«, rief sie. »Na klar.« Es folgte ein etwas verlegener Moment, weil sie etwas zu nah vor mir stand, und dann umarmte sie mich ebenso verlegen. Sie roch nach Pfefferminzbonbons. »Wir sehen uns bestimmt morgen«, sagte sie.

Bobbo setzte sich auf den Bordstein und verschlang weiter seine Plätzchen. Ich sah zu, wie September August zur Haustür führte. Unterwegs hörte ich ihn sagen: »Weiß du, wenn du nich meine Schwwwester wärs, fänd ich dich echt attraktiv.«

»Freut mich, das zu hören«, antwortete September. Die Tür fiel ins Schloss.

Junge trifft Mädchen, und das ist Mist

Eine Woche später hatten September und ich einen Termin bei Doctor Todd, um die neuen Vertrauensschüler kennen zu lernen. Die Werbeblätter waren genau wie im letzten Sommer mit dem Informationspaket versendet worden; das erste Treffen hatte am Mittwoch stattgefunden und ab der nächsten Woche sollten September und ich mit ihnen üben. Ich freute mich richtig darauf: Es war zwar streng verboten, sich mit jemandem anzufreunden, der zur Beratung kam, aber keine Regel untersagte es, sich mit den anderen Vertrauensschülern zu verbrüdern, und mit etwas Glück bekamen wir jemand Nettes.

Also gingen wir am Montagnachmittag zu Doctor Todds schäbigem kleinen Büro hinüber. »Wann kommen denn die ganzen neuen Leute?«, fragte ich.

»Alle Bewerber inakzeptabel«, antwortete Doctor Todd. »Werdet euch wieder allein um alle Fälle kümmern müssen.«

»Moment mal«, sagte ich. »Sie meinen, jeder einzelne Schüler, der sich angemeldet hat, ist gleich am ersten Tag durchgerasselt?«

»Nein«, erwiderte Doctor Todd. »Waren nur zwei Bewerber, ein Junge, ein Mädchen. Junge sagte, er habe auf diese Weise nur Mädchen kennen lernen wollen, hatte er jetzt, war also nicht mehr interessiert. Mädchen ähnlich, sagte, sie sei an einer Beziehung mit einem ›Otubo‹-Jungen interessiert gewesen, anderer Kandidat sei ungefähr das, war also nicht mehr interessiert. Leider. Mädchen war viel versprechend. Außerdem hübsch.«

»Hmmm«, sagte ich. Ich würde daran denken müssen, den Kopf nach dem Treffen mehrere Minuten lang gegen die Wand zu hauen.

»Ja, sehr enttäuschend«, fuhr Doctor Todd fort. »Aber kein großer Verlust. Programm wird nach diesem Jahr vermutlich sowieso gestrichen. Anordnung des Verwaltungsbezirks: keine Toleranz. Trotzdem viel Arbeit dieses Jahr für nur zwei Leute.« Plötzlich leuchteten seine Augen auf und er zeigte auf mich. »Schwester wäre hervorragende Bewerberin«, verkündete er.

»Äh ... Da bin ich mir nicht so sicher«, antwortete ich. »Echo ist nicht unbedingt ein kontaktfreudiger Mensch. Tut mir Leid.«

»Ähm, ich hab da eine Frage«, unterbrach September. »Mir ist da was eingefallen ... Letzte Woche mussten Allen und ich uns auf einer Party um die Schlüssel kümmern, aufpassen, dass alle sicher nach Hause kommen, und das war ein ganz schöner Schlamassel ... Aber es muss trotzdem getan werden, verstehen Sie? Ich meine, wer weiß, wie viele Partys jedes Wochenende stattfinden, auf denen sich keiner um die Schlüssel kümmert und die Leute mit dem Auto nach Hause fahren, obwohl sie es besser nicht tun sollten?«

»Die Schule ist für Vorfälle außerhalb des Schulgeländes nicht verantwortlich«, entgegnete Doctor Todd.

»Ja, ich weiß, aber … wir können doch trotzdem etwas tun«, beharrte September. »Wir könnten die Leute zum Beispiel abholen. Ein paar Autos kaufen, Fahrer anstellen …«

»Und ein Pony«, schlug ich vor. »Ich will ein Pony!«

»Budget zu klein«, wandte Doctor Todd ein. »Für Autos. Und für ein Pony.«

»Oh«, sagte September enttäuscht.

»Moment«, rief ich. »Wir können uns doch eine Druckerpresse leisten, oder? Wir schicken die Schulzeitung zu einer Druckerei, damit sie aussieht wie eine richtige Zeitung und nicht wie mit dem Kopierer gemacht. Was ich sagen will, ist: Können wir keinen Vertrag mit einer Taxifirma schließen, die es schon gibt? Auf diese Weise sparen wir alle laufenden Kosten für Gehälter oder Autos. Wir könnten mit ihr sogar einen fetten Rabatt aushandeln, weil sie durch uns ja haufenweise Kundschaft kriegt.«

Doctor Todd strich sich übers Kinn. »Muss ein paar Anrufe tätigen«, sagte er.

Später in derselben Woche bestellte uns Doctor Todd wieder in sein Büro. »Suche nach einem Taxiunternehmen erfolgreich. Nur eine Firma in unserer Preisklasse: Taxi Ocho in Santa Ana. Nummer lautet 853-OCHO. Fünfzig Prozent Ermäßigung mit Ilium-Schülerausweis. Für euch beide kostenlos. Darf nur für angemessene Anlässe benutzt werden. Und noch etwas.«

»Ja?«, fragte September.

»Fahrer sprechen nur spanisch«, erklärte Doctor Todd. »In Santa Ana braucht man fast nur spanisch sprechende Fahrer. Müsst das Beste draus machen.«

»Sie sprechen nur spanisch?«, wiederholte September. »Aber ich hab Französisch als Wahlfach!«

»Quel dommage«, sagte ich.

Manchmal ist ein Turm mit einer Uhr einfach nur ein Turm mit einer Uhr

Jetzt wisst ihr also, warum September so versessen darauf gewesen war, dass ich meinen Führerschein bekam. Für mich war es schon schwer genug, mich mit den spanischsprachigen Taxifahrern zu verständigen, aber für September, die nur ein paar Brocken español konnte, war es ein einziger Albtraum. Ganz nebenbei schien sie irgendwie den Eindruck bekommen zu haben, dass ich sie und August liebend gern von einer Party zur anderen kutschieren würde, wenn ich erst mal Bobbo nicht mehr mitnehmen müsste. Ich persönlich hatte nichts dagegen, sie ab und zu irgendwohin zu fahren, aber wenn sie mich als ihr privates Taxiunternehmen engagieren wollte, würde ich mich bemühen, bald selbst nur noch spanisch zu sprechen.

Ein paar Tage später wurde ich wieder in Doctor Todds Büro gerufen, diesmal ohne September. Auf dem Weg dorthin wurde ich wie immer von einem Pulk von Bewunderern umschwärmt. Na ja, »Bewunderer« stimmt nicht ganz. Die Sache war nur so, dass ich im Gegensatz zu September bereit war, rote Scheine für Leute abzuzeichnen, die sie für Kleinigkeiten wie das Essen im Auto oder das Verletzen der Kleidungsvorschriften bekommen hatten. Aus diesem Grund war ich sehr beliebt bei Schülern, die keine Lust hatten, eine Stunde nachzusitzen oder sich eine Stunde lang im Sekretariat mit September und mir zu unterhalten. In meinem ersten Jahr hatte ich das nur hin und wieder gemacht, doch während des Sommers hatte es sich herumgesprochen und nun wurde ich nach dem Unterricht immer von mehreren Dutzend Schülern bestürmt. So musste ich jeden Tag nach der Schule zwanzig Minuten lang Scheine für halbnackte Mädchen unterschreiben, die danach auf der Suche nach Carver Fringie davonzottelten. Dieser Nachmittag bildete keine Ausnahme.

Nachdem ich das also hinter mich gebracht hatte, ging ich zum Büro hinüber. Ich sollte an dieser Stelle vielleicht ein paar Worte über den Grundriss der Schule verlieren, damit ihr euch die Lage besser vorstellen könnt. Die Ilium High School hatte von oben gesehen die Form eines Donuts. Sie ist zu der Zeit gebaut worden, als Conceptart gerade groß in Mode gewesen war, und irgendein einfallsreicher junger Architekt hatte anscheinend geglaubt, die Welt mit donutförmigen Gebäuden beglücken zu müssen. Das Sekretariat bildete einen Teil des Donuts, war aber von den restlichen Gebäudeteilen aus nicht erreichbar: Um von den Klassenzimmern dorthin zu gelangen, musste man das Gebäude verlassen und es durch eine der Sekretariatstüren wieder betreten. Der Innenhof in der Mitte des Donuts wurde »das Rad« genannt und war mit sechseckigen Platten aus Lavagestein gepflastert, in deren Ritzen Unkraut wuchs und auf deren Oberfläche alte, weggeworfene Kaugummis eine dicke Kruste bildeten. Der Donut selbst war beige verputzt und hatte eine Art Klosterpfannendach – eines von der Sorte, auf das die Kinder Tennisbälle werfen und dann raten, durch welche kleine Rinne sie wieder zurückrollen. Man hatte der Anlage das Flair einer Villa am Mittelmeer geben wollen, was ohne die hässlichen Metallschließfächer, die das Rad umgaben, etwas besser hingehauen hätte. Außerdem bin ich überzeugt, dass es nur wenige donutförmige Villen am Mittelmeer gibt, wenn überhaupt.

Im Herzen des Schulgeländes, genau in der Mitte des Rades, stand ein imposanter Turm, vier Stockwerke hoch und mit einer Uhr auf jeder Seite. Als ich zum Sekretariat ging, schaute ich zur Uhr hinauf, die 9:07 anzeigte. Sie zeigte immer 9:07. Der Turm war nur wenige Tage nach der Eröffnung der Schule vom Blitz getroffen worden und seitdem hatte sich die Uhr nicht mehr gerührt. Der offizielle Name dieses Bauwerks lautete Pergamum Tower, doch dank einer Beobachtung, die Carver Fringie im Jahr zuvor gemacht hatte, nannten fast alle den Turm nur »Ständer«: »Lasst uns mal einen Moment darüber nachdenken. Ilium: Ist das nicht lateinisch für Unterleib? Also ist unsere Schule nach einem Becken benannt und hat einen riesigen Ständer in der Mitte. Hallo! Schon mal was von Freud gehört? Geht es vielleicht noch phallischer?« Lacher einspielen, Nachspann abfahren. Dieser Fringie war so ein Spaßvogel. Kein Wunder, dass alle Mädchen hinter ihm her waren, sobald ich ihre Scheine unterschrieben hatte.

Als ich in Doctor Todds Büro ankam, schwenkte er eine Art Arbeitsblatt. »Fragebogen zum Persönlichkeitsprofil«, erklärte er. »Wird jedes Jahr an die Schüler verteilt, die neu an die Schule kommen. Du kennst ihn schon. Aber sieh dir diesen hier mal an.« Er reichte mir das Blatt Papier. Ich konnte das Gekritzel in den Lücken für die Antworten erst nach ein paar Minuten entziffern, aber schließlich gelang es mir:

1. Was ist dir am wichtigsten im Leben?
Der Tot.

2. Was gefällt dir an dir selbst am besten?
Ich rehgiere.

3. Was würdest du am liebsten an dir selbst ändern?
Leckt mich am Arsch. Ich bin perfeckt, so wie ich bin.

4. Wo siehst du dich selbst in zwanzig Jahren?
Tot. Ich werde jung sterben und so fiele Leute wie möglich mitnemen.

5. Welche Menschen bewunderst du am meisten?
Adolf Hitler weil er das überagendste Land der Welt rehgiert hat, und Wilhelm Krieger den Leedsänger von Crucified Vomit weil er schweinegeil is und ihm alle Weiber den Schwanz lutschen.

»Aha!«, sagte ich. »Also das ist eindeutig das Werk des größten Fehlers, den die Natur je begangen hat: meines Bruders.«

»Sehr beunruhigend«, stellte Doctor Todd fest. »Weist Potenzial zu gefährlichem Verhalten auf. Störung der allgemeinen Ordnung. Gewaltanwendung. Essen im Auto. Müssen Präventivmaßnahmen ergreifen. Unerfreuliche Vorfälle verhindern, bevor sie eintreten. Dafür diagnostische Fragebögen. Siehst du das auch so? Fragebogen ist nicht bloß Ausdruck kranken Humors?«

»Oh nein, keine Chance«, erwiderte ich. »Krieg hat keinen Humor. Er ist wirklich so.«

»Na schön«, sagte Doctor Todd. Er legte den Fragebogen in einen Papphefter zurück und zog ein neues Blatt heraus. »Der Nächste, bitte.«

»Sie meinen, es gab noch mehr von dieser Sorte?«, fragte ich.

»Sie waren alle so.«

»Und es stimmte!«, sagte ich am selben Abend zu Echo, als wir uns zum Schlafengehen fertig machten. »Er hatte bestimmt hundert solcher Fragebögen in diesem Schnellhefter. ›Was ist dir am wichtigsten im Leben?‹ ›Der Tod.‹ ›Menschen umbringen.‹ ›Nichts.‹ Ich meine, ich mag schwarzen Humor genauso wie jeder andere auch, aber der Humor gehört doch genauso dazu wie das Schwarz. Sonst ist es nicht mehr geistreich, sondern nur noch . . . nur noch . . .«

»Unheil verkündend«, ergänzte Echo.

Drei

Bevor ich mit diesem Projekt hier angefangen habe, bin ich in die Bücherei gegangen und habe jedes Handbuch über kreatives Schreiben gelesen, das ich finden konnte – alles von Pompus' und Jargonlaces *Elemente rhetorischer Stilistik in längeren Prosatexten* bis hin zu Elroy T. Funbuns *Wie man ein richtig gutes Buch schreibt.* Und sie alle warnten vor einer Sache: einen ganzen Haufen von Figuren auf einmal einzuführen. Trotzdem kommen in diesem nächsten Kapitel eine Menge Leute vor, von denen ich euch noch nichts erzählt habe. Und wenn ich dafür achthundert Figuren auf einmal einführen muss, muss ich eben einen Weg finden, mich ohne Elroy T. Funbuns Zustimmung durchzuschlagen.

Witziger als ein Bunker mit Führern

Da unsere Schule Ilium hieß, war es wohl ziemlich unvermeidlich, dass unsere Schulzeitung *Ilias* genannt wurde, als man einen Namen dafür suchte. Dann wies irgendjemand darauf hin, dass es in dem riesigen, ringförmigen Gebäude, das man gerade erst errichtet hatte, keinen Platz für ein Redaktionszimmer gab. Nach einem Anfall von Panik löste man das Problem, indem man einen Teil eines der Lehrerzimmer abtrennte. Natürlich war das Zimmer asymmetrisch gewesen, so dass sich die Aufteilung als nicht ganz gerecht erwies. Wir hatten zwei Steckdosen mehr als die Lehrer, dafür hatten sie das Fenster. Und erst als die zusätzliche Wand eingebaut worden war, merkten die Konstrukteure, dass es in dem neuen Raum keine

Lichtquelle gab. Dieses Problem wurde gelöst, indem man eine flackernde Leuchtstoffröhre an die Decke montierte. Wenn man also nun voller jugendlichem Elan und Tatendrang das *Ilias*-Zimmer betrat, vielleicht mit einem netten Liedchen über die Blumen auf den Wiesen und die Vögelchen in den Bäumen auf den Lippen, fragte man sich dort nach spätestens fünf Minuten, warum man erst nach so langer Zeit gemerkt hatte, dass man sich eigentlich lieber erhängen sollte. Es hätte mich nicht überrascht, wenn ich eines Nachmittags hineinmarschiert wäre und Eva Braun am Layouttisch vorgefunden hätte, die gerade trübsinnig eine Zyankalikapsel schluckte.

Die formale Verantwortung für die ganze Unternehmung von Kollegiumsseite aus hatte eine der Englischlehrerinnen für den zweiten Jahrgang: Benito Mussolini. Ihr richtiger Vorname lautete Isabella, aber bei dem Nachnamen kam man an dem Spitznamen eigentlich nicht vorbei. Außerdem war kaum die Tatsache zu übersehen, dass sie das genaue Ebenbild von Il Duce war. Okay, ihr Schnurrbart war etwas dicker – eher Stalin als Mussolini –, und soweit ich weiß, teilte der echte Benito Mussolini auch nicht ihre Vorliebe für giftgrüne Hosen; aber eine gewisse Ähnlichkeit war dennoch vorhanden. Es reicht wohl, wenn man sie in Cat Nicholls Worten als »ein dickes altes Stück von verschrobenem, androgynem Spaß« beschreibt.

Cat – ihr erinnert euch, sie wohnte in meiner Straße – war unsere Chefredakteurin, und darüber konnten wir froh sein. Alle, die Benito vorher auf diesen Posten gesetzt hatte, hatten versucht, Reichsmarschall zu spielen, und jede Kleinigkeit überwachen und managen wollen. Cat war dagegen mit einer Art erhabenen Vergesslichkeit gesegnet, mit der sie in einigen Kulturen als weise gegolten hätte. Als ihr Sportkurs zum Beispiel einmal Softball spielte, fiel der Ball zu Boden und rollte ihr vor die Füße. Anstatt ihn zur First Base zu werfen, hob sie ihn einfach nur auf und fing an, die Stiche zu zählen. Sie machte auch einen zerstreuten Eindruck – ständig lief sie gegen irgendwelche Möbel und ihr fielen immer die Haare in die Augen. Apropos Haare – außer ihr hatte ich noch nie jemanden mit einer natürlichen weinroten Haarfarbe getroffen. Das Braun hatte einen deutlichen purpurfarbenen Stich, und sie schwor, dass sie es nicht färbte. Außerdem hatte ich außer ihr noch nie eine Frau unter fünfzig getroffen, die lange, altmodische Damenstrümpfe trug. Weinrote, natürlich.

Der Chefredakteurin dirckt unterstellt war der »Chef vom Dienst« bzw. die »Chefin vom Dienst«, ein jüngerer Schüler oder eine jüngere Schülerin mit der Aufgabe, sich im Laufe des Jahres einzuarbeiten: herauszufinden, wie die ganzen Layoutprogramme funktionierten; wie man mit der Druckerei in Anaheim zusammenarbeitete; wie man dafür sorgte, dass die Leute ihre Pflichten erfüllten und nicht herumtrödelten; wie man Spannungen zwischen den Redakteuren und den Schreibern beseitigte und all so 'n Zeug. Dieser Posten wurde von niemand anderem als der einzig wahren wagemutigen jungen Draufgängerin Miss Peggy Kaylin besetzt.

Worum es bei all dem Kram überhaupt geht

Peggy wurde im Kreise der *Ilias* zugleich verehrt und verhöhnt. Verehrt wurde sie wegen ihrer Angewohnheit, lächerliche Dinge zu tun, wie zum Beispiel allen Leuten akribisch hergerichtete Körbe mit selbst gebackenen Plätzchen und anderen Leckereien mitzubringen oder den Redaktionsraum mit strategisch platzierten Blumenvasen freundlicher gestalten zu wollen. Verhöhnt wurde sie aus genau demselben Grund.

Aber der Hauptgrund, warum die meisten älteren Redakteure sie nicht mochten, war ihr Ehrgeiz. Nicht, dass sie darauf aus war, im nächsten Jahr Chefredakteurin zu werden – als Chefin vom Dienst stand ihr dieser Posten sowieso zu, also ging es hier nicht um irgendwelche Konkurrenzkämpfe. Es lag eher daran, dass sie bereits alle möglichen hochfliegenden Pläne für die Zeit hatte, wenn sie erst mal Chefredakteurin sein würde. Diese schrieb sie in ein Notizbuch, das sie eines Tages für wenige Minuten im Redaktionsraum liegen ließ, weil sie annahm, dass es niemand lesen würde, und schon gar nicht laut. Sie irrte sich.

Das hier stand drin:

Problem: Der Redaktionsraum ist hässlich und bedrückend.

Plan: Im Juni mit Dr. Todd reden. Fragen, ob wir Geld bekommen können, um a) die Trennwand einzureißen und eine durchsichtige Glaswand einzubauen, b) ein Oberlicht einzubauen oder c) wenigstens ein Fenster einzusetzen. Tapezieren und/oder streichen kann ich selbst. Kann außerdem neue Möbel zur Verfügung stellen (Regale zeigen, die ich in den Sommerferien gebaut habe).

Problem: Schwänzen. Zu viele Leute gehen einfach, nur weil's ihre letzte Stunde ist und sie nicht dafür bestraft werden.

Plan: Anwesenheit vor und nach der Stunde prüfen.

Alternativplan: Tests schreiben lassen, in denen die Schüler Auszüge aus der Zeitung des jeweiligen Tages analysieren müssen oder so was. Sie müssen nicht jeden Tag geschrieben werden, nur oft genug, damit die Leute jeden Tag kommen.

Problem: Einstellung. Zu viele nehmen das Fach Journalismus nicht deswegen, weil sie sich dafür interessieren, sondern weil sie mit ihren Freunden rumhängen wollen und noch einen Kurs brauchen. Die Qualität der Zeitung ist ihnen egal.

Plan: Miss Mussolini vorschlagen, dass diejenigen Schüler schlechte Noten bekommen, die sich nicht genug anstrengen. Wenn ein Artikel schlecht ist, muss das nicht nur für den Schreiber Folgen haben, sondern auch für die Redakteure, wenn sie ihn nicht verbessern. Dies wird zu mehr Leistung und besserer Qualität führen.

Und so weiter, über mehrere Seiten. Natürlich war Peggy empört, dass die anderen ihr Notizbuch gelesen hatten («Das ist geheim!«, hatte sie schockiert gerufen), doch sie verstand nicht, warum alle wütend auf sie waren, weil sie es geschrieben hatte. »Ich kapier das nicht«, sagte sie später zu mir, als ich ihr dabei zusah, wie sie Schokoladenplätzchen und kleine Puffreisquadrate backte, die sie am nächsten Tag zur Versöhnung in die Schule mitbringen wollte. »Wenn sie meine Pläne nicht für gut halten, okay, aber warum sind sie dann so sauer auf mich? Wenn sie bessere Ideen haben, würd ich sie gerne hören ...«

»Ich glaube, darum geht es gar nicht«, entgegnete ich. »Ich glaube, sie sind aus verschiedenen Gründen sauer. Erstens, weil es so aussieht, als wolltest du allen mehr Arbeit aufhalsen. Wie das Kind in der ersten Reihe, das die Lehrerin genau vor dem Klingeln daran erinnert, dass sie noch keine Hausaufgaben aufgegeben hat.«

»Was ist daran falsch?«, fragte sie mit knallroten Ohren. »Ich meine, wenn sie es doch vergessen hat ...«

»Aber was noch wichtiger ist«, fuhr ich fort, »du musst dir klarmachen, dass viel vom Tonfall abhängt, und der lässt sich nicht immer auf die Schriftsprache übertragen. Vielleicht wolltest du ja nur ein paar Ideen aufschreiben. Aber du nimmst nur die Wörter und lässt den ernsten, aber flapsigen Tonfall weg, mit dem man normalerweise jemandem klarmacht, dass man ihn nicht kritisieren will. Deshalb klingt es so, als wolltest du sagen, die *Ilias* ist scheiße und zwar deshalb, weil die Leute, die sie machen, alle faule Säcke sind.«

»Aber findest du denn nicht, dass es genau so ist?«, fragte sie und schob die Plätzchen in den Ofen.

»Wie bitte?«

»Ich finde das nicht gemein oder ungerecht«, protestierte sie. »Ich meine, wenn man jemandem sagt, dass er hässlich ist, dann ist das grausam, weil Gott ihn so geschaffen hat und er nichts daran ändern kann. Aber wenn man jemandem nur sagt, dass er gefälligst seine Arbeit machen soll, weil er es nicht tut, dann ist das absolut okay, denn er kann ja was daran ändern. Wenn er dann Gewissensbisse hat, ist es seine eigene Schuld. Wenn sie das tun würden, was sie sollen, bräuchten sie auch nicht so beleidigt zu sein.« Sie schüttete einen Beutel Marshmallows in einen großen Metalltopf.

»Ähm, ich glaube, ›Gewissensbisse‹ ist nicht das richtige Wort«, entgegnete ich. »Ich würde eher sagen, ›sie regen sich darüber auf, dass du genau das kaputtmachen willst, was an der *Ilias* so toll ist, nämlich dass man neunundneunzig Prozent der Zeit einfach nur rumsitzt und quatscht und so, wenn man überhaupt kommt‹. Das waren jetzt eher fünfunddreißig oder sechsunddreißig Wörter, wenn ich so drüber nachdenke. Aber ich bin ziemlich sicher, dass es keine Gewissensbisse sind, weil alle mit der jetzigen Situation echt zufrieden sind.«

»Also ich nicht«, antwortete Peggy. »Außerdem muss eine Sache noch lange nicht okay sein, nur weil man keine Gewissensbisse hat. Ich bin sicher, da draußen laufen jede Menge Mörder herum, die überhaupt kein schlechtes Gewissen haben.«

»Findest du nicht, dass es einen ziemlichen Unterschied macht, ob man jemanden umbringt oder die Schule schwänzt?«, fragte ich.

Peggy schüttete trotzig Cornflakes aus einer Schüssel in den Metalltopf. »Die meisten Mörder haben vermutlich mit Schuleschwänzen angefangen.«

Ich kratzte mich am Kopf und grübelte darüber nach, ob das irgendwie einleuchtete.

Auf jeden Fall wisst ihr jetzt ungefähr, warum Peggy nicht gerade das beliebteste Mitglied der Redaktion war. Allerdings erklärt das nicht unbedingt den kalten Hass, den sie in Leuten wie zum Beispiel Elizabeth Clarke hervorrief. Zab war für die Meinungsseite verantwortlich und außerdem stammte sie aus Großbritannien. Mehr oder weniger. Ihre Familie war in die USA gezogen, als Zab fünf Jahre alt gewesen war; also war ihr starker britischer Akzent größtenteils aufgesetzt. Nicht, dass man ihre Vergangenheit kennen musste, um das zu merken: Er war nicht nur falsch, sondern furchtbar falsch und schwankte hemmungslos zwischen dem eines BBC-Sprechers, eines Londoner Taxifahrers und eines fünften Beatle hin und her. Manchmal ließ sie auch noch etwas Kanadisch einfließen. Die einzig echte Verbindung, die sie zum Vereinigten Königreich hatte, war ihre Zahnpflege: Sie musste sich die Zähne mit Melasse oder so was geputzt haben, denn sie waren tiefbraun und halb verfault. Außerdem gehörte sie zu den Leuten, die oft schon zehn Sekunden nach der Anwesenheitsprüfung gingen, und hätte daher am meisten unter den Plänen in Peggys Notizbuch gelitten. Vielleicht war das also ihr

Beweggrund, oder es trafen einfach zwei verschiedene Persönlichkeiten aufeinander – auf jeden Fall beschloss Zab an dem Tag, nachdem Peggy ihr Friedensangebot aus Schokoladenplätzchen und Marshmallowriegeln mitgebracht hatte, Peggy selbst etwas zu schenken: einen Weidenkorb mit Blumen.

»Oh, wie hübsch!«, rief Peggy. »Wow, Zab, das ist echt lieb von dir.« Sie zog eine Nelke heraus und roch daran.

Alle anderen machten ein eher skeptisches Gesicht. »Was soll das Ganze?«, fragte ich.

»Wieso?«, sagte Zab. »Ich dachte nur, es wäre eine nette Geste. Da ist noch mehr unter den Blumen, Schatz.« Dies war noch zu der Zeit, als Zab alle Leute »Schatz« nannte. Es nervte zwar ziemlich, war aber tausendmal besser als ein paar Wochen zuvor, als sie alle »Chef« genannt hatte.

»Wirklich?«, antwortete Peggy. »Du hättest dir wirklich nicht so viel Mühe zu machen brauchen. Wow, seht mal! Seife, Plätzchen, durchsichtige Ballons, so was wie Gelee, und ... hmm, was ist das hier?«

Zab hatte schon bei den Worten »durchsichtige Ballons« zu kichern angefangen, aber als sie sah, wie Peggy verwirrt das längliche weiße Plastikding musterte, brach sie in schallendes Gelächter aus. »Was glaubst du denn, was es ist?«, gluckste sie.

»Keine Ahnung«, antwortete Peggy und drehte es herum. »Ist es irgendein Elektrogerät? Es hat einen Schalter.«

»Warum stellst du es nicht an?«, schlug Zab vor.

»Peggy, tu's nicht«, mischte ich mich ein. »Zab, das ist wirklich das besch...«

»Ach, verzieh dich, Nigger«, sagte sie. »Los, stell es an.«

Peggy drückte auf den Schalter. Das Ding fing leise an zu surren wie eine elektrische Zahnbürste. »Ich kapier's immer noch nicht«, sagte sie.

Alle übrigen Redakteure hatten längst zu arbeiten aufgehört und verfolgten dieses kleine Schauspiel, doch Cat legte erst bei diesem Surren ihre Ausgabe des *Dave Clark Five Report* hin. »Hey, was ist hier los?«, fragte sie. Sie schaute Peggy an und machte ein verwirrtes

Gesicht. »Hey, Peggy«, sagte sie, »warum bringst du denn einen Vibrator mit zur Schule?«

Peggy ließ ihn auf der Stelle fallen, als hätte sie ein wild gewordenes Wiesel in der Hand gehalten. Zum Glück ging er durch den Aufschlag kaputt und hörte auf zu surren. »Das ... das wusste ich nicht«, stotterte sie hilflos.

»Komm schon, da ist noch mehr«, sagte Zab. »Guck dir das ... Hey, hau doch nicht ab, Schatz! Magst du etwa kein Sexspielzeug? Das ist doch der Beginn einer penetrierenden Freundschaft!«

Bevor die Tür zufiel, kam mir ein fürchterlicher Gedanke, also lief ich Peggy nach. Ich holte sie ein, als sie sich gerade in der Lehrertoilette einschließen wollte. »Peggy, warte!«

»Lass mich in Ruhe!«, rief sie und hielt sich die Hände vors Gesicht.

»Okay, nur eines«, sagte ich. »Was immer du tust, iss nicht die Plätzchen, okay?«

Sie starrte mich mit dunkelrotem, vor Zorn verzerrtem Gesicht an. »Wieso, weil ich sonst dick werde?«, fauchte sie.

»Nein, weil sie wahrscheinlich voller Hasch sind«, erklärte ich. »Und benutz das Gelee nicht, es sei denn, du möchtest mal Toast mit Gleitcreme probieren.«

Sie knallte die Tür zu. Es hatte keinen Zweck, sie trösten zu wollen – wenn Peggy sagte, sie wolle in Ruhe gelassen werden, meinte sie das auch so. Und ich hätte wetten können, dass sie auch später nicht darüber reden wollen würde. Oder überhaupt irgendwann. Und wie sich herausstellte, hätte ich mir gar keine Sorgen zu machen brauchen. Als ich zurückkam, hatte Zab bereits die Hälfte der Plätzchen selbst aufgegessen.

Stunt Casting

Außerdem bekam sie gerade eine von Hayley Kerenskys leisen Standpauken verpasst. Hayley war meine Chefin bei der *Ilias*. Sie hatte herausgefunden, dass es nichts bringt, jemanden anzubrüllen, wenn er sich wirklich wie ein Idiot vorkommen soll. Man muss stattdessen ruhig und vernünftig mit ihm sprechen, so als würde man mit einem kleinen Kind reden. »Was genau sollte uns diese kleine Vorführung zeigen?«, fragte sie gelassen. »Was soll dir diese sinnlose Grausamkeit bringen?«

»Auf jeden Fall bringt's mir mehr, als mir deine beschissenen Kommentare anzuhören«, versetzte Zab. Sie nahm den Korb und ging. Hayley seufzte.

Hayley wohnte noch nicht allzu lange in Orange County. Bis vor ein paar Jahren hatte sie in Seattle gelebt, doch dann hatten sich ihre Eltern getrennt und einer war nach Alaska, der andere nach Florida gezogen – ich glaube, sie wollten wirklich voneinander weg. Also hatte sich Hayley für die Mitte zwischen beiden entschieden und wohnte bei ihrer Schwester in Fullerton. Hayley war das jüngste von fünf Kindern: Ihre Brüder waren achtunddreißig und sechsunddreißig Jahre alt, ihre Schwestern zweiunddreißig und dreißig, und Hayley selbst war siebzehn. Man muss nicht unbedingt gut in Mathe sein, um sich auszurechnen, dass sie nicht geplant war. »Na ja, aber mein ältester Bruder auch nicht«, meinte Hayley. »Seinetwegen haben sich meine Eltern überhaupt erst zusammengetan. Klar wär es mir lieber gewesen, wenn sie mit der Scheidung gewartet hätten, bis ich im College bin. Aber du musst zugeben, siebenunddreißig Jahre sind eine lange Zeit, um ›wegen der Kinder‹ zusammenzubleiben.«

Hayley war ziemlich hübsch, vor allem wenn man auf diesen Hippie-Intellektuellen-Look steht. Sie trug immer Sandalen, auch an Regentagen, und eine runde John-Lennon-Brille mit Goldrand. Außerdem hatte sie eine Vorliebe für T-Shirts, die mit den Namen von Filmfestivals oder obskuren Bands bedruckt waren. Im Winter trug sie darüber aufgeknöpfte Pullover mit Knopfleiste. Außerdem stand sie auf lange Krepprröcke, in erster Linie deshalb, weil sie auf diese Weise einen Unterrock tragen konnte, was wirklich cool ist. Aber das Auffallendste an Hayleys Äußerem war ihr Haar. Es war sehr wellig, wie eine Kaskade, die ihr über den ganzen Rücken fiel. Drinnen hatte es eine ziemlich matte mittelbraune Farbe, aber wenn draußen die Sonne schien, leuchtete es in glutrotem Kupfer, so als hätte man es aus einem Haufen nagelneuer Pennys gesponnen.

Hayley hatte schon kurz nach ihrem Umzug hierher Anschluss gefunden: Sie und Cat verstanden sich auf Anhieb und bald hing sie mehrere Abende in der Woche auf Cats Veranda rum, zusammen mit Cat, Hank und Holdn, die ebenfalls bei der *Ilias* waren und von denen ich jetzt sprechen werde.

Hank Andreas, der mit Vornamen eigentlich Paul hieß, sich aber Hank nannte – weil er meinte: »Würdest du dich vielleicht nicht Hank nennen, wenn du Paul heißen würdest?« –, war der Fotograf der *Ilias* und ein Nagel zu Benitos Sarg. Nicht, weil er jeden Morgen den Kopf in eine ganze Flasche Haarspray eintunkte und sein Haar zu Leistungen brachte, bei denen sich Newton wahrscheinlich verwundert die Augen gerieben und gemurmelt hätte, er müsse sich ein neues Arbeitsgebiet suchen. Auch lag es nicht daran, dass bei all seinen Hemden der Name Hank auf die Tasche gestickt war und er darauf bestand, sie bis ganz oben zuzuknöpfen. Es lag nicht mal daran, dass er sich die Augenbrauen rasierte. Mit diesen kleinen Eigentümlichkeiten kam Benito prima zurecht. Nein, es waren die Fotos, die ihr regelmäßige Gehirnblutungen bescherten.

Inzwischen rechnete sie alle drei Wochen mit diesen besonderen Kopfschmerzen, doch auf den ersten Schwung Fotos im September war sie wirklich nicht vorbereitet gewesen. Hank hatte ihr eine Diskette voller Bilder überreicht und schlenderte gerade zur Tür hinaus, als Benito brüllte: »Halt!«

»Gibt's ein Problem?«, fragte Hank ungerührt.

»Gibt's ein Problem!«, wiederholte Benito. »Das kann man wohl sagen. Sieh dir das hier an!«

Hank betrachtete das Bild, das Benito auf den Bildschirm geholt hatte. »Ja, das gefällt mir besonders gut«, meinte er.

»Gut?«, sagte Benito. Sie zog eine Kopie seines Aufgabenzettels aus ihrem Notizbuch. »Das sollte ein Foto von dem Footballspiel werden.«

»Ist es ja auch«, erwiderte Hank. »Da stand ja nicht genau, welchen Aspekt des Spiels ich festhalten sollte . . .«

»Das sollte auch eigentlich nicht nötig sein«, erklärte Benito, »weil es selbstverständlich ist. Jemanden, der einen Pass fängt, einen aufregenden Lauf hinlegt, einen Sieg feiert ... selbst jubelnde Zuschauer, wenn auf dem Feld nichts Interessantes passiert. Aber unter keinen Umständen sollte das einzige Bild den Ersatz-Quarterback beim Nasebohren zeigen!«

»Aber dieses Motiv hat eine größere symbolische Bedeutung«, entgegnete Hank. »Es steht nicht nur für das fragliche Spiel, sondern für die amerikanische Sportkultur im Allgemeinen. Ich nenne es ›Tiefes Graben beim Dritten Versuch‹. Außerdem«, fügte er hinzu, »ist das Bild von ihm, wie er einen fetten Schleimball ausrotzt, total unscharf geworden.«

»Hör mal«, sagte Benito, »damit du mich ganz richtig verstehst. Es ist nicht deine Aufgabe, Aussagen mit ›symbolischer Bedeutung‹ zu machen, okay? Du sollst einfach nur Fotos schießen. Kapiert?«

»Sie nehmen mir die Früchte meiner Arbeit«, wandte Hank ein.

»Damit wirst du wohl leben müssen.«

»Scheiß-Spießertum«, murmelte Hank.

Zum Glück konnte Hank seinen Schaffensdrang anderweitig ausleben. Als er eines Tages im »Rad« stand und auf allen Seiten von Schließfächern umgeben war, hatte er eine Idee. Nach mehreren Arbeitsstunden mit Schablonen und Sprühfarbe trug jede Schließfachtür ihr ganz spezielles Porträt von Andy Warhol. Wahrscheinlich wäre er nicht einmal wegen mutwilliger Zerstörung zeitweilig von der Schule gewiesen worden, wenn er sich nur nicht mitten ins Rad gestellt und »Ach, welche Ironie! Schicht um Schicht des Meta-Kommentars!« gerufen hätte.

Und dann war da noch die Sache mit dem Baum, wobei die eher wegen Holdns Reaktion darauf als wegen des Kunststücks an sich in Erinnerung bleiben sollte. Holdn Holdnowski war Hanks ständiger Begleiter und wie Sluggo der Wasserballspieler sah er wie ein kleines Kind aus. Im Unterschied zu diesem sah er allerdings nicht wie ein Schläger aus der dritten Klasse aus, sondern wie ein allerliebster vierjähriger Enkelsohn, von dem einem jede Altenheimbewohnerin unbedingt Fotos zeigen möchte. Er hatte sogar fortwährend rote Bäckchen, so als wäre er gerade vom Spielen im Schnee hereingekommen. Das allein reichte offensichtlich aus, um ihm einen nicht abreißenden Nachschub an festen Freundinnen zu sichern, von denen jedoch keine länger als ein paar Wochen blieb.

Holdn war der Anzeigenleiter der *Ilias* und bekleidete damit einen ziemlich wichtigen Posten: Da wir so gut wie keine finanzielle Unterstützung vom Schulbezirk bekamen, mussten wir alle anfallenden Kosten, von den Druckkosten bis zu Computerreparaturen, mit unseren Einnahmen durch Anzeigen bestreiten. Im vorigen Jahr hatte Greg Garner die Bücher geführt und Holdn ein Dutzend fester Kunden hinterlassen. Holdn neigte jedoch dazu, den Schulbesuch als freiwillig anzusehen und damit auch die Arbeit für die *Ilias*; und so war von diesen Kunden nur eine mikroskopisch kleine Anzeige für Fred's Quality Footwear auf der Sportseite und die gelegentliche Beilage der Taco-Junta-Gutscheine geblieben. Benito war verständlicherweise echt sauer, dass wir jetzt bluten mussten wie ein Sparschwein, das mit einem Maschinengewehr durchlöchert worden war. Aber niemand anders wollte den Job und deshalb durfte Holdn bleiben.

Holdn hielt sich zwar für so ziemlich das coolste menschliche Wesen diesseits der internationalen Datumsgrenze, doch selbst er musste zugeben, dass er Hanks Wundertaten nicht toppen konnte. Er versuchte, sich gnädig zu zeigen, doch Gnade gehörte nicht unbedingt zu Holdns Gefühlsinventar. Nachdem Hank also diese Warhol-Geschichte abgezogen hatte, nahm Holdn ihn im Redaktionsraum zur Seite und beglückwünschte ihn. »Nicht schlecht«, meinte er leichthin. »Ich hab selbst einen Haufen Ideen, an denen ich arbeite, aber irgendwie komme ich nie dazu, sie ihn die Tat umzusetzen. Wir sollten zusammenarbeiten, weißt du? Mit meiner Intelligenz und deinem Elan könnten wir wirklich was auf die Beine stellen.«

»Hat so nicht der Kapitalismus angefangen?«, fragte Hank.

So bemerkten Echo und ich einige Monate später auf dem Weg zur Schule, dass die Äste des kleinen Baumes vor dem Sekretariat schlaff herunterhingen. Sie sahen aus, als würde jeder von ihnen mehrere Metertonnen wiegen, und der ganze Baum war triefnass, so als müsste er ununterbrochen weinen. Ehrlich gesagt sah er ziemlich niedergeschlagen aus. Man merkt, dass es mit der Gesellschaft den Bach runtergeht, wenn selbst die Bäume von Angst befallen werden.

»Was soll's?«, sagte ich. »War wohl ein besonders wählerischer Schauer.«

»Das ist kein Regen«, meinte Echo. Sie fuhr mit der Fingerspitze über den Baumstamm und leckte sie ab. »Ahornsirup«, stellte sie fest.

Es war kein großes Geheimnis, wer dafür verantwortlich war. Als Hank zum Journalismuskurs erschien, wurde er wie ein Held begrüßt. Wir gratulierten ihm alle zu seinem gelungenen Kunstwerk, als die Tür des Redaktionsraumes aufflog und Holdn hereingestürmt kam. »Okay«, sagte er, »wo zum Teufel ist Andreas?«

Das war eine merkwürdige Frage, da Hank genau vor ihm stand. »Hab ihn nicht gesehen«, antwortete Hank.

»Wo warst *du* denn?«, erkundigte sich Hayley.

»Ich hab verschlafen«, erklärte Holdn. »Wa...«

»Du hast über siebeneinhalb Stunden verschlafen?«, fragte Hayley.

»Ja«, sagte Holdn. »Das ist jetzt unwichtig. Was zum Teufel ist mit dem Baum, Andreas? Ich dachte, du hättest gesagt, wir machen solche Sachen jetzt zusammen!«

»Nein, das hast *du* gesagt«, erwiderte Hank. »Du solltest mal ein paar Pronomen pauken.«

»Ach, du kannst mich mal!«, brüllte Holdn. Er trat gegen einen der Mülleimer. Wir hatten diese zwei großen Metallmülleimer im Redaktionsraum, die so ein schönes KRONG!-Geräusch machen, wenn man dagegen tritt. Er wandte sich an die anderen. »Ihr steckt alle unter einer Decke, stimmt's?«, höhnte er. »Ich wette, ihr habt euch alle getroffen und gesagt: ›Hey, wir drehen jetzt dieses richtig coole Ding, aber Holdn erzählen wir nichts davon! Holdn darf nicht mitmachen!‹ So war's doch, stimmt's? *Stimmt's*?« Er trat noch mal gegen den Mülleimer und verpasste ihm eine tiefe Delle.

»Das ist nicht wahr, Holdn«, widersprach Peggy. »Keiner von uns wusste mehr darüber als d. . .«

»Ach, was weißt du schon?«, versetzte Holdn. »Du hast ja keine Ahnung, wie die sind! Ihr macht den ganzen Tag nichts anderes, als euch auszudenken, wie man mich am besten als Idiot dastehen lassen kann, stimmt's? *Stimmt's*?« Er nahm den Mülleimer ohne Delle und schüttelte ihn. Wahrscheinlich sollte es bedrohlich wirken, aber in Wirklichkeit sah er damit nur wie ein Idiot aus. »Ihr seid alle gegen mich! Habt euch gegen mich verschworen! Gebt es zu!«

»Niemand ist gegen dich«, sagte Peggy mit butterweicher Stimme. »Du bist uns wichtig!«

»Tatsächlich?«, fragte Cat und kratzte sich am Kopf. »Hab ich irgendeine Nachricht verpasst?«

»Komm schon, das ist nicht lustig«, sagte Peggy. Sie stand auf und ging zu Holdn hinüber. »Holdn, stell den Mülleimer weg«, bat sie. »Niemand hat sich gegen dich verschworen.«

»Ich schon«, versetzte Zab.

»Seht ihr?«, kreischte Holdn und tat Peggy mit einer Handbewegung ab. »Ich hab es euch doch gesagt!«

»Meinst du nicht, dass du um ein paar Eimer Sirup zu viel Wirbel machst?«, fragte Hayley.

»Ihr könnt mich mal!«, fauchte Holdn. »Ihr alle!« Er warf den Mülleimer, den er immer noch festhielt, zur Tür hinaus. Er kam ein paar Mal auf und rollte dann den Flur hinunter.

»Was für eine Katharsis«, bemerkte Hank.

»Ich finde eher, das ist was für die Abfalltonne«, meinte Cat.

»Ihr könnt mich mal!«, schrie Holdn.

»Ja, das sagtest du schon«, antwortete Hank.

Die Tür ging auf und Uta Himmler kam herein. »Wer hat den Mülleimer da hingeworfen?«, wollte sie wissen. »Wer immer ihn geworfen hat, hebt ihn gefälligst wieder auf, verstanden?«

Holdn schob Uta zur Seite und stampfte davon. »Mann, jetzt hat er's mir aber gezeigt«, meinte Hank.

»Will ihm keiner nachgehen?«, fragte Peggy.

»Wozu?«, fragte Cat zurück.

»Also ich tu's«, erklärte Peggy. Sie folgte Holdn aus dem Gebäude.

»Es hat immer noch keiner den Mülleimer aufgehoben«, stellte Uta fest. Sie zeigte auf mich. »Du. Heb ihn auf.«

»Ich?«, fragte ich. »Ich hab ihn aber nicht ...«

»Tu's einfach«, befahl Uta.

»Aber ich arbeite hier doch nur«, murmelte ich.

Komischerweise hing Holdn später an diesem Nachmittag mit Cat, Hank und Hayley vor Cats Haus rum, als wäre überhaupt nichts passiert. Ich fragte Peggy, was sie zu ihm gesagt hatte, um solch einen fantastischen Erfolg zu erzielen. Sie zuckte nur die Achseln. »Ich hab eigentlich gar nichts gesagt«, antwortete sie. »Bevor ich irgendwas sagen konnte, redete er ohne Pause von der Freundin seines Vaters, dann von seiner Schwester, dann über Baseball und dann hat er sich auf seinen Motorroller gesetzt und ist weggefahren.«

»Aha«, sagte ich. »Und warum ist er dann ...«

»Ich hab Cat nach der Schule danach gefragt«, erklärte sie. »Mich hat die Sache ziemlich mitgenommen, aber sie meinte nur, das macht er halt ab und zu mal.« Sie schaute auf die Uhr. »Aber ich hab jetzt keine Zeit zum Reden. Ich muss mich für meine Verabredung fertig machen!«

0°C

Das sind ungefähr alle, die ihr von der *Ilias* kennen müsst. Was nicht heißen soll, dass der ganze Laden nur aus einem halben Dutzend Leute bestand – weit gefehlt. Es gab weitere Redakteure, haufenweise feste Schreiber und was weiß ich noch alles. Nur waren die übrigen Mitarbeiter der Zeitung eher flüchtige Erscheinungen, unbekannte Gesichter, die ab und zu schüchtern in den Redaktionsraum kamen, um einen Artikel abzugeben, und sich dann schnell wieder davonmachten. Klar gab es auch ein paar, die man kannte – Redaktionsassistent der Sportseite war zum Beispiel Sluggo der Wasserballspieler. Aber die meisten von ihnen waren eher farblos.

Hank bezeichnete die Schreiber zusammengenommen als »die Unbestimmten«, was ganz treffend erschien. Wahrscheinlich dachten sie das Gleiche über uns.

Und dann gab es noch Echo.

Echo war bei der *Ilias* Korrektorin. Benito hatte diesen Posten eigens für Echo eingeführt, nicht so sehr, weil die *Ilias* eine Korrektorin brauchte, sondern weil man einen Platz für Echo brauchte. Jedes Jahr im Oktober sprach Benito nämlich mit Mrs. Wennikee, der Englischlehrerin der untersten Klassen, und bat sie, ihren (oder ihre beiden) besten Schüler auszuwählen. Wenn er oder sie einverstanden war, wurde der- oder diejenige für das Fach Journalismus angeheuert und darauf vorbereitet, drei Jahre nacheinander den obersten Posten zu übernehmen. Vor drei Jahren war Cat ausgewählt worden, im Jahr darauf Peggy (nicht so sehr deshalb, weil sie am besten schreiben konnte, sondern weil Mrs. Wennikee ihren Mumm mochte); im letzten Jahr dann Echo und ich. Echo, weil sie laut Mrs. Wennikee »die eleganteste Prosa schreibt, die ich in fünfundzwanzig Jahren Unterrichten erlebt habe«, und ich, weil ich ein paar belastende Fotos in die Hände bekommen hatte (nein, stimmt eigentlich nicht). In unserem ersten Jahr schrieb ich hauptsächlich für die Unterhaltungsseite und Echo für die Meinungsseite. Als ich dann die Stelle als Hayleys Assistent bekam, wollte Benito Echo als Redaktionsassistentin der Meinungsseite unterbringen – unter Zab.

»Kommt gar nicht in Frage«, war Echos Kommentar, als sie es erfuhr. »Ich arbeite nicht unter Zab, oder für Zab, oder mit Zab, oder irgendwo in ihrer Nähe. Die Frau ist ein wandelnder Sündenpfuhl. Man kann sich schon den Tripper holen, wenn man nur neben ihr steht.«

»Aber alle anderen Assistenzstellen sind schon besetzt«, wandte Benito ein.

»Dann belege ich einfach einen anderen Kurs«, sagte Echo. »Sie haben anscheinend vergessen, dass das hier ein Wahlfach ist. Und ich würde mir eher die Pulsadern aufschneiden, als für Zab zu arbeiten. Ende der Diskussion.«

Also führte Benito schnell den Posten der Korrektorin ein und Echo erklärte sich bereit zu bleiben. Eine perfektere Stelle hätte sie sich kaum wünschen können: Sie brauchte den Redaktionsraum gar nicht zu betreten und mit irgendwelchen Leuten zurechtzukommen. Stattdessen saß sie einfach in Benitos Büro und machte ihre Hausaufgaben, und wenn dann alle Leute nach der Schule gegangen waren, schaute sie sich die Artikel an, die die Schreiber abgegeben hatten, und korrigierte alle Tippfehler.

Zab war mit dieser Lösung ebenso zufrieden wie Echo. Jedes Mal, wenn sie in Benitos Büro ging, um mit einem ihrer Schreiber zu sprechen oder so was, und Echo dort an einem über dreißig Grad heißen Tag in ihrem riesigen schwarzen Sweatshirt sitzen sah, kehrte sie mit einer neuen Tirade wüster Beschimpfungen zurück: »Ruft bei Guinness an, das ist ein neuer Weltrekord! Wer hätte gedacht, dass man jemandem einen Stock so weit in den Arsch schieben kann?« Ein- oder zweimal versuchte ich, Echo zu verteidigen, aber das machte es nur noch schlimmer. Zab schnaubte dann nur verächtlich und sagte: »Oooooh, das Negerkind ist böse auf mich. Was willst du jetzt machen, deine Sippe zusammentrommeln und mich aus dem Auto abknallen?« Also hatte es im Grunde keinen Zweck.

Allerdings stellte Benitos Büro in Bezug auf Echo keine sehr viel angenehmere Umgebung dar. Echo neigte dazu, die Herzen der »Unbestimmten« mit Angst und Schrecken zu erfüllen – wenn sie Benitos Büro betrat, war es, als würde man ein Stück Seife in einen Topf voller Fett werfen. Niemand wagte es, ihr zu nahe zu kommen. Das lag zum Teil daran, dass sie einen abgegebenen Artikel bereits nach wenigen Minuten mit so vielen Korrekturen zurückgab, dass man meinen könnte, ein dressierter Affe hätte ihn mit Kreide geschrieben. Zum Teil auch an ihren offen gestanden lächerlich überdurchschnittlichen Leistungen in der Schule und der immensen Unbeliebtheit, die so was zwangsläufig mit sich bringt. Und zum Teil sogar an der Erinnerung an ihre Zeit in der dritten Klasse, als sie nach der Schule regelmäßig Leute verprügelte, die mich geärgert hatten. Aber vor allem lag es vermutlich daran, dass man eigentlich nicht mit ihr reden konnte, ohne das verbale Äquivalent einer

Ladung Säure ins Gesicht gesprüht zu kriegen. Zu Beginn des Schuljahres hörte ich oft Unterhaltungen zwischen Echo und einem der neuen, unerfahrenen Schreiber mit, die ungefähr so abliefen: »Bist du Echo Mockery?« »Ja.« »Stimmt es, dass du mit zehn bei den Einstufungstests sechzehnhundert Punkte erreicht hast?« »Ja.« »Dann bist du ja ganz schön schlau, was?« »Jetzt nicht mehr. Mit dir zu reden, hat mich so verblödet, dass ich jetzt froh sein kann, wenn ich noch alleine essen kann.«

Und zum Teil lag es zweifellos auch an ihrem Aussehen. Echo hatte ein exquisites, bis ins kleinste Detail vollkommenes Gesicht mit einem makellosen Teint und Wangenknochen, für die neunundneunzig Prozent aller Models auf der Welt morden würden. Aber man konnte sie nicht wirklich schön nennen, denn ihre Schönheit war grausam. Ihre silbergrauen Augen konnten ein Loch in ihr Gegenüber bohren, das so groß war wie ein ganzer Topf Hühnerfrikassee. Ihre Unterlippe war ein kleines bisschen größer als nötig, daher sah sie immer aus, als würde sie schmollen. Sie wirkte dadurch hochmütig und arrogant, was man nur schade nennen konnte, da sie wirklich hochmütig und arrogant war und das nicht auch noch durch ihr Gesicht betonen musste. Und dann ihre Haltung: Echo war der einzige Teenager auf der ganzen Welt, der nicht krumm ging. Und sie kleidete sich immer ganz in Schwarz, was eigentlich ziemlich langweilig ist, aber die meisten Fünfzehnjährigen schwer beeindruckt. Molly und ich sahen uns mal einen Film im Fernsehen an, in dem es eine Szene mit einer Eisskulptur gab, die eine Muse mit einer Lyra darstellte. Molly sagte: »Hey, sieht die nicht aus wie Echo?« Ich selbst konnte keinerlei Ähnlichkeit erkennen: Die Muse hatte langes, wallendes Haar und nicht schulterlanges wie Echo; außerdem trug sie eine Art Tunika und kein schwarzes Sweatshirt mit Jeans. Ich konnte mir Echo auch nicht im selben Raum wie eine Lyra vorstellen, geschweige denn, dass sie darauf spielte. Das sagte ich zu Molly. Sie runzelte die Stirn und meinte: »Du hast Recht. *Sie* sieht nicht aus wie Echo, sondern Echo sieht aus wie sie. Sie ist eine lebendige, wandelnde Eisskulptur.«

Holdn sieht etwas Glänzendes

Jetzt könnt ihr euch sicher ganz gut vorstellen, auf was April Young und Kelly Kaylin sich einließen, als sie am Dienstagnachmittag in den Redaktionsraum spazierten. Zuerst blieben sie einfach ein paar Minuten lang im Türrahmen stehen, bis Cat ihre Zeitung runternahm und sagte: »Ja? Kann ich eure Bestellung aufnehmen?«

Keiner von uns hatte sie da stehen sehen und wir schauten alle auf. Beide trugen ihre silberschwarzen Cheerleader-Outfits. Ich winkte Kelly zu, aber April dachte, ich würde sie meinen, und winkte zurück. »Ähm, wolltet ihr heute keinen Fotografen schicken?«, fragte sie. »Wir dachten nämlich, ihr schickt einen, aber es ist keiner gekommen. Das ganze Team wartet.«

Peggy griff nach der Liste mit den Fotoaufträgen und sah die Einträge für den achten Februar durch. »Vierzehn Uhr dreißig, Cheerleader-Training«, las sie vor. »Wo ist Hank?« Sie schaute sich um. »Gerade war er noch hier.«

Ich bedeutete Kelly hereinzukommen. »Worum geht's denn hierbei überhaupt?«, fragte ich.

»Hä?«, sagte sie. »Ach so, wir bereiten uns nur auf das große Fußballspiel vor.« Jedes Jahr spielten die Jungen- und die Mädchenmannschaft gegeneinander, um damit Geld für wohltätige Zwecke einzunehmen. Es war das einzige Spiel der Saison, für das Eintritt verlangt wurde, und es kamen mehr Zuschauer als zu allen übrigen Spielen der Saison zusammen. Normalerweise verlief es ziemlich grausam – letztes Jahr hatten die Mädchen 22:0 gewonnen.

Peggy ging in Benitos Büro und suchte dort nach Hank. »Und wie geht's voran?«, fragte ich. »Das Training, meine ich.«

»Ach, ganz gut«, antwortete Kelly. »Wir haben dieses Jahr eine neue Nummer. Sie geht ungefähr so: ›Mädchen sind toll! Mädchen sind krass! Mädchen sind stark und voller Hass! KILL! KILL! KILL!‹«

»Wow!«, sagte ich beeindruckt, und diese kleine angriffslustige Einlage machte mich ganz schön an. »Und wie geht die für die Jungs?«

»Es gibt keine«, antwortete Kelly. »Wenn sie angefeuert werden wollen, müssen sie sich halt selbst anfeuern.«

April kam herüber und gab Kelly eine Backpfeife. »Diese Nummer sollte geheim bleiben«, schimpfte sie.

»Hey, keine Gewalt, bitte«, protestierte ich.

»Doch, natürlich«, erwiderte April. »A-N-greifen, klar? Außerdem spürt sie es nicht. Pass auf.« Sie versetzte Kelly einen schallenden Schlag ins Gesicht. Ein knallroter Handabdruck erschien auf Kellys Wange, doch sie machte nur ein verdutztes Gesicht. »Siehst du?«, sagte April.

»Du hast mich halt nicht sehr feste geschlagen«, meinte Kelly. »Es klang nur so.«

Peggy kam zurück. »Ich kann Hank nirgendwo finden«, sagte sie. »Wir müssen wohl umdisponieren.«

»Ist er nicht das da unter dem Tisch?«, fragte April und zeigte dorthin.

Peggy bückte sich, um nachzusehen. »Hank, was machst du denn unter dem Tisch?«, wollte sie wissen.

»Ich klebe Kartoffelchips dran«, antwortete er.

»Wieso das denn?«

»Wenn ich sie obendrauf kleben würde, könnte ja keiner mehr arbeiten«, erklärte Hank.

»Komm da raus«, befahl Peggy. Hank kletterte widerwillig unter dem Tisch hervor. »Und jetzt beeil dich und hol deine Kamera.«

»Ähm, wir proben normalerweise in der Turnhalle, aber wir können auch nach draußen gehen, wenn du besseres Licht brauchst«, schlug April vor. »Sollen wir?«

»Weiß nicht«, antwortete Hank.

»Was soll das heißen, du weißt nicht?«, fragte April.

»Ich weiß nix über Licht«, erklärte Hank. »Ich bin bloß hier um Fotos tsu machn.«

»Aber wird der Kontrast nicht schlecht, wenn die Beleuchtung schlecht ist?«, wollte April wissen.

»Ich weiß nix über Kontraste«, erwiderte Hank. »Ich bin bloß hier um Fotos tsu machn.«

»Ähm, ihr geht jetzt mal besser«, mischte sich Peggy ein. »Der Unterricht ist gleich zu Ende.«

»Ja, ja«, sagte Hank. Er begleitete Kelly und April nach draußen zur Turnhalle. Während sie den Flur entlangspazierten, hörte ich ihn erklären: »Ich weiß nich viel, aber ich weiß was über Fotos.«

Hayley hustete. »Solltest du nicht besser mitgehen?«, fragte sie mich.

»Ich? Wieso?«

»Siren Delaney ist doch auch Cheerleader, oder?«, antwortete sie. »Sie sollte am Freitag ihren Artikel abgeben. Dann hieß es Montag. Heute ist Dienstag und ihr Artikel ist immer noch nicht da. Es ist deine Aufgabe, dafür zu sorgen, dass die Schreiber ihre Storys pünktlich abliefern. Wo ist sie also?«

»Ich weiß nix von 'ner Story«, murmelte ich. Trotzdem folgte ich den dreien nach draußen.

»Warte, warte, warte«, rief Holdn, als ich die Tür öffnete. »Mockerey. Wer ... wer war denn *das*?«

»Wer war wer?«, fragte ich.

»Na dieses ... Mädchen«, antwortete Holdn. Er fuhr sich mit der Hand durchs Haar, das jetzt halb lila und halb grün gefärbt war. »Sie war ... ich meine ...«

Ich kannte dieses Gefühl nur zu gut. »Kelly Kaylin«, erklärte ich. »Peggys Schwester.« Ich schaute mich um. »Hey, wo ist Peggy denn hinge...«

»Nicht *die*«, sagte Holdn. »Die andere. Die so geglänzt hat. Du weißt schon. Sie sah aus, als wär sie mit 'ner verdammten Folie überzogen.«

»Du meinst April?«, fragte ich. »April Young?«

Holdn schnappte sich ein Stück Papier und kritzelte den Namen darauf. »›Young‹ wie Neil Young?«, wollte er wissen. Ich nickte. »Weißt du ihre Sozialversicherungsnummer?«, fügte er hinzu.

»Nö«, antwortete ich. »Wieso?«

»Ich werde den Rest des Steuerjahres damit verbringen, mit der Zunge über ihren nackten Körper zu fahren, und das melde ich lieber dem Finanzamt«, erklärte er. »Macht sicher viel mehr Spaß, als

Werbungskosten aufzulisten, und der Beamte, der das auf den Tisch kriegt, wird bestimmt ganz neidisch.«

»Du zahlst doch gar keine Steuern«, wandte Hayley ein.

»Na, ich könnte ja damit anfangen«, erwiderte Holdn.

Kurz danach waren wieder die Beratungsstunden an der Reihe, und da ich es noch frisch im Gedächtnis hatte, hielt ich es für besser, September von Holdns Absichten zu erzählen. »Hey, kennst du Holdn Holdnowski?«, fragte ich sie.

»Ich glaube schon«, sagte sie. »Ist das der mit den komischen Haaren?«

»Ja«, antwortete ich, »aber da ist er hier ja nicht der Einzige.«

»Zwei verschiedene Farben«, präzisierte sie.

»Genau, das ist er«, sagte ich. Dann berichtete ich ihr von dem Gespräch am Nachmittag. »Also, was hältst du davon?«

»Ist er nicht im letzten Jahr?«, fragte sie.

»Klar.«

»Weiß er nicht, dass sie erst im ersten Jahr ist?«, wollte sie wissen. »Sie ist nicht mal vierzehn.«

»Ich glaube, das macht ihn gerade an.«

»Versteh ich nicht«, sagte September. »Was könnten die beiden denn gemeinsam haben?«

»Ähm, ich bezweifle, dass er sich für sie interessiert, weil er sich an langen Winterabenden mit ihr unterhalten will«, erklärte ich. »Ich dachte nur, du solltest es vielleicht wissen. Ansonsten will ich damit nichts zu tun haben.«

Lesen ist essenziell

Am nächsten Tag aßen einige von uns im Redaktionsraum zu Mittag – Hank, Hayley, Holdn und Cat, weil sie einfach dort herumhingen, und ich, weil mich immer Leute suchten, die ihre roten Scheine unterschrieben haben wollten, und das einfacher war, wenn ich mich immer am selben Ort aufhielt. Hayley las Zeitung, Cat die neueste Ausgabe des Berichts über ein Forschungsprojekt für Wirbelstürme, Hank ein dickes Handbuch mit dem Titel »Wie man seinen eigenen Atombunker baut« und Holdn ein kleines Buch mit dem Aquarell eines jungen Mädchens auf dem Cover und dem Titel »Cap'n Groovys Einführung in die Veränderungen deines Körpers«.

»Hey, hört euch das mal an«, sagte Holdn. »›Obwohl jede Vulva einzigartig ist wie ein Gesicht, kann man sie doch in fünf Haupttypen einteilen. Siehe Abbildung 25.‹« Er hielt Abbildung 25 hoch. »Hey, Nicholls, welche von denen hast du?«

Cat schaute nicht mal auf. »Die schönste«, antwortete sie.

»Wo hast du das her?«, erkundigte sich Hayley.

»Aus der Unibibliothek der Cal State Fullerton«, erklärte Holdn. »Die haben lauter so'n Mist wie diesen. Es gab auch eins für Jungen, aber das hatte nur vier Seiten und zwei davon waren Diagramme.« Er betrachtete nachdenklich Abbildung 25. »Was glaubt ihr, welche davon April Young hat? Ach, ich werde es ja bald selbst rausfinden.«

»Wie kommst du darauf?«, wollte Hayley wissen.

»Ich hab einen Plan«, antwortete Holdn. »Ich werd mir ihre Nummer von irgendjemandem besorgen, sie anrufen, mit ihr reden, mit ihr ausgehen und dann werd ich sie bald so richtig durchvögeln.«

»Und du glaubst, das funktioniert?«, fragte Hayley.

»Na klar«, erwiderte Holdn. »Bei mir schon.« Er kratzte sich im Gesicht. »Außerdem kann ich immer noch zu Plan B übergehen.«

»Und der wäre?«, fragte Hayley.

Die Tür ging auf und April kam herein – nicht in ihrem Cheerleader-Dress, sondern in Jeans und T-Shirt. »Bist du Holdn?«, fragte sie ihn.

»Ja.«

»Hast du 'n Auto?«, wollte sie wissen.

»Einen Motorroller«, antwortete er.

»Das ist auch okay«, erklärte sie. »Willst du mit mir 'ne Runde drehen?«

»Klar, auf geht's«, sagte er. Und sie marschierten hinaus.

»Das war dann wohl Plan B«, vermutete Cat.

Dreißig Sekunden später flog die Tür wieder auf und August stürmte herein. »Okay, wer von euch ist Holdn Holdnowski?«, wollte er wissen. Er ließ den Blick durchs Zimmer schweifen und fixierte schließlich Hank. »Du bist das, stimmt's?«, fauchte er und packte ihn am Kragen. »Du hast diese Scheiße über meine Schwester erzählt? Ich hab ja schon gehört, dass du komisch aussiehst!«

»Aber ich bin doch bloß hier, um Fotos tsu machn«, protestierte Hank.

»Eigentlich«, mischte ich mich ein, »ist Holdn gerade gegangen ...«

»Oh«, sagte August. Er ließ Hanks Kragen los. »Na, dann is ja alles okay. Äh, tut mir Leid.«

»... um mit April eine Runde auf seinem Motorroller zu drehen«, vervollständigte ich meinen Satz.

»WAS?«, kreischte August.

»Gerade eben«, erklärte ich. »Er parkt normalerweise auf dem Lehrerparkplatz. Du kannst ihn bestimmt noch einholen.«

August rannte los. Ich ging in Benitos Büro hinüber und schaute aus dem Fenster. August erschien gerade in dem Moment auf dem Parkplatz, als Holdn in den Verkehr einbog. April hatte die Arme eng um seine Hüften geschlungen und ihre honigblonden Haare flatterten heftig im Wind. Ich hörte, wie August ihnen hinterherbrüllte, sie sollten etwas überziehen – ob er einen Helm oder Kondome meinte, konnte ich nicht sagen.

Teppich mit Tahinisoße

Als ich am Freitagnachmittag zum Essen in den Redaktionsraum ging, standen August und September davor herum. September hielt eine Papiertüte in der Hand, August eine Riesencolaflasche aus dem nächsten 24-Stunden-Shop. »Was ist los?«, fragte ich.

»Wir planen einen Überfall«, antwortete August. »Wir warten, bis dieser Holdn kommt, und dann wird ihm Miss Tamburin hier die

Papiertüte über den Kopf ziehen und ich werde ihm die beste Tracht Prügel seines Lebens verabreichen.«

»Ich hab gesagt, keine Prügel«, widersprach September. »Wir werden einfach nur mit ihm reden.«

»Wofür ist dann die Papiertüte?«, fragte ich. September griff hinein und holte ein Sandwich heraus. »Oh«, sagte ich. »Na, dann viel Spaß.« Ich ging rein.

»Genau dich habe ich gesucht«, begrüßte mich Hayley. »Hast du Siren Delaney gesagt, dass sie ihren Artikel abgeben soll? Sie ist jetzt offiziell eine Woche zu spät.«

»Ich sollte wirklich woanders zu Mittag essen«, erwiderte ich.

Also schlang ich meine köstliche Mahlzeit aus Keksen und einem Apfel runter und machte mich auf die Suche nach Siren Delaney. Ich kam gerade in dem Augenblick wieder, als Holdn und April auftauchten, frisch zurück von einer kleinen Spritztour zu Kuskus à Go-Go. »Okay, Kumpel, Hände weg von der Minderjährigen«, sprach August ihn an. »Nur für den Gedanken daran sollte man dich schon verhaften.«

»April, wir müssen miteinander reden«, sagte September.

»Ähm, darf ich mal vorbei . . .?«, fragte ich.

»Du lässt sie besser in Ruhe, wenn du keinen Ärger kriegen willst«, sagte August und stieß Holdn mit seinem Zeigefinger gegen die Brust. »Ich mein es ernst.«

»Aha . . . Sheila ist also euer preisgekröntes Zuchthündchen und ich bin der einäugige, dreibeinige Straßenköter, was?«, entgegnete Holdn. »Liegt da der Hund begraben?«

»Wer zum Teufel ist Sheila?«, fragte August.

»Ich«, erklärte April. »Das ist mein Geheimname.«

»Darüber macht man keine Witze«, meinte September.

»Wenn ich mich nur mal eben hier vorbeizwängen dürfte . . .«, sagte ich.

»Einen Moment mal«, sagte August. »Hast du gerade meine Schwester ein Hündchen genannt? Okay, das reicht. Zieh ihm die Tüte über den Kopf.«

»Ich zieh ihm nicht die Tüte über den Kopf«, entgegnete September. »Hör mal, April, wir wollen ja nur mit dir reden. Ich glaube, du weißt gar nicht, in was du da hineingerätst.«

»Ich weiß das sogar ganz genau«, versetzte April.

»Technisch gesehen«, sagte Holdn, »bin es ja eigentlich eher ich, der in sie hineinge. . .«

»Du Schwein«, stieß August hervor. Er holte zu einem kräftigen Faustschlag aus, der mit dem dumpfen Aufklatschen von Fleisch auf Pitabrot landete.

»Mein Sandwich!«, jammerte Holdn. »Du hast mein Sandwich gekillt!« Das stimmte allerdings – Augusts Schlag hatte Holdns Kefta-Kebab quer durch den Flur segeln lassen. Jetzt lag es auf dem Boden und blutete rosarot. »Das war teuer!«

»Deine Arztrechnungen werden noch viel teurer sein, wenn ich mit dir fertig bin«, grollte August. Er warf seine Colaflasche weg und stürzte sich auf Holdn, was keine so gute Idee war, denn die Flasche traf September mitten auf die Brust und machte sie ordentlich nass.

»Halt!«, rief Uta, die plötzlich aus dem Nichts aufgetaucht war. »Keine Prügeleien auf dem Schulgelände!« Gemeinsam mit April, September und mir trennte sie die beiden.

»Lasst mich!«, rief August. »Ich bin noch nicht damit fertig, ihn zu Brei zu schlagen!«

»Hier wird niemand zu Brei geschlagen!«, brüllte Uta. »Alle beide nachsitzen! Und irgendjemand räumt das Sandwich da weg! Du«, befahl sie und zeigte auf mich. »Räum das Sandwich da weg.«

»Ich?«, fragte ich. »Aber ich . . .«

»Tu's einfach«, entgegnete Uta. Dann holte sie ihr Walkie-Talkie heraus und meldete den Vorfall. August stürmte durch den Flur davon, Holdn und April lachten und gingen rein. Blieben nur noch September und ich. September schaute entsetzt an sich hinunter.

»Ich muss das sauber machen«, sagte sie. »Komm mit.«

»Was?«

»Wir müssen reden«, erwiderte sie.

Nachdem ich das Sandwich aufgehoben und entsorgt hatte, folgte ich ihr also durch den Flur, raus ins Rad und in die Mädchentoilette, in der es ziemlich voll war. Unter den Leuten, die ich kannte, waren

Fringies aktuelle Freundin Shelby Streicht und Fringie selbst, der an der Wand lehnte und Heideggers *Sein und Zeit* las. »Hey, Al«, begrüßte er mich. »Lange nicht gesehn.«

»Sehr witzig«, antwortete ich.

September zog ihre Jeansjacke aus und prüfte den Schaden im Spiegel. Ihr T-Shirt war vorne ganz von einem dicken braunen Colafleck bedeckt. »Was soll ich jetzt machen?«, fragte sie.

»Reib es vor dem Waschen mit Fleckenentferner ein«, riet ich. »Du kannst es natürlich auch mit Cola versuchen, aber …«

»Das mein ich doch nicht«, unterbrach sie mich. »Ich meine wegen April. Und diesem Holdn. Du bist Vertrauensschüler und ich vertraue dir. Was soll ich tun?«

»Was kannst du denn tun?«, entgegnete ich. »Die Leute machen ja doch, was sie wollen.«

»Ach, komm, so kannst du dich nicht aus der Affäre ziehen«, sagte sie. »Sie ist echt in Schwierigkeiten. Weißt du keinen Rat?«

»Doch, ich glaube schon«, antwortete ich. »Mein erster Rat lautet: Man soll keine entfernten Bekannten in Sachen hineinziehen, mit denen sie nichts zu tun haben wollen.«

»Allen!«, rief sie. »Erstens willst du offensichtlich was damit zu tun haben, sonst hättest du mich gar nicht erst vor Holdn gewarnt. Und zweitens – willst du uns tatsächlich nach fast zwei Jahren gemeinsamer Arbeit nur als ›entfernte Bekannte‹ bezeichnen?«

»Na, es ist ja nicht so, dass wir zusammen aufgewachsen sind«, erwiderte ich. »Aber ich meinte auch mich und April und nicht mich und dich. Ich hab in meinem Leben erst etwa ein halbes Dutzend Mal mit April geredet. Und ich hab dir nur deshalb von Holdns Ambitionen erzählt, damit du es an April weitergeben kannst und sie sich selbst entscheiden kann, falls sich Holdn an sie ranmacht. Wenn sie das toll findet, anstatt misstrauisch zu werden – na, mit diesem Problem hättest du dich vermutlich schon vor ein paar Jahren beschäftigen müssen, um jetzt was zu bewirken. Im Moment kannst du nur versuchen, mit ihr zu reden, und hoffen, dass sie dir zuhört, oder sie dir schnappen und zu Hause im Garten anbinden.«

September seufzte und rieb weiter an ihrem durchnässten T-

Shirt herum. »Das hier hat überhaupt keinen Zweck«, meinte sie. »Ich hab nicht mal mehr Sport, sonst könnte ich mich im Umkleideraum umziehen.« Sie zog die Jacke wieder an und knöpfte sie bis obenhin zu. »So werd ich's machen. Jetzt werd ich den ganzen Tag schwitzen.«

»Warum ziehst du es nicht einfach aus?«, schlug ich vor. »Wenn du die Jacke bis obenhin zumachst, merkt es doch keiner.«

September schaute mich an, als hätte ich sie nicht alle.

Die Lichter und Städte da unten

Als ich in den Redaktionsraum zurückkam, quatschte Speedy Wilkins, der Sportredakteur, gerade ausgiebig von seiner geplanten Party. »Hey, ihr müsst unbedingt alle morgen kommen, okay?«, sagte er. »Das wird echt klasse, es gibt Chips, Dips und coole Streetgangs. Alle wichtigen Leute werden da sein. Und sogar welche, die weniger wichtig sind.«

Ich wusste schon von der Party, seit Speedy ein paar Tage zuvor ins Sekretariat gekommen war, um jemanden zum Schlüsselaufpassen zu bestellen. Und da sein Haus direkt auf dem Riverside Drive und damit nicht weit von der Schule und meinem Haus entfernt war, bekam ich diesen Auftrag. Doch April, die in völlig anderen Kreisen verkehrte, hörte zum ersten Mal davon. »Cool!«, rief sie. Sie fasste Holdn an der Schulter. »Da gehen wir hin, oder?«

»Klar«, antwortete Holdn.

»Cool«, meinte April. »Da gibt's doch bestimmt Weinkühler, oder?« Es läutete. »Erzähl's mir später«, sagte sie. »Ich muss zum Unterricht.« Sie hüpfte davon.

»Weinkühler?«, wiederholte Hayley.

»Ist doch eine berechtigte Frage«, erwiderte Holdn.

»Lass mich das mal klarstellen«, sagte Hayley. »Sie ist nicht nur ein Kind und hat überhaupt nichts mit dir gemein, sondern sie ist außerdem noch vier Jahre zu früh für die Studentinnenverbindung dran. Holdn, wo ist dein Geschmack geblieben?.«

»Halt's Maul«, entgegnete Holdn. »Ist doch nicht meine Schuld, dass sie so glänzt. Hat sich halt so ergeben. Ich mach mich ja auch nicht über deinen durchgeknallten verschnupften Typen drüben in Washington lustig, oder? Wie nennt er sich jetzt noch mal, Jethro Tull?«

»Jefferson Wolf«, verbesserte Hayley. »Und nur weil er Rollenspiele macht, ist er noch lange nicht durchgeknallt . . .«

»Er hat sich nach seiner Figur benannt!«, rief Holdn.

». . . außerdem ist er nicht verschnupft, sondern hat eine Nebenhöhlenentzündung. Und eigentlich machst du dich die ganze Zeit über ihn lustig«, schloss Hayley.

»Was ist denn los mit euch beiden?«, fragte Speedy. »Merkt ihr denn nicht, dass ihr euch im Grunde liebt?«

»Halt's Maul«, antworteten beide gleichzeitig.

Als der Samstagabend schließlich näher rückte, hatte ich die ganze Sache vergessen, weil ich andere Dinge im Kopf hatte. Erst als mich September anrief, fiel mir wieder ein, wo ich eigentlich sein sollte.

»Weißt du, wo April ist?«, fragte sie. »Sie hat sich aus dem Haus geschlichen. Sie ist bei keiner von ihren Freundinnen und keine hat eine Ahnung, wo sie sein könnte. Ich nehme an, dass sie mit diesem Holdn weg ist, aber ich hab keine Ahnung, wohin.«

»Wahrscheinlich auf Speedy Wilkins' Party«, vermutete ich. Ich warf einen Blick auf meine Uhr, es war bereits nach elf. »Eigentlich sollte ich selbst dort sein. Ich wurde nur etwas . . . abgelenkt.«

»Wie ist seine Adresse?«, fragte sie.

Ich erklärte sie ihr schnell, zog meine Schuhe an und machte mich auf den Weg zu Speedys Haus. Die Nacht war warm und windig, die Luft duftete stark nach Eukalyptus und die breiten, bröckeligen Bürgersteige leuchteten im warmen orangefarbenen Licht der Veranden und Wege vor den Häusern. Als Kinder waren Peggy und ich oft in Nächten wie diesen spazieren gegangen. Fast wäre ich vor ihrem Haus stehen geblieben und hätte sie gefragt, ob sie mich auf die Party begleiten wolle. Aber ich hatte schon früher am Tag mit ihr gesprochen und da hatte sie erwähnt, dass sie abends verabredet war.

Sie hatte nicht gerade lange gebraucht, Freund Nr. 93 aufzutreiben.

Kurz darauf erreichte ich Speedys Haus, ein bescheidenes einstöckiges Wohnhaus, das sehr viel besser mit Fullertons Mittelstandsnatur im Einklang stand als Greg Garners Villa draußen in Sunny Hills. Am Bordstein reihte sich ein Auto hinter das andere. Ich ging ins Haus. Es war klein genug, dass die Haustür direkt ins Wohnzimmer führte, und als Allererstes fiel mir auf, wie wenig Leute da waren. Ich hatte damit gerechnet, dass es brechend voll sein würde, doch es standen nur etwa ein halbes Dutzend Leute herum und tranken Bier aus kleinen Plastikbechern – es sah aus, als würden sie Urinproben trinken. Ein paar Typen saßen sogar auf der Couch und sahen fern. Die Glasschiebetür öffnete sich und Speedy kam herein. »Hey«, begrüßte er mich. »Die meisten sind hinten im Garten – da ist mehr Platz als im Haus und es ist so eine schöne Nacht. Außerdem steht da das Fass. Die Schlüssel sind auf dem Beistelltisch da vorn.« Er zeigte dorthin und tatsächlich lag da ein Haufen Schlüssel neben der Lampe. »Schön, dass du kommen konntest«, fügte er hinzu. »Du bist der Erste von der Zeitung. Außer Sluggo.«

»Wirklich? Wer ist denn dann ...« Ich schaute mich um. »Ach, vergiss es«, verbesserte ich mich. »Das sind alles Sportler.«

Ich spürte eine Hand auf meiner Schulter. »Hey, ich kenn dich!«, sagte jemand hinter mir, ein großer, bulliger Typ mit kleinen Schweinsaugen. »Du bist Echo Mockereys Bruder! Oder muss ich Schwester sagen? Har! Har! Har! Har!«

Das Gesicht erkannte ich zuerst nicht, aber dieses Lachen. »Äh, hi«, sagte ich. »Jay Kyeutter, stimmt's? Ich würd mich ja zu gern mit dir unterhalten, aber ich muss jetzt woandershin.«

Die Tür ging auf und September und August kamen herein. »Wo ist April?«, wollte September wissen.

»Freu mich ebenfalls, euch zu sehen«, antwortete ich. »Sie ist nicht da. Keine Ahnung, ob sie kommt oder nicht.«

»Na, super«, meinte September. Sie schaute nach draußen und sah gerade noch ihr Taxi wegfahren. »Das glaub ich einfach nicht!«, rief sie. »Ich hab ihm gesagt, er soll warten!«

»Hast du es ihm auf Spanisch gesagt?«, fragte ich.

»Dachte ich eigentlich«, erwiderte sie, »aber anscheinend nicht. Vielleicht war es Portugiesisch oder so. Und was soll ich jetzt machen?«

»Ich weiß jedenfalls, was *ich* mache«, sagte August. »Partyyyyyy! Whoo!«

»Sag bitte nicht ›whoo‹«, beschwerte sich September.

In diesem Moment schritt Fringie durch die Tür. »Hey!«, rief Sluggo. »Ich dachte nicht, dass du kommen würdest. Was war los?«

»Ach, es hat so lange gedauert, Shelby loszuwerden«, erklärte Fringie. »Ich dachte, es geht ganz schnell, aber sie hat 'ne Szene gemacht.«

»Du hast mit Shelby Schluß gemacht?«, fragte Sluggo. »Aber ich dachte, du hättest gesagt, dein Penis sei überaus zufrieden oder so.«

»Ja, eine Zeit lang«, erwiderte Fringie. »Aber die Zufriedenheit des Penis ist kurzlebig. Das, was dem Penis vertraut ist, wird schnell abstoßend. Was irgendwie paradox ist, da wir ja alle wissen, dass der Penis das Vertraute so sehr sucht, dass er fast alles andere ausschließt. Aber das, was dem Kopf, und das, was dem Penis vertraut ist, hat zwar miteinander zu tun, aber es sind dennoch zwei völlig verschiedene Dinge.«

»Äh, klar«, antwortete Sluggo.

Dann kam Kevin Love herein und ich unterdrückte ein Schaudern. Kevin Love war unheimlich. Mit seinen zwei Metern war er der Größte der Wasserballspieler, aber das war nicht das Beunruhigende, sondern die Tatsache, dass man seine Augen nicht sehen konnte. Er hatte immer diesen dichten Haarschopf darüberhängen, doch selbst wenn er ihn sich aus dem Gesicht strich, wirkten seine Augen immer irgendwie trüb – richtig gespenstisch. Und wie Fringie hatte auch er einen gewissen Ruf, nur war dieser nicht ganz so positiv wie Fringies. Wenn man irgendjemanden, der ihn kannte, nach Kevin Love fragte, erlebte man immer den gleichen gequälten Gesichtsausdruck, den gleichen gedämpften Tonfall und die gleiche

Antwort als Reaktion: »Er . . . tut Leuten gern weh.« Pause. »Besonders Mädchen.«

Ich sah mich ein bisschen im Haus um. Als ich ins Wohnzimmer zurückkam, saß September in einem Sessel und schaute mürrisch aus dem Fenster. »Hast du noch ein Taxi gerufen?«, fragte ich.

»Nein«, antwortete sie. »Das einzige Telefon ist in der Küche und diese unheimlichen Typen benutzen es gerade. Wie heißen die noch? Dreadnoks, genau.«

»Echt?«, fragte ich. »Dreadnoks? So mit schwarzem Leder und schmuddeligen Schnurrbärten und so? Was machen die denn hier? Das ist doch 'ne Sportlerparty.«

»Ich glaub nicht, dass sie eingeladen waren«, entgegnete September. »Wahrscheinlich sind sie einfach so reingekommen und haben geguckt, ob's hier Bier gibt.«

Sluggo schlenderte in Richtung Garten. »Whoa!«, rief er und rutschte fast auf einer Pfütze frischer Kotze aus. »Sieht aus, als wäre Ralph hier gewesen. Hey, wer will sehen, wie ich eine ganze Tüte Kartoffelchips aufesse?«

»Ich kann nicht glauben, dass ich hier den ganzen Abend festsitze«, sagte ich.

Fringie ging ein bisschen nach draußen, spazierte aber dann ins Wohnzimmer zurück und schließlich in die Küche. Oder zumindest versuchte er das. Zwischen Küche und Wohnzimmer hing so eine saloonmäßige Schwingtür, und als er sie öffnen wollte, stieß sie gegen irgendein Hindernis. »Hey, pass auf, wo du dich hinstellst, sonst kommt keiner durch die Tür«, sagte er und drängte sich hindurch.

»Warum passt du beschissener Scheißer nicht selbst auf, wo du deinen beschissenen Arsch hinstellst?«, knurrte eine mir nur allzu vertraute Stimme.

»Oh, no«, stöhnte ich. »Der tragische Irrweg der Evolution.«

»Was?«, fragte September.

»Mein Bruder«, erklärte ich.

»Bekomm nicht gleich 'n Anfall«, entgegnete Fringie. »Ich will mir nur 'n Becher holen.«

»Du kannst dir deinen beschissenen Becher in deinen beschissenen Arsch schieben, du beschissener Scheißer!«, brüllte Krieg.

»Ein paar Dinge für deine Einkaufsliste, okay?«, sagte Fringie. »Erstens ein Synonymwörterbuch und zweitens ein Fass Aknecreme. Nimm am besten das größte, das sie haben. Und schmeiß noch ein paar von diesen Diätdrinks rein, wenn du schon dabei bist. Und jetzt beweg dich.«

»Du weißt wohl nicht, mit wem du dich anlegst, du verschissener Scheißkerl!«, kreischte Krieg. »Ich mach dich fertig!«

Fringie drehte sich um und kam kopfschüttelnd aus der Küche zurück. »So ist's recht!«, rief Krieg ihm nach. »Lauf weg, du Feigling! Lauf schön weg! Schön weit, du Scheißer!«

»Meine Eltern hätten nach den ersten beiden aufhören sollen«, murmelte ich.

August stolperte mit einem Urinprobenbecher in der Hand aus dem Garten herein. Er war noch nicht richtig betrunken, aber ich hätte ihm seine Schlüssel wahrscheinlich nicht wiedergegeben, falls er welche gehabt hätte. »Da draußen ist ein Typ, der eine ganze Tüte Kartoffelchips isst«, kicherte er.

Speedy tauchte mit einem glasigen Blick wieder auf. Er stellte sich mitten ins Wohnzimmer und schaute sich um, als hätte er sich verlaufen. »Stimmt irgendwas nicht?«, fragte ich ihn.

»Nein«, antwortete er. »Ich muss bloß ... was holen...« Er verschwand in seinem Zimmer und kam ein paar Minuten später mit einem Baseballschläger wieder heraus. Dann ging er in die Küche.

Als Nächstes geschah etwas Merkwürdiges. Die Dreadnoks flüchteten alle zur Tür – einschließlich Krieg, der schnaufend durchs Zimmer rannte. Doch selbst nachdem sie weg waren, war die Sache noch nicht zu Ende. Plötzlich hörte man ein fürchterliches Klirren und Krachen hinter der Schwingtür, so als würde jemand Waschmaschinen vom Dach eines Hochhauses werfen. Ich lief hin, um nachzusehen, und fand Speedy allein in der Küche vor. Er drosch mit dem Baseballschläger auf den Herd ein. Bevor ich irgendwas sagen konnte, strömte ein Haufen anderer Leute herbei, um zu sehen, woher der Lärm kam.

»Haut ab«, knurrte Speedy.

Er machte keine genaueren Angaben darüber, ob wir nur aus der Küche oder aus dem Haus verschwinden sollten, aber wegen des Krachs, der unserem Rückzug folgte, vermuteten die meisten Letzteres. Und das bedeutete, dass September und ich plötzlich die umschwärmtesten Gäste der ganzen Party waren, weil wir sämtliche Schlüssel hatten. »Hat jemand ein Handy dabei?«, wollte September wissen. »Keiner kriegt seinen Schlüssel, bevor mir einer sein Handy geliehen hat.« Also bestellte sie einen Schwung Taxis, Speedy verzog sich in sein Zimmer und die Menge löste sich allmählich auf. Als Holdn und April schließlich eintrafen, war das Haus fast leer.

»Was ist denn hier los?«, rief Holdn. »Wo sind die ganzen Leute?«

»Alle weg«, antwortete ich. »Außer dem da.« Ich zeigte auf den Typ, der im Koma auf der Couch lag.

»Du steckst ganz schön in Schwierigkeiten«, sagte September zu April. »Erstens hast du Hausarrest, zweitens darfst du um diese Uhrzeit gar nicht mehr draußen sein und drittens hast du niemandem gesagt, wo du hingehst. Wenn du nach Hause kommst, darfst du einen Monat nicht das Zimmer verlassen.«

April klimperte mit den Wimpern. »Wow«, säuselte sie. »Dann geh ich wohl besser nicht nach Hause, was? Danke für den Tipp.« Sie hakte sich bei Holdn ein und nickte mit dem Kopf in Richtung Tür. »Komm, gehen wir«, sagte sie.

»Ja, gut«, antwortete Holdn. »Bestellt Wilkins, er schmeißt tolle Partys, okay? Sag gute Nacht, Sheila.«

April warf uns eine Kusshand zu. Die Tür fiel hinter ihnen zu.

»Ich hasse das, wenn er sie so nennt«, sagte September. »Warum nennt er sie bloß so?«

»Holdn nennt alle seine Freundinnen Sheila«, erklärte ich.

»Und du«, sagte sie und drehte sich zu August um. »Warum hast du nichts unternommen? Gestern wolltest du ihn noch zu Brei schlagen und heute stehst du bloß untätig in der Gegend rum!«

»Ich habe der Gewalt abgeschworen«, murmelte er in seinen Plastikbecher hinein.

»Also, ich werde sie aufhalten«, beschloss sie. »Los, kommt.«

Aber es war schon zu spät – Holdn und April brausten bereits die Einfahrt hinunter. Genau in diesem Moment hielt ein Wagen von Taxi Ocho vor dem Haus. September riss die Tür auf und schob August und mich hinein. »Folgen Sie dem Motorroller«, rief sie.

Der spanische Taxifahrer warf mir einen verwirrten Blick zu. »*Seguid el*, äh, *escúter, por favor*«, übersetzte ich.

Wir rumpelten hinter Holdn und April die Straße hinunter. »Sheila«, murmelte September. »Er macht sich doch gar nichts aus ihr. Wenn es nach ihm ginge, könnte sie auch jemand völlig anderes sein.« Sie schaute mich betrübt an. »Weißt du, als wir noch in der Grundschule waren, fuhr der Bus auf dem Rückweg immer an dem 24-Stunden-Shop bei uns in der Nähe vorbei, und April fragte immer wieder unsere Eltern, ob sie dort mal aussteigen, sich einen Schokoriegel kaufen und den Rest des Weges zu Fuß gehen dürfe. Schließlich erlaubten sie es ihr, aber nur, wenn May, August und ich mitkamen. Also stiegen wir alle zwei Haltestellen zu früh aus und April brachte einen Dollar von ihrem Taschengeld mit. Wir sollten draußen warten, weil sie uns beweisen wollte, dass sie schon ganz allein einkaufen könnte – sie war damals sechs. Also standen wir vor dem Laden herum und es dauerte wahnsinnig lange. Schließlich kam sie heraus und hatte keinen Schokoriegel, sondern eine kleine Dose Katzenfutter in der Hand. Warum? Weil sie sich alle Schokoriegel im Regal angeschaut hatte und sich für keinen entscheiden konnte. Und da es ihr nicht in den Sinn kam, den Dollar einfach wieder in die Tasche zu stecken und gar nichts zu kaufen, wusste sie nicht, was sie machen sollte. Wenn sie nämlich für einen von uns was gekauft hätte, hätten wir uns darum gestritten, und für uns alle reichte das Geld nicht. Also kaufte sie eine Dose Katzenfutter, weil ›es weniger als ein Dollar gekostet hat und es nur das Kätzchen haben will‹! Aus diesem Grund sollte er sie als Freundin haben wollen.«

»Weil sie dann immer genug Katzenfutter hätten?«, fragte ich.

»Weil sie ein wundervoller Mensch ist«, entgegnete September.

»Hmm«, machte ich. »Ich hatte eigentlich nie den Eindruck, dass du sie besonders magst.«

»Was?«, fragte sie. »Natürlich mag ich sie! Ich meine, sie treibt mich zur Weißglut, aber... Seit ihrer Geburt teilen wir uns ein Zimmer!«

»Ich hab das Katzenfutter gegessen«, unterbrach August.

»Ja, genau, August hat was von dem Katzenfutter gegessen«, bestätigte September, »nur um ihr das Gegenteil zu beweisen.« Sie reckte den Hals, um nachzusehen, ob Holdn und April noch in Sichtweite waren. Das waren sie – Aprils flatterndes Haar konnte man kaum übersehen, selbst wenn das einzige Licht zu dieser nächtlichen Uhrzeit von den Sternen, den Straßenlaternen und Autoscheinwerfern kam. »Wieso trägt sie keinen Helm auf diesem Ding?«, grummelte September. »Sie steckt ganz schön in Schwierigkeiten. Sie hat schon drei Wochen Hausarrest, weil sie so oft die Schule geschwänzt hat. Jeden Tag hieß es: ›Piep! Dies ist eine aufgezeichnete Nachricht der Dienststelle für Anwesenheitsprüfung der Ilium High School. Gemäß unseren Aufzeichnungen hat April Laura Young heute eine oder mehrere Unterrichtsstunden versäumt. Unentschuldigtes Fehlen kann zu Disziplinarmaßnahmen führen. Piep!‹«

»Ihr zweiter Vorname ist Laura?«, fragte ich.

»Noch so was, von dem dieser Blödmann bestimmt keine Ahnung hat«, erwiderte September. »Wenn er sich überhaupt ihren ersten Vornamen gemerkt hat. Ja, ihr zweiter Vorname ist Laura.«

»Aber es ist nicht ihr Geheimname«, murmelte August.

»Sei still«, sagte September.

Das Taxi machte einen Schlenker. Ich schaute aus dem Fenster und stellte fest, dass wir auf den Parkplatz eines 24-Stunden-Shops fuhren. Holdns Roller stand neben dem Eingang. »Wahrscheinlich wollen sie etwas Katzenfutter kaufen«, mutmaßte ich.

Gerade als unser Taxi zum Stehen kam, gab es einen fürchterlichen Krach und Holdn und April stürmten aus dem Laden. Als der Verkäufer endlich über die Ladentheke springen und ihnen hinterherrennen konnte, waren sie längst weg. »Na so was«, bemerkte ich.

»Der einzige 24-Stunden-Shop auf der Welt, vor dem keine hundert Polizeiautos stehen.«

»Kommt schon!«, drängte September. Sie zerrte August aus dem Wagen und wollte offensichtlich, dass ich auch ausstieg, also tat ich das. »*Seguid el escúter encore, por favor*«, sagte sie. Der Taxifahrer machte ein unsicheres Gesicht, also zog sie einen Zwanzig-Dollar-Schein aus der Tasche und warf ihn ihm zu. Er zuckte die Achseln und fuhr weiter hinter Holdn und April her.

»*Seguid el escúter* encore?«, fragte ich.

»Er hat mich schon verstanden«, erwiderte September. »Komm, wir müssen die Sache hier in Ordnung bringen.«

»Aber wozu soll *er* den beiden hinterherfahren?«, wollte ich wissen. »Wir werden weder ihn noch die beiden wiederfinden.«

»Wir nehmen einfach ein anderes Taxi«, erklärte sie.

»Wozu soll das gut sein? Wie sollen wir denn das erste finden?«

»Sie haben doch Funkkontakt«, antwortete sie.

»Oh, du bist ja ein richtiges Genie«, stellte ich fest.

September ging in den Laden und ich folgte ihr. Holdn und April hatten das Süßwarenregal umgeworfen und nebenbei noch eine Pyramide aus Coladosen auf dem Fußboden verteilt. »Kannst du mir mal erklären, warum wir das wieder in Ordnung bringen sollen?«, fragte ich.

»Weil sie meine Schwester ist«, erwiderte September. »Deshalb sind wir für sie verantwortlich.«

»Ach so«, sagte ich. »Heißt das, wenn Krieg unser Haus in die Luft jagt, hilfst du mir auch beim Aufräumen?«

August stolperte benommen herein. »Ich muss mich hinlegen«, verkündete er. Er wankte zum Getränkeschrank hinüber und sank zu Boden.

September seufzte und richtete das Süßwarenregal auf. Ich half dem Verkäufer, die Coladosen aufzusammeln, die fast in den ganzen Laden gerollt waren. »Was macht ihr da?«, fuhr er uns an. »Entweder ihr kauft was oder ihr verschwindet.«

»Wir wollen doch nur helfen«, erklärte September.

Der Typ murrte etwas und hielt inne, um sich eine Zigarette

anzuzünden. »Seht ihr die Kameras?«, fragte er. Er drehte den Kopf ruckartig in die Richtung der Überwachungskameras, die in den Ecken angebracht waren. »Seht ihr die Kameras da?«

»Ja, ich sehe die Kameras«, antwortete ich.

»Keine Tricks«, warnte er. Dann stellte er sich hinter den Ladentisch zurück und schaltete seinen Ghettoblaster ein, aus dem hinfort kirgisische Volkslieder schallten.

September summte eine Melodie, während sie immer ein paar Riegel auf einmal aufsammelte und in die jeweiligen Fächer zurückwarf. Ich versuchte, die Colapyramide wieder aufzubauen, bekam aber die Reihen irgendwie nicht ganz hin, so dass es eher eine Cola-Zikkurat wurde. August hatte es sich auf dem Boden gemütlich gemacht, benutzte einen Viererpack Klopapier als Kopfkissen und schnarchte friedlich vor sich hin. Und das war kein Wunder: Als wir alles aufgeräumt hatten, war es nach zwei Uhr morgens.

»Ich geh mal und ruf uns ein neues Taxi«, sagte September gähnend. Sie ging nach draußen zum öffentlichen Telefon, wühlte in den Taschen nach Kleingeld, gab es schließlich auf und benutzte ihre Telefonkarte. Nachdem sie eingehängt hatte, blieb sie einen Moment vor dem Telefon stehen, blinzelte, rieb sich die Augen und kam wieder herein. Drinnen suchte sie sich ein einladend aussehendes Eckchen und setzte sich hin.

»He«, grunzte der Typ hinter der Ladentheke. »Entweder ihr kauft was oder ihr verschwindet.«

»Was?«, rief sie. »Wir haben gerade eine Stunde lang . . .«

»Kauft was oder verschwindet«, wiederholte er. Dann schaute er mich misstrauisch an. »Was hast du da in der Tasche?«, wollte er wissen.

»Wie bitte?«, fragte ich.

»Räum deine Taschen leer«, verlangte er.

Ich nahm mein Portemonnaie heraus und stülpte die Taschen um. »Zufrieden? Wollen Sie mich filzen und nachsehen, ob ich mir nicht ’ne Dose Malzbier in die Hose gesteckt habe? Also echt.«

»Kauft was oder verschwindet«, beharrte er.

Ich ging hinaus auf den Parkplatz. September packte August und schleifte ihn ebenfalls nach draußen. Sie dösten auf dem Bordstein, während ich auf und ab wanderte, bis das Taxi auftauchte. Es dauerte vierzig Minuten.

»Llamad uno cuatro, s'il vous plaît«, gähnte September. Irgendwie kam der Fahrer darauf, dass er das Taxi mit der Nummer 14 anfunken sollte.

»Können wir nicht zuerst bei mir zu Hause vorbeifahren?«, fragte ich.

»Ich brauch dich noch«, entgegnete sie. »Für den Fall, dass ich was Kompliziertes sagen muss.«

Das Taxi scherte auf die Straße aus und schon bald kurvten wir über verschlungene, gewundene Straßen, die ich nicht kannte. »Wo sind wir, in Anaheim Hills?«, fragte ich. Das Taxi blieb ruckelnd stehen. »Hä?«, machte ich. Ich schaute aus dem Fenster. Wir standen genau neben unserem ersten Taxi. Ich stieg aus und unterhielt mich kurz mit dem Fahrer. September folgte mir, aber August blieb im Wagen sitzen und schlief tief und fest.

»Und wo sind sie jetzt?«, wollte September wissen und schaute sich um.

»Er sagt, sie sind eine Zeit lang rumgefahren und haben dann irgendein Haus mit Klopapier eingewickelt«, erklärte ich. »Dann sind sie hier rausgefahren und sind da hochgegangen.«

September und ich stapften den Hügel hinauf und stießen oben auf Holdn und April. Sie hockten einfach nur da, schauten auf das Lichtermeer hinunter und schnippten es mit den Fingern aus. »Mann, jetzt hast du's ihnen aber gezeigt«, stellte ich fest.

Holdn drehte sich um. »Mockerey?«, fragte er. »Was zum Teufel machst du hier? Ich hab ja damit gerechnet, dass mich die Familienmafia zur Strecke bringt, aber hast du nicht was Besseres zu tun?«

»Ach, hör bloß auf«, entgegnete ich. »Dank deiner Hormone hab ich die ganze Nacht Abenteuerurlaub für Aufpasser gemacht.«

»April, du kommst sofort nach Hause«, befahl September. »Auf der Stelle.«

»Ja, ja«, erwiderte April und verdrehte die Augen. Sie küsste Holdn auf die Wange. »Danke für den wunderschönen Abend«, sagte sie.

»Werd bloß nicht sentimental«, entgegnete er. »Das ist hier nicht so'n Scheiß-Liebesfilm. Bis dann.« Damit sprang er auf seinen Roller und sauste davon.

»Steig ins Taxi«, kommandierte September. April schob August zur Seite und kletterte hinein. Bevor ich in das andere Taxi steigen konnte, stellte September sich vor mich. »Ich wollte dir bloß sagen ... was April gesagt hat, gilt doppelt für mich«, sagte sie.

»Was denn?«

»Heute Abend«, erklärte sie. »Es hat doch irgendwie Spaß gemacht, findest du nicht? Auf jeden Fall war es ein Abenteuer.«

»Eher unbezahlte Aufsichtsarbeit mit sporadischen Taxifahrten dazwischen«, verbesserte ich.

»Ja, du hast Recht«, sagte sie und scharrte mit einem ihrer Turnschuhe gegen den Bordstein. »Also, gute Nacht dann. Und danke.«

»Schon okay«, antwortete ich. Ich stieg in das zweite Taxi und schloss die Tür. »Wie steht's mit Ihnen?«, fragte ich den Fahrer. »Hatten Sie auch ein kleines, spaßiges Abenteuer?«

»¿Qué?«, fragte er zurück.

Zwanzig Minuten später kamen wir schließlich bei mir zu Hause an. Ich bemerkte, dass in keinem Zimmer Licht brannte, und das war merkwürdig. Echo hatte so eine ungewöhnliche DNA-Abfolge, die sie daran hinderte, pro Nacht länger als drei Stunden zu schlafen – vier, wenn sie wirklich todmüde war –, und ich war sicher, dass sie um diese Zeit wach war. Das Auto stand in der Einfahrt, also war sie nirgendwo hingefahren. Auch ihr Fahrrad lehnte an seinem üblichen Platz. Trotzdem war es drinnen genauso dunkel wie von außen, als ich hineinging.

Ich hörte ein seltsames stockendes, raschelndes Geräusch und tastete nach dem Lichtschalter, um nachzusehen, was es war (und um mir auf dem Weg zur Treppe nicht den Hals zu brechen). Es schien aus dem Fernsehzimmer zu kommen, wo jemand allein im Dunkeln saß. »Ech?«, fragte ich. »Bist du das? Was ist los?«

Lautes Atemholen. »Nichts«, antwortete sie. »Geh schlafen.«

Ich knipste das Licht an und Echo verbarg das Gesicht hinter dem

Arm. »Bist du so lange aufgeblieben oder gerade erst aufgestanden?«, fragte ich sie. »Warum hast du im Dunkeln gesessen?«

»Lass mich in Ruhe. Geh weg.«

Ich sah etwas auf ihrer Wange glänzen und begriff plötzlich, was ich gehört hatte. »Hey, weinst du etwa?«, fragte ich. »Was ist denn?«

»Ich hab gesagt, du sollst mich in Ruhe lassen«, entgegnete sie. »Ich weine nicht.«

»Hast du aber«, sagte ich.

»Hab ich nicht«, widersprach sie.

Ich ging zu ihr und berührte ihr Gesicht. Tatsächlich waren ihre Wangen feucht. Ich leckte meinen Finger ab und er schmeckte salzig. »Wenn du nicht geweint hast, wie kommen dann diese Tränen dahin?«

»Das sind keine Tränen.«

Ich setzte mich neben ihr auf die Couch. »Echo, was ist los? Ist alles okay?«

»Ja«, zischte sie. »Das versuche ich dir ja die ganze Zeit begreiflich zu machen. Und jetzt geh einfach, okay? Lass mich allein. Lass mich einfach allein. Ich möchte einfach nur allein sein. Warum kannst du mich nicht einfach allein lassen? Lass mich ALLEIN!«

»Na, du klingst auf jeden Fall so, als wärst du okay«, stellte ich fest. Sie warf mir einen Blick zu, der mich fast von der Couch warf. »Okay, okay, ich geh ja schon. Falls du deine Meinung änderst, lass es mich wissen.«

Das war also ziemlich beunruhigend. Allerdings nicht so beunruhigend, dass ich nicht fünf Sekunden nachdem ich den Kopf aufs Kissen gebettet hatte einschlief.

Der glücklichste Ort auf Erden

Ich würde schätzen, dass ich während der nächsten paar Tage ungefähr null Prozent meiner Zeit an April Young dachte, aber das war vielleicht noch ein bisschen hoch. Als ich dann auf dem Heimweg eine Gruppe Cheerleader vor der Schule traf und kurz stehen blieb, hielt ich also nicht nach April Ausschau. Doch sie kam trotzdem hüpfend zu mir herüber.

»Hi, Allen!«, rief sie. »Na, spielst du Wachhund?«

»Wieso?«

»Augusts und Septembers Bus ist schon weg«, erklärte sie. »Du sollst doch bestimmt auf mich aufpassen, oder?«

»Nö«, erwiderte ich. »Um ganz ehrlich zu sein, ich müsste mich schon ungeheuer anstrengen, wenn ich mich noch weniger für das interessieren wollte, was du und Holdn macht oder nicht macht.«

Sie schenkte mir eines dieser Lächeln, die einem das Gefühl geben, man hätte gegen irgendein hochheiliges Gesetz verstoßen. »Mir düngtest, Ihr gelobt zu viel«, sagte sie.

»Und mir ›düngtest‹, du solltest erst mal konjugieren lernen, bevor du dich an Shakespeare versuchst«, entgegnete ich. »Ich meine, wenn du zu einer Beratungsstunde kommen würdest, würd ich dich fragen, was du dir dabei denkst, mit einem Typen rumzuhängen, der lautstark verkündet hat, dass er dich nur für den Sex haben will. Aber so wie die Dinge liegen, ist das nicht mein Problem. Du weißt schon, dass er im Laufe der Jahre viele Sheilas hatte, oder?«

»Aber ich bin nicht nur irgendeine Sheila«, sagte April. »Weißt du, was wir Montag gemacht haben?«

»Nein, aber ich nehme mal an, dass Latex im Spiel war«, antwortete ich.

»Nein«, erklärte sie. »Wir sind mittags von der Schule weg und sind nach Tijuana gefahren!«

»Toll«, sagte ich. »Hat er versucht, dich gegen ein Huhn einzutauschen?«

»Hä?«, machte sie. »Nein, zuerst sind wir einfach ein bisschen an all diesen schmuddeligen kleinen Läden vorbeigelaufen mit den Schildern, wo draufstand ›Preiswerte Zahnheilkunde und Polsterungen‹ und so 'n Zeug. Und dann haben wir nach irgend so 'ner Show mit 'nem Esel gesucht, die Holdn sehen wollte, aber die haben wir nicht gefunden . . .«

»Wie spannend«, stellte ich fest.

»Dann wurde es bald dunkel und wir sind in diesen Club gegangen, wo so' ne Band gespielt hat. Eigentlich waren es Amerikaner, aber sie haben voll einen auf Mexikanisch gemacht und mitten in den Songs immer *›Viva!‹* und *›Undele!‹* gerufen. Und als sie fertig waren und eine andere Band gespielt hat, haben Holdn und ich mit ihnen rumgestanden und Tequila getrunken . . .«

»Ach so, also hat er dich nur über die Grenze geschmuggelt und abgefüllt?«, fragte ich. »Wie beruhigend. Einen Moment lang dachte ich schon, er könnte etwas Schlimmes im Schilde geführt haben.«

»Was ich sagen will, ist, dass Holdn der witzigste Mensch ist, den ich je getroffen habe«, erklärte sie. »Und er will mich nicht nur für den Sex. Wir hatten noch nicht mal welchen!«

»Noch nicht?«

»Tja, weißt du – alles ist möglich!«, sagte sie und klimperte mit den Wimpern.

»Hast du dich mal mit einer der früheren Sheilas unterhalten, um herauszufinden, was nicht nur möglich, sondern auch wahrscheinlich ist?«, fragte ich.

Bevor sie mir antworten konnte, tuckerte der Bus auf die Busspur und kam ächzend zum Stehen. »Das wurde aber auch Zeit«, meinte April. »Wenn wir noch länger hätten warten müssen, hätten wir ja gleich bis morgen hier bleiben können.« Es wurde irgendwie dunkel draußen. »Na, dann bis Samstag!«, rief sie.

»Samstag?«, fragte ich. Aber April war schon weg.

Aber du wirst die ganzen Eichhörnchen verpassen

Ich fand ziemlich schnell heraus, was sie gemeint hatte. Eigentlich ahnte ich schon, was sie gemeint hatte, weil ich am Samstag schon was vorhatte. Ich wusste bloß nicht, dass sie dasselbe vorhatte. Cat und Hayley war es nämlich gelungen, uns eine Tour durch das Filmset von *Ashley: Die frühen Jahre* zu besorgen. Hayley und ich wollten sie nächsten Monat als Hauptstory der Unterhaltungsseite verwenden. Hank kam mit, um die Fotos zu machen, und so begleitete uns

Holdn ebenfalls – wenn Cat, Hayley und Hank mitfuhren und er nicht, würde er wochenlang deswegen jammern. Aber erst als ich mit April sprach, fiel mir ein, dass er sie wahrscheinlich auch mitbringen würde.

Als die Vorbereitungen für die Fahrt abgeschlossen waren, hatte Hayley mich gebeten, Echo zu fragen, ob sie auch mitkommen wolle. »Ähm, fragen kann ich sie ja mal«, hatte ich geantwortet. »Warum?«

»Ich dachte nur, es wäre eine nette Geste«, erklärte Hayley. »Wir arbeiten zusammen und trotzdem weiß ich nichts über sie. Sie scheint ziemlich klug zu sein – ich würde sie einfach gern besser kennen lernen.«

Als ich also nach den Beratungsstunden nach Hause kam, ging ich gleich nach oben in unser Zimmer, wo Echo an ihren Hausaufgaben saß. »Hey«, sagte ich, »ich mache mit ein paar Leuten von der *Ilias* eine Fahrt zum Set von *Ashley: Die frühen Jahre.* Hast du Lust mitzukommen?«

Echo schaute nicht einmal auf. »Ich kann mich nicht erinnern, eingeladen worden zu sein«, entgegnete sie, »also ist es doch nicht von Bedeutung, ob ich mitkommen will oder nicht.«

»Du bist aber eingeladen«, erklärte ich. »Es ist für Hayleys Seite und sie hat mich extra gebeten, dich mitzunehmen.«

Jetzt hörte sie auf zu tippen und schwenkte ihren Drehstuhl herum. »Das hat Hayley gesagt?«

»Klar«, erwiderte ich. »Also, bist du dabei?«

»Hmm …«, begann sie, schüttelte dann aber den Kopf. »Nein. Sollen sie sich ihre Unterhaltung anderswo besorgen.« Damit schwenkte sie wieder herum und die Sache war erledigt.

★★★

Als ich am Samstagmorgen bei Cat zu Hause ankam, stand die Haustür offen, daher konnte ich schon draußen hören, wie April aufgeregt drauflosplapperte. »Das wird bestimmt total cool! *Ashley: Die frühen*

Jahre ist echt die beste Sendung im Fernsehen! Sie ist so realistisch! Als hätten sie eine Kamera genommen und mein Leben gefilmt!«

»Soll das heißen, alle deine Freunde haben Schönheitsoperationen für Tausende von Dollars hinter sich?«, fragte Cat. Ich klopfte an die Fliegentür. »Herein!«, rief Cat.

Ich ging hinein. Das Haus mit der Nummer 150 auf der Hyacinth Avenue hatte ich noch nie zuvor betreten – weder Fringie noch Cat hatten mich jemals eingeladen. Ich muss zugeben, dass ich nicht auf den zotteligen Teppich vorbereitet war. Außerdem war es drinnen ziemlich dunkel: Das einzige Licht fiel durch die vertikalen Lamellen der Jalousie herein. Die Möbel im Wohnzimmer sahen aus, als wären sie während einer Überschwemmung aus verschiedenen anderen Häusern hereingespült worden. April rekelte sich auf einer violetten Ledercouch und Hayley saß auf einem Batiksitzsack neben einem dreieckigen mattschwarzen Couchtisch. Cat hockte auf dem Fußboden, las Zeitung und trank kalten Kaffee aus einem Martiniglas. »Kommt Echo nicht mit?«, fragte Hayley.

»Sie hat gesagt, sie hat keine Lust«, antwortete ich. »Also, fahren wir?«

»Noch nicht«, sagte Cat. »Hank kommt etwas später. Und wer weiß, wie lange wir brauchen werden, um Holdn aufzuwecken.« Sie deutete in Richtung Flur, aus dem ein seltsames Rumpeln kam. »Ich hab schon die Tür zugemacht, aber man kann ihn immer noch schnarchen hören.«

»Das ist Holdn?«, wunderte ich mich. »Ich dachte, du hättest die Waschmaschine an.«

April stand auf, um nach ihm zu sehen. »Hey, die Post ist da«, rief Hayley. Von ihrem Sitzsack aus konnte sie durch die Fliegentür auf die Straße schauen, wo tatsächlich gerade ein Postauto abfuhr. Cat sah nach, ob irgendwas Interessantes dabei war, und kehrte mit einem dicken Umschlag zurück. »Passt auf, Leute!«, rief sie. »Ich bin in Berkeley aufgenommen!«

»Cool«, sagte ich. »War das deine erste Wahl?«

»Aber klar!«, antwortete sie. »Das ist echt komisch. So als hätten sie die nächsten fünf Jahre meines Lebens in einen Umschlag gesteckt und in die Post gegeben.« Sie untersuchte den Umschlag. »Wow, und sie haben mich noch nicht mal ›Catherine‹ genannt. Wundervoll.«

»Mein Bruder Jerem mag seinen richtigen Namen auch nicht«, erzählte ich. »Er findet das ›y‹ erniedrigend.«

»Das ist es ja gar nicht«, erklärte Cat. »Mein richtiger Name ist nicht Catherine, sondern Catalina.«

»Wie die Insel?«, fragte ich.

»Genau. Meine Mutter ist dort mit mir schwanger geworden. Und das ist auch ganz gut so – wenn meine Eltern nicht gerade im Urlaub gewesen wären, hätten sie mich vielleicht noch ›Tujunga‹ genannt.«

Die Fliegentür ging auf und Hank kam herein. »Tut mir Leid, dass ich zu spät bin«, sagte er. Dann holte er eine Büchse kondensierte Suppe mit halben Erbsen aus seiner Kameratasche, schlenderte in die Küche, hielt sie unter den elektrischen Dosenöffner, nahm sich einen Löffel und begann sie zu essen, als wäre es Pudding.

»Das ist ja ekelhaft«, bemerkte Cat.

»Das ist nur ein anerzogener Geschmack«, entgegnete Hank.

»Warum sollte man sich den anerziehen wollen?«, fragte Cat.

Hank schlang den Rest seiner Suppe hinunter und zog dann eine Zahnbürste und eine Zahnpastatube aus seiner Kameratasche. Dann stellte er sich an die Spüle in der Küche und begann sich eifrig die Zähne zu putzen. »Schleppst du das Zeug immer mit dir herum?«, fragte ich ihn.

»Eine gute Zahnpflege ist der Schlüssel zu einem kräftigen Biss und einem gewinnenden Lächeln«, erklärte Hank.

Ich sah zu, wie Cat durch das Vorlesungsverzeichnis blätterte, das Berkeley ihr geschickt hatte. »Und wie steht's mit dir?«, fragte ich Hayley. »Hast du schon was gehört?«

»Ich gehe an die UW«, antwortete Hayley.

»Was für'n Ding?«

»University of Washington«, erklärte sie. »Ans andere Ende der Welt. Jefferson und ich haben schon einen Mietvertrag für eine Wohnung in Seattle unterschrieben.«

»Und was ist mit dir?«, erkundigte ich mich bei Hank.

»Ich hab nichts für althergebrachte Lehreinrichtungen übrig«, erklärte Hank.

»Na, bei dir macht das ja nichts«, meinte Hayley. »Ich bin hundertprozentig sicher, dass du innerhalb eines Jahres eine Platte ganz oben in den Technocharts hast oder so. Holdn wird dagegen ein paar Jahre von Arbeitslosengeld leben und dann einen Job als Lagerjunge in einem Supermarkt kriegen. Und dann wird er mich jeden Abend anrufen, sich über seinen Boss beklagen und damit herumprahlen, dass er sich einen Abdruck vom Schlüssel machen lassen hat, damit er Zigaretten klauen kann.«

»Wo wir gerade von Holdn sprechen, sollten wir nicht mal langsam losfahren?«, fragte Cat. »Jetzt, wo wir alle da sind? Wo ist er denn?«

»Hier«, antwortete Holdn. »Ihr wollt also fahren, ja? Und um mich nicht mitzunehmen, ist euch jede Ausrede recht, was? Tut mir Leid, euren netten kleinen Plan durchkreuzen zu müssen, aber so leicht wird man mich nicht los.« Er stürmte nach draußen und sprang auf seinen Roller; April machte es ihm nach und schlang die Arme um ihn. »Also fahren wir jetzt oder was?«, brüllte er.

Wir stiegen ins Auto. Hayley saß am Steuer. Holdn machte einen Schwenk mit seinem Roller und fuhr so genau in Hayleys totem Winkel, als wir uns in den Verkehr einfädelten und dann flugs auf die Schnellstraße einbogen. Wir brauchten einfach nur die 91 runterzudüsen und kamen schon nach kurzer Zeit in Torrance an, wo die Sendung produziert wurde.

»Und wohin jetzt?«, fragte Cat.

»Die Frau, mit der ich gestern geredet habe, hat gesagt, wir treffen sie auf dem Parkplatz der High School«, erklärte Hayley. »Das da sind sie wahrscheinlich.«

Ein Mädchen in einem T-Shirt, auf dem *Ashley: Die frühen Jahre* stand, und ein hoch gewachsener Typ mit einem albernen Ziegenbärtchen und einem Haufen Silberringe in der linken Augenbraue kamen auf uns zu. »Hi!«, begrüßte uns das Mädchen. »Ich bin Melissa und werde mit euch die Tour machen. Deine Socken gefallen mir.«

»Danke«, antwortete Hank.

»Nicht deine«, sagte Melissa. Sie zeigte auf Aprils Füße – sie trug diese bunten Wollsocken, die nur Mädchen tragen können. Einer war weinrot, der andere senfgelb, so wie die von Ashley im Pilotfilm zur Serie. Hank trug Socken mit Karomuster.

»Okay«, sagte Melissa. »Normalerweise mach ich das in der Reihenfolge der einzelnen Folgen, also kommt mit.«

»Machst du das hier oft?«, erkundigte sich Hayley, als wir den Parkplatz verließen.

»Jedes Wochenende«, antwortete Melissa. »Ihr habt doch die fünfzig Mäuse mitgebracht, oder?«

Hayley zog ihr Portemonnaie heraus und reichte Melissa das Geld, während Hank seine Kamera zückte und schnell ein Foto davon machte. »Herrlich!«, rief er. »Ich werde es ›Pay-per-view‹ nennen.«

Die Tour entpuppte sich als eine ziemlich routinemäßige Geschichte. Melissa spulte ihre Kommentare ziemlich lustlos herunter: »Dies ist die Turnhalle, wo im Pilotfilm der Abschlussball stattgefunden hat. Dies ist der Umkleideraum, wo der Großteil der Hockeyfolge gespielt hat. Dies ist das Klappbett, in dem Ashley mit Johnny ihre Unschuld verliert, nachdem sie für das Schulstück geprobt haben. Dies ist der Kunstsaal, wo ihr der Lehrer in die Bluse geschaut hat.« An dieser Station wurde Hank wieder munter: Aus irgendeinem Grund waren die Wände mit Schülerzeichnungen von Eichhörnchen bedeckt, und Hank verschoss einen ganzen Film, weil er jede einzelne fotografierte. »Komm, gehen wir weiter«, drängte Melissa.

»Warte, ich hab eine Frage«, sagte Holdn. Er zeigte mit dem Daumen auf den Typ mit dem Ziegenbärtchen. »Macht dieser Typ eigentlich irgendwas oder steht er einfach nur dumm rum und verzieht das Gesicht?«, fragte er.

»Er ist eigentlich derjenige, der für den Sender arbeitet«, erklärte sie. »Ich geh hier nur zur Schule. Jetzt lasst uns ...«

»Warte«, unterbrach sie Hank. »Gibt es hier noch mehr Bilder von Eichhörnchen, die ich mir anschauen könnte?«

»Hört mal, ich mach das Ganze hier nur für euch«, sagte Melissa. »Wenn ihr keine Lust auf die Tour habt, könnt ihr von mir aus gerne gehen.«

»Können wir uns nicht einfach selbst ein bisschen umsehen?«, fragte April.

»Na schön«, erwiderte Melissa. »Aber die fünfzig Mäuse behalte ich.«

Sie und der griesgrämige Typ verschwanden. »Okay, wir können uns ja aufteilen und uns in zwanzig Minuten wieder hier treffen«, schlug Hayley vor. »Hank, versuch bitte, mindestens ein Foto zu machen, das ich für den Artikel verwenden kann.«

»Ihr Kapitalisten interessiert euch auch nur für den Nutzwert«, murmelte Hank.

Und jetzt eine Taxonomiestunde

Am Montagmorgen erschien ich etwas zu früh zum Informatikkurs, weil ich hoffte, in den Computerraum schlüpfen und vor dem Klingeln noch schnell eine Runde Bloodgnarl spielen zu können. Stattdessen fand ich September und August vor der Tür. Sie machten ein Gesicht, als hätte gerade jemand ihren Hund mit einem Rasenmäher überfahren. Das brachte mich in die Zwickmühle. Einerseits freute ich mich tierisch darauf, die alte Kettensäge anzuschmeißen und die Horde von Orks niederzumähen, die mich vom Level neunzehn trennten. Außerdem wusste ich genau, dass die Jammermiene der beiden hundertprozentig irgendwas mit April zu tun hatte, und eigentlich wollte ich nichts darüber hören. Aber andererseits war September meine Freundin. Und wahrscheinlich würde ich vor dem Kurs sowieso nicht über die ersten paar Level hinauskommen. Also war die Entscheidung eigentlich schon gefallen. »Was ist los?«, erkundigte ich mich.

»Wir haben eine Familienkrise«, erklärte September.

»April ist jetzt offiziell keine Jungfrau mehr«, fügte August hinzu.

»Wir haben alle die ganze Nacht diskutiert«, sagte September.

»Und du warst dabei«, behauptete August.

»Wie bitte?«, entgegnete ich. »Ich meine mich zu erinnern, dass ich bei euch Hausverbot bekommen habe. Was soll das heißen, ich war dabei?«

»Nicht bei der Diskussion«, erklärte August, »sondern als sie es mit diesem hinterlistigen Schleimer getrieben hat. Du warst dabei.«

»Was?«, rief ich. »Ähm, ich kann mich nicht erinnern, dass Leute in meiner Anwesenheit Geschlechtsverkehr hatten, und ich bin ziemlich sicher, dass ich so was wahrscheinlich mitbekommen würde.«

»Sie hat uns alles erzählt«, sagte September. »Dieser Holdn hat sie zu Cathy Nicholls nach Hause mitgenommen...«

»Sie heißt Cat...«, verbesserte ich.

»Von mir aus«, erwiderte sie. »Du bist eine halbe Stunde später gekommen, und dann ist sie zu ihm gegangen, um ihn zu wecken...«

»Und dann hat sie ihm einen geblasen«, ergänzte August. »Jetzt kann ich meiner kleinen Schwester nicht mehr ins Gesicht sehen, ohne mir vorzustellen, wie sie sich Holdn Holdnowskis Schamhaare aus den Zähnen zupft.«

»Sei doch nicht so widerlich«, beschwerte sich September.

»Also fährt sie mit dem frischen Minzgeschmack des Proteintrunks dieses Schleimers im Mund zum Set von *Ashley: Die frühen Jahre*«, fuhr August fort, »wo sie die Tourbegleiterin schnurstracks zum berühmtesten Klappbett in der Geschichte des Fernsehens führt und April beschließt, an genau derselben Stelle gebumst werden zu wollen wie Ashley. Und ihr haut auch noch alle ab, damit sie genau das tun kann.«

»Wirklich?«, fragte ich. »Aber wir sind alle nach zwanzig Minuten zum Auto zurückgegangen und da haben sie schon auf dem Parkplatz auf uns gewartet. Obwohl, wenn ich jetzt darüber nachdenke, hatte sie die Socken da genau andersrum an... Aber sie können trotzdem höchstens eine Viertelstunde Zeit gehabt haben.«

»Genau das hat sie auch gesagt«, antwortete September.

»Scheint ja eine zärtliche, liebevolle Angelegenheit gewesen zu sein«, stellte ich fest.

»Und natürlich beschloss sie, allen im Auto auf dem Weg zur Kirche davon zu erzählen«, fuhr September fort.

»Sie hat es einfach so rausposaunt?«, fragte ich.

»Nicht ganz«, erwiderte September. »Julie hat sie gefragt, was sie am Tag vorher gemacht hat, und sie hat geantwortet: ›Ich bin zum Set von *Ashley: Die frühen Jahre* gefahren‹. Dann hat Julie gefragt: ›Hast du Holly Madera getroffen?‹ und April hat geantwortet: ›Nein, aber ich habe meine Unschuld verloren‹. Julie wollte wissen, wie es war, aber da hatte Dad schon den Wagen an die Seite gefahren. Wir haben wahrscheinlich zum allerersten Mal den Gottesdienst verpasst.«

»Und Julie hat Hausarrest gekriegt, was echt ungerecht ist«, meinte August.

»Dann sind wir nach Hause gefahren und haben uns den Rest des Tages gestritten«, erzählte September. »Schließlich hat sie Mom und Dad gefragt: ›Was denn, dachtet ihr vielleicht, ich würde warten, bis ich verheiratet bin?‹ Sie haben mit Ja geantwortet und da hat sie gesagt: ›Ihr seid solche Heuchler! Habt ihr das wirklich?‹ Und sie haben wieder Ja geantwortet. Dann kam sie mit einem völlig verwirrten Gesicht in unser Zimmer zurück und ich fragte sie, was los ist, und sie hat geantwortet: ›So ist das bei *Ashley: Die frühen Jahre* aber nicht gewesen.‹«

Es läutete. September seufzte und ging in den Kursraum. »Willst du wissen, was das Schlimmste daran ist?«, fragte mich August mit vertraulicher Stimme.

»Was denn?«, fragte ich zurück.

»Na ja ...« Er redete leiser. »Es wird dich vielleicht überraschen«, sagte er, »aber ich hab bei Mädchen nie besonders viel Erfolg gehabt.«

»Das haut mich um«, antwortete ich.

»Stimmt aber«, sagte er. »Ich weiß, dass ich als so was wie ein Frauenheld gelte, aber in Wirklichkeit bin ich gar nicht mit so vielen

Mädchen ausgegangen. Oder überhaupt mit welchen. Und ich hab eine Theorie aufgestellt. Und zwar, dass Mädchen – nicht die ganz normalen, sondern die wirklich tollen und beliebten – eine ganz eigene Spezies sind. Sie und die Typen, mit denen sie so rumhängen – ob das jetzt so beliebte Sportlertypen wie Carver Fringie sind oder so abgefuckte Rebellentypen wie Holdn Holdnowski. Und deshalb haben so normale Leute wie wir bei ihnen keine Chance. Das wäre so, als wollte man einen Delfin mit einem Affen kreuzen.«

Inzwischen strömten ständig Leute herbei, die alle in den Computerraum wollten, deshalb machte August ihnen Platz. »Und als April langsam, na ja, erwachsen wurde«, fuhr er fort, »als sie in die Junior High School kam, war eigentlich schon klar, dass sie dieser anderen Spezies angehörte. Sie war hübsch, sie hatte haufenweise Freunde, sie wurde Cheerleader, sie war ständig verabredet – im Grunde also so 'ne richtige Klassefrau. Aber sie wohnte bei mir zu Hause. Und ich stellte fest, dass sich ihr Leben nicht groß von meinem unterschied. Okay, mag sein, dass sie immer mit den ganzen coolen Leuten zu Mittag aß, während ich mit September oder irgendwelchen Losern aß, deren Gesprächsthemen sich darauf beschränkten, wie man die besten Wasserpfeifen baute. Mag sein, dass neunundneunzig Prozent aller Telefonanrufe bei uns zu Hause für sie waren und null Prozent für mich. Aber sie war trotzdem ein ganz normaler Mensch, verstehst du? Sie kam nach Hause, sah fern, aß zu Abend, sah wieder fern und ging schlafen wie alle anderen auch. Und mag sein, dass wir nicht gerade Freunde waren. Aber wenn ich ihr etwas sagte, antwortete sie mir wie jemandem, den sie ernst nahm, und ignorierte mich nicht einfach, als hätte sie es nicht nötig oder so. Daher kam ich zu dem Schluss, dass meine Theorie falsch war. Dass die Menschen halt so sind, dass einige eben mehr Freunde haben und witzigere Dinge tun, dass es aber keinen qualitativen Unterschied zwischen ihn gibt.«

Ich schaute auf meine Uhr, weil es jeden Augenblick zum zweiten Mal läuten musste. »Aber jetzt – ich meine, ich weiß genau, dass ich niemals einen Quickie mit einem unberührten Cheerleader-Girl auf dem Set einer Fernsehsendung haben werde«, schloss August.

»So was passiert einem normalen Menschen einfach nicht. Aber Holdn Holdnowski, hey, kein Problem, dem passiert so was ständig. Und April auch. Also hatte ich mit meiner Theorie doch Recht. Es ist eine andere Spezies. Das Leben ist doch für'n Arsch.«

Ich schlüpfte eine halbe Sekunde vor dem zweiten Läuten in den Kursraum.

Schlimmer als sinnlose Dinge

Als ich an diesem Nachmittag nach Hause ging, stand April vor der Schule und sah aus, als wäre der Typ, der den Hund der Youngs mit einem Rasenmäher überfahren hatte, am nächsten Tag zurückgekommen, hätte den Kadaver ausgebuddelt und hätte ihn ein zweites Mal überfahren. »Hey, Allen!«, rief sie mir zu. »Kannst du mich nach Hause fahren? Der Bus kommt erst in einer Stunde oder so.«

»Was ist mit Holdn?«, fragte ich sie.

»Er hat mit mir Schluss gemacht«, antwortete sie mit einer Stimme, die sich nicht entscheiden konnte, ob sie lieber verbittert oder verzweifelt klingen wollte. »Er hat gesagt, ich würde nicht mehr glänzen.«

»Ja, das war klar«, erklärte ich und ging weiter.

April wollte mich jedoch nicht ohne etwas frisch gepresstes Mitleid gehen lassen. »Das ist alles?«, fragte sie und fasste mich am Arm. »›Das war klar‹?«

»So ungefähr«, erwiderte ich. »Was hast du erwartet? Liebe und Partnerschaft und jahrelangen wunderschönen einfühlsamen Sex? Das ist nicht Holdns Stil. Auf dich hatte er halt diese Woche Bock. Alle mögliche Leute haben versucht, dir das klarzumachen, aber du wolltest ja nicht hören. Und es passieren genug Leuten wirklich schlimme Dinge, die es *nicht* verdient haben, dass ich keinen Grund sehe, ausgerechnet dich mit Mitleid zu überschütten.«

»Verdient?«, wiederholte sie. »Ich verdiene es also, dass man mich fallen lässt? Wieso denn, weil ich ›unmoralisch‹ bin? Weil ich ›schlecht‹ bin?«

»Nein«, entgegnete ich. »Weil du strohdumm bist. Was du getan hast, ist nicht so etwas wie die Armen beklauen oder kleine Kinder schlagen. Sondern eher so, als würde man eins von diesen kleinen Päckchen finden, auf denen ›nicht genießbar‹ steht und den Inhalt erst recht auf seine Cornflakes streuen. Der Typ hat doch sofort offen zugegeben, dass er dich nur für den Sex haben will! Alle haben dich gewarnt, dass man sich besser nicht mit ihm einlässt. Ich hab dich gewarnt, September hat dich gewarnt ...«

»September«, sagte April höhnisch, »ist der letzte Mensch, der einem Ratschläge in Sachen Sex erteilen sollte. Was weiß die schon? Sie ist der größte Otubo auf der Welt. Du weißt doch, wie es heißt: Man muss selber an einem Ort gewesen sein, um sich dort auszukennen.«

»Klingt ja ganz nett«, erwiderte ich, »ist aber ein Haufen Müll. Ich war noch nie auf Hawaii, aber ich weiß trotzdem, dass ich bestimmt keinen Parka mitnehme, falls ich hinfahre. Einer der ersten Schritte zur Weisheit ist, darauf zu kommen, dass man nicht in den Pool springen muss, um herauszufinden, ob Wasser drin ist.«

»Bedeutet Weisheit nicht auch, aus seinen Fehlern zu lernen?«, konterte April.

»Nein, eigentlich nicht. Es bedeutet nur, kein Idiot zu sein. *Jeder* lernt aus seinen Fehlern. *Weise* Menschen lernen aus den Fehlern anderer. Du hättest dich in fünf Minuten umhören und nach Holdns früheren Betätigungen auf diesem Gebiet erkundigen können. Dann hättest du mit *ihm* Schluss machen und dich diebisch darüber freuen können, anstatt dich selbst zu bedauern. Und deine Unschuld vielleicht für jemanden aufbewahren können, dem du irgendwann später in deinem Leben begegnest.«

»Also darum geht es eigentlich, stimmt's?«, sagte sie. »Typisch. Das ist auch das Einzige, worum es meinen Eltern geht. Aber sie haben mich ja ziemlich schnell abgeschrieben, als sie herausgefunden haben, dass ich nicht so werden würde wie May. Die Perfekte. Diejenige, die etwas nur tut, um ›gut‹ zu sein, und nie an sich selbst denkt.«

»Im Gegensatz zu dir, die etwas nur tut, um ›schlecht‹ zu sein, und nie an sich selbst denkt?«, entgegnete ich. »Ich kenne May zwar eigentlich nicht – das einzige Mal, das ich sie getroffen habe, kam sie mir ziemlich etepetete vor. Aber du scheinst dir einzubilden, dass du genau das Gegenteil von ihr bist, obwohl du in Wirklichkeit das Gleiche in Grün machst. Mehr hab ich dazu nicht zu sagen.«

»Von mir aus«, sagte sie. Sie verdrehte die Augen und holte eine Zigarette aus ihrem Rucksack. »Hast du Feuer?«, fragte sie.

Ich dachte einen Augenblick nach. »Weißt du, ich muss mich wirklich entschuldigen«, sagte ich.

»Wieso, weil du mich so abgekanzelt hast?«

»Nein, weil ich dich irregeführt habe. Ich hab doch noch was zu sagen.«

»Und was?«, fragte sie.

»Du bist ein Idiot«, antwortete ich. »Alles, was ich vorher gesagt habe – das war reine Rhetorik. Ich hab dich nicht wirklich für strohdumm gehalten. Das hab ich nur gesagt, damit du zuhörst und vielleicht darüber nachdenkst. Weil, klar, alle neugierig auf Sex sind. Jeder wäre angetan, wenn jemand anders ihn toll findet und ihm sagt, dass er was von einem will. Und, klar, der Typ ist ein absolutes Arschloch und keiner verdient es, so behandelt zu werden wie du. Aber wenn du vierzehn Jahre auf diesem Planeten leben kannst …«

»Dreizehn«, verbesserte sie selbstzufrieden. »Ich hab eine Klasse übersprungen.«

» … wenn du lange genug auf diesem Planeten leben kannst, um herauszufinden, dass diese Dinger Krebs, Emphyseme, Falten und Hustenanfälle verursachen, und dich trotzdem hustend durch die ersten paar Schachteln zwingst, nur weil du danach süchtig werden und einen Typen beeindrucken willst, der dich wie einen benutzten Hundeknochen weggeworfen hat« – hier machte ich eine Pause, weil ich außer Atem war –, »dann ist es eine Beleidigung für das Stroh, dich strohdumm zu nennen.«

Und damit war ich April Young schließlich los. Sicher hatte sie keinen blassen Schimmer, warum ich so angenervt war.

Und wenn ich so drüber nachdenke, ihr wahrscheinlich auch nicht. Also lasst es mich erklären.

Vier

Ich halte mich eigentlich nicht für jemanden, der schnell angenervt ist, aber diese beiden Wochen bildeten eine Ausnahme. Es fing damit an, dass Benito Hayley und mir Siren Delaney als dritten Schreiber für unsere Seite zuteilte. Also müssen wir ein Stückchen zurücksetzen. Und bitte lasst die Hände am Lenkrad, bis wir ganz zum Stehen gekommen sind.

Poetry Slam

»Oh, das kann einfach nicht wahr sein«, stöhnte ich. Ich hatte soeben einen Blick auf den Zuteilungszettel geworfen, den Benito im Redaktionsraum ausgehängt hatte. »Siren Delaney? Benito hat uns Siren Delaney aufgehalst? Hätte sie nicht so freundlich sein und uns einen dressierten Affen oder einen richtig klugen Hirtenhund aufhalsen können? Musste sie unbedingt bis ans untere Ende der Intelligenzskala gehen?«

»Was ist schon dabei?«, wollte Hayley wissen. »Sind nicht alle ›Unbestimmten‹ irgendwie gleich?«

»Absolut nicht«, entgegnete ich. »Du verstehst das nicht. Ich geb dir ein Beispiel. Letztes Jahr hat uns Mrs. Wennikee in unserem Englischkurs ein Gedicht schreiben lassen. Nachdem sie uns die Aufgabe genannt hat, hat sie uns Tipps gegeben, wie wir anfangen könnten, zum Beispiel, es auf einem Wortspiel aufbauen, auf einem hübschen Bild, einer tollen Metapher, einem Vergleich und so etwas. Siren ist Feuer und Flamme, als Mrs. Wennikee ›Vergleich‹ sagt, und sie kommt am nächsten Tag mit folgendem Gedicht an: ›Mein Freund ist klasse/Zeig ich auch meine Tatzen/Er ist wie ein Pullover/Nur tut er nicht kratzen.‹ Mit so einer Intelligenzbestie haben wir es hier zu tun. Sie ist so blöd, dass sie vergisst, die Tür aufzumachen, bevor sie durchgehn will.«

»So schlecht kann sie ja nicht sein, sonst wäre sie nicht für die *Ilias* ausgewählt worden«, merkte Hayley an.

»Schön wär's«, antwortete ich. »Aber Mrs. Wennikee entscheidet immer schon in den ersten fünf Minuten des Schuljahres, wen sie mag und wen nicht. Und wenn sie einen mag, kriegt man eine gute Note. Weißt du, was Siren für dieses Gedicht gekriegt hat? Eine Eins. Mrs. Wennikee sagte dazu, die Verwendung des mehrsilbigen Reims sei sehr raffiniert. Und ich behaupte das jetzt nicht, weil ich neidisch bin oder so. Bei mir war es nämlich genauso. Nur um mal zu sehen, was sie machen würde, hab ich ein Gedicht abgegeben, das ungefähr so ging: ›Es war einmal eine Katze/Die schnurrte und miaute‹ und so weiter. Ich bekam es mit dem gleichen Kommentar zurück: ›Sehr anspruchsvoll und subtil. Exzellenter Gebrauch der klassischen siebzehn Silben, um das Thema einzufangen. Eins plus.‹ Sie hätte mir auf jeden Fall eine Eins plus gegeben, egal, was ich abgegeben hätte. Allerdings weiß ich immer noch nicht, warum sie Siren mochte. Ich meine, bei mir lag es wahrscheinlich an meiner natürlichen erotischen Anziehungskraft, aber man kann nicht annehmen, Siren hätte eine Vorzugsbehandlung bekommen, weil sie so hübsch ist. Sie ist nämlich nicht hübsch. Sie sieht aus wie ein Monster. Außerdem ist sie echt blöd. Wir mussten mal zum Berufsinformationszentrum, wo wir als Erstes gefragt wurden, was wir werden wollten. Siren hat geantwortet, sie möchte Cheerleader bei den Lakers werden. Dann mussten wir kilometerlange Fragebögen ausfüllen und in den Computer schieben, er spuckte die Ergebnisse aus und auf dem Ausdruck stand, Siren eigne sich tatsächlich am besten zum – Cheerleader.«

»Echt?«, fragte Hayley.

»Ja«, antwortete ich. »Allerdings sagte der Computer bei mir auch, ich würde mich am besten zum Cheerleader eignen, also hatte das Programm vielleicht ein paar Fehler.«

»Was ist mit Echo?«

»Ich glaube kaum, dass sie einen guten Cheerleader abgegeben hätte«, erwiderte ich.

»Ich meinte den ersten Teil«, erklärte Hayley. »Ich muss zugeben, ich bin neugierig, wie ein Gedicht von Echo Mockerey aussehen würde.«

»Ich auch«, sagte ich. »Sie wollte es mir nicht zeigen. Aber ich bin ziemlich sicher, dass sie dafür eine Eins gekriegt hat. Mrs. Wennikee musste deswegen weinen.«

Angefacht

Wenn ich sage, dass Mrs. Wennikee wegen Echos Gedicht weinen musste, meine ich damit nicht, dass sie sich die Augenwinkel mit einem Taschentuch abtupfte. Sondern dass so viel Mascara ihr Gesicht hinunterrann, als würde sie eine schwarze Katze bei *Cats* spielen. Während sie unsere Gedichte las, schrieben wir einen dieser fünfhundert erforderlichen Einheitstests, und als sie zu Echo hinüberging und sie fragte, ob sie es am nächsten Tag der Klasse vorlesen wolle – natürlich sagte Echo Nein –, schaute Siren von ihrem Arbeitsblatt auf und schäumte förmlich.

Dabei war Mrs. Wennikee nicht mal diejenige aus dem Kollegium, die Echo am liebsten mochte. Diese Ehre wurde dem einzigartigen Doctor Dennis Todd zuteil. Ungefähr zu der Zeit, als September und ich unsere Übungssitzungen für die Beratungsstunden zu Ende brachten, hatte sich Doctor Todd nämlich in den Kopf gesetzt, dass wir im Fall einer Katastrophe alle reif fürs Leichenschauhaus wären. »Müssen Alarmübungen durchführen«, murmelte er dann vor sich hin. »Feuer. Erdbeben. Atomangriff. Furchtbar unvorbereitet. Massive Verluste. Schlimmer als Essen im Auto. Muss behoben werden. Genau.« Also führte er kurz darauf zweimal in der Woche stattfindende Katastrophenübungen ein. Bei den Erdbebenübungen kauerten wir uns unter die Tische. Bei den »Atomangriff«-Übungen machten wir das Gleiche, nur dass wir uns zusätzlich mit Papier bedeckten, um die tödlichen Alphastrahlen abzuwehren. Und bei den Feuerübungen sollten wir ruhig auf den Rasen hinausmarschieren. »NUR DIE ÄUSSEREN AUSGÄNGE BENUTZEN!«, brüllte Doctor Todd dann über die Sprechanlage. »DIE INNEREN AUSGÄNGE ZUM RAD FÜHREN BEI EINEM TATSÄCHLICHEN FEUERALARM NUR MITTEN IN DAS FLAMMENMEER HINEIN!«

Wenn wir dann alle draußen auf dem Rasen waren und ziellos herumliefen, stürmten Doctor Todd und Uta Himmler mit Megaphonen herbei, um Ordnung zu schaffen. An dem Tag, als Echo Doctor Todds ewige Liebe und Bewunderung gewann, waren seine Bemühungen, alle Schüler in Reihen aufzustellen, auch nicht erfolgreicher als sonst. »ALPHABETISCH UND NACH KLASSEN AUFSTELLEN! IN VIER REIHEN!«, beharrte Doctor Todd. »ES IST ZU EUREM EIGENEN BESTEN! BEI EINEM RICHTIGEN FEUER GELTET IHR ALS TOT, WENN IHR NICHT AN EUREM RICHTIGEN PLATZ STEHT! ERSPART EUREN FAMILIEN UNNÖTIGEN KUMMER!«

»Ja, genau, Krieg wäre sicher untröstlich«, vermutete ich.

Echo antwortete irgendwas, aber das ging in einem schrillen Schmettern aus Utas Megaphon unter. Jemand war so leichtsinnig gewesen, ein Sandwich mitzunehmen. »ES WIRD NICHT GEGESSEN!«, schrie Uta.

»ALPHABETISCH UND NACH KLASSEN AUFSTELLEN!«, wiederholte Doctor Todd. »IHR DÜRFT NICHT EHER GEHEN, ALS BIS IHR EUCH ALPHABETISCH IN EUREN KLASSEN AUFGESTELLT HABT. ICH HABE IN SÜDAMERIKA ACHTUNDVIERZIG STUNDEN LANG EINE GRUPPE GUERILLAS AUSGESESSEN, ALSO KANN ICH DAS BEI EUCH AUCH!«

Trotzdem schienen nur wenige geneigt zu sein, sich alphabetisch und nach Klassen aufzustellen. Alle standen bloß herum, plauderten mit Freunden und rochen das Gras, das in der heißen Oktobersonne vor sich hin brutzelte. Schließlich würde es ja gleich zum Mittagessen läuten und dann würden wir alle gehen dürfen, ob er uns nun offiziell entließ oder nicht. Doch wir hatten vergessen, was jeden Tag fünf Minuten vor dem Mittagessen passierte.

Auf die Sekunde genau sprangen nämlich die Rasensprenger an. Große schwarze Scheiben, die in der Erde vergraben lagen und das Wasser zweieinhalb Meter hoch in die Luft spritzten. Neunzehnhundert Schüler flüchteten kreischend in Richtung Gebäude. »HIER BLEIBEN!«, brüllte Doctor Todd. »DIE FEUERÜBUNG IST NOCH NICHT BEENDET! DAS GEBÄUDE STEHT THEORETISCH IN FLAMMEN! DAS WASSER BIETET LEBENSWICHTIGEN SCHUTZ!« Mehr hörte ich nicht, da ich mein Glück lieber in theoretischen Flammen als in Hunderten von Litern nicht-theoretischen Wassers versuchen wollte. Außerdem gingen neunhundertfünfzig klatschnasse Mädchen in Richtung Gebäude und diesen Anblick konnte ich mir nicht entgehen lassen.

Es läutete zum Mittagessen und erst jetzt merkte ich, dass ich im Gedränge der flüchtenden Schüler Echo verloren hatte. Normalerweise hätte mich das nicht sonderlich beunruhigt, nur konnte ich mir sehr gut vorstellen, wo sie war. Ich ging wieder zurück und kam gerade nach draußen, als die Rasensprenger versiegten. Und wie ich es erwartet hatte, stand Echo mitten auf dem Rasen, als wäre überhaupt nichts passiert. Ihr riesiges schwarzes T-Shirt war völlig durchnässt und sah aus, als würde es ungefähr vierhundert Pfund wiegen.

»Ausgezeichnet. Ausgezeichnet«, bemerkte der ebenfalls triefnasse Doctor Todd. »Vorbildliche Disziplin. Nächste Schülerin des Monats. Einzige Überlebende furchtbaren Infernos. Ausgezeichnet. Wer bist du?«

»Niemand Besonderes«, erwiderte Echo und wischte sich das Wasser aus den Augen. »Dürfen wir schon gehen?«

»Aber ja«, erklärte Doctor Todd. »Hervorragend. Ausgezeichnete Vorstellung.«

»Oder zumindest überhaupt eine Art von Vorstellung«, stellte ich fest. Als ich die ersten Schritte auf die beiden zu gemacht hatte, war das Gras noch ganz matschig gewesen, doch vierzig Sekunden später hatte der Boden alles Wasser aufgenommen und der Rasen war wieder trocken. »Was ist los? Wieso bist du noch hier draußen?«

»Ich wüsste nicht, wo ich hätte hingehen sollen«, antwortete Echo nüchtern.

»Du kennst diese Schülerin?«, wollte Doctor Todd wissen.

»Das kann man wohl sagen«, erwiderte ich. »Sie ist meine Schwester. Sie macht öfter solche Kunststückchen. Ich weiß nicht genau, was sie damit beweisen will, aber wahrscheinlich hat einfach jeder irgendeine nervige Angewohnheit.«

»Ja«, sagte Echo, »zum Beispiel, über Leute zu reden, als wären sie gar nicht da.« Damit schritt sie davon. Wie sich später herausstellte, war das die letzte Feuerübung, die je in der Ilium High abgehalten wurde – nicht wegen der Rasensprenger, sondern weil der Typ, der wegen des Sandwichs ausgeschimpft worden war, die Schule verklagte, da sie ihm einen irreversiblen Hörschaden zugefügt hatte.

Auf jeden Fall war es keine Überraschung, als Doctor Todd Echo zur Schülerin des Monats Oktober ernannte. Schon eher überraschend war es, dass er sie auch zur Schülerin des Monats November kürte. Die Auszeichnung im Dezember überraschte noch mehr. Januar, Februar, März und April dann wieder weniger, da langsam klar wurde, dass Doctor Todd sie nicht einfach zur »Schülerin des Monats«, sondern zur »Schülerin jedes Monats« machte.

Als wir also unsere Tests zu Ende schrieben und Mrs. Wennikee versuchte, ihr Make-up zu retten, war Doctor Todd plötzlich über die Sprechanlage zu hören und alle wussten im Grunde, was er verkünden würde. »ALLE SCHÜLER HERHÖREN«, sagte er. »FREUE MICH, EUCH MITTEILEN ZU KÖNNEN, DASS ECHO MOCKEREY SCHÜLERIN DES MONATS MAI IST. ECHO MOCKEREY KANN IHRE AUSZEICHNUNG NACH DER SCHULE VORN IM SEKRETARIAT ABHOLEN. ENDE DER DURCHSAGE.«

»Noch eine Urkunde für den Stapel, was?«, flüsterte ich Echo zu.

»Während des Tests wird nicht geredet«, sagte Mrs. Wennikee.

»Also was steckt dahinter?«, flüsterte Siren Delaney. Ihre sonderbaren großen Augen funkelten vor Hass. »Bläst du ihm einen oder was?«

»Wie bitte?«, sagte Echo.

»Ruhe«, befahl Mrs. Wennikee.

»Deshalb bestellt er dich wohl immer ins Büro, was?«, giftete Siren weiter. »Du gehst hin, bläst ihm einen und er ernennt dich zur Schülerin des nächsten Monats, stimmt's?«

Echos Gesicht verdüsterte sich.

»Hört mal, Leute, das ist jetzt die letzte Warnung«, sagte Mrs. Wennikee. »Während des Tests wird nicht geredet. Wenn ihr Lösungen austauscht, kriegt ihr einen Haufen Schwierigkeiten.«

Der Typ, der hinter mir saß, räusperte sich. »Ähm, darf ich mal eben aufs Klo gehen?«, fragte er.

»Dafür gibt's Nachsitzen«, entschied Mrs. Wennikee. »Ich hab gesagt, es wird nicht geredet.«

»Gibt er dir wenigstens 'n Pfefferminz, wenn du fertig bist?«, fragte Siren. »Oder Mundwasser?«

Ich schaute zu Echo hinüber. Sie hielt sich regelrecht an ihrem Tisch fest, um Siren nicht an die Gurgel zu springen. »Das wird dir noch Leid tun«, zischte sie.

»Was denn, wirst du dafür sorgen, dass ich nie Schülerin des Monats werde?«, stichelte Siren. »Oh, das bricht mir aber echt das Herz.«

Sie funkelten sich so wütend an, dass ich dachte, mindestens einer der beiden Köpfe müsste gleich explodieren. Zum Glück suchte sich die Glocke genau diesen Moment aus, um zu läuten. »Stifte hinlegen«, seufzte Mrs. Wennikee.

Es reibt sich die Haut mit der Lotion ein

»Ich will also damit sagen, dass das hier echt blöd ist«, fuhr ich fort. »Siren Delaney ist genau die Person, die Zab wäre, wenn sie ein paar Jahre jünger wäre und jemals was von Zahnpasta gehört hätte. Können wir sie nicht gegen denjenigen eintauschen, den Zab für ihre

Seite zugeteilt bekommen hat, und vielleicht jemanden, der zweite Wahl war?«

»Du kannst Benito ja fragen, aber ich glaube nicht, dass sie sich darauf einlässt«, antwortete Hayley.

»Einen Versuch ist es wert«, beschloss ich. Also ging ich zu Benito hinüber. Sie saß an ihrem Schreibtisch und benotete Aufsätze. Im Gegensatz zu Mrs. Wennikee, die sich dafür nicht viel mehr als den Namen oben auf dem ersten Blatt anschaute, sah sich Benito jeden Aufsatz erst eine Weile mit finsterem Blick an, bevor sie den Namen prüfte und die Note festsetzte. »Hayley und ich müssen einen Schreiber austauschen«, begann ich. »Wir können mit derjenigen, die wir bekommen haben, nicht arbeiten.«

»Pech«, antwortete Benito nur.

»Aber die Zuteilungen sind doch gerade erst raus«, versuchte ich es weiter. »Sie könnten sie doch ändern und keiner würde es je erfahren. Das würde allen Beteiligten sehr helfen.«

»Ist mir gleich«, sagte sie.

»Warum nicht?«, fragte ich.

»Hör auf zu jammern.«

»Wissen Sie, Sie werden die Erste mit dem Rücken zur Wand sein, wenn die Revolution kommt«, sagte ich.

Das nächste Problem bestand darin, dass Siren Journalismus als Kurs mit freier Zeiteinteilung hatte, da es zur selben Zeit wie ihr Hauptwahlfach – Cheerleading – angeboten wurde. Außerdem hatte ich es geschafft, keinen einzigen Kurs mit ihr gemeinsam zu haben; daher sah ich sie nur gelegentlich im Vorbeigehen. Ich schickte ihr eine E-Mail über das Computernetzwerk der Schule, beschrieb ihre Aufgabe und bat sie, sie irgendwann in der nächsten Woche einzureichen. Doch die nächste Woche kam und ging, und als ich Montagmorgen hereinkam, fand ich weder eine Geschichte in unserem Redaktionsbriefkasten noch in unserem E-Mail-Posteingang. Wie ich schon sagte, normalerweise bin ich nicht so schnell genervt, aber das hier war ein zusätzliches Ärgernis, das ich nicht brauchen konnte.

Ich aß gerade im Redaktionsraum zu Mittag, als Hayley hereinkam. »Hey«, sagte sie, »hat …«

»Nein«, antwortete ich. »Es hat nicht geklappt. Ich hab den Führerschein nicht gekriegt. Ich bin durch die Prüfung gefallen.«

»Hab ich gehört«, sagte sie. »Das wollte ich aber gar nicht wissen. Ich wollte dich fragen, ob Siren Delaney ihren Artikel abgegeben hat.«

»Ach so«, erwiderte ich. »Kannst du dich nicht darum kümmern? Ich hasse sie einfach.«

»Zu dumm. Ich musste das alles schon letztes Jahr durchstehen, als Benito diesen Sluggo zur Unterhaltung stecken wollte, und ich werde das nicht noch einmal machen.«

Als Hayley mir also am nächsten Tag auftrug, Siren beim Cheerleadertraining aufzusuchen und herauszufinden, warum sie so lange brauchte, konnte ich mich nicht wirklich drücken. Allerdings war die Schule schon fast zu Ende, und als ich an der Turnhalle ankam, stieß ich fast mit Hank zusammen, der sie gerade verließ. »Trainieren sie noch?«, fragte ich ihn.

»Nö«, antwortete er. »Sie sind schon im Umkleideraum. Ich hab nur ein Bild vom Abfall unter der Tribüne gemacht. Ich werde es ›Die Trickle-Down-Theorie‹ nennen.«

»Super«, sagte ich. »Okay, danke.«

Ich warf einen Blick in die Halle, um sicherzugehen, dass Siren nicht zufällig noch dort war, doch da war niemand. Der Umkleideraum der Mädchen lag genau gegenüber vom Asphaltplatz. Doch vor der Tür hing ein Haufen blöder Typen rum, die versuchten, in den Raum hineinzuspähen, sobald sich die Tür öffnete. Ich war wirklich nicht versessen darauf, mit ihnen in Zusammenhang gebracht zu werden, deshalb blieb ich zurück. Das nützte aber nichts. Als Siren herausstolziert kam, wie immer in Begleitung ihres Gefolges – Missy Schaeffer, Shelby Streicht und irgendein anderes beliebiges Mädchen –, marschierte sie an den anderen Typen vorbei und direkt auf mich zu. »Na, suchst du ein kleines Abenteuer?«, spottete sie.

»Was?«, sagte ich. »Wovon redest du? Ich stand nicht mal in der Nähe der Tür. Hör mal, ich muss mit dir sprechen.«

»Ja, irgendwann wird das passieren«, gab sie zurück. Ihre Groupies kicherten und sie gingen zum Tor hinaus.

Das hätte also erfolgreicher verlaufen können. Zum Glück läutete es in diesem Moment, so dass ich mich nicht sofort Hayleys Zorn stellen musste. Doch das bedeutete auch, dass ich Siren am nächsten Tag aufspüren musste, bevor Hayley mich fand. Ich schaffte es, mir eine Kopie ihres Stundenplans von Doctor Todd zu besorgen, und stellte fest, dass sie genau vor der Vormittagspause Chemie hatte. Ich überlegte mir, dass ich mich in Englisch »wegen meiner Beratungsstunden« fünf Minuten eher austragen, zum Chemieraum hinüberrennen und Siren auf dem Weg nach draußen abfangen könnte. Begeistert war ich davon nicht. Wenn man vor Türen rumsteht und wartet, dass jemand Bestimmtes rauskommt, hat das irgendwie immer einen Beigeschmack von »schwachsinniger Nervensäge«. Ich brauchte nur einen Liebesbrief an Jodie Foster und ein abgegriffenes Exemplar vom *Fänger im Roggen*.

Ich rechnete schon damit, ein paar ihrer Freundinnen mit einem Ablenkungsmanöver aus dem Weg schaffen zu müssen, aber zu meiner Überraschung kam Siren allein heraus. »Äh, hi«, sagte ich. Ich musste ganz schön flitzen, um mit ihr Schritt zu halten. »Warte mal eben, ich muss kurz mit dir reden.«

»Ich mach es dir ganz leicht«, entgegnete sie. »Nein, ich werde nicht mit dir gehen. Nein, ich werde dich nicht heiraten. Nein, ich werde nicht die Mutter deiner Kinder sein.«

Ich hörte ein paar Leute kichern und nahm mir vor, nie für jemanden einen roten Schein abzuzeichnen, der in der zweiten Stunde Chemie hatte. »Ich will nicht mit dir gehen«, erklärte ich. »Weißt du überhaupt, wer ich bin?«

Sie warf einen Blick über die Schulter. »Ja«, antwortete sie, »du bist einer von diesen Losern, die mir überallhin nachlaufen und mir auf den Arsch starren.«

Wieder Gekicher. Inzwischen waren wir fast aus der Tür, daher gab ich die Hoffnung auf ein Gespräch auf. »Hör zu, du solltest am Freitag eine Geschichte für die *Ilias* abgeben«, sagte ich. »Wo bleibt sie?«

Siren machte eine wegwerfende Handbewegung und spazierte ins Rad hinaus. In diesem Moment hätte ich alles dafür gegeben, wenn ein riesiger Raubvogel herabgestoßen wäre und sie weggetragen hätte, aber das passierte leider nicht.

Am Freitag war das Ganze schon lächerlich. Ich machte den Fehler, genau in dem Moment den Redaktionsraum zu betreten, als Hayley unserem Layoutbogen den letzten Schliff gab – inklusive des großen weißen Flecks, wo Sirens Artikel hingehörte. Hayley gab mir ungefähr dreißig Sekunden Zeit für mein Mittagessen, bevor ich Siren herholen sollte, damit sie sich erklärte. Also ging ich ins Rad hinaus, um nach ihr zu suchen. Sie war nicht schwer zu finden. Wie ich schon sagte, sah sie aus wie ein Monster. Ihr Haar war ungefähr achtmal größer als der restliche Körper, ihre Augen waren übertrieben groß wie in einem japanischen Comic, und ihre Lippen sahen aus, als hätte sie gehört, dass der aufgespritzte Bienenstich-Look wieder in sei, und daraufhin an einem Bienenkorb genuckelt. Also konnte man sie in einer Menschenmenge nicht unbedingt verfehlen. Was das Gute war: Sie war nur ungefähr 1,55 Meter groß und wog vielleicht zweiundneunzig Pfund. Also war sie zwar eine Platzverschwendung, aber zumindest verschwendete sie nicht viel davon.

Sie saß draußen im Rad auf einer Bank und schaute den Jungs von der Schülervertretung beim Volleyballspielen zu. (Sie bauten das Netz ungefähr eine Stunde vor dem Mittagessen auf und spielten dann bis Schulende – wie September und ich durften sie sich aus den Kursen austragen.) Zufrieden stellte ich fest, dass sie einen hässlichen, großen blauen Fleck am Handgelenk hatte – offensichtlich gab es doch ein bisschen Gerechtigkeit auf der Welt. Wie gewöhnlich war sie von ihren Fans umlagert; mir fiel auf, dass sie als Einzige von ihnen nicht blond war. »Hast du ein paar Minuten Zeit?«

»Ja«, antwortete sie, »aber die will ich nicht mit dir verschwenden.«

»Hör mal, was ist eigentlich mit dir los?«, fuhr ich sie an. »Die ganze Woche bitte ich dich nur darum, eine lausige Minute mit mir über die Arbeit zu reden, die du für den Kurs abliefern solltest, für den du dich angemeldet hast! Eine Menge Leute verlassen sich darauf, dass du deine Arbeit machst, und einer davon bin ich und ich hab jetzt echt die Schnauze voll von dir!«

»Krieg nicht gleich 'n Anfall«, sagte sie. »Bist du auch einer von denen, die sich alle paar Minuten die Hände waschen?«

In diesem Moment schlenderte Fringie herüber, um Shelby zum Mittagessen abzuholen – ihr erinnert euch sicher, dass er erst am folgenden Tag Schluss mit ihr gemacht hat. »Hey, Shel«, sagte er. »Können wir gehen?« Als er merkte, dass ich drauf und dran war, Siren jeden Moment ins Gesicht zu treten, fügte er hinzu: »Hey, was ist denn hier los?«

»Hey, Carver«, sagte Siren. »Dieser Typ hier nervt mich schon die ganze Zeit wegen irgend 'nem Artikel oder so. Keine Ahnung, was er will. Du bist doch schlau, find du es raus.«

»Es geht um die *Ilias*«, erklärte ich. »Ihr Artikel ist schon seit einer Woche überfällig. Dabei braucht sie nur vier oder fünf Absätze zusammenzustoppeln. Ich versuche schon die ganze Zeit, es ihr klarzumachen, aber sie wimmelt mich immer wieder ab.«

»Stimmt das?«, fragte Fringie. »Seit einer Woche überfällig?«

»Keine Ahnung«, antwortete Siren. »Kann schon sein. Ich kann mir diesen ganzen Schulkram nicht merken. Ich hätte ihn ja nicht abgewimmelt, wenn er ein bisschen netter gewesen wäre.«

»Netter?«, fragte ich. »*Netter?* Wovon zum Teufel redest du eigent...«

»Hey, hey, beruhig dich«, sagte Fringie. »Ich bin sicher, wir können die Sache regeln. Also, Siren, hast du mit dem Artikel überhaupt schon angefangen?«

»Ich hab mir ein paar Notizen gemacht«, antwortete sie.

»Okay, und wann brauchst du den fertigen Artikel?«, wollte Fringie von mir wissen.

»Letzte Woche«, erklärte ich. »Wenn ich netter gewesen wäre? Ich glaube, du verwechselst da was ...«

»Du bist keine große Hilfe«, unterbrach mich Fringie. »Wie wär's denn damit? Siren, du versuchst, nach der Schule etwas hinzukriegen, und Al, du bist nicht so streng und lässt der Kleinen etwas mehr Zeit. Klingt das vernünftig?«

»Mensch, Dad, so hab ich das noch gar nicht gesehn«, sagte ich.

»Hervorragend«, stellte Fringie fest. »Meine Arbeit hier ist also erledigt. Komm, Shel, ich bin am Verhungern.«

Ich dachte, ich hätte dir gesagt, du sollst mich hier nicht anrufen

Als ich in den Redaktionsraum zurückkehrte, nachdem ich September geholfen hatte, die Spuren des Sandwichmalheurs zu beseitigen, erklärte ich Hayley die Situation: Sirens unaufhörliches unausstehliches Verhalten, Fringies Eingreifen, das Absinken von Sirens IQ in seiner Anwesenheit, die Abmachung, dass sie nach der Schule wenigstens *etwas* abgeben würde. Als ich jedoch nach den Beratungsstunden im Redaktionsraum nachschaute, hatte sie ihren Artikel oder ihre Notizen immer noch nicht eingereicht. Aber ich gab noch nicht auf. An der Wand hing eine Liste mit den Telefonnummern aller Redaktionsmitglieder und ich hatte den Zugangscode für das Telefon. Also rief ich sie zu Hause an.

Es klingelte nur einmal, bevor jemand den Hörer abnahm. »Carol Cameron«, meldete sich eine Stimme am anderen Ende. Sie schien in naher Zukunft einen Luftröhrenschnitt zu brauchen.

»Ähm, hi«, sagte ich. »Ich bin mir nicht sicher, ob ich die richtige Nummer habe, aber ist Siren vielleicht da?«

Eine lange Pause. In Südamerika wechseln ganze Regime in dieser Zeit. »Wer ist denn da?«, fragte sie schließlich.

Ich hörte ein Klicken. »Ich bin dran, Mom«, kam Sirens Stimme. »Hi, Brad.«

»Ich warte noch auf eine Antwort«, sagte ihre Mutter.

»Entschuldigung«, antwortete ich. »Ich bin . . .«

»Mom, ich hab gesagt, ich bin jetzt dran«, unterbrach Siren. »Leg auf.«

»Wag es ja nicht, so mit mir zu reden«, knurrte ihre Mutter.

»Warum tust du das immer?«, zischte Siren. »Leg jetzt endlich den Scheißhörer auf. Ich warte schon die ganze Woche auf diesen Anruf. Kannst du mich nicht ein einziges Mal telefonieren lassen, ohne . . .«

Ich hörte ein Rattern und ein weiteres Klicken. »Äh, hallo?«, fragte ich.

»Ich weiß, dass du immer noch zuhörst«, schimpfte Siren. »Damit legst du niemanden rein. Verdammt noch mal, leg endlich auf.«

Es folgte eine weitere Pause und ein drittes Klicken. »Okay, ich glaube, sie ist jetzt weg«, sagte Siren. »Du holst mich um sieben Uhr ab, okay?«

»Äh, nein«, antwortete ich. »Hier ist Allen, von der *Ilias*, und ich wollte bloß ...«

»Oh Scheiße, das darf doch nicht wahr sein«, stöhnte Siren.

»Ähm ...«

»Kannst du dir auch nur annähernd vorstellen, wie viel Stress ich deswegen kriegen werde?«, fragte sie. »Kannst du dir das vorstellen? Und dann auch noch ausgerechnet wegen dir?«

Ich dachte mir, dass es für mich wahrscheinlich nicht unbedingt von Vorteil sein würde, diese Frage zu beantworten. »Hör mal, du hast gesagt, du hättest dir ein paar Notizen gemacht ...«

»Sie sind in meinem Schließfach, okay? Ich hole sie irgendwann nächste Woche.«

»Ja, aber nächste Woche erscheint die Zeitung doch schon ...«

»Das ist mir scheißegal«, sagte sie. Dann legte sie auf. In diesem Augenblick wusste ich, dass Hayley mich umbringen würde.

Natürlich nur, wenn sie die Gelegenheit dazu bekam, was nicht sehr wahrscheinlich schien, als ich auf dem Heimweg unsere Einfahrt hinaufging und das Haus in die Luft flog. Oder zumindest hörte es sich so an. Ich begriff erst, dass das Haus doch nicht in die Luft geflogen war, als ein paar Sekunden vergangen waren und ich noch nicht von herumfliegenden Putzsplittern begraben worden war. Doch das Geräusch allein haute mich schon um. Ich klopfte mir den Schmutz ab und ging ins Haus, um mich umzusehen – vielleicht war bloß der Backofen oder der Geschirrspüler explodiert. Doch noch bevor ich die Küche erreichte, gab es einen zweiten Knall, der noch lauter war als der erste. Diesmal erkannte ich genau, von wo er kam: aus Kriegs Zimmer. Da bekam ich Angst, denn Krieg plus lauter Knall kann nur Ärger bedeuten.

Ich stürmte nach oben, um nachzusehen, was los war, doch als ich die Tür öffnete, war Krieg nirgendwo zu sehen. Auch konnte ich keinen anderen als den üblichen Schaden feststellen – die seltsamen Flecken an den Wänden, die fehlende Schranktür, das mit Brettern vernagelte Fenster. Nachdem ich mich an den Gestank gewöhnt hatte, bahnte ich mir einen Weg durch die Haufen von Bierdosen, Pornoheften und monatealten, halb aufgegessenen Pizzas und zog den Vorhang um Jerems Bett zurück. »Machst du hier diesen Krach?«, fragte ich.

Jerem blinzelte mich verwundert an. Mit neun Jahren war er das jüngste von uns Mockerey-Geschwistern und bei weitem das blasseste – hauptsächlich deshalb, weil er seit Jahren kein direktes Sonnenlicht mehr abbekommen hatte, aber auch aus genetischen Gründen. Da in unserer Familie mehr oder weniger alle Menschenrassen vertreten waren, konnten bei uns alle Hauptarten von Hautfarben auftreten: braun, gold oder rosa. Ich zum Beispiel hatte so viel Braun mitgekriegt, dass die meisten Leute annahmen, meine Abstammung sei mindestens zur Hälfte – wenn nicht sogar mehr – afrikanisch. Mollys Haut hatte eine reine, glänzende Goldfarbe; Echo lag irgendwo zwischen uns und war bronzefarben wie eine Statuette. Und Jerem, der mir zwar vom Gesicht her ähnelte – so wie ich in Restaurants immer noch das Menü für Kinder unter zwölf bekam, wurde er immer gefragt, ob er einen Kindersitz brauche –, hatte einen hellrosa Teint und rotblondes Haar. Was Krieg betraf, so war das schwer zu sagen, wie er unter all der Akne aussah.

»Oh, tut mir Leid«, sagte Jerem. »Ich hab gerade bei Bloodgnarl den Level mit den Interkontinentalraketen erreicht. Ich stell's leiser.« Das Telefon klingelte. Jerem schaute auf sein Handy. »Meins ist es nicht«, stellte er fest. »Du gehst besser ran.«

Er griff unters Bett und warf mir ein Telefon zu, das mit dem Hausanschluss verbunden war. Ich drückte auf den Knopf mit dem Hörer. »Hallo?«, meldete ich mich.

Natürlich war es Hayley. »Hast du den Artikel?«, fragte sie.

»Na ja«, antwortete ich, »witzig, dass du das fragst, weil ...«

»Du hast ihn nicht«, folgerte sie.

»Da gibt's nichts, was ich haben könnte«, erklärte ich. »Sie hat ein paar Notizen in ihrem Schließfach und das war's auch schon. Wie wär's denn, wenn du was übers Wochenende schreibst, oder ich schreibe was, um die Lücke zu füllen? Oder wenn wir eine Anzeige reinsetzen?«

»Das hätten wir ein paar Ausgaben vorher noch machen können«, entgegnete sie. »Aber seit Benito Peggy Kaylins Benotungssystem eingeführt hat, werden wir runtergestuft, wenn einer unserer zugewiesenen Schreiber auf unserer Seite fehlt. Und wir haben keine Anzeigen mehr, seit Holdn den Auftrag für Fred's Quality Footwear verloren hat.«

»Na gut, dann schreiben wir einfach was und tun so, als wär es von ihr«, schlug ich vor.

»Geht nicht«, widersprach Hayley. »Wenn das rauskommt, werden wir aus der Zeitung geschmissen und kriegen für den Rest des Jahres Fehlpunkte in Journalismus. Und wahrscheinlich werden wir noch zeitweilig von der Schule gewiesen. Und es würde ganz bestimmt rauskommen, weil uns Delaney selbst verraten kann. Du musst halt diese Notizen auftreiben und sie irgendwie zusammensetzen.«

»Wie denn?«, fragte ich. »Sie wird niemals herkommen und sie für mich holen. Und jetzt, wo sie diese neue, hochkarätige Alarmanlage eingebaut haben, kann ich wohl kaum ihr Schließfach aufbrechen.«

»Klar kannst du«, sagte Jerem.

Und vergib uns unsere Schuld

»Ist doch ganz leicht«, meinte Jerem. Er drückte ein paar Tasten und schon waren wir in das Computersystem der Ilium High School eingedrungen. »Diese Sicherheitsvorkehrungen sind ein Witz«, stellte er fest.

»Da bin ich mir nicht so sicher«, entgegnete ich.

»Keine Sorge«, sagte er. »Wir hinterlassen absolut keine Spuren. Sie werden nicht nur nicht wissen, wer eingebrochen hat, sondern auch nicht, dass überhaupt jemand eingebrochen hat. Wir ändern nichts, wir schauen uns nur ein paar Sachen an. Es sei denn, du möchtest ein paar von ihren Noten ändern oder so. Willst du das?«

»Nein«, antwortete ich. »Das meinte ich auch nicht. Das ist doch ziemlich unmoralisch, findest du nicht?«

»Wenn sie nicht wollen, dass du es tust, hätten sie es dir nicht so einfach machen sollen«, erklärte er. »Wie heißt sie mit Nachnamen?«

Ich buchstabierte ihren Nachnamen. Jerem tippte ihn ein. »Schließfach Nummer 317, Kombination 43-49-25«, verkündete er. »Zieh dir Handschuhe an.«

Als ich mir also später am Abend sicher war, dass das Schulgelände verlassen sein würde, beschloss ich, es zu versuchen. Ich konnte keine Handschuhe im Haus finden (wer trägt schon Handschuhe?), also zog ich mir nur ein paar Butterbrottüten über die Hände, für den Fall, dass sich Fingerabdrücke auf Sirens Schließfach irgendwann in der Zukunft als verräterisch erweisen würden. Die Nacht war wolkig und daher sehr hell, eine Nacht, die einen glauben lässt, man könne alles sehen, bis man wirklich mal etwas zu sehen versucht. Ich kletterte über das Tor ins Rad und suchte nach dem Schließfach mit der Nummer 317. Ich brauchte nicht sehr lang – zufällig befand es sich genau unter einer der Natriumlampen. Ich gab 43-49-25 ein, zog am Riegel und öffnete die kleine Metalltür. Da ereilte mich die erste Überraschung.

Ihr Schließfach war bis oben hin mit allem möglichen Kram voll gestopft, der nichts mit der Schule zu tun hatte. Da waren alte Bücher (obwohl ich im Dunkeln keine Titel erkennen konnte), billiger Schmuck (Armbänder, Preisbänder und sogar eine alte Taschenuhr) und drei Stofftiere (ein Bär, ein Lamm und ein riesiges orangefarbenes Ding, das nur vielleicht ein Tier war). Die Innenwände schienen mit Bildern bedeckt zu sein, aber ich konnte sie nur zum Teil sehen, weil so viel Zeug im Weg war. Es war sowieso zu dunkel, um irgendwelche Details im Schließfach zu erkennen. Plötzlich hatte ich das Gefühl, dass jemand direkt hinter mir stand. Ich erstarrte. Kurz darauf begriff ich, dass ich für den Polizisten oder wer auch immer hinter mir stand nicht weniger sichtbar wurde, indem ich mich nicht rührte. Also dachte ich mir, ich könnte mich ebenso gut umdrehen und nachsehen, wer es war. Es war nur der

Turm mit der Uhr. Trotzdem reichte der Schrecken aus, dass ich die Sache jetzt schnell hinter mich bringen wollte. Ich konnte ja immer noch zurückkommen und den Inhalt von Sirens Schließfach zu einer anderen Zeit erkunden, möglichst einer weniger unheimlichen.

Siren hatte ungefähr ein halbes Dutzend Ringbuchblocks zwischen ihren ganzen Kram gezwängt; ich zog einen davon heraus und warf einen Blick hinein. Ich schlug ihn auf, hielt ihn ins Licht und spähte mit zusammengekniffenen Augen auf die erste Seite. Ihre Schrift entpuppte sich als extrem schnörkelig, ohne jedoch überladen zu wirken. Sie war viel zu geschwungen, als dass man sie als elegant hätte bezeichnen können, aber all die unerwarteten Schleifen, Bögen und Serifen besaßen einen gewissen ästhetischen Charme. Sie stellte sich außerdem als vollkommen unleserlich heraus, vor allem in dem trüben Licht, das aus der Natriumlampe sickerte. Es hatte keinen Zweck. Also schnappte ich mir alle sechs Blocks und schloss die Tür. Ich konnte sie ja zu Hause sichten und dann am Samstagmorgen zurückbringen.

Ich kletterte über das Tor und sprang über den Zaun zur Hyacinth Avenue. Auf Peggys Veranda brannte noch Licht. Ich hatte plötzlich Lust, bei ihr vorbeizuschauen, aber wie sollte ich ihr den Stapel Blocks erklären? Außerdem würde Peggy an einem Freitagabend sowieso nicht zu Hause sein. Doojs Hund lief immer noch in seinem Garten herum, immer im Kreis, als ich daran vorbeikam. Ich ging unsere Auffahrt hinauf, durch die Garage ins Haus und nach oben in mein Zimmer.

Wirklich *muy importante*

Ich sprang auf mein Bett, nahm den ersten Spiralblock vom Stapel und öffnete ihn. Er war voller Matheaufgaben. Der zweite schien aussichtsreicher: Zumindest standen Wörter darin. Leider konnte ich nur keines davon lesen. Sirens Schrift war so gut wie nicht zu entziffern. Das heißt, bis ich merkte, dass ich versuchte, sie in der falschen Sprache zu entziffern. Als ich also erst mal umgedacht hatte, wurde mir klar, dass die erste Zeile lauten musste: »*Un burro es un animal muy importante.*« Nicht, dass mir das groß weiterhalf.

Buch Nummer drei besaß den Vorteil, in meiner eigenen Sprache verfasst worden zu sein. Aber da die verworrenen Einzelheiten des Maya-Kalenders auf meiner Interessenliste ziemlich weit unten standen, hatte ich immer noch nicht gefunden, was ich suchte. Und Nummer vier war einfach nur seltsam. Auf der ersten Seite stand:

Die zugegebenermaßen bruchstückhafte, aber dennoch unleugbar historische Chronik von SARAH JASON DELANEY DER UNERSCHROCKENEN, *Abenteurerin, und ihrer Gefangenschaft im tiefsten, unerforschten Kalifornien*

Ich schaute auf und rechnete fast damit, ein riesiges Fragezeichen über meinem Kopf schweben zu sehen. Dies waren offensichtlich nicht ihre Notizen für den *Ilias*-Artikel. Dennoch war mein Interesse geweckt. Ich blätterte auf die nächste Seite.

25. Juni. Ein furchtbarer Jahrestag – ein weiteres ganzes Jahr der Gefangenschaft ist vergangen. In meinen trübsinnigeren Momenten fürchte ich, niemals mehr in meine heimatlichen Gefilde zurückkehren zu können. Doch obgleich dieses Land wahrhaft barbarisch und wild ist und sich die Einheimischen als außerordentlich feindselig erwiesen haben, soll nie gesagt werden, dass Sarah Jason Delaney die Unerschrockene durch diese widrigen Umstände den Mut verloren habe. Mit Hilfe meines treuen geheimen Tagebuchs werde ich das nächste Jahr gewiss überstehen, und sogar noch mehr, wenn es sein muss. Tatsächlich könnte meine Chronik der Öffentlichkeit Lehre und Freude bieten, wenn mich mein Heimatland endlich wieder fest in die Arme schließt.

30. Juni. Obwohl dieses Land wahrhaft schrecklich und grausam ist, hält es doch auch kleine Freuden bereit. Heute Nachmittag ging ich hinaus, um die Post zu holen, und die Einfahrt glitzerte, als wäre sie von zerdrückten Diamanten bedeckt. Ich trat darauf und verbrannte mir die Füße. Zum Glück war der Rasen gerade gesprengt worden, daher wanderte ich einfach quer durch das Gras. Aber das ist noch nicht mal der schöne Teil. Ich ging gegen halb zehn spazieren und die Luft war angenehm kühl – von der Nachmittagshitze war nichts mehr übrig geblieben. Aber auf der Straße. Es war, als ginge man auf einem Stapel Wäsche, der frisch aus dem Trockner kam. Der Asphalt war durch all die heiße Sonne sogar ein bisschen aufgeweicht. Er fühlte sich an, als könnte man die Zehen hineindrücken. Zumindest dann, wenn man barfuß ging, was ich natürlich tat, weil Schuhe ein wahrer Gräuel sind. Und da war noch was. Man konnte spüren, wie die Hitze vom Boden aufstieg statt vom Himmel herunter, und als ich die Augen schloss, hatte ich das Gefühl, auf dem Kopf zu gehen, an der Decke mit Klettverschlussstiefeln an den Füßen. Als ich die Augen wieder aufmachen musste, war mir traurig zumute.

3. Juli. Heute ist mir etwas aufgefallen. Ich ging den üblichen Weg zum psychologischen Zentrum, als ich plötzlich ein Surren und Knistern um mich herum hörte und mir die Luft selbst irgendwie elektrisch aufgeladen vorkam. Und obwohl ich mich nach allen Seiten umschaute, konnte ich nicht erkennen, wo es herkam – es war ein stiller Sommerabend, keine Autos fuhren vorbei, niemand war auf der Straße außer mir. Dann blickte ich nach oben und stellte fest, dass das Knistern von den Telefonleitungen kam. Und das brachte mich darauf, über Telefonleitungen im Allgemeinen nachzudenken. Nicht über die Gespräche, die in die eine und die andere Richtung durch sie hindurchplätscherten, oder darüber, dass ich ihnen ausgesetzt bin, wenn sie verrückt spielen, und ich davon sicher krebskrank und unfruchtbar werde, sondern über die Telefonleitungen selbst. Sie sind überall. Wenn man nach oben schaut, ist der Himmel von ihnen übersät. Es sieht schrecklich aus, eine richtige Himmelverschmutzung. Und es war mir noch nie zuvor aufgefallen. In all den Jahren meiner Gefangenschaft hab ich nie die Telefonleitungen entlang des Rose Drive bemerkt – mein Gehirn hat sie einfach nicht registriert. Irgendwie unheimlich; wer weiß, was ich noch alles nicht bemerke? Aber andererseits wünschte ich auch, ich hätte sie nie bemerkt, denn ab jetzt werde ich sie immer sehen und meine Welt ist so viel hässlicher geworden.

7. *Juli.* Wie in jedem Sommer ist es bald so weit, dass Dinge zu verschwinden beginnen. Diesmal war es ziemlich wichtig, denn als ich ein paar Dollar meines Babysittergeldes aus dem Versteck holen wollte, war es weg, die ganzen siebzig Dollar. Als ich die Königin danach fragte, antwortete sie, sie wisse nichts darüber, und machte ein paar anzügliche Bemerkungen darüber, womit ich es verdient hätte. Sicher ist es meine eigene Schuld, denn nach neun Monaten mit dem Luxus eines Schließfaches, in dem ich meinen irdischen Besitz verstecken konnte, wurde ich ziemlich unvorsichtig, als ich ihn wieder zu Hause unterbringen musste. Das Leben wäre so viel einfacher, wenn ich nur einem einzigen Einheimischen meine Sachen anvertrauen könnte. Aber ich hab mich noch mit keinem von ihnen genug angefreundet, um so etwas verlangen zu können. Weit gefehlt – sie verhöhnen mich, sobald ich auch nur versuche, hallo zu sagen. Ich würde zu weit gehen, wenn ich sagte, dass mir meine einheimischen Altersgenossen mit unverhohlener Feindschaft entgegentreten, aber es scheint mir nicht vergönnt zu sein, jemals in ihre Kreise aufgenommen zu werden. Was vielleicht auch das Beste ist – zumindest kann ich auf diese Weise die Sitten meiner Heimat bewahren und brauche keine Angst zu haben, dass sie durch die Bräuche dieses primitiven Ortes verfälscht werden.

12. *Juli.* Besuchstag! Wieder einmal werde ich eilig zu meinem allmonatlichen Besuch ins Quartier des Königs der Wilden geleitet. Diesmal verbrachte er einen Großteil der Zeit damit, sich irgendein Autorennen im Fernsehen anzuschauen. Ich sah mich nach dem Bild um, das ich ihm das letzte Mal gegeben hatte, konnte es jedoch nirgendwo entdecken – fast wollte ich ihn fragen, wo er es hatte, dachte aber dann, dass ich es im Grunde gar nicht wissen wollte. Dann aßen wir im Taco Junta zu Abend und er brachte mich zum Haus der Königin zurück. Es war noch ziemlich früh und sie hatte

noch ein paar Freunde zu ihrem üblichen Scotch-Wettsaufen da. Ich musste durchs Wohnzimmer gehen, um in mein Zimmer zu kommen, und als ich an ihnen vorbeiging, hörten sie auf zu reden und starrten mich an. Als ich dann im Flur war, hörte ich sie kichern. Ich blieb nicht stehen, um mir anzuhören, was sie sich über mich erzählten. Ich bin zwar eine Abenteurerin und keine Anthropologin, aber wer einen Hang zur Ethnografie hat, sollte festhalten, dass die Einheimischen hier anscheinend schon im zarten Jugendalter aufhören zu reifen. Sie sind wirklich ein sehr rückständiges Volk.

13. Juli. Ich liebe dich Ich liebe dich Ich liebe dich Ich liebe dich Ich liebe dich Ich liebe dich Ich liebe dich Ich liebe dich Ich liebe dich

16. Juli. Als ich in mein Zimmer kam, durchwühlte die Königin gerade meinen Schreibtisch. Offensichtlich ein königliches Vorrecht: Privatsphäre ist kein Recht, das den Gefangenen des Stammes zugestanden wird. Sie behauptete, ich hätte ein Paar ihrer Ohrringe gestohlen und sie suche danach. Seltsam, dass ich sie stehlen sollte, wo ich mir noch nicht mal Löcher habe schießen lassen. Aber da wir offensichtlich beide wussten, dass es gelogen war, kam es eigentlich auch nicht darauf an, wie absurd die Lüge war.

22. Juli. Bin heute Mittag zu diesem Café auf dem Imperial Highway gelaufen, weil ich wahnsinnigen Hunger hatte und außer zwei Flaschen Wodka und etwas Pesto nichts im Haus war. Während ich bestellte, bemerkte ich, dass der hübscheste Junge der Welt allein an einem der Tische saß, und ich hätte alles gegeben, wenn er zu mir gekommen und mit mir geredet hätte ... Ich weiß, dass er etwas älter war als ich und wir wahrscheinlich sowieso keine Gemeinsamkeiten hatten, über die wir uns hätten unterhalten können, aber jedes Thema wäre okay gewesen ... Wir hätten über seine Haare reden können oder so ... Doch dann setzte sich zwei Sekunden später dieses Mädchen an seinen Tisch und sie war groß und schlank und hübsch und sie waren offensichtlich zusammen und es war sowieso egal, weil ich ich bin und er sowieso nicht mit mir geredet hätte. Vor allem nicht mit dieser hässlichen geschwollenen Lippe, die ich mir gestern eingefangen habe, weil ich den Müll nicht schnell genug rausgebracht hatte. Den Rest des Tages war ich Sarah Jason Delaney die Wehmütige. Was schon irgendwie seltsam ist, weil es immerhin ein Gebiet gibt, auf dem ich mich nicht beklagen kann: Während des Schuljahres will sich mindestens ein paar Mal in einem Monat jemand mit mir verabreden. Nur niemand Vernünftiges. Brad Chasintek sieht nicht schlecht aus und hat mich schon zweimal gefragt, aber gestern hab ich ihn mit seinen Freunden reden hören und er ist nur deshalb an mir interessiert, weil er findet, ich hätte »einen netten Arsch« (um seine Worte zu verwenden). Wirklich, die Paarungsrituale der Einheimischen sind allenfalls primitiv.

25. Juli. Heute wurde ich erwischt. Gerade hat die Königin meine Zimmertür geöffnet und mich auf frischer Tat ertappt. Nein, nicht dabei. Sondern bei etwas viel Peinlicherem. Den schönsten Tag meines Lebens erlebte ich nämlich, als ich erfuhr, dass es eine kalte Stelle in meinem Körper gibt, genau neben meinem Herzen. Und als ich ungefähr vier war, stellte ich fest, dass ich mich nur auf diese Stelle zu konzentrieren brauchte, und schon würden mir unwillkürlich Tränen über die Wangen laufen. Und dieses Gefühl ist himmlisch. Vor allem, wenn ich mir dabei zusehe. Das ist der einzige Grund, weshalb ich vor all den Jahren den Spiegel über der Kommode haben wollte: damit ich hineinschauen und mir selbst beim Weinen zuschauen konnte. Und heute wurde ich erwischt. Natürlich hagelte es Ohrfeigen, so als hätte sie mich mit einem Jungen im Bett erwischt oder so was; denn es hat schon seinen Grund, dass sie die Königin der Wilden ist. Obwohl ich mich als unerschrockene Abenteurerin bezeichnen kann, bin ich leider nicht so unerschrocken wie eine Sprachwissenschaftlerin. Eines schönen Tages werde ich herausfinden müssen, was dieser seltsame einheimische Satz bedeutet: »Ich werd dir helfen zu weinen.« Das scheint wirklich eine beliebte Redensart zu sein.

26. Juli. Ich hätte liebend gern einen Singvogel, der nur ein einziges Lied sänge – ein Trauerlied für Sarah, denn ihre Seele ist fast dahingegangen, und wenn das jetzt klingt, als würde ich jammern, dann hab ich das Recht dazu, weil es deine Schuld ist, dass ich in einer traumhaften Sommernacht so verzweifelt bin.

28. Juli. Ich will mich nicht deprimieren lassen. Ich bin entschlossen, nicht deprimiert zu werden. Ich werde nicht zulassen, dass ich deprimiert werde. Ich weigere mich, deprimiert zu werden. Ich weigere mich. Ich weigere mich. Unerschrockene Abenteurerinnen halten alles aus. Unerschrockene Abenteurerinnen lassen sich nicht deprimieren. Ich bin eine unerschrockene Abenteurerin. Also kann ich nicht deprimiert werden. Diese Logik ist perfekt, überwältigend und absolut.

31. Juli.
Mein Retter, du allein fandest mich
In Hades Welt, denn hier bin ich
Doch ich kann dir nicht folgen dorthin
Wo das Sonnenlicht durch die klare Luft singt
– Jener Ort ist nicht für mich.

Ein junges Mädchen spielt im blühenden Feld
Wie jung, wie lang? Wer hat die Tage gezählt?
Doch dann zerreißt Pluton die Erde mit aller Kraft
Quer durch die Welt ein riesiger Abgrund klafft
– Mich dagegen zu wehren, hat die Kraft gefehlt.

Er packte mich, zog mich tief hinein
Die Luft war dick und erfüllt von Schrei'n
Ich spähte durch das trübe Licht
Auf Schatten, so etwas sah ich noch nicht
– Und dieser Ort sollte der meine sein.

Königin sollte ich werden, am besten gleich
Hier unten in seinem düsteren Reich.

So groß war meine Seelenqual
Doch er ließ mir keine andere Wahl
– Kaum zwölf Lenze alt, da wurde ich bleich.

Was sagst du da? Spür keine Reu?
Ein erzwungener Handel verlangt keine Treu?
Mein liebster Retter, du musst verstehen
Den Wandel hab ich an mir selbst gesehen
– Bin nun Persephone, und das ist neu!

Ich weiß, Pluton erfüllt dich mit Wut
Der leere Blick, die Hände voll Blut!
Die verhassten Augen! Siehst du denn nicht
Den gleichen Blick in meinem Gesicht?
Dieses finstere Reich ist nun mein Ort!
Die Wahrheit treibt die Kindheit fort!
Die Welt da oben ist vielleicht kein Himmel
Dennoch wär ich viel lieber dort!
Doch ich kann nur hier unten sein
Denn nirgendwo anders ist mein Heim.
Gebe dem dunklen Fürsten mein Geleit
Ans Totenreich bin ich gebunden
Hades Früchte mir nun munden
Bleibe für immer an seiner Seit.

Ich blätterte um. Die restlichen Seiten waren leer.

Ich nahm den fünften Ringbuchblock zur Hand. Darin fand ich einen Haufen halber Absätze und Satzteile, die neu geordnet und zusammengestoppelt einen passablen, aber völlig belanglosen Artikel für die Unterhaltungsseite der *Ilias* ergeben hätten. Ich war enttäuscht. Ich erwartete mehr von dem Mädchen, in das ich mich hoffnungslos und bis über beide Ohren verliebt hatte.

Doch ich greife vor – zu diesem Zeitpunkt war ich nicht hoffnungslos und bis über beide Ohren in sie verliebt, noch nicht. Meine Gefühle waren eher gespalten: Für das Mädchen, das dieses Tagebuch geschrieben hatte, empfand ich nichts anderes als respektvolle Zuneigung. Ich kann nicht behaupten, dass ich von ihrer Poesie oder ihren tiefgründigen Beobachtungen beeindruckt war, aber sie schien trotzdem eine schöne Seele zu haben. Wenn ich dagegen an Siren Delaney dachte, wollte ich ihren Kopf eigentlich nur auf einem Spieß sehen.

Ich liebäugelte mit dem Gedanken, dass es sich in Wirklichkeit um zwei verschiedene Personen handelte: Obwohl die Schrift derjenigen in den anderen Blocks ziemlich ähnelte und das Tagebuch selbst einen relativ neuen Eindruck machte, war nirgendwo ein Jahr angegeben. Vielleicht war es in Wahrheit fünfzehn Jahre alt und einfach gut erhalten, und Sarah war die längst verstorbene Schwester, deren Platz Siren hatte einnehmen sollen. Oder sie war eine ihrer Cousinen und ging auf eine andere Schule, und Siren hatte beim letzten Familientreffen aus reiner Bosheit ihr Tagebuch gestohlen. Beide Erklärungen waren immer noch besser, als sich damit abfinden zu müssen, dass aus diesem wunderbaren Mädchen der plakativste Grund für postnatale Abtreibung geworden sein sollte, den wir alle kannten und hassten.

Dann dämmerte es mir. Offensichtlich war Siren nichts als eine Figur, die sie sich ausgedacht hatte, um besser mit ihrer Umwelt fertig zu werden. Sarah war nicht verschwunden – sie zeigte den Leuten nur ihr wahres Ich nicht mehr aus Angst, verletzt zu werden. Vollkommen verständlich. Vielleicht bewahrte sie sogar noch irgendwo ein Tagebuch auf. Und das war die beste Möglichkeit von allen, denn dann würde ich nur irgendwie zu ihr durchdringen müssen und Sarah konnte wieder lebendig werden. Das Schwierige daran war nur, die beste Methode dafür herauszufinden. Meine erste Maßnahme würde also daraus bestehen, ein erstklassiges Forschungs- und Entwicklungsteam zusammenzustellen und es mit der Aufgabe zu betrauen, die Lösung zu finden.

Ich hatte bereits mehrere Kandidaten für dieses Team im Kopf – die erste Kandidatin wohnte nur wenige Meter von mir entfernt. Nicht Echo – ihre Methode, sich mit Siren auseinander zu setzen, würde zweifellos zu viel Blutvergießen beinhalten. Nein, dies war eine Aufgabe für Molly. Also klopfte ich am Samstagmorgen gleich nach dem Aufstehen an die Wand. »Bist du schon auf?«, fragte ich.

»Ich bin wach«, antwortete sie. »›Auf‹ ist etwas ganz anderes.« Ich hörte, wie sich das ferngesteuerte Schloss an ihrer Tür mit einem Klicken öffnete und ging zu ihr hinüber.

Verglichen mit den übrigen Schlafzimmern im Haus war Mollys Zimmer ziemlich klein. Doch sie mochte es, weil es ein Eckzimmer war und daher große Panoramafenster entlang der Nord- und der Ostseite hatte. Die Wände waren mit weißer Hochglanzfarbe gestrichen, passend zu den weißen Vorhängen, dem weißen Teppich und dem riesigen weißen Bett, das ungefähr 95 Prozent des Fußbodens einnahm. Außerdem war es der einzige Raum im ganzen Haus, in dem nicht vierundzwanzig Stunden am Tag die Klimaanlage lief. Molly hatte sogar ihren eigenen Ofen, damit das Zimmer immer tropische dreißig Grad warm war. Das wäre vermutlich unangenehm heiß gewesen, wenn Molly es nicht strikt abgelehnt hätte, zu Hause eine irgendwie geartete Kleidung zu tragen.

Ihre logische Erklärung dafür lautete ungefähr so: »Kleidung trägt man doch nur aus zwei Gründen. Erstens zum Schutz gegen die Elemente – was vernünftig ist, falls man in Nordeuropa in einer Höhle lebt, aber weniger, wenn man in Südkalifornien in einem Haus mit Zentralheizung wohnt. Und zweitens aus Scham. Und die habe ich nicht.« Den dritten Grund ließ sie natürlich weg: Angst, verhaftet zu werden. Und genau aus diesem zog sie sich (äußerst widerwillig) Kleidung an, wenn sie zur Schule ging. Doch selbst dann achtete sie darauf, dass es extrem scheußliche war.

Die meisten Leute, die von Mollys Kleidungsgewohnheiten hörten, nahmen an, dass es für den Rest der Familie wirklich seltsam sein musste. Peggy war zumindest so empört, dass diese Tatsache fast ganz oben auf der Liste der Gründe stand, weshalb sie fast nie zu mir nach Hause kam. Aber eigentlich war gar nichts groß dabei. Erstens hatte sie nicht eines Tages ganz plötzlich damit angefangen, sondern befolgte diesen Grundsatz, solange wir denken konnten – auf jeden Fall schon bevor sie überhaupt alt genug war, um ihre Gründe in Worte zu fassen. Sie weigerte sich einfach, im Haus Kleidung zu tragen, und hatte das Glück, dass ihre Eltern sie nicht dazu zwangen. Zweitens war es nicht wer weiß wie aufreizend – selbst mit ihren dreizehn Jahren war sie im Grunde noch ein Kind. Ihre Brust hätte sicher für die eines Jungen durchgehen können, wenn auch für die eines Jungen mit starker Drüsenfehlfunktion. Also achtete niemand besonders darauf. Bobbo war zwar zuerst ausgeflippt, als er bei uns einzog, aber er gewöhnte sich daran.

Im Gesicht sah Molly aus wie ein ägyptisches Gemälde: All ihre Züge waren lang. Das Gesicht war lang, die Augen waren lang, ihre Nase war lang (nicht unattraktiv, aber sicher eine Abweichung des zierlichen kleinen Organs, das Echo, Jerem und ich im Gesicht trugen), und ihre Mundwinkel schienen nicht enden zu wollen. Sie hatte einen goldenen Teint mit dunklen Augenlidern, Lippen und Brustwarzenhöfen und ihre Augen waren aufgrund einer Laune der Natur hellgrün. Ihr Haar war mittelbraun und seit einiger Zeit ließ sie es ein bisschen wachsen. Es hätte ihr bis über die Schultern gereicht, wellte sich aber unten erst nach außen, dann wieder nach innen und schmiegte sich an das Ende des Halses. Sie sah damit aus, als trüge sie eine dieser Perücken, die fünfundzwanzigjährige Schauspielerinnen immer aufgesetzt bekommen, wenn sie Rückblenden filmen und wie dreizehn aussehen sollen. Da Molly tatsächlich dreizehn war, ging das in Ordnung. Sie gähnte und setzte sich auf, als ich hereinkam. »Was gibt's?«, wollte sie wissen.

Ich reichte ihr Sirens Tagebuch. »Lies das mal«, bat ich.

Sie las es. »Was hältst du davon?«, fragte ich.

»Der letzte Teil des Gedichts erinnert mich an Coleridge«, stellte sie fest.

»Pass auf, ich erzähl dir, was es damit auf sich hat«, sagte ich und erzählte es ihr. »Was soll ich jetzt tun?«, fragte ich dann.

»Kommt drauf an«, antwortete Molly. »Wieso meinst du, etwas tun zu müssen? Was willst du damit erreichen?«

»Keine Ahnung«, sagte ich. »Ich meine, es fasziniert mich einfach. Ich empfinde etwas für das Mädchen, das diese Seiten geschrieben hat. Und ich glaube ehrlich gesagt nicht, dass ich einfach nur was von ihr will. Es ist eher so, dass die Welt mit einer ›Sarah‹ sicher sehr viel besser dran wäre als mit einer ›Siren‹.«

»Hast du schon mal die *Ilias* gelesen?«, fragte Molly.

»Gelesen?«, erwiderte ich. »Natürlich. Jede Ausgabe. Ich schreibe alle drei Wochen Artikel dafür. Wieso, was meinst du?«

»Nicht die Zeitung«, erklärte sie. »Das Epos. In einem großen Teil davon versucht Agamemnon, Chryseis mit den lieblichen Wangen durch Briseis mit den lieblichen Wangen zu ersetzen.«

»Ist das ein Hinweis?«, fragte ich.

»Nein, nur ein Zufall«, entgegnete Molly. »Hier ist der Hinweis. Was kommt zuerst: sich zu freuen oder zu lächeln?«

»Ist das eine Fangfrage? Sich zu freuen natürlich.«

»Hast du es mal andersrum probiert?«

»Was meinst du damit?«, fragte ich.

»Lächle mal«, sagte sie.

Ich lächelte. Nach kurzer Zeit hatte ich das Gefühl, der Tag würde richtig gut werden. »Okay, das ist seltsam«, stellte ich fest. »Hast du mich hypnotisiert oder so?«

»Ich hab gar nichts gemacht«, erwiderte sie. »Das ist nur ein physiologischer Trick. Lächeln und sich gut fühlen bedingen sich gegenseitig. Wenn man lächelt, neigt man dazu, sich auch besser zu fühlen. Man nennt das physiognomische Rückkopplung. Funktioniert mit anderen Gefühlen auch. Mach ein böses Gesicht und du wirst von jemandem zusammengestaucht. Klar, wenn man gerade erfahren hat, dass man Krebs hat, und man lächelt dann, wird man deswegen nicht weniger bestürzt sein. Aber wenn man sich ziemlich normal fühlt, kann man sich sozusagen selbst in eine bestimmte Richtung lenken.«

»Willst du damit sagen, ich soll Siren sagen, dass sie lächeln soll?«, fragte ich.

»Nimm doch nicht alles so wörtlich«, entgegnete Molly. »Das ist eine Metapher.« Sie streckte sich und gähnte. »Ich glaube, ich schlafe noch ein bisschen. Es ist noch zu früh.«

Dem konnte ich nur zustimmen. Aber ich musste Sirens Blocks zurückbringen, bevor Leute kamen, die das Schwimmbecken, die Basketballplätze und so weiter benutzen wollten. Als ich die Straße entlangging, bemerkte ich, dass bei Kaylins die Garage offen stand. Ich machte kehrt und nahm den langen Weg, damit ich niemandem erklären musste, weshalb ich die Spiralblocks bei mir hatte, falls mich einer von ihnen sah. Aber ich würde auf dem Rückweg auf jeden Fall vorbeischauen.

Warum musst du diese Garage in ein Lügengebäude verwandeln?

Ich ging zur Garage hinauf und fand Peggy mit einem Stapel Holz und einem Eimer Beize an einer Werkbank. Ihre Haare sahen platter aus als sonst und sie trug ein dünnes weißes T-Shirt, das offensichtlich schon oft gewaschen worden war, man konnte sogar drunterschau... Aber natürlich sah ich nicht hin. »Was machst du da?«, fragte ich.

»Ich muss dieses Holz beizen«, erklärte sie. »Du solltest mich gar nicht so sehen. Ich sehe furchtbar aus. Ich wollte das hier hinter mich bringen, bevor ich duschen gehe, damit ich mich nicht zweimal waschen muss, falls ich was abbekomme.«

Natürlich ging es Peggy um mehr als nur um Effizienz. Vor ein paar Jahren verschüttete sie mal ein paar Tropfen Traubensaft auf dem Teppich und verbrachte den Rest des Tages damit zu beichten. Doch das behielt ich lieber für mich. »Was soll das denn werden?«, wollte ich wissen.

»Das soll gar nichts werden«, entgegnete sie. »Ich beize nur.«

»Auch gut«, sagte ich. »Hör mal, ich wollte dich in einer Sache um Rat fragen.«

Sie dachte einen Moment lang darüber nach. »Okay«, antwortete sie. »Worum geht's?«

»Okay – du kennst doch Siren Delaney?«, fragte ich.

Peggys Blick wurde so eisig, wie ich ihn noch nie gesehen hatte. »Ja ... ich kenne sie«, sagte sie.

»Wie du vielleicht weißt, hat Benito sie für diese Ausgabe der Unterhaltung zugeteilt«, fuhr ich fort. »Und ich war nicht besonders glücklich darüber, weil ich sie für eine absolute Idiotin gehalten habe.«

»Das ist nicht sehr nett«, erwiderte Peggy. »Wenn es auch stimmt.«

»Äh, ja«, sagte ich. »Nachdem ich also mehrere Wochen lang versucht habe, den Artikel von ihr zu bekommen, hab ich, äh ...« Mir fiel plötzlich ein, dass ich ihr ja nicht verraten durfte, dass ich mir Zugang zu Sirens Schließfach verschafft hatte. Molly konnte ich das ruhig anvertrauen, aber nicht Peggy – sie wäre entsetzt. Ich würde mir schnell etwas ausdenken müssen. »Also, äh, hat sie mir so einen Spiralblock gegeben, und als ich ihn aufschlug, merkte ich, dass sie mir den falschen gegeben hatte, denn nach den ersten paar Zeilen war klar, dass es eine Art Tagebuch sein musste.«

»Also hast du den Artikel immer noch nicht?«, fragte Peggy.

»Doch, schon«, erklärte ich. »Er war, ähm, hinten drin.«

»Dann hat sie dir doch nicht den falschen Block gegeben«, bemerkte sie.

»Ich wollte sagen, er war zusammengefaltet und lag hinten drin«, log ich. »Sie hätte mir die Seiten ja einzeln geben können. Die Sache ist die, das Tagebuch macht ziemlich deutlich, dass sie gar nicht so oberflächlich ist, wie sie tut. Und ihr Familienleben scheint ziemlich heftig zu sein. Und ...«

»Soll das heißen, du hast es gelesen?«, unterbrach mich Peggy. »Wie konntest du nur? So was ist doch persönlich.«

»Ich hab ja nicht alles gelesen«, entgegnete ich. »Nur ein einen kleinen Teil. Auf jeden Fall ...«

»Na klar, sie wollte wahrscheinlich, dass du es liest«, mutmaßte Peggy. »Ich wette, sie hat sich das Ganze ausgedacht, damit du ihr keine Schwierigkeiten machst, weil sie so spät abgegeben hat. Wahrscheinlich war es gar kein Versehen.«

»O doch, da bin ich ziemlich sicher«, sagte ich.

»Warum?«

»Ach, ist nur so 'n Gefühl«, antwortete ich.

»Ich würde ihr nicht über den Weg trauen«, meinte Peggy.

Die Sache geriet allmählich außer Kontrolle. Ich brachte das Ganze lieber schnell zu einem Ende, bevor ich mich noch verplapperte und Schwierigkeiten bekam. »Auf jeden Fall«, fuhr ich fort, »wollte ich dich fragen: Bekomme ich es hin, dass sie mehr so ist wie in dem Tagebuch als so wie im richtigen Leben?«

Peggy schüttelte den Kopf. »Das ist nicht deine Aufgabe«, antwortete sie. »Du kannst versuchen, mit ihr zu reden, ihr alles erklären und hoffen, dass sie sich ändert; aber man sollte nie jemanden unter Druck setzen. Und auch nicht versuchen, jemanden zu manipulieren. Sei einfach nur ehrlich. Ehrlichkeit ist immer das beste Mittel.«

»Ich werd's mir merken«, sagte ich.

Dreisam

»Also willst du sie vögeln?«, fragte Holdn beim Mittagessen.

Ich hatte den Fehler gemacht, Hayley den Artikel zu geben, als sie sich am Montag zu Beginn der Mittagspause kurz im Redaktionsraum blicken ließ. Ich dachte, sie wäre endlich zufrieden, doch sie warf mir einen merkwürdigen Blick zu und sagte: »Woher hast du ihn? Ich hab gerade mit ihr im Flur gesprochen und sie hat gesagt, sie wäre erst heute Abend damit fertig. Ich wollte sie schon aus dem Training rufen und sie zwingen, ihn vor meinen Augen zu schreiben.«

Also erzählte ich ihr die ganze Geschichte. Und da stellte Holdn seine Frage. »Nein«, antwortete ich. »Ich will sie nicht vögeln. Ich möchte nur mit ihr reden. Und sie vielleicht überzeugen, wieder zu ihrer ursprünglichen Persönlichkeit zurückzuwechseln.«

»Klar«, meinte Holdn, »und das ist der erste Schritt dahin, sie zu vögeln. Es ist viel einfacher, eine sensible Dichterin zu vögeln als eine blöde Kuh. Blöde Kühe halten einen bloß deshalb hin, weil sie blöde Kühe sein wollen. Sensiblen Dichterinnen braucht man nur ein paar Verse über ›Schicksal‹ und ›vorherbestimmte Liebe‹ und so 'n Mist rüberwachsen zu lassen und schon geht's voll ab.«

»Welch ausgeprägtes Zartgefühl«, stellte Hayley fest.

»Hey, komm, heute ist Valentinstag«, sagte Holdn. »Liebe liegt in der Luft.«

»Du meinst wohl eher Smog«, bemerkte Hayley.

»Ach ja«, erwiderte Holdn. »Ich wusste, es war so was Ähnliches.«

April erschien in der Tür. »Fertig?«, fragte sie.

»Wir sind dann weg«, verkündete Holdn und sie gingen. Während sie den Flur entlangschlenderten, hörte ich April sagen: »Ich wette, da gibt's richtig gute Nachos, was?« Dann fiel die Tür zu.

»Kannst du sie trotzdem aus dem Unterricht rufen?«, fragte ich.

»Ich denke schon«, antwortete Hayley. »Ich werde sie ins Lehrerzimmer bestellen.«

Die sechste Stunde begann mit einem Telefonanruf. Hayley ging ran. »Hallo?«, meldete sie sich. Dann änderte sich schlagartig ihr Tonfall. »Oh, HI!«, rief sie.

»Ist bestimmt der Typ von Fred's Quality Footwear«, vermutete Hank.

Hayley hielt die Hand über den Hörer. »Ich brauche den Raum eine Weile für mich«, verkündete sie. »Es ist Jefferson.«

»Na und?«, meinte Cat. »Willst du mit ihm Telefonsex machen oder was?«

»Immerhin ist heute Valentinstag«, gab Hayley zurück. »Auf jeden Fall brauch ich keine Zuhörer. Haut ab.«

Sie hauten ab. Und ich auch. Siren musste in ein oder zwei Minuten auftauchen, daher öffnete ich die Tür zum Lehrerzimmer und ging hinein.

Sofort schlug mir eine Wolke aus abgestandenem Rauch entgegen, so als bekäme ich einen Wasserball mit Menthol ins Gesicht. Zum Glück löste sie sich ziemlich schnell auf. Das dachte ich zumindest anfangs. Nach einer Weile begriff ich, dass sie keineswegs verschwunden war – ich spürte sie nur nicht mehr, weil sie auf der Stelle meinen Geruchssinn betäubt hatte. Ich wollte ein Fenster öffnen, um etwas frische Luft hereinzulassen, doch sie waren alle zugestrichen. Ich fühlte geradezu, wie die Karzinogene fröhlich durch meinen Körper hüpften. Ich war ungehalten.

Außerdem war das ganze Lehrerzimmer so überfüllt, dass ich mich kaum rühren konnte. Eigentlich war der Raum gar nicht so klein, doch er war mit so vielen Bücherstapeln, wahllos platzierten Aktenschränken und Unmengen von veralteten Computern voll gestellt, dass ich in keine Richtung viel weiter als einen Meter sehen konnte. Die einzige Lichtung, die ich fand, wurde von einem riesigen Wassertank dominiert, den die Lehrer dort wie einen festgewachsenen Minotaurus aufgestellt hatten. Ich erwog, mir ein Glas Wasser einzugießen; doch dann sah ich all die toten Fliegen auf der Oberfläche schwimmen und zog es vor, meinen Durst ungestillt zu lassen.

Ich hörte, wie sich die Tür öffnete und wieder schloss. »Hallo?«, kam Sirens Stimme. Und da geriet ich in Panik, weil ich absolut nicht wusste, was ich ihr sagen sollte. Ich dachte daran, mich zu verstecken und zu warten, bis sie wieder weg war, doch dann wurde mir klar, wie blöd das aussehen musste, falls sie mich fand. Außerdem würde ich so eine Chance vielleicht nie wieder bekommen.

»Äh, hi«, sagte ich. »Schön, dass du . . .«

»Du?«, fragte sie. »Ich dachte, ich soll dieses Hippie-Mädel treffen. Vergiss es.« Sie machte auf dem Absatz kehrt und drückte die Türklinke runter. Die Tür war verschlossen.

»Sehr witzig«, sagte sie. »Mach die Tür auf.«

»Wie denn?«, fragte ich. »Wenn sie von innen verschlossen ist, ist sie wahrscheinlich mit dem Zeitschalter im Sekretariat verbunden. Aber das macht jetzt nichts. Wir müssen miteinander reden.«

»Wie schade für dich«, entgegnete Siren, »weil ich *nicht* mit dir reden muss.«

»Wie kommst du darauf, dass ich dich meine?«, fragte ich. »Mit ›wir‹ meinte ich nicht dich und mich, sondern mich und Sarah Jason Delaney die Unerschrockene.«

Das verschlug ihr den Atem. Einen Moment lang dachte ich, sie würde mir eine Ohrfeige geben, doch das tat sie nicht. Sie schlug mich einfach nur mit aller Kraft zu Boden. Ich sah es nicht mal kommen. Auch spürte ich den Aufprall nicht. Ich wusste nur, dass ich in einem Moment noch ganz normal dastand und im nächsten ausgestreckt auf dem Boden lag und einen komplizierten Kieferbruch und lauter rausgeschlagene Zähne hatte. (Okay, das vielleicht nicht, aber es tat trotzdem weh.)

»Woher weißt du davon?«, wollte sie wissen. »Woher zum Teufel weißt du davon?«

Ich versuchte verzweifelt, mir eine Ausrede einfallen zu lassen, doch zwei Stimmen in meinem Kopf überzeugten mich, einfach die Wahrheit zu sagen. Die eine gehörte Peggy und sagte: »Ehrlichkeit ist immer das beste Mittel.« Die andere gehörte mir selbst und sagte: »Mein Kopf tut so weh, dass mir doch nur eine wirklich lahme Ausrede einfallen würde. Tut mir Leid!«

»Na gut«, antwortete ich, »du weißt doch noch, dass ich dich angerufen und nach deinem Artikel gefragt hab und dass du gesagt hast, deine Notizen wären in deinem Schließfach? Na ja, du warst mit dem Artikel seit einer ganzen Woche überfällig, also bin ich hingegangen und hab sie geholt.«

»Du hast was?«, rief sie. »Du Arschloch! Ich sollte dich verdammt noch mal verklagen!«

»Mich verklagen?«, wiederholte ich. Ich rappelte mich wieder auf und suchte mir einen dieser olivgrünen aus einem Stück gegossenen Plastikstühle, auf dem ich mich niederlassen konnte. »Ich nehme an, du meinst, mich melden«, erklärte ich und rieb mir den Kiefer. »Dann würde ich wahrscheinlich für ein paar Tage von der Schule gewiesen oder bekäme Beratungssitzungen aufgebrummt. Was nicht viel Sinn machen würde, weil ich ja dann mit mir selbst reden würde, und Selbstgespräche sind ein Zeichen für drohende Demenz. Wahrscheinlich würden sie mich aber eher als Vertrauensschüler feuern. Dann würde September entweder aus Protest oder wegen Überarbeitung ebenfalls aufhören und wir hätten gar keine Vertrauensschüler mehr.«

»Na und?«, entgegnete Siren. Sie drückte immer wieder ungeduldig auf die Klinke, doch die Tür schien das nicht zu kümmern.

»Ich will damit ja nur sagen, dass es mehr Leute treffen würde als nur mich«, erklärte ich. »Leute, die es nicht verdient haben. Nicht, dass ich es verdiene, dass du beschlossen hast, mich aus irgendeinem Grund als deinen persönlichen Blitzableiter zu behan. . .«

»Der Grund dafür«, unterbrach mich Siren, »ist der, dass ich einen Loser aus einem Kilometer Entfernung riechen kann. Ich hab nur den Fehler gemacht, anzunehmen, du wärst nur ein *erbärmlicher* und kein *krimineller* Loser.«

»Ich behaupte ja nicht, dass ich ganz unschuldig bin«, sagte ich. »Natürlich hätte ich nicht einfach an dein Schließfach gehen oder in deinen Schreibblocks lesen dürfen. Ich würde es vielleicht sogar bereuen, wenn du nicht noch was viel Schlimmeres verdient hättest.«

»Leck mich doch«, versetzte Siren.

»Ich weiß jetzt, wieso du als so besonders schlagfertig giltst«, bemerkte ich. »Aber Tatsache ist doch, dass ich es vielleicht verdient habe, von der Schule gewiesen zu werden, du es aber verdient hast, von einem Lkw überfahren zu werden. Du bist eine Favoritin für das widerlichste und verabscheuungswürdigste menschliche Wesen, das mir jemals begegnet ist, und wenn es meinen Bruder nicht gäbe, hättest du haushoch gewonnen. Wenn du von einem Rudel wild gewordener Hunde zerrissen werden würdest, würde ich dich mit Steaksoße bespritzen – weil du eine Mörderin bist und den elektrischen Stuhl verdient hast.«

»Wovon zum Teufel redest du eigentlich?«, fauchte sie.

»Von Sarah«, antwortete ich. »Sie ist die einzige Person in diesem Schlamassel, die nichts Schlechtes verdient hat. Und sie hat am meisten gelitten. *Ihre* Privatsphäre wurde verletzt, nicht deine. Und wenn das ein Verbrechen ist – und das ist es wahrscheinlich –, ist das immer noch gar nichts, verglichen mit dem, sie einfach auszulöschen. Und das hast du getan, nicht ich.«

»Wovon zum Teufel redest du eigentlich?«, wiederholte sie. »Du redest Unsinn. Sie ist ich. Ich bin sie.«

»Jetzt willst du dir aber schmeicheln«, erwiderte ich. »Das glaubst du doch nicht ernsthaft, oder?«

Siren funkelte mich wütend an. »Wie auch immer«, sagte sie.

»Selbst wenn ich sie umgebracht habe, war es aus Mitleid. Sie war immer und ewig unglücklich. Außerdem überlebt immer nur derjenige, der sich seiner Umwelt am besten anpasst. Sarah war verdammt noch mal zu schwach, um überleben zu können.«

»Der sich seiner Umwelt anpasst?«, entgegnete ich. »Weißt du, auf was für eine Stufe du dich damit stellst? Auf die der Viren und Insekten. Eigentlich ein ganz treffender Vergleich, wenn du mich fragst. Und komm mir bloß nicht mit dieser ›Mitleids‹-Masche. Sarah war vielleicht nicht der glücklichste Mensch auf Erden, aber ich habe dich auch noch nie wirklich fröhlich gesehen. Wenn du glücklich wärst, würdest du dich nicht immer so eklig aufführen. Du bist nämlich genauso unglücklich, wie sie es vorher war.«

»So 'n Quatsch«, sagte sie. »Du hast keine Ahnung.«

»Aber ich kann es mir denken«, antwortete ich. Mit einem Mal wurde mir alles klar. Mein schmerzender Kiefer half mir sogar beim Denken – all das Rauschen in meinem Kopf über meine Sorge um Sarah und meine Versuche, alles vorsichtig zu formulieren und meine eigenen Fehler herunterzuspielen, waren durch ein einziges, leuchtendes, klares Ziel ersetzt worden: ihre Siren-Figur zerfallen zu lassen. »Du kannst gar nicht glücklich sein«, fuhr ich fort, »weil du kein echter Mensch bist. Du bist bloß ein Abwehrmechanismus. Vielleicht kannst du deine Eltern und Freunde besser abwehren, als Sarah es konnte, aber deshalb bist du nicht glücklicher. Um glücklich zu sein, müsstest du ganz andere Prioritäten haben, aber du bist gar nicht tiefgründig genug, um Sarahs Prioritäten ändern zu können. Und es macht Sarah nicht glücklich, ihre Eltern abzuwehren – sie will nicht von ihrer Mutter in Ruhe gelassen, sondern geliebt werden.«

»Sei still«, sagte Siren.

»Es macht Sarah auch nicht glücklich, sich mit den Cheerleadern anzufreunden, weil *sie* nämlich erkennt, dass sie so platt sind wie ein Pfannkuchen und diese Freundschaften nichts zu bedeuten haben«, redete ich weiter. »Ich würde sogar wetten, dass das Letzte, was sie am Freitag wollte, ein Anruf von Brad Chasintek war, weil Sarah bestimmt keinen Spaß daran hat, sich den ganzen Abend von so einem Idioten betatschen zu lassen, der sich mit Pferdetestosteronen aufgeputscht hat. Da kannst du dich noch so viel bemühen, Sarah einzureden, dass es ihr gefällt.«

»Sei still«, fauchte Siren.

»Du hast mir gerade alles ganz klar gemacht«, erklärte ich. »Du bist keine Mörderin, weil Mörder genauso menschlich sind wie ihre Opfer. Aber das bist du nicht. Du bist ein Virus. Du bist eine Krankheit. Wenn ich an übersinnlichen Quatsch glauben würde, würd ich sagen, Sarah sei besessen und wir müssten dich exorzieren. Aber du bist kein Dämon. Du bist eine fehlgeschlagene Schutzfunktion. Wenn Menschen mit ihrem Leben nicht fertig werden, bringen sie sich entweder um oder sie erliegen irgendeinem geistigen Virus, wie blindem Hedonismus oder religiösem Fundamentalismus oder so was. Und Sarah ist dir erlegen. Und wenn sie jemals in ihrem Leben wieder glücklich sein will, muss sie dich loswerden. Und das kann sie auch, denn wenn sie wirklich tot wäre, würdest du ja nicht all ihr Zeug für sie aufbewahren müssen. Stimmt's, Sarah? Du bist doch noch irgendwo da drinnen, oder?«

Siren hielt sich die Hände über die Ohren (zumindest nahm ich das an, denn unter all dem Haar konnte man die Ohren gar nicht sehen). »Sei still«, zischte sie. »Sei still sei still sei still.«

Es klickte und die Tür schwang auf. Uta stockte der Atem und sie ließ ihr Walkie-Talkie fallen. »Sofort raus hier, alle beide«, bellte sie. »Schüler haben keinen Zutritt zum Lehrerzimmer! Wer weiß, was ihr hier treibt!« Sie zückte ihren Block roter Scheine, doch Siren lief davon, bevor sie sie ausfüllen konnte.

Déjà vous

Als ich Siren am nächsten Mittag im Flur traf, schlug sie nach mir. Ihre Nägel waren so spitz, dass sie mir tatsächlich die Haut aufriss, genau am linken Handgelenk. Aber ich ging einfach weiter, aus Angst, sie würde mich beißen oder irgendwas, wenn ich stehen blieb. Ich muss zugeben, dass ich überrascht war: Natürlich rechnete ich nicht damit, dass sie sich freute, mich zu sehen, aber selbst im schlimmsten Fall hatte ich mir nicht vorgestellt, dass ich bluten würde.

Natürlich störte mich mein verletztes Handgelenk nicht halb so viel wie die Tatsache, dass ich aufs Septembers Wunsch hin meine ganze Freizeit damit verbrachte, April aus Schwierigkeiten herauszuhalten. Als das Layout für die aktuelle Ausgabe am Mittwochnachmittag endlich stand, machte ich auf dem Heimweg einen kurzen Abstecher, um zu sehen, ob Siren jetzt vielleicht besser auf mich zu sprechen war. Inzwischen kümmerte ich mich schon so sehr um April, dass sie sofort herübergehüpft kam und dachte, ich sei ihretwegen da.

»Hi, Allen!«, rief sie. »Na, spielst du Wachhund?«

»Wieso?«

»Augusts und Septembers Bus ist schon weg«, erklärte sie. »Du sollst doch bestimmt auf mich aufpassen, oder?«

»Nö«, erwiderte ich. »Um ganz ehrlich zu sein, ich müsste mich schon ungeheuer anstrengen, wenn ich mich noch weniger für das interessieren wollte, was du und Holdn macht oder nicht macht.« Trotzdem nahm sie diese Gelegenheit wahr, um lang und breit von ihrem Trip nach Tijuana zu erzählen. Ich schaute mich um, während sie redete, aber Siren schien nicht da zu sein. Schließlich kam der Bus.

»Das wurde aber auch Zeit«, meinte April. »Wenn wir noch länger hätten warten müssen, hätten wir ja gleich bis morgen hier bleiben können. Na, dann bis Samstag!«, rief sie.

»Samstag?«, fragte ich. Doch April war schon in den Bus gestiegen, der sich ächzend wieder in Bewegung setzte und davontuckerte. Zu meiner Überraschung waren ein paar Leute stehen geblieben. Anscheinend hatten sie sich einfach nur mit denen unterhalten, die auf den Bus gewartet hatten, und nicht selbst gewartet. Ich schaffte es, mir Missy Schaeffer zu schnappen, bevor sie wegging. »Hey«, sagte ich. »Hast du zufällig Siren gesehen?«

»Oh, nenn sie doch nicht *so!*«, antwortete Missy mit gespieltem Entsetzen. Shelby kicherte.

»Ist das ein Insiderwitz?«, fragte ich.

»So was Ähnliches«, erwiderte Missy. Sie und Shelby lachten und schlenderten die Straße entlang. Sie gingen überall zusammen hin. Vier Monate später flogen viele der Kugeln, die Missy umbrachten, durch sie hindurch und setzten Shelbys Leben ebenfalls ein Ende.

Ich blickte mich um und stellte fest, dass ich allein war. Nicht mal Autos fuhren vorbei. Ich wollte gerade die Straße überqueren und nach Hause gehen, als ich Schritte hinter mir hörte. Es war Siren. Aber nicht wirklich. Sie sah aus wie immer – sie trug sogar ihren schwarzsilbernen Cheerleader-Dress –, aber ihre ganze Körpersprache hatte sich verändert. Siren schlurfte nie oder schaute beim Gehen auf die Füße, und sie hätte sich auch sicher nie mit einem Stapel Schulbücher blicken lassen, den sie an die Brust drückte. All das brachte mich zusammen mit Missys Bemerkung zu einer These, die keineswegs gesichert war, aber zumindest ausgetestet werden konnte.

»Sarah?«, fragte ich.

Sie schaute auf. Ihr Gesicht war gerötet. »Ach, nein«, stöhnte sie. »Sag nicht, ich hab den letzten Bus verpasst.«

»Okay«, erwiderte ich, »würdest du mir glauben, dass du ganz, ganz früh für den ersten Bus morgen dran bist?«

Sie funkelte mich wütend an und legte ihre Bücher auf dem Boden ab. Dann klopfte sie ihre Kleidung nach Kleingeld ab, was sich als ziemlich nutzlos erwies, da sie keine Taschen hatte.

»Sarah?«, fragte ich. »Alles okay? Ich hab etwas Kleingeld, falls du telefonieren willst.«

»Lass mich in Ruhe«, fauchte sie.

»Ich will dir bloß helfen.«

»Ich will deine Hilfe nicht«, antwortete sie.

»Taxi Ocho akzeptiert keine R-Gespräche«, erklärte ich. »Hast du eine Kreditkartennummer oder so?«

Sie warf mir einen bösen Blick zu und ging zu den Telefonen hinüber. Vor der Ilium-Schule standen zwei öffentliche Telefone. Bei dem einen war der Hörer mit einer Kruste von etwas überzogen, das wie drei Wochen alter Senf aussah; bei dem anderen war gar kein

Hörer mehr da, nur eine Schnur, die wie eine Nabelschnur ohne Fötus am Ende herunterbaumelte. Sarah entschied sich also für das Telefon mit Hörer. Sie tippte die Nummer eines R-Gespräch-Dienstes ein und von da an bekam ich nur ihren Part des Gespräches mit.

»Barbara Wellston.« Pause.

»Hallo, kann ich bitte mit Carol Cameron sprechen? Hier ist Barbara Wellston.« Lange Pause.

»Hi, Mom, hier ist Sarah. Leg nicht auf. Ich brauche ...« Pause.

»So nenne ich mich nicht mehr. Hör mal, ich komme hier nicht ...« Pause.

»Aber ich hab den Bus verpasst und es wird ziemlich dunkel und ich weiß nicht, wie ich sonst ...« Pause.

»Aber es ist doch nur zehn Minuten von deinem ...« Pause.

»Es ist nicht meine Schuld! Ich hab nur ...« Pause.

»Und wie soll ich jetzt ... Hallo?« Freizeichen. Sie hängte ein.

»Hör mal, ich wohne genau gegenüber«, sagte ich. »Soll ich dir ein Taxi rufen? Ich könnte dich auch nach Hause fahren, wenn mein Onkel da ist. Ich hab noch immer nur meinen Anfängerführerschein, aber ...«

»Ich hab gesagt, lass mich in Ruhe«, unterbrach sie mich. Sie setzte sich auf ihren Bücherstapel und starrte auf den Boden.

»Ich werde dich nicht einfach hier sitzen lassen«, erklärte ich.

»Ich dachte, du hättest gesagt, ich hätte es verdient, von einem Lkw überfahren zu werden«, entgegnete sie. »Du müsstest dich doch wahnsinnig freuen.«

»Ich hab gesagt, Siren hätte es verdient, von einem Lkw überfahren zu werden. Aber du bist doch nicht sie, oder?«

»Nein«, antwortete sie.

»Warum benimmst du dich dann so?«, fragte ich. »Sie ist es doch, die mich hasst, und nicht du.«

»Siren hasst dich, weil du ein Loser ohne Freunde bist«, sagte sie. »Ich hasse dich, weil du der Schnüffler bist, der meine Sachen durchwühlt hat.«

»Dann lass es mich wieder gutmachen«, erbot ich mich. »Lass mich dir ein Taxi rufen.«

»Schön«, gab sie zurück. »Ruf mir ein Taxi.«

»Cool«, sagte ich. Ich sah nach, ob irgendwelche Autos kamen, und überquerte die Straße; doch als ich mich umschaute, saß sie immer noch neben den Telefonen. »Kommst du nicht mit?«, fragte ich.

»Wozu?«, fragte sie. »Sie sollen mich einfach hier abholen.«

»Willst du hier allein im Dunkeln sitzen?«, fragte ich. »Wahrscheinlich kommen sie erst in vierzig Minuten. Außerdem fängt es an zu regnen.« Das war vermutlich etwas übertrieben – eigentlich war es nur ein bisschen neblig. Trotzdem wurde es draußen langsam ungemütlich. »Komm schon. Du wirst im Trockenen sitzen, Licht zum Lesen haben ... Ich kann dir sogar etwas Suppe kochen.« Keine Ahnung, warum mir das einfiel – sie sah einfach so hilflos und zerbrechlich aus, dass mich der unbändige Wunsch überkam, ihr eine Suppe zu kochen. »Was ist? Sarah? Ist doch auf jeden Fall besser als das hier, oder?«

Mir fiel auf einmal ein, dass sie ja durchaus Alternativen hatte. Sie musste nur an ein paar Türen klingeln, und sicher hätte sie jemand bei sich warten lassen, bis das Taxi kam. Zum Glück kam ihr diese Möglichkeit nicht in den Sinn. Sie stand auf und nahm ihre Bücher mit. »Wohin?«, seufzte sie.

Suppe ist gutes Essen

Sarah Delaney war bei mir zu Hause. Nicht Siren – irgendwie gelang es mir zu vergessen, dass es Siren je gegeben hatte. Das Mädchen, das mir gerade ins Haus gefolgt war, war einfach nicht mehr die schreckliche Göre, die ich in den letzten anderthalb Jahren zu hassen gelernt hatte, sondern das Mädchen aus dem Tagebuch, Sarah Jason Delaney die Unerschrockene. Klar, im Moment war sie eher Sarah Jason Delaney die Griesgrämige, aber Trübsinn hatte sich ebenso wie ein roter Faden durch die historische Chronik gezogen wie Mut. Dass sie in diesem Augenblick vollkommen niedergeschlagen war, machte sie nicht weniger reizvoll. »Ich kann dir jetzt die Suppe kochen«, schlug ich vor.

»Ich will keine Suppe«, antwortete sie. »Ein Telefon und ein Platz, wo ich meine Hausaufgaben machen kann, würden schon reichen. Sind wir allein hier?«

»Sieht so aus«, erwiderte ich. Ich ging in die Küche, doch das Telefon lag nicht auf der Basisstation. Ich drückte auf die Rückruftaste, hörte aber keine Antwort vom Mobilteil. Offensichtlich hatte es Bobbo mit ins Auto genommen, als er wieder zur Arbeit gefahren war. »Komm, oben ist auch noch ein Telefon, das du benutzen kannst«, sagte ich zu Sarah.

Ich führte sie die Treppe hinauf. Die vielen Türen oben schienen sie zu verwirren. »Das da vor uns ist das Zimmer meines Onkels«, erklärte ich, »und dann, im Uhrzeigersinn, das von meinem Bruder, das von meiner Schwester, mein eigenes, das Bad und der Abstellraum.«

»Was ist mit deinen Eltern?«, wollte sie wissen. »Wohnt dein Vater oder deine Mutter nicht hier?«

»Keiner von beiden«, antwortete ich. »Sie sind beide tot.«

»Du Glücklicher«, sagte sie.

Ich öffnete meine Tür und schaltete die Halogenlampen ein – wir hatten zwei Stück davon, jede mit fünfhundert Watt – und das Zimmer wurde von so viel leuchtend gelbem Licht erhellt, dass man darin schwimmen zu können schien. »Das ist dein Zimmer?«, fragte Sarah. »Wem gehört das andere Bett?«

»Hmm?«, machte ich. »Ach so, das ist Echos.«

»Hast du nicht gesagt, dass sie das andere Zimmer hat?«

»Das gehört meiner anderen Schwester«, erklärte ich. »Molly. Echos Zimmer ist dieses hier.«

»Du teilst dir ein Zimmer mit deiner Schwester?«, fragte Sarah überrascht. »Ohne Vorhang oder so was? Ist das nicht ... komisch?«

»Och, keine Ahnung«, erwiderte ich. »Klar, manchmal kommen wir uns irgendwie in die Quere. Aber wir können uns kein Haus mit sechs Schlafzimmern leisten und es ist wirklich nicht schlimm. Wir haben mal neun Monate in einer Wohnung verbracht, die viel beengter war als das hier. Das Telefon steht da auf dem Schreibtisch.«

»Wie ist die Nummer?«, fragte sie. »Von der Taxifirma?«

»853-OCHO«, erwiderte ich.

»Und wo sind wir? Welche Adresse ist das hier?«

»147 Hyacinth Avenue.«

Sarah bestellte das Taxi. Nach meinen Berechnungen durfte ich noch zwischen vierzig und achtzig Minuten in ihrer Gesellschaft verbringen. Mit etwas Glück erwischten wir einen wirklich unwilligen Fahrer, der auf dem Weg hierher noch ein Päuschen fürs Essen und vielleicht noch für einen schnellen Film einlegte. Sarah begann mit ihren Algebra-Hausaufgaben. Wie ich feststellte, hatte Sarah nicht zugelassen, dass Siren ihre Mitschriften gefährdete: Sie war in Mathe auf dem gleichen Niveau wie ich. Ich fragte mich, wie sie das vor ihren Freunden rechtfertigte. Ich sprang auf mein Bett und las ein Kapitel für Nicht-Westliche Staatsbürgerkunde. Wir redeten nichts, aber ich fand es einfach schön, ihrem Atem zu lauschen. Daher empfand ich es als einen unwillkommenen Schock, als plötzlich dreißig bis siebzig Minuten, bevor ich sie gehen lassen wollte, eine Autotür zuknallte.

Ich stand auf und schaute durchs Fenster auf die Einfahrt. Es war nur Echo. Ich ging nach unten, um zu hören, wo sie gewesen war, und kam gerade rechtzeitig, um ihr eine der Tüten abzunehmen, die sie trug. »›The Albuquookery‹?«, las ich den Schriftzug auf der Tüte vor. »Haben sie endlich aufgemacht?«

»Nein«, entgegnete Echo. »Ich bin eingebrochen und hab's selbst gekocht. Was glaubst *du* denn?«

»Ich glaube, wenn nicht eine dieser Tüten voller Sopaipillas ist, schick ich dich noch mal hin«, sagte ich. Ich öffnete meine Tüte: lauter Hauptgerichte, die praktisch aus Chili zu bestehen schienen, aber ohne die andere Hälfte der Gleichung war das nichts wert. Ich schaute in die andere Tüte: nichts als Sopaipillas. »Das hast du gut gemacht, junges Ding«, verkündete ich. »Du darfst bleiben.«

»Junges Ding?«, wiederholte Echo.

»Hey, ich bin immer noch sechs Minuten älter als du«, erklärte ich. »Kannst dich ruhig schon mal dran gewöhnen.« Ich schnappte mir ein paar Sopaipillas und einen Teller und ging wieder nach oben.

»Wie wär's mit einer Sopaipilla?«, fragte ich Sarah.

»Was ist das denn?«

»Eine Art Mehlgebäck«, erklärte ich. »Eines der wenigen Dinge, die meine Mutter je für uns gebacken hat. Ich meine jetzt nicht die hier. Diese hier ist frisch.« Ich stellte den Teller auf den Schreibtisch. Sarah nahm sich eine und knabberte daran. Ich verschlang meine mit ungefähr anderthalb Bissen. Dann ging ich ins Bad und wusch mir die Butter von den Händen. Als ich wieder zurückkehrte, hörte ich Echo die Treppe hochkommen.

»O-oh«, sagte ich. »Jetzt könnte es eine kleine Katastrophe geben.«

»Was?«, fragte Sarah. Doch inzwischen hatte Echo den Treppenabsatz erreicht. Ich sah eigentlich nur zwei Möglichkeiten: Entweder Echo würde Siren umbringen oder sie würde irgendwas Gemeines sagen, das Siren schneller aus dem Haus scheuchen würde als eine Atombombe. Ich war mir nicht sicher, welche ich schlimmer fand.

Zu meiner Überraschung passierte keines von beiden. Echo blieb ganz ruhig und ihre Stimme klang nur ein kleines bisschen gereizt, als sie sagte: »Geh raus aus meinem Zimmer und raus aus dem Haus. Sofort.«

»Komm mal mit nach unten«, sagte ich zu Echo. Ich schaffte es, sie ein paar Stufen hinunterzuzerren, was meines Erachtens ausreichte. »Hör mal, ich erklär es dir später«, flüsterte ich. »Lass sie in Ruhe, okay? Sie geht gleich.«

»Nein, sie geht sofort«, entgegnete Echo.

»Kannst du sie nicht ein paar Minuten ertragen?«, fragte ich. »Irgendwann wirst du mal lernen müssen, wie man Menschen höflich behandelt.«

»Siren Delaney«, sagte Echo, »zählt nicht als Mensch.«

»Dann ist es ja gut, sie ist nämlich nicht mehr Siren Delaney«, antwortete ich. »Ich erklär's dir, sobald sie weg ist. Kannst du es nicht ein bisschen gelassener nehmen, nur dieses eine Mal? Für mich?«

Echo schoss mir einen Blick zu, der mich geköpft hätte, wenn ich nicht darauf vorbereitet gewesen wäre. Dann ging sie ohne ein Wort nach unten und zur Tür hinaus und fuhr davon. Das bedeutete natürlich, dass sie ohne Abendessen wegfuhr. Aber ich dachte mir, wenn sie mir einen Gefallen tun wollte, konnte ich wenigstens hinnehmen, dass sie eine Show daraus machte.

Ich kehrte in mein Zimmer zurück. Sarah starrte irgendwie nur vor sich hin. »Tut mir Leid«, sagte ich. »Alles okay? Du siehst so durcheinander aus.«

»Nein, es ist bloß . . .« Sie seufzte. »Alles, was Siren vielleicht über dich gesagt hat«, fuhr sie fort, »hast du auch verdient. Aber Echo nicht. Siren wollte bloß mich angreifen, indem sie auf Echo losging. Wahrscheinlich hat sie eine Ähnlichkeit gesehen.«

»Dich angreifen?«, fragte ich. »Ich dachte, sie wollte dir helfen, auf ihre eigene verdrehte Art.«

Sarahs Miene verdüsterte sich. »Vielleicht war ich ein bisschen neidisch«, gestand sie leise.

»Vielleicht hättest du gar keinen Grund gehabt, neidisch zu sein«, erwiderte ich, »wenn du ›Persephone‹ statt ›Mein Freund ist wie ein Pullover‹ abgegeben hättest.«

Plötzlich fiel mir ein, dass ich mich bei Sarah nicht gerade beliebter machen würde, wenn ich ihr Tagebuch erwähnte; doch zu meinem Erstaunen grinste sie nur. »Immerhin sprichst du es richtig aus«, sagte sie. »Als ich es meinem Vater gezeigt habe, hat er ›Perser-Fon‹ gesagt.«

Darüber musste ich lachen. »Genau, ein Perserteppich, mit dem man telefonieren kann!«, rief ich. »Oder ein persisches Telefon.«

»So ungefähr«, meinte Sarah.

Ich setzte mich wieder aufs Bett. »Woher stammst du eigentlich?«, fragte ich.

»Aus Yorba Linda«, antwortete sie.

»Ich meine ursprünglich. Ich meine mich zu erinnern, dass du geschrieben hast, du möchtest in deine Heimat zurückkehren . . .«

Sie seufzte. »Wunschdenken«, erklärte sie. »Früher hab ich immer geglaubt, ich sei adoptiert worden, und meine richtige Familie, die mich wirklich mochte, lebte irgendwo ganz weit weg. Und wenn ich nur dorthin zurückkönnte, wäre alles ganz wundervoll. Später kam ich dann darauf, dass die Menschen, bei denen ich lebte, mich ja gewollt hätten, falls ich wirklich adoptiert worden wäre. Da das aber offenkundig nicht der Fall war, gab ich den Gedanken mit der Adoption schließlich auf. Aber die Idee mit der Heimat behielt ich. Ich hatte sogar einen Namen dafür. Da ich offensichtlich nicht nach *Yor*ba Linda gehörte, fand ich es logisch, dass ich aus *My* Balinda kam. Und in My Balinda war alles anders. Die Sonne ging im Westen auf und im Osten unter und man nannte sie Mond. Das Gras war rot und schrumpfte jeden Tag, so dass die Leute oft mit dem Rasenmäher drüberfahren mussten, um es wieder lang zu machen. Und jeden Tag nach der Schule gingen alle Lehrer nach Hause und die Kinder gaben ihnen Aufgaben mit, die sie bis zum nächsten Tag lösen mussten. Die Kinder blieben nämlich nach der Schule da und die *Eltern* kamen dorthin, bis die Kinder sie am nächsten Morgen wieder wegschickten. Und es gab keine Familien. Familien waren in My Balinda verboten.« Sie runzelte die Stirn. »Ich kann gar nicht glauben, dass ich dir das alles erzählt hab.«

»Das«, erwiderte ich, »ist einer der schönsten Gedanken, die ich seit langem gehört habe.«

»Es ist einfach nur dumm«, meinte sie. »Ich hab in der vierten Klasse einen riesig langen Aufsatz darüber geschrieben, den sie in meine Schulakte gesteckt haben. Mrs. Wennikee las ihn, als ich auf die Ilium kam, und war ganz begeistert. Sie versuchte mich immer wieder zu überreden, noch mal darüber zu schreiben. Aber ich hatte das mit zehn aufgegeben und wollte nichts mehr davon hören. Und wenn *ich* das schon peinlich fand, kannst du dir vorstellen, was *Siren* darüber gedacht haben muss.« Sie lachte bitter auf. »Mit sechs oder so war ich überzeugt, dass es My Balinda wirklich gab, und sagte meiner Mutter, sie solle mich an diesen Ort schicken. Sie antwortete, wenn sie könnte, würde sie mich ins nächste Flugzeug dorthin setzen. Ich dachte, sie wollte lieb zu mir sein.«

»Wie kommt sie dazu?«, fragte ich. »Falls du es mir erzählen möchtest.«

»Es ist eigentlich ganz einfach«, erklärte sie. »Du weißt vielleicht, dass man Frauen in manchen Ländern zwingt, ihre Vergewaltiger zu heiraten, wenn die das wollen. Ich glaube, das steht sogar in der Bibel.«

»Du bist ein Vergewaltigerkind?«, fragte ich. »Ich meine, ich bin ein Vergewaltigungsenkel, also weiß ich ungefähr, wie das kommt. Aber wart mal . . .«

»Nein, ich bin kein Vergewaltigerkind«, antwortete sie. »Die Sache ist die: Wenn du diejenigen, die diese Gesetze beschlossen haben, fragst, warum sie sie gemacht haben, dann behaupten sie, sie wollten nur ›das Richtige‹ tun. Also, ich bin das Ergebnis, das herauskommt, wenn alle nur ›das Richtige‹ tun wollen. Meine Mutter wird von irgendeinem beschränkten Typ geschwängert, den sie in einer Bar kennen gelernt hat. Ihre Eltern drohen ihr, sie zu enterben, wenn sie in die Klinik geht und eine Abtreibung macht, weil man keine unschuldigen Babys umbringen darf, meinen sie. Und dann drohen sie ihr, sie zu enterben, wenn sie den Typ nicht heiratet, weil sie natürlich kein uneheliches Kind bekommen darf. Meine Mutter hat erst ein Jahr College hinter sich und hat eine Heidenangst, dass sie für den Rest des Lebens als Kellnerin arbeiten muss, wenn sie enterbt wird. Und mein Vater lebt davon, einen Abschleppwagen zu fahren, und denkt sich, er könnte ruhig in eine Familie mit Geld einheiraten, wenn er nur weiter Mädels aufreißen darf. Um es kurz zu machen, wenig später sind die sittenstrengen Eltern tot und das Erbe ist gesichert, also können Fleibag, Forbes & Schmeck die Scheidungspapiere aufsetzen und bald darauf hab ich mit zehn Jahren ein blaues Auge, eine aufgeplatzte Lippe und Narben an den Handgelenken, weil mich mein ganzes Scheißleben lang keiner auch nur für eine Sekunde gewollt hat. Mein Leben. Eine verdammt tolle Wahl, was?«

Allmählich hatte ich den Verdacht, dass die Grenzen zwischen Sarah und Siren fließender waren, als ich anfangs vermutet hatte. Ich hatte keine Ahnung, wie ich reagieren sollte. Die beiden Möglichkeiten, die mir als Erstes in den Sinn kamen – mich in sie hineinzuversetzen («Ja, das Leben ist echt Scheiße!«) oder Mitleid zu haben («Oh, dutzi, dutzi!«) –, schienen mir beide gleich dürftig. Ich entschied mich für die erste andere Alternative, die mir einfiel. »Fleibag, Forbes & Schmeck?«, fragte ich. »Mein Onkel arbeitet da!«

»Was?«, sagte sie.

»Eigentlich holt er nur Kaffee und bedient das Faxgerät«, fuhr ich fort. Sarah schien begriffen zu haben, dass ich nur irgendwas daherplapperte – sie schaute noch immer ungefähr in meine Richtung, schien jedoch einen Punkt zu fixieren, der eine Million Kilometer weiter hinter meinem Kopf lag. »Du könntest sie anzeigen«, sagte ich leise.

Sie zwinkerte und schaute mich mit riesigen, dunklen, schönen Augen an, die alles Licht aus dem Zimmer zu saugen schienen. »Das würde doch nichts ändern«, antwortete sie. »Sie würde mich immer noch nicht ... Es würde nichts ändern.«

»Klar würde es das«, entgegnete ich. »Du musst es ja nicht mal selbst machen. Ich könnte es machen. Ich kenne da ein paar Leute. Ich hab das schon mal bei meinem Job als Vertrauensschüler gemacht. Sie schicken einfach ein paar ...«

»Nein«, zischte sie. »Nein. Wenn du es versuchst, werde ich alles abstreiten. Und ich werde nie wieder mit dir reden. Nie wieder.« Sie drehte sich um und befasste sich wieder mit ihren Matheaufgaben.

Ich schlug mein Geschichtsbuch wieder auf der Seite auf, die ich vorher gelesen hatte, aber es hatte keinen Zweck. Ich konnte mich nicht konzentrieren. Ich konnte nur daran denken, dass ich Sarah trösten wollte, weil sie so ein lausiges Leben gehabt hatte. Und als einzige Möglichkeit, das zu tun, fiel mir nur ein, sie einfach eine Weile zu knuddeln. Da ich mir aber eine halbe Stunde früher nicht mal sicher gewesen war, ob sie auf mich losgehen würde, schien mir das keine allzu gute Idee zu sein. Und das war eigentlich jammerschade, weil sie einfach zum Knuddeln aussah. Ich konnte gar nicht fassen, dass mich der Groll für diese Tatsache so lange blind gemacht hatte. Wie konnte ich nur diese großartigen, sensiblen Augen übersehen haben? Ich betrachtete sie über die obere Kante meines Buches hinweg und sah zu, wie sie an ihren Matheaufgaben arbeitete. Ich schaute und schaute. Die Zeit schien allmählich langsamer zu werden wie ein alter Plattenspieler. Wenn ich zum Beispiel auf die Uhr im Spiegel neben der Tür sah, 5:57 las und dann die nächsten

Stunden so tat, als würde ich lesen, zeigte sie 5:57 und fünf Sekunden, wenn ich das nächste Mal aufschaute. All meine Sinne schienen plötzlich geschärft zu sein: Trotz der surrenden Klimaanlage hörte ich das Kratzen von Sarahs Bleistift auf dem Papier. Ich spürte jeden einzelnen Nerv im Körper und das rasende Blut in den Adern, und ich wusste, falls es mich juckte und ich mich kratzen musste, würde ich mir die Haut aufreißen und verbluten. Natürlich begann es an hunderttausend Stellen meines Körpers zu jucken – auf der Wange, am Ellbogen, in der Kniekehle, an der Nasenspitze, einfach überall. Sarah kaute an ihrem Bleistift. Während ich sie beobachtete, kam es mir vor, als würde ich selbst auch beobachtet. Ich hatte das Gefühl, als würde der NewsCopter von Channel 5 wenige Zentimeter von meinem Gesicht entfernt schweben und jedes Jucken und Frösteln als Livesendung für seine gebannten Zuschauer übertragen. Ich sah auf die Uhr. 5:57 und sieben Sekunden.

Ich stand auf und schaute aus dem Fenster. Mir war übermäßig bewusst, dass Sarah weiblichen Geschlechts war. Dass das Wort »ILIUM«, das auf ihrem Cheerleader-Dress prangte, nicht wegen der Beschaffenheit des Stoffes so leuchtete, sondern wegen der leichten Wölbung darunter. Dass sie unter ihrer Kleidung nackt war. Sie trug den Cheerleader-Dress und ihre Unterwäsche und darunter gar nichts. Ich beobachtete, wie die Dämmerung allmählich in den matten rosafarbenen Schein der südkalifornischen Nächte überging und versuchte, nicht von dieser Tatsache besessen zu werden. Dann hörte ich ein paar dumpfe Aufschläge hinter mir und drehte mich vom Fenster weg: Sarah hatte ihre Schuhe weggeschleudert. Das hätte sie nicht tun sollen, denn es lenkte meine Aufmerksamkeit auf ihre Beine. Diese wunderschönen Beine, die nicht am Saum ihres Faltenröckchens aufhörten, sondern weitergingen. Bis ganz nach oben. Wie gern wäre ich ihnen dorthin gefolgt. Es dämmerte mir, dass die Lösung aller Probleme Sarahs und all meiner Probleme darin lag, dass wir miteinander schliefen. Diese Logik war in Sarahs Worten perfekt, überwältigend und absolut.

Das Telefon klingelte und ich ging ran. Ich verstand die Stimme am anderen Ende erst, als mein Blut nach einer Sekunde ins Gehirn zurückgeströmt war. »... aus dem Fenster geschaut und gesehen, dass es angefangen hat zu regnen«, sagte die Stimme, die ich mit einem Mal als Mollys erkannte. »Kannst du mir meine Regensachen rüberbringen?«

»Äh, klar«, antwortete ich. »Wo bist du noch mal?«

»Bei Rachel. Hast du nicht zugehört?«

»Muss eine schlechte Verbindung sein«, sagte ich. »Ich bin sofort bei dir.« Ich legte auf. »Ich muss mal eben auf die andere Straßenseite laufen«, informierte ich Sarah. »Fühl dich ganz wie zu Hause. *Mi casa es su casa.* Du solltest allerdings nicht Kriegs Zimmer betreten, wenn du nicht geimpft bist. Bin gleich wieder da.«

Sarah schaute nicht von ihren Aufgaben auf. »Okay«, antwortete sie nur. Ich warf noch einen letzten verstohlenen Blick auf ihre Beine und bemerkte direkt unter dem Rocksaum das Ende einer hässlichen Narbe auf ihrem Oberschenkel. Ich konnte nicht sehen, wie lang sie war; aber es schien eine ziemlich böse Wunde gewesen zu sein. Vielleicht war sie als kleines Mädchen vom Fahrrad gefallen. Aber darüber konnte ich jetzt nicht nachdenken, ich musste meine kleine Schwester retten.

Ich ging nach unten und holte Mollys Tüte mit der Regenkleidung aus dem Abstellraum neben der Garage. Draußen war es immer noch ziemlich nebelig. Es war einer dieser Abende, an denen man den Regen nicht wirklich spürte, aber wenn man ein Blatt Papier bei sich hatte, wurde es schon nach wenigen Minuten ganz schlaff und weich. Und das reichte für Molly schon aus. Man konnte Molly nicht im absoluten Sinne wasserscheu nennen. Das Wasser aus dem Hahn mochte sie immerhin so sehr, dass ihr wichtigstes Geburtstagsgeschenk vor einigen Jahren aus einem tragbaren Massagegerät für die Dusche bestanden hatte, und sie war ganz begeistert gewesen. Aber Wasser im Freien – egal ob Meere, Flüsse, Seen oder Regen – war ihr Todfeind. Für sie kam es Salzsäure gleich. Sie war felsenfest überzeugt, dass der Himmel über ihr einstürzen würde, wenn auch nur ein Tropfen sie berührte.

Die Haustür der Monihans stand offen. Noch bevor ich den ersten Schritt ins Haus setzte, hüllte mich das Aroma von Schuppenmittel und Textilreinigern ein; fast konnte man allein am Geruch erkennen, dass der zottelige Teppich mintgrün sein würde. Die Monihans hatten eine alte elektrische Orgel, auf der Molly manchmal spielen durfte, aber ich wusste nicht, ob sie es gut konnte. Außerdem hatten sie noch eine Enkelin namens Rachel, die bei ihnen wohnte, solange ihre Mutter wegen eines Drogendelikts im Gefängnis saß. Rachel war genau so alt wie Molly, aber das bewies nur, wie wenig das Alter manchmal zu bedeuten hat. Molly war vermutlich achtmal klüger als Rachel, aber sie war trotzdem noch ein Kind. Rachel dagegen – na ja, allein an ihrer Haltung konnte man erkennen, dass sie schon seit Jahren kein Kind mehr war. Manchmal sah ich sie in ihrem abgetragenen orangefarbenen Markenpullover vor dem Haus warten, bis ein paar Typen in einem riesigen Wagen kamen und sie irgendwohin mitnahmen. Anscheinend schoss gerade eine ganze Subkultur dieser hyper-frühreifen Mädchen, die noch nicht oder gerade erst in der Pubertät waren, aus dem Boden. Manchmal entdeckten September und ich sie auf Partys, auf denen wir arbeiteten; einige von ihnen waren erst elf oder sogar gerade einmal zehn Jahre alt. Wahrscheinlich konnten sie sehr viel besser auf sich selbst aufpassen als ich.

Ich hörte, wie sich Molly bei den alten Leuten verabschiedete, und dann kam sie zu mir in die kleine Diele. Sie trug ein orangegrünes Karokleid mit kleinen rosafarbenen Herzen. »Ich dachte, in Südkalifornien regnet es nicht«, grummelte sie. »Das ist schon das dritte Mal dieses Jahr und es ist erst Februar. Ich schwör dir, ich ziehe nach Arizona. Oder Mauretanien.« Sie öffnete die Tüte und zog ihre Handschuhe, die kniehohen Gamaschen und den knöchellangen Regenmantel mit Kapuze und durchsichtigem Plastikschutz fürs Gesicht an. Nun hätte sie nicht nur einen leichten Nieselregen, sondern auch einen Atomunfall Stärke vier überlebt – den sie sicher weniger schlimm gefunden hätte.

Sie ließ ihren Schirm aufschnappen und wir traten in den Nebel hinaus. »Weißt du, was das Schlimmste am Regen ist?«, fragte sie.

»Dass er nass ist?«

»Dass er der Tod ist.«

»Na, zumindest hatte ich den Vokal an der richtigen Stelle.«

»Er hat keinen genauen Ursprung«, erklärte sie. »Wir wissen ungefähr, wo der Wasserdampf ist. Aber der wird erst zu Regen, wenn er schon fällt, und wenn man das merkt, regnet es schon. Es gibt keinen erkennbaren Punkt, an dem der Nicht-Regen zu Regen wird. Er ist das Gegenteil von einem Strahl. Ein Strahl beginnt an einem bestimmten Punkt, endet aber an keiner bestimmten Stelle. Ein Regentropfen beginnt an keinem bestimmten Punkt, hört aber an einem auf: wenn er irgendwo drauffällt. Und deshalb ist er so wie das Bewusstsein. Es gibt keinen erkennbaren Punkt, an dem das Bewusstsein beginnt – es ist eher ein allmählicher Prozess. Aber der Punkt, an dem es endet, ist genau festgelegt: der Tod. Regen ist Tod.«

»Nicht schlecht«, meinte ich.

Wir traten ins Haus. Molly zog ihre Regensachen aus, packte sie in die Tüte und stellte die Tüte in den Abstellraum zurück. Dann streifte sie ihr Kleid ab und warf es in den Wäschekorb, der ebenfalls im Abstellraum stand. Sie bewahrte all ihre Kleidung im Abstellraum auf. Auf diese Weise musste sie sich erst anziehen, kurz bevor sie das Haus verließ. Und natürlich verstand es sich von selbst, dass sie unter dem Kleid nichts angehabt hatte. Ich hörte, wie ein Auto vor unserem Haus hielt und sah nach, ob es Echo war oder das Taxi. Doch wie sich zeigte, war es keiner von beiden, sondern der Typ vom Pizza Hovel. Ich konnte mir eigentlich nicht vorstellen, dass Sarah in meiner Abwesenheit angerufen hatte und die Pizza im Eiltempo gebracht worden war. Pizza Hovel war nämlich nicht gerade für schnelle Lieferung bekannt – sie hatten eher den Grundsatz, einem eine Pizza zu schenken, wenn eine Lieferung nicht in dreißig Tagen eingetroffen war. »Hast du eine Pizza bestellt?«, fragte ich Molly.

»Ja«, antwortete sie aus der Küche. »Ich wusste nicht, dass wir schon so leckeres Essen zu Hause haben. Aber wir können sie ja später aufwärmen.« Sie ging wieder zum Abstellraum und warf sich ihren Kimono über, ein rotes Gewand mit zwei silbernen Drachen auf dem Rücken. Der Stoff sah aus wie feine Seide aus dem Orient, doch in Wirklichkeit war das Ding aus Polyester und stammte aus einem Ausbeutungsbetrieb in Honduras. Molly trug ihn hauptsächlich, um die Post reinzuholen und jemandem die Haustür zu öffnen. Letzteres war ein Zugeständnis an frühere Pizza-Lieferanten, die Angst hatten, im Gefängnis zu landen, wenn sie Molly in ihrer üblichen Garderobe anschauten, und daher die Flucht ergriffen. »Ich denke, solange sie draußen bleiben, sind sie halt in der Außenwelt und müssen sich an ihre Regeln halten«, räumte Molly ein. Dieser Grundsatz galt allerdings nicht für diejenigen, die es wagten, hereinzukommen – trotz Bobbos Bitten. »Das hier ist mein Zuhause«, erklärte Molly. »Dadurch, dass hier auch andere Leute wohnen, ist es nicht weniger mein Zuhause. Und ich habe das Recht, mich zu Hause hundertprozentig wohl zu fühlen. Ich muss draußen schon genug in Stoffsärgen rumlaufen und werde sie nicht auch noch hier drinnen anziehen. Wenn das irgendwelchen Gästen nicht gefällt, können sie ja gehen.« Und manchmal taten sie das auch. Ich hoffte, Sarah würde es nicht tun. Natürlich bestand die Chance, dass ihr Mollys Nacktheit solche Sorgen bereitete, dass sie ihr vielleicht ihre eigene Kleidung überließ. Das war zwar ziemlich unwahrscheinlich, wie ich einsah, aber allein die Möglichkeit bedeutete, dass ich wusste, was ich am Abend vorhatte.

Als ich in mein Zimmer zurückkehrte, zupfte Sarah gerade ein paar Saiten auf meiner Gitarre. Diesmal bemerkte ich einen frischen Schnitt auf ihrem *anderen* Oberschenkel. Ich fragte mich, wie viele sie wohl noch hatte, die ich nicht sehen konnte. Doch bevor ich sie danach fragen konnte, fragte sie mich: »Wofür sind die Sterne?«

»Hmmm? Ach, eigentlich für gar nichts. Ich dachte bloß, eine blaue Gitarre mit roter Platte schreit geradezu nach weißen Sternen. Sie haben sich sogar als echt hilfreich erwiesen. Die Leute sind so hin und weg von den hübschen Stickern, dass sie gar nicht merken, wie schlecht ich spiele. Spielst du Gitarre?«

»Nein«, antwortete sie. »Aber ich wollte es immer mal lernen.«

»Ich könnte dir bei Gelegenheit die vier Akkorde beibringen, die ich kann«, bot ich an. »Dann könntest du alles weitere lernen und es mir beibringen.«

»Vielleicht«, sagte sie.

Molly kam nach oben. »Wer ist das?«, fragte sie höflich.

Ich schaute auf. »Oh, äh, hi«, sagte ich. »Das ist Sarah. Sarah Delaney. Sarah, das ist meine Schwester Molly.«

Sarah blickte auf und machte große Augen. In diesem Moment fiel Molly wieder ein, woher sie den Namen kannte. »Ach ja«, sagte sie, »Briseis. Nett, dich kennen zu lernen.« Und sie verschwand in ihrem Zimmer.

Sarah starrte mich mit offenem Mund an. »W -weiß sie nicht, dass sie nichts anhat?«, fragte sie schließlich.

»Klar«, erwiderte ich. »Ich meine, so wie sie weiß, dass ihr Sternzeichen Schütze ist. Wenn du sie fragen würdest, wüsste sie die Antwort, aber es ist wahrscheinlich das Letzte, an das sie denken würde. Ich würde sie aber trotzdem nicht danach fragen. Sie kann jederzeit einen langen Monolog darüber vom Stapel lassen.«

»Aber – stört euch das denn gar nicht?«

»Was, ihre Monologe?«

»Nein. Dass sie nackt herumläuft.«

»Nö«, antwortete ich, »man gewöhnt sich dran.«

»Ich glaube, ich könnte mich nie an so was gewöhnen«, meinte Sarah.

»Klar könntest du das«, entgegnete ich. »Man kann sich an alles gewöhnen.«

Ihre Miene verfinsterte sich. »Nicht an alles«, widersprach sie. Ich wollte sie schon damit provozieren, doch dann begriff ich, dass sie von weniger belanglosen Dingen als zu viel nackter Haut sprach. Sie wandte sich ab und beschäftigte sich wieder mit ihren Matheaufgaben.

Die Zeit verging. Molly testete ihren Blutzucker zu Ende und ging zum Abendessen nach unten. Jerem wagte sich zu einem kurzen Abstecher ins Bad aus seinem Zimmer. Ich konnte mich nicht daran erinnern, dass einer von uns jemals so lange Besuch gehabt hatte, und dann auch noch einen, der sich mit sich selbst beschäftigte, während alle anderen ihrem gewohnten Rhythmus nachgingen. Es kam mir vor, als wäre sie eine von uns. Und wenn alles klappte, würde sie das vielleicht auch werden.

Ich schaute auf die Uhr. »Hey, das Taxi kommt sicher gleich«, stellte ich fest. »Falls du noch schnell was essen möchtest, dann am besten jetzt. Wir haben alle möglichen leckeren Sachen da. Vor allem, wenn du Chilis magst.«

»Okay«, sagte sie. Sie klappte ihr Buch zu und steckte ihre Aufgaben ins Schreibheft. Ich war begeistert, als sie weder ihre Bücher zusammenräumte noch die Schuhe wieder anzog, bevor sie nach unten ging. Ich folgte ihr in die Küche.

Mir fiel auf, dass sie immer noch ein bisschen niedergeschlagen wirkte, und dafür kam nur eines in Frage: »Suppe«, sagte ich. »Soll ich dir eine Suppe kochen? Wir haben alle möglichen Suppen da: Tomatensuppe mit Dill, Brokkolicremesuppe, Linsensuppe . . .«

»Schon okay«, sagte sie und öffnete den Kühlschrank. »Das hier reicht völlig aus.« Sie zog Mollys Pizza heraus. »Darf ich die hier essen?«

»Klar«, antwortete ich. Sie nahm sich ein Stück aus der Schachtel und begann daran zu kauen. »Soll ich sie dir aufwärmen?«, fragte ich. »Mit dem Ofen dauert es vielleicht zu lange, aber wir haben auch eine Mikro. . .«

»Nicht nötig«, sagte sie.

Ich nahm eine Enchilada mit grünen Chilis aus der Albuquookery-Tüte und steckte sie in die Mikrowelle. »Was isst du denn zu Hause immer so?«, fragte ich.

»Ich möchte lieber nicht über zu Hause sprechen«, erklärte sie.

Wir aßen schweigend. Nach ein paar Stücken Pizza war Sarah entweder satt oder sie merkte, dass kalte Pizza nicht gerade das richtige Essen für unglückliche Mädchen ist. Ich überlegte gerade, doch noch eine Suppe zu kochen, aber da tauchte Sarahs Taxi auf. Sie seufzte und ging nach oben, um ihre Bücher und Schuhe zu holen.

Ich passte auf, dass sich der Taxifahrer nicht wieder davonmachte, während Sarah sich die Schuhe anzog – sie waren bekannt dafür, einfach wieder wegzufahren, wenn nicht sofort jemand einstieg. Und in diesem Augenblick kam Bobbo angefahren. »Na, fährst du weg?«, wollte er wissen.

»Nein«, antwortete ich. »Das ist nicht für mich.«

»Für wen dann?«, fragte er. Wie als Antwort darauf erschien Sarah im Türrahmen. Bobbo schien beeindruckt. »Oha!«, sagte er. »So was sieht man gern am Ende eines langen Tages. Wer hätte gedacht, dass sich unser kleiner Allen-gator als Mädchenschwarm entpuppen würde? Und dann auch noch ein Cheerleader!«

»Halt's Maul«, sagte ich. Ich zeigte dem spanischen Taxifahrer meinen Schülerausweis und erklärte, dass die Rechnung an die Schule gehen solle. Er schien nicht gerade begeistert zu sein, willigte aber ein. Sarah stieg ins Taxi. »Wir sehn uns in der Schule«, sagte ich. »Danke, dass du bei uns warst.«

»Bis dann«, sagte sie. Das waren die schönsten Worte, die ich seit langem gehört hatte.

Dämpfer

Ich konnte sie allerdings nicht lange genießen, denn Echo kehrte zurück und verlangte eine Erklärung.

»Das ist eine lange Geschichte«, fing ich an, »und es wird dir nicht gefallen, wie sie beginnt.« Ich erzählte ihr, wie ich mir Zugang zu Sirens Schließfach verschafft und das Tagebuch gefunden hatte.

»Das ist natürlich verwerflich«, antwortete Echo. »Aber Siren Delaney verdient es, von Ratten die Augen ausgefressen zu bekommen. Deshalb sei dir das verziehen. Aber nicht, dass du sie hierher gebracht hast. Und das ist das schlimmere Vergehen. Das erste setzt nur meine Meinung von dir herab. Aber das zweite bedeutet, dass du die Heiligkeit unseres Hauses verletzt hast. Ich weigere mich, in einem Raum zu schlafen, in dem noch der Gestank von Siren Delaney hängt.«

»Ach, komm«, sagte ich. »Sie hat keinen ›Gestank‹.«

»Sie hat einen riesigen Kopf wegen der ganzen Haare«, konterte Echo.

»So?«, sagte ich. »Das kommt aber nicht vom Haarspray, sondern davon, dass sie sie einfach nicht schneidet. Daran ist nichts auszusetzen. Ich finde es schön. Außerdem versuch ich es dir doch schon die ganze Zeit zu erklären – sie ist nicht mehr Siren Delaney.«

»Was soll *der* Mist denn jetzt?«

»Das ist kein Mist«, entgegnete ich. »Siren ist nur eine Rolle, die sie gespielt hat, um mit dem beschissenen Leben fertig zu werden, das sie bisher hatte. Ihr richtiger Name ist Sarah und sie ist ein echt toller Mensch, wenn man sie erst mal kennt. Wenn du das Tagebuch lesen würdest, könntest du das verstehen.«

»Wo ist es?«, wollte sie wissen.

»Ich hab's in ihr Schließfach zurückgelegt.«

»Schön«, sagte Echo. »Dann erzähl mir, was drinsteht.«

»Hier? Jetzt sofort?«, fragte ich. »Na gut, du hast es ja so gewollt.«

Echo setzte sich hin und hörte geduldig zu, während ich ihr haarklein berichtete, was im Tagebuch stand. Sie schien alles andere als bewegt. »Okay, ich hab es vielleicht nicht ganz richtig wiedergegeben«, fügte ich am Ende hinzu. »Vor allem auf der Seite, wo ...«

»Ich bezweifle, dass das einen Unterschied macht«, sagte Echo.

»Was soll das denn heißen?«

»Nur, was ich gesagt habe«, erwiderte sie. »Soll ich jetzt um die arme verlorene Siren Delaney weinen? Nur wegen ein paar gekünstelten Tagebucheinträgen und schlechten Teenagergedichten? Weißt du, dass mich die ganze letzte Strophe sehr stark an ...«

» ... Coleridge erinnert«, ergänzte ich. »Ja, hat man mir schon mal gesagt.«

»Tatsache ist, dass das Verhalten den Charakter bestimmt«, erklärte Echo. »Wenn man sich wie eine bösartige Zicke verhält, ist man auch eine bösartige Zicke. Selbst wenn man danach nach Hause geht und haufenweise Schund voller Selbstmitleid schreibt, um sich selbst davon zu überzeugen, dass man es nicht ist. Aber bei dir sage ich ›im Zweifel für den Angeklagten‹ und nehme an, dass du eher von Mitgefühl als von Testosteron bewegt warst. Und in diesem Falle möchte ich dich daran erinnern, dass es da draußen Unmengen von Kindern gibt, die jeden Tag mit Gürteln ausgepeitscht, mit Zigaretten und Bügeleisen verbrannt, missbraucht und zum Analverkehr gezwungen werden.

Kinder, die in Crackhäusern in ihrem eigenen Schmutz leben oder in einer Wüste Afrikas verhungern. Lade *die* zu uns ein. Und lass Siren Delaney und ihre verschiedenen Persönlichkeiten verrecken.«

»Aber das ist doch unlogisch«, protestierte ich. »Nur weil Hitler noch mieser war, war Mussolini doch kein guter Kerl. Und nur weil es Kinder gibt, die noch schlechter dran sind als Sarah, kann sie doch nicht einfach zufrieden sein mit Eltern, die sie hassen und sie schlagen.«

»Dann lass es mich so ausdrücken«, sagte Echo. »Siren Delaney ist zu dem Schluss gekommen, dass es *ihr* besser geht, wenn sie *mich* erniedrigt. Ich hab sie nicht zur Feindin haben wollen – das war ihre Idee. Aber so wie es im Moment steht, heißt es sie oder ich. Du kannst nur mit einer von uns beiden zusammen sein. Du wirst dich zwischen uns entscheiden müssen.«

Damit schritt sie aus dem Zimmer. Es wäre wirklich ein dramatischer Abgang gewesen, hätte sie nicht zwanzig Minuten später zurückkommen müssen, um ins Bett zu gehen.

Die Kraft des negativen Denkens

Sarah kam am nächsten Tag nicht zur Schule. Oder zumindest sah ich sie nicht. Und man kann nicht behaupten, dass ich nicht nach ihr Ausschau hielt. Glaubt mir, den ganzen Tag hielt ich nach ihr Ausschau. Und sie war jemand, den man nur schwerlich verfehlen konnte. Freitagmittag hatte ich zum Beispiel kein Problem, sie zu finden, obwohl sie auf einer Bank im Rad saß und sich bemühte, nicht aufzufallen, anstatt mit ihrer üblichen Clique herumzuhängen. Oder besser gesagt, Sirens üblicher Clique. Denn im Gegensatz zu Siren hatte Sarah keine Groupies, außer mir vielleicht.

»Hi«, sprach ich sie an.

Sie schaute von der Stelle auf dem Boden auf, den sie angestarrt hatte. »Oh, hi«, antwortete sie. Sie klang verwirrt.

»Weißt du was?«, sagte ich. »Ich hab heute Morgen meinen Führerschein gekriegt.«

»Schön für dich«, erwiderte sie.

»Hättest du nicht Lust, ein bisschen mit mir zu feiern?«, fragte ich sie. »Ich wollte zum Mittagessen irgendwohin fahren. In Brea gibt's ein Café, das ich schon immer mal ausprobieren wollte. Jetzt kann ich es. Wie wär's? Ist doch bestimmt besser als ...« Ich sah nach, was sie gerade aß. »Kräcker?«

»Was anderes hatten wir nicht im Haus«, erklärte sie. »Normalerweise kauft mir immer einer aus dem Team was.«

»Dann kauf ich dir jetzt was«, bot ich an. »Ich lad dich ein.«

Sie seufzte. »Okay«, sagte sie dann.

Das Auto stand bei mir zu Hause. Auf dem Weg dorthin zeigte sie sich nicht besonders gesprächig. Eigentlich sagte sie gar nichts; sie machte einen geistesabwesenden Eindruck. Ich drückte die Aufsperrtaste an meiner Fernbedienung. »Die Türen sind auf«, sagte ich. »Steig ein.«

»Ist der Wagen neu?«, wollte sie wissen.

»Klar«, antwortete ich. Sie schaute mich erwartungsvoll an. »Was denn?«, fragte ich.

»Willst du jetzt nicht über PS und Zylinder und Drehmoment und so 'n Zeug reden?«

»Äh, nein.«

»Brad schon«, erklärte sie.

»Tja, es gibt halt einen Unterschied zwischen mir und Brad Chasintek«, sagte ich. »Ich hab nicht fünf Stunden hintereinander Automobilkunde.«

Wir schnallten uns an und ich ließ den Motor an. Auf dem Weg bis zur Straße streifte ich irgendwie den Briefkasten mit dem Außenspiegel, überkompensierte dann und ließ ein Rad über den Bordstein hüpfen. Trotzdem erreichten wir sicher die Straße. »Bist du sicher, dass du den Führerschein hast?«, fragte Sarah.

»Sehr witzig«, entgegnete ich. »Hier, schau ihn dir an.« Ich trat auf die Bremse und zog ihn aus meiner Brieftasche. Vorsorglich verschwieg ich ihr, dass ich ihn diesmal nur deshalb bekommen hatte, weil sich der Typ, der bei der Fahrprüfung die erzielten Punkte notierte, verrechnet hatte. Sie schien zufrieden zu sein, also steckte ich ihn weg.

Wir bogen ab und fuhren den State College Boulevard hinauf. Echo war den Hügel früher immer hinaufgeradelt, als sie noch überallhin radelte, doch ich besaß weder ein Fahrrad noch die Willenskraft, den Weg zu Fuß zu gehen. Mit dem Auto zu fahren war einfach klasse. »Wie ist 'n das mit dir und Brad«, fragte ich, »seid ihr richtig zusammen, oder . . .?«

»Nein«, gab sie schnell zurück. »Das heißt, vielleicht denkt Siren das, aber ich nicht. Und ihr gefällt nur die Aufmerksamkeit.«

»Weißt du, Peggy Kaylin ist eine Zeit lang mit ihm ausgegangen«, erzählte ich. »Hey, du solltest mal mit Hank sprechen – du kennst ihn doch, Hank von der Zeitung? Er hat ein tolles Foto von ihm, das Benito nicht drucken lassen wollte. Es hat den Titel ›Tiefes Graben beim Dritten Versuch‹.«

Sarah zuckte die Achseln. Ich beschloss, es dabei bewenden zu lassen. Dank Peggys Beziehungskarriere hatte ich schon früh gelernt, dass man den Platz des Exfreundes keineswegs schneller einnahm, wenn man ihn runtermachte. Das Café schien ziemlich voll zu sein, als wir ankamen, aber draußen gab es noch ein paar freie Tische. Ich fand eine Parklücke und stellte den Motor ab. Sarah schien es gar nicht mitzubekommen. »Alles okay?«, fragte ich.

»Ich glaub schon«, antwortete sie. »Mir geht nur so viel im Kopf rum.«

Wir bestellten und setzten uns draußen an einen freien Tisch. Sarah schaute auf die Uhr. »Keine Sorge«, sagte ich. »Wenn wir zu spät kommen, sorg ich dafür, dass unser Fehlen nicht eingetragen wird. Dann kriegst du keinen Anruf vom Anwesenheitscomputer.«

»Okay«, sagte sie.

Eine Weile betrachteten wir schweigend die Autos auf dem Parkplatz. »Erzähl mir doch mal«, sagte ich schließlich, »wie hast du es geschafft zurückzukommen?«

»Hä?«, fragte sie.

»Ich meine, seit ich dich kenne, die ganze Zeit bis zu dieser Woche, war Siren da und du nicht«, erklärte ich. »Jetzt bist du da und sie ist weg. Wie hast du es geschafft, sie zu besiegen?«

»Wir haben nicht gegeneinander gekämpft oder so. So war das nicht. Es ist bloß so, dass ...« Sie seufzte. »Ich stehe auf, alles ist ganz normal, ich weiß, was Siren tun würde, ich tue es. Und dann bin ich vor ein paar Tagen aufgestanden und hab plötzlich nicht mehr gewusst, was Siren tun würde. Sie war weg. Und ich bin übrig geblieben.«

»Wie kannst du so was sagen?«, entgegnete ich. »Das klingt ja so, als hättest du bloß 'ne Leukotomie gehabt, anstatt eine Krankheit durchzustehen. Du bist doch nicht das, was ›übrig bleibt‹, wenn Siren mal Urlaub macht. Wenn du du selbst bist, bist du ein wundervoller Mensch. Du bist Sarah Jason Delaney die Unerschrockene.«

Sie schaute mich an, als hätte ich verkündet, dass ich sicher wüsste, sie sei Batman. »Das war genauso simuliert wie Siren«, antwortete sie. »Ich wollte mich nur dazu zwingen, gut drauf zu sein. Ein paar von meinen Lehrern haben mich zur Schülerberatung geschickt, weil sie meinten, ich würde immer einen so niedergeschlagenen Eindruck machen. Der Vertrauenslehrer erzählte mir von der Kraft des positiven Denkens. Ich hab's versucht, aber es hat nicht funktioniert.«

»Hast du dem Vertrauenslehrer erzählt, *warum* du immer so niedergeschlagen bist?«, fragte ich.

»Er hat nicht danach gefragt«, erwiderte sie. »Und selbst wenn er gefragt hätte, hätte ich es ihm nicht gesagt. Das geht keinen was an.«

»Hat er nicht nach den blauen Flecken gefragt?«

Sie kniff die Augen zusammen. »Nein«, antwortete sie. »Denkst du vielleicht, ich weiß nicht, wie man so was versteckt? Ich bin sogar schon absichtlich gegen Türen gelaufen. Wenn ich dann mal mit Striemen im Gesicht zur Schule gekommen wäre, hätten alle gedacht, die hätte ich, weil ich so ungeschickt bin.«

»Aber warum?«

»Weil das keinen was angeht«, wiederholte sie.

»Nicht, weil du dann zugeben müsstest, dass du dir viele von deinen Verletzungen selbst beigebracht hast?«, fragte ich.

Sie funkelte mich wütend an. »Du weißt überhaupt nichts darüber«, sagte sie.

»Ein bisschen schon«, entgegnete ich. »Es ist immerhin so verbreitet, dass es in meinem Beratungsordner einen ganzen Abschnitt darüber gibt. Du kannst vielleicht nicht die Ursache ändern, aber es gibt einen Haufen verschiedener Medikamente, die . . .«

»Ich lasse mich nicht mit Drogen voll pumpen«, unterbrach sie mich.

»So würde ich das nicht nennen . . .«

»Ich schon«, entgegnete sie. »Ich hab alles über diese Antidepressiva gelesen. Sie zwingen einen zum positiven Denken, ob man will oder nicht. Einen Versuch war es wert, sozusagen als Experiment, aber ich lasse mich nicht zwingen. Wenn ich vierundzwanzig Stunden am Tag simuliere, dann weil ich es so will und nicht, weil mich irgendeine Pille dazu zwingt.«

Ich schüttelte den Kopf. »Ich glaub das einfach nicht«, sagte ich. »Das Mädchen, das das Tagebuch geschrieben hat, war nicht simuliert. Ihre Gefühle waren viel zu echt, um nur ein Experiment gewesen zu sein.«

»Und Siren war so echt, dass du sie keine Sekunde lang für einen Bluff gehalten hast, bis du das Tagebuch gelesen hast«, konterte sie.

»Na gut«, räumte ich ein. »Das kann ich gelten lassen. Dann ist Sarah Jason Delaney die Unerschrockene dein bestes Ich und Siren dein schlechtestes Ich. Das bedeutet aber nur . . .«

»Aber du liegst trotzdem falsch«, unterbrach sie mich. »Das hat nichts mit meinem ›Ich‹ zu tun. Ich hab die ganze Siren-Figur von jemand anderem gestohlen. Hast du schon mal von Jessica Pound gehört?«

»Was? Äh, klar. Ich meine, ich hab den Namen schon mal gehört, kenne sie aber nicht. Sie ist im ersten Jahr, oder?«

»Das ist sie jetzt, ja«, erwiderte Sarah. »Aber auf der Middle School war sie in meiner Stufe. Und sie war unglaublich beliebt. Hauptsächlich, weil sie ein wandelnder Beliebtheitsdetektor war. Wenn sie jemanden für einen Loser hielt, benahm sie sich wie der ungehobeltste und verächtlichste Mensch, den du dir vorstellen kannst. Wenn sie in jemandem einen Gewinner sah, kroch sie demjenigen in den Hintern wie einem Gott und benahm sich so dumm wie eine Gummipuppe. Alle machten Witze über sie, aber keiner traute sich, sich bei ihr unbeliebt zu machen. Dann wäre man nämlich genauso gewesen wie die Freaks im Computerraum und diese Dumpfbacken, die nach der Schule draußen sitzen bleiben und Grillen fressen. Und deshalb war sie so beliebt. Oder zumindest zum Teil deshalb. Sie ging auch mit ziemlich vielen Typen ins Bett.«

»Ja, das ist wahrscheinlich der springende Punkt«, antwortete ich.

»Auf jeden Fall wurde sie in den Sommerferien schwanger und ging ein Jahr nicht zur Schule. Und es war klar, dass wir sowieso alle auf eine neue Schule in einer anderen Stadt gehen würden, und das brachte mich auf eine Idee. Irgendjemand würde die Lücke füllen müssen, und da keins von den Kids in Fullerton wusste, wer ich war, beschloss ich, ihren Platz einzunehmen. Ich würde mich wie sie benehmen und alles machen, was sie machte – deshalb versuchte ich es auch mit dem Cheerleading –, außer ihren Bettgeschichten. Und es hat auch irgendwie funktioniert. Ich meine, ich hatte Freunde.«

»Du meinst, du hattest eine Clique«, verbesserte ich.

»Das ist doch das Gleiche. So nennen nur Leute wie du Freunde, die selbst keine haben.«

»Es ist nicht das Gleiche«, entgegnete ich. »Und ich *habe* Freunde. Sie sind bloß etwas verstreuter. Peggy ist zum Beispiel meine Freundin. Und September. Und Hayley. Und Molly. Sie hängen zwar nicht ständig zusammen rum, aber das macht es nur umso besser, denn das heißt, dass ich viele verschiedene Leute kenne. Und wir sind *richtige* Freunde, weil wir so miteinander reden wie du und ich jetzt. Mit deiner Clique hättest du nie so reden können, weil dann deine Tarnung aufgeflogen wäre. Wozu sind sie also gut?«

»Sie sagen einem, wer man ist«, antwortete sie. »Als ich keine Freunde hatte, war ich ein Niemand. Wenn ich mit Shelby und Missy rumhänge, hab ich vielleicht keinen Spaß, aber immerhin gehöre ich dazu. Ich bin jemand.«

»Ja, nur dass du jemand anders bist.«

»Jemand anders ist immer noch jemand.«

Nach langem Warten kam schließlich unser Essen. »Wie bist du eigentlich auf die Namen gekommen?«, fragte ich. »Für deine ... Charaktere.«

»Hm?«, sagte sie und stocherte in ihrem Salat herum. »Ach, einfach so. ›Siren‹ hab ich genommen, weil es wie eine exotischere Variante von ›Sarah‹ klingt. Und mehr nach Cheerleading.«

»Und ›Jason‹, um die wilde Abenteurerin zu betonen, nehme ich an?«

»Nein, das ist mein richtiger zweiter Vorname«, erklärte Sarah. »Sie haben mein Ultraschallbild falsch gedeutet und alle dachten, ich würde ein Junge. Ich hab nur deshalb den Namen Sarah Jason bekommen, weil meine Eltern schon auf alle Klamotten und Spielsachen ›Jason‹ geschrieben hatten. Mein Dad hatte sich schon total gefreut. Ein wichtiger Grund dafür, dass er der ganzen Heiratsgeschichte überhaupt zugestimmt hatte, war der, dass er dachte, er bekäme einen Sohn. Als ich dann das falsche Geschlecht hatte, ist er abgehauen.«

»Dein Dad ist ein verdammter Vollidiot«, stellte ich fest. »Oh, nichts für ungut!«

Sie sah mich forschend an. »Du meinst das wirklich, stimmt's?«, fragte sie.

»Na klar«, antwortete ich. »Was war das also für ein Bild, das du gemalt hast?«

»Hä?«

»Hast du nicht geschrieben, du hättest ihm ein Bild gegeben?«

Sie machte ein überraschtes Gesicht. »Es zeigte den Blick aus meinem Fenster«, sagte sie. »Nur, dass die Sonne schwarz war. Und sie hatte schwarze Strahlen, so dass es überall dunkler wurde, wohin sie fielen, und die Schatten heller waren als das Drumherum. Aber es sah nicht wie ein Negativ aus, weil die Farben stimmten – der Himmel war blau, das Gras grün, nur Licht und Schatten waren vertauscht. Ich hab einen Monat gebraucht, um es richtig hinzubekommen. Ich hab es ihm zum Vatertag geschenkt. Wahrscheinlich hat er es weggeworfen.«

»Sarah«, sagte ich, »ich könnte deine beiden Eltern umbringen.«

»Wie schön«, antwortete sie.

Der Appetit war mir vergangen, und da wir sowieso gehen mussten, schob ich den Teller von mir weg. Sarah hatte ihren Salat aufgegessen, also standen wir auf. Als wir den Hügel wieder hinunterfuhren, fiel mir noch etwas anderes ein. »Sarah?«, fragte ich.

»Hm?«, sagte sie.

»Stimmt es wirklich, dass du auf Kommando weinen kannst?«

Eigentlich rechnete ich damit, dass vielleicht ein oder zwei Tränchen ihre Wange hinunterkullern würden, wenn sie sich einen Moment lang konzentrierte. Als sie dann aber ohne Vorwarnung in heftiges Schluchzen ausbrach, verlor ich irgendwie die Kontrolle über den Wagen und machte einen Schlenker in eine angrenzende Wohnsiedlung. Ich fuhr an den Straßenrand und stellte den Motor ab. »Hey, alles in Ordnung?«, fragte ich. »Ich wollte dich nicht ...«

Ich zog ihre Hände von ihrem Gesicht und sie schniefte. Ihr Gesicht war rot, aufgedunsen und tränenüberströmt und sie brauchte eine Weile, um wieder normal atmen zu können. »Du meinst ungefähr so?«

»Ich hab nicht damit gerechnet, dass es so dramatisch sein würde«, erwiderte ich.

»Muss es auch nicht. Hängt von meiner Stimmung ab.«

Ich kehrte auf den State College Boulevard zurück, dann in meine Siedlung und in meine Einfahrt. »Hey, morgen fahr ich mit ein paar Leuten von der *Ilias* zum Set von *Ashley: Die frühen Jahre*«, erzählte ich ihr. »Hast du Lust mitzukommen?«

»Ich kann nicht«, antwortete sie.

»Bist du sicher?«

Sie schüttelte den Kopf. »Ich krieg schon Schwierigkeiten, wenn ich nur von einem Spaziergang zu spät zurückkomme. Das kann ich mir auf keinen Fall erlauben.«

»Na gut«, sagte ich. »Wie wär's dann mit einem Abendessen am Montag? Sag einfach, du hättest wieder den Bus verpasst. Du könntest entweder zu mir kommen oder wir gehen irgendwohin.«

Sie dachte kurz nach. »Okay«, meinte sie dann. »Ich glaube, das würde mir gefallen.«

»Toll!«, sagte ich. »Das ist... toll.« Die Schulglocke läutete. Ich schaute auf meine Uhr. »Erstes Klingeln«, stellte ich fest. »Wir haben noch fünf Minuten. Aber wir gehen mal lieber los.«

Das würde cool werden. Das würde richtig cool werden.

Der aller-allerschärfste Schnitt

Erst am Wochenende begriff ich es wirklich. Sarah und ich steuerten gemeinsam in Richtung einer Beziehungskiste. Peggy hatte vollkommen Recht gehabt: Ehrlichkeit war tatsächlich das beste Mittel. Ich hatte Sarah gebeichtet, dass ich ihr Tagebuch gestohlen hatte, und jetzt war sie nicht nur nicht mehr sauer auf mich, sondern ich hatte sie dadurch auch noch dazu gebracht, sich mir zu öffnen. Das war erst wenige Tage her und ich lernte sie schon richtig kennen – die echte Sarah, die sie vor allen verborgen hatte. Sie mochte vielleicht nicht Sarah Jason Delaney die Unerschrockene sein, aber sie war Sarah Jason Delaney und das war für mich unerschrocken genug. Und jetzt gingen wir zum Essen aus. Eine Verabredung! Eine richtige Verabredung! Peggy könnte rüberkommen und ich könnte ihr sagen, dass sie früher gehen müsse, weil ich verabredet sei! Und irgendwann wären wir dann vielleicht zu viert, ich und Sarah und Peggy und Freund Nummer 107 – oder wo sie dann auch immer angekommen sein würde. Es wäre klasse.

Natürlich würde ich vorsichtig sein müssen. Ich wollte Sarah nicht verscheuchen, indem ich zu schnell vorging. Wir würden uns am Anfang Zeit lassen. Nur zu Abend essen, ins Kino gehen, uns unterhalten. Ich war sicher, dass wir viele Gesprächsthemen finden würden. Sarah besaß eines der interessantesten Seelenleben, die ich je kennen gelernt hatte. Niemand, der sich Sarah Jason Delaney die Unerschrockene und My Balinda ausgedacht hatte, konnte jemals langweilig sein. Und ich würde auch mehr über ihren Alltag erfahren. Selbst die unbedeutendsten Dinge konnten zauberhaft sein, wenn sie zu dem Leben eines Menschen gehörten, den man liebte: in den Garten zu gehen und den Löwenzahn zu zählen; kleine Styroporkugeln in Farbe zu tauchen und sie mit Strohhalmen zusammenzustecken, um Moleküle für den Chemieunterricht zu bauen; nachts nach draußen zu gehen und zu versuchen, ein paar Sterne zu entdecken. Wenn wir uns eine Weile nur unterhielten, würden wir sicher bald beim Knuddeln landen. Und dann würde sie meine Freundin sein. Ich würde mich mit Leuten unterhalten und beiläufig Dinge sagen wie: »Ja, meine Freundin und ich haben diesen Film erst letzte Woche gesehen« oder: »Windpocken? Oh, hatte ich noch nicht, aber meine Freundin hatte sie mit drei.« Und ich würde nicht zu ihr nach Hause rüberlaufen und feststellen, dass sie mit jemandem verabredet war, denn *wenn* sie verabredet wäre, dann mit mir und ich wäre da. Das würde alles echt cool werden.

Nach einer Weile würde es natürlich ein paar Probleme geben. Das College zum Beispiel. Wir würden eines finden müssen, auf das wir beide gehen wollten. In derselben Stufe zu sein machte die Sache einfacher, weil wir dann nicht in so eine Situation wie Hayley und Jefferson geraten und tausend Kilometer voneinander entfernt wohnen würden. Wir würden uns auch überlegen müssen, wann wir heiraten wollten, ob wir lieber bis nach dem College warten oder den Bund fürs Leben schließen wollten, solange wir noch jung wären. Unsere beiden Nachnamen zu kombinieren, könnte ein Problem darstellen, da sie nicht so gut zusammen passten. Delockery? Mockaney? Ein Doppelname würde sogar noch schwerfälliger klingen. Vielleicht würde sie sich so sehr von ihren Eltern distanzieren wollen, dass sie einfach meinen Namen annähme. Kinder wären auch ein Thema. September wusste schon ganz genau, wie viele sie haben wollte, vielleicht Sarah ja auch. Das würde ich herausfinden müssen. Nicht sofort, aber später dann.

Nur über sie nachzudenken, machte mich schon glücklich. Den Montag verbrachte ich fast ausschließlich damit, von ihr zu träumen. Und genau das tat ich auch, als Hayley mit dem Zettel, auf dem die neue Schreiberzuteilung stand, in den Redaktionsraum kam. »Sieht so aus, als hätten wir endlich mal Glück gehabt«, stellte sie fest.

»Benito hat uns diesmal Marie Lasker zugewiesen. Angeblich ist sie sehr gut darin, ihre Sachen vor dem letzten Termin abzu...«

»Was?«, rief ich. »Wir haben nicht...« Ich riss ihr den Zettel aus den Händen. »Siren Delaney« war unter »Sport« aufgeführt. »Sport?«, sagte ich. »Benito hat sie zum Sport gepackt?«

»Reg dich ab«, meinte Speedy.

Ich stürmte in Benitos Büro und warf ihr den Zettel auf den Tisch. »Okay, lassen Sie mich mal sehen, ob ich das richtig verstanden habe«, sagte ich zu ihr. »Eine Woche lang bitte ich Sie darum, Siren Delaney aus der Unterhaltung rauszunehmen. Sie weigern sich. Also mach ich mir all die Mühe, und jetzt, wo sie endlich ein annehmbares Redaktionsmitglied ist, teilen Sie sie jemand anderem zu? Das ist nicht mal annähernd fair!«

»Nö«, stimmte mir Benito zu.

»Werden Sie also irgendwas unternehmen?«

»Nö«, antwortete Benito.

Ich ging zur Turnhalle rüber, um Sarah aus dem Unterricht zu rufen und ihr die schlechten Neuigkeiten mitzuteilen. Die Türen waren verschlossen. »Training ohne Zuschauer«, jammerte einer der dämlichen Typen, die draußen rumhingen. »Außerdem überziehen sie.«

Das war ein Problem. Falls Sarah nach der Schule direkt zu mir nach Hause kam, würde sie vermutlich noch mal mit Echo aneinander geraten, und das konnte alles ruinieren, sowohl das Verhältnis zwischen mir und meiner Schwester als auch das zwischen mir und meiner zukünftigen Freundin. Die Schulglocke läutete und ich ging zurück, um nachzusehen, wie viele Leute heute zur Beratungsstunde erscheinen würden. Es stand nur ein Fall an, also dachte ich, das sei zu schaffen. Als der Typ hereinkam, entpuppte er sich als einer von Kriegs unheimlichen Dreadnok-Freunden. »Mark Warner?«, fragte September freundlich.

»Warder«, knurrte er. »Ich heiße Warder.« Er setzte sich, zückte ein Butterflymesser und fing an, sich damit Muster in den linken Unterarm zu schneiden. »Macht Spaß«, erklärte er. September drehte ziemlich durch und ich hatte es eilig, also gaben wir ihm nur ein

Exemplar der Broschüre mit dem Titel »Aha, du stehst also auf Selbstverstümmelung« und entließen ihn wieder.

»Ich weiß nicht«, meinte September. »Ich hab zwar den Abschnitt darüber in unserem Ordner gelesen, aber ich kann es trotzdem nicht glauben. Sich selbst zu schneiden?«

»Scheint gerade in zu sein«, antwortete ich. »Bis später.«

Ich eilte zur Turnhalle zurück, um nachzusehen, ob das Cheerleadertraining schon zu Ende war. Anscheinend war es schon seit einer Weile vorbei. Aber ich konnte Sarah immer noch abfangen, wenn sie ihre Bücher aus dem Schließfach holte. Als ich ankam, schlug sie gerade die Schließfachtür zu. Ich hatte es rechtzeitig geschafft. Das Leben war wieder schön.

»Sarah!«, rief ich. »Bin ich froh, dich zu sehen. Bist du ...«

»Sarah kann gerade nicht ans Telefon kommen«, antwortete sie. »Und ich würde mir nicht die Mühe machen, ihr eine Nachricht zu hinterlassen.«

Irgendwas stimmte hier nicht. Irgendwas stimmte ganz und gar nicht. April und September hatte ich immer ohne Schwierigkeiten auseinanderhalten können, denn obwohl sie im Grunde das gleiche Gesicht hatten, machten sie unterschiedliche Dinge damit. Das Mädchen, das vor Sarahs Schließfach stand, hatte vielleicht Sarahs Gesicht, aber sie sah ihr kein bisschen ähnlich. »Siren?«, fragte ich. »Du bist ... wieder da?«

»Oh, was haste denn, du kleiner Loser? Siehst so durcheinander aus. Biste traurig, dass du jetzt nicht mehr dazu kommst, mit deinem Loser-Mädchen rumzumachen?«

Ich hatte das Gefühl, als hätte man mir gerade eine Bombe zugeworfen, auf der als Zeitangabe »0:07« stand. Eine falsche Bewegung und alles, wofür ich während der letzten Woche gekämpft hatte, würde mir um die Ohren fliegen. Ich hatte keine Zeit, um nachzudenken. »Ähm, hör mal«, sagte ich. »Sarah. Sarah. Ich verstehe dich ja. Vielleicht hattest du ja ein schlechtes Wochenende. Musstest Siren wieder aus der Kiste lassen. Aber mir machst du nichts vor. Du hast mir dein Geheimnis schon verraten. Ich kenne Sirens Ursprung. Ich weiß, dass sie bloß gespielt ist. Eine gefälschte Persönlichkeit. Du ...«

»Alle Persönlichkeiten sind gefälscht«, entgegnete sie.

»Das stimmt nicht«, sagte ich. »Siren ist gefälscht. Vielleicht auch Sarah Jason Delaney die Unerschrockene. Aber Sarah ist es nicht. Nicht die einfache, ganz normale Sarah.«

»Die ›einfache, ganz normale Sarah‹«, erklärte Siren, »war ich nur, als ich einen auf Loser-Mädchen aus der siebten Klasse gemacht hab. Du hast gesagt, ich würde dadurch glücklicher, also hab ich es versucht. Aber natürlich hat es nicht funktioniert; du quatscht nämlich nur dumm rum und hast überhaupt keine Ahnung. Ich hab es nicht mal die Hälfte der Zeit geschafft. Es war nicht das Gleiche. Und *du* hast auch nur geschafft, mir klarzumachen, dass ich nicht an ihr festhalten sollte. Deshalb ist sie jetzt weg. Für immer. Aber sie hat dir ein Geschenk hinterlassen.« Sie schloss die Tür wieder auf. Das Schließfach war fast leer, nur ein paar Schulbücher lagen darin. »Du mochtest doch ihren Aufsatz, ›Was ich in den Sommerferien gemacht habe‹?«, fragte sie. Sie zog etwas aus dem Schließfach und warf es mir zu. »Kannst ihn haben. Mach 'ne Party.«

Sie hatte mir keinen Spiralblock gegeben, sondern eine Plastiktüte voller Konfetti. Und das Konfetti bestand aus der historischen Chronik von Sarah Jason Delaney. Sie hatte sie in den Reißwolf gesteckt.

»Oh, ich hab am Wochenende eine große Reißwolfparty gemacht«, fuhr sie fort. »Es ist nur noch eine Kleinigkeit vom Loser-Mädchen übrig geblieben, die auch in den Reißwolf kann. Aber dabei brauche ich etwas Hilfe.« Sie kicherte. »Ich bin sicher, Carver Fringie wird sich gerne die Ehre geben.« Sie schloss die Tür erneut und machte sich auf den Weg zum Parkplatz.

Ich betrachtete die Konfettitüte. Natürlich konnte ich jedes Wort aus dem Tagebuch auswendig, aber bei dieser krassen Zerstörung wurde mir trotzdem schlecht. Ich wollte sie gerade in meinen Rucksack packen, als ich merkte, dass ich gar keinen dabei hatte. Ich hatte ihn im Redaktionsraum gelassen, als ich zu Benito gegangen war und mich beschwert hatte. Ich schaute auf die Uhr. Wenn ich Glück hatte, würden die Hauswächter noch nicht abgeschlossen haben. Ich eilte zum Redaktionsraum zurück und öffnete die Tür.

Drinnen stand Carver Fringie und knutschte mit Peggy Kaylin.

»Allen!«, schrie Peggy auf. Sie wischte sich den Mund mit dem Handrücken ab. »Ähm, es ist nicht so, wie es …«

Ich schloss die Tür.

Auf dem Heimweg lief mir April über den Weg. Ich war ziemlich streng mit ihr. Sie hatte keinen blassen Schimmer, warum ich so angenervt war.

Fünf

An diesem Abend landete ich an einem Tisch vor dem King of the Juice draußen in El Modena. Eigentlich war es ganz schön weit bis dorthin, aber ich war nicht nur wegen der Erdbeerlimonade hergekommen. Ich war gekommen, weil Peggy mir auf dem Heimweg nachgerannt war und gesagt hatte, wir müssten reden. Doch zu diesem Zeitpunkt sah ich mich außerstande, mit irgendjemandem zu reden. Als ich mich wieder beruhigt hatte und zu ihrem Haus hinüberging, um rauszufinden, was sie wollte, war sie schon zur Arbeit gefahren. Und da ich ja inzwischen meinen Führerschein hatte und die Fahrt dorthin deshalb weniger umständlich war als früher, dachte ich mir, ich könnte sie dort besuchen und in ihrer Pause mit ihr sprechen.

Und nun hat unser Wirtschaftskorrespondent das Wort

Erst jetzt wurde mir klar, dass ich damit Peggys ganze Absicht zunichte machte, aus der heraus sie sich einen Job gesucht hatte, der fast zwanzig Kilometer von ihrem Haus entfernt war. Es gab schließlich genügend Arbeitsplätze, die sie von zu Hause zu Fuß erreichen konnte. Doch wie sagte Peggy: »Ich will nicht, dass mich Leute, die ich kenne, bei der Arbeit sehen. Einen Job hat man, um zu arbeiten und nicht um Bekannte zu treffen. Außerdem würde ich mich dabei echt unwohl fühlen.« Also war das hier Neuland für mich. Wie ich schon bald feststellte, bildete Peggy im Geschäft des Saftausteilens eine Klasse für sich. Während ihre Kollegin alle Kunden mit einem schlichten »Ja?« begrüßte, schenkte Peggy jedem Einzelnen grundsätzlich ein aufrichtiges Lächeln und sagte dann: »Willkommen beim King of the Juice! Ich heiße Peggy. Was kann ich heute für Sie tun?« Folglich erwies sich Peggys Schlange als dreimal so lang wie die ihrer Kollegin. Und damit waren wahrscheinlich beide absolut zufrieden.

Ich muss zugeben, dass es mir Spaß machte, zuzusehen, wie Peggy mit den Kunden in der Schlange vor mir umging. Ihr Verhalten regte viele Leute dazu an, sie wie einen Menschen und nicht wie eine Verlängerung des Saftautomats zu behandeln. Eine Frau machte ihr ein Kompliment für ihre Ohrringe, eine andere bat sie, ihr eine Geschmacksrichtung zu empfehlen, und ein Typ wollte mit ihr ausgehen – was mir weniger Spaß machte, bis sie ihm höflich, aber bestimmt einen Korb gab. Der Typ genau vor mir in der Schlange bestellte einen Fruchtmilchshake mit Eiweißpulver, Gemeiner Quecke, Paprika, Ibuprofen und so was und dann war ich an der Reihe. »Hi!«, sagte ich.

Ein bekannter gequälter Ausdruck huschte über Peggys Gesicht, doch sie fing sich schnell wieder. »Willkommen beim King of the Juice«, sagte sie. »Ich heiße Peggy. Was kann ich heute für Sie tun?«

Ich lachte. »Hey, das machst du echt gut«, stellte ich fest. »Deine zwischenmenschlichen Fähigkeiten passen ideal in die heutige Dienstleistungsgesellschaft.«

»Danke, Sir«, erwiderte sie. »Welches Getränk hätten Sie gern?«

»Äh, ich nehme eine mittelgroße Erdbeerlimonade«, sagte ich. »Hat dir meine kurze Wirtschaftsanalyse gefallen? Ich glaube, das nächste Mal berichte ich über Termingeschäfte mit Sojabohnen.«

Sie stellte den Saft vor mir ab. »Kann ich Ihnen noch etwas anderes bringen?«

»Äh, nein, das war's«, antwortete ich und bezahlte den Drink. »Wann hast du heute frei? Du hast gesagt, du willst mit mir reden.«

»Wir schließen um zehn, Sir«, antwortete sie. »Hier ist Ihr Wechselgeld. Danke, dass Sie sich für King of the Juice entschieden haben.«

Ich schaute auf die Uhr; bis zehn waren es noch ein paar Stunden. »Hast du bald mal Pause?«, fragte ich.

»Genießen Sie Ihr Getränk.«

Ich beschloss, den Wink zu befolgen. Ich schlenderte durch die Einkaufsstraße und nippte an meiner Limonade. Es war eine warme Nacht, aber das kam vielleicht auch nur von all den Lichtern, die auf mich herunterbrannten. Ich entschloss mich, etwas Zeit in dem großen Buchladen auf der anderen Seite des Parkplatzes totzuschlagen. Nachdem ich ein paar Zeitschriften gelesen, mir ein süßes Brötchen gegönnt, etwas Musik an den Reinhörstationen gehört, ein paar Runden Bloodgnarl in der Computerabteilung gespielt und auf ein paar Nummern in der Disko getanzt hatte, schaute ich wieder auf die Uhr: genau zehn. Also kehrte ich zum Juice-King zurück und schaute dort durchs Fenster. Peggy stellte gerade im kalten Neonlicht die Stühle hoch und glich die Kassen aus – es war ein bisschen wie fernsehen. Schließlich blickte sie sich ein letztes Mal um, trat nach draußen und verschloss die Tür hinter sich.

»Hi«, sprach ich sie an. »Möchtest du immer noch mit mir reden?«

Sie machte ein skeptisches Gesicht. »Es ist schon spät«, antwortete sie.

»Liegt ganz bei dir«, sagte ich.

»Na gut«, meinte sie. Dann setzte sie sich an eines der weißen Tischchen draußen vor dem Laden. »Aber nur ein paar Minuten«, warnte sie. »Meine Eltern machen sich Sorgen, wenn ich nicht um elf zu Hause bin und am nächsten Tag Schule ist.«

»Klar, wie du willst«, sagte ich. »Weißt du, wenn du einfach vorgezogen hättest, dass ich gehe, hättest du es ja sagen können. Du brauchtest nicht so zu tun, als würdest du mich nicht kennen.«

»Aber ich kenne dich ja nicht – nicht von der Arbeit«, erklärte sie. »Ich kenne dich nur von zu Hause und aus der Schule.«

»Ja und?«

»Und ich bin bei der Arbeit nur die Angestellte. Ich will nicht, dass sich mein Privatleben mit der Arbeit vermischt.«

»Findest du das nicht ein bisschen seltsam?«

»Das ist deine Meinung.«

»Von mir aus«, sagte ich. »Ich will mich nicht mit dir streiten. Worüber wolltest du mit mir reden? Ich nehme an, es hat was mit dir und Fringie zu tun.«

»Genau«, erwiderte sie. Sie hielt inne, rutschte auf ihrem Stuhl herum und schüttelte ihre Haare zurecht. Wenn man sich mit Peggy unterhielt, fiel einem ziemlich schnell auf, dass ihre Hände immerzu in Bewegung waren und irgendwo herumfummelten. Sie konnte sich selbst nicht länger als eine Sekunde in Ruhe lassen. »Na ja«, begann sie, »ich wollte mich nur vergewissern, dass du dir keine falschen Vorstellungen über uns machst. Es war nicht so, wie es aussah.«

»Ach ja? Also habt ihr gar nicht rumgeknutscht? Ihr seid nur irgendwie ausgerutscht und dabei haben sich eure Gesichter aneinander festgesogen? Da bin ich aber erleichtert.«

»Doch, haben wir schon«, räumte sie ein. »Aber es ist mehr als das. Ich meine, ich war bestimmt schon mit vielen Typen zusammen . . .«

»Dreiundneunzig«, half ich ihr.

» . . . aber das hier ist anders. Das ist wahre Liebe. Und es wäre wahrscheinlich nie passiert, wenn du nicht gewesen wärst.«

Gut, dass ich meine Limonade längst ausgetrunken hatte, sonst hätte ich sie jetzt über den ganzen Tisch geprustet. »Wie bitte?«, fragte ich.

»Dein Ratschlag«, erklärte sie, »den du mir vor ein paar Wochen gegeben hast. Ich hab darüber nachgedacht und bin zu dem Schluss gekommen, dass du vollkommen Recht hast.«

»Das ist aber komisch«, stellte ich fest. »Ich kann mich gar nicht erinnern, dir geraten zu haben, du sollst dir den nächstbesten Typen schnappen, der ständig endlos über seinen Penis philosophiert.«

»Allen!«, rief Peggy und lief rot an. »Nein, du hast mir geraten, nach jemandem zu suchen, dem ich wirklich nahe stehe. Und das ist Carver. Ich meine, wir sind zusammen aufgewachsen. Viel näher als einem Jungen, der zwei Häuser weiter wohnt, kann man doch keinem stehen, oder?«

»Stimmt«, antwortete ich.

»Ich fand es so offensichtlich, als ich schließlich darüber nachdachte«, fuhr Peggy fort. »Carver und ich sind doch schon seit Ewigkeiten befreundet ...«

»Ach ja?«

»Du kannst das nicht wissen, weil du in einer anderen Stufe bist als wir«, erklärte sie. »Aber wir haben so viele Kurse zusammen und kommen total gut miteinander aus. Und er ist total lieb und total klug und total süß und er ist der Kapitän des Wasserballteams und ...«

»Hör mal, Peggy«, unterbrach ich sie, »ich freue mich ja, dich so glücklich zu sehen, aber – ich *kenne* Carver Fringie. Der Typ verheißt nichts Gutes.«

»Also ich kenne ihn besser als du und ich glaube, dass er sehr wohl Gutes verheißt«, widersprach Peggy.

»Du brauchst ja nicht *mir* zu glauben«, sagte ich, »aber hast du mal mit einer seiner Exfreundinnen gesprochen? Hast du mal gehört, wie er am Ende einer Beziehung ist und nicht bloß am Anfang?«

»Natürlich«, erwiderte sie. »Das ist mir nicht gerade neu. Aber sie haben alle das Gleiche gesagt. Dass er genauso klug und cool und witzig und lieb ist, wie er zu sein scheint. Und dass sie selbst schuld waren, als es irgendwann auseinander ging.«

»Das beweist doch nur, dass er gut darin ist, ihnen einzureden, sie seien schuld gewesen«, konterte ich.

Peggy runzelte die Stirn. »Warum soll ich mir überhaupt darüber Gedanken machen?«, fragte sie. »Wer sagt denn, dass es zu Ende gehen wird? Wenn es so läuft, wie es soll, wird es kein Ende geben, oder?«

Ich seufzte. »Wie viele Beziehungen hattest du vor Fringie?«

»Dreiundneunzig, glaube ich.«

»Und wie viele davon sind zu Ende gegangen?«

»Dreiundneunzig. Aber man braucht ja auch nur eine.«

»Und warum sind diese Beziehungen zu Ende gegangen?«, fragte ich.

»Weil die Typen, mit denen ich zusammen war, ... immer was versucht haben«, antwortete sie.

»Du meinst, sie haben versucht, dich zum Sex zu drängen«, übersetzte ich. »Oder sie haben begriffen, dass du nur bis zu einem gewissen Punkt gehen würdest, und dann mit dir Schluss gemacht.«

Peggy nickte. »Aber . . .«

»Welches ist die Eigenschaft vor allen anderen, für die Carver Fringie bekannt ist?«, fragte ich.

»Das ist bloß ein schäbiges Gerücht«, entgegnete sie. »Du meinst, dass er . . . dass viele Mädchen ihr erstes Mal mit ihm hatten, stimmt's? Das ist bloß ein Gerücht. Es stimmt nicht. Er hat es mir selbst gesagt.«

»Aber Peggy«, fuhr ich fort, »du kannst doch nicht ernsthaft glauben, dass . . .«

»Klar kann ich. Weil es mir selbst passiert ist. Als ich noch auf der katholischen Schule war, nannten mich viele Mädchen in meiner Klasse ›Schlampe‹, nur weil meine . . . nur weil ich . . . etwas weiter entwickelt war als sie. Und weil ich mehr Verabredungen hatte als sie. Das war mit ein Grund, warum ich auf eine staatliche Schule wollte – weil ich von diesen gemeinen Mädchen wegkommen wollte, die mich immer hänselten und beschimpften. Und wenn mir das passieren kann, warum nicht auch Carver? Ich *kenne* Carver, Allen. Er ist nicht so.«

»Hör mal, Peggy«, sagte ich, »ich bin ja nicht grundsätzlich gegen Fringie eingestellt. Ich will bloß nicht, dass dir jemand wehtut.«

»Das ist lieb von dir«, erwiderte sie, »aber das wird nicht passieren. Ich meine, das hier ist es einfach. Ich fühle es. Dies ist der Mann, den ich heiraten werde und mit dem ich Kinder kriegen und alt werden werde. Ich weiß, das hab ich schon öfter gesagt, aber das war was anderes. Damals war ich noch naiv und einfältig. Inzwischen weiß ich, wann es echt ist und wann ich mir bloß was vormache. Und das hier ist echt. Ich meine, ich bin Carver wichtig. Und er ist an mir als Mensch interessiert. Diese anderen Typen . . . viele von denen waren nur an meinen . . . du weißt schon, interessiert.«

»Ja«, sagte ich. »Ich denke, zumindest darauf können wir uns einigen: Carver ist nicht in erster Linie hinter deinen Brüsten her.«

Wohnst du schon lange hier?

Auf der Fahrt nach Hause wanderten meine Gedanken unwillkürlich zum Sommer des Jahres 1967 zurück. Dann schaltete ich den Oldiesender ab und dachte über ein paar Dinge nach, die sich zu meinen eigenen Lebzeiten ereignet hatten.

In dem Sommer, nachdem Echo und ich die fünfte Klasse beendet hatten, starben die Mutter und der Stiefvater meines Vaters an mehr oder weniger gleichzeitigen Schlaganfällen. Sie hatten auf einer kleinen Farm in Bucks County, Pennsylvania, gelebt, und mein Vater und Bobbo mussten hinfliegen, um sich um den Nachlass zu kümmern. Sie nahmen uns, die Kinder, alle mit – das einzige Mal, das ich jemals außerhalb des Staates Kalifornien war. Der Mädchenname ihrer Mutter war Madsen gewesen und die Farm so lange schon in Familienbesitz, dass die offizielle Adresse 1 Madsens Lane lautete. Wir blieben ein paar Wochen dort, während Dad damit beschäftigt war, die Farm zu verkaufen. Dann wanderten wir eine Weile in der eintönigen, schäbigen Industrielandschaft des Nordostens herum. Alles in allem waren wir fast sechs Wochen unterwegs.

Eine Woche bevor wir wieder nach Hause kamen, war Peggy mit ihrer Familie für ein paar Wochen zu ihren Großeltern gefahren – alle vier lebten in Evanston, Illinois. Das bedeutete, dass ich Peggy während dieses ganzen schicksalhaften Sommers kein einziges Mal sah, vom letzten Schultag Anfang Juni bis zum Tag der Arbeit Anfang September. An dieser Stelle sollte ich vielleicht ein paar Dinge erklären. Erstens, dass man Peggys Figur selbst im Juni nicht unbedingt strichförmig nennen konnte. Seit einiger Zeit war einfach klar, dass bei ihr diese wundersame Verwandlung von einem ziemlich durchschnittlich aussehenden kleinen Mädchen in eines dieser unerreichbaren, unergründlichen Geschöpfe eingesetzt hatte, die einen allein durch ihre Formen schon fiebern ließen. Doch obwohl ich darüber staunte, dass sich das Mädchen zwei Häuser weiter unverkennbar zu einer tollen Frau entwickelte, schien sich ihre Heranreifung doch mehr oder weniger im Einklang mit der ihrer

Altersgenossinnen zu vollziehen. Als zweiten Punkt sollte ich klarstellen, dass ihre Brüste selbst bei ihrer Rückkehr zwar zugegebenermaßen ein Blickfang, aber noch nicht sensationell außergewöhnlich waren. Sie lagen immer noch im Bercich des Möglichen. Deshalb war es nicht ihre schlichte Größe, die mir bei Peggys Rückkehr zeitweise die Sprache verschlug, sondern die *Veränderung* der Größe, der harte Schnitt zwischen Juni und September. Wenn der Übergang von der normal proportionierten Peggy zur übermäßig ausgestatteten Peggy in neun kleine Schritte aufgeteilt gewesen wäre – so wie wenn wir den ganzen Sommer zusammen verbracht hätten –, wäre er mir wahrscheinlich gar nicht aufgefallen.

Okay, das ist übertrieben. Er wäre mir mit Sicherheit aufgefallen. Peggy wusste auf jeden Fall ganz genau, was meine Augen aus den Höhlen fallen und den halben Flur runterkullern ließ, als sie mir am ersten Tag nach ihrer Rückkehr die Tür öffnete.

»Siehst du?«, jammerte sie und stapfte in die Küche zurück, wo ihre Mutter gerade gelassen einen Bund Sellerie zerschnitt. »Allen auch. Ich hab's dir doch gesagt. Ich sehe absolut lächerlich aus. Ich werde nie wieder dieses Haus verlassen. Blöder Körper.« Sie warf sich auf einen Stuhl und blinzelte wütend eine der Tassen auf dem Küchentisch an. Auf der Tasse war ein Teddybär abgebildet, dem Peggy die ganze Schuld an diesem Gang der Ereignisse zu geben schien.

»Sei nicht albern«, sagte Mrs. K.

»Bin ich nicht«, erwiderte Peggy. »Ich meine es vollkommen ernst. Es geht hier ja nicht um einen Pickel oder so was. Hier geht es um etwas, das ich mein ganzes Leben am Hals haben werde. Und deshalb ist mein Leben zerstört. Dabei bin ich noch nicht mal dreizehn – wahrscheinlich werden sie noch jahrelang wachsen. Ich sehe aus wie ein Monster.«

»Peggy, ich bin es allmählich leid«, sagte Mrs. K. »Du siehst nicht aus wie ein Monster. Du bist nicht mal irgendwie körperlich behindert – du bist nicht blind oder taub oder sitzt im Rollstuhl. Du hast bloß eine üppige Figur. So hat Gott dich halt geschaffen und fertig. Mit der Zeit wird sich schon alles ausgleichen. Es ist nun mal so, dass diese Veranlagung in unseren beiden Familien liegt. Alle Frauen in der Familie deines Vaters und alle Frauen in meiner Familie haben sie. Ich habe sie, meine Schwester hat sie, jetzt hast du sie und in ein paar Jahren wird Kelly sie sicher auch haben.«

»Was?«, rief Kelly aus dem Fernsehzimmer.

»Wir haben nicht mit dir gesprochen, nur über dich«, rief Mrs. K. zurück.

»Aha«, sagte Kelly absolut desinteressiert. (Wie es der Zufall so wollte, irrte sich Mrs. K. in diesem Fall. Als Kelly so weit war, entwickelte sie sich nur bis zu dem Punkt, *perfecto y espectacular* zu sein, und blieb dann dort. Aber das wisst ihr ja schon.)

»Mein Leben ist trotzdem zerstört«, schmollte Peggy. »Ich kann nicht mal mehr richtig *gehen* – es fühlt sich alles so wabbelig an. Und meine Sachen passen mir auch alle nicht mehr. Warum hätte ich nicht einfach so bleiben können wie vor ein paar Monaten? Da war ich mit meinem Körper vollkommen zufrieden. Jetzt ist er für immer dahin und ich werd ihn nie zurückbekommen. Jetzt muss ich die nächsten achtzig Jahre so bleiben.«

»Ich finde, sie stehen dir gut«, bemerkte ich.

Sie funkelte mich an. »Was soll das denn heißen?«, fragte sie.

»Ich sag besser nichts mehr«, antwortete ich.

Trotz ihres Kummers konnte Peggy den Reizen der Schulutensilien nicht widerstehen, und am nächsten Tag setzte uns Mrs. K. am Einkaufszentrum Brea Mall ab, damit wir ein paar Sachen zum Schulbeginn einkaufen konnten. Den ganzen Weg den Hügel hinauf war Peggy in verdrießlicher Stimmung gewesen, und das erst recht, als sie in einem Kaufhaus nach dem anderen nach einer neuen Garderobe suchen musste, in die sie sich zwängen konnte. Doch ihre Augen leuchteten in dem Moment auf, als wir den Schreibwarenladen betraten. Nachdem sie dort eine Weile verschiedene Schreibbücher und Füller aus den Regalen genommen hatte, war sie wieder fröhlich wie immer. Inzwischen war ich am Verhungern, daher ging ich im Kaufhausrestaurant etwas zu essen holen, während sich Peggy nach einem Tisch umsah. Das Mädchen hinter der Theke lud mir gerade eine reichliche Portion klumpiger Zitis auf den Teller, als sich irgend so ein

Typ mit krausen Haaren zu Peggy an den Tisch stellte. Während ich zu ihr zurückging, hörte ich ihn fragen: »Bist du ein Model?«

»Nein«, antwortete Peggy freundlich. »Sie müssen mich mit jemandem verwechseln.«

»Bist du sicher, dass du kein Model bist?«, fragte er. »Wenn du es nämlich nicht bist, solltest du es sein.«

»Wirklich?«, sagte Peggy.

Ich knallte mein Tablett auf den Tisch und machte eine ziemliche Show daraus, mich hinzusetzen – das ganze Restaurant wusste jetzt, dass Peggy und ich zusammen da waren. Der Blödmann schien es nicht zu bemerken. »Ja, wirklich«, erwiderte er. »Ich meine es vollkommen ernst. Du hast genau den Look, der gerade absolut ›in‹ ist.« Er malte dabei mit den Fingern Anführungszeichen in die Luft. »Wie heißt du?«, wollte er wissen.

»Ich heiße P... Margaret Hannah Kaylin«, antwortete sie. »Genannt Meg.«

An dieser Stelle hätte ich das Ganze mit ungefähr einer Million Einwände unterbrechen wollen: dass Peggy viel zu jung war für diesen Typ; dass er sie offensichtlich bloß rumkriegen wollte und dafür einen üblen Anmachspruch benutzte, der in den letzten paar Jahrzehnten schon fünf Milliarden Mal benutzt worden war und davon vielleicht zwei Mal funktioniert hatte; dass sie in den fünf Jahren, die ich sie kannte, schon Pegleg und Peglet und Pegpen genannt worden war (Käs war äußerst einfallsreich), aber niemals Meg; und dass meine Zitis bestenfalls lauwarm waren. Aber ich traute mich nicht. Ich war elf Jahre alt. Dieser Typ musste mindestens fünf Jahre älter sein als ich. Und Peggy – sie mochte vielleicht nur ein Jahr und neun Tage älter gewesen sein als ich, aber rein äußerlich schien sie seinem Alter sehr viel näher zu sein als meinem. Ich hatte das Gefühl, als wäre ich am Klettergerüst falsch abgebogen und im örtlichen Junior College gelandet.

»Also, Meg, ich heiße Chazz«, fuhr der Blödmann fort. »Hör mal, äh, also ich kenne zufällig ein paar Leute in der Modebranche. Warum gibst du mir nicht einfach deine Telefonnummer und ich rufe dich an, wenn sich irgendwas ergibt?«

Peggy lief rot an. »Oh, ich glaube nicht, dass ich ...«

»Kann doch nicht schaden, oder?«, sagte Chazz. »Was könnte denn schlimmstenfalls passieren?«

Mir fielen sofort ein paar ziemlich bedenkliche Szenarios ein, doch bevor ich auch nur eines davon anführen konnte – als ob ich mich das getraut hätte! –, kam mir Peggy zuvor und gab ihm ihre Nummer. Das beunruhigte mich zwar, aber immerhin haute der Typ jetzt ab. »Was für ein netter Mensch!«, bemerkte Peggy.

»Oh, bitte!«, erwiderte ich. »›Bist du ein Model?‹ Wem will er hier was vormachen?«

»Ist das so unvorstellbar?«, fragte Peggy geknickt. »Bin ich denn so grässlich?«

»Nein, dass wollte ich damit nicht ... Peggy, das ist eine der ältesten Maschen überhaupt«, erklärte ich. »Oder soll ich dich lieber ›Meg‹ nennen?«

»›Meg‹ gefällt mir«, konterte sie. »›Peggy‹ klingt wie ein Name für ein kleines Mädchen.«

»Schön, von mir aus«, sagte ich. »Worauf ich hinaus will, ist, der Typ war ein Arschloch.«

»War er nicht. Das sagst du über jeden.«

»Aber ...« Ich zögerte. »Na gut«, fuhr ich fort, »hast du gemerkt, dass er dir die ganze Zeit, während er mit dir geredet hat, nicht ein einziges Mal in die Augen gesehen hat?«

»Du meinst, er meint es nicht ehrlich?«

»Ich meine, er hat dir auf die ...« Ich hielt mich zurück. Mir fiel ganz plötzlich ein, dass Peggy endlich nicht mehr wegen ihres Körpers ausflippte, und das Letzte, was ich wollte, war, sie deswegen wieder unglücklich zu sehen. Also wechselte ich das Thema. »Meine Zitis sind kalt«, stellte ich fest.

Namensverlesung

Jetzt klopft ihr euch wahrscheinlich auf die Schulter und gönnt euch vielleicht ein Sandwich, weil ihr euch bei diesem Auftritt gleich ausgerechnet habt, dass sich Chazz als Freund Nr. 1 herausstellen würde. Aber das wurde er gar nicht. Sicher, er rief Peggy später an jenem Abend an und sie verabredeten sich sogar zum Abendessen. Doch sobald Peggy ihm klarmachte, dass er zuerst ihre Eltern kennen lernen müsse, bevor sie irgendwohin gingen, gehörte Chazz der Vergangenheit an. Er legte nicht mal auf, sondern riss einfach das Kabel aus der Wand oder so was. »Es war ganz komisch«, erzählte mir Peggy später. »Ich gab gar kein Klicken gehört. Nur ein komisches Geräusch, und dann hat eine Computerstimme gesagt, die Verbindung sei getrennt worden oder stehe nicht mehr zur Verfügung und ich solle die Nummer prüfen und noch mal wählen. Wahrscheinlich ist sein Telefon kaputtgegangen.«

Nein, Freund *Nummer eins* war ein Typ namens Joel Degen, und da ich und er nie zur selben Zeit zu Peggy nach Hause eingeladen wurden, traf ich ihn nie. Ich wusste nicht mal, dass Peggy überhaupt einen Freund hatte, bis Käs eines Abends damit herausplatzte, als ich bei den Kaylins zum Abendessen eingeladen worden war. Aber Peggy tat es ab und sagte nur: »Das ist bloß ein Typ aus meiner Schule, lasst uns von was anderem reden.« Also nahm ich an, es sei nichts Ernstes. Daher brachte es mich ziemlich aus der Fassung, als ich eines Nachmittags zu ihr kam, um ihr bei den Chemiehausaufgaben zu helfen – kleine Styroporkugeln in Farbe tauchen und sie mit Strohhalmen als Moleküle zusammenstecken –, sie mir ihr Chemieheft gab, damit ich wusste, welche Moleküle sie bauen sollten, und ich dabei feststellte, dass sie auf jede Rückseite unzählige Male »Meg Degen« geschrieben hatte. »Was soll das denn?«, fragte ich.

»Oh«, sagte sie, und ihr Gesicht wurde rot wie eine Ampel. »Nichts. Ich hab nur geübt.«

»Geübt?«

»Ja«, antwortete sie. »Für die Zeit, wenn Joel und ich verheiratet sind.«

»Aber das ist doch lächerlich«, entgegnete ich. »Du und Joel, ihr werdet nicht heiraten. Ich hab ihn noch nicht mal kennen gelernt.«

Peggy entging irgendwie die Logik dabei. »Na und?«, sagte sie.

»Wie lange kennst du ihn denn schon?«, wollte ich wissen.

»Ein paar Wochen«, erklärte sie.

»Wie kannst du denn jemand heiraten, den du erst ein paar Wochen kennst?« Offensichtlich kannte Peggy nicht das Gesetz, das potenzielle Ehepartner auf diejenigen beschränkt, die im Alter von zwölf Jahren schon langjährige Bekannte sind. Ein schrecklicher Gedanke kam mir in den Sinn. »Hast du ihn geküsst?«

»Na klar«, antwortete sie.

Ich dachte mir, dass ich das gerade noch akzeptieren konnte. »Und hat er dich geküsst?«

»Natürlich«, erwiderte sie und lief wieder rot an. »Hör mal, ich hab nicht ...«

Das dagegen konnte ich keinesfalls akzeptieren. Dem musste auf jeden Fall Einhalt geboten werden. »Wer wollte sich zuerst mit wem verabreden?«, fragte ich.

»Er sich mit mir«, sagte sie. »Warum ...«

»Dabei konnte er dich erst ein oder zwei Tage kennen, stimmt's?«

»Ja, aber ...«

»Warum wollte er sich also mit dir verabreden?«

Peggy legte ihr Chemieheft hin und begann, sich auf ihrem Stuhl langsam vor und zurück zu wiegen, eine Angewohnheit aus Nervosität, die das Plastik quietschen ließ. »Weil er mich mochte, schätze ich«, sagte sie.

»Warum?«, fragte ich.

»Keine Ahnung. Er mag mich halt. Ist es so schwer zu glauben, dass mich jemand mögen könnte?«

»Überhaupt nicht«, antwortete ich. »Es ist nur schwer zu glauben, dass dieser Typ derjenige sein könnte. Ich meine, an dir kann man eine Million Dinge mögen. Du bist liebenswürdig, du bist großzügig, du ... hast ein gutes Herz. Außer dir habe ich wahrscheinlich noch nie jemanden mit einem guten Herzen kennen gelernt. Alle Leute, die ich kenne, tun den ganzen Tag nichts anderes, als andere Leute runterzumachen. Der Höhepunkt ihres Tages ist dann, wenn denen, die sie hassen, was Schlechtes passiert. Du bist der einzige Mensch, den ich kenne, der nicht so ist.«

»Das stimmt nicht«, protestierte Peggy. »Viele Leute sind ...«

»Kann schon sein«, unterbrach ich sie. »Das kann ich aber nicht wissen. Vielleicht kenne ich ja ein paar Leute, die so sind, aber ich kenne sie nicht gut genug, um das mit Sicherheit sagen zu können. Verstehst du, was ich meine? Was ich sagen will, ist Folgendes: Um festzustellen, ob jemand gut aussieht, braucht man ihn oder sie nur anzuschauen. Um festzustellen, ob jemand klug und witzig und interessant ist, muss man nur mit ihm oder ihr reden. Aber um festzustellen, ob jemand ein guter Mensch ist, muss man ihn oder sie schon eine Weile kennen. Ich weiß, dass sich jeder, mit dem du ausgehst, glücklich schätzen kann, mit dir zusammen sein zu dürfen. Aber weiß das dieser Typ? Er hat sich bestenfalls mit dir verabreden wollen, weil er dich irgendwie nett fand. Höchstwahrscheinlich hat er sich aber nur mit dir verabreden wollen wegen deiner. . .wegen deines Aussehens.«

Auf der Rückfahrt vom King of the Juice wurde mir klar, dass Fringie der erste von Peggys Freunden war, auf den dieses Argument nicht zutraf – er war im Alter von zwölf Jahren schon ein langjähriger Bekannter, obwohl er und Peggy meines Wissens nie viel miteinander geredet hatten, als er noch in unserer Straße wohnte. Ich fragte mich auch, wie Peggys Verwandlung wohl auf ihn gewirkt haben musste, da er nicht wie ich einen Sprung von Juni nach September, sondern von Juni nach September drei Jahre später gemacht hatte. Andererseits hatte er zu der Zeit seinen eigenen Wandel vollzogen, und wie ich ihn kannte, war er wahrscheinlich viel zu beeindruckt von sich selbst, als dass ihm jemand anders aufgefallen wäre.

Aber sie war ihm jetzt aufgefallen, und so hatte sich Fringie auf die Nummer 94 bugsiert. Was Peggy damals ziemlich überrascht hätte, als sie noch überzeugt war, dass sie nie über die Eins hinauskommen würde. Und rückblickend blieb Joel länger als die meisten anderen: fast drei ganze Wochen. Als ich eines Abends zu Peggys Haus rüberging, hatte sie sich in ihrem Zimmer verbarrikadiert und wollte nicht herauskommen. Kelly erzählte mir von der Trennung.

Ich fragte sie, was sie von diesem kurzen Intermezzo halte. »Na ja«, antwortete sie. »Er mochte sie halt nur wegen ihrer Oberweite.« Ich hielt das für eine durchaus zutreffende Einschätzung.

Ich erfuhr erst über ein Jahr später, was passiert war, als Peggy die Geschichte nicht mehr ganz so peinlich war und sie mir Einzelheiten erzählen konnte. Anscheinend war sie nach der Schule mit zu Joel nach Hause gegangen und sie hatten auf der Couch rumgeknutscht. Schon nach kurzer Zeit hatte er angefangen, an ihrem Pullover herumzuzupfen. »Zuerst dachte ich, er steht vielleicht besonders auf Acryl«, erklärte sie, doch schon bald hatte sie eine Pause gemacht und ihn gefragt: »Was machst du da?«

»Anheizen«, hatte er erklärt.

»Es ist doch schon warm«, hatte Peggy verwirrt geantwortet. »Vielleicht sollten wir ...«

Joel fand nie heraus, was sie nach Peggys Meinung tun sollten, denn er wählte diesen Moment aus, um seine Hand unter ihren Rock zu schieben. Peggy schlug sie weg. »Was *machst* du da?«, wiederholte sie empört.

»Komm schon«, beschwerte sich Joel. »Ich dachte, du stellst dich angeblich nicht so an.«

»Was?«, fragte Peggy.

»Ich dachte, du machst es mit jedem. Alle in der Schule sagen das.«

»Sie sagen *was*?«

»Hör mal, wenn wir's nicht machen, kannst du auch abhauen«, sagte Joel. »Dann hab ich was Besseres zu tun.« Und damit endete Peggys Einführung in die Beziehungsszene.

Peggy trauerte jedoch nicht lang: Gegen Ende der Woche hatte sie die Rückseiten in ihrem Matheheft mit dem Namen »Meg Kiley« vollgeschrieben. Das heißt, bis sie unten auf der letzten Seite angekommen war und zu »Peggy Kiley« zurückwechselte. »›Meg‹ kommt einfach nicht an«, erklärte sie.

»Aber woher hast du das ›Kiley‹?«, fragte ich.

»Sean Kiley«, antwortete sie. »Das ist mein Freund.«

Seans Amtsdauer als Nr. 2 war wenige Wochen später beendet, als er Peggy an einer leider sehr vorhersehbaren Stelle antatschte; das Schicksal der Beziehung war besiegelt, als Peggy entsetzt zurückwich und Sean fragte: »Komm schon, kann ich sie nicht wenigstens mal *sehen*?« Als ihm dies verwehrt wurde, ließ er Peggy fallen, ohne auch nur einen Moment darüber nachzudenken.

Wenn man allerdings wirklich demonstrieren will, welches Kaliber Peggys verschiedene Typen hatten, kommt man nicht um die Nr. 67, Francis Gary Patrick, herum. Ich lernte Gary an einem milden Samstagnachmittag im Oktober kennen, als ich zufällig bei den Kaylins rumhing und ihnen half – okay, dabei zusah –, die Garage auszumisten. Mit dem Dröhnen eines entfernten Auspuffs hielt ein schwarzes Kabrio schlitternd am Bordstein und heraus sprang ein Typ mit einem durchtrainierten Körper und einer lächerlichen blonden Haartolle. »Hey, Paps!«, rief er. Mr. K. sträubten sich die Nackenhaare. Käs dagegen war offensichtlich beeindruckt. Gary schlug ihm vorn auf die Schulter. »Na, Chef, wie steht's?«, erkundigte er sich.

»Gut«, antwortete Käs, dessen Stimme überschnappte.

»Freut mich, das zu hören«, sagte Gary. »Hey, Leute, ihr habt doch nichts dagegen, wenn ich mir was zu trinken hole? Ich hab nämlich ziemlichen Durst.« Ohne eine Antwort abzuwarten, schlenderte er ins Haus. Peggy folgte ihm und ich folgte ihr. Kelly lag ausgestreckt auf dem Wohnzimmerteppich und trug ihren Cheerleaderdress von der Vista de la Vista. Als ich hereinkam, stand sie auf und setzte einen Fuß auf einen Beistelltisch.

»Was machst du denn da?«, fragte ich.

»Dehnübungen«, erklärte sie. »Ich muss bei einem Spiel auftreten, und wenn man vorher keine Dehnübungen macht, reißt man sich irgendwelche Muskelfaserdinger oder so was.«

Gary kam mit einer Dose Cola aus der Küche. »Hey, Kumpel«, sagte er zu mir, packte meine Hand und zermalmte meine Finger zu einer feinen Paste. »Francis Gary Patrick. Ich verdiene mein Geld damit, Beachvolleyball zu spielen. Und was machst du so?« Er lachte in sich hinein. »Oder gehst du noch zur High School?«

»Ich bin vierzehn«, antwortete ich. »Also scheint es mir ganz vernünftig, dass ich dort hingehe.«

»Vielleicht«, gähnte er. »Vielleicht auch nicht. Ich selbst hab sie nie zu Ende gemacht. Ich war damals nämlich mit meinem guten Freund Bart Bialy zusammen« – er betonte sorgfältig jede einzelne Silbe des Namens, damit ihn auch jeder von uns mitbekam – »und Bart meinte, ich wär gut genug, um aufzuhören und Profi zu werden, und ich hab's nie bereut.« Er ließ sich in einen Sessel fallen, der nicht dafür gemacht war und prompt knackte. »Eigentlich schade«, fuhr er fort, »ich musste nämlich in der Schule jeden Morgen die Durchsagen machen, weil ich so einen wahnsinnig tollen Sinn für Humor habe. Und da hab ich immer so kleine Scherze und Sprüche eingeworfen. Wenn ich zum Beispiel sagen musste, der Spanischklub trifft sich in Raum 103, hab ich gesagt: ›Der Spanischklub trifft sich in Raum 103 und der Dicke-Mädels-Klub trifft sich in der Cafeteria‹!«

Daraufhin brach Gary in schallendes Gelächter aus – er brauchte ungefähr eine Minute, um sich wieder zu fangen. »Auf jeden Fall«, sagte er und wischte sich über die Augen, »ist es echt schade, dass ich weg bin, jetzt macht bestimmt einfach der Direktor die Durchsagen. Aber wenn Bart Bialy sagt, man soll Profi werden, dann wird man auch Profi. Drei Jahre auf Tour und ich stecke bis zum Arsch in Geld. Nicht so viel wie Bart Bialy, aber es reicht sicher für viele schöne Spielsachen.«

»Ich nehme an, das ist auch so ein Volleyballtyp?«, fragte ich.

»Auch so ein ... Du weißt wirklich nicht, wer Bart Bialy ist?«, staunte er.

»Nur aus dem Zusammenhang«, erwiderte ich.

»Mensch, auf welchem Planeten lebst du eigentlich? Er ist ja nur der beste Beachvolleyballspieler auf dem ganzen Planeten. Weißt du denn gar nichts über Volleyball?«

»Eigentlich nicht«, erklärte ich. »Meine Schwester war immer die Sportlerin in der Fam. . .«

»Deine Schwester?«, lachte Gary. »Was macht sie denn, Seilspringen?«

»Hockey und Baseball«, antwortete ich. »Zumindest hat sie . . .«

»Hockey und Baseball?«, wiederholte Gary kopfschüttelnd. »Tja, das ist heutzutage das Problem im Sport. Überall Mädels! Also ich möchte die Mädels beim Sport nur an *einem* Platz sehen – beim Cheerleading! Da gehören sie hin. Stimmt's, Kell? Kell weiß, wo's langgeht.«

»Bleib auf dem Teppich, Mann«, entgegnete Kelly. »Du klingst wie einer von diesen Jehova-Typen. Mädchen wissen Bescheid, Jungs sind blöd.«

»Ach ja?«, fragte Gary. »Du bist doch der beste Beweis, dass es genau andersrum ist!«

»Ich nehme mal an, da sehen wir noch mehr von diesem wahnsinnig tollen Sinn für Humor«, stellte ich fest.

Peggy seufzte und brachte Garys Coladose in die Küche. »Hey, ich war noch nicht fertig damit!«, beschwerte er sich.

»Doch, warst du«, antwortete sie. »Mach's gut, Gary. Ruf mich bitte nicht mehr an.«

»Was?«, stotterte er.

»Du hast mich ganz richtig verstanden«, sagte Peggy gelassen. »Ich möchte dich nicht mehr wieder sehen. Niemand kommt zu mir nach Hause und beleidigt meine Schwester, ganz einfach. Mach's gut.«

»Aber – soll das heißen, ich darf die Dinger nicht mal *sehen*?«, protestierte Gary.

Peggy hielt ihm die Tür auf. »Raus«, sagte sie.

Gary stürmte nach draußen und Peggy schloss die Tür hinter ihm. »Weißt du«, sagte ich, »ich wusste vielleicht nicht, wer Bart Bialy ist, aber ich wette, ich weiß etwas über Volleyball, das Gary nicht weiß.«

»Was denn?«, fragte Peggy.

»Wie man es schreibt.«

Kelly sagte etwas, doch es ging im Dröhnen von Garys Kabrio unter, das um die Ecke davonraste. »Was hast du gesagt?«, wollte Peggy wissen.

»Könntest du mir meine Pompons holen?«, fragte Kelly. »Sie sind oben in meinem Zimmer.«

Peggy ging nach oben und Kelly wechselte den Fuß auf dem

Tisch. Ich schüttelte den Kopf. »Wow, das war ein Erlebnis«, stellte ich fest.

»Ja, Peggy liebt mich«, antwortete Kelly nüchtern. »Alle tun das.«

Das konnte man wohl sagen. Dennoch kam mir ein merkwürdiger Gedanke, als ich nach der Rückfahrt vom Juice-King in unsere Einfahrt einbog. Als Peggy in Kellys Alter gewesen war, hatte sie schon über fünfzig Freunde gehabt; Kellys konnte man dagegen an den Fingern abzählen – wenn man sich vorher beide Hände abhackte. Denn trotz ihrer geradezu greifbaren Vorzüge in Sachen Schönheit, Pheromone und Beliebtheit war Kelly noch nie fest mit jemandem zusammen gewesen, ja, war meines Wissens noch nicht mal mit jemandem ausgegangen. Sie stand immer noch bei Null. Diese Tatsache fand ich zugleich verwirrend und ungeheuer beflügelnd.

Und Peggy hatte die 94 erreicht. Ein paar Jahre zuvor hatte ich mich einmal spät abends mit Echo unterhalten und wir waren auf genau dieses Thema gekommen. Echo und ich machten das früher oft, einfach in unseren Betten liegen, in die Dunkelheit starren und bis spät in die Nacht reden. Für sie war das besser als für mich, da es für Echo keinen Unterschied machte, ob sie von zehn bis eins oder von eins bis vier schlief, während ich am nächsten Tag so müde war, dass ich ein Nickerchen auf den verschiedenen Rasen machen musste, an denen ich auf dem Schulweg vorbeikam. Trotzdem hatte es Spaß gemacht und ich vermisste diese Gespräche. In dieser besonderen Nacht hatte ich die meiste Zeit geredet und über Peggy schwadroniert. »Ich kapier's einfach nicht«, hatte ich gesagt. »Sie geht jetzt seit ungefähr drei Monaten mit irgendwelchen Typen aus. Vielleicht sind es sogar ein oder zwei Tage weniger. Und hatte schon fünf Freunde – bald den sechsten, wie ich gehört habe. Mit dreißig ist sie dann ungefähr bei Nummer, äh, mal sehen ...«

»Dreihundertzweiundfünfzig«, antwortete Echo wie aus der Pistole geschossen.

Auf dem Weg zum Haus rechnete ich ein bisschen. Anders als Echo brauchte ich ein oder zwei Minuten dafür, aber das Ergebnis war eindeutig: Peggy war ihrem Zeitplan voraus. Wenn sie ihr aktuelles Tempo beibehielt, würde sie weit über die 352 hinausschießen. Ich hoffte inständig, sie würde nicht zu lange bei der 94 bleiben, um ihrem Kurs treu zu bleiben.

Ruf mal jemand bei Guinness an

Ich war nicht der Einzige, der zu dieser Zeit mit Zahlen beschäftigt war. Ein paar Tage nachdem ich Peggy bei der Arbeit besucht hatte, wollte ich nachmittags zum Essen in den Redaktionsraum und hätte auf dem Weg dorthin schwören können, dass ich Sluggo den Wasserballspieler laut zählen hörte: »Zweiundvierzig, dreiundvierzig, vierundvierzig ...« Ich war beeindruckt – er ließ keine Zahl aus und bekam sogar die Reihenfolge richtig hin, eine echte Leistung für den alten Slugmeister. Ich fragte mich, was er wohl zählte. Als ich die Tür öffnete, wurde meine Frage immerhin teilweise beantwortet, denn er verkündete gerade: »Siebenundfünfzig, achtundfünfzig, neunundfünfzig – vier Minuten.« Also stoppte er die Zeit von irgendwas. Aber was?

Was immer es auch war, es hatte sich dafür eine richtige Menschentraube angesammelt: Ich stellte bald fest, dass ich nicht nur nicht sehen konnte, um was es ging, sondern auch kaum den Raum betreten konnte. Das ganze Zimmer war voll von Wasserballspielern – nicht nur Sluggo, sondern auch Lemming, Skippie, Grungie, der ganze Haufen. Selbst Kevin Love stand mit verdeckten Augen in einer Ecke. Und weiter hinten saßen mehrere *Ilias*-Redakteure und machten ziemlich unglückliche Gesichter – wahrscheinlich hatten sie gerade beim Mittagessen gesessen, als fünfzigtausend Wasserballspieler hereingeschneit waren und sie in die Ecke gedrängt hatten. Ich sah Speedy Wilkins erst, als er auf den Tisch sprang.

»Hey, zurück, Leute«, rief er. »Hier ist nicht genug Platz zum Atmen!«

»Das ist gemogelt!«, kreischte Sluggo. »Du kannst andere Leute nicht rumkommandieren. Elf, zwölf, dreizehn ...«

Trotzdem wich die Menge ein Stück weit zurück und ich konnte endlich das Objekt der allseitigen Faszination sehen: Fringie saß auf einem Drehstuhl, Peggy auf seinem Schoß, und beide versuchten anscheinend, sich gegenseitig hinunterzuschlucken. Was noch schlimmer war, Peggy hatte diesen glückseligen, schmachtenden Gesichtsausdruck, als täte sie nichts lieber, als hier mit Fringie rumzuknutschen, während Sluggo mit einer Stoppuhr über ihnen lauerte und die Sekunden brüllte. »Zwanzig, einundzwanzig, zweiund... Hey! Das war eine Pause! Ich gewinne! Ich gewinne!«

»Ach, Quatsch, da war keine Pause«, sagte Speedy. »Gib's auf.«

Sluggo grinste dämlich und zählte weiter. Als sich die Fünf-Minuten-Marke näherte, wurde seine Stimme leiser. »Vierundfünfzig, fünfundfünfzig, sechsundfünfzig ... Mist.«

»Fünf Minuten!«, verkündete Speedy. »Geld her.« Sluggo zog einen Zehn-Dollar-Schein aus der Tasche und reichte ihn Speedy. »Ihr beiden könnt jetzt aufhören«, sagte Speedy. »Wir wissen jetzt, dass es geht.«

»Ich kapier immer noch nicht, wie man so lange keine Luft holen kann«, grummelte Sluggo.

»Wer sagt denn, dass sie die Luft anhalten?«, entgegnete Speedy. »Nur weil *du* durch den Mund atmest, müssen das ja nicht alle anderen auch machen.« Er steckte das Geld ein, sprang vom Tisch hinunter und spazierte pfeifend auf den Flur hinaus.

Fringie wählte diesen Moment, um endlich seine Zunge aus Peggys Kehle herauszuziehen und sie lösten sich mit einem ekelhaften nassen Schlürfen voneinander. Peggy machte einen etwas verschämten, aber reuelosen Eindruck. Ich versuchte, ihren Blick aufzufangen, um sie mit meinem Gesichtsausdruck zu fragen, was zum Teufel sie sich dabei gedacht hatte, doch sie wich meinem Blick aus. Fringie kniff die Augen zusammen und setzte seine Brille wieder auf. Dann schaute er mich direkt an und schenkte mir ein selbstgefälliges, besitzergreifendes Lächeln. Er strich Peggy übers Haar und dann eine Strähne zurück, um ihr ins Ohr zu flüstern. »Komm, Baby, wir gehen«, murmelte er laut genug, dass ich es hören konnte.

»Na, das war vielleicht eine widerliche Vorstellung«, stellte Holdn fest, nachdem Peggy und die Wasserballspieler schließlich gegangen waren. »Bin ich hier eigentlich als Einziger der Meinung, dass wir so was wie 'n gerichtliches Verbot erwirken sollten, um den Pilzkopf von der Kaylin fernzuhalten? Der Typ ist wie Plankton.«

»Eifersüchtig?«, fragte Hayley. »›Glänzt‹ Peggy etwa?«

»Nein«, entgegnete Holdn. »Aber sie ist ganz hübsch. Nahe dran.«

»Ganz hübsch?«, wiederholte Cat. »Sie gefällt dir doch bloß, weil sie die größten Brüste in der ganzen Schule hat.«

»Das stimmt nicht!«, widersprach Holdn. »Erstens, das ist nicht der Grund, weshalb sie mir gefällt, und zweitens, sie hat nicht die größten Brüste in der ganzen Schule, sie fallen nur am meisten auf. Kerensky hat nämlich die gleichen und wegen ihren flippt keiner aus.«

Das war eine ziemlich kühne Behauptung, und natürlich wanderten alle Blicke zu Hayleys Brust, um nachzusehen; wie sich herausstellte, hatte Holdn vollkommen Recht. »Huch«, meinte Anton, der Nachrichtenredakteur. »Ist mir noch nie aufgefallen. Ziemlich beeindruckend. Ich hätte nicht gedacht, dass weite Klamotten so viel ausmachen.«

»Machen sie auch nicht«, entgegnete Hayley. »Ich glaube, es liegt eher daran, dass alle wissen, dass ich besetzt bin. Also checkt mich keiner ab – außer Holdn anscheinend, Gott weiß, warum. Bei Peggy Kaylin sieht die Sache anders aus. Selbst wenn sie besetzt ist, weiß jeder, dass sie in ein oder zwei Wochen wieder auf dem Markt sein wird.« Sie schaute sich um. »Ihr könnt jetzt ruhig aufhören, mir auf die Brust zu starren.«

Seltsam war nur, dass es allmählich so aussah, als würde Hayleys Theorie schon bald überholt sein. Eine Woche verging, dann noch eine. Normalerweise wurden Peggys Freunde zu Beginn der dritten Woche sichtlich unruhig, und alle wussten, dass es nicht mehr lange dauern würde, bis Peggy wieder eine Nacht lang in ihrem Zimmer weinen würde. Doch Fringie war anders – er schien ganz einfach ihre Gesellschaft zu genießen. Das hatte es noch nicht gegeben. Und ich machte mir allmählich Sorgen, dass das Ganze auf ein Ende hinauslaufen würde, das es ebenfalls noch nicht gegeben hatte: dass er den ersten Schritt tun, Peggy mitmachen und er sie *dann* fallen lassen würde. Ich hatte keine Ahnung, ob Peggy damit fertig werden würde. Das beunruhigte mich.

Die Wasserballspieler hatten eine ganz andere Sorge: dass ihr furchtloser Anführer nachlassen könnte. Ich bekam viele Gesprächsfetzen in dieser Hinsicht mit, da Fringie oft kurz in den Redaktionsraum marschierte, um Peggy abzuholen, und ihm seine Anhänger folgten. Das furchtbarste Gespräch hörte ich eines Nachmittags in der Layoutwoche, als Peggy die Klebeumbrüche durchsah und Fringie mit den Wasserballspielern draußen auf dem Flur auf sie wartete.

»Na, wirst du heute Abend zuschlagen?«, fragte Sluggo hämisch.

Ich spähte durch das Fenster des Redaktionsraums und sah, wie Fringie Sluggo einen höchst verächtlichen Blick zuwarf. »Sei doch nicht so geschmacklos«, sagte er. »Falls der Penis heute Abend seine Befriedigung findet, was sehr gut möglich ist, wird Peggy Kaylin sicher keinen Anteil daran haben. Sie ist einzigartig. Ich muss bei ihr sehr vorsichtig sein und das versteht der Penis. Denn obwohl Geduld nicht zu seinen Kardinaltugenden zählt, darf er das, was er so lange begehrt hat, jetzt nicht aufs Spiel setzen, wo der Augenblick des Sieges endlich gekommen ist. Wir werden auf einen Moment äußerster Anfälligkeit warten, um zuzuschlagen.«

Ich versuchte, ein paar dieser Informationen an Peggy weiterzugeben, doch sie wollte nichts davon hören. »Ich wünschte, du würdest nicht so gemeine Sachen über Carver sagen«, antwortete sie mir jedes Mal mit betrübtem Blick. »Ich dachte, du würdest dich für mich freuen, jetzt, wo ich endlich jemanden gefunden habe, der sich wirklich für mich interessiert. Vielleicht bist du gar nicht so ein guter Freund, wie ich dachte.« Und dann entschuldigte ich mich jedes Mal den ganzen restlichen Tag lang.

Und so entwickelte sich Fringies Vorhaben genau nach Plan.

Sechs

Drei Wochen nachdem ich Peggy beim Knutschen mit Fringie überrascht hatte, tauchte sie an der Schule in einer riesigen schwarzen Lederjacke auf, in der eine Kleinfamilie bequem Platz gefunden hätte. Allein die Reißverschlüsse reichten aus, um die Metalldetektoren an mehreren hundert Kilometern entfernten Flughäfen aufgeregt piepen zu lassen. Als sie zum Journalismuskurs hereinkam, verschlug es Hank den Atem und er rieb sich die Augen. »Whoa!«, rief er. »Einen Moment lang dachte ich, du wärst Arthur ›The Fonz‹ Fonzarelli.«

»Was in aller Welt ist das denn?«, fragte ich.

»Meine neue Jacke«, strahlte Peggy. »Carver hat sie mir besorgt. Ist sie nicht obercool?«

»Aber du trägst doch gar kein Leder«, wandte ich ein.

»Aber klar«, antwortete sie.

»Nein, tust du nicht«, widersprach ich. »Als du diesen Dokumentarfilm über die Lederindustrie gesehen hast, hast du dich so aufgeregt, dass du die Markenlederschuhe zu deiner Schuluniform nicht tragen wolltest und deine Mutter extra neue aus so 'nem spacigen Polymer-Zeug bestellen musste. Seitdem hast du kein Fitzelchen Leder mehr getragen.«

Peggy lief dunkelrot an. »Dann hab ich meine Meinung eben geändert, okay?«, sagte sie. »Ich bin ja nicht mehr in der katholischen Schule. Ich kann tragen, was ich will.« Sie drehte sich um und stürmte hinaus.

Ich folgte ihr in Benitos Büro. »Was ist? Hör auf, mir nachzulaufen.«

»Hör mal, es tut mir Leid, wenn ich dich verärgert habe«, sagte ich. »Ich finde es nur etwas komisch, dass du so unbeschwert eine Jacke trägst, für die wahrscheinlich fast eine ganze Rinderherde draufgegangen ist, nachdem du so kategorisch erklärt hast, kein Leder mehr anziehen zu wollen.«

»Aber das ist doch acht Jahre her«, entgegnete sie.

»Trotzdem«, sagte ich. »Sei ehrlich. Trägst du sie, weil sie dir gefällt oder weil sie Fringie gefällt?«

»Machst du Witze?«, erwiderte sie. »Ich *liebe* sie. Zum ersten Mal seit vier Jahren kann ich rumlaufen, ohne dass mir alle auf die Brüste starren. Ich werde sie nie wieder ausziehen. Und jetzt lass mich in Ruhe.«

Nimm doch .WAV

Ich war immer noch wütend, als ich nach der Schülerberatung nach Hause kam. In meinem Zimmer stellte ich fest, dass Echo ihr Goban herausgeholt hatte, um ihr Tesuji zu üben. Zum Glück wurden dabei nur kleine schwarze und weiße Steine auf ein Brett gesetzt und keine Menschen mit Schwertern zerhackt oder so. Ich fing an, Echo von meinem Gespräch mit Peggy zu berichten, als sie mir ins Wort fiel. »Das weiß ich doch«, sagte sie. »Ich war auch im Zimmer, schon vergessen?«

»Oh«, sagte ich. »Ist ja auch egal. Aber weißt du, was das Schlimmste ist? Noch vor ein paar Wochen hätte Peggy nie gesagt, sie könne ›rumlaufen, ohne dass mir alle auf die Brüste starren‹. Sie hätte das Wort ›Brüste‹ gar nicht in den Mund genommen.«

»Ist doch schön!«, entgegnete Echo. »Das ist wirklich einer der blödsten Fehler, von denen ich in letzter Zeit gehört habe. Du solltest froh sein, dass sie ihn abgelegt hat.«

»Aber ich *mag* ihre Fehler«, sagte ich. »Sie sind ein Teil dessen, was ihren Charakter ausmacht.«

»Das ist doch lächerlich«, meinte Echo. Sie warf einen flüchtigen Blick auf ihr Brett. »Hey, wo ich schon alles draußen habe, hättest du

Lust zu spielen? Ich geb dir auch einen Vorsprung von neun Steinen.«

»Meinst du das im Ernst? Echo, du bist ein zweifacher Dan. Ich kenne gerade mal die Regeln.«

»Na gut«, räumte sie ein. »Dann geb ich dir dreizehn Steine.«

»Du könntest mir einen ganzen Steinbruch geben und es würde nichts bringen«, erklärte ich. »Wenn es dir nur um das Vergnügen geht, mich fertig zu machen, kannst du mir auch genauso gut einfach eine reinhauen. Findest du denn im Internet keinen, mit dem du spielen kannst?«

»Das ist nicht dasselbe«, schmollte sie.

Plötzlich wurden wir von einem furchtbaren Geräusch aus Kriegs Zimmer unterbrochen: Stille. Man wusste nämlich immer, dass Krieg in seinem Zimmer war, wenn man drinnen seine Bootleg-Kassetten von Crucified Vomit dröhnen hören konnte. Diesmal hatte er sich »Please me, Bitch« angehört, eine Kompilation mit frühen Beatles-Coverversionen im typischen Crucified-Vomit-Stil. Während Echo und ich uns unterhalten hatten, hatte er sich »Pus I love you« bis zum Ende und »Do you want to know a secretion« bis zur Hälfte angehört, als die Musik plötzlich abgestellt wurde. Das bedeutete Ärger. Krieg stellte nämlich nie die Musik ab, wenn er gehen wollte – sondern nur, wenn er onanieren wollte.

Gegen die Tatsache an sich war eigentlich nichts einzuwenden. Molly zum Beispiel engagierte sich in dieser Hinsicht viel mehr als Krieg, aber sie war immerhin so freundlich, schön laut Wasser laufen zu lassen, um alle Geräusche zu ertränken, die sie eventuell bei der Selbstbefriedigung machen könnte. Lautlosigkeit war die Lösung schlechthin. Ich war stolz darauf, Echo noch kein einziges Mal aufgeweckt zu haben, und sie hatte mich ebenfalls noch nie geweckt – allerdings verdankte sie diese Leistung eher ihrer Abstinenz als ihrer Geschicklichkeit. Doch Krieg legte geradezu Wert darauf, dass wir ihn alle hören konnten. Offensichtlich konnte er sich mit Musik nicht auf die Sache konzentrieren, die er in die Hand nehmen musste.

Der Klang einer Cembaloetüde erfüllte das Haus – Mollys Methode, Präventivmaßnahmen zu ergreifen. Echo und ich waren älter und klüger und wussten es besser. »Nach unten?«, schlug ich vor.

»Natürlich«, antwortete Echo.

Nach nur wenigen Schritten durch den Flur vernahm ich jedoch plötzlich ein Geräusch, das mich wie angewurzelt stehen bleiben ließ. Echo hatte es ebenfalls gehört, zumindest deutete ihr überraschter Blick darauf hin. Es war, als wären wir zufällig an einem Unfallort vorbeigekommen und hätten erwartet, dass ein paar Autos ineinander gekracht waren, müssten aber stattdessen feststellen, dass die Autos von einem riesigen Monsterhuhn oder so was aufgefressen würden. Denn obwohl Kriegs einzigartiges Grunzen pünktlich auf die Sekunde eingesetzt hatte, wurde es diesmal von einer weiblichen Stimme ergänzt.

»Das muss ein schlechter Scherz sein«, vermutete Echo.

»Natürlich«, pflichtete ich ihr bei. »Wahrscheinlich hat er Jerem dazu gebracht, ihm ein paar Pornovideos vorzuspielen. Welche Frau würde sich denn freiwillig Kriegs Sperma aussetzen? Das wäre der absolute Super-GAU.«

Diese Erklärung schien uns am wahrscheinlichsten zu sein, doch sie passte nicht zu dem Mädchen, das wenige Minuten später aus Kriegs Zimmer stolperte (ein echter Zeitrekord für den Kriegster). Sie hatte lange, strähnige, ungewaschene Haare und trug schwarzen Eyeliner, verschmierten schwarzen Lippenstift und schwarzen Nagellack. Außerdem ein langes schwarzes T-Shirt. Da sie gerade Sex mit Krieg gehabt hatte (und selbst jetzt bin ich versucht, eine ganze Reihe von Ausrufezeichen dahinter zu setzen), trug sie natürlich sonst gar nichts.

»Hi«, sagte sie.

»Was zum Teufel ist los mit dir?«, fragte Echo.

Daised and confused

»Ich kann grad nicht reden«, antwortete das Mädchen. Sie verschwand im Bad, um sich zu waschen. Einen Augenblick später kam

Krieg höchstpersönlich aus seinem Zimmer. Er war in eine Jeans geschlüpft, trug aber kein Shirt, so dass man bisher unentdeckte Kontinente ketchup- und senffarbener Akne erkennen konnte, die sich über seine Schultern und vermutlich über seinen ganzen Rücken erstreckten. Der Rest bestand nur aus aufgeblähtem, teigigem weißem Fleisch – Krieg brachte ungefähr 85 Prozent Körperfett auf die Waage.

»Hey!«, brüllte er. »Lasst meine beschissene Schlampe in Ruhe oder ich scheiß euch zusammen!«

Echo funkelte ihn wütend an. Daraufhin fing er an zu winseln und zog sich in sein Zimmer zurück.

Ein paar Minuten später hörte ich ein Hupen draußen vor unserem Haus. Krieg, inzwischen vollständig angezogen, klopfte einmal an die Badezimmertür und ging in die Einfahrt hinaus. Seine kleine Freundin hatte anscheinend ihre postkoitale Waschung beendet, schnappte sich ihre restliche Kleidung aus Kriegs Zimmer und folgte ihm nach unten. Ich wartete, bis ich hörte, wie der Wagen davonraste, und ging dann selbst in Kriegs Zimmer.

Ich hätte wahrscheinlich länger warten sollen. Kriegs Schweiß schlug sich sichtlich an den Wänden nieder und das ganze Zimmer roch, als wären Generationen von winzigen Waldtieren zum Sterben unter das Bett gekrochen. Eine Reihe Pilze wuchs auf dem Teppichrand an der gegenüberliegenden Wand. Ich war ziemlich sicher, ich würde mich übergeben müssen, nahm mir aber vor, das auf später zu verschieben. Ich klopfte an die offene Tür. »Jerem?«, rief ich. »Bist du da?«

Er gab keine Antwort, aber ich hörte ihn tippen, daher zog ich den Vorhang um sein Bett zurück. Jerem machte ein erstauntes Gesicht und nahm den Kopfhörer ab, den er trug. »Was ist los?«, erkundigte er sich.

Aus dem Kopfhörer kam nur eine zufällige Abfolge von Fiep-, Piep- und Quiektönen. »Was in aller Welt hörst du da?«, fragte ich.

»Musik«, antwortete Jerem.

»Aber das ist doch bloß eine zufällige Abfolge von Fiep-, Piep- und Quiektönen«, entgegnete ich.

»Die Musik meiner Generation ist irgendwie an dir vorbeigegangen«, erklärte er. Er wollte sich den Kopfhörer wieder aufsetzen.

»Warte«, bat ich. »Ich muss dich was fragen. Weißt du irgendwas über Kriegs, du weißt schon, seine . . .«

»Schlampe?«, schlug Jerem vor.

»Nein«, sagte ich. »Aber seine Freundin, falls sie das ist.«

Er seufzte. »Sie heißt Daisy Warner. Krieg hat sie über ihren Bruder kennen gelernt, der hier in der Gegend mit dem Vater der beiden wohnt. Sie selbst wohnt bei ihrer Mutter in Buena Park. Sie ist in der achten Klasse. Mehr weiß ich nicht. Sie interessiert mich auch nicht. Mach bitte den Vorhang wieder zu und geh jetzt.« Er setzte sich den Kopfhörer auf und scheuchte mich mit einer Hand weg.

»Jerem ist ein Freak«, sagte Daisy. »ich mag ihn nicht. Weißt du, warum?«

Das war ein paar Tage später. Ich war nach unten gegangen, um mir vor dem Schlafengehen etwas Eiscreme aus der Küche zu holen, und fand dort Daisy Warner, die gerade den Kühlschrank plünderte. Sie hatte in der Nacht zuvor hier geschlafen, obwohl man dem Geräuschpegel nach zu urteilen eigentlich nicht von schlafen sprechen konnte. Immer wenn ich gerade in die Schlafphase sinken wollte, aus der mich für gewöhnlich nichts außer einer Fliegeralarmsirene ins Land der Lebenden zurückholen kann, wurde ich von Krieg und Daisy geweckt, die wieder einmal fünfundvierzig Sekunden Hardcore-Penetration genossen. Aber erst jetzt konnte ich zum ersten Mal mit ihr reden. Ich war mir nicht mal sicher, ob sie überhaupt wusste, wer ich war.

»Das Problem mit Jerem ist, dass er die Bindung zur Erde verloren hat«, erklärte sie, bevor ich etwas antworten konnte. Sie nahm sich eine Schachtel mit gebratenem Gemüsereis und warf sie in die Mikrowelle. »Er ist total abhängig von seinen Geräten. Im Naturzustand wäre er vollkommen hilflos. Ich nicht. Ich brauche keine Geräte.« Sie stellte die Mikrowelle auf zwei Minuten ein und schaltete sie an. »Molly braucht auch keine Geräte«, fuhr sie fort. »Molly ist klasse. Sie läuft so rum, wie die Natur sie schuf, und ist absolut heidnisch. Ich hab ihr von der Erdgöttin erzählt und sie steht total drauf. Sie braucht keine Zivilisation.«

»Klar«, erwiderte ich. »Natürlich würde sie ohne sofort krank werden und in wenigen Stunden sterben. Ähm, ich glaube nicht, dass wir uns schon ...«

»Wie heißt du denn?«, wollte sie wissen.

»Allen«, antwortete ich. »Ich nehme an, du ...«

»Krieg hat mir erzählt, dass er Brüder und Schwestern hat, aber er hat mir keinen von euren Namen gesagt«, erklärte sie. »Ich heiße Daisy. Ich glaube, dass Namen Zauberkraft besitzen. Du auch?«

»Auf mich machen sie einen ziemlich willkürlichen Eind...«

»Hast du 'ne Ahnung, wie lange man das Zeug hier warm machen muss?«, fragte sie.

»Eigentlich nicht«, antwortete ich. »Du und Krieg, ihr seid also ...«

»Wir gehen zusammen ins Bett«, erklärte sie.

Inzwischen hatte ich begriffen, dass ich meine nächste Frage nicht würde beenden können, wenn sie mehr als drei Silben umfasste. »Aber warum?«, fragte ich deshalb. Ich beschloss, es drauf ankommen zu lassen. »Warum mit i...?«

»Warum mit ihm?«, unterbrach sie mich. »Weil er so ... natürlich ist. Als wäre er nicht mit der Zivilisation in Berührung gekommen. Wenn er essen will, dann isst er. Wenn er vögeln will, dann vögelt er. Wenn er etwas kaputtmachen will, dann macht er was kaputt. Er ist wie ein Mensch, der auf das Wesentlichste reduziert ist, der Mensch im Naturzustand. Er ist urwüchsig.« Die Mikrowelle piepte.

»Also macht er dich in erster Linie an, weil er ein Cro-Magnon ist«, stellte ich fest.

»Und weil er einen echt großen Schwanz hat«, fügte sie hinzu.

»Ah ja«, sagte ich.

»Wie ist er denn so geworden?«, fragte sie, während sie sich mit den Fingern Reis in den Mund schaufelte. Ihre Nägel waren schmutzig und mit schwarzem Nagellack besprenkelt.

»Sein Schwanz?«, fragte ich.

»Nein. Ich meine, wie ist Krieg so geworden, wie er jetzt ist?«

»Gute Frage«, antwortete ich.

Echo und ich waren wenig begeistert von Kriegs Erscheinen in unserer Familie. Wir waren nicht eifersüchtig. Aber sobald er laufen konnte, kam er zu Echo und mir herübergestolpert, wenn wir irgendwo friedlich zusammen spielten, und fing an, uns ohne einen Grund zu schlagen. Wenn wir gerade mit einem Spielzeug spielten, gaben wir es ihm, doch er warf es weg und schlug uns weiter. Irgendwann schubsten Echo und ich ihn dann zu Boden und er fing an zu heulen. Komischerweise war ich immer derjenige, der bei diesen Auseinandersetzungen den Kürzeren zog.

Einmal, als er drei war und Echo und ich vier, kam Krieg mit blutigen und übel zugerichteten Zehen zum Abendessen herein. Während Dad ihn sauber machte und ihm die Füße verband, fragte er ihn, was passiert sei. Krieg sagte, er habe gegen den Baum hinten im Garten getreten. Nach zwei oder drei Tritten habe es angefangen wehzutun, aber er habe einfach weitergetreten – anscheinend war er nicht darauf gekommen, dass er einfach aufhören könnte. Dad verband ihn zu Ende, ging dann zum Telefon und machte einen Termin aus, um Kriegs Zehen röntgen zu lassen. Während er am Telefon stand, schlich sich Krieg nach draußen und trat weiter gegen den Baum.

Als Molly alt genug war, um von ihrem Kinderbettchen in ein richtiges Bett umzuziehen, sollten sie und Echo ein gemeinsames Zimmer bekommen und ich eines mit Krieg. Ich hielt das für die blödeste Idee, die ich je gehört hatte, und schwor, dass ich mir eine andere Familie suchen würde, falls dieser Plan in die Tat umgesetzt würde. Echo drohte damit, aus dem Fenster zu springen, falls nötig mehrmals. Unsere Eltern berieten sich und kamen zu dem Schluss, dass es grausam sei, uns beide zu trennen. Also steckten sie Molly zu Krieg. Als wir uns an diesem Abend zum Schlafengehen fertig machten, hörten wir einen hohen Schrei, der ganz plötzlich erstickt wurde. Meine Eltern, Echo und ich rannten in Kriegs Zimmer und fanden ihn dabei vor, wie er Molly Mund und Nase zuhielt und ihren Kopf immer wieder in ihr Kissen hineinstieß. In dieser Nacht schlief Molly in Echos Bett und am nächsten Morgen räumte Dad ihr Bett, ihre Spielsachen und ihre Kleider (die sie auch damals schon nicht im Haus tragen wollte) in das kleine Eckzimmer, das sie seither bewohnte.

Nach diesem Vorfall waren unsere Eltern überzeugt, dass mit Krieg irgendetwas ernsthaft nicht stimmte und er medikamentös behandelt werden musste. Und das funktionierte auch, zumindest halbwegs. Die Medikamente hemmten seine gewalttätige Ader, aber nur, indem er mehr oder weniger rund um die Uhr ruhig gestellt wurde. Meistens lag er den ganzen Tag auf der Couch, sah fern und brachte nicht mal genug Energie auf, um die Tasten auf der Fernbedienung zu drücken. Irgendwann hörte das jedoch abrupt auf und er war wieder ganz der Alte. Dad vermutete, dass er eine Toleranz aufgebaut hatte, doch ich fand später heraus, dass er die Pillen einfach eingesteckt und vor der Schule an ältere Kinder verkauft hatte.

Zu seinem siebten Geburtstag schenkte Bobbo Krieg ein Luftgewehr – das letzte in einer langen Reihe schlecht ausgesuchter Geschenke von Bobbo. Ein paar Jahre zuvor hatte er mir einen Spielzeuglaster und Echo eine billige Plastikpuppe geschenkt, die etwas sagte, wenn man an einer Schnur zog. Irgendwann kamen wir auf ein Spiel, bei dem mein Laster immer wieder die Puppe überfuhr, und als wir keine Lust mehr darauf hatten, landeten Puppe und Laster auf Nimmerwiedersehen in der Garage. Doch nach Kriegs Meinung hatte Bobbo gut gewählt. Seine Freude darüber, eine echte Feuerwaffe zu bekommen, wurde nur leicht getrübt, als er feststellte, dass die Munition nur aus kleinen Schrotkugeln und nicht aus Hohlspitzen-Stahlkerngeschossen bestand. Dad war allerdings alles andere als begeistert.

»Das ist das Verantwortungsloseste, das du jemals getan hast«, sagte er ärgerlich zu Bobbo. »Einem Kind ein Gewehr zu geben! Und vor allem *diesem* Kind!«

»Hey, reg dich ab«, antwortete Bobbo. »Nimm ein Beruhigungszäpfchen. Erstens ist es kein echtes Gewehr. Zweitens kann er auf diese Weise seine gewalttätigen Triebe loswerden. Wenn er jemanden zusammenschlagen will, kann er einfach in den Garten gehen und stattdessen ein paar Dosen wegblasen. Ich hatte in seinem Alter damals in Pennsylvania auch ein Gewehr und ich bin auch ganz okay geworden. Ich werd ihm sogar zeigen, wie man damit umgeht.«

Dad erklärte sich widerwillig einverstanden, und so schauten wir alle später am Nachmittag im Garten zu, wie Bobbo auf einem billigen Klapptisch aus der Garage eine Pyramide aus Dosen aufbaute. Der ganze Wirbel schien Doojs Hund zu irritieren, denn er lief doppelt so schnell wie sonst im Kreis herum. »Ähm, sollten die Dosen nicht leer sein?«, fragte ich.

»Ist doch egal«, entgegnete Bobbo. »Okay, Craig, ich möchte, dass du Folgendes tust. Zuerst suchst du dir ein bestimmtes Ziel. Du darfst nicht einfach sagen: ›Ich will eine von den Dosen da treffen‹ und drauflosschießen. Such dir den genauen Punkt auf einer ganz bestimmten Dose, den du treffen willst. Damit du mehr Halt hast, lässt du dich besser auf ein Knie fallen – ja, genau so –, hältst das Gewehr mit der linken Hand gerade und drückst mit der rechten Hand ab. Okay, hast du dir dein Ziel ausgesucht? Dann kannst du feuern, wenn du fertig bist.«

Krieg zielte, hielt plötzlich inne – und stand auf, drehte sich um, lief zum schmiedeeisernen Zaun hinüber und begann auf Doojs Hund zu schießen. Echo schaffte es, ihn zu packen, aber erst nachdem er einen deutlichen Treffer gelandet hatte: Doojs Hund jaulte auf und kroch meines Wissens zum allerersten Mal in seine Hundehütte. Einen Augenblick später kam Dooj selbst heraus, um nachzusehen, was los war. Dad musste ihm einiges erklären, vor allem weil Bobbo das Durcheinander ausnutzte, um sich heimlich zu seinem Wagen zu schleichen und zu seiner Wohnung zurückzurasen. Echo musste sich ganz schön anstrengen, um Krieg das Gewehr abzunehmen, der ihr sogar in die Finger biss, um sich dagegen zu wehren.

Doch verglichen mit ihrem nächsten Zusammenstoß war das noch ein Liebesmahl. Inzwischen besuchten wir alle die High School, und während die langen nächtlichen Gespräche zwischen mir und Echo immer seltener geworden waren und irgendwann ganz aufgehört hatten, bekamen wir gelegentlich mit, wie Krieg Schimpfkanonaden über das eine oder andere Thema losließ (ob

Jerem hinter dem Vorhang um sein Bett zuhörte, mag dahingestellt sein). Normalerweise ging es dabei um ausgeklügelte Rachefeldzüge gegen irgendwelche Leute, die Krieg seiner Meinung nach ungerecht behandelt hatten: »Ich werde diesen beschissenen Scheißer so zusammenscheißen, dass er nicht mehr richtig scheißen kann.« Doch an diesem speziellen Tag – nicht lange nachdem ich im Sekretariat sein Persönlichkeitsprofil vorgelegt bekommen hatte – hielt er Jerem einen ausführlichen Vortrag über das schwache Geschlecht. »Alles Schlampen«, sagte er. »Wenn ich etwas über diese beschissenen Schlampen weiß, dann, dass man ihnen zeigen muss, wer der Chef ist, sonst verscheißern sie einen. Ich sag dir, wenn so 'ne Scheißschlampe nicht mit mir ficken will, dann bring ich sie dazu.«

Echo warf ihre Decken mit einem Geräusch zurück, als würde sie die Luft auseinander reißen, stieß die Tür so heftig auf, dass sie fast aus den Angeln geflogen wäre, stürmte in Kriegs Zimmer, zerrte ihn in den Flur und machte sich daran, ihn zu erwürgen. Krieg zappelte wild herum wie ein Mistkäfer, der auf den Rücken gefallen war, konnte aber nichts ausrichten – Echo hatte ein Knie fest auf seine Brust gesetzt. Ich stolperte in den Flur und rieb mir die Augen. »Hey, was machst du da?«, rief ich. »Ech, du bringst ihn ja um!«

»Genau das habe ich vor«, antwortete sie grimmig. Kriegs Gesicht hatte eine dunkle, weinrote Farbe und seine belegte, geschwollene Zunge hing ihm aus dem Mund. »Es ist doch offensichtlich, dass die Welt ohne ihn besser dran ist.«

»Komm schon, du kannst ihn doch nicht einfach umbringen«, sagte ich. »Das ist doch lächerlich. Echo, komm jetzt.« Ich packte einen ihrer Ellbogen und versuchte, ihre Hände von seiner Kehle wegzuziehen, doch sie schüttelte mich mit Leichtigkeit ab. Ich hörte ein Klicken und dann schwang Mollys Tür auf. Sie schrie auf und zerrte ebenfalls erfolglos an Echos Ärmel.

»Echo, hör auf!«, brüllte Molly. »Du darfst ihn nicht ...«

»Versteht ihr denn nicht?«, sagte Echo. »Ich bewahre irgendein armes Mädchen davor, von diesem ... diesem Kakerlak vergewaltigt zu werden! Ich rette Leben!« Sie schaute in Kriegs aufgedunsenes dunkelrotes Gesicht, seine Augäpfel rollten nach hinten. »Überzeug mich doch, dass es nicht so ist«, zischte sie. »Überzeug mich, dass ich nicht mehr Menschen zum Tode verurteile, wenn ich dich am Leben lasse, als wenn ich die Sache zu Ende bringe.«

Und in diesem Moment äußerte Krieg das einzige Wort, das ihn retten konnte. Dieses Wort lautete: ». . . agaaahh . . .«

Echo hielt den Atem an und ließ ihn los. Kriegs Kopf fiel mit einem dumpfen Aufprall auf den Teppich. »Oh mein Gott, es tut mir Leid, es tut mir so Leid«, wimmerte sie. »Ich weiß nicht, was . . . oh mein Gott, oh mein Gott . . .«

»Geh verdammt noch mal runter von mir«, keuchte Krieg. Echo fiel irgendwie rückwärts in Mollys Arme und Tränen rannen ihr übers Gesicht. Krieg lag auf dem Rücken und schnaufte einen Moment lang, bevor er sich wieder aufrappelte. Er trat Echo in die Seite, was sie nur noch mehr weinen ließ. »Du beschissene Fotze!«, stieß er hervor, was sehr viel lauter geklungen hätte, wäre seine Luftröhre nicht beinahe zerquetscht worden. »Wenn du noch einmal mein Scheißzimmer betrittst, bring ich dich um. Hast du verstanden, du Schlampe? Ich bring dich um!« Er stolperte rückwärts in sein Zimmer zurück und knallte wütend die Tür zu.

Echo blieb zusammengerollt auf dem Teppich liegen, während Molly ihr sanft übers Haar strich. »Es tut mir so Leid, es tut mir so Leid«, stöhnte sie. »Ich wollte nicht . . . ich meine . . . meine Güte, was ist bloß in mich gefahren?«

»Schhh«, sagte Molly. »Schhhhhhh.«

Bobbos Tür ging auf und er steckte den Kopf in den Flur hinaus. »Hey, was ist denn da unten los?«, wollte er wissen.

»Eine Kissenschlacht«, antwortete ich.

Fringie kriegt 'ne gelbe Karte

Der Gegenstand dieses Streits war allerdings inzwischen rein hypothetisch: Daisy schien ziemlich bereitwillig zu sein, und im Laufe der Woche fand ich es allmählich immer unverständlicher, warum sie und Krieg nicht vor Erschöpfung tot umfielen. Sie schienen es den ganzen Nachmittag und die ganze Nacht zu tun, und nach den Computernachrichten zu urteilen, die wir jeden Tag von der Ilium-Anwesenheitsstelle bekamen, vermutlich auch den ganzen Morgen. Die Schule bot mir eine zeitweilige Erholung von den Geräuschen ihres ekstatischen Geschlechtsverkehrs, doch das bedeutete bloß, dass mich nichts davon ablenkte, wie Fringie sich an Peggy klammerte, als wolle er ihr jeden Moment seinen Legebohrer in die Kehle rammen. Mein einziger Trost war, dass Peggys Jacke dick genug war, um ein Artilleriefeuer abzuwehren; also mussten Fringies Grapschversuche ungefähr so sein, als fühlte man etwas durch eine dicke Vinylschicht.

Das dachte ich zumindest. Andererseits kannte ich mich in diesen Dingen nicht so gut aus wie Holdn und wusste daher nicht, worauf ich achten musste. Einmal aß ich gerade im Redaktionsraum zu Mittag und fand, dass sich Peggy und Fringie ungewöhnlich zurückhielten – jeder saß ausnahmsweise auf einem eigenen Stuhl, Fringie las Machiavellis *Mandragola*, während Peggy die Layoutbögen der aktuellen Ausgabe durchsah –, als Cat, Hank und Holdn hereinkamen. Holdn warf einen flüchtigen Blick auf Fringie und seine Miene verfinsterte sich. »Wo ist die andere Hand, Fringie?«, fragte er.

Fringie schaute von seinem Buch auf. »Hmm?«

»Die andere Hand«, wiederholte Holdn. »Die eine hält das Buch. Wo ist die andere?« Er folgte Fringies Arm mit den Augen bis in Peggys Jacke. »Sehr schön«, versetzte er. »Gib mir diese Hand.«

»Was?«, fragte Fringie.

Holdn riss Fringies Hand aus Peggys Jacke, schnappte sich ein Lineal vom Layouttisch und schlug Fringie damit auf die Knöchel. »Ich will das nicht noch mal sehen, hörst du?«, warnte Holdn. »Für dich ist sie ein Fußball. Du hältst die Hände von ihr fern. Alles klar?«

Fringie gähnte. »Kinderkram«, brummte er.

»Und jetzt zu dir«, sagte Holdn. Er bückte sich, um Peggy direkt in die Augen zu schauen. »Immer schön bis obenhin zuziehen, okay? Braves Mädchen.« Peggy zog ihren Reißverschluss gehorsam noch ein paar Zentimeter höher.

»Hör nicht auf ihn«, sagte Fringie zu ihr.

»Ich mag es hochgeschlossen«, erklärte sie.

»Recht so«, meinte Holdn. »Hey, ich glaube, Benito hat dich gerufen.«

»Echt?«, fragte Peggy. »Dann geh ich mal besser nachsehen, was sie will.« Sie stand auf und ging in Benitos Büro hinüber.

Fringie seufzte und knallte sein Buch zu. Da es sich dabei um ein Taschenbuch handelte, hörte man nur ein leichtes Rascheln anstatt eines schönen, lauten Knalls. »Nein, diese Reife«, spöttelte er.

»Oh, ich weiß schon, dass es kindisch ist«, erwiderte Holdn. »Aber bei dir kann ich einfach nicht anders. Bei dir fühle ich etwas, das ich noch nie zuvor gefühlt habe. Wir sind dazu bestimmt, zusammen zu sein, verstehst du das denn nicht?« Er sprang Fringie auf den Schoß und begann, ihm das Gesicht abzulecken.

»Du bist wirklich zum Schreien komisch«, sagte Fringie. Er schubste Holdn von seinem Schoß hinunter. »Na schön. Du hast deinen Spaß gehabt. Ich empfehle dir dringend, diesen Mist in Zukunft sein zu lassen. Und das rate ich dir im Guten. Das ist die letzte Warnung.« Er stand auf und ging gelassen hinaus, an Hayley vorbei, die gerade hereinkam.

»Was war denn hier los?«, fragte sie.

»Nichts Besonderes«, antwortete Holdn. »Fringie stößt leere Drohungen aus und ich bemühe mich, mir nicht in die Hose zu machen. Ich meine, ich bin ja selbst ein Meisterpenetrator, aber um diese Tour mit Kaylin durchzuziehen, muss man schon richtig mies sein.«

Mach dich auf was gefasst

Dem stimmte ich zu. Vor allem, weil diese Tour anscheinend weitgehendst daraus bestand sicherzugehen, dass ich immer eine Abfuhr bekam. Jedes Mal wenn ich Peggy irgendwo auf dem Schulgelände oder beim Journalismuskurs traf, sagte sie zu mir: »Tut mir Leid, hab grad keine Zeit zum Reden« und verschwand wieder. Doch ganz zweifellos gab es noch Dinge zu klären. Deshalb ging ich am Samstagnachmittag zu den Kaylins hinüber, um mich mit ihr auszusprechen. Grant öffnete mir die Tür. »Ist Peggy da?«, fragte ich.

»Äh, ja«, antwortete er. »Sie ist oben.«

»Komm rein, Allen«, rief Mrs. K. aus der Küche. »Die Kinder sind im Fernsehzimmer. Grant, sag Peggy Bescheid, dass Allen da ist.«

Ich ging durch den Flur ins Fernsehzimmer, wo sich Kelly auf der Couch rekelte, auf ihre linke Hand starrte und sich eine Talkshow im Fernsehen anhörte. Das Thema lautete: »Ich trage keine Hosen!« Kelly hatte durchaus einen Bezug zu diesem Thema. Ihr Outfit bestand aus einem langen rosafarbenen T-Shirt mit kitschigen Kätzchen drauf und Boxershorts aus Paisleystoff. »Hi«, sagte ich.

»Ä-hä«, erwiderte sie geistesabwesend.

Käs schlenderte aus der Küche herein und stopfte sich mit dem Handteller das letzte Stück Schokoladenkuchen in den Mund. »Hey, gib mir die Fernbedienung«, nuschelte er mit braun verklebten Zähnen.

»Ich brauche sie«, entgegnete Kelly.

»Stimmt gar nicht«, sagte Käs. »Du hast sie bloß zufällig bei dich.«

»Bei dir«, verbesserte ich.

»Bei mir?«, fragte Käs. »Nein, Kelly hat sie. Und sie benutzt sie gar nicht.«

»Ich halte dich vom Umschalten ab«, erwiderte Kelly und klimperte mit den Wimpern. »Ich guck das hier.«

»Tust du nicht«, sagte er.

»Tu ich doch.«

»Nicht streiten«, rief Mrs. K. aus der Küche.

»Jetzt gib sie schon her!«, fuhr er Kelly an. Er stürzte sich auf die Fernbedienung, aber Kelly setzte sich blitzschnell auf und riss sie weg, so dass Käs mit dem Gesicht im Kissen landete.

»Echt schnell«, stellte Kelly fest. Käs griff wieder danach, doch diesmal hielt Kelly sie sich über den Kopf, so dass er stattdessen auf ihre Brust fasste. »Perverser«, sagte sie. Käs lief dunkelrot an und er schlug ihr ins Gesicht.

»MAA-MAAA!«, schrie Kelly. »KÄS HAT MIR AN DIE BRUST GEFASST UND MIR INS GESICHT GEHAUEN!«

Käs schaute entsetzt auf seine Faust, ließ die Fernbedienung fallen, die er sich gerade geschnappt hatte, und rannte nach oben. Mrs. K. kam in dem Moment aus der Küche, als Käs' Zimmertür zuknallte. »Was ist denn passiert?«, fragte sie. »Alles in Ordnung?«

»Ja, klar«, antwortete Kelly. »Er hat nicht feste geschlagen. Käs ist ein Weichei.«

»Kelly«, sagte ich, »dein Mund ist ganz blutig.«

»Hä?«, fragte sie. Sie befühlte die Innenseite ihrer Wange mit der Zunge. »Hey«, sagte sie. »Meine Wange ist innen ganz zerrissen und so. Kommt bestimmt von meiner Zahnspange. Cool.«

»Tut das nicht weh?«, fragte ich.

»Nö«, antwortete sie. »Es brennt nur ein bisschen. So wie wenn man auf Folie kaut. Wow, das ist echt cool.«

»Ich hol dir etwas Eis«, sagte Mrs. K.

»Vielleicht komm ich besser später noch mal«, meinte ich. Ich zog mich in den Flur zurück, doch als ich die Tür erreichte, kam Peggy endlich nach unten.

Ich starrte sie an.

»Was ist?«, fragte sie.

»Deine ... deine Haare«, stammelte ich.

»Bist du nur gekommen, um dich über meine Haare zu beschweren?«

»Nein, ich wusste nur bis jetzt noch nichts davon«, erwiderte ich. Sie hatte sich die Haare glänzend schwarz gefärbt, die gleiche Farbe wie Kelly. »Wann hast du ...«

»Gerade eben«, antwortete sie. »Was willst du?«

»Oh«, sagte ich. »Ähm, na ja, ich hab so allmählich das Gefühl, dass irgendwas nicht stimmt, und da dachte ich ...«

»Sorry, Al«, unterbrach mich Fringie, der hinter Peggy auf der Treppe erschien. »Wir wollten gerade gehen.«

»Ich hab nicht mit dir geredet«, entgegnete ich.

»Hey«, sagte Fringie. »Was läuft denn so?«

Ich hielt das für eine seltsame Antwort, doch dann hüpfte Kelly in die Diele und ich begriff, dass er nicht mit mir sprach. Falls er jedoch mit Kelly redete, schien sie es nicht zu merken – sie starrte Fringie nur verdutzt an. »Jedenfalls«, sagte ich, »wollte ich sowieso gerade nach Hause.«

»Klar wolltest du das«, gab Fringie zurück. Er und Peggy kehrten in ihr Zimmer zurück und schlossen die Tür hinter sich.

Auf dem Heimweg hätte ich auch gern jemandem ins Gesicht geschlagen, am liebsten Fringie. Ich wäre echt sauer gewesen, wenn mich das Ganze nicht so perplex gemacht hätte. Für gewöhnlich durfte niemand in Peggys Zimmer, das war privat. Und doch war Fringie da oben gewesen. Das passte einfach nicht zusammen. Wenn ich einer von diesen hyperintelligenten Supercomputern gewesen wäre, wären mir die Schaltkreise um die Ohren geflogen und ich hätte mich geweigert, die CD-Schubladen zu öffnen, wenn ich versucht hätte, mich mit diesem Thema zu befassen.

Zu Hause fand ich Molly im Wohnzimmer vor. Sie starrte einen Kerzenständer auf dem Beistelltisch an. Zuerst dachte ich, sie wolle sich selbst hypnotisieren, bis ich den Zeichenblock auf ihrem Schoß entdeckte und begriff, dass sie ihn zeichnen wollte. »Na, wie steht's?«, fragte ich.

»Weißt du, was du mit deinem Leben anstellen möchtest?«, wollte sie wissen.

»Mit meinem Leben? Äh, keine Ahnung. Ich habe irgendwie den Eindruck, dass ich schon mittendrin bin.«

»Ich glaube wirklich, ich möchte irgendwas mit Kunst machen«, erklärte Molly. »Ich bin in diesem Kunstkurs, den wir belegen müssen, und bin schon ganz besessen davon. In letzter Zeit möchte ich nur noch irgendwelche Sachen malen. Ich würde echt gerne Leute zeichnen, aber ich weiß nicht, wie man sie dazu kriegt, für einen Modell zu stehen. Weißt du das?«

»Soll das ein Witz sein?«, entgegnete ich. »Ich bin in letzter Zeit ja schon froh, wenn die Leute mit mir in einem Raum bleiben.«

Die Tür flog auf und einer von Kriegs Dreadnok-Freunden schlenderte herein. Er stieg die ersten paar Treppenstufen hinauf, erhaschte dann jedoch einen Blick auf Molly, blieb stehen und starrte einfach nur herüber. »Hallo!«, sprach ich ihn an. »Kann ich dir irgendwie helfen?«

»Ich bin hier, um Krieg und meine Schwester abzuholen«, erklärte er. »Wir fahren zum Konzert von Crucified Vomit.«

»Deine Schwester? Du meinst Daisy?«, fragte ich. Plötzlich fiel mir ein, woher ich ihn kannte. »Moment mal, ich erinnere mich an dich. Du bist Mark Warner. Du warst bei mir zur Schülerberatung.«

»Warder«, knurrte er. »Ich heiße Warder.«

»Verzeihung«, sagte ich.

»Schön«, brummte er und strich sich die Haare aus den Augen. »Weißt du, ich wollte mich noch bei dir und der kleinen Dicken bedanken«, fuhr er fort. »Ich hab die Broschüre gelesen und ich glaube, ich habe einiges gelernt. Ich schneide mich nicht mehr.«

»Echt?«, fragte ich. »Das ist toll.«

»Ja, ich schneide jetzt andere Leute«, erklärte er. Damit ging er nach oben, und eine Minute später zwängten sich Mark, Krieg und Daisy in Warders Auto und fuhren davon.

Ich seufzte. »Also macht Krieg heute einen drauf, während ich hier rumsitze und vielleicht übers Internet mit fünfzigjährigen Typen quatsche, die sich als Cheerleader ausgeben. Einfach klasse. Seit Peggy mit diesem Fringie zusammen ist, unternehmen wir überhaupt nichts mehr.«

»Wann habt ihr überhaupt jemals was unternommen?«, wollte Molly wissen.

»Was?«

»Hab ich vielleicht was verpasst?«, fragte sie und arbeitete weiter an ihrer Zeichnung. »Ich wusste nicht, dass ihr zusammen ausgeht und was unternehmt und so. Ich dachte, du würdest einfach nur manchmal rübergehen und bei ihr zu Hause rumhängen. Wie das doofe Nachbarskind in einer Fernsehserie.«

»Es ist mehr als das«, wiedersprach ich. »Sie ist meine allerbeste Freundin – oder war es, bis Fringie sie in Beschlag genommen hat. Wir haben die ganze Zeit was unternommen.«

»Wann denn zum letzten Mal?«, wollte Molly wissen.

»Was?«

»Wann seid ihr das letzte Mal zusammen ausgegangen und habt was unternommen? Und wenn's auch nur ein Kinofilm war.«

»Na ja, erst vor ein paar Wochen bin ich rübergegangen. Käs hatte sich *Mohan Tadikonda: Meister der asiatischen Kampfsportarten* ausgeliehen und wir haben es uns alle zusammen angesehen.«

»Videofilme zählen nicht«, entgegnete Molly. »Auch nicht Besuche auf der Arbeit, Schulausflüge und so was.«

»Meinetwegen«, sagte ich. »Ich erinnere mich vielleicht nicht an das *letzte* Mal, aber es hat viele Male gegeben. Wir haben zum Beispiel mal Minigolf gespielt . . .«

»Was für eine Ballfarbe hattest du?«

»Blau«, antwortete ich. »Wieso?«

»Und Peggy?«

»Orange.«

»Wer hat gewonnen?«

»Peggy. Einundfünfzig zu fünfundfünfzig.«

»Du erinnerst dich an all das, aber nicht daran, wann ihr das letzte Mal was zusammen unternommen habt?«

»Das ist wirklich ein tolles Verhör«, stellte ich fest. »Aber darum geht es bei unserer Freundschaft nicht unbedingt. Ich meine, sich ins Auto setzen und irgendwohin fahren kann jeder. Aber nicht jeder kann sich richtig unterhalten.«

»Okay, wann hast du dich das letzte Mal richtig mit Peggy unterhalten?«, fragte sie.

»Ach, lass mich doch in Ruhe, du nervst mich«, entgegnete ich gereizt.

Spätentwickler

Aber Molly hatte mich nachdenklich gemacht und ich musste zugeben, dass Peggy und ich uns auseinander gelebt hatten, auch schon bevor sie mit Fringie zusammengekommen war. Okay, also würde ich nie die Nummer 95 werden. Schön. Aber ich würde auch nicht mehr lange ihr bester Freund sein, wenn die Dinge so weiterliefen wie bisher. Ich wusste mit Bestimmtheit, dass Fringie so raubtierhaft und gierig war, dass er wahrscheinlich nur zum Spaß Antilopenherden herumscheuchte. Ich wusste außerdem, dass er Peggy irgendwann in naher Zukunft ernsthaft verletzen würde. Und ich wusste, dass ich alles Mögliche versucht hatte, um sie zu warnen, sie aber nicht auf mich hören wollte. Da dem so war, handelte ich nicht gerade wie ein guter Freund, wenn ich weiterhin darauf rumritt, was für ein schlechter Mensch Carver Fringie war. Es war besser, ihn überhaupt nicht mehr zu erwähnen und ihr stattdessen zu helfen, wenn er sie dann tatsächlich fallen ließ.

Ich ging am nächsten Morgen zu den Kaylins hinüber, um meinen neuen Vorsatz in die Tat umzusetzen, doch es war niemand zu Hause. Ich schaute auf die Uhr und kam darauf, dass sie vermutlich in der Kirche waren. Als ich den Weg von ihrer Haustür zurückwanderte, blickte ich zufällig zur Schule hinüber und entdeckte davor erstaunt acht große weiße Lastwagen. Ich beschloss, der Sache auf den Grund zu gehen. Es war ja nicht gerade so, dass ich viele andere Dinge zu tun hatte, und außerdem, hey, schwere Lkws.

Noch von der anderen Straßenseite aus hörte ich, wie Doctor Todd seine Anordnungen durch sein Megaphon brüllte: »Entfernung unzulänglich! Sprüche noch zu erkennen! Entfernung wiederholen!« Als ich am Rad ankam, sah ich zunächst nur die Gruppe von Arbeitern, die in allen Richtungen schwer mit Sandstrahlgeräten und Hochleistungs-Spritzpistolen zugange waren. Dann erst entdeckte ich, was sie da überhaupt entfernten. Jede sichtbare Oberfläche – die Schließfächer, die Außenwände, sogar das Rad selbst – war mit fast zwei Meter hohen Graffiti bedeckt. »SCHEISS NIGGER« »JUDEN INS GAS« »MEXIKAHNER GEHT NACH HAUSE« »SCHWULE SÄUE AUF DEN STUHL«. Und das waren noch die harmloseren Sprüche. Dazu kamen noch haufenweise Hakenkreuze und so viele schematische Darstellungen männlicher Genitalien, dass Freud vermutlich rot angelaufen wäre. Doch dann schaute ich zum Turm hinüber und spürte plötzlich einen schweren Druck in der Magengrube, so als hätte ich einen Satz Billardkugeln verschluckt. Denn auf dem Sockel des Turmes stand in kleinen, krakeligen Laserbuchstaben die Inschrift

CRUCIFIED VOMIT REHGIERT.

Ich ging zu Doctor Todd hinüber, der mit finsterem Blick sein Megaphon hielt. »Ich kann mir ziemlich gut vorstellen, wer das gewesen ist«, sagte ich zu ihm.

»Nicht versuchen, Bruder zu verteidigen«, antwortete Doctor Todd. »Hauptverdächtiger. Einziger Verdächtiger. Wird morgen früh ins Büro bestellt. Bin überzeugt von Schuld.«

»Ich auch«, pflichtete ich ihm bei. »Und ich würde es außerordentlich begrüßen, wenn Sie ihn ins Jugendgefängnis verfrachten könnten. Kann ich irgendwie bei der Reinigung helfen?«

»Nein«, entgegnete Doctor Todd. »Unfallgefahr. Schule kann sich keine Gerichtsverfahren leisten. Geh nach Hause.«

Ich sprang über den Zaun auf die Straße zurück und war fest entschlossen, Bobbo aus dem Bett zu zerren und ihn zu überreden, dass er etwas wegen Kriegs neuestem Kunststück unternehmen musste. Doch dann bog der Lieferwagen der Kaylins um die Ecke und ich vergaß das Ganze wieder. Käs und Grant sprangen zuerst raus und flitzten ins Haus. Kelly und Peggy folgten ihnen mit gemäßigteren Schritten: Kelly zappelig und mit huschenden Blicken in einem hübschen Rüschenkleid, das leuchtend orange und vanillefarben war wie ein Creamsicle-Cocktail; Peggy dagegen mürrisch und mit tiefschwarzen Strähnen im Gesicht, die Hände in die Taschen gezwängt, unter der schwarzen Lederjacke ein kanariengelbes Kleid, das sie sich im Sommer davor in meiner Anwesenheit genäht hatte. »Hallo«, sagte ich.

Peggy schaute zu mir herüber und runzelte die Stirn, während Kelly ins Haus hüpfte. Die beiden Vordertüren des Lieferwagens öffneten sich und Mr. und Mrs. K. kletterten heraus. »Ärger dich nicht über Peggy, Allen«, sagte Mrs. K. »Sie schmollt bloß, weil sie ihre Jacke nicht in der Kirche anziehen durfte.«

»Redet nicht über mich, als wär ich nicht da«, murrte Peggy leise.

»Ich glaube, wir können echt dankbar sein«, lachte Mr. K. »Wir haben vier zusätzliche Jahre aus ihr rausgeholt, bevor die Teenagerrebellion eingesetzt hat.«

»Was redest du da?«, versetzte Peggy. »Erstens ist es noch lange keine ›Rebellion‹, wenn ich meine Jacke tragen will. Ich trage sie ja nicht, weil ich Schwierigkeiten machen will, sondern weil sie mir gefällt, okay? Und wie kommst du auf ›vier Jahre‹? Warum glauben bloß immer alle, dass man sich gegen seine Eltern auflehnt und in Schwierigkeiten gerät, sobald man ein Teenager ist? Wann bin ich auch nur ein einziges Mal ungezogen gewesen? Ich war doch immer brav, oder nicht? War ich nicht immer brav? War ich das nicht?«

»Natürlich, Liebling . . .«, begann Mrs. K.

»Dann KRITISIERT MICH AUCH NICHT!«, schrie Peggy. Ihre Stimme hallte über die ganze Straße, als sie ins Haus rannte und die Tür zuknallte.

»Das war doch bloß ein Witz«, sagte Mr. K.

»Wann war Peggy das letzte Mal nicht gekränkt, wenn jemand einen Witz auf ihre Kosten gemacht hat?«, fragte ich. »Außerdem hat sie Recht. Ich meine, Sie haben eines der besten Kinder in der Geschichte dieser Spezies abbekommen und sie hat es nicht verdient, dass man über sie spricht wie über ein altes Auto.«

»Ich werd's mir merken«, erwiderte Mr. K. etwas frostig. Sie traten ins Haus. Da ich offenbar nicht hereingebeten wurde, ging ich nach Hause.

Der Teil, in dem ich aufhöre, meine Frau zu schlagen

Als Bobbo aufwachte, erzählte ich ihm von Kriegs neuestem Werk in Sachen Hasstiraden, doch er zeigte sich skeptisch. »An ein paar Graffiti ist noch nie jemand gestorben«, sagte er. »In seinem Alter hab ich mich auch auf so einigen Toilettenwänden verewigt. ›Hier sitze ich, mit gebroch'nem Herzen‹ . . . Hehe.«

»Aber das Zeug war einfach fies«, protestierte ich.

»Ach, komm schon«, sagte Bobbo. »Musst du immer alles übertreiben? Du siehst einen großen Typ und er ist so hoch wie das Washington Monument. Du siehst einen dicken Typ und er wiegt so viel wie ein Mack-Truck. Vielleicht war es nicht ganz in Ordnung. Na und?«

»Ich denke doch, ›SCHWULE SÄUE AUF DEN STUHL‹ in fast zwei Meter hohen Buchstaben ist etwas mehr als nicht ganz in Ordnung«, entgegnete ich.

»Im Übrigen, woher weißt du eigentlich, dass es Krieg war?«, fragte Bobbo. »Du hackst doch nur auf ihm herum, weil er der einzige Normale von euch Fünfen ist. Aber wenn du willst, dass ich mit ihm rede, dann rede ich halt mit ihm. Wo ist er denn?«

Eine schnelle Suche im ganzen Haus ergab, dass er nirgendwo zu finden und offensichtlich auch nicht zurückgekehrt war, nachdem er am Abend zuvor zum Konzert gefahren war. Vermutlich weilte er in Buena Park und trieb es mit Daisy in Warders Bett, während der Hausherr draußen rumhing und versuchte, die vorbeikommenden Nachbarskinder zu erstechen. Er kam weder am Nachmittag noch am Abend zurück, und als ich am Montag aufwachte, war er immer noch nicht wieder aufgetaucht. In der Schule stellte ich erfreut fest, dass alle Graffiti verschwunden waren, obwohl die Arbeiter ihre Spuren nicht vollständig beseitigt hatten. Den ganzen Tag hörte ich Leute fragen: »Was soll das denn? Warum haben sie alles nur so schlecht überstrichen?« und »Woher kommt denn all dieses Pulver?« Als mich die Leute danach fragten, während ich ihre roten Scheine abzeichnete, versuchte ich, das Thema zu wechseln.

Ich zeichnete mittags so viele Scheine ab, dass ich Peggy fast ebenfalls gefragt hätte, wofür sie ihren Schein bekommen hatte, als sie in den Redaktionsraum kam. »Äh, hi«, sagte ich.

»Meine Mom hat mir erzählt, was du gestern gesagt hast«, sagte sie.

»Oh«, erwiderte ich. »Äh, du hast doch deshalb keinen Ärger gekriegt, oder?«

»Nein«, antwortete sie. Sie schob die Hände in ihre Jackentaschen und schaute zuerst eine Weile zu Boden und dann mir direkt ins Gesicht. »Warum setzt du dich für mich ein, wenn du mich nicht respektierst?«, fragte sie.

»Was? Natürlich respektiere ich dich.«

»Tust du nicht«, widersprach sie. »Oder du hasst mich. Welches von beiden?«

»Was?«

»Ich hab mich mit Carver darüber unterhalten, warum du mir immer wieder sagst, ich solle mich nicht mit ihm treffen«, erklärte sie. »Und er hat gemeint, entweder respektierst du mich nicht genug, um mir genügend Urteilsvermögen zuzutrauen, oder du hasst mich insgeheim und willst, dass ich unglücklich und allein bin. Ich dachte mir, im Zweifel für den Angeklagten, und gehe dir zuliebe davon aus, dass es Ersteres und nicht Letzteres ist.«

»Hör mal, wenn du nicht willst, dass ich über Fringie rede, werde ich es auch nicht mehr tun«, versicherte ich. »Ich werde ihn nie wieder erwähnen. Aber ich hasse dich nicht und ich respektiere dich. Ich bin nur besorgt.«

»Warum?«, fragte sie. »Weshalb solltest du besorgt sein?«

»Weil sich demnächst irgendwann herausstellen wird, dass er genau wie alle anderen ist, und wenn du dich zu sehr auf ihn einlässt, wirst du verletzt werden«, erklärte ich. »Ich hab ihn über seine große Strategie reden hören, wie er dich ins Bett kriegen will.«

»Du lügst«, sagte sie.

»Nein, tu ich nicht.«

»Entweder du lügst oder du hast alles völlig missverstanden«, folgerte sie. »Alle anderen haben versucht, mich zum Sex zu drängen, als ich noch nicht dazu bereit war. Aber Carver und ich haben das Problem schon aus dem Weg geschafft. Er hat mich gefragt, was ich darüber denke, und ich hab gesagt, dass ich noch nicht dazu bereit bin, an diesem Punkt in meinem Leben so viel von mir zu geben, und dass es meiner Überzeugung zuwiderlaufen würde, es ohne eine größere Bindung zu tun. Und er hat geantwortet, er respektiert das vollkommen und er ist froh, dass wir wie vernünftige Erwachsene darüber gesprochen haben.«

»Er wollte sich doch bloß dein Vertrauen erschleichen«, entgegnete ich.

»Siehst du?«, sagte sie. »*Siehst du?* Du respektierst mich nicht! Du tust so, als wäre ich total schwach und hilflos und dumm und als würde ich nicht merken, wenn er irgendwelche krummen Touren versuchen würde, oder als würde ich ihn dann nicht aufhalten können. Hab ich genau das nicht schon dreiundneunzigmal getan? Genau das? Ein Teil von mir ... ein Teil von mir ...« Sie ballte die Hände in ihren Taschen zu Fäusten. »Verstehst du, es ist ja nicht so, dass ich nicht versucht wäre. Ich bin ja nicht ... Es ist ja nicht so, dass ... Ich wurde halt dazu erzogen, an gewisse Dinge zu glauben, okay? Und Keith auch, und Kelly, und Grant. Und es ist vielleicht altmodisch, und vielleicht machen sich Zab und andere Leute darüber lustig, aber so bin ich halt. Das bedeutet ja nicht, dass ich ... dass ich keine ... dass ich ...« Sie seufzte. »Ich weiß genau, was ich tue, okay? Niemand kann mich austricksen oder überreden oder einschüchtern, damit ich irgendwas mache, was ich nicht will – oder von dem ich denke, dass ich es nicht tun sollte. Selbst wenn ich ... selbst wenn ... egal. Jedenfalls bin ich kein kleines Kind mehr.«

»Ich weiß, dass du das nicht bist«, sagte ich. »Aber das heißt noch lange nicht, dass du ein ›vernünftiger Erwachsener‹ bist. Du bist es nicht. Und ich bin es nicht, Fringie ist es nicht, keiner von uns ist es. Man ist nicht einfach zuerst ein Kind und dann ein Erwachsener. So funktioniert es einfach nicht, nicht mit dreizehn, nicht mit achtzehn, überhaupt nicht. Genauso wie man nicht zuerst ein Säugling und dann alt ist. Es gibt mehrere Schritte dazwischen. Wir sind Jugendliche. Das heißt, wie sind keine Kinder mehr, aber wir sind auch noch keine Erwachsenen. Einige Menschen, wie zum Beispiel meine Schwester Molly, machen gerade den Schritt vom Kind zum Jugendlichen. Und andere, wie Hayley vielleicht, wandeln sich gerade vom Jugendlichen zum Erwachsenen. Aber ein Jugendlicher zu sein bedeutet, plötzlich sehr viel Verantwortung für sein eigenes Leben zu übernehmen; das ist noch neu für uns und keiner von uns hat schon ein wirklich gutes Urteilsvermögen. Ich ganz bestimmt nicht, zumindest noch nicht. Wenn ich es hätte, bräuchten wir dieses Gespräch nicht zu führen. Wenn ich mich in letzter Zeit blöd verhalten hab, dann nicht, weil ich dich nicht respektiere oder du mir nicht wichtig bist. Sondern aus purem Egoismus. Weil ich nicht möchte, dass du einen Fehler begehst, weil ich nicht möchte, dass dir jemand wehtut, weil es mir dann auch wehtun würde, weil mir nichts mehr wehtäte, als wenn dir etwas Schlimmes zustößt. Verstehst du, was ich meine?«

»Eigentlich nicht«, antwortete Peggy.

»Schön. Dann hier die Kurzfassung. Ich bin ein Idiot. Ich entschuldige mich. Ich halte Fringie immer noch für ein Arschloch, vertraue aber auf dein Urteilsvermögen und komme nie wieder darauf zu sprechen. Okay?«

»Okay«, erwiderte sie. Dann drehte sie sich um und ging hinaus.

Was willst du machen, wenn sie dich holen kommen?

Als ich am Nachmittag zu den Beratungsstunden ins Sekretariat ging, fing mich Doctor Todd auf dem Weg ins Konferenzzimmer ab. »Wo Bruder?«, wollte er wissen. »Fehlt heute. Krank?«

»Wenn ja, dann nur geisteskrank«, erwiderte ich. »Ich hab keine Ahnung, wo er ist. Er ist seit Tagen nicht nach Hause gekommen.«

»Na schön«, sagte Doctor Todd. »Keine Wahl. Muss Polizei informieren. Polizei wird Verhaftung vornehmen.«

»Klingt gut«, antwortete ich.

Anscheinend gehörte das Aufspüren von verdächtigten Vandalen nicht zu den dringlichsten Aufgaben der Polizei von Fullerton, da ich Krieg vor ihr fand. Vielleicht ist »fand« auch nicht das richtige Wort, weil ich eigentlich nicht nach ihm gesucht hatte. Ich saß in meinem Zimmer an den Hausaufgaben, als ich draußen ein Quietschen hörte, aus dem Fenster schaute und zwei Autos mit kreischenden Bremsen in unserer Einfahrt halten sah. Krieg und Daisy sprangen aus dem einen, Warder aus dem anderen Wagen und dann rannten sie in die

Garage. Als sie wieder herauskamen, hielten alle drei lange Metallrohre in den Händen und fingen an, die Windschutzscheibe und die übrigen Fenster des Wagens einzuschlagen, den Krieg gefahren hatte. Ich rief die Polizei.

Gerade als ich den Hörer auflegte, raste ein dritter Wagen kreischend in unsere Straße, aber es war kein Polizeiauto. Zwei Dreadnoks sprangen heraus und ich war überzeugt, dass jetzt jeden Moment die automatischen Waffen auftauchen würden. Doch Krieg schaute einfach nur auf und schwenkte sein Metallrohr. »Das nächste Mal wird's nicht nur euer Scheißauto sein, kapiert?«, höhnte er. »Und jetzt verpisst euch aus meiner Stadt! Bewegt euren Scheißarsch aus meiner verschissenen Stadt! Wenn ich euch noch einmal in meiner verschissenen Stadt sehe, werdet ihr in der nächsten Scheißstadt, in der ihr euch herumtreibt, begraben sein!«

Die Dreadnoks zogen sich in ihren Wagen zurück und fuhren davon. Krieg stieg in das zerstörte Auto und raste ihnen hinterher, Warder und Daisy folgten ihm. Dies schien mir eine glückliche Wendung zu sein – sicher konnten sich die Cops für eine Weile von der Mikrowelle im 24-Stunden-Shop losreißen, um ein gestohlenes Fahrzeug mit einer zertrümmerten Windschutzscheibe zu verfolgen, das mit ausgeschalteten Scheinwerfern durch den Verkehr raste. Etwa zehn Minuten später hielt ein Polizeiauto vor unserem Haus und ich ging nach unten, um den Polizisten zu berichten, was passiert war. Da sie in nur wenigen Stunden zwei Anrufe in Bezug auf Craig Mockerey erhalten hatten, wollten sie die Sache sofort angehen. Und wenn man »die Sache sofort angehen« als »eine Stunde erfolglos nach Krieg suchen und dann telefonisch bei uns zu Hause nachfragen, ob er in der Zwischenzeit zurückgekommen sei« definiert, dann taten sie auch genau das.

Wie sich herausstellte, war ich schließlich derjenige, der Fullertons gesuchtesten Jugendlichen zur Strecke brachte. Doctor Todd passte mich auf dem Weg zur Schülerberatung ab und sagte mir, ich solle ihn sofort im Büro anrufen, falls ich Krieg fand. »Werde im Büro bleiben, bis Vandale aufgespürt worden ist«, versprach er. Er musste allerdings nicht lange ausharren, denn als ich bei mir zur

Haustür hereinkam, hörte ich als Allererstes, wie es Krieg und Daisy lautstark im ehemaligen Arbeitszimmer meiner Mutter trieben. Ich rief Doctor Todd an und wenige Minuten später stand ein Polizist vor der Tür.

»Hi, ich bin Officer Cowen«, stellte er sich vor. »Ich bin ein Freund von Dennis.«

»Dennis . . .?«, fragte ich. Einen Moment lang dachte ich, er meinte den Jungen, der früher bei Peggy nebenan gewohnt hatte. »Ach so, Doctor Todd.«

»Genau«, bestätigte er. Er trat ein und ich schloss die Tür. »Also, krieg keinen Schreck wegen dem, was gleich passiert«, erklärte er. »Wir haben festgestellt, dass man die Kids am besten davon abhält, Dummheiten zu machen, indem man ihnen von vornherein Angst einjagt. Das heißt, wir legen ihnen Handschellen an, bringen sie ins Hauptrevier, nehmen ihre Fingerabdrücke und lassen sie eine Weile in einer Zelle schmoren. So kriegen sie eine Heidenangst und werden wieder vernünftig. Wenn man zu lasch mit ihnen umgeht, wandern sie gleich ins Kittchen. Ich ruf dann deine Eltern an, wenn sie ihn wieder abholen können.«

Ich sparte mir die Mühe, ihn aufzuklären. »Er ist in dem Zimmer da oben«, sagte ich und zeigte mit dem Finger dorthin. »Ach ja, und falls sie nicht durchs Fenster abgehauen ist, ist seine Freundin bei ihm . . .«

»Schön, dann jagen wir ihr gleich auch einen Schreck ein«, antwortete er. »Das ist nichts Neues für mich – mein Job besteht zur Hälfte daraus, unanständige Mädchen von irgendwelchen Rücksitzen zu zerren.« So wie seine Augen dabei aufleuchteten, hätte er ebenso gut hinzufügen können: »Und das ist der Teil meines Jobs, den ich LIEBE!« Damit zog er seine Pistole und warf die Tür des Arbeitszimmers auf. »KEINE BEWEGUNG!«, brüllte er. »Ihr seid beide verhaftet!«

In diesem Moment fiel mir plötzlich ein, dass es wohl keine so gute Idee war, wenn ich feixend zusah, wie Officer Cowen Krieg und Daisy in Handschellen abführte. Das Letzte, was ich gebrauchen konnte, war, dass Krieg mein Auto mit einer Brechstange lädierte.

Ich eilte in mein Zimmer hinauf und schloss die Tür hinter mir. Ein paar Minuten später schaute ich aus dem Fenster und beobachtete, wie Krieg auf den Rücksitz des ersten Polizeiautos von vermutlich vielen im weiteren Verlauf seiner Verbrecherkarriere geschubst wurde. Durch die Scheibe hörte ich ihn einige Dinge sagen, die vor Gericht gegen ihn verwendet werden konnten und auch würden. Die meisten begannen mit »Scheiß«. »Was ist los?«, wollte Echo wissen.

»Krieg kommt ins Gefängnis«, antwortete ich.

»Das wurde aber auch Zeit«, stellte sie fest.

Ein am besten kalt serviertes und richtig buchstabiertes Gericht

Am nächsten Nachmittag schäumte Doctor Todd vor Wut. Der Fall war nicht zufrieden stellend verlaufen. »Täter wieder freigelassen«, knurrte er mit zusammengebissenen Zähnen. »Hat alles abgestritten. Andere Schurken haben Alibi gegeben. Fragebogen vom Berufsinformationszentrum hat bewiesen, dass Alibi falsch ist. Fragebogen passte zu Graffiti. Fall abgeschlossen. Aber Polizei hält Beweismaterial für ungenügend. Täter kann jetzt nicht mal von der Schule gewiesen werden. Prozessgefahr. Einzige Farce.«

Und das war noch nicht alles. Das Auto, das Krieg gestohlen und zertrümmert hatte, war anscheinend verschwunden; daher bekam Bobbo schon bald einen Anruf, er könne Krieg vom Revier abholen. Molly war mitgekommen, weil sie mal ein Polizeirevier sehen wollte. »Es war toll!«, erzählte sie später. »Die haben da solche Programme, mit denen das Altern simuliert wird. Damit kann man sehen, wie man später mal aussieht. Wenn man zum Beispiel vor zehn Jahren entführt wurde, suchen sie nach einem, wie man jetzt aussieht und nicht wie man als kleines Kind ausgesehen hat. Wir mussten eine Zeit lang da warten, weil sich Bobbo mit Daisys Mutter angefreundet hat, und da haben sie mir meins gemacht. Willst du mal sehen, wie ich mit dreißig aussehen werde? Ich hab einen Ausdruck davon.«

Bevor ich antworten konnte, kamen Krieg und Daisy herein. »Alles Arschlöcher«, murmelte Krieg. »Wenn ich rausbekomme, wer mich verpfiffen hat, werd ich . . .«

»Keine Sorge«, unterbrach ihn Daisy. »Wir werden uns rächen. Noch diese Woche. Sie werden schon sehen. Wir werden's ihnen zeigen. Wir werden es ihnen allen zeigen.« Damit gingen sie nach oben.

»Willst du jetzt mein Bild sehen oder nicht?«, wollte Molly wissen.

»Ja, klar«, antwortete ich. »Das . . . klang nur eben nicht so gut.«

Tatsächlich rechnete ich für den Rest der Woche jeden Morgen auf dem Weg zur Schule damit, sie lichterloh brennen zu sehen. Ich warnte Doctor Todd, dass uns vermutlich irgendein Vergeltungsschlag bevorstand. Aber ansonsten konnte ich eigentlich nichts tun, wenn ich nicht Echo dazu bringen wollte, Krieg endgültig zu erwürgen. Doch dann öffnete ich am Donnerstagmorgen mein Schließfach und ein knallgelbes gefaltetes Blatt Papier flatterte zu Boden. Ich hob es auf und las die Nachricht:

AN ALLE AUF DER ILIUM

Ihr solltet wissen, dass einige unter euch von der Verwaltung dieser Schule schikahniert werden, nähmlich von »Doctor« Dennis Todd, der eine **TERRORKAMPANIE** gegen uns führt und uns Verbrechen vorwirft, die wir nicht begangen haben. Er wird das Gleiche mit euch machen, wenn ihr euch uns nicht anschließt und die Verwaltung stürzt. **KÄMPFT GEGEN DIE HERRSCHAFT! DOCTOR TODD IST EIN FASCHIST UND WIR WERDEN IHN ELLIMINIEREN!**

Warum wir schikahniert werden ist völlig klar. Sie fürchten uns, weil wir ihnen einen besseren Weg gezeigt haben. Sie zwingen uns, auf ihre Schule zu gehen damit sie uns beibringen können wie wir brave kleine Schäflein werden wie sie, aber **WERDEN WIR IHNEN ZUHÖREN? NEIN! WIR BRAUCHEN KEINE GEDANKENKONTROLLE!** Ihr werdet von der Regiehrung ausgebeutet damit ihr später »anständige Bürger« werdet. Aber wir wollen so ein Leben nicht leben. Wir wollen mit der Erde leben. Wir brauchen ihre Computer und ihre Läserdrucker und ihre Kopierer und ihre Atombomben nicht. **FRIEDEN SCHAFFEN OHNE WAFFEN**. Die **ERDGÖTTIN** kommt und wir werden alle wie früher glücklich und nackt in der Sonne tanzen. **SEID IHR BEREIT?**

Wie Wilhelm Krieger der Leedsänger von **CRUCIFIED VOMIT** sagt: »Killed my mom and killed my dad, best idea I ever had, and I am still mad, so I'm gonna kill you next.« Wir wollen den Frieden aber es kann erst dann Frieden geben, wenn wir die Zivilisation besiegt haben und zur Erde zurückkehren. **ERHEBT EUCH UND REWOLTIERT!**

Gruß,
Krieg & Dazey

Diese letzte Zeile bezweifelte ich stark: Die Wahrscheinlichkeit, dass Krieg auch nur ein einziges Wort davon geschrieben hatte, war ungefähr so groß wie die, dass er als Ghostwriter heimlich Shakespeares Sonette verfasst hatte. Hierbei handelte es sich ganz klar um Daisys Werk, und ich fand es ziemlich erfreulich – einerseits, weil sich ihre ach so ominöse Racheaktion dadurch als absolut harmlos herausstellte, und andererseits, weil ihr Manifest so tief empfunden (wenn nicht mit dem Kopf ersonnen) klang, dass ich mich fragen musste, ob sie vielleicht wirklich nichts mit der Graffitiattacke zu tun hatte und Krieg und Warder allein dafür verantwortlich waren.

Auf jeden Fall öffnete Uta Himmler noch vor dem Unterricht auf Anweisung des tobenden Doctor Todd ein Schließfach nach dem anderen und entfernte die unverfrorene Hetzschrift (ganz zu schweigen vom einen oder anderen Tütchen Gras oder Pornomagazin). Dies hielt die Leute allerdings nicht davon ab, Daisys leidenschaftlichen Mahnruf zu lesen, da genügend Exemplare herumflogen, und wenn man selbst keines bekommen hatte, konnte man auch auf das von jemand anderem einen Blick werfen. Außerdem konnte Uta sowieso nur die Hälfte der Flugblätter einsammeln – sie kam nicht an die obere Reihe Schließfächer heran.

Die meisten der gelben Blätter landeten zerknüllt im Mülleimer, oder noch eher auf dem Boden, doch die *Ilias*-Redakteure konnten ihre Freude kaum verbergen. »Ich werde das hier *definitiv* als Leserbrief bringen«, verkündete Zab. »Keine *Frage*. Endlich haben wir mal was *Interessantes*.«

»Was Interessantes?«, rief Hank. »Was Interessantes? Das ist doch nicht nur einfach ›interessant‹! Das ist DAS GRÖSSTE LITERARISCHE WERK DER AMERIKANISCHEN GESCHICHTE. Wenn ich nach Hause komme, werde ich es in fetten Großbuchstaben auf meine Hauswand schreiben.«

In diesem Moment kam Echo in den Redaktionsraum und lieferte die korrigierte Fassung der Ausgabe der nächsten Woche ab. »Kam herein« ist eigentlich übertrieben – sie steckte die Hand nur weit genug herein, um die Unterlagen auf dem vordersten Schreibtisch abzulegen, und wollte die Tür gerade wieder schließen, als Hayley sie ansprach. »Hey, warte mal«, sagte sie.

Echo blieb stehen und hielt sich mit der Hand am Türrahmen fest, sagte jedoch nichts. »Was machst 'n du?«, fragte Hayley.

»Die Satzvorlage bringen«, antwortete sie und begann die Tür zu schließen.

»Nein, ich meine, machst du irgendwas?«, wollte Hayley wissen. »Jetzt nach der Schule. Es läutet gleich. Willst du vielleicht 'n Kaffee holen so?«

»Was?«, fragte Echo.

»Kaffee«, antwortete Hayley. »Das ist was zu trinken.«

»Ich trinke keinen Kaffee«, sagte Echo.

»Dann halt was anderes«, versuchte es Hayley weiter. »Hör mal, ich möchte eigentlich nicht so ein Drama daraus machen. Ich dachte bloß, da du es nicht einrichten konntest, zum *Ashley*-Set mitzufahren, könnten wir uns vielleicht was zu essen holen und uns ein bisschen unterhalten.«

»Warum?«, fragte Echo.

»Warte mal kurz«, bat ich Hayley. Dann führte ich Echo an den Schultern in den Flur hinaus und schloss die Tür hinter uns. »Was zum Teufel ist mit dir los?«, fragte ich sie. »Sie will einfach nett zu dir sein und du wirst all dem gerecht, was Zab jemals über dich gesagt hat.«

»Ich hab bloß auf die Pointe gewartet«, entgegnete Echo. »Aber in dieser Farce kommt sie wahrscheinlich später, als ich dachte.«

»Oh, hör doch mal auf damit«, sagte ich. »Sei doch nicht immer so paranoid und lass dir von ihr ein blödes Stück Kuchen spendieren.«

Echo grummelte in sich hinein und kehrte in den Redaktionsraum zurück, um sich mit Hayley zu einigen. Meine Arbeit war getan. Es läutete und ich ging ins Sekretariat hinüber.

Doctor Todd überschlug sich fast vor Freude, als ich kam. »Verhängnisvoller Fehler«, verkündete er und schwenkte ein knallgelbes Flugblatt. »Unterschriebene Erklärung. Urheberschaft kann nicht geleugnet werden. Zwei Vergehen auf einmal. Missbrauch der Schließfächer. Einwurf von Flugblättern reicht aus. Kann mit zeitweiligem Schulverweis bestraft werden. Schlimmeres Vergehen: Verbreitung einer nicht zugelassenen Publikation auf dem Schulgelände.« Doctor Todds Augen leuchteten auf, so als hätte er gerade erfahren, dass man im staatlichen Schulsystem wieder Stockschläge eingeführt hatte. »Dieses Vergehen«, erklärte er, »kann mit ENDGÜLTIGER VERWEISUNG VON DER SCHULE geahndet werden!«

»Warten Sie einen Moment«, sagte ich. »Hören Sie, wir beide wissen doch, dass er hinter dem Graffitianschlag steckt. Aber das hier ist doch bloß ein Vorwand. Erstens muss Ihnen doch klar sein, dass er etwas so Eloquentes gar nicht schreiben könnte – er ist ja kaum in der Lage, vollständige Sätze zu bilden.« Doctor Todds Miene verfinsterte sich. Anscheinend hatte ich versehentlich einen wunden Punkt getroffen. Ups. »Daisy hat seinen Namen wahrscheinlich ohne sein Wissen darunter geschrieben. Aber was noch wichtiger ist«, fuhr ich fort, »falls es diese Bestimmung wirklich gibt, ist sie einfach lächerlich, und ich kann nicht glauben, dass Sie sie tatsächlich anwenden wollen. ›Nicht zugelassene Publikation‹? Wo ist die freie Meinungsäußerung geblieben?«

»Nicht zutreffend«, entgegnete Doctor Todd. »Nur zugelassene

Publikationen auf dem Schulgelände. *Ilias*. Jahrbuch. Genehmigte Vereinsrundschreiben. Flugblätter nicht zugelassen. Verstößt gegen Bestimmungen. Nichtanwendung fördert Anarchie. Morgen offizielle Anhörung. Aber Verweisung von der Schule garantiert. Garantiert!«

Als ich nach Hause kam, stand Bobbos Auto schon in der Einfahrt. Molly lag auf der Couch im Fernsehzimmer und las Zeitung. »Ich nehme mal an, Bobbo hat schon erfahren, dass Krieg von der Schule fliegt«, sagte ich.

»Ja, sie haben ihn auf der Arbeit angerufen und er ist sofort nach Hause gekommen«, antwortete Molly. »Er hat gesagt, Krieg habe Anspruch auf rechtlichen Beistand bei seiner Anhörung morgen. Dann hat er sich in sein Zimmer eingeschlossen, um an dem Fall zu arbeiten.«

»Wie enttäuschend«, bemerkte ich. »Auf dem ganzen Heimweg hab ich mich gefreut, euch die Neuigkeiten mitzuteilen, und dann stelle ich fest, es ist alles schon vom Tisch.«

»Und das ist nicht das Einzige, was vom Tisch ist«, erklärte Molly. »Doctor Todd wollte persönlich mit Krieg sprechen. Krieg hat das Telefon gegen die Wand geworfen und da ist beides kaputtgegangen.« Sie zeigte auf die große Delle in der Wand und das defekte Telefon, das davor auf dem Boden lag.

Ich hörte, wie sich das Garagentor öffnete und wieder schloss. Es war Echo. »Warum ist Bobbo nicht auf der Arbeit?«, fragte sie. »Ist die Kaffeemaschine kaputtgegangen?«

»Er bereitet sich auf Kriegs Anhörung morgen vor«, antwortete ich. »Sieht aus, als würde Krieg von der Schule fliegen.«

»Ich dachte, er kommt ins Gefängnis«, sagte Echo. »Das ist nicht mal halb so gut. Wann ist denn die Anhörung?«

Die Anhörung zu Kriegs Schulverweis wegen Verbreitung einer nicht zugelassenen Publikation wurde Freitagmittag um halb zwei im Bezirksamt abgehalten. Anwesend waren Krieg, Bobbo als sein Vormund und Rechtsbeistand, Daisy, Daisys Mutter, deren kurzer Flirt mit Bobbo bereits der fernen Vergangenheit angehörte, der Direktor von Daisys Middle School, der Direktor der Del Rio Continuation High School, Doctor Todd, ein paar Anzugträger von der Schulbehörde und der Ilium-Direktor Chuck Marzipan, der zweifellos sauer war, weil diese Anhörung in seine Golfzeit fiel. Man beachte, wer nicht auf dieser Liste erscheint: meine Wenigkeit. Ich erfuhr davon nur aus zweiter Hand.

Als Erstes erzählte mir Doctor Todd noch am selben Nachmittag davon. »Verweisung perfekt«, verkündete er zufrieden. »Mädchen hat sofort kapituliert. Hat Beteiligung des Täters zugegeben. Detaillierten Bericht über Aufenthaltsorte letzter Woche gegeben. Täter hat sich geweigert, anders lautenden Bericht zu geben. Fast nur auf Mädchen geschimpft. Bemitleide Kollege an Fortbildungsschule.«

Später am Abend erfuhr ich Bobbos Version der Geschichte. »Alles lief prima, bis das Mädchen zu flennen anfing«, erzählte er. »Auf einmal heult sie los, es wär nicht ihre Idee gewesen und sie hätte nur ein bisschen die Grammatik verbessert, weil sie Angst gehabt hätte, dass er ihr sonst wehtut und so 'n Mist. Danach war es zwecklos. Keiner glaubt einem Typ mehr als einem weinenden Mädchen. Wenn ich nicht so geschickt laviert hätte, wär es noch richtig mies ausgegangen.«

»Was meinst du damit?«

»Ich hab sie ganz schön verarscht«, kicherte Bobbo. »Ich hab sie beschwatzt und statt einer Verweisung eine Versetzung durchgekriegt. Also fliegt er jetzt nicht von der Schule, sondern geht einfach auf diese Fortbildungsschule.«

»Ähm, Bobbo, genau das bedeutet eine Verweisung doch«, entgegnete ich. »Sie müssen doch was anderes für ihn suchen. Auf irgendeine Schule muss er ja gehen. Entweder auf eine Privatschule, oder auf eine in einem anderen Bezirk, oder auf die Fortbildungsschule. Klingt eher so, als hättest du die schlimmste von den dreien erwischt. Allerdings würden sie ihn woanders sowieso nicht länger als eine Woche bleiben lassen.«

»Oh«, sagte Bobbo. »Na ja, von mir aus. Es war jedenfalls besser, als zur Arbeit zu gehen.«

Und dann war da natürlich noch Kriegs eigene Sicht der Dinge, über die er Jerem am Abend lautstark in Kenntnis setzte. »Die beschissene Schlampe hat mich verraten«, knurrte er wütend. »Sie hat mich verdammt noch mal verraten.«

»Warum ist es dir nicht egal, ob du von der Schule fliegst, wenn du sowieso nie hingehst?«, fragte Jerem.

»Weil ich mir von keinem Scheißer sagen lasse, auf welche Scheißschule ich gehen kann und auf welche nicht«, erklärte Krieg. »Aber sie werden schon sehen. Ich werde jeden einzelnen von diesen verdammten Scheißern unter die Erde bringen.«

Zwei Monate später würde Krieg an mehreren Schußwunden sterben.

Ich sah Daisy nie wieder.

Sieben

Am folgenden Sonntag war Ostern. Ostern war bei den Kaylins immer ein großer Tag: Jedes Jahr veranstalteten sie ein großes Mittagessen für Freunde der Familie und danach ein Eiersuchen für die Kinder. Ich fand es immer irgendwie komisch, Peggy mit all ihren Freundinnen von der katholischen Schule zu sehen, die ich nur von diesen Osteressen her kannte. Aber Mrs. K.s Makkaronisalat war eine mehr als ausreichende Entschädigung für jegliches gesellschaftliche Unbehagen und so hatte ich bisher kein einziges Jahr verpasst. Seit Peggy den Wechsel auf eine staatliche Schule vollzogen hatte, erschienen ihre ehemaligen Klassenkameradinnen zudem jedes Jahr weniger zahlreich. Als ich dieses Jahr eintraf, entdeckte ich denn auch niemanden, den ich nicht kannte.

Ach, du dickes Ei!

Oder besser gesagt, ich entdeckte niemanden in unserem Alter, den ich nicht kannte. Im Fernsehzimmer und im Garten wimmelte es von kleinen Jungs in Grants Alter – anscheinend hatte er jeden Viertklässler aus jeder Schule des Staates eingeladen. Käs und ein paar seiner Kumpel hingen vor dem Fernseher herum, schauten sich ein Basketballspiel an und stopften ganze Teller voll Roastbeef in sich hinein. Peggy und Fringie saßen auf der frisch in Plastik verpackten Couch; Fringie hatte ein gebügeltes Hemd und eine Krawatte an und las Kierkegaards *Die Krankheit zum Tode*; Peggy trug ihre schwarze Lederjacke und zuckte jedes Mal zusammen, wenn einer von Grants Freunden etwas auf der Plastikdecke über dem Teppich verschüttete. Und Kelly stand allein auf der Terrasse und blinzelte in den hellen Sonnenschein. »Hi«, begrüßte ich Peggy.

»Hi«, antwortete sie.

»Hey, Al«, sagte Fringie und warf beiläufig einen Arm um sie.

»Ist keine von Kellys Freundinnen eingeladen worden?«, erkundigte ich mich. »Von den Cheerleadern oder so? Sie macht so einen verlorenen Eindruck.«

»Sie hat gesagt, ihr wär keiner eingefallen, der gerne gekommen wäre«, erklärte Peggy.

»Mmmh«, machte ich. »Okay, ich hol mir mal was zu essen, bevor sich mein Magen selbst verdaut. Bis später.«

Ich schob die Terrassentür auf, schlängelte mich durch die Menge von Erwachsenen zu den Klapptischen, die Mr. und Mrs. K. am Rand des Gartens aufgestellt hatten, und nahm mir einen Teller Essen. Dann spürte ich Kelly auf; das war nicht besonders schwer, da sie sich nicht von der Stelle gerührt hatte. »Hi«, sagte ich zu ihr. »Willst du nichts essen?«

»Lieber nicht«, antwortete sie müde. »Ich war fast die ganze Woche krank. Wenn ich versuchen würde, was zu essen, würd es bestimmt gleich wieder rauskommen. Ich bin nur aufgestanden, damit ich Eier suchen kann.«

»Echt? Bist du nicht irgendwie zu alt dafür?«

»Das sagen die Leute doch nur, wenn sie im Eiersuchen nicht mehr gut sind«, meinte Kelly.

»Klingt logisch«, erwiderte ich. »Hoffentlich geht's dir bald besser.« Ich ging wieder ins Haus.

Käs und seine Freunde schlüpften gerade in den Flur, als ich die Terrassentür hinter mir zuzog. Kurz darauf ertönte ein Trommelwirbel und ich begriff, warum sie hereingekommen waren. Fringie schürzte verächtlich die Lippen, doch er fand seine übliche Gelassenheit schnell wieder. Ich widerstand der Versuchung, dies als eindeutigen Beweis seiner grundsätzlichen Schändlichkeit darzulegen. »Und, wie geht's so?«, fragte ich.

Peggy zuckte die Achseln. Fringie legte sein Buch hin. »Hey, Schatz, ich fahr nächstes Wochenende runter, um mich als Rettungsschwimmer zu bewerben. Soll ich dich immer noch mit eintragen?«

»Ich weiß nicht«, antwortete Peggy. »Vielleicht. Aber ich glaube eher nicht.«

»Würden sie dich denn die Jacke tragen lassen?«, fragte ich.

Peggy schoss mir einen genervten Blick zu und ich wandte mich wieder dem Artischockendip zu. Dann holte ich mir einen Nachschlag und blieb ein bisschen im Garten, um zu sehen, ob sich die Erwachsenen über irgendwas Interessantes unterhielten. Aber als Einziges in ihren Gesprächen fiel mir der Satz »Na, Frank, wie ich höre, spielst du mit dem Gedanken, dir ein Boot zu kaufen?« auf. Mr. und Mrs. K. begannen, die Tische abzuräumen und zusammenzuklappen, um Platz für die Eiersuche zu schaffen. Ich half ihnen – so hatte ich wenigstens was zu tun. Während ich die Töpfe und Schüsseln in die Küche zurückbrachte, stellte ich mir diese Szene unwillkürlich zwanzig Jahre weiter in der Zukunft vor: der Garten voller typischer Vorstädter, die »Unbestimmten« von der *Ilias* als Erwachsene; Peggy eilt von einem Zimmer ins andere, sieht nach der Kürbiskasserolle, passt auf, dass die Kleinkinder nicht mit den Steckdosen spielen, und füllt die Punschbecher der Gäste auf; ich tue ein kleines bisschen interessiert, während Fringie von dem Boot redet, das er sich kaufen will, und kleine Münzen hinter den Ohren seiner und Peggys Kinder hervorzaubert. Diese Szene kam mir fast wirklicher vor als die jetzige Party. Und es war vielleicht nicht die beste Zukunft, die ich mir hätte ausdenken können, aber sie schien mir immerhin greifbar. Sie hatte eine Substanz, die zum Beispiel Mollys Bild mit simulierter Alterung nicht besaß. Molly mit dreißig war etwas zum Lachen – ich musste mich noch immer an Molly mit dreizehn gewöhnen. Aber Peggy mit dreißig, Peggy mit sechzig, das war jemand, den ich bereits kannte. Ich hab euch ja schon erzählt, dass ich Peggy immer im Spiegel der letzten zehn Jahre sah, wenn ich sie anschaute, aber das ist nur die halbe Wahrheit. Ich sah in ihr zehn Jahre in die eine Richtung – und siebzig in die andere.

Ich stellte das letzte Geschirr ab und kehrte ins Fernsehzimmer zurück. »Hey, wo ist denn Fringie?«, fragte ich.

»Er hilft Mom mit den Körben und dabei, dass Keith aufhört zu trommeln«, erklärte sie. Und tatsächlich hörte das Trommeln angenehmerweise auf. Ein paar von Grants Freunden schubsten sich am Couchtisch um die Wette. »Hey!«, rief Peggy. »Keine Streitereien!«

»Darf ich dir eine ungewöhnliche Frage stellen?«, fragte ich.

»Von mir aus«, seufzte sie.

»Wo siehst du dich selbst in zwanzig Jahren?«

»Du meinst, in welcher Stadt?«

»Nein, eigentlich nicht«, erwiderte ich. »Ich meine, stell dir dein Leben in zwanzig Jahren vor. Du bist siebenunddreißig. Was machst du gerade? Mit wem bist du zusammen? Was hast du schon erreicht?«

Peggy zuckte die Achseln. »Das hängt nicht von mir ab, sondern von Gott. Solange ich ein ehrliches, glückliches Leben führe und ehrliche, glückliche Kinder hinterlasse, sind mir die Einzelheiten eigentlich ziemlich egal. Und ich hab jetzt auch keine richtige Lust, über so was zu reden.«

Käs und seine Freunde stürmten nach unten und hinter ihnen folgten Mrs. K. und Fringie mit einem Haufen Weidenkörbchen. Die Kinder drängelten sich mit ausgestreckten Händen um sie herum und die Verteilung der Körbe verlief ohne Zwischenfälle, bis Kelly einen Blick ins Haus warf und bemerkte, was vor sich ging. »Hey!«, schrie sie. »Für mich auch! Für mich auch!« Sie drängte sich durch die Menge und riss Mrs. K. ein Körbchen aus der Hand. »Ich brauch ein größeres Körbchen als dieses hier«, meinte sie. »Ihr könnt euch anscheinend nicht vorstellen, wie viele Eier ich sammeln werde.«

»Kelly, sei nicht so grob«, ermahnte sie Mrs. K. Kelly zog eine Schnute und stampfte davon – bis sie plötzlich taumelte und in einen Sessel sank.

»Ich hab sie nicht angerührt!«, versicherte Käs.

Peggy riss die Augen auf. »Alles okay?«, fragte sie. »Vielleicht solltest du lieber wieder ins Bett gehen.«

»Kommt nicht in Frage«, antwortete Kelly benommen. »Es geht mir gut. Das kommt nur von der Luft oder so . . .«

Mrs. K. hatte diese kurze Unterhaltung nicht mitbekommen – sie war zu sehr damit beschäftigt gewesen, die restlichen Körbe auszuteilen. »Okay, jetzt hört euch alle die Regeln an«, verkündete sie. »Es sind keine Ostereier im Haus versteckt, und auch keine außerhalb unseres Grundstücks – zumindest keine von uns. Ihr dürft also nicht in die Gärten der Nachbarn gehen und auch nicht in den Zimmern herumwühlen – dort gibt es keine Eier. Raus mit euch in den Garten, und wenn ich pfeife, geht's los.«

Die beeindruckende Herde ungezähmter Viertklässler stürmte in den Garten. Kelly stand auf und stellte einen Fuß auf die Terrasse; als der Pfiff ertönte, wirbelte sie herum und rannte durchs Haus und auf die Haustür zu. Peggy seufzte und ging in Richtung Küche. Fringie folgte ihr.

»Was ist?«, hörte ich ihn fragen.

»Wirst du gleich sehen«, antwortete sie. Dann hörte ich, wie sie den Kühlschrank aufmachte. Ich ging in den Garten vor dem Haus.

Als ich die Tür erreichte, quoll Kellys Körbchen schon fast über. Wie sie mit den Händen gekonnt und blitzschnell in die Blätter am Rand des Gartenweges hineingriff, bot sie einen erbaulichen Anblick – sie sammelte über ein Dutzend Eier in weniger als einer Minute. Dann sprintete sie die Auffahrt zum Briefkasten hinunter, öffnete ihn und zog ein besonders schönes Ei mit einem rosa- und orangefarbenen Wellenmuster heraus. »Sie stecken immer eins da rein«, erklärte sie.

Inzwischen waren ihr ein paar verwegene Viertklässler vor das Haus gefolgt, doch sie waren viel zu spät gekommen: Kelly hatte bereits alles abgeräumt. Fast. Ein Junge erspähte ein übrig gebliebenes Ei auf dem Fensterbrett, doch Kelly sprang über ihn hinweg, schnappte sich das Ei und flitzte ins Haus zurück. Der Junge brach in Tränen aus.

»Ich glaub, sie hat ein paar übersehen«, sagte Peggy von der anderen Seite des Gartens aus. »Guck mal, da ist eins.« Sie zeigte darauf.

Während der Junge hinlief, um sich das Ei zu holen, ging Peggy zum Weg hinüber, nahm Eier aus dem Karton, den sie bei sich hatte, und steckte sie rasch ins Gebüsch. »Das muss ich jedes Jahr machen«, grummelte sie. »Manchmal ist sie so . . .«

Aus dem Garten hinter dem Haus schallte ein Chor aus schrillen Schreien herüber. »Was zum Teufel war das?«, fragte ich.

In der Küche war hektisches Fußgetrappel zu hören und dann sprang Grant auf die Auffahrt hinaus. »Peggy«, keuchte er. »Kelly . . . sie . . . Kelly . . .«

»Was?«, fragte Peggy.

»Sie ist tot«, wimmerte Grant.

Ich glaube, ich gehe mal ein bisschen spazieren

Als Peggy und ich im Fernsehzimmer ankamen, hatte Mr. K. Kellys schlaffen Körper bereits auf die Couch getragen und Mrs. K. einen Krankenwagen gerufen. Ich merkte, wie mich eine allzu vertraute Ruhe und Klarheit überkam. »Was kann ich tun?«, fragte ich. »Wie kann ich helfen?«

»Sei einfach nur still«, antwortete Mr. K. schroff. »Wir müssen erst noch sehen.«

Peggy drängte sich durch die Menge vom Donner gerührter Viertklässler zur Couch hinüber und streichelte Kellys Gesicht. »Sie ist nicht tot«, stellte sie fest. »Sie atmet.«

»Was ist passiert?«, flüsterte ich Käs zu.

»Keine Ahnung«, erwiderte er. Sein Gesicht war so weiß, als wäre Kelly auf den Beinen und er derjenige, der leblos dalag. »Sie hat einfach ihr Körbchen fallen lassen und ist nach vorn aufs Gesicht geknallt . . . und all ihre Eier sind kaputtgegangen . . .«

Peggy fing leise an zu weinen und Mr. K. führte alle Gäste in die Diele; außer Fringie, der mit Peggy dablieb. »Hier, du wolltest doch helfen«, sagte Mr. K. zu mir und reichte mir einen Satz Hausschlüssel. »Sorge dafür, dass alle nach Hause gehen, und schließ dann ab.« Diese Aufgabe unterschied sich nicht groß von meinem Job als Vertrauensschüler – ich musste mich nicht mal um Fahrgelegenheiten für die Gäste kümmern, sondern sie nur überzeugen, dass sie den Kaylins am besten halfen, wenn sie sie allein ließen. Als der Krankenwagen eintraf, waren die meisten Gäste schon weg.

Den Rest des Tages wartete ich auf einen Anruf mit Neuigkeiten über Kellys Zustand, doch es kam keiner. Nach Einbruch der Dunkelheit ging ich zum Haus der Kaylins hinüber, um nachzusehen, ob irgendwelche Lichter brannten, doch es war alles dunkel. Falls die Kaylins überhaupt nach Hause gekommen waren, mussten sie alle sofort zu Bett gegangen sein. Was immer es war – es musste etwas Ernstes sein, denn nicht nur Kelly kam am Montag nicht zur Schule, sondern Peggy und Käs auch nicht. Dies veranlasste Benito zu einem seltenen Abstecher in den Redaktionsraum. »Na so was!«, rief Cat. »Il Duce in unseren Gefilden!«

»Wo ist Peggy Kaylin?«, wollte Benito wissen. »Sie sollte die letzten drei Ausgaben beaufsichtigen.«

»Ihre Schwester ist im Krankenhaus«, erklärte ich.

»Und?«, fragte Benito.

»Und sie ist wahrscheinlich bei ihr«, ergänzte ich.

»Sie hat Verpflichtungen hier«, entgegnete Benito.

»Äh – hallo?«, sagte ich. »Haben Sie zugehört? Ich sagte, ihre Schwester ist im *Krankenhaus*. Wissen Sie, dieses große Haus mit den vielen kranken Leuten drin? Ich könnte mir vorstellen, das Letzte, an das sie jetzt denkt, ist eine blöde Schülerzeitung.«

»Dann hätte sie nicht Chefin vom Dienst werden sollen«, antwortete Benito. »Ich kann auch jemand anderen finden, wenn's sein muss.« Damit drehte sie sich um und schlurfte hinaus.

»Weshalb ist ihre Schwester denn im Krankenhaus?«, erkundigte sich Hayley.

»Ich weiß nicht genau«, erwiderte ich. »Sie ist gestern Mittag einfach zusammengebrochen.«

»Hat sie von irgendwas 'ne Überdosis genommen?«, fragte Cat.

»Was? Nein, natürlich nicht«, sagte ich.

»Wieso bist du dir da so sicher?«, fragte Hayley.

»Aus dem gleichen Grund, aus dem ich mir sicher bin, dass Benito nicht Holly Maderas Nachfolgerin in *Ashley: Die frühen Jahre* sein wird«, antwortete ich. »Ich bin gleich wieder da.«

Mir war etwas eingefallen. Ich ging zur Turnhalle hinüber und rief April Young aus dem Cheerleadertraining. »Was gibt's denn?«, fragte sie.

»Hi«, sagte ich. »Ich wollte dich eigentlich nur fragen, ob du mehr über Kellys Zustand weißt als ich.«

»Zustand?« Sie schaute sich um. »Ähm, ich hab gemerkt, dass sie nicht da ist, aber ich dachte, sie schwänzt bloß . . .«

»Sie ist im Krankenhaus«, erklärte ich.

»Hat sie von irgendwas 'ne Überdosis genommen?«, erkundigte sich April.

»Du bist jetzt schon die Zweite in fünf Minuten, die diese Frage stellt«, erwiderte ich. »Ich bin mir nicht sicher, was genau passiert ist. Ich dachte, ihre Freundinnen wissen es vielleicht.«

»Tut mir Leid«, sagte April. »Wir stehen uns nicht so nah. Ich glaube gar nicht, dass ihre Freunde hier auf der Schule sind. Ich hab ein paar von ihnen mal auf Partys kennen gelernt, aber das war's auch schon.«

»Echt?«, fragte ich. »Ich war in den letzten paar Jahren als Vertrauensschüler auf den meisten größeren Partys hier in der Gegend und hab Kelly nie auf einer gesehen . . .«

»Nein, nicht in Fullerton«, erklärte April. Ein paar andere Cheerleader kamen aus der Turnhalle und begannen, April wieder hineinzuzerren. »Wir besuchen sie mal«, erbot sie sich.

»Prima«, antwortete ich.

Inzwischen lechzte ich nach jeglicher Information. Als ich also aus dem Fenster des Beratungszimmers schaute und Grant vor der Schule herumradeln sah, beschloss ich, die Sitzung an diesem Nachmittag zehn Minuten später anfangen zu lassen. Ich klingelte bei den Kaylins und Käs öffnete mir. »Ihr seid zu Hause!«, stellte ich fest. »Also geht es ihr gut?«

»Kelly ist noch im Krankenhaus«, rief Mrs. K. aus der Küche. Sie trat in die Diele und wischte sich die Hände an einem Geschirrtuch ab. »Bob ist noch bei ihr, aber die Jungs wurden langsam unruhig, deshalb sind wir nach Hause gefahren. Wir können nicht viel tun außer warten.«

»Also ist Peggy auch dort?«, fragte ich.

»Nein, Peggy ist in der Kirche«, antwortete Mrs. K. »Sie müsste aber gleich zu Hause sein . . .«

»Eigentlich muss ich sofort in die Schule zurück«, erklärte ich. »Aber was war denn mit Kelly? Sie hat doch keine Überdosis von irgendwas genommen, oder?«

»Was? Nein, ihr Blinddarm ist durchgebrochen. Er . . .«

»Der Blinddarm!«, rief ich. »Oh, gut. Ich meine natürlich, nicht gut, aber . . . ach, Sie wissen schon, was ich meine. Okay, ich bin bald wieder da.«

»Bald« stellte sich als kurz nach fünf Uhr heraus, denn Mrs. Handey hatte drei verschiedene Sitzungen nacheinander angesetzt. Als ich wieder bei den Kaylins zu Hause eintraf, griff Mrs. K. gerade nach ihrer Handtasche und Käs und Grant stopften sich mit chinesischem Essen voll. »Oh, hi, Allen«, sagte sie. »Peggy ist aus der Kirche zurück, deshalb wollte ich die Kinder bei ihr lassen und zum Krankenhaus fahren. Soll ich sie holen?«

»Ähm, ja, bitte«, antwortete ich.

Mrs. K. ging nach oben und klopfte an Peggys Tür. »Du hast Besuch, Schatz«, sagte sie. Ich konnte Peggys Antwort nicht ganz verstehen, war mir aber sicher, dass der Teil »mich so nicht sehen« darin vorkam. »Es ist nicht Carver, sondern Allen«, erklärte Mrs. K. »Okay, lass dir Zeit.« Sie kam wieder nach unten. »Peggy kommt gleich runter«, sagte sie. »Nimm dir ruhig etwas von dem chinesischen Essen, wir haben viel zu viel davon.«

Ich aß ein bisschen gebratenen Reis und wartete auf Peggy. Ich glaubte noch nicht ganz, dass sie wirklich kommen würde, doch nach ein paar Minuten hörte ich ihre Schritte auf der Treppe. Die Tatsache, dass sie sich mehr darum scherte, was Fringie von ihr dachte, als darum, was ich von ihr dachte, schien ausnahmsweise für mich zu sprechen – sie machte sich nämlich nichts daraus, dass ich sie so ungepflegt sah, denn das war sie in diesem Moment wirklich. Ihr Haar war völlig zerzaust und sie trug einen dicken Flanellbademantel und darüber ihre Lederjacke. »Was gibt's?«, wollte sie wissen.

»Ähm, hi«, sagte ich. Ich stand vom Tisch auf und ging zur Treppe hinüber. »Äh, wie geht's dir?«, fragte ich.

»Wie es *mir* geht?«, wiederholte sie. »Wen interessiert denn, wie es *mir* geht? *Ich* bin doch nicht krank. Hat Mom dir nicht erzählt, was passiert ist?«

»Kelly, meinst du?«

»Ihr Blinddarm ist geplatzt«, erklärte Peggy. »Aber nicht gestern. Er ist nicht einfach geplatzt und sie ist umgekippt. Es ist schon vor einer Woche passiert. Vielleicht sogar schon davor. Weißt du, dass ihr schon die ganze Woche so schlecht war? Das kam von all dem Gift in ihrem Körper. Und alles ist infiziert worden. Wenn wir sie nicht gleich ins Krankenhaus gefahren hätten, wäre sie jetzt tot.«

»Oje«, sagte ich.

»Und selbst jetzt«, fuhr Peggy fort, »sieht es ziemlich schlimm aus.« Ihre Stimme zitterte. »Ihre inneren Organe sind beschädigt. Der Magen, die Nieren, die... Sie kann keine Kinder mehr bekommen. Sie hat immer noch Eizellen und so, aber sie kann kein Kind austragen, weil ihre Gebärmutter total vernarbt ist. Sie mussten Kelly aufschneiden und alle Flüssigkeiten rausziehen. Und das ist noch nicht mal alles – sie muss noch einen Haufen weiterer Operationen über sich ergehen lassen, damit sich kein Narbengewebe bildet. Und dann die Schmerzen. Sie sagen, wenn sich das Narbengewebe bildet, werden die Schmerzen immer schlimmer, bis es irgendwann so ist, als würde man jede einzelne Minute des Tages in den Wehen liegen – bis zur nächsten Operation, und dann fängt das Ganze wieder von vorn an. Sie können ihr nicht mal Schmerzmittel geben, weil es chronisch ist und sie dann davon abhängig werden würde. Und das ist alles meine Schuld.«

»Wie bitte?«, fragte ich.

»Ich hab unanständige Gedanken gehabt«, erklärte Peggy.

Darauf fiel mir nur eine Antwort ein. »Hä?«

»So was passiert, wenn man unanständige Gedanken hat«, erklärte Peggy. »Wenn man in seinem Herzen sündigt, ist es genauso schlimm, wie wenn man im richtigen Leben sündigt. Und jetzt sieh dir an, was passiert ist.«

»Peggy, Menschen werden eben zuweilen krank«, entgegnete ich. »Das ist doch Zufall.«

»Ist es nicht«, widersprach sie. »Du hast ja keine Ahnung. Du weißt ja nicht, woran ich gedacht habe. Das musste einfach passieren. Es *musste* einfach.«

»Sei doch nicht … ich meine, mach dir doch mal klar, was du da sagst. Du behauptest, dass deine Schwester einen Blinddarmdurchbruch bekommen hat, weil du ›unanständige Gedanken‹ hattest? Ist das denn logisch?«

»Es ist vollkommen logisch«, antwortete Peggy. »Vollkommen logisch. Wenn *ich* krank werden würde, würde ich leiden, und das würde bedeuten, dass ich meine Strafe verbüßen würde und mir meine Sünden vergeben werden würden. Aber meine Sünden werden mir nicht vergeben. Ich bin zigmal zur Beichte gegangen und hab erzählt, was passiert ist; und keiner will mir sagen, was ich für die Vergebung tun muss. Angeblich, weil ich nichts getan habe, aber ich weiß, wie es in Wirklichkeit ist. Ich verdiene keine Vergebung. Ich verdiene sie einfach nicht.«

»Peggy, so was darfst du nicht sagen«, erwiderte ich. Ich wollte sie in die Arme nehmen, doch sie schlug meine Hand weg.

»Fass mich nicht an«, zischte sie. »Wag es nicht, mich anzufassen.«

»Was kann ich denn tun?«, fragte ich.

»Was?«

»Wie kann ich dir helfen?«

»Gar nicht«, sagte sie. »Ich bin es nicht wert.« Sie drehte sich um und stapfte nach oben.

Nummer fünf ist da

Mir fiel ein, dass ich Kelly selbst noch gar nicht besucht hatte. Ich überlegte, kurz allein bei ihr hereinzuschauen, entschied mich aber dagegen. Es wäre irgendwie ein bisschen komisch und ich wusste auch gar nicht, ob das Krankenhaus das erlaubte, da ich kein Familienmitglied und eigentlich nicht mal ein enger Freund war. Also sprach ich mit Mr. und Mrs. K. und sie nahmen mich bei ihrem Besuch am Mittwoch mit.

Peggy kam nicht mit, angeblich deshalb, weil sie auf Grant aufpassen musste. Aber ich vermutete, dass sie sowieso nicht mitgekommen wäre, so wie sie im Moment drauf war. Außerdem musste man bedenken, wie beklemmend es im Krankenhaus war. Sobald wir durch die Schiebetür getreten waren, überkam mich das Gefühl, dass mir Regenwürmer den Rücken rauf- und runterkrabbelten; ich wollte frösteln, doch das ging nicht, weil es nicht kalt war. Eigentlich überraschte mich dieses Gefühl, da ich mich nicht entsinnen konnte, eine Krankenhausphobie zu haben. Als wir dann jedoch mit dem Aufzug nach oben fuhren, dämmerte es mir: Ich fühlte mich nicht in Krankenhäusern im Allgemeinen unwohl, sondern nur in diesem speziellen. Ich war schon mal hier gewesen.

Meine Mutter war immer ein bisschen verrückt gewesen. Sie hatte die Angewohnheit, manchmal mehrere Wochen hintereinander zu verschwinden. Mein Dad wachte dann morgens auf, stellte fest, dass er allein im Bett lag, ging nach unten und fand einen Zettel, auf dem nur stand: »Bin nach Hause gefahren. Susan.« Dann rief er bei ihren Eltern in Santa Fe an, wo sie beim Frühstück saß und sagte, sie komme zurück, wenn ihr danach sei. Einmal hatten Echo und ich sie auf so einem Ausflug begleitet – zwei Monate vor unserer Geburt. Nach unserer Geburt behandelte sie uns Kinder ein bisschen wie seltsame kleine Leute, die zufällig im selben Haus wohnten wie sie, aber nicht wirklich etwas mit ihr zu tun hatten. Aber ein- oder zweimal im Jahr machte sie davon eine Ausnahme. Zu der Zeit, als ich gerade erst in die Schule gekommen war, musste ich immer um sieben Uhr ins Bett. Und einige wenige Male hörte ich, wenn ich dann allmählich einschlief, eine scharfe Stimme rufen: »Pst! Hey, Kleiner. Los, steh auf. Wir gehen einkaufen.« Dann besuchten meine Mom und ich ungefähr achtzigtausend Spielzeuggeschäfte und ich bekam alles, was ich haben wollte. Am nächsten Tag beim Frühstück dankte ich ihr. »Hä?«, fragte sie dann. »Ach so, ja, schon in Ordnung.« Dann wandte sie sich an meinen Vater. »Kannst du diesen Leuten was zu essen geben und sie zur Schule schicken? Ich geh wieder ins Bett. Es ist noch zu früh für mich.«

»Susan war einfach ein echt durchgeknalltes Mädel«, erzählte uns Bobbo immer wieder. »Ich sag's zwar nicht gern, aber es stimmt. Schon damals im College, als sie und euer Vater gerade erst zusammen waren. Manchmal kam er wochenlang nicht los von ihr. Dann gingen sie auf Partys und sie klebte förmlich an ihm. Und dann kam es manchmal vor, dass er bei ihr zu Hause anrief und ihre Mitbewohnerin ihm die Nummer gab, die sie dagelassen hatte. Und wenn er dann da anrief, stellte sich heraus, dass es die Wohnung von irgendso 'nem komischen Typ war. Und bei mir machte sie's genauso, Mann. Als ihr alle noch klein wart, kam ich manchmal zu euch rüber und sie steckte mir beim Begrüßungskuss fast die Zunge in den Hals, und an anderen Tagen ging sie einfach an mir vorbei und fuhr irgendwohin. Aber das passt, wenn ich so drüber nachdenke. Susan war ... ein echt scharfes Gerät. Und Andrew – na ja, für einen Eierkopf war er ganz okay, aber halt nicht der Typ, der ständig supertolle Frauen anzog. Also gab er sich genau deshalb mit ihr ab, weil sie eine supertolle Frau war, und sie blieb bei ihm, weil sie wahrscheinlich keinen Besseren als ihn finden konnte, der sie nicht irgendwann fallen lassen hätte, weil sie so irre war.«

Ich kann mich gar nicht mehr genau erinnern, wie meine Mutter aussah. Schließlich war ich erst sechs, als sie starb, und meine Erinnerungen an diese Jahre gleichen eher Kreidezeichnungen als den scharfen geistigen Digitalbildern der folgenden Jahre. Doch an einen Moment erinnere ich mich so genau, als wär's ein Foto: die Feier zu meinem und Echos sechsten Geburtstag. Wie immer hatte mein Vater alles organisiert, aber meine Mutter war zumindest da, und so habe ich sie in Erinnerung: ein weißes Kleid über dunkler Haut; langes schwarzes Haar, das mit weißem Konfetti besprenkelt war. Sie stand im Türrahmen und aß ein Stück des Geburtstags-Schokoladenkuchens mit Vanilleglasur, während Echo und ihre zahlreichen Freunde im Garten Hockey spielten. Ich schaute ihnen von der Terrasse aus zu und wünschte mir, es würden ein paar Mädchen in unsere Gegend ziehen. Dieses eine Bild hat all meine anderen Erinnerungen an meine Mutter geprägt: Selbst wenn ich weiß, dass es nicht so war, sehe ich sie immer mit Konfetti im Haar, auch in dem Krankenhausbett, in dem sie starb.

An meinem sechsten Geburtstag war meine Mutter seit zwei Monaten schwanger. Als im folgenden September die Wehen einsetzen, rannte Dad ans Telefon und überredete Bobbo, auf uns Kinder aufzupassen, während er mit Mom zum Krankenhaus fuhr. Das war kurz vor dem Frühstück gewesen. Und nun wurde es dunkel. Molly war eine Stunde zuvor ins Bett gegangen, Krieg lag erschöpft mitten im Zimmer und schnarchte, und ich war völlig fertig. Nur Echo war auf den Beinen und las ein Buch, aber sie schlief ja nie besonders viel.

»Was soll der Scheiß?«, grummelte Bobbo. »Wie lange kann es denn dauern, so ein Balg auf die Welt zu bringen? Ich hab heute Abend 'n heißes Date. Mist.« Er bekam schon bald eine Antwort: Dad stolperte ins Haus und sah aus, als hätte er in den letzten acht Jahren jede Nacht in seinen Klamotten geschlafen. »Das wurde aber auch Zeit«, sagte Bobbo. »Was für ein Kind habt ihr gekriegt?«

»Sei still«, gab Dad zurück. »Es hat Komplikationen gegeben. Hilf mir beim Packen. Ich muss in zwanzig Minuten wieder im Krankenhaus sein.«

Das klang nicht gut. Aber ich war zu müde, um groß darüber nachzudenken. Bevor Dad und Bobbo wieder nach unten kamen, war ich schon eingeschlafen.

In jener Nacht träumte ich, dass ich durch ein Einkaufszentrum wanderte und alle Leute umbrachte, indem ich mit einem Handy auf sie zielte. Ich drückte auf einen bestimmten Knopf und schon schoss ein Blitzstrahl aus der Antenne. Dann begann das Telefon zu klingeln und ich war sicher, dass mich die Cops anriefen, um mich zu verhaften. Ich drückte auf die Hörer-Taste, doch es klingelte weiter. In diesem Moment begriff ich, dass ich auf der Couch eingeschlafen war und das Telefon in der Küche klingelte. Echo ging ran – sie war schon seit Stunden auf.

»Wer ist es?«, wollte ich wissen.

Echo verscheuchte mich mit der Hand, bis sie aufgelegt hatte. »Das war Daddy«, erklärte sie. »Er hat vom Krankenhaus angerufen. Er sagt, es gibt Probleme bei der Entbindung, aber es ist nicht allzu schlimm. Sie muss nur ein paar Nächte länger im Krankenhaus bleiben, für alle Fälle. Übrigens haben wir jetzt noch einen Bruder.«

Ich stöhnte. Schon damals wusste ich, dass ein weiterer Junge auf der Welt keinen Anlass zum Feiern bot. »Ja, ich weiß«, sagte Echo. »Zu viele Kinder. Sie hätten nach den ersten beiden aufhören sollen.«

Dad brachte uns am Tag darauf zu ihr, gleich nach der Schule. Dieser Besuch war nicht der Albtraum, den man erwarten würde: Molly war noch ziemlich klein, aber sehr artig; Krieg bekam immer noch seine Medikamente und saß eigentlich nur herum. Mom sah gut aus, wenn man außer Acht lässt, dass ihr Haar etwas ungewaschen aussah. Wenn ich an diesen Besuch zurückdenke, erinnere ich mich hauptsächlich an große Langeweile. Ihr Krankenzimmer war ein kleiner leerer Raum mit nichts als einem Bett und einem Fernseher darin. Da es absolut nichts zu tun gab, suchten wir uns jeder nach der flüchtigen Begrüßung eine Stelle auf der Wand aus und machten uns daran, sie anzustarren. Molly wollte wissen, ob Mom schon das Baby hatte halten dürfen; Mom verneinte. Mir fiel irgendwie nichts ein, was ich hätte sagen können, und ich beschäftigte mich die meiste Zeit damit, den einzigen Lesestoff im Zimmer durchzublättern, ein zerfleddertes Fernsehprogramm aus der letzten Sonntagszeitung. »Hey, Mohan Tadikonda ist heute Abend bei *Straight Flush*«, sagte ich schließlich. »Er ist der Meister der asiatischen Kampfsportarten, wisst ihr.«

Falls ihr irgendwann in eurem Leben mal die Möglichkeit habt, ein paar letzte Worte an eure Mutter zu richten, bevor sie stirbt, würde ich diese hier nicht empfehlen.

Ich bin diesen Besuch etwa achthunderttausend Mal im Kopf durchgegangen – keine angenehme Aufgabe, da er, wie gesagt, wirklich langweilig verlief. Und jedes Mal, wenn ich das tue, versuche ich, ein »Auf Wiedersehen« herbeizuzaubern, das ich gemurmelt haben könnte, ein »Ich hab dich lieb« oder auch nur ein »Ich muss mal aufs Klo«. Leider war es nicht so. Nachdem ich Mohan Tadikondas Gastauftritt angekündigt hatte, sagte ich bis zur Fahrt nach Hause kein einziges Wort mehr. Und am nächsten Morgen war meine Mama tot.

Dad bekam den Anruf ganz früh morgens, früh genug, dass noch keiner von uns zur Schule aufgestanden war außer Echo. Ich wurde davon geweckt, dass Dad Bobbo am Telefon anbrüllte, er solle sofort zu uns rüberkommen, und dann knallte er die Türen, fuhr mit quietschenden Reifen davon und ließ uns allein zu Haus. Als ich meine Zimmertür öffnete, kam Molly gerade in den Flur und rieb sich die Augen. Ich winkte sie zu mir herein und überredete sie, in Echos Bett weiterzuschlafen. Echo selbst kam einen Augenblick später wieder nach oben. »Sie sollte nicht hier sein«, sagte sie.

»Was ist denn los?«, fragte ich. »Was soll all der Krach?«

»Ich kann es dir nicht sagen, wenn sie dabei ist«, antwortete Echo.

»Sie schläft doch«, sagte ich. »Sie ist sofort eingeschlafen, als sie sich hingelegt hat.«

Echo sank zu Boden – sie fiel nicht in Ohnmacht, weil sie sich eigentlich ganz normal hinsetzte, aber es sah aus, als hätten ihre Beine unter ihr nachgegeben. »Ich weiß nicht, was ich machen soll«, sagte sie. »Dad hat gesagt, Mom wär tot.«

»Was?«, fragte ich.

»Daddy hat gesagt, bis Onkel Rob kommt, hätte ich die Verantwortung«, erklärte Echo mit belegter, heiserer Stimme. »Wie kann ich die Verantwortung haben? Ich bin doch erst sechs.«

Ich bezweifle, dass ich diese Frage hätte beantworten können, selbst wenn ich sie mitbekommen hätte.

Zum Glück brauchte Echo nicht viel Verantwortung zu übernehmen, denn Bobbo erschien schon wenige Minuten später. »Das hatte ich doch gerade erst«, schimpfte er. »Es ist halb sechs Uhr morgens, verdammt noch mal. Kommen die Zwillinge diesmal im Abstand von drei Tagen oder was? Was zum Teufel ist hier los?«

Echo erzählte es ihm.

»Oh«, antwortete Bobbo. Erst vier Sekunden später begriff er es wirklich. »Oh, Mist«, fluchte er.

»Ich weiß nicht, was ich machen soll«, sagte Echo, hauptsächlich zu sich selbst.

»Ich fahr besser hin«, meinte Bobbo. »Mist. *Mist.* Könnt ihr bei irgendwelchen Nachbarn bleiben?«

»Wir könnten zu Peggy nach Hause gehen«, schlug ich vor.

»Wohnen die weit weg?«, wollte Bobbo wissen.

»Zwei Häuser weiter«, erklärte ich.

»Okay, dann machen wir Folgendes«, bestimmte Bobbo. Molly kam nach unten, um nachzusehen, warum es schon wieder so laut war. »Um Himmels willen, zieh einer dem Kind was an!«, rief Bobbo.

Ich zog Molly an, Echo holte Krieg aus dem Bett, Bobbo rief bei den Kaylins an und innerhalb weniger Minuten war die Übergabe erledigt. Mrs. K. sagte, sie würde Krieg und mich bei Käs unterbringen und Echo und Molly bei Kelly – angeblich, um uns nicht ganz voneinander trennen zu müssen, aber ich habe den starken Verdacht, dass Peggy ihr Zimmer schon damals zum Sperrgebiet erklärt hatte. Sie war außerdem als Einziges der Kaylin-Kinder schon auf den Beinen. »Was ist los?«, fragte sie.

»Meine Mom ist tot«, erklärte ich, als Krieg und Molly außer Hörweite waren.

»Du meinst, deine Oma?«

»Nein, meine Mom.«

»Aber deine Mom ist doch gar nicht alt«, entgegnete Peggy.

»Peggy, sei still«, sagte Mrs. K.

Bobbo unterhielt sich draußen auf der Veranda mit Mr. K. Sie schüttelten sich die Hände und es sah aus, als wollte Bobbo nun zum Krankenhaus fahren. »Nein!«, platzte Echo heraus. »Ich will mitkommen! Ich kann helfen! Ich kann Daddy helfen!«

Ich war gar nicht darauf gekommen, dass ich mitfahren könnte, doch Echos Idee schien mir plötzlich sehr . . . tapfer, glaube ich. »Ja, ich auch«, sagte ich.

»Ihr seid nicht alt genug«, protestierte Mr. K.

»Ich war alt genug, dass Daddy mir die Verantwortung gegeben hat«, meinte Echo.

»Ja, ich glaube, ich nehm die beiden mit«, entschied Bobbo. »Die beiden Kleinen nicht, aber die Zwillinge. Kommt.« Zu dieser Zeit fuhr Bobbo einen alten Volvo, den mein Vater ihm überlassen hatte und den Bobbo daraufhin mit Rallyestreifen verziert hatte. Echo und ich kletterten auf den Rücksitz, schnallten uns an und Bobbo fuhr uns zum Krankenhaus.

Das war vielleicht nicht die geschickteste Idee. Als sich die Aufzugtür öffnete, saß Dad reglos vor uns in einem Sessel. Echo lief zu ihm, und er wehrte sie zwar nicht ab, schlang aber auch nicht aus lauter Vaterliebe die Arme um sie. Er ließ sie einfach vor sich stehen. »Daddy!«, rief sie. »Was ist passiert? Warum hast du uns nicht mitgenommen?«

»Ich hab dir doch gesagt, du sollst mit den Kindern zu Hause bleiben«, sagte Dad und funkelte Bobbo wütend an. »Das war vor einer halben Stunde. Wie bist du bloß darauf gekommen, sie hierher zu bringen? Was hast du dir bloß dabei gedacht? Hast du überhaupt etwas gedacht?«

»Ich, äh, ich dachte, es würde dich aufheitern«, antwortete Bobbo.

»Mich aufheitern? Mein Frau hat mich *verlassen*, Robert. Wie soll es mich aufheitern, wenn du jemanden herbringst, der aussieht wie sie?«

»Sie hat dich nicht verlassen, Drew«, sagte Bobbo. »Sie ist gestorben.«

»Sie hat mich verlassen«, entgegnete mein Vater. »Es war alles in Ordnung mit ihr. Sie war wieder vollkommen gesund. Doch dieser süßen Kostprobe des Vergessens konnte sie nicht widerstehen. Sie ist abgehauen und hat mich allein gelassen.«

»Na gut«, erwiderte Bobbo. »Hör mal, ich, äh, ich weiß nicht recht, was ich dazu sagen soll ...«

»Natürlich weißt du das nicht!«, rief Dad. »Du bist ein Schwachkopf!« Er packte ihn am Kragen und drückte ihn gegen den Süßigkeitenautomaten. Durch die Erschütterung fielen ein paar Schokoladenriegel von ihren Stangen. Dad sah aus, als würde er mit der Faust an die Wand schlagen, stürmte aber dann zu den Toiletten. Echo bedeckte die Augen mit den Händen und weinte.

»Äh, ist mit dir alles okay?«, fragte ich Bobbo.

»Ja, klar«, antwortete er. »Kommt, wir gehen lieber wieder.«

Not everybody hurts

Derselbe Automat stand noch immer vor dem Aufzug, als wir Kelly besuchen gingen. Kelly sah furchtbar aus: Ihre Haare schienen seit Tagen nicht gewaschen worden zu sein, offenbar hatte sie seit dem Wochenende wenig, wenn überhaupt geschlafen; ihr Krankenhausnachthemd sah verschwitzt aus und klebte an ihr, aber all das hielt mich nicht im Geringsten davon ab, zu ihr ins Bett steigen zu wollen. Sie sah dadurch eher noch verführerischer aus als sonst. Und das passte eigentlich; es bedeutete, dass sie tagelang nur in ihren eigenen Pheromonen geschmort hatte.

»Hallo, Liebling«, begrüßte sie Mrs. K.

»Hi«, antwortete Kelly benommen. »Habt ihr mir Eis mitgebracht?«

»Was?«, fragte Mrs. K.

»Eis«, wiederholte Kelly. »Du hast gesagt, nach der Operation darf ich Eis essen . . .«

»Das war für den Fall, dass du deine Mandeln rauskriegst«, erklärte Mrs. K. »Und wir haben uns vor acht Jahren dagegen entschieden.«

»Heißt das, nach all diesen Operationen hab ich immer noch meine Mandeln?«

»Leider ja«, antwortete Mr. K.

»Ich hasse Mandeln«, sagte Kelly.

Käs langte nach einem alten Fernsehprogramm und fing an, es durchzublättern. Ich piekte ihm unauffällig in die Rippen. »Sag ihr, dass du sie lieb hast«, flüsterte ich.

»Was?«, fragte er.

Einer der Ärzte kam herein und blieb abrupt stehen. »Oh! Ich wusste gar nicht, dass du noch mehr Besuch erwartest.«

»Noch mehr?«, fragte Mr. K.

»Ja, gestern war die Cheerleadertruppe da«, erklärte Kelly. »Jedenfalls ein paar davon.«

»Gerade als wir ein paar Tests durchführen wollten«, ergänzte der Arzt.

»Was für Tests?«, wollte Käs wissen.

»Keith!«, rief Mrs. K. »Das geht dich nichts an. Besonders bei der... Krankheit, die sie hatte.«

»Keine Sorge, es geht hier nicht um irgendwas Peinliches«, erklärte der Arzt. »Wir versuchen herauszufinden, wie es möglich ist, dass Kelly ihre Blinddarmentzündung nicht gespürt hat. Oder warum sie, als sie die Dosis der Medikamente selbst festlegen durfte, nur ein einziges Mal etwas genommen hat, seit sie hier ist. In ihrem Fall rechnet man eher damit, dass sie alle drei Minuten auf den Knopf drückt und Schmerzmittel haben will.«

»Der Knopf hat nicht funktioniert«, erklärte Kelly. »Außerdem tut es gar nicht weh.«

Der Arzt wandte sich an Mr. und Mrs. K. »Wie lange ist das schon so?«, wollte er wissen. »Ist sie jemals zu ihnen gekommen und hat über Schmerzen geklagt?«

»Ich denke schon«, antwortete Mrs. K.

»Können sie sich an einen bestimmten Fall erinnern?«, fragte der Arzt.

»Ich kann mich an was erinnern!«, mischte ich mich ein. »Äh, Entschuldigung. Aber ich erinnere mich, dass sie geweint hat, als sie fünf war und Käs sie von der Schaukel geschubst hat.«

»Aber das kann auch nur der Schock des Aufpralls gewesen sein«, erklärte der Arzt. »Oder einfach der Wunsch, ihren Bruder in Schwierigkeiten zu bringen. Hat sie jemals Kopfschmerzen gehabt, oder Ohrenschmerzen? Eine Halsentzündung? Menstruationskrämpfe?«

»Raus mit euch!«, befahl Mr. K. Käs und mir.

Auf der Rückfahrt wollten Mr. und Mrs. K. nichts darüber erzählen, wie das Gespräch von da an verlaufen war, so viel Käs auch bettelte. Aber ich war ziemlich sicher, dass es sich nicht um einen Geburtsfehler handelte. Also fiel mir nur eine weitere Möglichkeit ein, die mir noch eine Woche zuvor undenkbar erschienen wäre, auf die die Reaktionen von Kellys Freunden auf ihre Einlieferung ins Krankenhaus jedoch hindeuteten.

Am nächsten Nachmittag ging ich vor den Beratungssitzungen zu dem Schrank, in dem unsere dicken Ringbuchordner aufbewahrt wurden, und fischte denjenigen mit der Überschrift »Drogen« heraus. Zu meiner Überraschung fehlte der Ordner über Geschlechtskrankheiten. September saß an dem langen Tisch und blätterte darin herum. »Wonach suchst du?«, fragte ich.

»Herpes progenitalis«, antwortete sie.

»Uuh«, sagte ich. »Geht es darum bei unserem ersten Fall?«

»Nein«, erwiderte September. »Ich hab noch gar nicht auf den Plan geguckt. Das hier ist was ... Persönliches.«

»Oh. Du meinst April?«

»Sie ist so bescheuert«, erklärte September. »Übrigens, ein paar Leute haben sich eingetragen, damit wir auf ihren Partys arbeiten. Eine davon ist bei Greg Garner. Könntest du die übernehmen? Das ist überhaupt nicht mein Ding.«

»Ich glaub schon.«

»Super«, antwortete sie. »Und könntest du bitte den Plan holen?«

»Ja, gleich«, sagte ich. Ich blätterte zum letzten Abschnitt im Ordner über Designerdrogen. Ich hatte ihn erst einmal aufmerksam gelesen und das war schon anderthalb Jahre her; danach hatte ich ihn immer nur überflogen, wenn ich etwas Bestimmtes gesucht hatte. Doch ein Detail, auf das ich gestoßen war, hatte ich mir gemerkt. Ich hatte etwas zu weit hinten angefangen und blätterte nach vorn zurück, an Superchick und Squeak vorbei, und dann sah ich es vor mir, schwarzweiß und in Klarsichtfolie:

SCRATCH

Allgemein üblicher Name für das blaue kristalline Amphetamin, das normalerweise auf dünne Pappstreifen gedruckt wird, die wie Visitenkarten aussehen und mit einem Polymer überzogen sind. Wenn dieses abgekratzt wird, kann der User die Substanz in direkten Kontakt mit der Zunge bringen. Je nach Stärke der Substanz reicht die Wirkung von einem angenehmen Wohlgefühl und erhöhtem Geschlechtstrieb bis hin zu intensiver Hochstimmung mit möglicher halluzinogener Wirkung. Diese Substanz gilt zwar nicht als Sucht erzeugend, hat aber bei höheren Dosen schon zu Herz- und Atemversagen geführt und bei chronischer oder längerer Anwendung die Schmerzempfindlichkeit reduziert, vor allem, wenn die Anwendung im Kindes- oder Jugendalter begonnen wurde.

Die letzte Zeile verwirrte mich. So ungern ich es auch zugab, es war durchaus möglich, dass Kelly mit dem Eintritt in die High School die falsche Sorte Freunde gefunden, mit Gras herumexperimentiert, dann mit Scratch weitergemacht und es vielleicht sogar regelmäßig genommen hatte ... Trotzdem verstand ich nicht, wie selbst ein relativ starker Gebrauch über eine so kurze Zeit hinweg solch drastische Wirkung haben konnte ...

»Allen?«, fragte September. »Kannst du jetzt bitte den Plan holen?«

Wie sich herausstellte, ging Peggy die ganze Woche nicht zur Schule, doch als ich sie mittags zu Hause besuchte, war sie so gut gelaunt wie die ganze Woche noch nicht. »Kelly kommt heute Abend nach Hause«, verkündete sie. »Das ist gut. Jetzt kann ich endlich wieder etwas arbeiten – ich hab den ganzen Morgen lang den Stoff aus meinen Kursen nachgeholt. Da fällt mir was ein: Kannst du mir die *Ilias*-Ausgabe von dieser Woche besorgen? Ich schicke Keith nach der Schule vorbei, damit er sie holt.«

»Ich kann sie dir auch nach der Schule bringen«, erbot ich mich.

»Das ist keine so gute Idee«, entgegnete sie. »Ich bin verabredet.«

»Verabredet?«, fragte ich nicht. »Du hast dich die ganze Woche in deinem Zimmer eingeschlossen und wolltest niemanden sehen und hast es trotzdem geschafft, dich zu verabreden?«, fügte ich nicht hinzu. Aber ich dachte es. Was ich dann tatsächlich sagte, war: »Echt? Ach so, na gut.«

Am Nachmittag stellte ich überrascht fest, dass derjenige, mit dem sie verabredet war, genauso wenig davon wusste wie ich. Die Wasserballsaison hatte begonnen, und Fringie, Skippie, Grungie, Buddie und Lemming waren in den Redaktionsraum gekommen, um Sluggo abzuholen und sich dann im Umkleideraum für das Nachmittagsspiel umzuziehen. Das Abholen schien allerdings etwas länger zu dauern, da Sluggo seine Schuhe ausgezogen hatte und sie nicht wiederfand. Fringie funkelte ihn mit einem fast so bösen Blick an, wie ihn sonst nur Echo beherrschte. »Tut mir Leid«, entschuldigte sich Sluggo. »Vor einer Minute waren sie noch da, ich schwöre es ...«

»Deine Schuhe sind meine kleinste Sorge«, entgegnete Fringie. »Der Penis ist äußerst unzufrieden.«

»Was?«, fragte Sluggo.

»Ich hatte seit Sonntag keinerlei Kontakt zu Peggy Kaylin«, erklärte Fringie. »Sie meidet mich. Der Penis spürt, dass seine Möglichkeiten langsam schwinden. Mir wird jetzt klar, dass ich bei meinen Berechnungen einen Faktor übersehen habe: Peggy Kaylins Launen.«

Es leben die Launen!, dachte ich.

»Peggy Kaylins Empfänglichkeit befindet sich fortwährend im Wandel«, fuhr Fringie fort. »Das bedeutet, dass jede Chance ergriffen werden muss. Liquidität muss so bald wie möglich erreicht werden.«

Die anderen Wasserballspieler spendeten Beifall und klopften Fringie auf den Rücken. Mein erster Gedanke war, nicht mehr auf Käs zu warten und stattdessen zu den Kaylins rüberzulaufen und Peggy zu warnen. Doch mir fiel ein, dass ich ihr versprochen hatte, das nicht mehr zu tun. Jedenfalls tauchte Käs einen Augenblick später sowieso auf. Doch anstatt hereinzukommen, blieb er stehen, um mit Fringie zu reden.

»Was gibt's?«, fragte Fringie spöttisch.

»Äh, hi«, sagte Käs und scharrte mit den Füßen. »Ähm, Peggy möchte gern, dass du heute Abend vorbeikommst. Wir wollen Kelly vom Krankenhaus abholen, aber sie will dableiben und reden oder so.«

Fringies Gesicht leuchtete auf wie die Sonne, wenn sie hinter einer Giftwolke hervorkam. »Hervorragend!«, verkündete er. »Hervorragend! Nun ward der Winter unsers Missvergnügens glorreicher Sommer durch den tumben Ork. Heute Nacht wird es geschehen.«

Und Peggy war nicht die Einzige, die nach der Schule verabredet war. Echo kam erst zum Abendessen nach Hause, und als sie eintrat, sah ich Hayleys Wagen auf der Einfahrt zurücksetzen. »Mann, das gibt einem zu denken«, stellte ich fest. »Selbst meine Schwester ist mit mehr Mädels verabredet als ich.«

Echo bedachte mich mit einem Blick, der mich ins Krankenhaus hätte befördern können. »Ich mach ja nur Spaß«, sagte ich. »Ihr seid wahrscheinlich noch mehr Kaffee trinken gegangen, nehme ich an?«

»Du weißt doch, dass ich keinen Kaffee trinke«, antwortete Echo. »Wir sind zu ihr nach Hause gefahren und sie hat mir ein paar von diesen links gerichteten Zeitschriften gezeigt, die sie früher in Seattle gesammelt hat.«

»Oh, das ist die älteste Masche überhaupt«, erklärte ich. »›Hey, Baby, warum kommst du nicht mit zu mir nach Hause und ich zeig dir meine kommunistische Propaganda?‹ Das ist nur ein Schritt weiter, als dich zu fragen, ob du ihre Briefmarkensammlung sehen möchtest.«

Wenn ich nach dem letzten Blick fast verschiedene Medikamente gebraucht hätte, wäre mein Kopf nach diesem beinahe in Flammen aufgegangen. »Ich mach immer noch Spaß«, versicherte ich. »Ich find's toll, dass du deine Zeit mit ihr verbringst. Hayley ist klasse. Sie hat echt was drauf und ist kein bisschen kindisch. Und das konnte man von deinen letzten paar Freunden nicht gerade behaupten.«

Es markiert die Stelle, weißt du

Als Echo und ich noch die Grundschule besuchten, klopften bereits wenige Minuten nachdem wir nachmittags nach Hause gekommen waren sämtliche Kinder aus unserer Gegend und eine ganze Reihe Kinder aus anderen Gegenden an unsere Haustür. Dann lief ich nach unten und fand mehrere tausend zehnjährige Jungs zusammengedrängt auf unserer Veranda, alle mit prächtigen wallenden Mähnen, die zu der Zeit gerade in waren. Nicht dass ich mir erlauben dürfte, große Reden zu schwingen – ich hatte damals selbst eine ziemliche Afro-Frisur. Nur Echo war uns anderen ein Stück voraus und trug ihr Haar gerade lang genug, um mit den Fingern durchstreichen zu können. Und genau diese Persönlichkeit wollten sie alle sehen: In der Sekunde, da ich die Tür geöffnet hatte, begann auf unserer Veranda die Pressekonferenz des Premierministers. »Ist Echo da?« »Kann Echo rauskommen?« »Wo ist Echo?«

In unseren Kindertagen wurde bevorzugt Baseball gespielt, oder zumindest so was Ähnliches. Nur wenige Kinder besaßen Baseballschläger oder -bälle, aber in jedem Haushalt gab es ungefähr ein halbes Dutzend Tennisschläger, und Tennisbälle lagen im Rinnstein, also nahmen sie einfach die. Das führte dazu, dass Strikeouts ziemlich selten vorkamen. Und das war auch ganz gut so, weil sie keinen Backstop hatten. Die First Base war Doojs Briefkasten, die Second Base das Abflussgitter am Ende der Sackgasse, die Third Base der Hydrant zwischen dem Haus der Fringies und dem der Monihans und die Home Base der Gullydeckel in der Nähe der Kreuzung. Wer versuchte zu rutschen, wurde normalerweise mit schlimmen Prellungen und Tetanusspritzen bestraft.

Doch als die Kids erst mal Hockey entdeckt hatten, war es Liebe auf den ersten Blick. Anders als beim Baseball durfte man das ganze Spiel lang herumrennen und sich ungestraft auf andere Spieler stürzen. Man hatte sogar einen langen Stock dafür. Und wenn man in Echos Mannschaft war, gewann man auch noch. Echo war Torhüterin. Sie konnte das ziemlich gut. Niemand hatte jemals ein Tor gegen sie erzielt. Sie spielten zum Beispiel zwölf gegen drei und

Echo wehrte jeden einzelnen Schuss ab. Nach einer Weile wurden die Torschüsse immer halbherziger. Jede Niederlage mit null Toren erhöhte Echos Mythos und verlieh auch denen ein gewisses Prestige, mit denen sie zusammen war. Doch die Tatsache, dass noch nie jemand ein Tor gegen sie erzielt hatte, nicht ein einziges Mal, machte ihren Status als Hockeygöttin auch sehr leicht angreifbar. Wäre sie einfach nur unglaublich gut gewesen, so wie beim Fußball, hätte ihr Ruhm auch einen gelegentlichen Fehler aushalten können. Doch da ihre Aura auf absoluter Unbesiegbarkeit beruhte, konnte ein einziges Tor ihren Ruf völlig ruinieren. Einen *guten* Torhüter hatte schließlich jede Nachbarschaft, aber nur die Kids aus der Hyacinth Avenue konnten in der Schule damit prahlen, dass sie einen *perfekten* Torhüter hatten.

Ich selbst hatte nie ein Interesse daran mitzumachen. Erstens spielten außer Echo nur Jungen mit. Oder besser gesagt, es spielten nur Blödmänner mit. Zum Beispiel Vance Judden, der immer »Judden ist toll! Judden ist toll!« rief, auch wenn er gar nichts geleistet hatte. (Ein Grund für mein Gitarrespielen war, ihn übertönen zu wollen.) Zum Beispiel Jay Kyeutter, dessen Wortschatz nur den Begriff »Schwanzlutscher« und den Ausruf »Har! Har! Har! Har!« umfasste. Außerdem Christian Variola und Min-Hsun Lee, zwei Schlägertypen, die die Straße nach dem Spiel stets voller Spuckekleckse hinterließen. Und Neil, Ryan und Clement Campbell, die vielleicht die Schlimmsten von dem ganzen Haufen waren – es machte ihnen einen Riesenspaß, Peggy zu quälen. An einen besonders krassen Vorfall kann ich mich noch erinnern: Es klopfte bei uns an der Haustür, und als ich öffnete, stand keine Horde von Nachwuchssportlern vor mir, sondern Peggy, mit tränenüberströmtem Gesicht. »Clement Campbell hat gesagt, an seinem Haus würde eine Überraschung auf mich warten«, schluchzte sie, »und ich bin hingegangen, und auf seiner Einfahrt war ein großes X, und er hat gesagt, ich soll mich da draufstellen, und dann haben Ryan und Neil Eicheln von einem Baum auf mich geworfen, bis ihnen ihre Mutter gesagt hat, sie sollen aufhören!«

»Warum bist du denn nicht weggelaufen?«

»Weil sie gesagt haben, ich soll mich auf das X stellen!«, wimmerte sie.

Es klopfte am Garagentor. Ich schaute auf die Uhr, kurz vor zehn. Wahrscheinlich hatte einer von uns eine Pizza bestellt. Ich selbst hatte keine bestellt, also achtete ich nicht weiter darauf – bis es noch mal klopfte, fester diesmal, eher ein Hämmern als ein Klopfen. Ich ging hin, um nachzusehen.

Es war Peggy, mit tränenüberströmtem Gesicht. »Ach du meine Güte«, sagte ich. »Was ist denn los? Komm rein, komm rein, was ist denn los?«

»Carver«, antwortete sie. »Er ... er ...«

»Er hat Eicheln auf dich geworfen?«, fragte ich.

»Er wollte mich vergewaltigen«, schluchzte sie.

Ein Ziegel durchs Fenster

Also nahm ich meine Tec9 und schoss Fringie übern Haufen.

Nein, eigentlich nicht. Als Erstes führte ich Peggy in das frühere Arbeitszimmer meiner Mutter und setzte sie dort auf die Couch. Sie weinte noch immer ziemlich heftig, deshalb versuchte ich, sie in die Arme zu nehmen, doch sie schüttelte mich ab. »Okay, dann ruf ich jetzt die Polizei«, sagte ich. »Kann ich dir irgendwas ho...«

»Nein!«, rief sie. »Keine Polizei.«

»Aber ...«, begann ich, hielt aber dann inne. Mir fiel ein, dass Peggys Definition von Vergewaltigung und die des Staates Kalifornien möglicherweise entscheidend voneinander abwichen, und dass ich besser zuerst herausfinden sollte, was überhaupt passiert war, bevor ich auf eine Anzeige drängte oder auch nur die Bedeutung des Begriffs diskutierte. Nur die Tatsache, dass Peggy den Notfallmodus in meinem Gehirn ausgelöst hatte, bewahrte mich davor, mich absolut lächerlich zu machen. Normalerweise hätte ich einfach gefragt: »Wollte er dich denn nun vergewaltigen oder nicht?« und wäre erst eine Viertelstunde später auf eine taktvolle und vernünftige Reaktion gekommen, wenn Peggy schon wieder aus dem Haus gelaufen wäre. »Was ist denn passiert?«, fragte ich. »Soll ich dir irgendwas bringen? Eine heiße Schokolade oder so was?«

»Nein«, schluchzte sie.

Ich reichte ihr ein paar Taschentücher und ließ sie in Ruhe, während sie sich in ihre dicke Lederjacke kuschelte und ein paar Minuten weinte. Meine Mutter hatte eine Uhr an der Wand hängen, deren Batterie seit ihrem Tod nicht ausgetauscht worden war. Die Zeiger standen noch immer auf 9:07. Ich lief schnell in die Küche, nahm eine Batterie aus der Schublade und setzte sie ein. Das regelmäßige Ticken schien Peggy etwas zu trösten und bald konnte sie ihre Tränen zurückhalten.

»Möchtest du darüber reden?«, fragte ich leise.

»Eigentlich nicht«, antwortete sie schniefend.

Das Telefon klingelte und ich ging ran. Es war keiner dran. Beim nächsten Klingeln begriff ich, dass alle anderen Apparate geläutet hatten – das Telefon im Arbeitszimmer hatte einen anderen Anschluss, der vor acht Jahren abgestellt worden war. Ich beschloss, es einfach klingeln zu lassen; ich wollte Peggy nicht allein lassen und irgendjemand würde schon rangehen. Tatsächlich hörte das Klingeln auf und einen Augenblick später öffnete sich die Tür und Molly steckte den Kopf herein. »Was machst du hier drinnen? Es ist für dich.«

»Danke«, sagte ich. »Ich bin gleich wieder da«, versicherte ich Peggy.

Peggy machte große Augen. »Sie läuft immer noch nackt herum?«, fragte sie. »Ich dachte, sie hätte das abgelegt, als sie anfing ... du weißt schon ...«

»Da gibt es nichts abzulegen«, rief Molly aus dem Flur. »Nur meine Kleider.« Peggy lief rot an. Ich ging ans Telefon.

Es war Mrs. K. »Hi, Allen«, sagte sie. »Ist Peggy bei euch? Sie ist etwas überstürzt von hier weggelaufen. Carver erzählte, sie hätten sich gestritten.«

»Gestritten?«, fragte ich. »Äh, ja, wollen Sie mit ihr sprechen? Ich meine, ja, sie ist vor ein paar Minuten hergekommen. Soll ich sie ans Telefon holen?«

»Nein, ist schon gut«, sagte Mrs. K. Ich wollte mich bloß vergewissern, dass sie da ist. Sie hat den Wagen nicht genommen, also dachte ich mir, sie kann nicht weit sein. Tschüs, Allen.«

»Tschüs«, antwortete ich.

Ich kehrte ins Arbeitszimmer zurück und berichtete Peggy von dem Anruf. »Gestritten?«, wiederholte sie. »Er hat gesagt, wir hätten uns gestritten?«

»Was ist denn passiert?«, fragte ich.

»Na schön«, antwortete sie und seufzte.

»Es fing an, als Kelly krank wurde«, begann sie. »Ich erinnerte mich sofort an das, was ich in dem Moment gemacht habe, als sie umkippte: Ich hab etwas Schlechtes über sie gesagt. Weißt du noch? Ich hatte böse Gedanken über meine eigene Schwester. Und davor hatte ich alle möglichen bösen Gedanken über meine Eltern, in der Kirche. Das waren zwei schlimme Sachen auf einmal – meinen Vater und meine Mutter nicht zu ehren und außerdem nicht an Gott zu denken, in dem ganz bestimmten Augenblick, wo ich nichts anderes tun sollte, als an ihn zu denken. Ich war einfach nur die ganze Zeit ein schlechter Mensch. Und der Grund dafür war, dass ich die ganze Zeit an Carver dachte und daran, was wir an dem Nachmittag und an dem Wochenende und an unserem fünfundzwanzigsten Geburtstag machen würden. Also hab ich diese Woche, als Kelly im Krankenhaus war, viel über unsere Beziehung nachgedacht.«

»Und hast du dich entschieden, mit ihm Schluss zu machen?«, fragte ich.

»Nein«, antwortete sie. »Ich fand nur, wir müssten miteinander reden. Er hatte die ganze Woche angerufen und ich war noch nicht bereit zum Reden, und als ich dann schließlich bereit war, hat Keith ihn für mich gebeten rüberzukommen. Er hatte ein Wasserballspiel, also kam er erst, als alle anderen schon weg waren. Da hab ich zu ihm gesagt, wir müssten reden, und er hat gesagt, wir könnten doch in mein Zimmer gehen, da seien wir ungestörter. Und ich hab geantwortet, dass keiner zu Hause sei und wir im Wohnzimmer genauso ungestört seien wie überall sonst, und dass außer meiner Familie sowieso niemand in mein Zimmer dürfe.«

»Wirklich?«, fragte ich.

»Natürlich«, antwortete sie. »Das weißt du doch.«

»Aber er war doch schon vorher in deinem Zimmer.«

»Ja, und jetzt sieh dir an, was mit Kelly passiert ist.«

Ich hielt das noch immer für eine ziemlich verdrehte Logik, doch dies war nicht der richtige Zeitpunkt, um deswegen zu streiten. »Was ist als Nächstes passiert?«

»Ich hab ihm gesagt, was ich mir vorher überlegt hatte«, fuhr Peggy fort. »Ich hab gesagt, ich hätte darüber nachgedacht, wo ich im Leben stehe, und dass er der beste feste Freund wäre, den ich je gehabt hätte, und dass ich mit unserer Beziehung wirklich glücklich sei, und dass ich es für gut hielte, es eine Weile dabei zu belassen, weil ich zwar die ganze Zeit versucht hätte, eine gute Freundin zu sein, aber nicht eine gute Tochter oder eine gute Schwester oder eine gute Katholikin.«

»Ich schätze, das kam wahrscheinlich nicht so gut an«, sagte ich.

»Doch, sogar sehr gut«, erklärte sie. »Dachte ich zumindest. Er schien überhaupt nicht sauer zu sein oder so. Er sagte sogar: ›Das klingt gut, du hast anscheinend viel darüber nachgedacht, ich respektiere deine Entscheidung‹ und so was ... Dann fingen wir an, uns zu küssen ... und dann ... konnte ich mich nicht mehr bewegen.«

»Was?«, fragte ich.

»Ich lag auf der Couch und konnte mich nicht rühren«, erklärte sie. »Aber er hat mich nicht festgehalten oder nach unten gedrückt oder so ... ich hab mich auch nicht dagegen gewehrt, weil ich nicht mal genug Platz hatte, um mich zu wehren, so wie er mich gehalten hat ... Mein Gehirn hat meinem Arm gesagt, dass er sich bewegen soll, aber er hat einfach nicht gehorcht, und Carver wollte mich nicht mal sprechen lassen. Er hat mich auch nicht unterbrochen oder so, aber immer wenn ich wieder was sagen wollte, küsste er mich wieder ...« Ihr Atem ging schwerer. »Und ich hab es am Anfang nicht mal gemerkt. Ich dachte, es liegt an mir. Weil wir nichts gemacht haben, was wir nicht vorher schon gemacht hatten. Obwohl ich also beschloss, die Grenze schon früher zu ziehen, dachte ich, ich bring es vielleicht einfach nicht fertig, es ihm zu sagen … Aber dann fing er mit was an, was wir vorher noch nicht gemacht hatten …« Wieder flossen die Tränen. »Warum bloß?«, wimmerte sie. »Liegt es an mir? Bin ich so *dumm*, so *uninteressant*, so *WERTLOS*, dass man mich zehn Jahre kennen kann und mir sagen kann, dass man mich liebt und dass wir den Rest unseres Leben zusammen verbringen wollen, und dann doch nur daran interessiert sein, die *ERSTE ETAPPE* zu beenden?« Ich machte einen Schritt auf sie zu. *»FASS MICH NICHT AN!«*, schrie sie, die Hände zu Fäusten geballt. »Warum solltest du mich anfassen wollen? Was, du wolltest mich in die Arme nehmen? Ich bin es nicht wert. Es sei denn, du willst mich betatschen. Wolltest du das? Dann los. Das ist das Einzige, wozu ich gut bin.«

»Okay, ich hab genug gehört«, sagte ich. »Dieser Fall ist klar wie Kloßbrühe. Wir rufen die Polizei.«

»Nein!«, schäumte Peggy. »Das mache ich nicht mit. Es würde nur mein Wort gegen seins stehen. Ich will nicht mehr daran denken. Ich will bloß … ich will bloß … ich weiß es nicht. Ich weiß nicht, warum ich hergekommen bin. Ich konnte nur in dem Moment nicht im Haus bleiben.« Sie schluckte. »Ich hab ihm vertraut. Ich hab ihm *vertraut*. Zehn Jahre …« Sie schaute zu mir auf und ihr Gesichtsausdruck änderte sich. »Ich geh jetzt besser. Ich muss gehen …«

Das machte mir Angst, aber das Letzte, was Peggy jetzt gebrauchen konnte, war, irgendwo festgehalten zu werden, wo sie nicht sein wollte. »Okay«, sagte ich. »Es ist doch alles in Ordnung, oder? Du wirst doch nichts … anstellen …?«

Sie zuckte die Achseln und öffnete die Tür. »Ich hab dich lieb«, rief ich ihr nach. Sie reagierte nicht. Einen Augenblick später war sie verschwunden.

Immunschwäche

Wie ihr euch sicher vorstellen könnt, bekam ich in dieser Nacht nicht sonderlich viel Schlaf. Zuerst überlegte ich hin und her, ob ich irgendetwas tun konnte, um Peggy zu helfen. Doch das ging schnell vorbei und ich verwandte all meine Energie darauf, mir Möglichkeiten auszudenken, wie ich es Fringie heimzahlen konnte. Und dann musste ich mich entscheiden, in welches Land ich fliehen würde, nachdem ich Fringie aus dem Weg geräumt hätte. Ich hatte die Alternativen gerade auf die Schweiz und Costa Rica eingeschränkt, als ich endlich einschlief. Ihr werdet gemerkt haben, dass ich nicht gesagt habe, ich sei nicht müde gewesen – als ich erst mal eingeschlafen war, wachte ich erst am Samstagnachmittag wieder auf. Ungefähr fünf Sekunden später ging ich zu den Kaylins rüber.

Ich kam an, als Peggy gerade einen Kuchen in den Ofen schob. Sie trug noch immer die Jacke, die sie von Fringie bekommen hatte, aber immerhin schloss sie sich jetzt nicht mehr in ihr Zimmer ein, sondern sublimierte ihren Kummer mit der Herstellung von Backwaren. »Hi«, begrüßte ich sie. »Wofür ist der Kuchen?«

»Für Kelly«, antwortete sie. »Weil sie wieder zu Hause ist. Ich wollte ihn eigentlich schon gestern Abend backen, aber dann ist mir ja was dazwischen gekommen.«

»Ja«, sagte ich. »Hör mal, hast du noch mal darüber nachgedacht, ihn anzuzeigen? Ich würde dich liebend gern begleiten und ihnen erzählen, was er gesagt ...«

»Nein«, versetzte Peggy. »Ich will nicht mehr daran denken. Wahrscheinlich ist es sowieso nicht so passiert, wie ich gedacht habe. Wahrscheinlich habe ich nur missverstanden, was da abgelaufen ist. Wahrscheinlich gibt es eine ganze einfache Erklärung dafür. Ich will nicht darüber nachdenken. Es ist nicht wichtig.«

»Wie bitte?«, sagte ich. »Nicht wich...«

Peggy hielt sich die Ohren zu. »Ich werde nicht darüber reden.«

»Warte«, bat ich. »Versprich mir wenigstens, dass du dich nicht mehr mit ihm treffen wirst. Das wirst du doch nicht, oder?«

»Ich werde mich mit niemandem mehr treffen«, antwortete Peggy. »Ich geb's auf. Ich hätte fast schon vor zwei Monaten aufgegeben, aber *du* hast mich überzeugt, dass ich mich mit jemandem treffen soll, den ich schon wirklich gut kenne. Ich weiß jetzt, dass sich Typen, die ich in der Schule, auf der Arbeit, in der Kirche oder einfach nur so treffe, als unanständig herausstellen, wenn ich mit ihnen zusammen bin; und wenn ich mit Typen zusammen bin, die ich schon mein ganzes Leben kenne, sie sich auch als unanständig herausstellen, ich es bloß noch nicht wusste. Die einzigen anständigen Menschen, die ich kenne, sind meine Eltern und meine Geschwister. Und mit denen kann ich nicht zusammen sein – also werde ich mit niemandem mehr zusammen sein. Ich werde hier wohnen bleiben, und falls meine Eltern jemals das Haus verkaufen und in ein kleineres Haus nur für sich selbst umziehen, werde ich halt bei Kelly und ihrer Familie wohnen. Und wenn sie keinen Platz für mich haben, geh ich halt in ein Kloster.«

»Klingt absolut vernünftig für mich«, stellte ich fest. »Aber wenn du dich nicht mehr mit Fringie triffst, wieso trägst du dann immer noch seine Jacke?«

»Es ist meine Jacke«, entgegnete sie.

»Ja«, sagte ich, »aber . . .«

»Sie gehört mir.«

»Schon klar«, erwiderte ich. Peggy nahm eine Zuckerdose und ein Fläschchen Vanille aus einem Schrank über dem Herd und holte dann etwas Rahmkäse und Eier aus dem Kühlschrank. »Wofür ist das denn?«, fragte ich.

»Für den Zuckerguss«, erklärte sie.

»Echt? Du machst Zuckerguss? Ich hab dich schon eine Million Kuchen backen sehen. Du hast noch nie . . .«

»Kelly mag selbst gemachten Zuckerguss«, unterbrach sie. »Und deshalb bekommt sie ihn auch.«

»Ist sie da?«, fragte ich.

»Sie ist gerade erst aufgestanden. Eben war sie noch unter der Dusche.«

Ich konnte mich nicht an fließendes Wasser erinnern, doch als ich mir die letzten paar Minuten noch mal vergegenwärtigte, fiel es mir wieder ein – es hatte aufgehört, als Peggy gerade ausführlich ihre zukünftigen Wohnungspläne dargelegt hatte. Und da es mir jetzt bewusst geworden war, hatte das Geräusch von fließendem Wasser seine vorhersehbare Wirkung. »Sie ist nicht die Einzige, die gerade erst aufgestanden ist«, erklärte ich. »Ich bin sofort rübergekommen. Und ich meine wirklich *sofort.* Ich bin gleich wieder da.«

Ich eilte aus der Küche zum Ende des Flurs und wollte die Badezimmertür öffnen, doch sie war verschlossen. »Besetzt!«, brüllte Grant von drinnen. Er klang sehr zufrieden damit. Ich überlegte, schnell nach Hause zu laufen, beschloss aber dann, einfach nach oben zu gehen. Also stieg ich die lange, steile Treppe in vier Sprüngen hinauf, wandte mich nach rechts und stolperte über Käs.

»Waaah!«, jaulte er auf. Bei seinem panischen Blick hätte man meinen können, ich wollte ihn in einen Haustierkorb stecken und ihn zum Tierarzt schleppen, um ihn kastrieren zu lassen.

»Was machst du da?«, fragte ich. Er hatte im Flur gekniet und irgendwohin gestarrt. Ich schaute gerade rechtzeitig in dieselbe Richtung, um zu sehen, wie Kelly sich ihr T-Shirt anzog. Sie hatte ihre Tür einen Spalt weit offen gelassen. Ich reagierte schnell: Ich nahm Käs in eine Kopfzange und zerrte ihn ans Ende des Flurs. Erst später merkte ich, dass er mindestens fünfzig Pfund schwerer war als ich und ich das eigentlich gar nicht hätte schaffen können.

»Erzähl das bloß nicht meinen Eltern, Mann«, jammerte er. »Mein Dad würde mich sofort auf 'ne Militärschule schicken. Ich wollte es ja gar nicht. Ich bin einfach nur vorbeigekommen und hab gesehen, dass die Tür offen stand, und da hab ich halt reingeguckt und ... und ...«

»Find ich ziemlich mies«, sagte ich. »Bei seiner eigenen Schwester zu spannen.«

»Ich weiß, ich weiß«, wimmerte er. »Aber ... ich meine ... du weißt doch, wie sie ... ich meine ... jeden Tag hüpft sie hier herum und so, und ... und ich kann nichts dagegen tun ... weißt du ...«

»Aber sie ist deine Schwester«, konterte ich. »Bist du dagegen nicht, na ja, immun?«

»Gegen sie?«, fragte er. »Du machst wohl Witze.«

Das war eine schwere Entscheidung. Einerseits fand ich das Ganze extrem unheimlich – sogar noch unheimlicher, als dieser Warder Molly angestarrt hatte, denn da wusste ich zumindest, dass es Molly nichts ausmachte. Ein Stück weit hielt ich es für das Richtige, Mr.

und Mrs. K. Bescheid zu sagen und sie entscheiden zu lassen, welche Konsequenzen gezogen werden sollten. Andererseits musste ich zugeben, dass ich, wenn ich eine halbe Sekunde früher in Kellys Zimmer geschaut hätte, nicht mehr genug Blut im Hirn gehabt hätte, um über all das überhaupt nachzudenken. »Na gut«, sagte ich. »Ich werde es nicht deinen Eltern erzählen. Aber nur, wenn du es Kelly selbst erzählst. Jetzt sofort. Und klopf zuerst an. Kapiert?«

»Okay«, antwortete er. Er klopfte an die Tür. Eigentlich hätte ich gern gewartet, um sicherzugehen, dass er es auch tatsächlich machte, aber ich musste jetzt *wirklich* aufs Klo. Als ich eine Minute später aus dem Badezimmer kam, rieb Käs sich den Kiefer. »Sie hat mir 'ne Ohrfeige verpasst!«, klagte er. Dann schlich er in sein Zimmer zurück und begann auf dem Schlagzeug zu spielen.

»Das war bloß dafür, dass *du mich* geohrfeigt hast!«, rief Kelly ihm nach. »Für das Spannen kriegst du's noch extra. Vielleicht mach ich ein Foto von dir unter der Dusche oder so was und zeig es überall rum. Aber wenn ich dich nackt sehen würde, müsste ich wahrscheinlich viel zu viel kotzen, um den Fotoapparat bedienen zu können.«

Was als Nächstes passierte, ging so schnell, dass ich mir nur im Nachhinein zusammenreimen kann, was ich wohl gedacht habe. Ich weiß noch, dass ich wieder nach unten zu Peggy gehen wollte, an Kellys Tür vorbeikam und mir einfiel, dass ich sie nach ihrem Krankenhausaufenthalt noch gar nicht zu Hause begrüßt hatte. Ich weiß nicht recht, warum ich tatsächlich an ihre Tür klopfte, anstatt zu warten, dass sie nach unten kam. Doch als ich das tat, merkte ich, dass die Tür nicht ganz geschlossen war, weil sie aufschwang. Und da sah ich etwas, das ich wirklich nicht sehen wollte. Nein, nicht Kelly im Evaskostüm – damit hätte ich kein Problem gehabt. Stattdessen sah ich, wie Kelly vorsichtig eine Scratch-Karte auf ihrer Zunge platzierte. Sie zitterte, blinzelte heftig und merkte dann, dass ich im Türrahmen stand.

»Ähm, das hast du jetzt nicht gesehen«, sagte sie.

»Ist das eine Frage oder eine Aussage?«, wollte ich wissen.

Sie zitterte wieder. »Eine Aussage«, antwortete sie und ein merkwürdiges Zucken huschte über ihre Lippen. »Wenn du das nicht glaubst, kannste ja herkommen und ich überzeuge dich davon.«

Ich kann gar nicht in Worte fassen, wie gern ich überzeugt worden wäre. In den letzten drei Jahren hatte ich jede einzelne Nacht davon geträumt, auf jede vorstellbare Art und auch auf ein paar unvorstellbare Arten von Kelly überzeugt zu werden. Und an jedem anderen Tag – einen Tag früher, einen Tag später – hätte ich wahrscheinlich keine Sekunde lang gezögert und dieses sinnliche Geschöpf hätte mit mir machen können, was es wollte. Aber Peggy hatte gerade zu mir gesagt, dass sie zu dem Schluss gekommen war, niemandem außerhalb ihrer Familie trauen zu können, nicht einmal – oder vor allem – denen, die sie praktisch schon ihr ganzes Leben lang kannte. Ich war entschlossen, nicht wie Fringie zu sein. So sehr es der Penis auch wollte.

»Äh, ich muss gehen«, sagte ich.

Das ist wahrscheinlich auch der Grund, weshalb ich weder Peggy noch ihren Eltern erzählte, was ich gesehen hatte. Ich wusste nicht, wie Peggy damit fertig werden würde. Und in diesem Augenblick war das das Einzige, was zählte. Oder zumindest erinnere ich es so. Es ist auch gut möglich, dass ich es vollkommen vergaß, als ich nach Hause eilte und mir den Rest des Nachmittags vorstellte, wie es wäre, überzeugt zu werden.

Eine Idiotengelehrte ohne Idiotie

Später stellte ich überrascht fest, wie wenig mir danach war, von der nächsten Autobahnbrücke zu springen. Sicher, andere Leute haben vielleicht Ziele, wie Medizin zu studieren oder in die erste Liga zu kommen. Aber mein einziges Ziel im Leben war immer gewesen, es irgendwann einmal mit Kelly Kaylin zu tun. Allerdings hatte ich mir immer vorgestellt, dass wir uns einem Moment ungehemmter beiderseitiger Begierde hingaben, und nicht, dass wir eine Art Geschäft abschlossen. Je mehr ich darüber nachdachte, desto klarer wurde mir, dass jede Zusammenkunft am Tag zuvor auf der falschen Seite der Grenze zwischen großartigem Sex und einem schlechten Ersatz dafür gelandet wäre. Vorausgesetzt natürlich, dass ich sie überhaupt richtig verstanden hatte. Es war auch durchaus möglich, dass sie mir nur einen Zwanziger zugesteckt und mich wieder weggeschickt hätte.

Am nächsten Tag beschloss ich, nicht bei den Kaylins vorbeizuschauen, obwohl ich mich gern vergewissert hätte, ob es Peggy gut ging. Aber ich fürchtete die Möglichkeit, dass ich Kellys Angebot vielleicht doch zu verführerisch finden würde. Außerdem musste ich noch ein Referat für Nicht-Westliche Staatsbürgerkunde vorbereiten und verbrachte deshalb einen Großteil des Nachmittags in der Unibibliothek der Cal State Fullerton, um zu recherchieren. Als ich nach Hause kam, wollte ich gerade den Rucksack auf mein Bett werfen, als ich merkte, dass jemand darauf saß. »Hi«, sagte Hayley. »Echo bringt mir bei, wie man Go spielt. Welches ist dein Zimmer?«

»Dieses hier«, antwortete ich. »Du sitzt auf meinem Bett.«

»Was? Du meinst, du teilst dir ein Zimmer mit deiner ...«

»Das ist normalerweise die zweite Frage, die unsere Gäste stellen«, sagte ich.

»Da muss ich passen. Was ist die erste?«

»Bist du schon Molly über den Weg gelaufen?«, fragte ich.

»Nö«, antwortete sie.

»Wenn du Molly triffst, wirst du wissen, was die erste ist«, erklärte ich. »Wo ist Echo denn?«

»Sie ist nach unten gegangen, um mir ein Glas Wasser zu holen.«

Echo kam einen Augenblick später zurück und reichte Hayley ihr Wasser. »Weißt du«, sagte Hayley, »wenn nicht allzu viel mehr dahinter steckt als das, was du mir schon erzählt hast, scheint es mir nicht so schwierig zu sein. Hat man das noch nicht in einen Computer eingegeben und irgendeine unschlagbare Folge von Zügen rausgefunden? Es scheint leichter als Schach zu sein ...«

»Schach ist viel einfacher«, unterbrach sie Echo.

»Aber beim Schach gibt es so viele unterschiedliche Figuren, die sich alle unterschiedlich bewegen. Das ist doch sehr viel schwerer vorherzusehen ...«

»Am Anfang eines Schachspiels gibt es nur achtzehn mögliche Züge«, erklärte Echo. »Und der Gegenspieler kann mit achtzehn möglichen Zügen darauf reagieren. Das macht achtzehn mal achtzehn. Beim Goban sind es neunzehn mal neunzehn. Die Zahl der Punkte, auf die man den ersten Stein setzen kann, ist höher als die Zahl der möglichen Stände beim Schach, nachdem *beide* Spieler gesetzt haben. Dieser Unterschied kommt dir vielleicht klein vor, aber es ist ein geometrischer und kein arithmetischer. Versuch mal, beide direkt miteinander zu vergleichen. Wir werden sogar die Symmetrie berücksichtigen und sagen, dass es statt dreihunderteinundsechzig Punkte nur fünfundfünfzig eindeutige Punkte in Relation zur Form des Bretts gibt. Der Punkt in der Mitte erhält diese Symmetrie für den ersten Zug von Weiß und die zehn anderen Punkte auf der Diagonalen ermöglichen eine zumindest bilaterale Symmetrie. Also haben wir einmal vierundfünfzig plus zehnmal einhundertneunundachtzig plus vierundvierzig mal dreihundertsechzig, und das ergibt siebzehntausendsiebenhundertvierundachtzig. Das bedeutet, wenn man nur einen einzigen Zug von jedem Spieler betrachtet, ist Go vierundfünfzig und acht Neuntel Mal schwerer als ...«

»Sag jetzt bitte nicht, du hast diese ganze Statistik auswendig gelernt«, unterbrach Hayley.

»Was?«, fragte Echo.

»Was ist die Quadratwurzel von einer Milliarde und fünf?«, wollte Hayley wissen.

Echo wurde rot. »Drei eins sechs zwei zwei Komma sieben sieben sechs sechs acht ...«

»Warte mal«, sagte Hayley. »Ich hab keine Ahnung, ob das auch nur annähernd stimmt. Leih mir mal deinen Taschenrechner.«

»Ich hab keinen«, antwortete Echo.

»Aber ich«, sagte ich. »Zweite Schreibtischschublade.«

Hayley griff nach dem Taschenrechner. »Okay, was ist, ähm, eins zwei drei vier fünf sechs mal sechs fünf vier drei zwei eins?«, fragte sie.

»Achtzig Milliarden siebenhundertneunundsiebzig Millionen achthundertdreiundfünfzigtausenddreihundertsechsundsiebzig«, antwortete Echo wie aus der Pistole geschossen.

»Okay, wie machst du das?«, wollte Hayley wissen. »Du kannst das doch nicht so schnell ausgerechnet haben.«

»Ich rechne es überhaupt nicht aus«, erklärte Echo. »Ich sehe es einfach vor mir. So als wenn ich ein paar Finger hochhalten würde und du sie auch nicht zählen würdest, sondern einfach die Zahl sehen würdest.«

»Unglaublich«, stellte Hayley fest.

»Es ist einfach genetisch bedingt«, sagte Echo. »Es kann nicht auf irgendeine Leistung meinerseits zurückgeführt werden.«

»Aber wieso habe ich in all der Zeit, die wir nun schon zusammen bei der Zeitung arbeiten, nie herausgefunden, dass du das kannst?«, fragte Hayley.

»Es ist nie wichtig gewesen«, erwiderte Echo.

»Und in welchen Mathekurs haben sie dich gesteckt?«, erkundigte sich Haley. »Wahrscheinlich nicht in Algebra II, nehme ich an?«

»Ich hab Topologie drüben an der Cal State Fullerton«, erklärte Echo.

»Ich weiß nicht mal, was das überhaupt ist«, sagte Hayley. »Darf ich mal das Buch sehen?« Sie ging zu unserem Bücherregal hinüber. »Hey, du hast ja ganz schön viele Go-Bücher. Du beschäftigst dich ziemlich viel mit diesem Spiel, was?«

»Nicht mehr«, antwortete Echo. »Ich spiele manchmal übers Internet.«

»Gibt es nicht so was wie einen Verein, in dem du spielen könntest?«, schlug Hayley vor.

»Ich gehe nicht mehr in Vereine«, entgegnete Echo trübsinnig.

»Moment«, sagte Hayley. »Echo, dieses Buch ist ja auf Japanisch.«

»Viele der besseren Bücher sind noch nicht übersetzt«, erklärte Echo.

»Genau wie dieses hier«, meinte Hayley. »Nein, warte. Das ist Chinesisch. Und das hier Koreanisch!«

»Das sind eben die Länder, in denen Go am meisten gespielt wird«, gab Echo zurück.

»Sag jetzt nicht, du sprichst all diese Sprachen«, sagte Hayley.

»Tu ich nicht«, antwortete Echo. »Ich spreche Japanisch. Die anderen kann ich nur lesen.«

Doch Hayley hatte bereits das Regal mit der Literatur entdeckt. »Wie steht's mit diesen hier?«, fragte sie. »Französisch, Spanisch, Deutsch ... Russisch ...«

»Die meisten davon spreche ich. Diejenigen, für die ich Kassetten finden konnte ...«

»Aber wann hattest du die Zeit, um ...«

»Um sie lesen zu können, brauche ich ungefähr eine Woche«, erklärte Echo. »Das ist eine ganz einfache Fähigkeit ...«

»Du siehst die Welt mit ganz anderen Augen als wir anderen, stimmt's?«, fragte Hayley. »Ich kann mir überhaupt nicht vorstellen, wie es wäre, Sprachen und Mathematik richtig zu verstehen. Und Holdn hält sich schon für etwas Besonderes, nur weil er endlich mit Stäbchen essen kann.«

»Es ist einfach genetisch bedingt«, sagte Echo. »Es kann nicht auf irgendeine Leistung meinerseits zurückgeführt ....«

»Sollte ich überhaupt danach fragen, ob du noch andere Fähigkeiten hast, von denen ich nichts weiß?«, fragte Hayley.

Echo warf mir einen flehenden Blick zu, doch ich tat prompt so, als hätte ich ihn nicht gesehen. Sicher hätte ich selbstlos handeln und den Kopf für sie hinhalten können, aber ich hatte nicht vor, mein kleines Talent freiwillig preiszugeben. Echo war nicht die Einzige, die im Zirkus auftreten konnte.

Und der ukrainische Preisrichter gibt eine 5.9

Als ich in dieser Nacht um drei Uhr morgens aufwachte, stützte ich mich gerade im Türrahmen ab. Ich hatte mein ganzes bisheriges Leben in Kalifornien verbracht und musste nicht unbedingt bei Bewusstsein sein, um mich bei einem Erdbeben in Sicherheit zu bringen. Bobbo konnte das offenbar nicht von sich behaupten. »AAAH!«, kreischte er. »Mist! Was soll ich tun? Was soll ich tun? AAAH!«

»Setz dich in den Türrahmen!«, schrie Molly vom Türrahmen neben mir. Echo war um diese Zeit längst aufgestanden, wahrscheinlich war sie irgendwo unten. Die Tür zu Kriegs und Jerems Zimmer blieb geschlossen. »Was ist das wohl?«, fragte Molly. »Stärke sechs vielleicht?«

»So ungefähr«, antwortete ich. »Nicht allzu stark, aber es dauert eine Weile.«

»Geh aus der Tür raus!«, brüllte Bobbo. »Ich brauch sie!«

»Such dir deine eigene!«, gab seine Begleitung zurück.

»Komm schon!«, flehte Bobbo. »Hier fällt lauter Zeug auf mich runter!«

»Stimmt nicht!«, rief sie.

»Aber es könnte doch!«, protestierte er. Die Erschütterungen hörten auf. »Ach, vergiss es«, sagte er. Er stolperte über sie hinweg in den Flur. »Alles in Ordnung bei euch?«, fragte er. »Hey, habt ihr schon Tammy kennen gelernt?«

Ich stand auf und begutachtete den Schaden. Echo hatte ihre Go-Sachen nach ihrem Spiel mit Hayley stehen lassen; jetzt lag die Hälfte der Steine auf dem Boden. Das schien aber auch schon alles zu sein. Selbst die Bücher waren in den Regalen geblieben.

Molly klopfte an Kriegs und Jerems Tür. »Alles okay?«, fragte sie.

»Verpiss dich!«, kam die gedämpfte Antwort.

»Ich nehme mal an, das soll ›ja‹ heißen«, sagte Molly. Sie gähnte. »Ich geh wieder ins Bett. Wir sehen uns dann zum Nachbeben.«

»Ins Bett?«, fragte ich. »Du kannst doch nicht ins Bett gehen! Wir müssen unsere Traditionen hochhalten! Wir müssen uns eine Stunde lang die Erdbebennachrichten im Radio anhören und erfahren, wie es in Thousand Oaks und Twentynine Palms war, und wie es sich von dem von 1971 unterscheidet, und wie sich die Katzen schon den ganzen Tag so komisch benommen haben und ...«

»Nimms auf Kassette auf«, gähnte Molly. Sie verschwand in ihrem Zimmer.

Ich ging nach unten, um mich zu vergewissern, dass Echo das Beben gut überstanden hatte. Nicht dass ich damit rechnete, sie zerquetscht unter einem Aktenschrank zu finden oder so. Ich dachte mir nur, wenn *ich* bei einem Erdbeben allein unten wäre und niemand käme, um nach mir zu sehen, würde ich nach einem Aktenschank suchen, den ich auf mich ziehen könnte, nur damit sich alle schuldig fühlten. Doch Echo schien nirgendwo unten zu sein. Ich sah sogar an Stellen wie unter dem Sofa oder im Kühlschrank nach, hatte aber kein Glück. Schließlich kam ich darauf, draußen nachzuschauen, und fand zwar nicht Echo in der Garage, aber ihr Fahrrad. Da das Auto in der Einfahrt stand, konnte sie nicht weit weg sein. Ich sprang in den Wagen, um ein paar Mal um den Block zu fahren und nach ihr Ausschau zu halten, oder besser, ich wollte in den Wagen springen. Ich änderte meinen Plan, als ich Echo im Auto fand, das Gesicht tränenüberströmt.

»Echo?«, fragte ich. »Ech, was ist los? Was . . .«

»Fass mich nicht an«, unterbrach sie mich.

»Neuerdings will irgendwie niemand mehr angefasst werden«, stellte ich fest. »Komm schon, was ist denn? Langsam mach ich mir Sorgen.«

»Lass mich einfach nur in Ruhe«, bat sie.

»Ich meine, heute war doch ein schöner Tag, oder nicht? Mit Hayl. . .«

»Lass mich bitte *allein.*«

Ich schloss die Tür und ging nach oben. Ich konnte an nichts anderes denken als daran, wie gern ich auf Echo wütend wäre, weil sie aus ihrem Kummer so ein Geheimnis machte. Vielleicht konnte mir Siren Delaney ja beibringen, wie man auf Kommando weinte. Dann schlief ich ein.

Schon fünfundvierzig Sekunden später klingelte das Telefon. Ich ging ran. »Hä? Was?«, meldete ich mich.

»Allen?«, fragte die Stimme am anderen Ende. »Allen, hier ist Peggy. Hast du Kelly irgendwo gesehen?«

»Was?«, fragte ich.

»Wir sind alle vom Erdbeben wach geworden und Kelly ist nicht da«, erklärte sie. »Sie ist nirgendwo im Haus. Sie ... warte mal, da ist gerade ein Auto gekommen. Wir reden später.« Klick.

Dem konnte ich einfach nicht widerstehen – ich musste nachsehen, was da los war. Ich lief nach unten und vors Haus und sah gerade noch eine Corvette davonrasen. Kelly blieb am Bordstein vor ihrem Haus stehen und trug ein Aufsehen erregendes Outfit, in dem keiner von uns sie jemals gesehen hatte: ein glänzendes Shirt mit Kragen, zwei Nummern zu klein und mit metallischen vertikalen Streifen in Weinrot, Senfgelb und Waldgrün; und dazu eine hellblaue Jeans, die vorne geschnürt war wie ein Schuh; die knallroten Bänder reichten ihr bis knapp unters Knie. Sie war barfuß. Auf der Veranda stand ihre gesamte Familie. Mr. und Mrs. K. sahen bestürzt aus, Grant verwirrt, Käs beeindruckt und Peggy machte ein Gesicht, als wäre Kelly gerade vor ihren Augen niedergeschossen worden.

Kelly fiel auf den Rasen und lachte hysterisch.

Das Parfum

Peggys viel beschworene Rückkehr in die Schule fand nicht statt. »Peggy Kaylin fehlt jetzt seit sechs Tagen«, stellte Benito fest. »Wenn sie sich derart verantwortungslos verhält, ist sie für den Posten der Chefredakteurin im nächsten Jahr aus dem Rennen.«

»Hören Sie, am Wochenende ist einiges passiert«, beschwichtigte ich sie. »Sie kommt ja zurück. Ich meine, schauen Sie, wen wollen Sie denn sonst nehmen? Einen von den Unbestimmten?« Die Unbestimmten funkelten mich an. »Ja, ihr habt mich schon verstanden«, sagte ich.

Dennoch hielt ich es für besser, Peggy von Benitos Erlass zu erzählen, falls es ihr nicht egal war. Doch als ich nach der Schülerberatung zu ihr nach Hause ging, war sie nicht da. »Sie ist arbeiten gegangen«, erfuhr ich von Käs. Zuerst erwog ich, zum King of the Juice zu fahren, aber ich wusste, wie sehr Peggy es hasste, während der Arbeit besucht zu werden. Also schaute ich stattdessen regelmäßig auf die Einfahrt der Kaylins, um nachzusehen, ob ihr Lieferwagen wieder da war. Ich sah um halb neun nach, um neun, um halb zehn, um zehn. Um halb elf klingelte ich schließlich noch einmal und ein verstimmter Mr. K. teilte mir mit, Peggy habe angerufen und Bescheid gesagt, dass sie erst später am Abend zurückkomme. Dass ich danach trotzdem weiter nachschaute, war eher auf eine leichte Neurose meinerseits als darauf zurückzuführen, dass ich ihr unbedingt noch Benitos Nachricht überbringen wollte. Um Mitternacht versuchte ich zu schlafen, konnte es aber nicht; um eins erschreckte ich Echo, weil ich gerade in dem Moment das Licht wieder anknipste, als sie sich vorsichtig aus dem Zimmer schlich, um mich nicht aufzuwecken. Immer noch kein Lieferwagen. Also ging ich dazu über, die Kreuzung vor unserem Fenster zu beobachten und aufzupassen, ob irgendwelche Autos in unsere Straße einbogen. Da es mitten in der Nacht war, konnte man den Verkehr nicht gerade lebhaft nennen. Um Viertel vor zwei fuhr schließlich ein Auto in die Hyacinth Avenue und hielt in der Einfahrt der Kaylins.

Ein Auto, wohlgemerkt, und kein »Lieferwagen von der Größe Neufundlands«. Noch immer konnte ich nicht schlafen – ich fühlte mich, als hätte mir jemand einen knietiefen Teich voller Espresso die Kehle hinuntergekippt. Also entschloss ich mich, einen kleinen Spaziergang zu machen und nachzusehen, was da los war. Der Wagen stand mit laut tuckerndem Motor in der Einfahrt, als ich vorbeiging, die Haustür stand weit offen und aus der Küche kam Licht. Da ich den Eindruck erwecken wollte, als käme ich nur zufällig hier vorbei – »Achten Sie nicht auf mich, ich bin nur ein Wanderer aus Idaho« –, marschierte ich weiter, an Peggys Haus vorbei, über den Zaun, auf die andere Straßenseite, auf den Ilium-Parkplatz. Dort schaute ich mich um, als wolle ich mich vergewissern, dass es tatsächlich ein Parkplatz war, und machte dann wieder kehrt. Die Tür stand immer noch offen und diesmal konnte ich eine Silhouette – Kelly? – im Türrahmen erkennen. Sie winkte mir zu und verschwand dann ins Haus. Ich wusste genau, dass es wahrscheinlich eine blöde Idee war, aber meine Neugierde war größer. Also ging ich den Weg zur Haustür hinauf, an dem tuckernden Motor vorbei, und klopfte an die offene Tür. »Ähm, wolltest du irgendwas?«, fragte ich.

Es kam keine Antwort, aber in der Küche brannte Licht; daher trat ich leise ins Haus. Ich blickte stur geradeaus, weil mir klar war, dass ich viel besser die Nerven behalten konnte, wenn ich nicht wusste, was möglicherweise am Rande meines Gesichtsfeldes lauerte (Mr. Kaylin, der mit einer Schrotflinte auf meinen Kopf zielte; der Fahrer des Wagens draußen, der mir eins mit der Brechstange überbraten wollte; Einbrecher, die gerade das Haus leer räumten und merkten, dass sie sich der Zeugen entledigen mussten – eigentlich wollte ich es gar nicht wissen). Ich trat in die Küche.

Der Geruch haute mich buchstäblich um. In der Küche stank es nach Sex, nach dicken Wolken davon. Wenn man diesen Geruch in Flaschen füllen könnte, würde man ein Vermögen damit machen; doch man würde es wahrscheinlich dafür ausgeben, alle Flaschen aufzukaufen. Und mittendrin war Kelly Kaylin, die im Schneidersitz auf dem Fußboden saß und eine Schachtel Schokoladenplätzchen mampfte. In gewisser Hinsicht trug sie eines der konservativsten Outfits, in denen ich sie je gesehen hatte, nämlich eine Latzhose – auf jeden Fall bedeckte sie mehr Quadratzentimeter ihres Körpers als ihre sonstige Garderobe. Wenn man allerdings von einem Kleidungsstück erwartet, dass es die Brüste verhüllt, wurde dieses Ziel nicht erreicht. »Ähm, solltest du nicht ein T-Shirt oder so was darunter tragen?«, fragte ich.

Kelly schaute von ihrer Plätzchenschachtel auf. »Hatte ich ja«, antwortete sie. Sie blickte mich verständnislos an. Ihre Pupillen waren so groß, dass die Iris vollständig verschwunden war. »Es ist weg«, kicherte sie. Nur gut, dass mich mein unvorbereiteter Sturzflug so geschwächt hatte; denn wenn ich auch nur ansatzweise wieder zu Atem gekommen wäre, hätte mich vermutlich nichts davon abhalten können, mit ihr wilden, hemmungslosen Sex auf dem Küchenboden zu haben. Dieser Geruch war einfach so übermächtig – wie Senfgas. Nur richtig, richtig gutes Senfgas.

»Äh, wenn du nichts brauchst, geh ich jetzt besser wieder«, murmelte ich. »Soll ich die Haustür zumachen? Sie ist offen ... Da draußen steht ein Auto ...«

»Was?«, fragte Kelly. »Ach ja ... Ich sollte, glaub ich, was holen.«

Sie stopfte sich die letzten vier Plätzchen in den Mund und rappelte sich wieder auf. Dann blickte sie sich um. »Huch!«, rief sie. »Äh, wie bist *du* denn hier reingekommen?«

»Du hast mir zugewinkt«, erklärte ich.

»Ach so, ja«, erwiderte sie. »Ich hab dich für jemand anders gehalten. Ich sollte, glaub ich, was holen.« Sie schaute sich um und nahm einen Schwamm aus der Spüle.

»Einen Schwamm?«

»Ja«, antwortete sie. »Raul sagt, ich soll das Sperma vom Rücksitz wischen, weil es sonst Flecken auf dem Vinyl macht oder so.«

Die Pheromonwolke löste sich schnell auf, als Kelly durch die Tür verschwand und ich wieder aufstehen konnte. Der Motor des Wagens wurde abgestellt, und als ich wieder draußen vor dem Haus stand, waren die Scheiben beschlagen. Und da fiel mir plötzlich ein, dass ich das Auto schon mal gesehen hatte: Ich hatte Rachel Monihan mal darin einsteigen sehen. Ich fragte mich, ob Rachel wohl zu Kellys mysteriösen Freunden zählte, von denen April gesprochen hatte.

Doch am meisten fragte ich mich, wie es wohl wäre, dieser Raul zu sein und Freuden erleben zu dürfen, von denen selbst Fringie nur geträumt hatte. Und erst am nächsten Tag fiel mir wieder ein, dass ich nicht gesehen hatte, wie der Lieferwagen zurückgekehrt war.

Wir werden die Sache schon schaukeln

Als ich am nächsten Tag von der Schülerberatung zurückkam, stand der Lieferwagen in der Einfahrt, daher probierte ich es bei den Kaylins. Zu meiner Überraschung öffnete Peggy selbst.

»Äh, hi«, sagte ich.

»Sag nichts, lass mich raten«, antwortete sie. »Du willst mit mir reden. Okay, reden wir. Ich wollte dich sowieso gerade anrufen. Komm, gehen wir ein bisschen spazieren.«

Sie steckte die Hände in die Jackentaschen und marschierte los. Ich musste die Tür schließen. Wir waren gerade erst an Doojs Haus vorbeigegangen, als sie unvermittelt fragte: »Also, wann hast *du* mit dem Vögeln angefangen?«

Ich wäre sicher nicht überraschter gewesen, wenn Doojs Hund plötzlich über den Zaun gesprungen wäre und mir den Arm abgebissen hätte. »Wie bitte?«, sagte ich.

»Ist schon okay, du kannst es mir ruhig sagen«, erklärte Peggy. »Ich weiß jetzt alles darüber. Kelly hat mir alles erzählt. Also, wann war das, in der sechsten Klasse? In der siebten? Oder erinnerst du dich nicht mehr genau, weil du zu der Zeit zu bekifft warst, um es dir zu merken?«

»Ähm, du redest zwar mit mir, aber du denkst an jemand anderen«, meinte ich. »Komm schon, du kennst mich doch.«

»Ich kenne dich?«, fragte sie. »Ich *kenne* dich?« Sie lachte. Es klang nicht schön. »Ich *dachte*, ich kenne die Leute, mit denen ich zusammenarbeite, doch sie nehmen alle Scratch seit dem Kindergarten. Ich *dachte*, ich kenne die Kids, mit denen ich seit siebzehn Jahren in die Kirche gehe, doch sie haben alle schon vor der Firmung miteinander geschlafen.« Wir spazierten in den Park hinüber. »Ich hab mich umgehört, und es ist überall das Gleiche, also kannst du es ruhig auch zugeben. Du brauchst dein Doppelleben nicht mehr vor der behüteten kleinen Peggy zu verheimlichen.«

»Ähm, Peggy, du sprichst mit dem größten Otubo der Welt«, erwiderte ich. »Nach dem Aufstehen geh ich zur Schule, mach ein oder zwei Stunden Schülerberatung, geh wieder nach Hause, mach meine Schularbeiten, sehe ein bisschen fern und geh ins Bett. Wenn ich auf Partys gehe, sammele ich von allen Leuten die Schlüssel ein und schließe mich in der Speisekammer ein. Im Vergleich zu mir führen Leute in eisernen Lungen ein aufregendes, verrücktes Leben.«

»Ich wünschte, ich könnte das glauben«, sagte sie. Wir erreichten die Schaukeln und Peggy ließ sich auf die höchste fallen. Und selbst diese hing gefährlich dicht über dem Boden. Früher hatte ich Peggy immer hochheben müssen, wenn sie auf die hohe Schaukel wollte. »Ich wünschte mir wirklich, ich könnte das glauben«, seufzte sie.

»Und ich wünschte mir, es wäre schwer zu glauben«, antwortete ich. »Aber in Wahrheit bedeutet es so etwas wie eine Art Ausschweifung für mich, wenn ich mir gelegentlich eine Folge von *Ashley: Die frühen Jahre* anschaue.«

»Schubs mich an«, bat sie. Ich schubste sie an. Selbst mit dem glänzenden schwarzen Haar und ihrer vor Leder und Metall strotzenden Jacke hatte sie noch eine beinahe beängstigende Ähnlichkeit mit dem rothaarigen Mädchen, das sich früher die Sommersprossen wegschrubben wollte. Als sie zurückschwang, schaute ich ihr ins Gesicht. Falls sie noch Sommersprossen hatte, konnte ich sie nicht sehen. »Tja«, sagte sie. »Jedenfalls wird es dich freuen zu hören, dass du Recht hattest.«

»Womit?«, fragte ich.

»Mit dem ganzen Gott-Kram«, erklärte Peggy. »Das ist alles Schwachsinn.«

»Ähm, ich glaube nicht, dass ich das gesagt ...«

»Kelly hatte keinen Blinddarmdurchbruch, weil ich für meine unanständigen Gedanken bestraft werden sollte«, fuhr sie fort. »Sondern weil sie seit der vierten Klasse jeden Tag Scratch nimmt und deshalb schmerzunempfindlich geworden ist. Aber erst seit der fünften Klasse schleicht sie sich nachts aus dem Haus und geht auf Sexpartys. In dieser Hinsicht ist sie eine Art Spätentwickler. Schubs fester.«

Ich schubste fester. »Ich war mir nicht mal ganz klar darüber, wie Sex überhaupt funktioniert, bis wir das letztes Jahr in Bio durchgenommen haben«, redete sie weiter. »*Ich* hab in der fünften Klasse noch mit Puppen gespielt. Kelly hat mit Collegejungs gevögelt. Ich hab Kelly für mein besseres Ich gehalten. Sie war genau wie ich, bloß hübscher, anmutiger, intelligenter und nobler – und sie hatte keine unanständigen Gedanken wie ich. Und jetzt stelle ich fest, dass meine verdorbenste Fantasie gegen die Orte, wo sie jede Nacht nach ihren Mathehausaufgaben hinging, und gegen das, was sie dort gemacht hat, harmlos ist. Und dass die Leute das völlig normal finden. Nicht ein Einziges von den Mädchen, mit denen ich im King of the Juice arbeite, glaubte eine Sekunde lang, dass ich nicht mit den vierundneunzig Typen ins Bett gestiegen bin, mit denen ich ausging. Das finden sie komisch. Sich um drei Uhr nachts aus dem Haus zu schleichen, um mit Typen Sex zu haben, die dreimal so alt sind wie man selbst, das gehört angeblich zum Erwachsenwerden dazu. Ich hab das Gefühl, jeder einzelne Mensch, den ich je getroffen hab, ist irgendwo in einen Gully geschlüpft, wenn ich gerade nicht hingeguckt habe.«

»Nicht jeder«, widersprach ich.

»Doch, jeder«, meinte sie. »Alle tun es. Früher hab ich mich immer beschwert, weil alle irgendwie davon ausgingen, dass man als Teenager gegen seine Eltern aufbegehren muss und plötzlich mit Sachen anfängt, über die einem das ganze vorige Leben lang gesagt wurde, dass sie schlecht sind – so als würde man auf einen Schalter drücken, klar, ist halt so. Und ich hab das gehasst, weil ich mich mit aller Kraft bemühte, anständig zu sein, und niemand schien das zu respektieren. Aber jetzt weiß ich, warum. Weil es niemand geglaubt hat. Weil ich als einziger Mensch auf der ganzen Welt so war. Alle anderen, die anständig zu sein schienen, taten nur so, um keine Schwierigkeiten zu bekommen. *Alle* anderen. Und wenn du das nicht glaubst, bist du genauso naiv wie ich früher.«

»Aber das stimmt doch nicht«, protestierte ich. »Ich mach jetzt seit fast zwei Jahren die Schülerberatung und versuche schon viel länger, aus den Leuten schlau zu werden. Und wenn ich eins dabei gelernt hab, dann, dass in Wirklichkeit nicht mal zwei Menschen auf demselben Planeten leben. Für jeden, der Sex gegen Scratch-Karten tauscht, gibt es jemanden, der jede Sekunde des Tages herauszufinden versucht, wie er die fünfundzwanzigste Ebene bei Bloodgnarl erreichen kann. Und jemand anders ist davon besessen, das perfekte Paar Schuhe zu finden; noch jemand anders organisiert Essensfahrten für Obdachlose; und wieder jemand anders versucht einfach nur, den Tag zu überstehen, ohne geschlagen zu werden. Man kann nicht einfach sagen, *alle anderen* tun irgendwas, weil es nichts gibt, was alle tun oder nicht tun. Wir könnten jeder eine eigene Spezies sein. Das hilft dir jetzt wahrscheinlich nicht viel, aber es ist nicht so, dass du auf der einen Seite stehst und alle anderen auf der anderen Seite. Es gibt sieben Milliarden Seiten.«

»Was ist denn Bloodgnarl?«, wollte sie wissen.

»Nicht so wichtig«, antwortete ich. »Also, meinst du, dass du klarkommst?«

»Schubs fester«, entgegnete sie.

»Nein, ich meine es ernst. Weißt du, ich hab dich noch nie so reden hören. Es beunruhigt mich. Ich meine, du bist vielen Leuten wahnsinnig wich. . .«

»Quatsch«, unterbrach sie mich. »Ich hab mit ein paar meiner so genannten Freunde gesprochen. Ich bin ihnen total egal. Ich bin nichts als ein großer wandelnder Witz. Was ist der Unterschied zwischen Peggy Kaylin und einer aufblasbaren Sexpuppe? Die Puppe hat kleinere Titten und weiß, dass ›naiv‹ im Wörterbuch steht.«

»Lass mich raten«, sagte ich. »Kommt der von Zab?«

»Keine Ahnung«, erwiderte sie. »Keiner der acht Leute, von denen ich ihn gehört habe, hat vom Copyright gesprochen.«

»Peggy«, sagte ich, »ich finde, du solltest darüber mit jemandem reden, der dir mehr helfen kann als ich . . .«

Peggy sprang von der Schaukel. »Mit einem Psychiater?«, fragte sie. »Damit ich ein gut angepasstes Mitglied der Gesellschaft werden kann und meine Freunde vögle, wie es ein anständiges Mädchen tun sollte? Nein, danke.« Sie zitterte. »Aber wenn du mir einen Gefallen tun möchtest, bitte.«

»Was immer du willst«, antwortete ich.

»Besuch mich nicht wieder«, bat sie. »Nicht, bis ich es dir sage. Versprich es.«

»Aber warum?«, wollte ich wissen.

»Das klingt nicht wie ein Versprechen«, erklärte Peggy. »Was bist du bloß für ein Freund, wenn du mir nicht mal ein einfaches Versprechen geben kannst?«

»Okay«, sagte ich. »Ich verspreche es. Aber . . .«

»Schön. Hier, ich bedanke mich schon mal im Voraus.« Sie beugte sich vor und gab mir einen Kuss auf die Wange. Ich war ziemlich sicher, dass das sarkastisch gemeint war. Damit drehte sie sich um und stapfte nach Hause zurück.

Es ist alles gut

Am nächsten Tag hielt ich in der großen Pause nach Kelly Ausschau, konnte sie jedoch nirgendwo auf dem Schulgelände entdecken. Stattdessen traf ich Kim Lasker von den Cheerleadern und fragte sie, ob sie Kelly gesehen habe und wo sie sein könne. Sie lachte. »Dreimal darfst du raten«, sagte sie.

Also stand ich ein paar Minuten später an der Ecke Chapman Street und State College Boulevard und wartete, bis Kelly ihre Wochenration Scratch-Karten bei ein paar Typen gekauft hatte, die vor dem Donut-Shop rumstanden – anscheinend Freunde von Krieg. Sie kratzte eine auf, legte sie sich auf die Zunge und steckte sich die übrigen in die Socke. »Hey!«, rief sie. »Ich wusste gar nicht, dass du bei diesen Typen kaufst. Willst du ein paar von mir?«

»Nein«, antwortete ich. »Komm, lass uns ein Stück gehen.« Wir gingen über die Straße zur Schule zurück. »Also wissen deine Eltern jetzt Bescheid?«, fragte ich. »Wie ist es gelaufen?«

»Sie wollen mich in die Reha stecken oder so«, erklärte sie. »Egal. Das funktioniert sowieso nicht. Außerdem ist es schließlich mein Leben. Ich bin ja kein Kind mehr.«

»Du könntest es doch wenigstens versuchen«, meinte ich. »Und wenn auch nur um Peggys willen. Es hat sie ganz schön hart getroffen, als sie von deinem Doppelleben erfuhr, von dem sie keine Ahnung hatte.«

»Woher sollte ich denn wissen, dass sie davon keine Ahnung hatte? Ich dachte einfach, sie würde halt bei anderen Leuten kaufen und sich zu anderen Zeiten rausschleichen. Ich hab ihr angeboten, sie auf die nächste Party mitzunehmen, aber sie hat einfach nur geweint.«

»Wie konntest du das bloß denken?«, fragte ich. »Du kennst sie doch sogar noch länger als ich. Peggy ist der größte Otubo, den es gibt.«

»Ich wusste ja nicht, dass das bedeutet, dass sie nicht scratcht«, entgegnete Kelly.

»Was dachtest du denn, dass es bedeutet?«, fragte ich.

»Deine Schwester ist doch so 'n Otubo und sie fixt auch«, behauptete Kelly.

»Was? Echo? Vergiss es.«

»Nein, nicht Echo. Die andere. Molly. Letztes Jahr hab ich sie ständig beim Spritzen gesehen. In der Schule und überall.«

»Molly?«, fragte ich. »Natürlich hast du das. Sie ist Diabetikerin. Sie spritzt kein Heroin, sondern Insulin.«

»Insulin?«, fragte Kelly. »Kann man davon high werden?«

»Hörst du mir überhaupt zu? Hast du überhaupt eine Ahnung, wie wichtig du deiner Schwester bist? Sie hatte sowieso schon eine schwere Zeit, wegen Fringie, und sie hat ihre ganze Hoffnung, dass die Welt doch kein so schlechter Ort ist, auf dich gesetzt. Und dann kommt heraus, dass du dieses Doppelleben, wie sie es nannte, führst. Sie ist am Boden zerstört, Kelly. Macht dir das denn gar nichts aus?«

»Nö«, antwortete sie.

»Natürlich nicht«, stellte ich fest. »Für dich ist ja auch alles in Ordnung, stimmt's?«

»Mmmh«, machte sie.

»Das sollte es aber nicht sein«, sagte ich. Ich wollte mich schon umdrehen, um ostentativ wegzugehen, doch dann fiel mir ein, dass ich ja zur Schule zurück musste. Ich sag's euch, wenn man einen dramatischen Abgang braucht, ist nie einer da.

Wer wird König und Königin der verstoßenen Teens?

Mittags im Redaktionsraum redeten alle vom Abschlussball – gerade waren die Stimmzettel für die Wahl des Königspaars an die oberen Klassen verteilt worden. »Tja, sieht ganz so aus, als würde meine Wenigkeit König«, meinte Holdn. »Aber wer wird dann Königin? Wird sie ein Traum sein? (Mmm!) Oder eher ein Albtraum? (Mmm.)«

»Wen würdest du denn auf diesem anderen Planeten, auf dem du mehr als deine eigene Stimme bekämst, als Königin haben wollen?«, fragte Cat.

»Darüber hab ich gerade nachgedacht«, erwiderte Holdn. »Am besten knacken wir den Verwaltungscomputer und melden Holly

Madera aus *Ashley: Die frühen Jahre* an unserer Schule an. Dann wird sie ganz sicher gewinnen und alle sind begeistert.«

»Außer Holly Madera«, sagte Hayley.

»Macht nichts«, meinte Holdn. »Okay, Nicholls, du bist dran. Wen würdest du als Königin nehmen, wenn du jede haben könntest, die du willst?«

»Zum letzten Mal, Holdn«, antwortete Cat, »ich bin nicht an gleichgeschlechtlichen Beziehungen interessiert, und selbst wenn es so wäre, würd ich es dir nicht gerade unter die Nase reiben. Kapiert?«

»Wie steht's mit dir, Kerensky?«, fragte Holdn.

»Jefferson ist meine Königin«, erklärte Hayley.

»Ja, schon gut«, sagte Holdn. »Erinnert mich daran, nachher zu kotzen. Im Ernst, wen würdest du nehmen?«

»Jefferson«, antwortete Hayley. »Wenn ich mich nicht zu ihm hingezogen fühlen würde, wäre ich nicht mit ihm zusammen.«

»Okay, ich sagte doch gerade, ihr sollt mich daran erinnern, nachher zu kotzen«, sagte Holdn. »Vergesst das ›nachher‹. Andreas?«

»Adlai Stevenson«, antwortete Hank.

»Ja, okay«, meinte Holdn. »Mockerey?«

Es entstand eine plötzliche Stille. »Hey, Mockerey, aufwachen!«, rief Holdn. »Beantworte die Frage.«

»Hä?«, fragte ich. »Sorry, ich hab gerade nicht zugehört. Was?«

»Zu wem fühlst du dich am meisten hingezogen?«, fragte Hayley.

»Hmm«, antwortete ich. »Tja, vor einer Woche hätte ich noch gesagt, Kelly Kaylin, eindeutig.«

»Aber?«, wollte Hayley wissen.

»Aber ich glaube, ich weiß gar nicht, wer das ist«, erklärte ich. »Ich meine, was mich an Leuten, die Drogen nehmen, am meisten schaudern lässt, ist, dass sie dabei zu Parodien ihrer selbst werden. Ich mache den Schlüsselaufpasser auf einer Party und sehe dort Bekannte, die beim Kommen ganz normal scheinen und sich beim Gehen darüber freuen, dass ihre Finger und Zehen so ähnlich und doch so verschieden sind. Sie sehen zwar aus wie die Leute, die ich kenne, aber sie benehmen sich nicht so. Und ich fand eigentlich immer, dass der Charakter dadurch bestimmt wird, was man denkt und was man tut. Wenn man also rumläuft und das Einzige ändert, an dem einen andere Leute wiedererkennen, ist das fast so eine Art Selbstmord. Wenn ich mit Elroy T. Funbun reden will und der Mensch in Elroy T. Funbuns Körper verhält sich nicht so wie Elroy T. Funbun, dann ist Elroy T. Funbun für mich gestorben.«

»Wer ist Elroy T. Funbun?«, wollte Cat wissen.

»Das ist unwichtig«, antwortete ich. »Was ich sagen will, ist, dass es bei Kelly Kaylin *nicht* so ist. Sie hat schon mit neun oder zehn angefangen, Scratch zu nehmen, das heißt, bevor sie eine richtige Persönlichkeit hatte. Es hat ihr Schmerzempfinden zerstört, aber auch jedes Einfühlungsvermögen, das sie vielleicht sonst entwickelt hätte. Weil sie sich die ganze Zeit gut fühlt, auch wenn sie andere Menschen leiden sieht. Deshalb kann ich auch nicht sagen, dass sich das Scratch auf ihr Verhalten auswirkt, denn ich habe sie vermutlich noch nie ohne diese Wirkung erlebt. Es gibt keine andere Kelly als die irgendwie von allen distanzierte Sexbombe, die sich aus anderen Leuten nichts macht, so oder so. Und die Person, die ich da entdeckt habe, gefällt mir nicht besonders.«

»Ja, aber wer ist Elroy T. Funbun?«, fragte Cat noch mal.

Echo kam mit einer korrigierten Satzvorlage aus Benitos Büro herüber. »Hey, Mockerey«, sprach Holdn sie an. »Die Ballsaison ist eröffnet. Wer ist deine Königin?«

»Was?«, fragte Echo.

»Wir reden gerade darüber, wen wir am attraktivsten finden«, erklärte Hayley.

»Schön für euch«, antwortete Echo und wollte die Tür wieder zuziehen.

»Warte doch mal«, bat Hayley. »Willst du nicht antworten? Es muss einem doch nicht peinlich sein, jemanden attraktiv zu finden: Komm schon, du kannst es mir ruhig sagen. Ich bin neugierig.«

»Dir?«, fragte Echo. Sie seufzte. »Na schön. Ich glaube, da gab es immer jemanden, der irgendwie . . . was hat . . .«

»Wer?«, fragte Hayley.

»Carver Fringie«, antwortete Echo.

Ich bin nicht ganz sicher, wie ich meine Antwort schreiben soll. Richtig ist es wahrscheinlich so: »IIIAGH!«

Acht

Carver Fringie?«, rief ich. »*Carver Fringie*? Ist denn die ganze Welt verrückt geworden?«

Echo schaute von ihren Hausaufgaben auf und verdrehte die Augen.

»Na gut, das hatte ich halt immer schon mal sagen wollen«, erklärte ich. Ich warf meinen Rucksack in die Ecke und ließ mich aufs Bett fallen. »Aber es stimmt doch.«

»Ich glaube kaum, dass ich mich vor jemandem verteidigen muss, der was mit Siren Delaney anfangen wollte«, sagte Echo.

»Aua«, sagte ich. »Trotzdem, du solltest dich wirklich von diesem Typen fern halten.«

»Meine Güte, was würde ich bloß machen, wenn du nicht auf mich aufpassen würdest?«, fragte sie in Richtung des Computermonitors. »Aber ich mach mir keine Sorgen. Falls er irgendwas versucht, kommst du sicher gleich her und schlägst ihn für mich zusammen.«

»Ich zweifle ja nicht daran, dass du auf dich selbst aufpassen kannst«, entgegnete ich. »Aber Carver Fringie ist ein wandelnder Parasit. Er hat versucht, Peggy zu vergewaltigen, weißt du.«

»Ach, komm«, antwortete Echo.

»Ich meine es ernst«, sagte ich.

»Das heißt noch lange nicht, dass es stimmt«, meinte Echo.

»Was, du glaubst, dass Peggy lügt?«

»Nicht unbedingt«, erwiderte sie. »Vielleicht glaubt sie es ja. So rechtfertigt sie das Ganze vor sich selbst – sie kommt nicht damit klar, dass er mit ihr Schluss gemacht hat; deshalb bauscht sie ein kleines Missverständnis zu einem furchtbaren Verbrechen auf. Nach allem, was du mir erzählt hast, kommen diese hysterischen Momente nicht gerade selten vor. Tatsache ist, dass sie einfach nicht Carver Fringies Format hat.«

»Pass bloß auf!«, knurrte ich.

»Warum?«, fragte sie. »Ist doch wahr. Dass sie bei ihrem unterschiedlichen sozialen Status überhaupt zusammengekommen sind, kann man wahrscheinlich nur auf Carvers edle Gesinnung und sein mangelndes Interesse an der Kleingeisterei in der High School zurückführen. Aber warum sie so lange zusammengeblieben sind, ist mir ein Rätsel. Was können die beiden schon gemeinsam haben? Er hat seine Krankheit als Kind und den Tod seiner Mutter überstanden – wie soll Peggy Kaylin damit umgehen? Vom Tod ihres Goldfischs erzählen?«

»Das Problem ist doch, dass du nicht weißt, wovon du redest«, entgegnete ich.

»Und er ist ihr verstandesmäßig bei weitem überlegen – und praktisch allen anderen, die du aufzählen könntest«, fuhr Echo fort. »Peggy Kaylin ist dagegen nichts Besonderes. Abgesehen von einer gewissen schalen Liebenswürdigkeit hat sie nicht viel zu bieten.«

»Und was hast du zu bieten?«, versetzte ich.

Echo grinste und tippte weiter.

Wie unsportlich

»Aber warum Carver Fringie?«, wunderte sich Hayley. »Das scheint mir eine seltsame Wahl zu sein.«

»Ganz einfach«, erwiderte Zab. »Die Antwort ist achtzehn Zentimeter lang.«

Es war mal wieder Layoutwoche, und das bedeutete, bis spät in die Nacht im Redaktionsraum rumzuhängen und die Zeitung zusammenzusetzen. Oder besser, das hatte es vor der Zeitumstellung bedeutet, als es noch um halb fünf dunkel wurde. Jetzt, während der Sommerzeit, war es nicht nur noch hell, als ich nach der Schülerberatung in den Redaktionsraum zurückkehrte, sondern es war auch ziemlich leer geworden: Nur Zab und Hayley waren noch da. Das hatte ich irgendwie erwartet – sie versuchten meistens, ihre Seiten in einem Anlauf durchzukriegen. Allerdings rechnete ich nicht damit, dass Echo noch hier war. Normalerweise war sie immer lange vor der Layoutwoche mit dem Korrekturlesen fertig. Noch seltsamer fand ich, dass sie ihre Brille statt ihrer Kontaktlinsen trug. Sie sah Hayleys Brille ziemlich ähnlich, nur dass sie ovaler war und eine silberne statt einer goldenen Fassung hatte. Anscheinend war sie nach Hause gegangen und hatte sie aus ihrer Schreibtischschublade hervorgekramt, während ich mit September im Sekretariat saß und versuchte, einem Typen zu erklären, warum er nicht mit Tacos nach Uta Himmler werfen durfte.

»Wolltest du nicht gehen?«, fragte Hayley Zab. »Ich dachte, du bist fertig.«

»Oh, das bin ich auch, Schatz«, antwortete Zab. »Ich kann nur nicht abwarten, die Antwort der Eiskönigin darauf zu hören.« Das erwies sich im wahrsten Sinne als richtig: Nachdem sie Echo zwanzig Sekunden lang beim Tippen zugeschaut hatte, gewann Zabs Aufmerksamkeitsdefizitsyndrom die Oberhand; sie fing an sich zu langweilen und ging.

»Okay, sie ist weg«, stellte Hayley fest. »Weshalb findest du ihn also attraktiv? Klar, er ist vielleicht belesener als die meisten anderen, aber sieh dir doch nur mal an, womit er seine Zeit verbringt und mit wem. Vielleicht liest er ein bisschen Heidegger in seiner Freizeit, aber sein Hofstaat aus Bewunderern himmelt ihn nicht an, weil er sich so gut mit post-kierkegaardscher Existenzialistenphilosophie auskennt. Sie sind beeindruckt, weil er der Kapitän des Wasserballteams ist. Was kann man schon mit jemandem gemeinsam haben, der … Was ist denn so lustig?«

»Tut mir Leid«, sagte ich. »Ich lache nicht über dich, aber … du hast gerade Echo beschrieben, wie sie vor sechs oder sieben Jahren war. Carver Fringie kauerte die ganze Zeit mit einer Decke und einem Buch auf der Veranda und sprach nie mit jemandem. Und Echo war die Supersportlerin. Die Kids kamen aus mehreren Kilometern Entfernung her, um sich in ihrer Aura zu sonnen.«

»Stimmt das?«, wollte Hayley wissen.

Echo funkelte mich wütend an. »Ich rede nicht darüber«, brummte sie. »Das ist lange her.«

»Aber es ist doch kein Geheimnis, oder?«, fragte Hayley. »Du hast doch dein ganzes Leben hier verbracht, stimmt's? Die meisten Leute hier auf der Schule wissen davon, weil sie dich schon Jahre kennen. Also bin ich praktisch die Einzige, die es nicht weiß.«

»Da gibt's nicht viel zu erzählen«, meinte Echo. »Ich hab mal Sport getrieben. Dann hab ich aufgehört. Ende der Geschichte.«

»Da muss doch mehr dahinter stecken«, vermutete Hayley.

Und natürlich hatte sie Recht.

Als Echo und ich neun Jahre alt waren, saßen wir mal alle zusammen beim Abendessen – irgendwas, das sie und Dad aus Reis, Linsen, Auberginen und so zusammengestoppelt hatten –, als Echo verkündete: »Die Baseballliga, in der alle meine Freunde sind, veranstaltet in ein paar Wochen Testspiele. Ich würd mich gern anmelden.«

»In Ordnung«, antwortete Dad. »Aber woher kommt der plötzliche Sinneswandel? Als die Fußballsaison vor ein paar Monaten angefangen hat, hast du noch gesagt, du wolltest nicht in einer richtigen Liga spielen.«

»Das war Fußball«, erklärte Echo. »Die trennen nach Geschlecht. Dann wäre ich in einer Mädchenliga gelandet und hätte nicht mit meinen Freunden spielen können. Beim Baseball wird nicht nach Jungen und Mädchen getrennt. Und beim Hockey auch nicht. Aber das fängt erst am Ende des Sommers an.«

»Aber fändest du es denn nicht cool, in einer Mädchenliga zu spielen?«, fragte ich. »Ich meine, du würdest total herausragen. Bei den Jungs würdest du nur . . . äh . . . total herausragen, glaube ich. Na gut, ich bin ein Idiot.«

Die Testspiele entpuppten sich als weniger offiziell, als ich erwartet hatte. Eigentlich liefen dabei nur ein paar Kids auf dem Baseballfeld der Vista de la Vista herum, während ein paar durchschnittliche Männer mittleren Alters ausnahmsweise mal nicht über Bootskäufe nachdachten, sondern stattdessen kritisch das Chaos beobachteten und tiefe philosophische Einsichten wie »Der da läuft schnell, wirft aber nicht gut« von sich gaben. Echo konnte natürlich beides und wurde als erstes Kind genommen. Fast jeden Samstagnachmittag fanden Spiele statt: Echos Team hieß die Angels und sie bekam ein billiges Angels-Trikot mit der Aufschrift »MOCKEREY 25« auf dem Rücken. Ihr Trainer setzte sie im Mittelfeld ein, da sie als Einzige den Ball ins Innenfeld zurückbringen konnte, ohne drei Viertel des Weges dorthin laufen zu müssen. Außerdem schaffte sie normalerweise jedes Mal mindestens einen Basehit, wenn sie an die Home Base kam. Leider bestand der Trainer darauf, seinen Sohn als Werfer aufzustellen, daher traf praktisch jeder Spieler des gegnerischen Teams sogar noch besser als Echo. Ihr Team gewann weniger als die Hälfte der Spiele.

Natürlich schadete das Echos Ruhm nicht mehr als die miserablen Leistungen des Ilium-Wasserballteams Fringies Ruhm schadeten. Es gab trotzdem immer einen ganzen Pulk von Möchtegern-Mannschaftskameraden, die beim Pausengong vor ihrem Klassenzimmer warteten. Tatsächlich war Echo eines der vielleicht zwei oder allerhöchstens drei Kinder aus der Begabtenklasse, die mit den normalen Kindern rumhingen. Wir übrigen sahen in den nicht begabten Kindern nur durchschnittliche ›Unbestimmte‹, mit denen wir nie Kontakt hatten. Doch zu Beginn des Schuljahres zog Echo ein paar Mal in der Woche ihre Angels-Kappe und das Trikot zur Schule an und das gab den normalen Kindern die Gelegenheit, ein Gespräch mit ihr anzufangen, wenn man »Du hast bei den Angels mitgespielt? Der Werfer war ganz schön scheiße!« als Gespräch bezeichnen möchte. Schon nach kurzer Zeit standen jeden Nachmittag Spiele an. Und das war auch der einzige Grund, weshalb Echo auf der Schule blieb. Mrs. Wu wollte nämlich, dass sie begann, den Großteil ihres Schultages in der Ilium zu verbringen. »Wir können dir hier nichts mehr beibringen«, sagte sie. Doch Echo wollte nicht. »Ich gehe nicht von meinen Freunden weg«, antwortete sie.

»Aber du kannst doch nach der Schule so viel Zeit mit ihnen verbringen, wie du möchtest«, argumentierte Mrs. Wu. »Die meisten

Kinder, mit denen du spielst, sind doch sowieso nicht in deiner Klasse. Du bist nur bei den Veranstaltungen außerhalb des Stundenplans mit ihnen zusammen. Das macht doch kaum einen Unterschied.«

»Doch«, entgegnete Echo. »Hier passe ich rein. Mag ja sein, dass die meisten meiner Freunde nicht in meiner Klasse sind, aber sie akzeptieren mich dennoch als eine von ihnen. Das würde wohl kaum der Fall sein, wenn ich jetzt auf die High School ginge. Dort wäre ich aufgrund meines Alters eine Außenseiterin und hier wäre ich eine aufgrund meiner Abwesenheit.«

»Aber du bist nicht einer von ihnen, Echo«, beharrte Mrs. Wu. »Wie viele Kinder kennst du, die Ausdrücke wie ›das würde der Fall sein‹ oder ›aufgrund meines Alters‹ in einer zwanglosen Unterhaltung benutzen?«

»Sie können das auch andersherum formulieren: Wie viele Menschen, die diese Ausdrücke benutzen, sind neun Jahre alt?«, konterte Echo. »Selbst wenn ich ein paar Klassen überspringe und meine Zeit mit Leuten verbringe, die das gleiche Vokabular benutzen wie ich – was sollte ich mit Leuten reden, die doppelt so alt sind wie ich? So wie die Dinge jetzt liegen, mangelt es mir nicht an anspruchsvollen Gesprächen oder intellektuellen Herausforderungen – ich hab meinen Vater, ich hab das Internet, ich habe meine Bücher. Es stimmt zwar, dass ich mit den Kindern meines Alters im täglichen Umgang nicht viel zu reden habe, aber das würde sich nicht ändern, wenn ich auf die High School ginge – ganz im Gegenteil. Und Kameradschaft ist Kameradschaft. Die habe ich hier, und ich werde sie nicht aufgeben. Selbst wenn sie nur darauf beruht, dass ich einen Baseball treffen kann.«

Natürlich stand Echos Position unter unseren Altersgenossen nicht auf solch wackligen Beinen: Ihre Freunde würden sie nicht einfach im Stich lassen, falls sie eines Tages aufwachte und feststellte, dass sie keinen Schläger mehr schwingen konnte. Nicht, solange sie noch einen Hockeypuck aufhalten konnte. Oder zumindest eines dieser leuchtend orangefarbenen Dinger, die beim Straßenhockey als Pucks durchgingen. Und wenn sie mit ihrem Hockeytrikot der Jugendliga zur Schule kam, auf dem vorne »KINGS« und hinten

»MOCKEREY 66« stand, nahm sie niemand ins Gebet, weil ihre Mannschaft so beschissen gespielt hatte, denn Echos Team war ungeschlagen. Das heißt nicht, dass es jedes Spiel gewann – es hatte eine Menge torloser Unentschieden hingelegt. Aber Echos Ruf war durch ihren Aufstieg nach den Spielen, die immer auf der Hyacinth Avenue abgehalten wurden, nicht beschädigt worden: Sie hatte noch immer kein einziges Tor zugelassen.

Ich sah mir Echos Hockeyspiele an den Samstagnachmittagen irgendwie ganz gern an. Im Gegensatz zu den Baseballspielen, bei dem ganze Innings vorbeigingen, ohne dass Echo mit Schlagen dran war oder einen Ball zu fangen hatte, musste sie beim Hockey alle paar Sekunden einen Torschuss abwehren, wie es schien. Das war Echo in pausenloser Kung-Fu-Action. Andererseits fand ich es weniger witzig, wenn ihre Mannschaft den Puck hatte und ich mir immer Vance Juddens geträllertes »Judden ist toll! Judden ist toll!« anhören musste, wenn er einen lahmen Schuss auf den gegnerischen Torhüter abgab. Ich schrie meistens für den Gegner, wenn sie nicht gerade auf Echo schossen. Ich persönlich fand nichts so befriedigend wie ein torloses Unentschieden: Es bereitete Echo die Befriedigung, wieder einmal kein einziges Gegentor kassiert zu haben, und verwehrte den anderen kleinen Trotteln aus dem Team die Befriedigung eines Sieges. »Ein Unentschieden ist wie seine eigene Schwester zu küssen«, lamentierte Christian Variola dann immer. Da er selbst keine Schwester hatte, kannte er sich jedoch auf diesem Gebiet unglaublich schlecht aus. Die Tatsache, dass er das immer mit einem breiten kanadischen Akzent aussprach, deutete darauf hin, dass er diese alte Kamelle beim Anschauen der National Hockey League über Satellit aufgeschnappt hatte.

Diese Phrasendrescherei wurde immer unerträglicher, je weiter die Saison voranschritt. Im Gegensatz zum Baseball, bei dem sie auf vier oder fünf unterschiedliche Teams aufgeteilt waren, hatte Hockey in Orange County immer noch eine so geringe Anziehungskraft, dass alle Kids aus unserer Gegend in derselben Mannschaft landeten, und all die kleinen Blödmänner schienen zu glauben, dass sie irgendwie für den Erfolg des Teams verantwortlich seien. Wenn die

Paarungen für die Entscheidungsspiele bekannt gegeben wurden, redete die ganze Straße eine Woche lang von nichts anderem. »Als ob La Habra *uns* schlagen könnte!«, spottete Vance Judden. »Aber echt!«

»Ja!«, rief Jay Kyeutter. »Wir machen diese Schwanzlutscher fertig! Har! Har! Har! Har!«

»Klar machen wir sie fertig!«, stimmte Neal Navarre ein. »Hey, Echo, bist du dabei?«

»Kommt schon, wir müssen üben«, sagte Echo.

Echos Mannschaft gewann ihr erstes Entscheidungsspiel eins zu null. Nach dem Spiel zeigten ihre Teamkameraden mit den Fingern auf die Kids aus La Habra, lachten sie aus und brachten sie zum Weinen. Mir wurde schlecht davon. »Hör mal, Ech, du weißt ja, dass ich nichts gegen dich persönlich habe«, sagte ich zu Echo, als sie vom Pizzaessen nach dem Spiel zurückkehrte. »Aber jetzt, wo die Entscheidungsspiele mit Tiebreaks beendet werden, kann ich nicht mehr für dein Team schreien. Ich will diese kleinen Scheißer weinen und am Ende sehen. Kannst du nicht mal ein oder zwei Tore durchlassen? Sie würden das nie wieder aufholen, so schlecht sind sie.«

»Sei nicht albern«, entgegnete Echo. »Ich verlier doch nicht absichtlich.«

»So musst du das ja auch nicht sehen«, erklärte ich. »Sieh das doch so, dass du heimlich zum Feind überläufst.«

»Wie kommst du darauf, dass die anderen Teams besser sind als wir?«, fragte sie. »Meine Freunde sind genau wie alle anderen auch.«

»Das stimmt einfach nicht«, antwortete ich. »Du hast dich nur daran gewöhnt, mit dummen und, was wahrscheinlich kein Zufall ist, männlichen Tölpeln zusammen zu sein. Keiner von denen, mit denen ich zusammen bin, redet wie diese Schwachköpfe.«

»Und keiner von denen, mit denen du zusammen bist, spielt Hockey«, konterte Echo. »Ich interessiere mich eigentlich nicht für das, was sie reden. Ich will einfach nur spielen. Und mit diesen Jungs hab ich immer gespielt. Sie werden in naher Zukunft vielleicht keine Mannschaft aus lauter Stars werden, aber wir wissen alles von-

»Ich würde sagen, das ist eine Stimme für Rob«, sagte Bobbo.

»Sei still«, versetzte Dad.

Schließlich kam Dad zu einer Entscheidung, oder zumindest zu einer halben. »Wenn es ein Junge wird, fände ich es eine nette Geste, ihn Allen zu nennen, nach meinem Mentor«, erklärte er. »Praktisch alles, was ich in meiner akademischen Karriere erreicht habe, hab ich Allen McLaughlin zu verdanken. Seine Arbeit ist immer brillant.«

»Und was, wenn's ein Mädchen wird?«, fragte Bobbo.

»Wenn's ein Mädchen wird, dachte ich, vielleicht ›Susan‹«, antwortete mein Vater.

»Bloß nicht«, meinte Bobbo. »Das macht nur Probleme. Du könntest sie nicht auseinander halten.«

»Hätte man das Problem bei Robert nicht auch?«, gab Dad zu bedenken.

»Kann schon sein«, sagte Bobbo. »Wie wär's mit Elaine? Das klingt so ähnlich wie Allen.«

»Sei nicht albern«, antwortete Dad. »Hmm. Aber ›Madeleine‹ gefällt mir ...«

»Wie willst du das abkürzen?«, fragte Bobbo. »Maddie?«

»Nein, wir rufen sie einfach ›Madeleine‹«, erwiderte Dad. »Das sind drei Silben. Ist das so schwierig?«

»Ja, das wird sich halten«, meinte Bobbo.

Es hielt sich für anderthalb Jahre. Madeleine konnte als Erste krabbeln, laufen, reden; sie bekam sogar ihre Regel als Erste – aber das war wohl zu erwarten. Dennoch bekam sie den Beinamen »Echo«. Nicht weil sie mich kopierte oder so etwas, denn das konnte man wirklich nicht behaupten. Es ergab sich nur, dass Mom eines Tages mit uns *Sesamstraße* schaute, und in einer Szene versuchten ein kleines Mädchen und ein riesengroßes sprechendes Huhn, bis zehn zu zählen. Zuerst stellten sie sich einander vor. »Hallo!«, sagte das Huhn. »Ich bin das Hünenhafte Huhn. Und wie heißt du?«

»Echo«, antwortete das Mädchen.

»Echo!«, echote meine Mutter. »Wow, das gefällt mir! Hey, wer von euch beiden ist das Mädchen? Du? Komm mal her.« Madeleine tapste zu ihr hinüber. Sie küsste sie ein halbes Dutzend Mal. Echo machte einen ziemlich verdutzten Eindruck. »Du heißt von jetzt an Echo. Okay, geh und schau dir das Zählen an.« Ich kann mich vermutlich glücklich schätzen, dass meine Mutter das Interesse an der Sendung verlor, sonst hätte sie mich noch nach dem Huhn benannt.

Dad wusste natürlich nichts davon und erfuhr es erst ein paar Tage später, als Mom uns zum Essen rief. »Allen! Echo! Essen ist fertig!«

»›Echo‹?«, fragte Dad.

»Ja, ich hab das Mädchen Echo genannt«, erklärte Mom. »Ich hab's vorher nicht geschafft, ihnen Namen zu geben, also hol ich es jetzt nach. Es ist hübsch, es ist kurz . . .«

»Es ist grausam«, ergänzte mein Vater. »Du kannst einen Zwilling doch nicht Echo nennen. Damit kriegt sie doch einen Minderwertigkeitskomplex.«

»Immer noch besser als Allen und Mad-Allen«, konterte meine Mutter.

Dad schwieg. »Daran hab ich nicht gedacht«, antwortete er schließlich. »Trotzdem wär es mir lieber gewesen, wenn du das zur Sprache gebracht hättest, als wir die Namen ausgesucht haben. Es ist jetzt ein bisschen spät, die . . .«

»Ach, sie kennen ihre Namen doch noch gar nicht«, meinte Mom.

»Wie bitte?«, sagte Dad. »Das sind doch keine Goldfische, Susan. Das sind Kinder. Sie sind fast zwei Jahre alt. Und außerdem noch außergewöhnlich klug für ihr Alter. Natürlich kennen sie ihre Namen.« Er seufzte. »Wenn du das Gefühl hast, ich hätte dich beim Aussuchen der Namen übergangen – und du hast dich selbst dafür entschieden, Susan –, kannst du dir ja einen anderen Namen für das Baby überlegen. Das ist wirklich noch zu klein, um . . .«

»Nein«, entgegnete Mom. »Mir gefällt ›Echo‹; es ist ein Mädchenname und wir haben nur ein Mädchen. Andererseits«, säuselte sie, »hätte ich auch nichts dagegen, noch eines zu machen. Hmmm?« Sie begann, ihr Kleid aufzuknöpfen.

»Nicht jetzt, Susan«, sagte Dad. »Die Kinder . . .«

»Ach, die merken das doch nicht«, antwortete meine Mutter.
»Das sind doch keine Goldfische«, seufzte Dad.

Ich möchte mich gern bei der Akademie bedanken

Echo wirkte nervös, als das Spiel begann. Innerhalb von zwei Minuten hatten die Placentia Ducks sie aus dem Tor gelockt und einen schnellen Schuss gemacht, der haarscharf an ihrem Handschuh vorbei und ins Tor ging. Irgendetwas stimmte offensichtlich nicht. Natürlich konnte es sein, dass die Ducks einfach Echos erste Gegner waren, die gut genug waren, um ein Tor gegen sie zu erzielen. Immerhin hatten sie es bis ins Endspiel geschafft. Vielleicht wurde sie auch nicht genügend von ihrer Abwehr unterstützt. Jedenfalls musste Echo sich zum allerersten Mal umdrehen und den leuchtend orangefarbenen Ball in ihrem eigenen Netz sehen. Zum Glück spielten sie auf Asphalt und nicht auf Eis, denn hätte Echo Schlittschuhe angehabt, dann hätte sie sich vermutlich mit den Kufen die Pulsadern aufgeschnitten.

Irgendwie gelang es den Kings danach, selbst ein Tor zu erzielen, bevor die Zeit ablief, und einen Moment lang dachte ich, die beiden Mannschaften würden sich den Meistertitel teilen müssen. Doch dann fiel mir ein, dass das hier ja Entscheidungsspiele waren und keine unentschiedenen Partien zugelassen waren. Also ging das Spiel in die Verlängerung. Die Ducks bombardierten Echo mit einem Schuss nach dem anderen und irgendwie gelang es ihr, alle abzuwehren. Doch selbst dabei sah man ihr an, wie wütend sie auf sich selbst war. Schließlich kam Clement Campbell von der Reservebank und schaffte es in einer der wenigen Torchancen, die Echos Team über den ganzen Nachmittag hatte, den Puck am gegnerischen Torhüter vorbeizuschießen, und Echos Team gewann die Meisterschaft. Sie bekamen einen zweistöckigen, mit vier Stangen versehenen Pokal und Echo einen kleineren als beste Spielerin. Molly, Dad und ich jubelten, doch die übrigen Zuschauer auf den Tribünen blieben ziemlich still und Echos Mannschaftskameraden schienen sogar sauer zu sein. »Der hätte Clement zugestanden«, beschwerte sich Judden, als die Spieler das Feld verließen, um für die Elf- und Zwölfjährigen Platz zu machen. »*Er* hat das Spiel entschieden.«

Der Trainer versuchte, alle Kids zum traditionellen Pizzaessen nach dem Spiel zusammenzutrommeln, doch fast alle sagten ab. Als es danach aussah, dass allerhöchstens zwei oder drei Leute kommen würden, wurde die ganze Feier gestrichen. Wir kehrten nach Hause zurück und Echo stellte den Pokal auf die Kommode. Wir beide traten einen Schritt zurück und betrachteten ihn eine Weile. »Macht ganz schön was her«, stellte ich fest. »Weißt du, ich finde es ja immer noch ziemlich blöde, Preise an einen Haufen von Schwachköpfen zu vergeben, die mit Stöcken rumrennen, aber ich muss zugeben, der Sieg des Echos ist schon echt cool.«

»Ich hab ihn aber nicht verdient«, entgegnete sie. »Ich hab ein Tor zugelassen. Ich hab meine Mannschaft enttäuscht. Das hat man gemerkt.«

»Die Mannschaft kann mich mal«, sagte ich. »Ohne dich hätte sie kein einziges Spiel gewonnen.«

»Ich weiß nicht«, meinte sie. »Vielleicht sollten wir ihn uns alle teilen. Ich brauche ihn nicht. So toll ist er auch wieder nicht.«

Das war natürlich ungefähr so, als würde man behaupten, dass Jupiter kein so großer Planet sei. Ich ging nach unten, um mir etwas Saft zu holen, und als ich zurückkam, saß Echo mit ihrer Trophäe für den besten Spieler auf dem Bett und streichelte das Gesicht des kleinen goldenen Hockeyspielers. Den Rest des Tages fand ich den Pokal immer an einer anderen Stelle wieder, wenn ich das Zimmer verließ und später zurückkehrte, während Echo ihn bewunderte und so tat, als würde sie ihn nicht bewundern. »Weißt du, das ist schon okay«, versicherte ich ihr. »Du kannst ihn ruhig anschauen. Dich freuen. All das. Du hast ihn verdient. Du warst großartig, Schwesterherz.«

Sie stellte den Pokal auf die Kommode zurück. Einen Moment lang blieb sie einfach stehen, als hätte jemand am Videorecorder auf Pause gedrückt. »Danke«, sagte sie schließlich.

Als ich am nächsten Nachmittag zu den Kaylins hinüberging, pflückte Peggy gerade im Garten Löwenzahn. »Was soll das denn?«, erkundigte ich mich.

»Das ist für Mathe«, erklärte sie. »Wir nehmen gerade Mittelwerte durch. Auf dem Arbeitsblatt steht, wir müssen entweder die durchschnittliche Zahl von Sesamkörnern pro Brötchen bei einer ganzen Tüte Hamburgerbrötchen rausfinden, oder Blütenblätter pro Löwenzahn bei den Blumen in unserem Garten, oder bei anderen Blumen, oder man kann sich auch selbst eine aussuchen, wenn man den Lehrer fragt. Aber ich wollte den Löwenzahn machen.«

»Cool«, meinte ich. »Kann ich dir helfen?«

Sie dachte einen Moment nach. »Na gut«, antwortete sie. »Das Rechnen mache ich besser selbst, aber du kannst mir beim Zählen helfen. Hier.« Sie reichte mir ein halbes Dutzend Blumen und wir gingen ins Haus.

Wir setzten uns an den Küchentisch und begannen zu zählen. Ich war mit der ersten schon halb fertig, als Peggy aufschaute und loskreischte. »Was ist denn?«, fragte ich.

»Du machst sie ja kaputt!«, rief sie. Ich hatte die Blütenblätter ausgezupft, damit ich keines doppelt zählte oder ausließ; vor mir auf dem Tisch lag ein Häufchen leuchtend gelber Löwenzahnreste.

»Äh, tut mir Leid«, sagte ich. »Aber, weißt du, du hast sie doch abgepflückt. Du kannst sie sowieso nicht wieder einpflanzen. Also kann man sie ruhig ...«

»Ach ja?«, unterbrach sie mich. »Heißt das, man kann auch ruhig ein Baby auseinander reißen, wenn man vorher die Nabelschnur durchtrennt hat?«

»Iih«, antwortete ich. »Ganz schön makaber.«

»Was ist makaber?«, wollte sie wissen.

»Was du gerade gesagt hast«, erklärte ich. »Babys auseinander zu reißen ...«

»Nein, was bedeutet ›makaber‹?«

»Nicht so wichtig«, sagte ich.

Als ich dann später am Nachmittag wieder nach Hause ging, überfiel mich Jay Kyeutter mit einem fiesen Crosscheck. »Har! Har! Har!

Har!«, rief er, als ich mich von Doojs Rasen aufrappelte. »Tut mir Leid, ich dachte, du gehörst zum gegnerischen Team. Har! Har!«

Ich wollte Echo meinen üblichen Blick zuwerfen, der sagen sollte: »Meine Güte, sind die blöd«, stellte jedoch fest, dass sie gar nicht im Tor stand. Als ich nach Hause kam, saß sie auf ihrem Bett und las ein Buch über Go. »Na, hast du endlich die Nase voll vom Hockey?«, fragte ich.

»Wieso?«

»Ach, nichts«, antwortete ich. »Die spielen nur da unten, und du scheinst nicht besonders gut auf das Tor aufzupassen.«

Echo schaute aus dem Fenster. »Wahrscheinlich hat Krieg sie verscheucht, bevor sie klingeln konnten«, vermutete sie. Sie zog ihr T-Shirt aus, holte ihr Trikot aus dem Schrank und schlüpfte hinein. »Bis später«, sagte sie. Dann nahm sie ihren Stock und ging nach unten.

Ein paar Minuten später öffnete sich die Tür und sie kam wieder herein. »Hast du was vergessen?«, fragte ich. Als sie zu mir herüberblickte, wirkten ihre grauen Augen irgendwie trüb; dann nahm sie den Pokal von der Kommode. »Das kann nicht dein Ernst sein«, meinte ich. »Sie wollen wirklich, dass du ihn diesem Typen gibst?«

Sie starrte einen Moment lang den Pokal an. Und dann, bevor ich wusste, was geschah, zerbrach sie ihn und sank zu Boden, und die beiden Stücke rutschten ihr aus den Händen, während sie in hilfloses Schluchzen ausbrach. Er war genau an der dünnsten Stelle gebrochen: an den Knöcheln der kleinen Figur. »Echo!«, rief ich. »Was ist passiert? Was ist passiert?« Doch sie gab keine Antwort. Sie blieb einfach nur zusammengerollt auf dem Teppich liegen, zitterte und weinte.

»*Ein* Tor?«, fragte Hayley. »Sie wollten nicht mehr mit dir spielen, nur weil du ein einziges Tor durchgelassen hast?«

Echo sagte lange gar nichts. Dann schüttelte sie langsam den Kopf.

Nachdem die Spieler vorgestellt worden waren, berieten sich die beiden Teams. Die Placentia-Kids hatten ein paar anspornende

Sprüche aufgesagt, sich an den Händen gehalten und gerufen: »Vorwärts, Ducks!« Im Kriegsrat der Kings ging es weniger harmonisch zu.

»Warum hat dich der Typ als ›Madeleine‹ aufgerufen?«, wollte Christian Variola wissen.

»Weil das mein richtiger Name ist«, erklärte Echo achselzuckend. »Sie haben Mikey ja auch als Michael aufgerufen ...«

»Aber das ist ein Mädchenname«, stellte Mikey Donner fest. »Wieso hast du einen Mädchennamen?«

»Vielleicht weil ich ein Mädchen bin«, sagte Echo. »Was redest du da? ›Echo‹ ist auch ein Mädchenname.«

»Ist es nicht«, beharrte Variola. »Es ist nur ein Geräusch.«

»Wir haben eine Verwarnung wegen Spielverzögerung gegen die Kings«, verkündete der Ansager. »Bitte nehmt eure Plätze für das Bully ein.«

»Kommt, das Spiel fängt an«, sagte Echo.

Und Echo schien ernsthaft zu glauben, dass die Sache damit erledigt sei. Als die anderen Kids am nächsten Tag die Netze abbauten, sobald sie auf der Straße erschien, war ihre erste Reaktion: »Was ist denn? Was ist los? Seid ihr sauer auf mich, weil ich das eine Tor durchgelassen habe? Wollt ihr den Pokal? Ich geb euch den Pokal, wenn ihr ihn wollt.«

»Scheiß auf den Pokal«, antwortete Vance Judden. »Der Pokal hat nichts damit zu tun.«

»Was dann?«, wollte Echo wissen.

»Zeig uns deinen Schwanz«, verlangte Christian Variola.

»Was?«, fragte Echo.

»Du hast mich ganz richtig verstanden«, sagte Variola. »Für was hältst du uns, für schwul? Wir spielen nicht mit Mädchen. Entweder du zeigst uns deinen Schwanz oder du verpisst dich, Schlampe.«

»Aber ... ich dachte, ihr wüsstet es«, stammelte Echo. »Wie konntet ihr es nicht wissen?«

»Das frag ich mich allerdings auch«, meinte Hayley. »Ich will dich ja nicht unterbrechen, aber das versteh ich jetzt nicht. Ich kann mir ja vorstellen, dass du wie ein Junge *ausgesehen* hast. Ich kann mir auch vorstellen, dass du wie ein Junge *geklungen* hast. Aber wenn dem so war, hast du dann nicht mitbekommen, dass sie von dir als ›er‹ und nicht als ›sie‹ gesprochen haben? Hast du sie nicht verbessert?«

»Es schien mir nicht wichtig«, antwortete Echo fast im Flüsterton. »Ich wollte einfach nur spielen. Ich hatte nicht vor, jemanden zu täuschen. Ich hab es einfach für einen gelegentlichen Versprecher gehalten. Schließlich wussten in meiner *Klasse* alle, dass ich ein Mädchen bin. Und die Kids, die auf meiner Straße wohnten. Dennis wusste es. Angus wusste es. Und Carver . . .«

»Ach ja, stimmt«, bemerkte Hayley. »Carver Fringie hat früher in dem Haus gewohnt, wo Cat jetzt wohnt, stimmt's?«

»Er hat uns immer beim Spielen zugesehen«, murmelte Echo. »Zumindest so oft, dass er mich gefragt hat, warum wir nicht mehr spielen würden, als sich die Kids eine andere Straße zum Spielen gesucht hatten. Ich hab's ihm erzählt und er war entsetzt. Er hat sich für sein ganzes Geschlecht entschuldigt. Carver war sehr lieb zu mir.« Echo funkelte mich wütend an. »Er war sehr lieb.«

»Wow«, sagte Hayley. »Na, das war dann wohl ein kleiner Trost, oder? Es war sicher nicht schön, diese Sache durchzustehen, aber falls ihr jemals zusammenkommt, habt ihr eine hübsche Geschichte zu erzählen.«

Echos Miene verfinsterte sich. »Das wird nie passieren«, erklärte sie.

Und das war mein Trost an der Geschichte. Und zwar bis zu dem Tag, als Fringie Echo fragte, ob sie mit ihm zum Abschlussball gehen wolle.

Ich weiß nichts über Kunst, und ich weiß auch nicht, was mir gefällt

Wie ihr schon wisst, verbrachten die Mockereys den Sommer, in dem sich Peggys Figur entwickelte, auf der Farm in Pennsylvania. Aber wir melkten nicht die ganze Zeit Hühner und so. Eine ganze

Woche unserer Reise verbrachten wir damit, uns New York City anzuschauen, oder zumindest die drei Prozent davon, in denen wir nicht panische Angst hatten, jeden Moment eines gewaltsamen Todes sterben zu müssen. Unter anderem besuchten wir das Museum of Modern Art, obwohl der Begriff »wir« hierbei sehr weit ausgelegt ist – Bobbo, Krieg und Jerem blieben im Hotel und plünderten den Minikühlschrank, während der Rest den Ausflug mitmachte.

Es war ein interessanter Besuch. Molly war vollkommen hingerissen. *»Cool!«*, rief sie bei jedem neuen Gemälde. Und dann folgten die Fragen. »Hat er einfach die Farbe auf die Leinwand tropfen lassen? Stand die Leinwand auf einer Staffelei oder lag sie auf dem Fußboden? Hatte er einen genauen Plan, wo er anfangen wollte, oder hat er einfach geschaut, was passiert? Hat er Ölfarben benutzt? Sind Acrylfarben das Gleiche wie Ölfarben? Darf ich ein paar Ölfarben haben? Ist das hier vom selben Maler? *Cool!*« Während Dad begeistert Mollys Fragen beantwortete, wurden Echos Wangen immer röter. Als wir schließlich die Mondrian-Ausstellung erreichten (die Molly in einen wahren Begeisterungstaumel versetzte), glühten ihre Augen vor lauter Frust.

»Alles in Ordnung?«, erkundigte ich mich.

»Ich kapier das nicht«, zischte sie mit zusammengebissenen Zähnen. »Es muss doch irgendein Muster geben. Irgendein Ordnungsprinzip. Aber ich sehe keins. Ich verstehe nicht, was ich sehe.«

Molly kam zu uns herübergehüpft. »Gefällt es dir denn nicht?«, fragte sie.

»Ich *weiß* es nicht«, antwortete Echo mit heiserer Stimme.

Genau diese Mischung aus Panik, Frust und Verwirrung strahlte Echo aus, als sie Hayley und mir erzählte, dass Fringie sie zum Abschlussball seiner Stufe eingeladen hatte.

»Hey, herzlichen Glückwunsch«, sagte Hayley. »Warum klingst du denn so wenig begeistert? Ich dachte, genau das hättest du dir gewünscht.«

»Aber es ist seltsam«, entgegnete Echo. »Wir haben nicht mehr miteinander geredet, seit wir Kinder waren. Niemand redet hier in der Schule mit mir, außer euch. Als er mich gefragt hat, wie es mir geht, war ich total überrascht. Als er mich gefragt hat, ob ich mit ihm zu diesem Ball gehen möchte, hab ich nach der versteckten Kamera gesucht. Was soll ich sagen? Ich kann nicht mal behaupten, dass ich ihn *kenne.*«

»Also bevor ich mit Jefferson zusammengekommen bin, waren meine Kriterien, wenn irgendwelche Typen was von mir wollten, immer: Ist er attraktiv, und ist er kein Dummkopf?«, erklärte Hayley. »Wenn beides zutrifft, sag ja.«

»Da Fringie ein Dummkopf ist, kannst du das Ganze eh vergessen«, meinte ich.

»Wahrscheinlich hat sich irgendjemand einen Scherz erlaubt«, mutmaßte Echo. »Sicher hat Zab irgendwo gelauert und hätte sich totgelacht und mit dem Finger gezeigt, wenn ich ja gesagt hätte.«

»Ich würde keine voreiligen Schlüsse ziehen«, sagte Hayley. »Würde es dich überraschen, wenn ich sagen würde, ich hätte ein gutes Wort für dich eingelegt?«

»Wirklich?«, fragte ich. »Gibt es einen Finderlohn, wenn man für Vergewaltiger auf Brautschau geht?«

»Du bist keine große Hilfe«, meinte Hayley.

»Ich bin eine Hilfe«, entgegnete ich. »Ich helfe dabei, meine Schwester davor zu bewahren, dass sie von diesem Typ genauso missbraucht wird wie Peggy.«

»Tja, nur dass Peggy Kaylin nie einen Preis für ihre Widerstandsfähigkeit kriegen wird«, bemerkte Hayley. Sie wandte sich an Echo. »Ich würde dir raten, mach es einfach«, sagte sie. »Aber natürlich bin ich befangen. Da ich eine feste Beziehung habe und wohl auch für absehbare Zeit haben werde, kann ich das prickelnde Gefühl, mit einem aufregenden neuen Typ zusammenzukommen, nur für jemand anders erleben und nicht für mich selbst.«

»Aber Fringie ist nicht neu«, protestierte ich. »Er ist schon da, solange ich denken kann. Und wenn ›aufregend‹ nicht neuerdings ein Synonym für ›Ekel erregend‹ ist ...«

»Oh Mann, kannst du mal aufhören, dich ständig einzumischen?«, fragte Hayley. »Das hier ist ein Frauengespräch.«

»Alligator«, sagte ich.

»Hä?«

»Du hast doch gesagt, das hier ist ein Frauengespräch«, erwiderte ich. »Ich bin darin besser als ihr beide. Nein, warte – das kann ich nicht mit Sicherheit behaupten. Wie wär's mit einem kleinen Test? Sag mir mal, Hayley, was für ein ›Frauengespräch‹ hättest du mit Peggy geführt, wenn sie an dem Abend, als Fringie sie auf die Couch gedrückt und sie bedrängt hat, tränenüberströmt zu dir gekommen wäre? Hmm?«

Hayley verdrehte die Augen. »Sei doch nicht so melodramatisch«, sagte sie. Dann schaute sie sich um. »Hey, wo ist Echo denn hin?«

Echo schien sich irgendwie davongeschlichen zu haben. Wir hatten sie nicht mal gehen sehen.

Später saß ich gerade in einer Beratungsstunde im Konferenzzimmer, als ich am Rande meines Gesichtsfeldes einen flüchtigen Blick auf Fringie und eine undeutliche schwarze Gestalt erhaschte – zweifellos Echo –, die an dem fünfzehn Zentimeter breiten Fenster vorbeigingen. »Hey, kannst du das mal eben alleine zu Ende machen?«, fragte ich September. »Sorry, ist ein Notfall.« Ich bog draußen vor dem Konferenzzimmer scharf rechts ab und hatte Echo einen Augenblick später eingeholt. Fringie war längst weg. »Hey, was war das denn?«

»Carver hat mich gefragt, ob ich darüber nachgedacht hätte, mit ihm zum Abschlussball zu gehen«, erklärte Echo.

»Und?«, fragte ich.

»Und ich habe gesagt, ja, das hätte ich. Und dass die Antwort ja sei.«

»Und was hat er gesagt?«

»Er hat gesagt: ›Hervorragend. Wir sehen uns dann.‹«

»Klingt das vielleicht nach jemandem, der verknallt ist?«

»Was erwartest du denn?«, fuhr Echo auf. »Eine Schulmappe, die von oben bis unten mit ›Carver & Echo 4ever‹ vollgekritzelt ist? Er geht halt sehr reif damit um. Das ist eine positive und keine negative Eigenschaft.«

»Es gibt wahrscheinlich nichts, was ich sagen könnte, um dich umzustimmen«, stellte ich fest. Echo schaute mich ausdruckslos an. »Na gut. Dann lass mich bloß eins sagen. Es mag jetzt vielleicht unpassend klingen, aber wenn es dann passt, wird es dir nicht sehr gelegen kommen. Also sag ich es jetzt.«

»Was?«

»Ich hab's dir ja gleich gesagt.«

Mitternachtszählung

»Was willst du denn anziehen?«, fragte Hayley am nächsten Nachmittag.

Echo zuckte die Achseln. »Ich werd schon irgendwas finden«, antwortete sie.

»Ich hab ein paar Kleider, die ich dir leihen kann«, bot Hayley an. »Du musst sie vielleicht ein bisschen, äh, enger machen. Aber du kannst zu mir nach Hause kommen, und wenn dir eins gefällt, kannst du es behalten.«

»Danke«, sagte Echo. »Das dürfte eigentlich nicht nötig sein ...«

»Und du solltest lieber deine Kontaktlinsen tragen«, meinte Hayley. »Mir ist aufgefallen, dass du in letzter Zeit deine Brille trägst, aber selbst ich setz zum Tanzen nicht die Brille auf. Hey, wo wir gerade davon sprechen, warum trägst du eigentlich immer diese schwarzen Sweatshirts? Hat das einen besonderen Grund?«

Ihr denkt jetzt vielleicht, dass Hayley in diesem Moment einfach nur etwas schwer von Begriff war, wo Echo ihr doch gerade erst die Hockey-Geschichte erzählt hatte. Doch in Wirklichkeit war es nicht die Zurückweisung durch ihre Freunde, die Echos Sinneswandel in puncto Kleidung bewirkte. Wenn überhaupt, beharrte sie eher mehr als vorher darauf, ihre üblichen Baseballtrikots und Hockeypullis zu tragen. Natürlich trug sie andere T-Shirts darunter und andere Jeans dazu, aber oben drüber konnte man immer entweder »MOCKEREY 25« oder »MOCKEREY 66« lesen. Wie bei Peggy und ihrer Lederjacke. »Ich versteh dich nicht«, sagte ich mal zu ihr. »Werden da nicht lauter schlechte Erinnerungen in dir wach, wenn du diese Klamotten anziehst?«

»Ja«, antwortete Echo. »Das sollen sie ja.«

Das ging ein paar Jahre so, bis zu unserer Reise an die Ostküste. Das Leben in dem Farmhaus hätte sich kaum mehr von dem Leben in unserem Haus auf der Hyacinth Avenue unterscheiden können. Na gut, das ist übertrieben. Wären wir von nun an als Nomaden durch den Sudan gewandert, hätten wir vermutlich einen noch größeren Tempowechsel vollzogen. Aber es war ungewohnt, keine Nachbarn in Sichtweite des Hauses zu haben, stattdessen aber überall Bäume um sich herum, die nicht von irgendwelchen Landschaftsgärtnern angelegt worden waren; und darüber hinaus, die Zeiteinteilung des Sommers: nichts, was man tun, nirgends, wohin man gehen konnte, und man hatte alle Zeit der Welt. Bobbo war furchtbar unzufrieden, saß im Wohnzimmer und schaute sich auf einer Mattscheibe voller Schnee Baseballspiele an. »Seht euch das an!«, schimpfte er. »Der Empfang ist noch beschissener als zu der Zeit, als ich noch hier gewohnt hab! Verdammt, ich weiß schon, warum ich nach Kalifornien gezogen bin. Mist.«

Molly dagegen liebte diesen Ort geradezu. Seit sie ein Baby gewesen war, durfte sie zum ersten Mal nach draußen, ohne sich nicht mindestens ihren Kimono anziehen zu müssen. Wir konnten sie nicht im Haus halten. Dad und Bobbo wohnten in ihren früheren Zimmern, und in das Schlafzimmer der Großeltern durften wir nicht, solange Dad noch ihre Sachen zusammensuchte und sich bemühte, die Familienangelegenheiten in Ordnung zu bringen. Deshalb mussten wir fünf Kinder uns ein ausziehbares Sofa und ein paar Klappbetten teilen. Jeden Morgen wachte Molly auf, stieg über alle anderen hinweg, duschte, schnappte sich eine Decke, breitete sie auf dem Rasen des Gartens hinter dem Haus aus, der so groß war wie ein Golfplatz, und kam erst wieder herein, wenn es wieder Zeit zum Schlafengehen war. Sie las, malte oder sonnte sich einfach nur – für Molly war dieser Sommer ein einziges Picknick.

Und irgendetwas schien in der Luft zu liegen, das auch Echo

ansteckte. An unserem ersten Tag in Pennsylvania trug sie ihr Hockeytrikot; am zweiten das Baseballtrikot; und am dritten deckte sie morgens den Küchentisch in einem weiten weißen Kleid mit Spitzenbesatz an den Ärmeln, dem Halsausschnitt und dem Saum. »Was in aller Welt ist das denn?«, fragte ich sie.

»Ein Kleid«, antwortete sie.

»Aber ich hab dich noch nie in einem Kleid gesehen«, stellte ich fest. »Ich meine, das sind doch so Mädchenklamotten.«

»Und ich bin ein Mädchen«, erwiderte sie. »Lustig, wie das zusammenpasst, was?«

Sobald wir wieder in Kalifornien waren, landeten die Kleider in der Schublade, aber sie wurden im nächsten Sommer wieder ausgepackt. Und die Trikots kamen in den Abstellraum. »Sie haben etwas darüber ausgesagt, wer ich war«, erklärte sie, »aber jetzt bin ich jemand anders – was normalerweise egal wäre, weil ich mich mit den falschen Leuten eingelassen habe und dann gar keine Freunde mehr hatte, als sie mich fallen gelassen haben. Aber jetzt kommen wir in die Middle School und da werden alle Karten neu gemischt. Die Hälfte der Kids wird gar nicht wissen, wer ich bin. Und bis sich herumgesprochen hat, dass ich in meinem früheren Leben eine Sportlerin war, deren Mannschaftskameraden nicht damit fertig wurden, dass ein Mädchen besser war als sie, wird es nur noch ein Kuriosum sein.« Sie schaute in den Spiegel über der Kommode. »Vielleicht lass ich mein Haar etwas mehr wachsen«, meinte sie.

»Lässt du dir auch die Ohren durchstechen?«, fragte ich.

Echo verdrehte die Augen. »Ich hab gesagt, ich lass vielleicht die Haare wachsen«, versetzte sie. »Das heißt noch lange nicht, dass ich jetzt mit Ohrringen und Schminke und engen Schühchen anfange. Ich muss ja nicht gleich in die Vollen gehen.«

Echos Analyse stellte sich als mehr oder weniger richtig heraus. Ihre alte Clique zischte ihr weiterhin Gehässigkeiten zu, wenn sie ihr auf dem Schulhof begegnete; die Kids, die in der Grundschule nichts mit ihr zu tun gehabt hatten, hatten auch weiterhin nichts mit ihr zu tun; und die Kids aus anderen Schulen, mit denen sie Kurse zusammen hatte, behandelten sie ganz anständig. Am ersten Tag wurde sie von einem halben Dutzend Schülern eingeladen, mittags an ihrem Tisch zu sitzen, was ich echt toll fand. Ich für meinen Teil stellte fest, dass ein Mädchen in der siebten Klasse, wenn man es ansprach, im Gegensatz zur dritten Klasse weniger davon ausging, dass man einfach nur freundlich sein wollte, als davon, dass man sie anmachen wollte. Das kletterte an die Spitze meiner Liste von Nachteilen des Älterwerdens.

Einer der Vorteile war, dass Dad uns fünf jetzt mit ruhigerem Gewissen – Echo und ich waren jetzt zwölfeinhalb – allein zu Haus lassen konnte, ohne immer gleich Bobbo zum Babysitten herholen zu müssen. Das bedeutete nicht, dass er uns vernachlässigte: Wann immer er zu einer Besprechung oder einfach in seiner Eigenschaft als Professor lange wegbleiben musste, schickte er in regelmäßigen Abständen Studenten aus den höheren Semestern vorbei, die nach uns sehen sollten. Meines Erachtens grenzte das an Machtmissbrauch, doch als ich den Studenten Danny darauf ansprach, lachte er nur. »Keine Sorge«, sagte er. »Andere Profs lassen ihre höheren Semester Wäsche aus der Reinigung abholen, das Auto waschen, den Rasen mähen, sexuelle Dienste erweisen – wir kommen noch gut dabei weg.«

Das erste Mal, dass dies während des Schuljahrs vorkam, war am Ende unserer ersten Schulwoche. Oben in Claremont fand eine Tagung mit dem Titel »Kartografie, Gemeinschaft und Kultur« oder so ähnlich statt, die am Freitagnachmittag begann und bis Sonntagabend dauern sollte. Das war nah genug, dass Dad an einem Tag hin- und wieder zurückfahren konnte, aber so weit, dass er vermutlich erst spät nach Einbruch der Dunkelheit zurückkommen würde. Um acht kam die Studentin Katie rüber, Danny schaute um zehn kurz rein. Krieg und Jerem gingen kurz darauf schlafen; der Rest von uns beschloss, auf Dad zu warten. Es war nämlich eine Sache, auf sich selbst aufpassen zu dürfen, aber eine ganz andere, schlafen zu gehen, wenn nur wir Kinder im Haus waren – wir fanden das unheimlich. Natürlich sind es zwei völlig verschiedene Dinge, etwas zu entscheiden und dann auch danach zu handeln: Molly und ich nickten fast sofort im Fernsehzimmer ein. Nur Echo war wirklich wach, als es das nächste Mal an der Tür klopfte. »Hä? Was?«, fragte ich.

Echo legte den Zeitungsteil hin, den sie gelesen hatte. »Ich geh schon«, sagte sie.

Molly rieb sich die Augen. »Wie spät ist es?«, wollte sie wissen.

»Es ist – oje, schon eins«, antwortete ich.

»Wer ist da? Danny?«, fragte Molly.

»Keine Ahnung«, erwiderte ich.

Echo steckte den Kopf wieder ins Zimmer und warf Molly ihren Kimono zu. »Zieh den an«, sagte sie.

»Wieso denn?«, fragte Molly. »Danny macht das doch nichts aus.«

»Es ist nicht Danny«, erklärte Echo. »Ich hab durch den Spion geguckt. Es ist die Polizei.«

Ich folgte Echo in die Diele. Echo öffnete die Tür. »Ja?«, fragte sie.

»Hallo«, sagte einer der Polizisten. »Kann ich bitte mit eurer Mutter sprechen?«

»Nur wenn Sie wissen, wie man eine Séance abhält«, antwortete ich.

»Wie bitte?«, sagte der Cop.

»Unsere Mutter ist vor einiger Zeit gestorben«, erklärte Echo.

»Ach du Scheiße«, sagte der andere Polizist.

»Pst«, sagte der erste Cop. »Habt ihr eine Stiefmutter?«

»Worum geht es denn?«, wollte ich wissen.

»Nein, haben wir nicht«, antwortete Echo. »Worum geht es?«

»Sind hier irgendwelche Erwachsenen, mit denen wir sprechen könnten?«, fragte der Cop.

Molly steckte den Kopf aus dem Fernsehzimmer. »Was ist los?«

Der Cop hielt einen Moment inne. »Wie viele Kinder wohnen in diesem Haus?«, wollte er wissen.

»Fünf«, antwortete Echo.

»Und wie viele Erwachsene?«, fragte der Polizist.

»Einer«, erklärte Echo. »Er ist aber im Moment nicht da . . .«

»Ach du Scheiße«, murmelte der zweite Polizist.

»Sind hier irgendwelche Erwachsenen, mit denen wir sprechen

können?«, fragte der erste Cop noch mal. »Großeltern? Tanten? Onkel?«

»Onkel Bobbo, aber der ist übers Wochenende nach Vegas gefahren«, erklärte ich. Die Welt schien sich plötzlich langsam um mich herum zu verwandeln: Die Zeit ging langsamer um, Gegenstände wurden aufeinmal scharf und klar. »Was ist passiert?«, wollte ich wissen. »Hat es einen Unfall gegeben?«

»Was ist mit Nachbarn?«, fragte der Cop. »Seid ihr mit irgendwelchen Nachbarn befreundet?«

»Klar«, erwiderte ich. »Mit den Kaylins. Die wohnen zwei Häuser weiter. 151 Hyacinth Avenue.«

Der erste Polizist nickte und beriet sich einen Moment lang mit dem zweiten. »Ich bin gleich wieder da«, erklärte er und entfernte sich vom Haus. Der andere blieb im Türrahmen stehen. »Macht euch keine Sorgen, es ist alles in Ordnung«, sagte er.

»Gut«, antwortete ich leise. Ich winkte Echo zu mir herüber. »Okay, sieht so aus, als hätte es irgendeinen Unfall gegeben«, flüsterte ich. »Ich bin nicht ganz sicher, wie sie jetzt vorgehen werden, aber vielleicht müssen wir sie aufs Revier begleiten. Dann müssen wir Krieg und Jerem wecken, und dann müssen sich die beiden und Molly schnell umziehen, also ...«

»Unfall?«, fragte Echo verständnislos.

Echo machte einen weggetretenen Eindruck – fast wie betäubt. Ich fragte mich, wie lange sie wohl nicht geschlafen hatte. Einen Moment später kehrte der erste Polizist mit Mrs. K. zurück. Sie trug einen dicken Morgenmantel aus Frottee und darüber eine weiße Winterjacke. »Hi, Liebling«, sagte sie. »Sieht so aus, als müsstet ihr Kinder heute bei uns übernachten ...«

»Okay, Programmänderung«, sagte ich. Ich rüttelte Echo an der Schulter. »Wir brauchen Schlafsäcke. Ich glaube, zwei sind oben im Schrank. Und dann können wir noch ein paar Steppdecken nehmen, damit es für alle ...«

»Das ist nicht nötig, Liebling«, unterbrach mich Mrs. K. »Wir haben das alles da. Zieht euch nur Pantoffeln an.«

»Unfall?«, wiederholte Echo.

Peggy wartete unten an der Treppe, als Mrs. K. die Tür öffnete und uns fünf hereinließ. »Was ist los?«, fragte sie mich. »Mom hat gesagt, ihr werdet jetzt bei uns *wohnen*?«

»Ich weiß nicht genau«, antwortete ich. »Ich warte noch, bis sich alles ein wenig beruhigt hat, damit ich die ganze Geschichte erfahren kann.« Peggy trug einen blaugrauen Bademantel, unter dem irgendetwas Rosafarbenes hervorschaute, und plötzlich schoss mir die Frage durch den Kopf, was sie wohl zum Schlafen trug und ob ich das bald herausfinden würde. Dann fiel mir ein, dass dies ein völlig unpassender Moment war, um über so etwas nachzudenken. Trotzdem konnte ich nicht anders.

»Okay, mal sehen«, sagte Mrs. K. »Am besten kommt Molly zu Kelly, Echo zu Peggy . . .«

»Nein!«, rief Peggy. Einen klitzekleinen Moment lang dachte ich, Peggy würde vielleicht darauf bestehen, dass ich zu ihr ins Zimmer kam, weil wir ja schließlich Freunde waren und so. Leider hatte ich kein Glück. »Niemand darf in mein Zimmer«, verkündete sie. »Das ist privat. Das ist die Regel.«

»Dann müssen wir die Regel eben ändern«, entgegnete Mrs. K.

»Nein«, widersprach Peggy. »Regel ist Regel.«

Ich blickte kurz zu Echo hinüber. Sie starrte ins Leere, als wäre dort ein Bild von Mondrian. »Vielleicht sollten wir alle zusammenbleiben«, schlug ich vor. »Wir können ja alle im Fernsehzimmer schlafen.«

»Okay, vielleicht ist das eine gute Idee«, antwortete Mrs. K. Peggy machte ein erleichtertes Gesicht. Natürlich hätte jemand anders in diesem Haus viel mehr zu verlieren gehabt, wenn Mrs. K. ihren ursprünglichen Plan in die Tat umgesetzt hätte. Da es Freitagabend war, würde jeder Versuch, uns bei den Kaylin-Kindern unterzubringen, zu der Entdeckung geführt haben, dass Kelly nicht brav in ihrem Bett lag, sondern irgendwo anders höchst illegalen Sex mit irgendeinem Dreißigjährigen hatte, der sie anschließend mit ihrer Wochenendration an Scratch-Karten eindeckte.

Mr. K. kehrte von seinem Gespräch mit dem Polizisten zurück.

»Das ist nur für eine Nacht, Kinder«, erklärte er. »Morgen schlaft ihr wieder in euren eigenen Betten.«

»Also war der Unfall nichts Ernstes?«, fragte Molly.

»Nichts Ern... Äh, was haben sie euch denn gesagt?«, wollte Mr. K. wissen.

»Gar nichts«, antwortete ich. »Der Cop wollte uns nichts sagen. Ist mit Dad alles in Ordnung? Was ist eigentlich passiert?«

Mr. K. schwieg einen Moment. »Ich weiß nicht, wie ich es euch auf einfache Weise sagen soll«, antwortete er schließlich.

Eine ganz schön lange Zeit

Also waren wir Waisen. Die Welt schien mir so bizarr. Als könnten wir uns alle darauf freuen, unsere Tage als Schornsteinfeger zu verbringen und die Nächte damit, die Erzieherin im Waisenhaus um ein bisschen mehr Blutwurst anzubetteln. Das tröstete mich fast. Da ich dieses Bild nicht mit unserem Leben in Verbindung bringen konnte, schien es so, als wäre das alles jemand anderem passiert.

Erst ein paar Tage später fand ich heraus, was genau passiert war. Dad hatte Danny angerufen und ihm Bescheid gesagt, dass er sich auf dem Heimweg von Claremont befand. Ein paar Ausfahrten vor seiner eigenen platzte ihm ein Reifen. Er fuhr an den Straßenrand, schaltete den Warnblinker ein und stieg aus, um den Reifen zu wechseln. Was als Nächstes passierte, war offensichtlich schon häufiger vorgekommen. »Passiert ständig«, sagte der Cop zu Mr. K. »Ist sogar schon ein paar von meinen Freunden passiert. Sie halten jemanden an, steigen aus, um ihm einen Strafzettel zu geben, und während Sie ihn schreiben, PÄNG! Sie drehen sich um und einer ist in den Streifenwagen geknallt. Einer der häufigsten Unfälle bei Trunkenheit am Steuer. Die Fahrer folgen den schönen Lichtern. Sehen aber nicht, dass sich die Rücklichter gar nicht bewegen, bis sie mit ihren eigenen Scheinwerfern draufgefahren sind.« Und das war diesmal mehr oder weniger auch passiert. Einer der Wagen, der ein gutes Stück hinter Dad fuhr, war ein kleiner Viersitzer mit sieben

Leuten drin, die von einer Party kamen (oder hinfuhren – das war nicht ganz klar). Der Fahrer war siebzehn Jahre alt und hatte einen Blutalkoholgehalt von 1,3 Promille. Und tatsächlich war er den Rücklichtern gefolgt und direkt in Dads Kofferraum hineingerast. Dad hatte gerade darin herumgewühlt und nach einem Wagenheber gesucht. Der Aufprall hatte ihn fast zerrissen. Er war sofort tot.

»Ich kann fliegen«, sagte Echo.

»Was?«, fragte ich.

Echo saß auf der Couch der Kaylins, hatte die Arme um sich selbst geschlungen und wiegte sich vor und zurück. »Ich hab gerade ein Buch darüber gelesen«, erklärte sie. »Man nennt das Träumen im Wachzustand. Das hier ist nicht real. Es kann nicht real sein. Guck, das ist nicht mal unser Haus. Wenn man also erst mal erkannt hat, dass es ein Traum ist, kann man ihn kontrollieren. Man sagt, okay, das hier ist ein Traum, und ich will fliegen. Und dann kann man es.«

»Aber du fliegst doch nicht«, entgegnete ich.

»Aber nur weil ich es so will«, sagte sie.

»Schhh«, machte ich. Ich versuchte, ihre Arme wegzunehmen, damit ich sie umarmen konnte, doch sie rührte sich nicht. Ich umarmte sie trotzdem.

»Ich habe heute meine erste Regel bekommen«, sagte sie.

Ich wusste nicht, was ich darauf antworten sollte. »Oh, wirklich?«, sagte ich schließlich.

»Ich glaube schon«, sagte sie. »Kann aber auch nur in dem Traum sein. Schwer zu sagen . . .«

»Ja«, antwortete ich. »Hör mal, warum versuchst du nicht, ein bisschen zu schlafen?«

»Ich schlafe ja«, erklärte sie.

Jetzt kam ich nicht mehr mit. »Ich hab dich lieb, Echo«, sagte ich, weil ich nicht wusste, was ich sonst sagen sollte.

»Siehst du?«, erwiderte sie. »Das beweist es.«

Die Cops spürten Bobbo in Vegas auf und gegen Mittag war er zurück in Fullerton. Was fast schade war, denn der Morgen hatte mir gezeigt, dass selbst eine Katastrophe ein kleines bisschen Glück hervorbringen konnte. Peggy war heruntergekommen, um beim Frühstückmachen zu helfen, und während sie die Töpfe und Pfannen herausholte, fragte sie: »Weshalb seid ihr denn jetzt alle hier? Ich versteh das nicht.«

»Unser Dad ist gestern Nacht bei einem Autounfall gestorben«, erklärte ich. »Wir können nirgendwo anders hin.«

Peggys Gesicht erstarrte, so als hätte sie gerade begriffen, dass sie einen kleinen Hund vor einen herannahenden Lkw gestoßen hatte. Dann schlang sie die Arme um mich und hielt mich fest. Es fühlte sich ganz anders an als damals, als sie sieben war. »Oh, das tut mir so Leid«, sagte sie. »Du musst ja so traurig sein.«

So hätte ich es wahrscheinlich nicht bezeichnet, aber ich hatte nicht vor, an ihrer Ausdrucksweise herumzumäkeln. Zufällig war ich tatsächlich gerade ziemlich bedrückt gewesen, bevor sie nach unten kam. Ich musste einfach über Dads letzte Momente nachdenken. Es muss einen klitzekleinen Augenblick vor dem Aufprall gegeben haben, in dem er begriff, was geschehen würde. Nicht mehr, sonst hätte er zur Seite springen können. Aber auch nicht weniger. Ihm muss ein Moment geblieben sein – und wenn es auch nur eine Zehntelsekunde gewesen war –, als ihn die Scheinwerfer des herannahenden Autos anstrahlten und er wusste, dass er sterben würde. Und was war sein letzter flüchtiger Gedanke? Dass er bei Susan sein würde? Nein, er hatte nie an diese Mythen vom Leben nach dem Tode geglaubt. Zog sein Leben noch mal an ihm vorüber? Nein, dafür hatte er nicht genug Zeit. Nein, ich war sicher – und bin es noch heute –, dass seine letzten Gedanken uns galten; dass er dachte, außer ihm sei niemand mehr da, der uns lieben und für uns sorgen würde, und wir fünf Kinder würden jetzt ohne irgendjemanden auf der Welt sein. Und das beunruhigte mich. Nicht weil er gestorben war, sondern weil er besorgt gestorben war; weil er nicht wusste, dass es uns gut gehen würde. Und es ging uns gut. Als ich hier bei den Kaylins in der Küche stand, die Sonne durch die Ostfenster hereinschien und Peggy mitleidige Tränen an meiner Schulter weinte, fühlte ich mich so sicher, geborgen und geschützt wie seit Jahren nicht mehr.

»Meine Eltern werden euch adoptieren«, murmelte Peggy.

»Hmm?«, machte ich. Ich freute mich ungeheuer, dass Peggy sich mit mir unterhalten, mich dabei aber nicht loslassen wollte.

»Das werden sie bestimmt«, erklärte sie. »Sie werden nicht zulassen, dass ihr getrennt werdet und zu Pflegeeltern kommt. Wir werden in ein größeres Haus umziehen, und du und ich, wir werden dann Bruder und Schwester sein. Wir können in der Kirche nebeneinander sitzen ...«

»Das wäre toll«, erwiderte ich. »Wirklich. Aber ich kann mir gut vorstellen, wie das jetzt laufen wird. Dad hat bestimmt irgendeine Lebensversicherung abgeschlossen, von der wir jetzt leben können, und ich bin ziemlich sicher, dass sie Bobbo überreden werden, unser gesetzlicher Vormund zu werden. Das soll natürlich nicht heißen, dass ich dich nicht in meiner Nähe brauche. Aber ich glaube, ich werde schon damit klarkommen.«

Euch ist bestimmt aufgefallen, dass ich hier den Singular verwende. Peggys Haus war seit Jahren mein zweites Zuhause; von meinen Geschwistern hatte es meines Wissens keiner jemals von innen gesehen. Man kann wahrscheinlich mit Fug und Recht behaupten, dass sie die Situation nicht ganz so optimistisch sahen wie ich. Und ich war ihnen bestimmt auch keine große Hilfe, zumindest nicht an diesen ersten paar Tagen: Ich verbrachte die meiste Zeit bei den Kaylins, und wenn ich zu Hause war, dann saß ich oben in meinem Zimmer, hatte das Licht ausgeknipst und den Kopfhörer aufgesetzt. Andererseits war ich eine größere Hilfe als Bobbo, der immer wieder wegfuhr, um Zeug aus seiner Wohnung zu holen, dann mit leeren Händen zurückkam und sagte: »Was mache ich eigentlich hier? Ich kann mich nicht um fünf Kinder kümmern. Ich kann ja nicht mal mit einem Toaster umgehen.« Molly begann, Dads persönliche Sachen mit ins Bett zu nehmen: zuerst ein paar Bücher, dann eines seiner Hemden (vielleicht war es mehr mit Gefühlen besetzt, oder vielleicht ist es auch einfach nur nicht schön, sich mitten in der Nacht auf ein x-beliebiges Taschentuch zu rollen). Krieg redete tagelang von dem Unfall – er fing einfach immer wieder davon an. »Glaubt ihr, dass seine Gedärme auf den Kofferraum gespritzt sind?

Oder vielleicht ist er auch einfach so lange zerquetscht worden, bis sie alle aus seinem Arsch wieder rauskamen! Ja, genau!« Und Echo . . .

. . . Echo war schwer zu durchschauen. Erstens sprach sie nicht. Wenn man ihr eine Frage stellte, wollte sie antworten, doch bevor sie auch nur das erste Wort aussprach, erstarrte sie einfach, so als hätte jemand vergessen, ihr zu sagen, dass die Zeit nicht stehen geblieben war. Und wenn sie dann erstarrte, half es nicht mal, mit der Hand vor ihrem Gesicht herumzuwedeln – ein paar Mal musste ich sie an den Schultern schütteln, damit sie wieder reagierte, und dann konnte sie immer noch nicht antworten, sondern drehte sich einfach um und verließ das Zimmer. Ich wollte Molly um Rat und Hilfe bitten, doch sie zuckte nur die Achseln und machte ein verständnisloses Gesicht. Es war, als hätten sie beide einen Schweigeeid abgelegt. Und das bedeutete, dass nichts die grauenhaften Worte übertönte, wenn Krieg zu Jerem sagte: »Hey, glaubst du, als sein Kopf auf dem Boden aufgekommen ist, dass er hinten aufgeplatzt ist oder dass sein Gesicht zermatscht worden ist? Geil, ey!«

Wir gingen am Montag nicht zur Schule. Ich ließ mir jedoch an diesem Morgen sowohl bei der Direktorin der Grundschule als auch beim Direktor der Middle School einen Termin geben und erklärte ihnen, dass mein Vater bei einem Unfall gestorben sei und meine Geschwister deshalb ein paar Tage nicht zur Schule kommen könnten. Dr. Strick von der Grundschule zeigte sich sehr verständnisvoll – sie hatte mich immer schon gemocht –, doch Mr. Fossle von der Vista de la Vista schien mir irgendwie nicht ganz zu folgen. »Regeln sind Regeln«, erklärte er. »Wenn du und deine Schwester nicht zum Unterricht erscheint, brauche ich eine Entschuldigung von deinen Eltern.«

»Ähm, eine Entschuldigung«, fragte ich. »Haben Sie mir nicht zugehört . . .?«

»Hmm?«, erwiderte er. »Ach so, ja. Totenschein. Ich brauche einen Totenschein. Tut mir Leid.«

Wie sich herausstellte, verpassten wir nicht viel Unterricht. Ich ging am Dienstag wieder hin, Krieg und Jerem am Mittwoch, Molly am Donnerstag. Blieb nur noch Echo, die in unserem Zimmer saß und stundenlang aus dem Fenster starrte. Die üblichen Phrasen wie »Hey, Schwesterherz, es ist schon okay, wirklich« oder »Wenn du reden willst, ich bin für dich da« riefen keine Reaktion hervor, also ließ ich es sein. Dann gab es aber wieder Tage, an denen ich an meinen Hausaufgaben saß und sie nach einer ganzen Stunde des Schweigens plötzlich murmelte: »Was hab ich in Geschichte verpasst?«, so als spräche sie mit jemandem auf der anderen Seite des Fensters und wollte nicht, dass ich es hörte.

Als ich am nächsten Montag runterkam, um zur Schule zur gehen, wartete Echo unten auf mich. Sie trug eine tiefschwarze Jeans und zwei schwarze Sweatshirts. »Kommst du heute mit?«, fragte ich.

»Ja«, antwortete sie.

»Schön!«, sagte ich. »Aber, äh, bist du sicher, dass du das alles anlassen willst? Im Wetterbericht haben sie gesagt, es soll heute weit über dreißig . . .«

»Ja«, antwortete sie mit zusammengebissenen Zähnen. »Es wäre eine Beleidigung, irgendetwas anderes zu tragen.«

In der ersten Stunde hatten wir Chemie; zufällig waren wir an diesem Tag im Labor. Es stellte sich heraus, dass mein Laborpartner irgendwie noch nie von Celsius gehört hatte, und ich versuchte gerade, ihm zu erklären, warum das Thermometer im Raum nur fünfundzwanzig Grad anzeigte, als ich plötzlich einen lauten Krach hörte und Echo hysterisch schluchzend aus dem Labor rannte.

Ich steckte den Kopf durch die Tür, um nach ihr zu sehen, doch sie war verschwunden. Mittags schaute ich kurz bei uns zu Hause vorbei, und wie ich es erwartet hatte, war Echo direkt dorthin gelaufen. Sie weinte sogar noch, obwohl sich das krampfartige Heulen inzwischen in ein leises Wimmern verwandelt hatte, das man durchaus als passend empfinden konnte. »Ich weiß nicht, was mit mir los ist«, sagte sie. »Ich kann einfach nicht aufhören . . .«

»Ist schon gut«, antwortete ich. »Lass dir etwas mehr Zeit. Niemand wird dich . . .«

»Nein«, unterbrach sie mich. »Ich muss zurückgehen. Ihr seid ja auch alle zurückgegangen. Ich muss stark sein. Ich bin doch kein …, kein Krüppel.« Sie wischte sich mit dem Handrücken die Tränen aus den Augen. »Was ist bloß los mit mir?«, fragte sie.

Am nächsten Morgen kam ich nach unten, als Echo eben ihre schwarzen Sweatshirts aus dem Trockner holte. »Ich muss mir noch ein paar mehr davon besorgen«, murmelte sie.

»Klar«, sagte ich. »Ähm, wie lange willst du die denn …«

»Für immer«, erklärte sie.

»Klar«, sagte ich. »Hör mal, Ech, es ist doch gerade erst eine Woche her. Es ist vollkommen normal, dass du trauerst. Ich glaube, wir anderen nehmen es nicht so schwer wie du, weil wir immer noch irgendwie unter Schock stehen. Aber, weißt du, irgendwann wirst du alles auch wieder positiver sehen, das Leben geht weiter …«

»NEIN!«, rief sie. »Ich wusste, dass du so was sagen würdest. ›Das Leben geht weiter.‹ Das Leben geht *nicht* weiter! Das ist es ja! Es hört einfach auf, und dann ist es für immer verloren, und man kann nicht mal einen Bruchteil davon zurückbekommen.« Sie rollte ihre Sweatshirts unter dem Arm zusammen und stürmte in Moms Arbeitszimmer, um sich umzuziehen.

Eine Zeit lang hatte ich den Eindruck, dass ich irgendwie unbeabsichtigt genau das Richtige gesagt hatte: Wenn Echo wütend auf mich war, konnte sie sich vielleicht darauf konzentrieren. Und es funktionierte, zumindest in der ersten Stunde. Danach waren wir in Englisch gerade damit beschäftigt, Kommafehler zu finden, als Echo ohne vorige Anzeichen plötzlich das Gesicht in den Händen vergrub und unwillkürlich zu weinen anfing. Dann stand sie umständlich auf, warf ihren Tisch um und floh aus dem Raum. Die meisten in der Klasse fingen zu lachen an, viele aus Nervosität, muss ich fairerweise sagen, aber zumindest ein paar Schüler schienen den Vorfall für den Gipfel der Komik zu halten. Und die lachten am lautesten. Fast war es laut genug, um das Geräusch meines Herzens zu übertönen, das mir in die Hose fiel.

Diesmal stimmte Echo mir zu, dass es verkehrt wäre, zum dritten Mal in ebenso vielen Tagen zur Schule zurückzukehren. »Warum soll ich überhaupt zurückgehen?«, fragte sie finster. »Okay, ich hab mich selbst neu erfunden. Jetzt bin ich ein anderer Witz. Das weinende Mädchen ganz in Schwarz. Jetzt brauch ich nur noch ein paar Narben auf den Handgelenken und muss ein paar Seiten schlechte Gedichte schreiben, und schon ist für die nächsten sechs Jahre alles klar. Nein, Moment. Nehmen wir noch eine Essstörung und einen gewalttätigen Freund hinzu. Dann kann ich wirklich anfangen, das Klischee zu leben . . .«

»Sag nicht so was, Echo«, bat ich. »Ich könnte doch Bobbo fragen, wenn er nach Hause kommt, ob er dir einen Termin bei jemandem besorgt, mit dem du darüber reden kannst. Was hältst du davon?«

Echo fing wieder zu weinen an.

Ich besorgte mir noch einen Termin bei Dr. Fossle. »Verstehe«, sagte er. »Dir dürfte klar sein, dass deine Schwester die siebte Klasse wiederholen muss, wenn sie nicht in die Schule . . .«

»Oh, bitte«, unterbrach ich. »Sie wollen Echo die siebte Klasse wiederholen lassen? Echo macht Mathe auf Graduierten-Niveau. Sie schreibt auf einem Niveau, das Collegeprofessoren alt aussehen lässt. Sie hat den Einstufungstest am Ende der vierten Klasse gemacht und mühelos sechzehnhundert Punkte geschafft. Sie wollen Echo die *siebte Klasse* wiederholen lassen? Sie ist doch sowieso bloß hier, weil Sie Ihnen Ihren Willen lassen will.«

Mr. Fossle wusste anscheinend nicht, was er dazu sagen sollte. Also vertraute er auf einen alten Favoriten. »Nachsitzen!«, rief er.

Echos Sitzung mit der Psychiaterin, die Bobbo auftrieb, verlief nicht viel besser. Ein paar Wochen lang wollte sie nicht mal darüber reden. Schließlich bekam ich sie dazu, sich mir anzuvertrauen. »Sie wollte mich auf Antidepressiva setzen«, erklärte Echo. »Als ob das Problem in meinem Gehirn liegt! Mein Gehirn ist nicht das Problem. Das Problem ist, dass das Leben grausam ist. Und die Tatsache, dass das ein Mantra jedes von Ängsten geplagten Teenagers ist, macht es nicht weniger wahr.«

»Moment mal«, sagte Hayley, »soll das heißen, du trägst immer noch die schwarzen Klamotten . . .«

»... weil das Leben immer noch grausam ist«, ergänzte Echo. »Ich werde damit aufhören, wenn es nicht mehr so ist.«

»Wie wär's mit jetzt?«, fragte Hayley. »Ich könnte dich ja verstehen, wenn du eine bemitleidenswerte Witzfigur ohne Freunde wärst. Aber du hast Freunde und der attraktivste Junge der Schule scheint dich für alles andere als eine Witzfigur zu halten. Niemand wird bestreiten, dass der Verlust von geliebten Menschen zum Leben dazugehört. Aber in deinem Fall würde ich sagen, dass sich das langsam ausgleicht. Meinst du nicht?«

Echo zwinkerte. Sie wollte etwas sagen und zwinkerte wieder. »Ich werde das in Betracht ziehen«, meinte sie dann.

Ein Liniment, bitte

Nicht allzu lange danach kam ich eines Nachmittags zur Schülerberatung ins Sekretariat und traf dort Mrs. Kaylin, die an der Anmeldung wartete. »Hi!«, begrüßte ich sie.

»Hallo, Allen«, sagte sie.

»Ähm, wie geht's Ihnen?«, erkundigte ich mich. »Wie geht's dem Rest der Familie?«

»Ging schon mal besser«, antwortete sie.

»Hm, ja«, sagte ich. »Tut mir Leid. Ähm, kann ich hier irgendetwas für Sie tun? ... Jemand holen, mit dem Sie sprechen wollen ...?«

»Ja, denjenigen, der hier für die Anwesenheitspflicht zuständig ist«, erklärte Mrs. K. »Ich muss Peggy und Kelly von der Schule nehmen.«

»Also kommen sie nicht zurück?«, fragte ich.

»Nicht in diesem Schuljahr«, antwortete Mrs. K. »Wir haben Kelly in diese ... Klinik gebracht ... damit sie ihr dort bei ihrem ... Problem helfen. Wenn sie zurückkommt, wird sie den verpassten Stoff nicht mehr aufholen können. Und Peggy ... wir dachten daran, sie ... in eine andere Anstalt zu schicken, die wir gefunden haben, haben dann aber gefunden, dass das zu krass wäre.«

»Peggy? In eine Anstalt?«, fragte ich. »Was für eine ... ich meine ... ist sie ...«

»In letzter Zeit ist nicht viel mit ihr los«, erklärte Mrs. K. »Sie schläft viel. Sie geht abends um sieben oder halb acht ins Bett und steht erst um zehn oder elf Uhr morgens wieder auf. Sie sagt immer wieder, dass sie Kelly besuchen möchte, aber deren Bestimmungen dort verbieten es ... Bob und ich halten auch nicht viel von den Jungs, mit denen sie sich trifft ...«

»Oh«, sagte ich.

»Ich verstehe das nicht«, fuhr Mrs. K. fort. »Irgendwas ist mit meinen Mädchen passiert ...« Sie schüttelte den Kopf. »Jedenfalls kam neulich ein Leistungsbericht mit der Post und bei den meisten Noten stand U für unvollständig. Aber sie hatte auch eine Sechs, und da dachten wir, wir nehmen sie besser von der Schule, bevor das auf ihrem Überweisungszeugnis fürs College landet ...«

»Hatte sie die Sechs in Journalismus?«, fragte ich.

»Ja«, erwiderte Mrs. K. In diesem Moment kam Doctor Todd aus seinem Büro, um mit ihr zu reden, und ich konnte zu meiner Beratungssitzung gehen. Nicht dass ich mich wirklich dazu in der Lage sah – ich fühlte ... na ja, seelisch überhaupt nicht viel. Aber körperlich tat mir plötzlich alles weh. Auf dem Heimweg konnte ich nicht die Kraft aufbringen, über den Zaun auf die Hyacinth Avenue zu springen. Ich musste den ganzen Weg außen herum laufen. Da hätte ich auch fahren können.

Am nächsten Nachmittag hatte ich eine kurze Unterhaltung mit Benito. »Also haben Sie Peggy durchrasseln lassen, ja?«, fragte ich.

»Sie hat die Note bekommen, die sie verdient hat«, antwortete Benito. »Sie war nicht da.«

»Und Sie glauben, dass sie mit einer Sechs eher geneigt wäre, zurückzukommen? Sie glauben, dass das was helfen würde?«

»Es ist mir egal, welche Wirkung das hat«, erklärte Benito. »Das hat sie verdient, und das hat sie bekommen. Das Benotungssystem war schließlich ihre eigene Idee.«

»Ihnen ist also egal, welche Wirkung das hat, ja?«, sagte ich. »Dann kann Ihnen diese Wirkung ja auch egal sein: Ich gehe.« Dann fiel mir plötzlich ein, dass ich eine Sechs auf dem Überweisungszeugnis ebenso wenig brauchen konnte wie Peggy. »Ich meine, ich mach das Jahr noch zu Ende«, verbesserte ich mich. »Aber das hier ist ein Wahlfach. Und im Juni wähle ich Sie einfach nicht mehr. Und ich wette, Echo wird das Gleiche sagen. Sie hält noch weniger von willkürlicher Grausamkeit als ich.«

»Redest du immer noch?«, fragte Benito.

Es kostete mich unglaublich viel Anstrengung, mir nicht ihren Tacker zu schnappen und ihr Gesicht an ihren Schreibtisch zu tackern.

Admiración

Als ich drei Jahre alt war, kam ich eines Nachmittags nach oben in mein Zimmer und fand dort Echo, die sich im Spiegel anschaute. Sie machte ein unglückliches Gesicht. »Was machst du da?«, fragte ich.

»Ich kapier's nicht«, antwortete sie.

»Was? Wie ein Spiegel funktioniert?«

»Meine Augen«, erklärte sie. »Ich kann aus ihnen herausschauen, aber ich kann nicht in mich hineinschauen, wenn ich sie ansehe.«

»Was siehst du denn?«, fragte ich.

»Nur schwarz«, antwortete sie.

Natürlich war »nur schwarz« immerhin eine ganz passable Beschreibung dessen, was die meisten Leute sahen, wenn sie Echo in letzter Zeit anschauten. Und ich musste einfach an dieses kurze Gespräch zurückdenken, als sich Echo am Abend des Abschlussballs wieder im Spiegel anschaute. Wieder machte sie ein unglückliches Gesicht, doch diesmal war ich ziemlich sicher, dass die Gründe dafür weniger esoterischer Natur waren. »Hey, Ech«, sagte ich zu ihr. »Was ist los?«

»Nichts«, antwortete sie. »Ich versuche nur, das alles zu begreifen ...«

»Was zu begr... Hey, zitterst du?«

Echos Hände zitterten. Ihre Unterlippe ebenfalls. »Ich ... ich bin echt nervös«, gestand sie. »Ich glaube, ich kann das nicht.«

»Was?«, fragte ich. »Tanzen? Keine Sorge. Keiner kann ...«

»Doch, ich kann tanzen«, unterbrach sie mich. »Ich weiß nur nicht ... ich meine ... ich bin sicher, Carver hat es gut gemeint, aber das war eine blöde Idee. Ich kann nicht ... Ich weiß nicht, wie ich mich verhalten soll, was ich sagen soll ...«

»Wenn du es dir anders überlegt hast, solltest du auch nicht hingehen«, riet ich ihr.

»Hayley wäre so enttäuscht«, meinte Echo.

»Na und?«

»Und Carver auch«, fuhr Echo fort. »Es war sehr mutig von ihm, seinen sozialen Status zu gefährden, indem er jemanden wie mich zu einer solchen Veranstaltung einlud. Ich kann ihn jetzt nicht im Stich lassen. Das wäre das Schlimmste, was ich jetzt tun könnte.« Sie seufzte. »Ich zieh mich mal besser um.«

Ich ging nach unten und stellte den Fernseher an. Ich zappte mich gerade zum fünften Mal durch die Kanäle, als ich Echos Schritte auf der Treppe hörte. »Geht das so?«, fragte sie.

Ich drehte mich zu ihr um. Und sagte das Einzige, was mir in diesem Moment einfiel: *»¡Dios mio!«*

Offensichtlich hatte ich eine ganze Menge falsch verstanden. Zunächst einmal, dass sich Echo irgendein langes, wallendes Bauernkleid von Hayley geliehen hatte. Dieses Kleid war weder lang noch wallend und Echo sah darin auch nicht annähernd wie eine Bäuerin aus. Und es war auch nicht rüschig oder krausig oder flauschig oder glänzend oder was man sonst so mit Abschlussballkleidern verbindet. Es war von einem schlichten, matten Schwarz, einfach geschnitten und aus einem eher harten Stoff: Er wellte sich überhaupt nicht, sondern behielt seine Form. Und was für eine Form. Den Ausschnitt konnte man vielleicht nicht gerade gewagt nennen, aber sicher auch nicht konservativ. Es ging bis zur Mitte des Oberschenkels. Und es war rückenfrei. Dieses Kleid war nicht für sechzehnjährige Möchtegern-Studentinnen, die auf dem Abschlussball der vorletzten High-School-Klasse herumhüpften. Sondern für fünfundzwanzigjährige Sexbomben, die mit ihren argentinischen Lovers Tango tanzten.

Und dann Echo selbst. Da sie sich all die Jahre unter drei Lagen schwarzer Kleidung versteckt hatte, hatte ich damit gerechnet, dass sie käseweiß sein würde. Keine Ahnung, warum ich das dachte. Verstandesmäßig war mir klar, dass ihre Hautfarbe vererbt war und nicht von jahrelangem UV-Strahlen-Konsum herrührte. Und tatsächlich sah Echo genauso bronzefarben und glänzend aus wie eh und je. Aber im Vergleich zu meinem zweiten Missverständnis war dieses eher geringfügig. Das letzte Mal, dass ich Echo in Kleidern gesehen hatte, die nicht derart weit und sackig waren, dass man sich fragte, ob ein Mensch darunter steckte, war während unserer ersten paar Schultage auf der Middle School gewesen. Damals hatte sie wie ein junges Fohlen ausgesehen: Der letzte Babyspeck war verschwunden, sie schien nur noch aus Armen und Beinen zu bestehen, wirkte dadurch aber nicht weniger geschmeidig und anmutig. Ich dachte mir, dass sie bestenfalls so geblieben wäre, wahrscheinlich aber eher reizloser geworden war, immer noch etwas androgyn wirkte, vielleicht mit einem schwachen Vorstoß in Richtung Weiblichkeit, der sie dazu veranlasst hatte, sich nicht mehr vor mir umzuziehen ...

Ich hätte mich gar nicht mehr irren können.

Obwohl ich es wahrscheinlich nicht geglaubt hätte, wenn man es mir erzählt hätte, musste ich meinen eigenen Augen doch trauen: Madeleine Eve Mockerey war *perfecto y espectacular.* Nicht auf die gleiche Weise wie Kelly Kaylin. Während Kelly verlockend weich wirkte, war Echo durchtrainiert und hart wie Marmor. Ich hatte keinen Zweifel daran, dass sie, wenn sie gewollt hätte, mich an den Schultern hätte packen und mein Skelett mit einer einzigen Bewegung des Handgelenkes in Kleinholz hätte verwandeln können. Nicht dass sie dick gewesen wäre – weit gefehlt. Sie war schlank und straff, und ihr Tonus war einfach unglaublich. Man konnte das Zusammenspiel aller Muskeln in ihren Armen erkennen. Und merkwürdigerweise sah sie dadurch kein bisschen weniger weiblich aus. Das Kleid war der Beweis, falls man einen brauchte. Offensichtlich war es von einem Konsortium von Künstlern und Eugenikern für die ideale Frau und für sie allein kreiert worden, falls die natürliche Selektion jemals eine hervorbringen würde. Echo sah darin aus, als wäre es für sie genäht worden.

»¡Madre de mios!«, rief Molly vom Fuß der Treppe aus. *»Echo*? Ich hab Allen ja schreien hören, aber ...«

»Was denn?«, fragte Echo und wurde rot. »Soll ich was anderes anziehen? Ich ziehe was anderes an. Ich sehe einfach lächerl...«

»Nein!«, unterbrach ich sie. »Du siehst gut aus.«

»Gut?«, wiederholte Molly. »*Gut*? Echo, du siehst so umwerfend aus, dass es einem Angst machen kann. Aber warum hast du das an?«

»Heute ist der Abschlussball«, erklärte Echo.

»Echt?«, fragte Molly. »Und du gehst hin? Warum erzählt mir nie einer was? Und mit wem?«

»Mit Carver Fringie«, antwortete Echo.

»Der Junge, der früher gegenüber von uns gewohnt hat?«, fragte Molly.

»Ja«, erwiderte Echo.

»Der Glückliche«, stellte Molly fest. »Und wirst du Sex mit ihm haben?«

»Nein!«, rief Echo. »Ich kenne ihn doch fast gar nicht. Wir werden uns erst heute Abend neu kennen lernen.«

»Oh«, sagte Molly. »Na ja, da wird er aber enttäuscht sein. Ich wäre es auf jeden Fall. Ach was, ich bin es. Ich könnte dich jetzt sofort wie Eiscreme vernaschen. Ich bräuchte nicht mal einen Löffel.«

Echo machte ein leicht beunruhigtes Gesicht, sagte jedoch nichts. Sie ging zur Couch hinüber und schlug vorsichtig die Beine übereinander. Alle ihre Bewegungen wirkten extrem künstlich, so als balancierte sie eine Vase auf dem Kopf oder so was. »Alles klar?«, fragte ich.

»Ich fühle mich, als würde ich in tausend Stücke zerspringen, wenn mich jemand berührt«, antwortete sie.

Es klopfte am Garagentor. Ich ging nachsehen. Natürlich war es Fringie. Er trug einen Smoking mit einer grauen Weste im Schildpattmuster; seine Pilzkopffrisur hatte er frisch aufgemotzt. »Hi, Al«, sagte er. »Ist sie da? Hab den Motor angelassen.«

»Reizend«, meinte ich. Eigentlich wollte ich ihm das Tor ins Gesicht knallen, aber bis ich meine Absicht in die Tat umsetzen konnte, war von meiner Gewaltintention nur noch ein kleines Fitzelchen übrig geblieben. Molly rannte in den Flur, um nachzusehen, wer gekommen war; Fringie kniff die Augen zusammen und musterte sie von oben bis unten. »Denk nicht mal dran«, warnte ich ihn.

Ich hätte mir keine Sorgen zu machen brauchen. Von dem Moment an, da Echo den Raum betrat, ruhte sein Blick auf ihr und ihr allein. »Echo?«, fragte er. »Oh. Meine Güte.« Er hustete. »Du siehst hervorragend aus.«

Echo errötete – ich konnte die Hitze förmlich spüren, die von ihrem Gesicht ausging. Fringie betrachtete sie prüfend. »Ich muss sagen, ich bin äußerst beeindruckt«, sagte er. »Um ganz ehrlich zu sein, ich wusste nicht, was ich erwarten sollte. Aber du hast meine optimistischste Vermutung wie ein Bild von Bosch aussehen lassen.«

»D-danke«, antwortete Echo. Sie wackelte unsicher auf den Füßen.

»Hey, bist du sicher, dass alles okay ist?«, flüsterte ich.

»Ich hab nur versucht, einen Knicks zu machen«, erklärte sie leise. »Bin aber etwas aus der Übung.«

»Aber nicht doch«, meinte Fringie. Er küsste ihr die Hand. »Nun, ich sehe keinen Grund zu bleiben. Sollen wir aufbrechen?«

»Okay«, sagte Echo. Sie schaute zu Molly und mir herüber. »Ähm, tschüs dann.«

»›Sollen wir aufbrechen‹«, brummte ich, als ich die Tür zuknallte. »Wer redet denn so?«

»Es ist halt ein besonderer Anlass«, meinte Molly.

»Ach, hör auf«, entgegnete ich. »Bin ich denn der Einzige, der diesen Typ durchschaut? Man sollte meinen, allein seine verschiedenen Stilebenen würden ihn verraten. Erst kriegt er fast keinen ganzen Satz zustande, und dann quatscht er so, als hätte man ihm eine

Spritze voll galantem Benehmen in den Hals gejagt. Und das sind nur die beiden Rollen, die er uns in den fünfundvierzig Sekunden seiner Anwesenheit gnädigerweise hat sehen lassen. Das heutige Abendprogramm von Carver Fringie dem Penisphilosophen verpassen wir jetzt leider.«

»Er ist echt süß«, stellte Molly fest.

»Süß? *Süß*? Was ist bloß los mit euch allen?«, schimpfte ich. »Komm schon, das ist doch albern. Du und Echo, ihr seid die klügsten Menschen, die ich kenne. Aber kaum kommt Fringie vorbei, müssen wir den Fußboden reparieren lassen, weil eure IQs da durchgekracht sind.«

»Lass uns Eis holen«, schlug Molly vor.

»Was?«

»Eis«, wiederholte sie.

»Du darfst doch kein Eis essen«, sagte ich.

»Doch«, erwiderte sie. »Sie haben bestimmt eins ohne Zucker.«

»Na gut«, lenkte ich ein. »Dann zieh dir was an und ich hol dir ein Eis im Hörnchen.«

»Oh ja, ein Hörnchen!«, jubelte Molly.

Langerhanssche Inseln

Molly schlüpfte in eine Schlaghose und ihr Lieblings-T-Shirt: Es war hauptsächlich weiß und hatte kurze rote Ärmel, ein rotes Bündchen am Hals und vorne drauf eine große blaue 76. Ich wollte gerade ins Auto klettern, als Molly mich festhielt. »Es ist so ein schöner Abend«, meinte sie. »Lass uns doch zu Fuß gehen. Es ist ja nur bis unten zum Video Supercluster.« Dann schaute sie zum dunkler werdenden, mit Wolken übersäten Himmel hinauf. »Aber vielleicht sollte ich meine Regensachen holen. Sicher ist sicher.«

»Jetzt lass uns nicht so einen Akt daraus machen«, sagte ich. »Wenn du zu Fuß gehen willst, lass uns lieber loslaufen, bevor es dunkel wird.«

Wir redeten nicht, während wir zum State College Boulevard

runterspazierten; das einzige Geräusch kam von den Autos, die in der Ferne vorbeifuhren. »Was denkst du gerade?«, fragte Molly, als wir die Ecke erreichten.

»Keine Ahnung«, erwiderte ich. »An diesen Abschlussball, glaube ich. Kommt mir immer noch verdächtig vor. Echo sagt, dass sie Carver Fringie mag, und dann will er urplötzlich mit ihr auf den Abschlussball gehen. Das ist ja so, als würde mich Holly Madera anrufen und mich fragen, ob ich sie zur Emmy-Verleihung begleiten würde. Und außerdem ... na ja, um ganz ehrlich zu sein, wenn du mich noch vor ein paar Wochen gefragt hättest, wer wohl aus unserer Familie als Erstes mit Beziehungen anfangen würde, hätte ich sicher nicht auf Echo getippt.«

»Aber das hat sie ja auch gar nicht«, entgegnete Molly. »Sondern Krieg. Erinnerst du dich nicht mehr an Daisy?«

»Oh, super«, sagte ich. »Dann kann ich ja von Glück sagen, wenn ich als Dritter drankomme. Aber jetzt erzählst du mir wahrscheinlich, dass du den Jungen deiner Träume gefunden hast und ich mit Jerem um den vorletzten Platz kämpfen muss.«

»Sieht nicht so aus, als würde das in nächster Zeit passieren«, erwiderte sie. »Die Kinder in der Schule geben sich nicht viel mit mir ab. Ich glaube, sie halten mich für ein bisschen verrückt.«

»Ist schon okay«, sagte ich. »Ich weiß genau, was passieren wird. Du bleibst eine Zeit lang eine Außenseiterin, aber dann machst du deinen Abschluss auf der Ilium und gehst auf irgendeine Kunstschule. Da triffst du dann ein paar Seelenverwandte, mit denen du ein großes verfallenes Haus am Stadtrand kaufst. Und dort malt ihr dann nackt im Garten und baut euer eigenes Essen an, und wenn ich euch eines Tages besuchen komme, führst du dort ein Leben voller herrlicher Gruppensexorgien, während ich den ganzen Tag allein auf dem Boden meines Wohnheimzimmers sitze und am Teppich kaue.«

»Bist du also auf der Suche?«, wollte Molly wissen.

»Wonach?«, fragte ich.

»Nach einer Freundin«, erklärte sie. »Damit du nicht Letzter wirst.«

»Ach, nein«, erwiderte ich. »Ich kann nicht sagen, dass ich wirklich suche. Ich meine, klar wär ich gern mit jemandem zusammen. Aber wenn Wünsche Strümpfe wären, wäre die Welt ein Sockengeschäft.«

»Das klingt ja nicht gerade selbstbewusst«, meinte Molly.

»Ach, das ist es nicht. Es wäre sicher nicht schwer, *irgendjemanden* zu finden. Ich bräuchte bloß unseren Herrn Jesus Christus als meinen persönlichen Erlöser zu akzeptieren und September würde sicher ausflippen vor Freude. Aber selbst ohne diese Bedingung ... Ich weiß nicht. Ich meine, ich mag sie, aber ich kann mir nicht vorstellen, mich jemals in sie zu verlieben. Und ohne das hat es doch keinen Zweck, oder? Ich meine, jemanden, in den man sich verliebt, kann man sich doch nicht aussuchen wie eine Hose. Ich dachte immer, ich würde irgendwann einfach mit einem Mädchen was unternehmen, und wir würden uns in die Augen schauen und es dann beide irgendwie einfach wissen. Also kann ich nicht sagen, dass ich auf der Suche bin. Aber ich hätte sicher nichts dagegen, gefunden zu werden.«

»Hältst du das für wahrscheinlich?«, fragte Molly.

»Keine Ahnung«, antwortete ich. »Eher nicht. Ich meine, als ich in das Alter kam, wo die Kinder in meiner Klasse anfingen, Paare zu bilden, dachte ich, ich hätte ganz gute Chancen. Es gab Typen, die in ihrem ganzen Leben noch kein einziges Wort mit einem Mädchen gesprochen hatten und dann einfach so zu ihnen hingingen, sich mit ihnen verabreden wollten und es auch noch schafften. Ich dagegen war mit diesen Mädchen schon fast mein ganzes Leben lang befreundet gewesen. Für mich waren sie keine Wesen von einem anderen Stern, sondern die Kids, mit denen ich schon seit dem Kindergarten mittags und in der Pause gespielt hatte. Und okay, ich bin vielleicht nicht gerade der klugste Typ, der hier rumläuft, aber ich bin doch eigentlich ganz intelligent, sehe nicht schlecht aus und versuche, ein guter Mensch zu sein und den Leuten zu helfen, wenn ich kann. Und da dachte ich, *irgendjemand* würde sich schon für mich interessieren. Und ... ich hab auch die Umfragen gelesen. Wenn Mädchen gefragt werden, was sie sich bei einem Jungen wünschen, antworten sie an erster Stelle immer ›Sinn für Humor‹. Und ...«

»Und das ist genau dein Problem«, ergänzte Molly.

»Was?«

»Dein Sinn für Humor ist krankhaft«, meinte sie. »Er ist ein Abwehrmechanismus. Echos Abwehrmechanismus ist es, sich zurückzuziehen und von anderen fern zu halten; du dagegen musst alle zwölf Sekunden einen Witz reißen. Das ist genau das Gleiche. Es ist eine Methode, die Welt nicht zu nah an sich heranzulassen. Die Leute spüren, dass man Distanz wahren will, und behandeln einen genauso.«

»Wow«, sagte ich. »Und ich dachte, wir kriegen den Pseudopsychologie-für-den-Hausgebrauch-Sender über unsere Kabelgesellschaft nicht rein.«

»Siehst du, da haben wir es wieder«, erklärte Molly. »Es ist schwer für dich, mit jemandem zusammenzukommen, wenn dich dein Schutzwall von allen Leuten fern hält. Aber nicht nur du bist so. Alle machen es. Wofür, glaubst du, ist das hier?« Sie zupfte an ihrem T-Shirt. »Es ist dazu da, um die Menschen voneinander fern zu halten, jeden in seiner eigenen kleinen Hülle. Deshalb sind die Leute auch immer so unglücklich. Wegen all der Distanz. Man darf sich nicht mehr berühren. Sie können sich nicht mal mehr anschauen. Und man bringt ihnen bei, damit zufrieden zu sein. Jede Mutter kann dir erzählen, dass es kein Baby auf der Welt gibt, das gerne angezogen wird. Aber die Botschaft, dass man Kleidung zu tragen hat, ob man es will oder nicht, wird ihnen so eingebläut, dass die Vorstellung von Nacktheit bald peinlich und unerträglich wird. Das ist rückständig und dumm. Man wird dazu gezwungen, diesen Schutzwall aufzubauen, auch wenn es nichts zu beschützen gibt. Und bald fühlt man sich ohne ihn ausgeliefert und braucht ihn wirklich. Und das ist nicht bloß ein geistiges Problem. Das Materielle dreht sich um das Psychologische. Wenn wir alle zusammenkämen, aufzählten, was wir brauchen, ausrechneten, was es uns kosten würde, und die Arbeit aufteilten, müsste niemand ohne das auskommen, was er braucht. Und alle hätten viel mehr Freizeit, weil wir alle auf das gleiche Ziel hinarbeiten würden. Physisch sind wir in der Lage, jedermanns Bedürfnisse mit Leichtigkeit zu befriedigen, und wir könnten in der übrigen Zeit spielen und Spaß haben. Stattdessen werden wir vom ersten Tag an darauf getrimmt, uns für kleine abgesonderte Inseln zu halten und das auch noch erstrebenswert zu finden. Solange sich das nicht ändert, werden wir nie die Dinge koordinieren und die Welt verbessern können. Ich hätte gern eine Kugel Vanille ohne Zucker und eine Kugel Kokoscreme im Hörnchen, bitte.«

Inzwischen waren wir in der Eisdiele angekommen. »Ähm, Kokoscreme ist nicht zuckerfrei«, stellte ich fest.

»Dann spritz ich mir halt ein bisschen mehr, wenn wir nach Hause kommen«, meinte sie. »Weißt du, ich kann in diesem Moment ohne Insulin leben. Ohne Kokoscreme zu leben ist etwas ganz anderes. Vertrau mir, ich weiß, was ich tue.«

»Na gut«, sagte ich. Ich hatte gerade genug Geld dabei, um Mollys Eis bezahlen zu können, daher begnügte ich mich mit einem Becher Wasser. Der Eisverkäufer schien von dieser Wendung wenig begeistert zu sein. Zu sehen, wie er in den Karamellbottich hineinnieste, verstärkte nicht gerade meinen Wunsch, meinen letzten Dollar herzugeben. Wir setzten uns an einen der kleinen Plastiktische und Molly machte sich gierig über ihr Eis her. »Und, was glaubst du, wie Echo es geschafft hat, so in Form zu kommen?«, fragte ich.

Molly zuckte die Achseln. »Sie trainiert«, mutmaßte sie. »Wahrscheinlich nachts. Sie schläft doch immer noch nur drei Stunden jede Nacht, oder?«

»Ja«, antwortete ich. »Aber es ist trotzdem seltsam. Ich meine, ich hätte nie gedacht, dass Echo in ein Fitnessstudio gehen würde. Obwohl es um drei Uhr nachts wahrscheinlich nicht so voll ist . . .«

»Das braucht sie ja auch gar nicht«, meinte Molly. »Wir haben Gewichte in der Garage.«

»Seit wann?«

»Immer schon«, antwortete Molly. »Ich dachte, sie gehören Bobbo. Er hat alles Mögliche in der Garage. Erinnerst du dich noch an die Pastamaschine? Er hat sie in die Garage gestellt, sobald er gemerkt hat, dass man da Zutaten reintun muss und sie nicht einfach Nudeln aus der Luft zaubert.«

»Die Pastamaschine hab ich gesehen«, bestätigte ich. »Aber keine Gewichte.«

»Da sieht man mal, wie wenig aufmerksam du bist«, stellte Molly fest.

»Hey, schalt mal 'n Gang runter«, ermahnte ich sie. Molly hatte schon das halbe Eis verschlungen. »Auch wenn du nicht gleich ins Zuckerkoma fällst, kriegst du Kopfschmerzen, wenn du so weitermachst.«

»Hmm? Ach so, ja. Wahrscheinlich hatte ich es einfach nur eilig, hier rauszukommen. Komm, ich kann es auch unterwegs aufessen.«

Tatsächlich aß sie ihr Eis auf dem Rückweg sehr viel gemächlicher. Inzwischen war es ziemlich dunkel geworden und ich erkannte Molly nur noch als undeutliche Silhouette vor den Scheinwerfern auf dem State College Boulevard. Plötzlich blieb sie stehen, als wäre sie vor eine unsichtbare Wand gelaufen. »Entschuldigung«, sagte sie.

»Hmm?«

»Ich hab nicht daran gedacht«, antwortete sie. Sie hielt mir den letzten Stummel ihres Eishörnchens hin. »Willst du das letzte Stückchen? Es ist echt gut.«

»Nein, danke«, erwiderte ich. »Ist schon okay.«

»Wirklich nicht?«

»Nein.«

»Okay«, sagte sie. Sie steckte sich die Spitze der Waffel in den Mund und zuckte zusammen. »Oh nein«, stöhnte sie.

»Was ist?«, fragte ich. »Alles in Ordnung? Ist es der Zucker?«

»Ein Regentropfen«, erklärte sie. Sie schaute nach oben; durch die Wolken konnte man keine Sterne sehen. Nicht, dass man für gewöhnlich welche sehen konnte.

»Vielleicht war es bloß einer«, beruhigte ich sie. Dann spürte ich etwas Kaltes, Nasses auf der Hand. »Oder auch nicht.«

»Da war noch einer«, stellte Molly fest. Sie blickte sich hektisch um wie eine in die Enge getriebene Katze. Auf der einen Seite war der Verkehr, auf der anderen eine Reihe Schlackensteinmauern und hohe Holzzäune. Nichts zum Unterstellen. Molly drehte sich zur Eisdiele um, schaute dann nach vorn zu unserer Straße, machte eine schnelle Schätzung und rannte in Richtung unseres Hauses los.

Jemand braucht 'ne Pause

Mollys Wasserphobie hatte an dem Tag angefangen, als mein Vater mit uns zum Strand fuhr. Wir waren alle noch ziemlich klein; klein genug, dass Echo meine alte Badehose tragen konnte, ohne verhaftet zu werden. Es wurde das vorhersehbare Fiasko. Krieg fing sofort an, Sandburgen zu zertrampeln und mit Algen nach Leuten zu werfen. Molly nervte sogar noch mehr, weil sie unbedingt die Möwen streicheln wollte, die dann davonflogen; und während sie ihnen nachjagte, lief sie in die Leute hinein, die sich sonnten. Dann tauchten ein paar Kinder aus der Nachbarschaft auf. Echo hatte ihnen am Tag zuvor erzählt, dass wir zum Strand wollten, und da sie damals noch glühende Echo-Verehrer waren, hatten sie ihre Eltern angebettelt, ebenfalls mit ihnen hinzufahren. Also verschwand Echo mit ihnen, um eine Frisbeescheibe herumzuwerfen. Als sich irgendwann zu viele Leute bei Dad über Molly beschwerten, wurde ich dazu auserwählt, sie von den Vögeln abzulenken, indem ich mich mit ihr in die Brandung stellte. Wir wanderten auf den nassen Sand hinaus, und schon bald wälzte sich eine Welle ans Ufer. Sie brach sich ein gutes Stück weiter draußen, aber der Schaum raste ziemlich bedrohlich auf uns zu und schwappte über unsere Knöchel.

Molly schrie. Es war kein Schrei wie »Huuuh! Ist das kalt!« oder »Boa! Das hätte ich nicht gedacht!«, sondern ein Schrei wie »OH MEIN GOTT – ICH WERDE MIT EINER ROSTIGEN KETTENSÄGE ZERSCHNITTEN«. Sie stürzte blindlings zu unserem Badelaken zurück und brach dort zusammen. »Ich … ich hab was gesehen«, stieß sie hervor, während ihr die Tränen übers Gesicht liefen. »Ein Monster, und … und Blut, und … ich hab es gesehen.«

Das war im Sommer. Im Herbst hatten wir einen heftigen Regen, und Molly machte den Fehler, nur in ihrem Kimono rauszugehen, um die Post hereinzuholen – ohne Regenmantel, ohne Schirm. Einen Augenblick später stürmte sie ins Haus und ihr goldener Teint hatte die blasse Farbe von Platin angenommen. »Es ist wieder passiert«, keuchte sie. »Ich hab ... ich hab einen riesigen Vogel gesehen, der vom Himmel herabgestürzt ist, mir das Herz rausgerissen hat und wieder weggeflogen ist. Es ist das Wasser, ich weiß es. Alles Wasser, das nicht aus einem Haus kommt, lässt mich schreckliche Dinge sehen ...«

»Interessant«, sagte mein Dad, als er es erfuhr. »Das ist eindeutig ein Konversionsleiden, das durch ein Kindheitstrauma ausgelöst wurde.«

»Aber sie ist doch erst sechs«, entgegnete ich. »Was für ein Trauma könnte sie denn haben?«

»Molly, kannst du dich an irgendwelche unangenehmen Erfahrungen aus deiner frühen Kindheit erinnern, die mit Wasser zu tun hatten?«, wollte Dad wissen.

»Als wir am Strand waren«, antwortete Molly prompt.

»Nein, aus deiner *frühen* Kindheit«, erklärte Dad.

»Das war in meiner frühen Kindheit«, widersprach Molly. »Ich war noch ganz klein.«

Dad schnippte mit den Fingern. »Vielleicht ist es symbolisch«, mutmaßte er. »Nicht unbedingt eine Metapher, aber eine Metonymie. Etwas, das mit Assoziation zu tun hat. Hat es vielleicht in der Nacht geregnet, als Susan starb?«

»Hey, vielleicht hat Mom einmal versucht, sie zu ertränken«, meinte ich.

»Allen!«, rief Dad. »Wie kannst du so was auch nur denken?«

»Wieso denn?«, entgegnete ich. »Scheint mir was zu sein, was sie durchaus hätte tun können.«

»Geh auf dein Zimmer«, befahl Dad.

Doch dieses Rätsel faszinierte ihn weiter. Irgendwann holte er sogar einen Psychiater, um sie durchchecken zu lassen. Als ich eines Nachmittags nach unten kam, saß Molly reglos in einem Sessel im Fernsehzimmer und ein merkwürdiger Typ murmelte ihr etwas zu. Dad führte mich auf die Treppe zurück. »Was ist los?«, fragte ich.

»Wir versuchen, die Ursache von Mollys Hysterie durch Hypnose zu finden«, erklärte Dad. »Sie darf jetzt nicht gestört werden.«

»Der Typ ist ein Hypnotiseur?«, fragte ich. »Super. Er wird einfach behaupten, sie wär in einem früheren Leben ertrunken.«

»Nicht jeder, der sich mit Hypnose auskennt, ist ein Scharlatan«, entgegnete Dad. »Auch Freud hat sie in einer seiner bekanntesten Fallstudien angewendet, um Hysterie zu heilen.«

»Von mir aus«, sagte ich. »Aber wenn Molly anfängt, sich wie ein Huhn zu benehmen, denk daran, dass ich es dir gesagt ...«

»Geh auf dein Zimmer«, befahl Dad.

Als ich eine Zeit lang in meinem Zimmer verbracht hatte und danach wieder nach unten ging, war der Hypnotiseur weg, aber Molly war trotzdem nicht die Alte. Sie blieb einfach in ihrem Sessel sitzen und starrte weiter vor sich hin. »Sie macht eine posthypnotische Suggestion durch, um ihre Angst vor Wasser zu überwinden«, erklärte Dad. »Anscheinend braucht sie eine Weile, um den Wandel zu verarbeiten. Sie wird da bald wieder herauskommen.«

Und das mochte im geologischen Sinne auch stimmen. Doch als wir es nicht schafften, sie zum Abendessen aus ihrer Trance zu wecken, oder zum Schlafen, oder am nächsten Morgen, holte Dad den Psychiater wieder her und ließ ihn die Suggestion beenden. Als er ihr diesmal auftrug, sie solle ausgeruht und entspannt aufwachen, tat sie es auch. »Wann fangen wir denn an?«, wollte sie wissen.

Nach ein paar Minuten sackte sie zusammen und schlief sofort ein. Vielleicht fühlte sie sich ja tatsächlich ausgeruht und entspannt, aber immerhin hatte sie über vierundzwanzig Stunden nicht geschlafen. Als sie am Abend aufwachte, ging Dad mit ihr einen Schirm und einen ganzen Stapel Regenkleidung kaufen. Und bis zum Abend des Abschlussballs war sie nie wieder schutzlos dem Regen ausgeliefert.

Ich fand Molly zusammengekauert vor dem Abstellraum neben der Tür zur Garage, die Beine an die Brust gezogen. »Ich hab schreckliche Dinge gesehen«, sagte sie bedrückt. »Was mit Echo. Etwas Furchtbares wird ihr zustoßen.«

»Moment mal«, antwortete ich. »Seit wann sind deine Visionen denn orakelhaft? Ich glaube, ich hab ein paar Folgen verpasst.«

»Ich weiß es einfach«, beharrte sie. »Irgendwas Furchtbares wird passieren. Ich weiß es.«

»Tja, da sie schon mit Fringie ausgegangen ist«, entgegnete ich, »kann ich mir eigentlich nichts Furchtbareres mehr vorstellen.«

Der Anruf kam spät nach Mitternacht. »Kannst du mich abholen?«, bat Echo. Ihre Stimme klang heiser und weit weg. »Ich stehe draußen vor Richard's Market in . . .«

»Soll das heißen, Fringie fährt dich nicht nach Hause?«, fragte ich. »Das ist aber nicht sehr nett von ihm.«

Echo legte auf. Ich wählte die Rückrufnummer und rief sie zurück. »Tut mir Leid«, sagte ich. »Erklär mir nur, wohin ich fahren muss.«

Der Ball hatte in irgendeinem Hotel in Anaheim Hills stattgefunden; ich sah es links von mir vorbeifliegen, als ich die Ausfahrt der Schnellstraße entlang und dann auf eine verlassene Landstraße raste, die an ein paar Geschäften vorbeiführte und sich dann weiter in die Dunkelheit schlängelte. Die Gegend, in die ich nach den Häuserblocks zu beiden Seiten fuhr, hätte ich eigentlich ganz hübsch gefunden – Hügel, die sich vor dem tiefgrauen Himmel abzeichneten; Mondlicht, das sich hinter einer Haarnadelkurve auf einem Teich spiegelte –, wenn es nicht so sintflutartig geregnet hätte, dass ich hinter den hektisch hin- und herwandernden Scheibenwischern nur verzerrte, flüchtige Eindrücke von der Landschaft bekommen konnte. Richard's Market entpuppte sich als ein verlassener, kleiner Supermarkt schräg gegenüber von einer Grundschule, die am Rande eines Cañons stand. Die durchnässte, gebückte Gestalt draußen vor dem Telefon war natürlich Echo. Während sie auf die Beifahrertür zuschlurfte, schien sie die Millionen Liter Wasser, die auf sie herabstürzten, allerdings gar nicht zu bemerken. »Hi«, sagte ich. Ich langte auf den Rücksitz und reichte ihr den Stapel Handtücher, den ich mitgebracht hatte. Die Heizung lief bereits auf Hochtouren. »Hier«, sagte ich. »So kannst du dich wenigstens ein bisschen abtrocknen.«

Sie wollte etwas sagen, warf sich dann aber einfach ein Handtuch über den Kopf. Ihr Haar war platt und strähnig, wellte sich aber wieder, als sie das Wasser herausrieb. »Was ist denn passiert?«, fragte ich, als ich auf die Straße zurückfuhr. »Bist du okay?«

»Ich will nicht darüber reden«, antwortete sie.

»Molly ist richtig durcheinander«, berichtete ich. »Sie hatte die Vision, dass dir was Schreckliches passieren würde.«

»Das ist doch lächerlich«, meinte Echo.

»So lächerlich kann es nicht gewesen sein, wenn du gerade eine halbe Stunde hier im Regen gestanden hast«, entgegnete ich. »Komm schon, erzähl's mir.«

Sie knirschte mit den Zähnen. »Was willst du denn von mir hören?«, fragte sie bissig. »Hättest du gern eine demütige Entschuldigung? ›Oh, was für eine Närrin ich doch war, dass ich je an dir gezweifelt habe! Natürlich muss ich mich deinem erhabenen Urteil beugen!‹ Oder wäre es dir lieber, wenn ich dir haarklein erzähle, wie mich Carver Fringie auf seinen Autositz gedrückt hat und seine Hände an Stellen gelegt hat, wo ich sie nicht haben wollte, damit du mir den Nervenkitzel ein bisschen nachfühlen kannst, hmm?«

»Weißt du, du verschwendest deine Zeit«, antwortete ich. »Ich bin dir endlich auf die Schliche gekommen. Ich weiß, dass du nicht ernsthaft annimmst, dass das meine Motive sind. Du versuchst bloß, mich wütend auf dich zu machen, damit ich dich noch trete, wenn du am Boden liegst. Ich bin nicht ganz sicher, wo du diese kleine masochistische Ader her hast, aber ich werde da nicht mitspielen.«

Echo funkelte mich böse an. Wir fuhren in aller Stille weiter, zumindest eine Weile. Als Echo und ihr Kleid langsam trockneten, wurde es ziemlich feucht im Wagen und ich kurbelte das Fenster ein

Stückchen herunter, um die Feuchtigkeit rauszulassen. Der pfeifende Wind unterbrach die unangenehme Stille.

Bald hielten wir in unserer Einfahrt. Ich stieg aus und wollte ins Haus gehen, doch bevor ich das Garagentor erreichte, merkte ich, dass Echo nicht ausgestiegen war. Ich drehte um, öffnete die Tür ein Stück und steckte den Kopf ins Auto. »Willst du nicht reinkommen?«, fragte ich. Sie zuckte die Achseln. »Na schön«, sagte ich. »Hör mal, ich hab geschlafen, als du angerufen hast, und ich werde jetzt wieder ins Bett gehen. Wenn du reden möchtest, weck mich. Gute Nacht.« Ich ging nach oben und schlief getreu meinem Wort auch bald ein. Ich war wirklich müde.

Ich habe keine Ahnung, wie lange es dauerte, bis Echo schließlich hereinkam. Ich kann mich nur noch an einen kurzen Lichtschein auf dem Flur erinnern und dann daran, dass Echo mit einem präzisen Klicken vorsichtig die Tür hinter sich schloss. »Darf ich bei dir schlafen?«, fragte sie leise.

»Hä? Was?«

»Wie früher«, sagte sie.

Als wir noch klein waren, wurde Echo von allen möglichen Albträumen geplagt. Manchmal träumte sie von einem Erdbeben, dann davon, dass das Haus abbrannte, manchmal von einer tödlichen Seuche, manchmal vom Atomkrieg, manchmal von einem Rudel wild gewordener mordender Roboteraffen. Aber was immer sie in solchen Nächten auch ängstigte, am Ende flüchtete sie mehrere Male in der Woche in die relative Sicherheit meines Bettes. Aber das war schon Jahre her. »Klar, ich glaub schon«, antwortete ich.

Echo hob die Decke an und schlüpfte neben mir ins Bett. Sie hatte noch immer ihr Ballkleid an. Zuerst wollte ich etwas dagegen einwenden, doch die sanfte Liebkosung der Alphawellen erwies sich einfach als zu verlockend, und ein oder zwei Sekunden später war ich zu etwa sieben Achtel eingeschlafen. »Zuerst war er ganz wundervoll«, sagte Echo.

»Mmrnhhrmm«, antwortete ich.

»Nicht bloß, weil er so nett zu mir war«, fuhr sie fort. »Das auch. Sondern weil er so tat, als hätte er einen echten Coup gelandet, indem er mich überredet hatte, mitzukommen. Als wäre er der abseits stehende Außenseiter und ich diejenige, hinter der jeder Junge und jedes Mädchen auf der Schule her wären. Klar, außer ihm redete keiner mit mir, aber diesmal war es ein anderes Schweigen als sonst – als wäre ich eine Austauschschülerin, die gerade aus einem Flugzeug aus Peru gestiegen ist. Es wirkte nicht feindselig, sondern nur verwirrt. Und Carver schien es zu genießen, mit mir gesehen zu werden. Ich hatte angenommen, wir würden als Erste kommen und ziemlich früh wieder gehen. Stattdessen gingen wir als letztes Paar. Nicht dass die anderen weit gehen mussten: Die meisten hatten sich Zimmer im Hotel genommen. Was bei den Pärchen, die schon länger zusammen waren, wohl auch zu erwarten war. Warum *Carver* eins reserviert hatte, war nicht ganz klar. Er meinte, es wär gefährlich, sich hinters Steuer zu setzen, wenn man müde ist, daher hätte er das sinnvoller gefunden, als um diese Zeit den ganzen Weg bis nach Hause zu fahren – als ob es sich um Hunderte von Kilometern handelte. Ich sagte, ich wär noch längst nicht müde und würde auf jeden Fall nach Hause fahren wollen – auch mit einem Taxi, wenn es sein müsste. Doch dann sagte er, gut, er würde fahren, und schlug vor, eine Strecke durch eine Gegend zu nehmen, die ihm gefiel, was mir harmlos erschien. Also fuhr er mit mir über eine dieser kurvigen Straßen auf eine Hügelkuppe und wir schauten auf die Lichter der Städte unter uns hinunter . . .«

»Und schnippten sie mit den Fingern aus?«, fragte ich.

»Was?«

»Ach nichts«, sagte ich. »Nur ein Déjà-vu.«

»Und dann hat mich Carver geküsst«, erzählte sie weiter. »Was ich an unserer Haustür schön gefunden hätte, aber nicht hier. Und das versuchte ich ihm zu erklären: Ja, wir hätten zwar den ganzen Abend zusammen getanzt, aber das hier sei kein Musical, wo Tanzen eine Abkürzung für zunehmende Vertrautheit ist, und wir hätten uns immer noch nicht richtig unterhalten. Da wurde er sehr kurz angebunden und fragte mich, worüber ich reden wolle, und dann artete alles ein bisschen aus und er versuchte wieder, mich zu küssen. Nur dass er sich dabei diesmal nicht bemühte, mich zu verführen – es war ihm völlig egal, ob ich wollte oder nicht. Und ich versuchte, mich zu wehren, konnte aber überhaupt nichts gegen ihn ausrichten. Er wusste genau, wo er mich festhalten musste, damit ich überhaupt keine Kraft gegen ihn aufbringen konnte und es nicht mal so aussah, als würde ich mich wehren. Und er redete plötzlich ganz zackig, so Sachen wie ›Geduld hat sich in der Vergangenheit als taktisch unklug erwiesen‹ oder ›Widerstand ist nichts anderes als der erste Schritt auf dem Weg zur Ergebung‹ ... Jedenfalls waren seine Absichten an diesem Punkt mehr als klar. Als er also das nächste Mal seine Zunge in meinen Mund gesteckt hat, hab ich reingebissen.«

»Sehr gut«, antwortete ich.

»Da ist er zusammengezuckt«, fuhr sie fort, »und hat mich lange genug losgelassen, dass ich mich aufrappeln konnte. Bevor er sich wieder erholt hat, bin ich aus dem Auto geklettert und dann den Hügel rauf, ein Stück weit von der Straße weg – wenn er mich kriegen wollte, musste er schon aus dem Wagen aussteigen. Stattdessen brüllte er mir nur irgendwas hinterher und fuhr weg. Also wartete ich, bis ich sicher war, dass er wirklich weg war, und ging zu dem letzten öffentlichen Telefon zurück, das ich gesehen hatte.«

»Willst du ihn denn anzeigen?«, fragte ich.

»Aber klar«, erwiderte sie. »Natürlich wird nichts passieren. Die Polizei wird einfach sagen, dass sie nicht jeden hormongesteuerten Siebzehnjährigen einbuchten können, der jemanden antatschen will. Aber zumindest wird die Anzeige in den Akten sein, und wenn er es noch mal bei einer anderen macht, nehmen sie ihn vielleicht eher fest.«

»Genau das wollte ich auch sagen«, pflichtete ich ihr bei. »Gemeinsam ist man stark, oder wie das heißt. Okay, ich bin jetzt echt müde. Lass uns morgen früh weiterreden.«

»Okay«, antwortete sie. »Gute Nacht.« Sie hielt inne. »Ich hab dich lieb«, fügte sie dann hinzu. Es klang so, als würde sie einen Satz aus einer fremden Sprache irgendwo ablesen, wäre sich aber nicht sicher, ob sie es richtig übersetzt hatte.

»Ich dich auch«, erwiderte ich schläfrig.

Ich schlief wieder ein, doch schon nach kurzer Zeit spürte ich irgendwie am Rande meines Bewusstseins ein Kitzeln und kehrte nur für eine Sekunde aus dem Land der Träume zurück, um herauszufinden, was das war. So wie man bei einem merkwürdigen Geräusch plötzlich wieder aufnahmebereit wird – nicht genug, um wirklich die Augen zu öffnen, aber genug, um sich zu vergewissern, dass niemand ins Haus eingebrochen ist. Als ich allerdings erst mal begriffen hatte, was es war, riss ich die Augen dann doch auf: Es war Echo, die sanft meinen Nacken liebkoste. »Hey, was machst du da?«, fragte ich.

»Schhh«, antwortete sie. »Schlaf weiter.«

»Ich glaube, du gehst jetzt besser in dein eigenes Bett zurück«, sagte ich.

Sie küsste mich auf die Wange. »Schhh«, machte sie.

»Komm schon«, beharrte ich. »Raus.« Ich setzte mich auf und schaltete die kleine Klemmlampe am Bett ein. »Ich geh jetzt ein bisschen Saft trinken«, sagte ich. »Wenn ich zurückkomme, kehren wir wieder zur Tagesordnung zurück, okay?«

»Aber . . .«

Ich ging nach unten, goss mir ein Glas Saft ein, stürzte ihn hinunter, trank ein zweites. Als ich nach oben zurückkam, lag Echo mit dem Gesicht zur Wand in ihrem eigenen Bett. Ich knipste das Licht aus und schlief bis zum Morgen.

Die Dihydrogen-Monoxid-Gefahr

Es gibt zwei unverkennbare Zeichen, dass man die Grenze zwischen Orange County und San Diego County überschritten hat. Das erste ist ein ganz bestimmtes Straßenschild, das plötzlich an der Autobahn auftaucht. Auf diesem Schild sieht man einen Mann mit einem Sombrero und eine Frau in einem langen, wallenden Kleid, die mit ihrem kleinen Kind im Schlepptau über die Autobahn flüchten, und zwar so schnell, dass die Füße des Kleinen nicht den Boden berühren. Auf der Fahrbahn nach Süden ist das Schild mit dem Wort CAUTION versehen, auf der Fahrbahn nach Norden steht stattdessen PROHIBIDO. Das zweite Zeichen ist eines der einprägsamsten Wahrzeichen der Region, das sich an der Küste erhebt: das Atomkraftwerk in San Onofre. Dieses AKW besteht aus zwei riesigen runden Zwillingskuppeln mit jeweils einem kleinen Nippel an der Spitze. Diese Atomanlage ist von Bobbo und einigen anderen superwitzigen Komikern »die größten Titten in ganz Kalifornien« getauft worden; und von ein paar Leuten, die einen gemeinen Witz über Peggy Kaylin machen wollten, »die zweitgrößten Titten in ganz Kalifornien«.

Ich stellte den Wagen nicht allzu weit entfernt vom Atomkraftwerk ab und Molly und ich stiegen aus. Dann machten wir uns über einen gewundenen, steil absteigenden Pfad auf den Weg zum Sandstrand hinunter. »Erklär mir mal, warum wir das jetzt noch mal machen«, sagte ich.

»Das hab ich doch schon«, erwiderte Molly. »Ich will Gewissheit darüber haben, was ich gesehen habe. Wenn das bedeutet, dass ich noch mal ins Meer gehen muss, dann ist das nicht zu ändern.«

»Aha«, sagte ich. »Warum muss ich dich dann extra bis nach San Onofre fahren, wo wir doch wunderschöne kilometerlange Strände in Orange County haben? Und da braucht man nicht erst einen Hügel runterzukraxeln, um sie zu erreichen.«

Molly zeigte auf ein Schild, das den Beginn des Strandes markierte: AB HIER FKK-BEREICH.

»Oh«, sagte ich.

Sie streifte ihren Kimono ab, reichte ihn mir und spazierte nackt zur Brandung hinüber. Ich schaute mich um und entdeckte tatsächlich viele andere Nackte, die sich in Strandkörben lümmelten, Volleyball spielten und Ähnliches. Etwa neunzig Prozent von ihnen waren männlich und etwa neunzig Prozent von ihnen wogen über dreihundert Pfund. Ich überlasse es euch, die Schnittmenge auszurechnen.

Ich holte Molly ein, als sie sich gerade zögernd am oberen Ende des Watts auf die Knie niederließ. »Ähm, das Meer ist da drüben«, sagte ich.

»Es kommt auch bis hierhin«, antwortete sie. Eine Welle krachte heran; der Schaum raste den Strand hinauf und kam nicht einmal in unsere Nähe, bevor er wieder zurückfloss.

»Du hast Recht«, stellte ich fest. »Es kommt bis hierhin – bei Flut. Sind ja nur ein paar Stunden bis dahin.«

Molly ging ein paar Schritte näher ans Wasser heran. Als der Schaum kam und es so aussah, als würde er diesmal ihre Füße umspülen, machte sie einen Satz nach hinten und steckte die Finger hinein, während er wieder ins Meer zurückgesogen wurde. Sie zuckte zusammen und betrachtete ihre Fingerspitzen, als erwartete sie, dass sie weggeätzt worden wären.

»Okay, jetzt bin ich sicher«, erklärte sie. »Irgendwas Schreckliches wird Echo zustoßen und dann wird sie sich umbringen.«

»Du bist verrückt«, meinte ich. »Okay, gehen wir.«

»Kommt nicht in Frage«, protestierte sie. »Das ist das erste Mal seit Pennsylvania, dass ich aus dem Haus gehen kann, ohne mich einpacken zu müssen. Und ich kann mir viel besser darum Gedanken machen, was ich wegen Echo unternehmen soll, wenn sich meine Solarzellen aufgeladen haben.« Sie nahm mir den Kimono aus der Hand, breitete ihn auf dem Sand aus und ließ sich darauf fallen. Er hatte jeweils eine Tasche unter den beiden Drachen, und Molly griff in eine hinein und zog ein Fläschchen Sonnenöl heraus. »Willst du das auftragen?«, fragte sie.

»Äh, das geht schon«, antwortete ich. »Mein genetischer Sonnenschutz und meine ausgeflippte Kleidung müsste ausreichen.«

»Ich meinte, bei mir«, erklärte sie.

»Ach so«, erwiderte ich. »Dann sage ich nein.«

»Blödmann«, sagte sie.

Ein paar Stunden später versank die Sonne schließlich hinter einem Horizont voller Flugzeugträger, Schlachtschiffe, Zerstörer und verschiedener anderer Todesschiffe vom nahe gelegenen Marinestützpunkt. Molly nahm ihren Kimono, schüttelte den Sand aus und zog ihn wieder an. Dann kletterten wir zum Wagen zurück und fädelten uns auf der Autobahn nach Fullerton ein. »Wir haben eindeutig den besten Ozean«, stellte Molly fest.

»Was?«, fragte ich.

»Wahrscheinlich kommt es aber eher darauf an, wo wir in Relation dazu sind«, fügte sie hinzu. »Aber nicht nur – der Atlantik ist auf jeden Fall schlechter, weil er so winzig und warm ist, wie ein Planschbecken, in das schon ganze Generationen von Erstklässlern reingemacht haben. Aber wahrscheinlich ist es okay, wenn man in Portugal oder so wohnt, wo die Sonne darin untergeht. Das ist nämlich das Wichtigste. Wenn die Sonne über dem Wasser aufgeht und über dem Land untergeht, ist das echt Mist. Man will ihr hinterherlaufen. Ich verstehe nicht, wie man am Anfang des Kontinents statt – wie wir – am Ende wohnen kann. Das ist so, als würde man ins Kino gehen und sich nur die erste Spule anschauen.«

»Wann hast du denn jemals die Sonne über dem Wasser aufgehen sehen?«, wollte ich wissen.

»Als wir in New York waren«, antwortete sie. »Da war ein Strand in Sandy Hook, wo man nackt und angezogen rumlaufen konnte. Ich wollte dorthin und Dad ist mit uns hingefahren.«

»Uns?«, fragte ich.

»Ja, Echo ist auch mitgekommen«, erzählte sie. »Sie war nicht so verklemmt wie du. Sie hat sich schnell dran gewöhnt. Es hat echt Spaß gemacht.«

»Moment mal«, sagte ich. »Ich kann mich gar nicht daran erinnern.«

»Du hast geschlafen«, erklärte Molly. »Wie ich schon sagte, wir sind nur hingefahren, um uns den Sonnenaufgang anzusehen. Wir waren mittags wieder zurück und du hast immer noch geschlafen. Was jetzt übrigens gar keine so schlechte Idee wäre ...«

Offensichtlich war es alles andere als eine schlechte Idee: Als ich eine Stunde später in unsere Einfahrt einbog, musste ich Molly wachrütteln. »Wir sind da«, sagte ich.

»Schön«, gähnte sie. »Wie spät ist es? Ach – wenn ich's mir recht überlege, ist es mir eigentlich egal. Ich geh ins Bett.«

»Wie kannst du denn müde sein?«, fragte ich. »Beim ersten Mal konntest du wenigstens mit Recht behaupten, dass du den ganzen

Tag den Möwen nachgelaufen bist. Heute hast du doch nur rumgelegen.«

»Und das kann auch sehr anstrengend sein, wenn man's richtig macht«, meinte sie. Dann gähnte sie wieder und ging ins Haus.

Als ich nach oben kam, trug Echo immer noch ihr Ballkleid, lag immer noch im Bett und starrte die keine zehn Zentimeter entfernte Wand vor sich an. Das machte sie jetzt schon fast den ganzen Tag. »Äh, hi«, sprach ich sie an.

Keine Antwort. Ich sah ihr eine Weile beim Atmen zu, nur um sicherzugehen, dass sie nicht damit aufgehört hatte. »Ähm, du kannst antworten, wann immer du willst«, sagte ich. Mehrere Minuten vergingen. »Einfach toll«, stellte ich fest.

Als ich am nächsten Morgen aufstand, hatte sich noch immer nichts getan. Ich ging zu ihr hinüber und tippte ihr auf die Schulter. »Hallo, aufwachen«, sagte ich. »Kleine Mädchen müssen in die Schule. Komm schon, das wird jetzt langsam albern.«

Echo zwinkerte die Wand an. »Na gut«, sagte ich. »Diese Runde hast du gewonnen, Amerikanski. Falls du vor Schulschluss aufwachen möchtest, lass es mich wissen, damit ich dein Fehlen in Ordnung bringen kann.«

Doch der Schultag ging vorüber und Echo tauchte immer noch nicht auf, nicht mal zur letzten Stunde. Benito war alles andere als begeistert und machte einen ihrer seltenen Abstecher in den Redaktionsraum, um sich zu beschweren. »Wo ist Echo?«, wollte sie wissen. »Wir haben wichtige Dinge zu erledigen.«

»Sie ist nicht da«, antwortete ich. »Vielleicht mehrere Tage. Wollen Sie sie auch durchrasseln lassen?«

Benito stampfte aus dem Zimmer. »Hmm«, machte Hayley.

»Was?«, fragte ich.

»Das passt zu dem, was man sich so erzählt«, sagte Hayley. »Ich wollte es ja nicht glauben, aber . . .«

»Was man sich erzählt?«, fragte ich.

»Ja«, antwortete Hank. »Es fiel der Begriff ›Krallenaffe‹.«

»Eigentlich war Carver schon den ganzen Tag schlecht drauf«, fuhr Hayley fort. »Und als ihn jemand fragte, warum, meinte er, er sei ziemlich fertig, weil Echo erst gesagt hätte, sie wolle es ziemlich hart haben, dann aber nachher zu weinen angefangen hätte, und deshalb hätte er sich schlecht gefühlt.«

»Oh, das kann doch nicht ...« Selbst bei Fringie hatte ich nicht damit gerechnet, dass er so tief sinken würde. »Es wäre wahrscheinlich zu viel verlangt zu erwarten, dass ihm die Geschichte keiner glaubt?«

»Also ich fand sie nicht besonders glaubwürdig«, meinte Hayley. »Aber wenn sie jetzt nicht zur Schule kommt, passt das doch eher zu irgendeinem traumatischen Erlebnis als zu einem langweiligen Abend, oder?«

»Allerdings«, antwortete ich. »Passt es deiner Meinung nach dazu, mit jemandem gegen seinen Willen Sex haben zu wollen? Genau das ist nämlich passiert.«

Hayley zuckte die Achseln. »Wenn der oder die Betreffende bisher so ein richtig behütetes Leben geführt hat, vielleicht schon«, sagte sie. »Keine Ahnung. Ich muss zugeben, dass Carvers Geschichte logisch klang. Immer wenn ich mir Echo beim Sex vorstelle, bin ich zwischen zwei Szenarios hin- und hergerissen. Einerseits ist sie immer so zugeschnürt, dass sie praktisch als Musterbeispiel für ›stille Wasser sind tief‹ herhalten könnte. Genau bei denjenigen, die immer wahnsinnig gehemmt und zaghaft sind, kannst du nämlich sicher sein, dass sie plötzlich zupacken und sich als echt wilde, animalische Liebhaber entpuppen, die knurren und kratzen und beißen und so ... Andererseits haben wir hier auch eine eindeutige Neigung zum Selbsthass und ich könnte sie mir leicht auch total unterwürfig vorstellen. Dass sie ihren Lover bittet, ihr wehzutun, wisst ihr, so wie diese hoffnungslosen Fälle, die sich mit Kevin Love einlassen. Carvers Geschichte hat diese beiden Szenarios sehr gut miteinander vereint.«

»Aber das ist doch lächerlich«, entgegnete ich. »Das war ihre erste Verabredung. Ihre allererste Verabredung *überhaupt*. Sie ist doch erst sechzehn. Wir sprechen hier von Küsschen auf die Wange und so. Wenn man rausfinden wollte, welche Art von Sadomasochismus am besten zu ihr passt, wäre es so, als versuchte man rauszufinden, welche Sorte Chardonnay man in das Milchfläschchen eines Babys schütten sollte.«

»Ich weiß nicht, weshalb das so eine Tugend sein soll, unreif zu sein«, konterte Hayley. »Sie ist doch wirklich alt genug, dass sie schon ein paar Abenteuer gehabt haben könnte. Als ich sechzehn war . . .«

»Das tut überhaupt nichts zur Sache«, unterbrach ich sie. »Die Menschen sind verschieden. Echo hatte noch nichts mit Jungs, als sie zwölf war. Du dagegen konntest in dem Alter noch keine Integralrechnung. Wenn du Echo vorwerfen kannst, dass sie ›unreif‹ sei, dann kann sie dir vorwerfen, dass du einfach dumm bist. Echo ist mit dreizehn nicht von einer Disko zur anderen gezogen, du musstest nicht damit klarkommen, dass deine beiden Eltern gestorben sind. Wenn du Echo vorwerfen willst, dass sie vor deinem ach so progressiven Lebensstil ›behütet‹ war, kann sie dir vorwerfen, dass du vor jeder wirklich harten Erfahrung behütet warst. Deshalb ist nicht einer von euch besser oder schlechter. Also tu nicht so gönnerhaft, okay?«

»Das ist doch eh alles bloß Gerede«, meinte Holdn.

»Was soll das heißen?«, fragte Hayley.

»Das heißt, dass du der letzte Mensch auf Erden bist, der sich leisten kann, von ›Abenteuern‹ zu sprechen«, erklärte Holdn. »Du redest wie in einem Kapitel aus Cap'n Groovys ›Stimmen der sexuellen Revolution‹, dabei hast du gar keine ›Abenteuer‹. Du lässt die Leute ja nicht mal näher als fünfhundert Meter an dich heran. Überkompensation nennt man das. Dein Jethro hat dich dazu gekriegt, dich wie eine Hausfrau aus den Fünfzigern zu benehmen, deshalb redest du jetzt von deinen Bettpfosten wie von deinen Zierdeckchen. Ziemlich armselig, wenn du mich fragst.«

»Stimmt gar nicht«, protestierte Hayley. »Und nur weil ich eine Beziehung habe, heißt das ja nicht, dass ich nicht auch Abenteuer haben kann. Jefferson und ich sind reif genug, um den Unterschied zwischen Sex und einer festen Bindung zu kennen. In drei Monaten werden wir zusammenleben. Aber deshalb können wir bis dahin ruhig noch ein bisschen Spaß haben. Ich hab bloß noch niemanden in Orange County gefunden, bei dem ich auch nur das geringste Interesse hätte, eine Nacht mit ihm zu verbringen.«

Und ich hatte kein Interesse mehr, dieser Unterhaltung weiter zu folgen. Also ging ich in Benitos Büro hinüber und hörte ein paar »Unbestimmten« zu, die über Haargummis redeten.

Als ich nach Hause kam, lag Echo noch immer im Bett und starrte ausdruckslos die Wand an. Ich fand keinen Hinweis darauf, dass sie sich in all der Zeit, die ich in der Schule gewesen war, auch nur einen Zentimeter bewegt hatte.

Ich klopfte an Mollys Tür. »Wer ist da?«, fragte sie.

»Ich«, sagte ich. Das Türschloss klickte auf und ich trat ein. »Na, hm, hast du über diese Sache mit Echo nachgedacht?«

»Ein bisschen«, antwortete Molly. »Ich wollte mit ihr reden, aber die Tür war zu und sie hat auf mein Klopfen nicht reagiert.«

»Weil sie sich seit vierzig Stunden in einem katatonischen Zustand befindet«, erklärte ich.

Molly schaute mich erstaunt an. »Was?«

J'accuz

»Echo?«, sprach Molly sie an. »Echo? Kannst du mich hören?« Sie strich über Echos Wange. Echo blinzelte nur die Wand an. Molly biss sich auf die Lippe. »Was ist passiert?«, wollte sie wissen. »Warum ist sie so?«

»Ich weiß nicht«, antwortete ich. »Ich wette, es hat was mit Fringie zu tun.« Ich erzählte ihr kurz, was passiert war. »Also hab ich sie nach Hause gefahren und zuerst kam sie mir ganz normal vor – sie hat mit mir geredet und alles. Aber am nächsten Morgen ist sie nicht aufgestanden. Und am Morgen darauf auch nicht.«

Molly nickte. Sie trat in den Flur hinaus und winkte mir, ihr zu folgen. »Pass auf, ich hab einen Plan«, sagte sie. »Zuerst müssen wir einen Ort für sie finden, der nicht bedrückend ist.«

»Acapulco?«, schlug ich vor.

»Ich dachte eher an mein Zimmer«, erklärte Molly. »Ich werd es ein bisschen ausstaffieren.«

»Du bist zwar sonst eher nicht diejenige, die sich groß ausstaffiert«, stellte ich fest, »aber klar, von mir aus.«

Sie brauchte nicht lange. Ich war noch nicht mal mit den Hausaufgaben fertig, als Molly wieder hereingehüpft kam. »Okay, sieh's dir mal an und sag mir, was du davon hältst«, bat sie.

Ich ging nach nebenan. Ihr Zimmer sah eigentlich nicht viel anders aus als sonst. Vielleicht war es ein bisschen aufgeräumter. Auch waren die Vorhänge zur Seite gezogen und die Fenster geöffnet. Doch trotz des hereinstrahlenden Lichts hatte sie jede einzelne ihrer 1369 Halogenlampen voll aufgedreht. Durch die Hochglanzfarbe der Wände hatte man das Gefühl, mitten in einer Glühbirne zu stehen. »Erster Schritt zur Bekämpfung von Depressionen«, erklärte Molly. »Verwandle den Raum in eine Jupiterlampe. Die Stimmung hängt zu einem großen Teil von der Lichtzufuhr ab. Jede Kleinigkeit hilft.«

Ich stellte fest, dass sie oberhalb der Fensterscheiben einen gazeartigen Stoff befestigt hatte. »Was ist das denn? Weichspültücher?«, fragte ich.

»Auf der Packung steht, sie bringen den ›frischen Geruch von draußen‹ herein«, antwortete Molly. »Und das ist gut. In Wirklichkeit riecht es draußen nämlich eher nach Smog und Teer.«

In diesem Moment bemerkte ich die Musik. »Hey«, sagte ich. »Ich dachte, du wärst der letzte Mensch auf der Welt, der auf Meeresgeräusche steht.«

»Ach, ich lass bloß ein paar Hintergrundgeräusche im Computer laufen«, antwortete Molly. »Ich dachte, das ist vielleicht angenehmer als Stille.«

Ich nickte. »Okay, jetzt hast du also dein Zimmer in eine große Skinner-Box verwandelt«, stellte ich fest. »Was kommt jetzt?«

»Ist Bobbo zu Hause?«, wollte Molly wissen.

»Noch nicht«, antwortete ich. »Warum?«

»Weil wir dann die Badewanne im Elternschlafzimmer benutzen können«, erklärte sie. »Wenn Echo wirklich zuerst getanzt hat, dann in strömendem Regen über Hügel geklettert ist und sich anschließend sofort ins Bett gelegt hat, dürfte sie ziemlich schmutzig sein – was für niemanden angenehm ist. Man kann sich nicht gut fühlen, wenn man nicht sauber ist. Und wenn wir sie so schmutzig in mein Zimmer bringen, bin ich diejenige, die sich nicht gut fühlt.«

»Okay, aber warum Bobbos Wanne? Was ist denn mit unserer?«

»Unsere steht an der Wand«, erwiderte sie. »Da kommt man an der linken Seite schlecht an sie heran. Außerdem wäre es viel leichter, wenn ich einfach mit ihr in die Wanne steige, und nur Bobbos ist groß genug dafür. Vielleicht krieg ich sogar raus, wie das Jacuzzi funktioniert. Auf jeden Fall musst du mir helfen, sie durch den Flur zu tragen. Lass uns das hinter uns bringen, bevor Bobbo zurückkommt.«

»Na schön«, sagte ich. Wir kehrten in mein Zimmer zurück, wo Echo immer noch dalag und die Wand anstarrte. »Hey, Mädchen«, sprach ich sie an. »Zeit für die Badewanne. Du willst wahrscheinlich nicht aufwachen, was?« Ich wartete. »Okay, das hab ich mir gedacht.« Ich drehte mich zu Molly um. »Äh – wie machen wir das denn?«

»Darüber denk ich gerade nach«, antwortete Molly. »Ich schätze, wir legen einfach ihre Arme um unsere Schultern und gehen mit ihr rüber ...«

»So als hätte sie ein paar Röhrchen Schlaftabletten genommen und müsste in Bewegung bleiben, bis die Sanitäter kommen?«, fragte ich. »Okay, das müsste gehen.« Ich nahm Echos rechten Arm und legte ihn mir um den Hals. Molly machte das Gleiche mit dem linken Arm und dann hoben wir Echo auf die Füße. »Uuuuh«, stöhnte ich. »Was gab's denn auf dem Abschlussball zu essen? Zählen Stahlklumpen als Nahrungsmittelgruppe?«

»Eisen macht fit«, meinte Molly. »Komm schon, so schwer ist sie doch gar nicht.«

Mit einigen Mühen schafften wir es, Echo halb ziehend, halb tragend in Bobbos Zimmer zu befördern; das angeschlossene Bad wurde von der Wellness-Badewanne dominiert, die Bobbo kurz nach seinem Einzug einbauen lassen hatte. Sie hatte sogar eine Leiste, auf der man sitzen konnte. Ich begann, Echo in die Wanne zu bugsieren, doch Molly hielt mich zurück. »Warte«, sagte sie. »Hast du nicht was vergessen? Es ist ziemlich schwer, sie zu baden, wenn sie noch angezogen ist.«

»Okay«, antwortete ich. »Na dann viel Spaß. Gib mir Bescheid, wenn du fertig bist, und ...«

»Warte«, unterbrach mich Molly. »Wenn sie mir nicht hilft, kann ich ihr das Kleid nicht ausziehen. Es sei denn, ich schneide es auf.«

»Ich hol 'ne Schere.«

»Sei nicht albern«, sagte Molly. »Wie willst du mir helfen, sie zu baden, wenn du mir nicht mal helfen kannst, sie auszuziehen?«

»Wie bitte? Wann habe ich *dem* denn zugestimmt? Ich werde sie nicht baden.«

»Warum denn nicht?«, fragte Molly. »Ich meine mich zu erinnern, dass ihr früher immer zusammen gebadet habt.«

»Nur bis wir sechs waren«, erklärte ich.

»Ich verstehe echt nicht, warum du dich so anstellst«, sagte Molly. »Bei mir scheint es dir doch auch nichts auszumachen.«

»Das ist was anderes«, entgegnete ich. »Daran bin ich gewöhnt. Und, ich meine, sieh sie dir an und dann sieh dich selbst an. Echo ist jetzt 'ne Frau. Du bist im Grunde immer noch ein Kind.«

Molly verdrehte die Augen. »Okay, das wollen wir doch mal sehen.« Sie setzte Echo auf Bobbos Bett ab und ging zu seiner Kommode hinüber.

»Was machst du da?«, fragte ich.

»Dir helfen, so gut ich kann«, erklärte sie. Sie nahm ein T-Shirt und eine kurze Hose aus Bobbos Kommode und zog sie an; dann ging sie zur Tür hinaus und kehrte kurz darauf mit einer von Echos alten Baseballmützen auf dem Kopf zurück, unter die sie sich die Haare gestopft hatte. »Okay«, sagte sie. »Jetzt bin ich nicht nur angezogen, sondern trage auch noch Jungensachen. Und jetzt sieh mich an. Schau nicht nur kurz hin und sag ›Ach, das ist doch bloß Molly, ich weiß doch genau, wie Molly aussieht‹. Dann würdest du doch bloß sehen, was du erwartest. Nein, betrachte mich mal richtig. Gibt es irgendjemanden auf der Welt, der nicht erkennen würde, dass ich ein Mädchen bin? Bin ich vielleicht nicht weiblich?«

Ich schaute mir Molly genau an. Und natürlich hatte sie Recht. Bei Echo, Jerem und mir waren die rein äußerlich erkennbaren Geschlechtsmerkmale nie besonders ausgeprägt gewesen, zumindest nicht, als wir Kinder waren. Doch so wie Krieg stets wie ein Junge ausgesehen hatte – oder wenigstens wie eine Art männliches Tier –, hatte Molly immer wie ein Mädchen ausgesehen. Anders als Echo hätte sie niemals als Junge durchgehen können, und obwohl ich diese Anzeichen seit Monaten ignoriert hatte, passte ihre Figur nun genau zu ihrem Gesicht. »Na gut, ich geb's zu«, sagte ich.

»Siehst du?«, antwortete sie. »Ich finde es ganz schön beleidigend, dass du mich wie eine Art mythisches, geschlechtsloses Wesen behandelst, nur um besser mit mir als Person klarzukommen. So als hätte ich allein deshalb, weil ich ein Geschlecht habe, nicht das Recht, ein Mensch zu sein. Und das Gleiche gilt für Echo. Jetzt ist die Tatsache, dass sie ein Mädchen ist, eben deutlicher zu erkennen als damals mit sechs. Na und? Was macht das schon aus? Du tust gerade so, als wäre sie dadurch jetzt radioaktiv. Ihr seid doch Zwillinge. Du solltest dich in ihrer Nähe wohler fühlen als irgendjemand sonst. Jetzt sei vernünftig und hilf mir, ihr das Kleid auszuziehen.«

Das Telefon klingelte. »Ähm, ich geh ran«, sagte ich schnell. Ich langte nach dem Apparat auf Bobbos Nachttisch. »Hallo?« Ich blickte zu Molly auf. »Es ist für mich«, sagte ich. »Du kannst ja schon mal anfangen.« Ich flüchtete nach unten. Erst am Fuß der Treppe merkte ich, dass die Person am anderen Ende der Leitung gar nicht aufgehört hatte zu reden: ». . . für Anwesenheitsprüfung der Ilium High School. Gemäß unseren Aufzeichnungen hat Madeleine Eve Mockery heute eine oder mehrere Unterrichtsstunden versäumt. Unentschuldigtes Fehlen kann zu Disziplinarmaßnahmen führen. Piep!«

»Ach ja, ›Piep!‹«, spottete ich. »Wie wahr, wie wahr.« Der Sprachcomputer reagierte auf meine spitze Bemerkung, indem er auflegte.

Ich zappte mich ein paar Mal durch die Fernsehsender und wärmte mir dann zwei tiefgefrorene mexikanische Tamales auf. Als ich das zweite gerade zur Hälfte verschlungen hatte, klingelte wieder das Telefon. »Hallo?«, meldete ich mich.

»Ist Molly da?«, fragte die Stimme am anderen Ende.

»Molly?«, wiederholte ich überrascht. Ich konnte mich nicht entsinnen, jemals einen Anruf für Molly entgegengenommen zu haben. »Klar, ich glaub schon. Wer ist denn da?«

»Rachel«, antwortete die Stimme.

»Rachel Monihan?«, fragte ich. »Ach so. Warte einen Moment.«

Ich ging nach oben und blieb an Bobbos Türschwelle stehen. »Molly, Telefon«, rief ich. »Es ist Rachel. Soll ich ihr sagen, dass sie zurückrufen soll, oder ...«

»Nein, ich muss rangehen«, antwortete Molly.

»Okay, dann geh.«

»Kannst du mal herkommen?«, fragte Molly. Ich machte ein paar Schritte in Bobbos Zimmer hinein. Molly hüpfte aus der Wanne und trocknete sich ab. »Hör mal, du brauchst ja nicht reinzukommen, geschweige denn zu helfen«, sagte sie. »Pass nur auf, dass sie nicht ertrinkt, während ich telefoniere. Falls du ihr die Haare waschen möchtest, das wollte ich gerade als Nächstes machen. Der Duschkopf ist schon am Hahn.«

Molly verschwand in ihr Zimmer, um den Anruf entgegenzunehmen, und ich ging ins Elternbadezimmer, um auf Echo aufzupassen. Falls es sie störte, dass ich sie nackt sah, ließ sie es sich nicht anmerken; sie saß einfach nur in der Wanne und starrte ins Leere. »Äh, hi«, sagte ich. »Wie steht's?«

Echo zwinkerte. »Freut mich, das zu hören«, erwiderte ich. Dann wartete ich darauf, dass Molly zurückkam. Minuten verstrichen. Ich tauchte die Finger ins Wasser. Es war bestenfalls lauwarm. »Hmm«, machte ich. »Okay, ich glaube, wir bringen das besser hinter uns, bevor es richtig kalt wird. Mach die Augen zu, wenn du kein Shampoo reinkriegen willst.«

Zu meiner Überraschung schloss sie tatsächlich die Augen. »Hey!«, rief ich. »Wenn du die ...« Ich verstummte. »Okay, ich will dich nicht drängen«, versicherte ich. »Aber falls du was sagen möchtest, bitte.« Sie schwieg. Ich machte mich daran, ihr die Haare zu waschen.

Ich hatte gerade die Spülung ausgewaschen, als Molly zurückkam. »Schön«, sagte sie anerkennend. Dann sprang sie wieder in die Wanne. »Huch, es wird langsam kalt«, stellte sie fest. Sie ließ neues heißes Wasser ein und ich setzte mich wieder an meine Hausaufgaben. »Geh nicht zu weit weg«, bat sie. »Wir müssen sie noch in mein Zimmer bringen.«

Als ich also zwanzig Minuten später wiederkam, war die Wanne leer und Molly trocknete Echo gerade ab. »Soll ich ihr einen Bademantel holen?«, erbot ich mich.

»Wieso?«, fragte Molly. »So wie sie jetzt ist, ist es doch völlig in Ordnung. Na ja, ihr Haar könnte gekämmt werden. Aber das können wir in meinem Zimmer machen.«

»Du hast also vor, sie so zu behandeln, als wäre sie wie du?«, fragte ich. »Ich denke, wir sollten Echo doch eher so behandeln, dass *sie* sich dabei wohl fühlt, und nicht so, dass *du* dich dabei wohl fühlst.«

»Klingt vernünftig«, erwiderte Molly. »Das Problem ist nur, dass du vorschlägst, Echo so zu behandeln, dass alles wieder wie vorher ist. Und genau dabei hat sie sich nicht wohl, sondern unglücklich gefühlt. Vertrau mir, ich weiß schon, was ich tue. Bringen wir sie rüber.«

Und so lag Echo einige Minuten später wieder im Bett, nur diesmal nicht in ihrem eigenen, sondern in Mollys Bett, und anstatt die Wand anzustarren, starrte sie an die Decke. Und natürlich trug sie ihr Ballkleid nicht mehr. Zum ersten Mal schaute ich sie mir wirklich an. Ich musste zugeben, dass Molly in einem Punkt Recht hatte: Echo und ich hatten tatsächlich zusammen gebadet, bis wir sechs waren, und obwohl die Jugend alle erwartungsgemäßen Veränderungen mit sich gebracht hatte, war die sechsjährige Echo, deren Körper ich fast so gut kannte wie meinen eigenen, in gewisser Weise noch immer in der sechzehnjährigen Version vorhanden. Und an dem Gegenteil war auch etwas dran: Während Molly ihre Kissen für Echo aufschüttelte, betrachtete ich das an die Wand geheftete simulierte Porträt von ihr mit dreißig Jahren, und musste zugeben, dass ich Spuren ihres zukünftigen Ichs bereits in Molly mit dreizehn entdeckte. Ich hatte in uns fünfen immer nur einen Haufen von Kindern gesehen, doch plötzlich sah ich in uns unwillkürlich auch die Frauen und Männer, die wir einmal werden würden: Jerem, der blass, mit langen Haaren und Brille zurückgezogen im Keller eines Universitäts-Computerraumes saß und nicht merkte, dass es schon halb drei Uhr morgens war; Krieg, der im Gefängnis Gewichte stemmte; Molly, die mit einem Tuch um den Kopf und nacktem, mit Farbe bespritztem Körper von ihrer Leinwand zu ihrer Tochter im Kinderbettchen hinüberschaute – ich konnte mich noch nicht entscheiden, ob es eher eine Atelierwohnung oder ein Zimmer in einem Haus war, das sie sich mit einem Dutzend Freunden aus dem College teilte; aber sie hatte immer ein Baby, immer eine Tochter, und immer keinen Vater dazu, selbst in dem Szenario mit den acht Männern im Haus. Und Echo ... Echo war dreißig, irgendwie gebrochen, litt im Grunde noch immer unter Katatonie und lebte mit mir zusammen, weil sie nirgendwo anders hinkonnte. Ich schauderte.

»Was ist?«, fragte Molly.

»Nichts«, antwortete ich. »Hab nur einen Geist gesehen.«

Alles eine Frage der richtigen Einteilung

Der Nachmittag wurde zum Abend wurde zur Dämmerung wurde zur Nacht. Als ich nach Echo sah, streichelte ihr Molly gerade zärtlich die linke Seite. »Hey, was soll das denn jetzt?«, fragte ich.

»Das ist der zweite Teil meines Plans«, antwortete Molly.

»Und zwar?«

»Berührungstherapie«, erklärte Molly. »Hast du jemals ein Baby an einem Beatmungsgerät gesehen?«

»Nicht persönlich«, erwiderte ich.

»Na ja, früher hat man Frühgeburten und kranke Säuglinge in Brutkästen gesteckt und dann darauf gewartet, dass es ihnen besser ging«, führte sie aus. »Bei einigen klappte es. Bei anderen nicht. Bis jemand darauf hingewiesen hat, dass Babys berührt werden müssen, wenn sie gedeihen sollen. Nichts hemmt den Lebenswillen mehr als mangelnder Körperkontakt. Als die Krankenhäuser erst mal damit anfingen, die Säuglinge an den Beatmungsgeräten zu streicheln und zu massieren, schoss die Überlebensrate sofort in die Höhe. Und das gilt auch für gesunde Babys. Und für Kleinkinder. Und für größere Kinder. Und alle Menschen. Menschen brauchen Körperkontakt, sonst werden sie krank. So einfach ist das.«

»Aber Echo wollte immer nicht berührt werden«, wandte ich ein.

»Weil sie selbstzerstörerisch war«, meinte Molly. »Das ist nichts Neues. Aber das wird sich ändern. Bis sie aufwacht, wird sie keine Sekunde lang nicht berührt werden. Sie wird berührt, fortwährend und überall – bis es ihr wieder gut geht.«

»Überall?«

»Genau«, antwortete Molly. »Jeder einzelne Quadratzentimeter. Dass ihr der eigene Körper so fremd geworden ist, ist wahrscheinlich zu einem großen Teil mit ein Grund dafür, dass sie anscheinend aus ihm geflüchtet ist. Aber jetzt liegt Echo hier auf dem Bett und jeder kleine Teil von ihr verdient es, geliebt zu werden.«

»Und wir zeigen ihr diese Liebe, indem wir sie betatschen?«, fragte ich.

»Wir betatschen sie doch nicht!«, protestierte Molly. »Wenn man jemanden betatscht, nutzt man ihn aus. Man berührt ihn zu seinem eigenen Vergnügen und interessiert sich nicht dafür, wie es auf den anderen wirkt. Die Berührungstherapie ist genau das Gegenteil. Dabei geht es nur um die Wirkung auf den anderen. Die Leute haben heutzutage solche Angst vor Berührungen, dass sie sie immer gleich für negativ halten. Dabei ist sie eine der größten Heilungskräfte, die wir haben.«

»Hmm«, machte ich. »Okay, ich gehe jetzt ins Bett.«

»Klasse, cool«, antwortete Molly. »Steig rein.«

»Äh, was?«

»Dritter Teil des Plans«, erklärte Molly. »Wir schlafen alle zusammen. Mein Bett ist groß genug für uns fünf.«

»Das kannst du doch nicht ernsthaft meinen«, sagte ich.

»Warum nicht?«, fragte Molly. »Erst in den letzten hundert Jahren sind die Leute plötzlich auf die Idee gekommen, ihre Babys in Wiegen wegzustecken und ihre älteren Kinder in leere Betten und in dunkle Zimmer zu verbannen, die weit weg von allen anderen sind. Der psychologische Schaden ist enorm. Es ist *unnatürlich*, allein zu schlafen.«

»Hast du wieder puren Zucker gegessen?«, fragte ich.

»Komm schon, du musst mich ablösen, damit ich Krieg und Jerem fragen kann«, erklärte sie.

»Dich ablösen?«

»Ständiger Körperkontakt, schon vergessen?«, sagte Molly. »Du brauchst sie ja nicht unbedingt zu massieren, wenn du nicht willst, aber du musst sie berühren. Auch wenn du nur ihre Hand hältst. Aber sie darf nicht eine Sekunde ohne Berührung sein.« Sie nahm Echos Hand, legte sie in meine Hände und ging durch den Flur.

»Na«, sagte ich zu Echo, »wie gefällt dir das?«

Echo zwinkerte mir zu. »Das ist schön«, antwortete ich. »Weißt du, wenn du nur wolltest, dass wir anfangen, uns um dich zu kümmern, hättest du dich nach alter Tradition ja auch in einen Käfer verwandeln können.« Ich saß auf der Bettkante; dann dachte ich, da ich mich ja am Ende doch Mollys Plan fügen würde, könnte ich auch etwas Zeit sparen und sofort nachgeben. Also kletterte ich zwischen Echo und die Wand auf der anderen Seite. Kurz darauf kehrte Molly mit Jerem im Schlepptau zurück. »Was, kein Krieg?«, wunderte ich mich. »Und ich dachte, er würde sich die Chance nicht entgehen lassen, dich wieder ersticken zu können.«

»Er hat gesagt, er sei nicht interessiert«, antwortete Molly achselzuckend.

»Eigentlich hat er gesagt: ›Lutsch mir den Schwanz, du Schwanz lutschende Schlampe‹«, korrigierte Jerem.

»Hmm«, machte ich. »Würde das auch unter ›Berührungstherapie‹ fallen?«

»Ich bezweifle, dass ich ihn überreden könnte, zuerst zu baden«, erwiderte Molly. Sie hüpfte ins Bett und kuschelte sich an Echo.

Jerem machte sich daran, Mollys Computer auszustöpseln und stattdessen seinen eigenen anzuschließen. Er schaltete ihn ein, fing an, irgendwas herunterzuladen, zog sich aus und stieg ins Bett.

»Was, du auch?«, fragte ich.

»Es ist so warm hier«, erklärte er.

»Dreißig Grad«, verkündete Molly. Sie griff über Jerem hinweg, nahm die Fernbedienung vom Nachttisch und schaltete das Licht aus.

Am nächsten Morgen wurde ich von meinem Wecker geweckt. Ich langte hinüber, um ihn auszuschalten, boxte stattdessen aber Echo in die Schulter. »Oh, sorry«, sagte ich. Ich rieb mir die Augen und merkte, dass der Wecker im Zimmer nebenan war – in meinem Zimmer. Also kletterte ich über meine schlafenden Geschwister hinweg, stolperte in mein Zimmer – das im Vergleich zu Mollys auch als Kühlraum für Fleisch hätte dienen können – und stellte den Wecker aus. Ich fühlte mich irgendwie sehr einsam, wie ich mich so für die Schule fertig machte, ohne dass Echo unten Zeitung las. Kurz bevor ich ging, steckte ich noch mal den Kopf in Mollys Zimmer. Molly war an meinen Platz hinübergewechselt, so dass Echo nun zwischen Molly und Jerem lag anstatt zwischen Molly und der Wand. »Bleibst du heute zu Hause?«, erkundigte ich mich.

»Natürlich«, antwortete Molly. »Das hier ist viel wichtiger als die Schule. Außerdem hab ich in all meinen Fächern sowieso ein paar Wochen Vorsprung.«

»Okay«, sagte ich. »Dann wünsch ich dir einen schönen Tag. Ich bin nach der Schülerberatung wieder da.«

»Tschüs«, murmelte Molly.

In der Schule fragte ich mich die ganze Zeit, ob ich besser auch hätte zu Hause bleiben sollen. Ich war mir sicher, dass Echo all diese äußeren Reize mitbekam; sie reagierte nur nicht darauf. Und das bedeutete, sie wusste, dass ich sie für unwichtige Dinge wie Anerkennungstests und das *Ilias*-Layout im Stich ließ. Sobald September und ich unseren letzten Fall für den Tag hinter uns gebracht hatten, eilte ich nach Hause und fand Mollys Zimmer fast genauso vor, wie ich es verlassen hatte: Jerem, Molly und Echo waren alle noch im Bett, Jerem tippte an seinem Computer und Molly fütterte Echo mit Tomatensuppe. »Na, wie geht's unserer kleinen Nudistenkommune an diesem schönen Nachmittag?«, fragte ich. »Hey, wie hast du's geschafft, sie zum Essen zu bringen?«

»Nur ein kleiner Trick aus meinem Hauswirtschaftskurs«, verriet Molly. »Wenn man trotzige Babys hinter dem Ohrläppchen kitzelt, schlucken sie manchmal. Ich dachte mir, einen Versuch wär es wert.«

»Super!«, rief ich. »Aber wenn sie jetzt isst, dann . . .«

»Ich kümmer mich drum«, antwortete Molly. »Willst du jetzt bloß da stehen bleiben oder mit dem Knuddeln anfangen?«

»Okay, eine Weile kann ich schon knuddeln«, sagte ich. Ich setzte meinen Rucksack ab und schlüpfte unter die Decke. »Aber ich hab morgen einen Anerkennungstest, für den ich ein bisschen lernen sollte.«

»Schade, dass es keinen Test im Fach Knuddeln gibt«, meinte Molly. »Dann könntest du beides auf einmal machen.«

»Solche Bemerkungen haben, glaub ich, schon Krebs bei Versuchstieren ausgelöst«, entgegnete ich.

»Erzähl ihm von dem Kleid«, sagte Jerem zu seinem Monitor.

»Ach ja«, sagte Molly. »Ich hab Jerem gebeten, Echos Ballkleid aufzuhängen. Ich dachte, er wüsste, dass ich meinte, er solle es zu den Sachen für die Reinigung tun. Stattdessen hat er es einfach in den Schrank gehängt.«

»Wow, was für 'ne tolle Geschichte«, antwortete ich. »Ihr solltest sie an ›Das Leben in den Vereinigten Staaten‹ schicken.«

»Es sollte ja auch keine Lachnummer werden«, konterte Molly. »Aber hast du in letzter Zeit mal in deinen Schrank geschaut?«

»Klar«, erwiderte ich. »Aber ich benutze ihn eigentlich nicht. Echo hat ein paar von ihren alten Trikots da drinnen.«

»Vielleicht solltest du mal reinschauen«, schlug Molly vor.

»Okay«, antwortete ich. Ich ging in mein Zimmer zurück und schob die Schranktür auf. Ein Haufen Klamotten auf Plastikbügeln. Ganz vorn hing Echos altes Trikot von den Angels, dahinter das der

Kings. Und dahinter nur ein Haufen schwarzer Sweatshirts. Ich kehrte zu Molly zurück. »Ich hab nichts Besonderes gefunden.«

»Sieh genauer nach«, empfahl Molly.

Ich zuckte die Achseln und schaute ein zweites Mal. Nach ein paar weiteren schwarzen Sweatshirts fand ich schließlich das Ballkleid, ganz zerknittert und schmutzig von den Strapazen, die es durchgemacht hatte. Ich schob es zur Seite – dahinter hing ein weiteres Kleid.

Dieses hier war weiß. Der Schnitt war nicht so gewagt wie der des schwarzen Kleids; es war am Rücken geschlossen, hatte Ärmel (wenn auch nur kurze) und der Saum endete knapp über dem Knie. Außerdem wirkte es weiter und luftiger als das, das sie zum Abschlussball getragen hatte. Ich hatte keine Ahnung, wo sie es her hatte. Und ich hatte sie auch noch nie darin gesehen.

Dahinter entdeckte ich ein weiteres schwarzes Kleid, diesmal mit langen Ärmeln und knöchellang.

Dahinter ein blaues.

Dann noch ein weißes.

Danach machte ich mir nicht mehr die Mühe, sie alle anzuschauen. Ich ließ die Finger bis ganz hinten an die Schrankwand wandern. Ich fand noch ungefähr ein Dutzend weitere.

Ich kehrte zu Molly zurück. »Warum besitzt Echo siebzehn Kleider?«, wollte ich wissen.

»Das haben wir uns auch gefragt«, antwortete Molly.

Nachts im Bett grübelte ich darüber nach. Mein erster Gedanke war, dass sie wahrscheinlich Mom gehört hatten. Doch dann dachte ich an jedes einzelne Outfit zurück, in dem ich sie gesehen hatte, und ich konnte mich nicht daran erinnern, dass sie auch nur eines der Kleider aus Echos Schrank getragen hatte.

Und über mich – ich trug ein T-Shirt und Boxershorts. Seit ich klein war, hatte ich das zum Schlafen getragen. In meinem eigenen Zimmer machte das auch durchaus Sinn. Aber in Echos und meinem Zimmer war es nicht dreißig Grad heiß und wir kletterten nicht mit einem Haufen anderer Leute unter eine dicke Steppdecke.

Echo, Molly, Jerem … sie schliefen alle, so wie Gott sie erschaffen hatte. Und sie *schliefen*. Selbst Echo hatte die Augen geschlossen.

Ich dachte mir, einen Versuch wäre es wert.

Und am Ende musste ich zugeben, dass Molly wieder einmal ins Schwarze getroffen hatte. Das Problem mit der Hitze löste sich nicht sofort – wenn überhaupt möglich, wurde mir eher noch wärmer –, aber so war es trotzdem hundertfünfzigtausend Mal gemütlicher. Ich konnte mich im Schlaf umdrehen, ohne dass mich mein Shirt irgendwo wund rieb oder mich zu erwürgen versuchte.

Die Fenster standen immer noch offen und trotz der Dunkelheit konnte ich Echos Gesicht im bläulichen Licht der Sterne und Straßenlaternen erkennen. Und in diesem Augenblick schien mir das Profil meiner Schwester das schönste Bild zu sein, das ich jemals gesehen hatte. Plötzlich war ich so erfüllt von Liebe zu ihr, dass ich das Gefühl hatte, ich müsste meine Faust durch meinen eigenen Brustkorb stoßen und mein Herz zusammenpressen, damit es nicht platzte. Ich wollte, dass ihr Leben erfüllt und vollkommen war, dass sie von nun an nichts als Freude erlebte. Molly hatte den Arm über Echos Brust geschlungen und ihre Hand lag oben an meiner Schulter. Ich machte es ihr nach, hielt Echo fest, versuchte, die Wärme in mir in sie hineinzuleiten und die Kälte in ihr zu vertreiben – was immer es war, das sie so hatte abkühlen lassen, bis sie erstarrt war. Und es fühlte sich überhaupt nicht sexuell an, oder seltsam oder unangenehm oder falsch. Ganz im Gegenteil. Es fühlte sich vertraut an. Wie ich zu Siren gesagt hatte: Echo und ich hatten uns neun Monate lang eine Unterkunft geteilt, die viel enger gewesen war als diese hier. Das hatte faktisch gesehen vielleicht nichts zu bedeuten gehabt, aber es machte Spaß, das zu sagen. Und während ich meine pränatalen Erinnerungen sicherlich nicht beschwören konnte, konnte ich auch nicht mit Sicherheit behaupten, dass sie nicht dicht unter der Oberfläche meines Bewusstseins vor sich hin blubberten.

Also schaltete ich mein Bewusstsein ab und schlief ein.

Es lebe Mollys Welt

Als ich sieben Jahre alt war, öffnete ich eines Morgens meine Sockenschublade und stellte entsetzt fest, dass die Wäsche noch nicht fertig war und ich nur noch eine saubere Unterhose hatte. Mit fünf war das meine Lieblingsunterhose gewesen. Und wie hätte es auch anders sein können? Sie war mit kleinen Raumschiffen übersät.

Mit sieben dagegen hätte ich es niemals vergessen machen können, wenn jemand entdeckt hätte, was ich an diesem Tag unter meiner Hose trug. Das Potenzial für eine Erniedrigung war überwältigend. Die ganze Zeit lang hatte ich in der Schule das Gefühl, ein großes, dunkles Geheimnis mit mir herumzutragen. Der ganze Tag bekam dadurch einen unwirklichen Fokus. Alles war heller und schärfer – zu hell und zu scharf, so als hätte man eine neue Brille mit zu starken Gläsern. Und jetzt, neun Jahre später, spürte ich die gleiche Intensität wieder. Im Laufe der Woche verwandelte sich die Schule vor meinen Augen in etwas vollkommen Absurdes. *Ser* und *estar* zu konjugieren, sich über Zabs mangelnde Zahnpflege lustig zu machen, rote Scheine für Mädchen mit »nackter Haut im Rumpfbereich« abzuzeichnen ... Ich konnte mir nur schwer vorstellen, dass das überhaupt wirklich passierte, geschweige denn, dass es wichtig war. Nicht mit dem Geheimnis dieses Paralleluniversums, das ich mit mir herumtrug, dieser Seifenblase aus stehen gebliebener Zeit, in der wir stundenlang – oder auch nur sekundenlang, das war schwer zu sagen – nur ein einziges Ziel vor Augen hatten: Echo mit Zuneigung zu überschütten. Eine helle, strahlende, warme, süß duftende Blase, in der leise das Meer im Hintergrund rauschte, in der nackte Haut in jedem Bereich an der Tagesordnung war und fast alles, was wir uns zu sagen hatten, durch Berührung mitgeteilt werden konnte. Genau das war anfangs mein Problem gewesen. Ich hatte nicht begriffen, dass in Mollys Zimmer andere Naturgesetze herrschten.

Ich kam von der Schule nach Hause, ging in die Küche, trank ein Glas Apfelsaft, legte meine Bücher ins Fernsehzimmer, schaute mir ein paar Minuten lang die lokalen Nachrichten an, schaltete den

Fernseher aus, ging nach oben und trat durch Mollys Tür in eine andere Dimension.

»Allen!«, rief Molly.

»Hi!«, erwiderte ich. Echos Haare waren nass und glänzten. »Oh, ihr habt sie gebadet und ich durfte nicht dabei sein!«

»Wir wussten ja nicht, wann du nach Hause kommst«, sagte Molly. Sie kicherte. »Aber wir können es ja noch mal machen, wenn du willst.«

»Ach, ist schon okay«, antwortete ich. Ich kletterte über die drei hinweg an meinen üblichen Platz im Bett, damit Echo nicht an der Wand lag. Ich tippte ihr auf die Schulter. »Na, du«, sagte ich. Sie zwinkerte. Ich nahm sie in beide Arme und hielt sie eine Weile fest, streichelte ihren Rücken, ihr Haar und flüsterte ihr Koseworte ins Ohr. Molly schüttelte noch mal ihre Kissen auf. Ich stützte Echo darauf und küsste sie auf die Wange, legte meinen Kopf auf ihre Brust und lauschte ihrem Herzschlag. »›Na, du‹ auch für dich«, begrüßte ich Molly.

»Hi«, sagte sie. »Krieg ich einen Kuss?«

»Klar doch«, antwortete ich. Sie beugte sich über Echo und ich gab ihr einen flüchtigen Kuss auf die Wange. Dann schaute sie mich lange an und es folgte ein kleiner Zeitsprung, so wie wenn die Nadel eines alten Plattenspielers hüpft, und bevor ich wirklich begriff, was geschah, küssten wir uns richtig. Nicht auf erotische, leidenschaftliche Weise, aber es war dennoch ein Kuss. Er dauerte ein paar Sekunden, und keinen Moment lang war ich versucht, mich abzuwenden. Es schien genau das zu sein, was wir tun sollten. Sie war Molly. Ich liebte Molly. Wenn man jemanden liebt, küsst man ihn. Diese Logik war perfekt, überwältigend und absolut.

Molly seufzte wohlig und wir fuhren fort, Echo zwischen uns hin- und herzuwiegen. »Wir sind eine perfekte Familie«, murmelte Molly.

Jerem tippte noch immer an seinem Computer, er hatte seine Füße bei unseren, war mit den Gedanken aber woanders. »Was machst du da?«, erkundigte ich mich.

»Nur ein Projekt, an dem ich schon länger arbeite«, erklärte er.

Es klopfte am Garagentor. Wir hörten zu, wie das Echo immer schwächer durchs Haus schallte. »Jemand sollte hingehen«, meinte ich.

»Vielleicht geht derjenige ja wieder weg«, antwortete Molly.

»Oder kommt einfach rein und klaut unser ganzes Zeug«, wandte Jerem ein. »Die Garage ist doch nicht abgeschlossen.«

Es klopfte erneut. »Na gut«, sagte ich. »Ich gehe.« Ich stand aus dem Bett auf, zog mich wieder an und ging nach unten in die Kälte.

Ich öffnete das Garagentor. Davor stand Hayley. »Oh!«, rief ich. »Äh, hi.«

»Hi«, sagte sie. »Ist Echo zu Hause? Ich weiß, dass sie krank war, aber ich dachte, ich schau wenigstens mal vorbei und sag ihr hallo.«

»Das ist aber nett«, erwiderte ich. »Ich weiß allerdings nicht, ob sie schon Besucher empfangen kann. Warte hier, ich seh mal nach. Kann ich dir irgendwas bringen? Apfelsaft?«

»Nicht nötig«, sagte Hayley.

»Bin gleich wieder da.«

»Ist alles in Ordnung mit dir?«, wollte sie wissen. »Du machst einen so merkwürdigen Eindruck. Du nimmst doch kein Squeak, oder?«

»Was? Ach, Quatsch. Hier sind nur Otubos. Ich komm gleich wieder.«

Ich ging nach oben. »*¿Quien es?*«, wollte Molly wissen.

»Hayley Kerensky«, antwortete ich. »Hey, Ech, möchtest du Hayley sehen?«

Echo zwinkerte. »Bedeutet das ›Ja‹ oder bedeutet das ›Ich möchte mir nicht die Hornhaut ruinieren‹?«, fragte ich sie. Echo gab keine Antwort. »Was meinst du?«, wandte ich mich an Molly. »Sie weiß nichts über Echos … Zustand. Sie glaubt, sie wäre einfach nur krank.«

»Hm, was glaubst du, wie sie reagieren würde?«, fragte Molly. »Nicht nur auf die Krankheit, sondern auf die Behandlung. Ich hab keine Lust, auf die Schnelle ein normales Krankenbett zusammenzuzaubern.«

»Keine Ahnung«, antwortete ich. »Soweit ich weiß, wär das was für sie. Ich meine, so dass sie sogar hier schlafen würde und so. Allerdings wohl nicht, wenn ich hier bin.«

»Du kennst sie besser als ich«, meinte Molly. Sie küsste Echo auf die Wange. »Das musst du entscheiden.«

Ich kehrte nach unten zurück. »Tut mir Leid«, sagte ich. »Ich glaube, das wär keine besonders gute Idee. Aber Echo weiß, dass du da warst, und das bedeutet ihr sehr viel.«

»Ä-hä«, erwiderte Hayley. »Was hat sie denn überhaupt? Ist es ansteckend?«

»Ansteckend?«, wiederholte ich. »Das kann man wohl sagen. Irgendetwas hier auf jeden Fall.«

Deus ex Schuhkarton

Das war am Mittwoch. Als ich am Donnerstag nach Hause und in Mollys Zimmer kam, döste sie friedlich vor sich hin, zusammengerollt wie eine Katze, den Kopf auf Echos Schoß. Sie blinzelte mich verschlafen an. »Hi«, begrüßte sie mich.

»Hi«, erwiderte ich. Ich küsste sie auf die Wange, doch ihr Kuss war bestenfalls flüchtig. »Was ist los?«, fragte ich.

»Was ist eigentlich wirklich passiert?«, wollte sie wissen.

»Hmm?«

»Dass Echo so geworden ist«, erklärte sie. »Du hast was ausgelassen.«

»Hab ich das? Ich hab dir alles erzählt, was ich weiß. Echo hat Hayley erzählt, dass sie an diesem Fringie interessiert sei, der früher bei uns gegenüber gewohnt hat. Er hat sie aus keinem erkennbaren Grund gefragt, ob sie mit ihm zum Abschlussball gehen wolle, und wir haben darüber gestritten, ob sie hingehen soll. Sie meinte, Fringie sei einer der herausragenden Köpfe der westlichen Zivilisation, und ich hab sie darauf hingewiesen, dass er erst vor ein paar Wochen versucht hat, Peggy Kaylin zu vergewaltigen. Als er also mit ihr nach dem Ball an irgendeinen geeigneten Aussichtspunkt in der Landschaft gefahren ist und angefangen hat, sie zu begrapschen, wusste sie, was als Nächstes kommen würde, und hat ihm in die Zunge gebissen, als er sie in ihren Mund steckte. Sie ist ausgestiegen, hat sich ein Telefon gesucht, hat mich angerufen und ich hab sie abgeholt. Da sie Fringie zuerst vehement verteidigt und er sich dann auf dramatische Weise gegen sie gewandt hat, war sie niedergeschlagen. Was lasse ich bitte schön aus?«

»Wie hast du herausgefunden, was passiert ist?«, fragte Molly.

»Sie hat es mir erzählt.«

»Auf der Fahrt nach Hause?«

»Nein, da war sie ziemlich still«, antwortete ich. »Später am selben Abend. Sie hat mich gefragt, ob sie in meinem ... Oh. Ups.«

»Was denn?«, fragte Molly.

»Na ja, sie hat mich gefragt, ob sie bei mir im Bett schlafen könnte, so wie früher, als wir noch klein waren und sie immer Albträume hatte«, erklärte ich. »Da hat sie mir dann erzählt, was passiert ist, und ich bin eingeschlafen, und dann bin ich wieder aufgewacht, weil sie mich ein bisschen geküsst hat, und da hab ich sie, ähm, aus dem Bett geschmissen.«

»Also war es gar nicht Carver Fringie, der sich gegen sie gewandt hat, sondern du warst es«, folgerte Molly.

»Aber ich wusste doch nicht, was das sollte!«, protestierte ich und merkte, wie mir ganz warm im Gesicht wurde. »*Jetzt* weiß ich, dass es völlig harmlos war. Aber in dem Moment fand ich es irgendwie unheimlich. Ich meine, in dem Moment dachte ich, sie will mich anmachen.«

»Und wenn es so gewesen wäre?«, fragte Molly. »Was ist denn dabei? Ist es nicht vollkommen normal, wenn eine Sechzehnjährige genau das will?«

»Aber ich bin doch ihr Bruder«, hielt ich dagegen.

»Umso besser«, meinte Molly. »Ist es dir lieber, wenn sie mit jemandem ausgeht, den sie erst ein paar Mal in der Schule gesehen hat, und es dann nach vielleicht ein oder zwei Gesprächen mit *ihm* macht? Ist das besser als jemand, den sie liebt, dem sie vertraut, den sie in- und auswendig kennt und mit dem sie aufgewachsen ist? Am besten wäre es natürlich, wenn alle Kinder in Kommunen aufwachsen würden. Dann hätte man einen Pool von Leuten, mit denen man schon von Geburt an intim sein könnte … Aber da wir jeweils nur unsere Familien haben, bleiben uns nur unsere Geschwister. Natürlich nicht zum Heiraten und Kinderkriegen, aber um mit ihnen zu üben. Warum denn nicht?«

»Aber das … ich meine, das ist doch pervers«, sagte ich.

»Warum denn? Weißt du, allein die Tatsache, dass deine Reaktion so automatisch kommt, zeigt doch, dass du ihr nicht trauen solltest. Dass sie nicht einem wohlüberlegten, begründeten Standpunkt entspringt, sondern dass du einfach nur etwas nachplapperst, das du dir unkritisch einverleibt hast. Wenn du jetzt gesagt hättest, dass du und Echo euch nicht sehr nahe steht, dass du es als Ausnutzung empfunden hättest, dass es auf lange Sicht eure Beziehung zerstört hätte oder so was und du das irgendwie begründet hättest, okay, dann hättest du ihr sagen können, dass du das für eine schlechte Idee hältst. Aber einfach auszuflippen und sie aus dem Bett zu schmeißen, nur weil sie es gewagt hat, dich zu küssen, nachdem du sie gerettet hast? Das ist einfach nur grausam. Und die Tatsache, dass du nicht darüber nachgedacht hast, dass es einfach nur einen kleinen Schalter in deinem Kopf umgelegt hat und du wie ein Roboter reagiert hast, macht es nur noch schlimmer. Dabei hast du so ein Glück! Du und Echo, ihr passt so toll zusammen. Eure Stärken, eure Schwächen, eure Erfahrungen – sie sind nicht identisch, aber sie ergänzen sich. Sicher, vielleicht ist es ein bisschen spät. Vielleicht hättet ihr schon mit zehn an diesen Punkt kommen und inzwischen zu anderen Leuten übergehen sollen. Aber in einer Kultur wie dieser, die das Wachstum hemmt, kann man wahrscheinlich nichts anderes erwarten. Du und Echo zusammen … Es wäre bestimmt toll, wenn ihr es nur ein- oder zweimal ausprobieren könntet. Es wäre bestimmt wunderschön. Tatsächlich stelle ich mir manchmal genau das vor, wenn ich mich selbst befrie…«

»Whoa!«, rief ich. »Okay, hör mal, das sind mir jetzt einfach zu viele Informationen. Puh. Das sind ja mehr Informationen als in der Nationalbibliothek.«

»Ich glaube, dass du Informationen ganz gut gebrauchen kannst«, antwortete Molly. »Ich habe sogar einige Informationen für dich, die du jetzt sofort gebrauchen kannst. Jerem, hol mal den Karton.«

Jerem schlüpfte aus dem Bett und schlenderte aus dem Zimmer. »Karton?«, fragte ich. »Das lässt ja nichts Gutes ahnen.«

»Jerem war heute auf dem Dachboden und hat einen Schuhkarton unter einem Rohr von der Klimaanlage gefunden«, erklärte Molly.

»Was wollte er denn auf dem Dachboden?«, fragte ich. »Du willst doch nicht etwa eine Jane Eyre aus Echo machen, oder?«

»Aus ihm«, entgegnete Molly. »Er überlegt, da hochzuziehen. Er sagt, er kann nicht mehr mit Krieg zusammenwohnen.«

Jerem kehrte mit dem Schuhkarton zurück. »Was ist denn in dem Karton?«, fragte ich.

»Alles Mögliche«, antwortete Molly. Sie öffnete ihn. Drinnen waren die Überbleibsel eines heiteren Kinderlebens: ihre Preise als Schülerin des Monats, für jeden Monat ihrer Zeit auf der Ilium praktisch einer; Zeugnisse über gutes Benehmen aus der ersten Klasse mit längst abgelaufenen Gutscheinen für den Burger Despot; ein kleiner goldener Hockeyspieler ohne Füße.

»Wir sollten uns das nicht anschauen«, meinte ich.

»Normalerweise würde ich dir da zustimmen«, antwortete Molly. »Aber um ihr besser helfen zu können, müssen wir so viel rausbekommen wie möglich. Wir brauchen ja nicht ihre Briefe oder irgendwelche sonstigen persönlichen Dinge lesen. Ganz normale Gebrauchsgegenstände reichen schon aus. So was wie diese Ausweise vom Go-Klub. Oder das hier.« Sie kramte am Boden des Kartons herum und zog ein paar Zettel hervor.

»Kinokarten?«, fragte ich. »Was ist damit?«

»Seht euch mal die Zeiten an«, sagte Jerem. »Das sind alles Spätvorstellungen ...«

»Passt doch«, unterbrach ich ihn. »Um die Zeit ist sie immer wach und allein. Besser sich einen Film anschauen, als die ganze Nacht in der Garage Gewichte heben, so als würde man für einen bewaffneten Raubüberfall üben.«

». . . und sie sind alle mit Kinderermäßigung«, ergänzte Jerem.

»Oh«, sagte ich.

»Wer bewahrt denn Kinokarten auf?«, fragte Molly. »Klar, wenn es ein Film war, der dein Leben verändert hat. Oder einer, den man bei seiner ersten richtig guten Verabredung gesehen hat . . .«

»Worauf willst du hinaus?«, fragte ich. »Komm schon, mach's nicht so spannend.«

»Okay«, antwortete Molly. »Erkennt ihr das hier?«

Sie hielt uns eine Zählkarte vom Minigolfplatz hin. Oben drauf standen die Buchstaben DAEKMJ. »Dad, Allen, Echo, Krieg, Molly, Jerem«, übersetzte ich. »Klar, ich erinnere mich an dieses Spiel. Echo hat gewonnen und Krieg hat mit seinem Schläger nach der Gruppe vor uns geworfen . . . Das Übliche halt. Also?«

»Jetzt schaut euch die hier an«, bat Molly.

Auf der zweiten Karte standen nur die Buchstaben A und M. »Hmm«, sagte ich. »Ich kann mich nicht daran erinnern, dass wir beide jemals allein zum Minigolf gegangen wären.«

»Ich auch nicht«, stimmte mir Molly zu. »Ich dachte zuerst, vielleicht war ich noch ganz klein und hab's einfach vergessen, aber wenn du dich auch nicht erinnern kannst, wird es wohl so sein. Außerdem liegt die Antwort hier vor uns.« Sie wühlte sich bis zum Boden des Kartons durch, zog ein dünnes zwanzig mal fünfundzwanzig Zentimeter großes Fotoalbum hervor und reichte es mir. Ich blätterte es durch. Es enthielt vielleicht ein halbes Dutzend Fotos von Echo. Auf dem ersten war sie ungefähr acht, auf dem letzten ungefähr elf. Und auf allen sah sie ernst aus – nicht grimmig, aber einfach ohne ein Lächeln, gelassen. »Sieh dir mal das letzte an«, bat Molly.

Ich ging auf die letzte Seite. »Was ist damit?«, fragte ich. »Es zeigt Echo unter einem Baum.«

»Rate mal, wo das ist«, sagte Molly.

»Da sie ein Kleid trägt und der Baum kein tropischer ist, schätze ich, in Pennsylvania«, erklärte ich. »Und du hast immer gesagt, meine intensive Pflanzenkunde würde zu nichts nütze sein.«

»Dreh's mal um und sieh nach, ob du Recht hast«, sagte Molly.

Ich zog das Foto hinter der Plastikfolie hervor und drehte es um. Auf der Rückseite stand etwas geschrieben. Obwohl dort Zeit und Ort angegeben waren, brauchte ich nur das erste Wort zu lesen. »Ach ja«, sagte ich. »›Madeleine‹. ›M.‹ Okay, jetzt hab ich's kapiert.« Ich hielt inne. »Moment mal, nein, hab ich nicht«, korrigierte ich mich. »Ich bin auch nie mit Echo allein zum Minigolf gegangen.« Ich wollte gerade das Foto wieder in das Album zurückstecken, als ich merkte, dass die Tasche, der ich es entnommen hatte, nicht leer war. »Was ist das denn? Ein zweiter Abzug?«

»Nicht ganz«, antwortete Molly.

Ich schaute es mir genau an. Der Baum war derselbe, die Pose war die gleiche, nur die Person unter dem Baum war eine andere. Ich erkannte sie, drehte das Foto aber trotzdem um. Auf der Rückseite stand das Wort »Susan«. »Also, das finde ich jetzt ein bisschen unheimlich«, gestand ich.

»Erkennst du das Kleid?«, fragte Molly.

»Du meinst, es ist dasselbe Kleid?«, fragte ich. Ich verglich die beiden Bilder. »Nein, ist es nicht. Sie sind zwar beide weiß, vom Stil her aber unterschiedlich. Und das macht auch irgendwie Sinn, weil Moms Kleider Echo bestimmt nicht gepasst haben, als sie elf war.«

»Aber sie passen ihr jetzt«, erklärte Molly. »Und deshalb hängt genau dieses Kleid in ihrem Schrank, auch wenn sie es hier auf dem Bild nicht trägt. Und dazu sechzehn andere Kleider, die Mom sich über die Jahre gekauft hat, die wir aber nicht kannten, weil sie normalerweise nicht in eleganter Abendgarderobe zu Hause rumlief.«

»Und warum hat Echo jetzt die Kleider?«, fragte ich.

»Weil sie sie geschenkt bekommen hat«, antwortete Molly. »Und zwar von der Person, die auch die Fotos geschossen hat.«

»Der Butler?«

»Andrew Mockerey«, erwiderte Molly. »Wenn man so darüber nachdenkt, passen auf einmal lauter Dinge zusammen. Warum hat Echo im Vergleich zu uns anderen so extrem auf Daddys Tod reagiert? Weil ...«

»Weil er sie missbraucht hat, stimmt's?«, mutmaßte ich. »Vater-

Tochter-Inzest. Oh, haben wir unser dunkles Familiengeheimnis also endlich aufgedeckt. Nach diesen Neuigkeiten geht es gleich mit unserem Film der Woche weiter.«

»Hä?«, fragte Molly. »Ich meine, mal angenommen, dass es überhaupt möglich ist, so bezweifle ich es doch sehr. Ich denke einfach, dass sich Dad nach Moms Tod etwas zu sehr auf Echo konzentriert hat. Und das immer mehr, als sie älter wurde und seiner Susan zunehmend ähnlicher sah. Und dann gingen sie halt zusammen aus, nur sie beide ... Vielleicht hat er sie ein bisschen ausstaffiert und zu irgendwelchen Unifeiern oder so was mitgenommen. Und ich bin sicher, Echo genoss es, das Lieblingskind zu sein. Wer würde das auch nicht? Nur, dass es in Echos Fall etwas übertrieben war, weil ...«

Sie verstummte. »Ja?«, fragte ich.

»Weil, nun, wie soll ich es ausdrücken?«, fuhr Molly fort. »Na gut. Wir wissen, dass Echo ein intellektuelles Wunderkind ist.«

»Richtig«, stimmte ich zu.

»Und ein sportliches Wunderkind«, fügte sie hinzu.

»Korrekt«, bestätigte ich.

»Und, wenn auch spät, ein ästhetisches Wunderkind.«

»Reit nicht darauf rum«, sagte ich.

»Warum sollte sie also nicht auch ein emotionales Wunderkind sein?«, fragte Molly. »Außer dass es in diesem Fall eher ein Nachteil als ein Vorzug ist. Ist dir nicht aufgefallen, dass sie, wenn man sich ihr gegenüber nur ein kleines bisschen liebenswürdig zeigt, so von Dankbarkeit überwältigt ist, dass sie kaum sprechen kann? Oder dass sie, wenn jemand ihr Unrecht tut, noch gewalttätiger als Krieg werden kann? Und ihr Kummer ... Ich meine, ich selbst hab ja schon Monate gebraucht, um über Daddys Tod hinwegzukommen. Und Echo hat ihm vermutlich zehnmal näher gestanden als ich. Es wundert mich nicht, dass sie die letzten vier Jahre jede Nacht geweint hat.«

»Und wenn sich der Typ, mit dem sie ausgeht, dann als Arschloch herausstellt, macht sie einfach dicht?«, fragte ich.

Molly schüttelte den Kopf. »Ich dachte, das hätten wir schon geklärt«, antwortete sie. »Du beschuldigst den Falschen. Lass uns mal Echos bisheriges Leben kurz zusammenfassen. Als sie sechs Jahre alt ist, stirbt ihre Mama. Sie kompensiert das, indem sie viel von sich selbst in ihre Freunde investiert. Sie wenden sich gegen sie. Danach hat sie ein sehr enges Verhältnis zu ihrem Vater. Er stirbt. Sie setzt ihr Urteilsvermögen aufs Spiel, indem sie mit dir wettet, dass Carver Fringie gute Absichten hat. Sie verliert die Wette. Bis hierhin hat sie fast jeder Mensch, bei dem sie den Mut hatte, ihm nahe zu kommen, auf irgendeine Weise im Stich gelassen. Außer dir. Und als sie aus genau diesem Grund am verwundbarsten ist, schmeißt du sie aus dem Bett.«

»Mensch, ich wusste es doch nicht!«, protestierte ich.

»Ich mach dir ja keine Vorwürfe«, antwortete Molly. »Ich glaube, in gewisser Weise wollte sie genau diese Reaktion provozieren. Denk mal darüber nach. Wie hat sie sich in den letzten paar Jahren dir gegenüber verhalten? Hat sie sich viel mit dir gestritten? Ultimaten gestellt? ›Tu, was ich sage, oder ich rede nie wieder mit dir‹?«

»Gut geraten«, stellte ich fest.

»Eigentlich nicht«, erklärte Molly. »Mein Zimmer ist nebenan und die Wände sind dünn. Was geschieht, wenn sie es schließlich geschafft hat, dass du auf sie losgehst? Reagiert sie gekränkt? Oder vielleicht eher zufrieden? Sogar erfreut?«

»Sie grinst dann häufig«, erwiderte ich.

»Ich glaube, dass Echo schon sehr lange leidet«, fuhr Molly fort. »Genug, um in den Selbstmord getrieben zu werden. Aber sie kann es nicht tun, solange ihr beide euch noch so gut versteht. Das würde nämlich bedeuten, dass sie dich genauso im Stich ließe, wie ihre Eltern und Freunde sie im Stich gelassen haben. Also denkt sie sich, wenn sie eure Beziehung vergiftet, wirst du sie ohne Bedauern gehen lassen. Aber jetzt kommt der Haken. Als sie dich schließlich verliert, tut es noch mehr weh. Und zwar so furchtbar, dass sie weder sprechen noch sich bewegen noch sonst etwas tun kann. Das bedeutet, wenn sie aus diesem Zustand wieder herausfindet, wird die schwierigste Phase kommen. Im Moment stellt sie keine Bedrohung für sich selbst dar. Aber wenn sie wieder auf den Beinen ist und die

Kraft hat, etwas Drastisches zu tun, dann müssen wir richtig auf sie aufpassen.«

»Das ist echt deprimierend«, stellte ich fest.

»Warum?«, fragte Molly. »So läuft es doch schon seit Jahren. Der Unterschied ist doch nur, dass wir jetzt Bescheid wissen. Oder zumindest wissen, wo der Hund begraben liegt. Und wir haben schon viel unternommen, um die Lage zu verbessern. Wir haben die Anzahl der Menschen, von denen sie sich entfremden muss, bevor sie mit gutem Gewissen gehen kann, verdreifacht. Und du, Jerem und ich gehen nirgendwohin.«

Als ich in dieser Nacht gerade im Begriff war, einzuschlafen, hörte ich auf einmal meinen Namen. »Hmm?«, fragte ich. »Molly …?«

»Schh«, antwortete Echo. Ich öffnete die Augen. Echo schaute mich durchdringend an, ihre Wangen waren feucht vor Tränen. »Weck sie nicht auf«, flüsterte sie.

»Was?«, fragte ich. »Wie lange hast du … wie …«

»Ich brauche deine Hilfe«, flüsterte sie.

»Hilfe?«

»Ich hab einen Plan«, erwiderte sie.

»Das scheint in der Familie zu liegen«, stellte ich fest.

Fringie kriegt einen (Denk-)Zettel

Keiner von uns ging am nächsten Tag zur Schule. Die idyllische Stimmung der letzten paar Tage verflog allerdings rasch, jetzt, wo Echo aus ihrer Apathie erwacht war. Vorher hatte sie eine Art Ruhe und Gelassenheit ausgestrahlt, wie ein schlafendes Haustier; jetzt dagegen schritt sie in ihren alten schwarzen Sweatshirts nervös durch das Haus und schien ihre Unruhe auf alle zu übertragen, die in ihre Nähe kamen. Das ganze Haus bewegte sich am Rande der Panik. »Weißt du, wir müssen das nicht durchziehen«, sagte ich.

»Doch, müssen wir«, widersprach sie. »Jerem hat schon den Zettel in sein Schließfach gelegt. Molly wird jede Minute mit dem Päckchen von Rachel zurück sein.«

»Na und?«, fragte ich. »Du kannst immer noch aussteigen.«

»Will ich aber nicht«, entgegnete Echo. »Ich muss das hier unbedingt tun. Ich werde diesen ganzen Mist nie hinter mir lassen können, wenn ich es nicht tue.« Ihre Züge wurden sanfter. »Hör mal, mir ist klar, dass wir beide mit schwer wiegenden Disziplinarmaßnahmen zu rechnen haben. Wenn du lieber aussteigen und deinen Job als Vertrauensschüler retten willst, verstehe ich das.« Von unten hörten wir, wie das Garagentor zugeknallt wurde. »Das ist Molly«, verkündete Echo. Sie warf einen prüfenden Blick auf die Uhr. »Gleich vier«, stellte sie fest. »Ich mach mich lieber auf den Weg. Kommst du jetzt mit?«

»Ich denke, ja«, seufzte ich.

Der Redaktionsraum war leer, als wir ankamen; da es Freitagnachmittag war, brauchten wir nicht zu befürchten, auf irgendwelche Bummelanten zu stoßen. Nachdem die Minuten verstrichen waren, atmete Echo wieder langsamer. »Wie war das denn so?«, erkundigte ich mich.

»Wie war was?«

»Diese Woche«, sagte ich. »Du weißt schon, ich meine, wie du dich gefühlt hast.«

»Ich möchte wirklich nicht näher darauf eingehen«, antwortete sie. »Ich bin einfach nur am Sonntagmorgen aufgewacht, es war dunkel und still, und da war dieses Rauschen in meinem Kopf, das alles andere übertönt hat. Und ich dachte mir, ich könnte aufstehen, doch der Gedanke wurde einfach von diesem Rauschen übertönt ... Und dann bist du gekommen und hast mir Fragen gestellt, und ich wollte auch antworten, aber ich konnte mich nicht durch das Rauschen kämpfen, ich konnte die Kraft nicht aufbringen, ich konnte nicht ...«

»Merk dir, was du sagen wolltest«, unterbrach ich sie. »Da kommt er.«

Ich hatte meine Zweifel gehabt, ob Echos Plan, mit Carver Fringie abzurechnen, eine so gute Idee war. Doch nachdem sie klargestellt hatte, dass sie ihm keinen bleibenden Schaden zufügen wollte, sondern nur ein Gespräch nach ihren Bedingungen mit ihm zu führen beabsichtigte – eine Art Schülerberatungsstunde ad hoc –, war ich zu dem Schluss gekommen, dass der Zweck die zugegebenermaßen fragwürdigen Mittel heiligte. Natürlich sprachen wir hier von Carver Fringie. Ich hätte auch einen einleuchtenden Grund dafür finden können, ihn in einen Fahrstuhlschacht zu werfen.

Schritt eins war gewesen, ihm einen Zettel ins Schließfach zu werfen, auf dem stand: »Ich habe viel über Samstagabend nachgedacht. Ich habe mich schlecht verhalten. Genau genommen habe ich sogar meine Meinung über die ganze Sache geändert. Kannst du um vier Uhr in den Redaktionsraum kommen? Vielleicht können wir alles klären und da weitermachen, wo wir aufgehört haben. Echo.«

Ich war skeptisch gewesen. »Ich weiß nicht«, sagte ich. »Sieht ziemlich offensichtlich nach einem Köder aus. Man kann praktisch den Angelhaken sehen.«

»Das liegt nur daran, dass du nicht Carver Fringies Ego hast«, entgegnete Echo. »Wenn es hier um einen anderen Wasserballspieler ginge, würde ich auch mit einem gewissen Misstrauen rechnen. Wenn zum Beispiel Sluggo was von einem Mädchen will, kann sogar er sich denken, dass sie wohl nicht gerade begeistert ist. Dieser Gedanke würde Carver Fringie niemals kommen.«

Dennoch machte Fringie einen etwas zurückhaltenden Eindruck, als er eintrat. Ich hatte mich unter Hanks Lieblingstisch versteckt, doch er schien meine Anwesenheit zu spüren, oder zumindest, dass er nicht mit Echo allein war. Er wedelte mit dem Zettel. »Also ist das hier ernst gemeint?«

»Absolut«, antwortete Echo. »Jeder einzelne Satz ist ernst gemeint. Ich habe tatsächlich über Samstagabend nachgedacht, die ganze Woche – ich hab kaum an was anderes gedacht. Ich hab mich wirklich schlecht verhalten, was meine Brüder und meine Schwester bezeugen können. Und ich habe meine Meinung tatsächlich geändert. Also können wir jetzt da weitermachen, wo wir aufgehört haben?«

Fringie kniff die Augen zusammen. »Irgendwann schon«, antwortete er. »Aber nicht jetzt. Ich habe einen vollen Terminkalender.«

»Das macht nichts«, erwiderte Echo. »Ich brauche nur ein paar Minuten. Weißt du, wenn ich dazu gekommen wäre, hätte ich als Nächstes das hier gemacht.«

Und damit sprühte sie Fringie eine ganze Ladung Pfefferspray ins Gesicht. In solch kurzer Zeit eine Dose von dem Zeug aufzutreiben war der schwierigste Teil des Plans gewesen. Aber ich hatte Rachel Monihan als mögliche nahe Quelle vorgeschlagen und sie hatte tatsächlich einige Kisten von dem Zeug dagehabt. Fringie griff sich ins Gesicht und bäumte sich wild auf. Echo packte ihm am Kragen und riss ihn auf einen bereitgestellten Stuhl hinunter. In diesem Moment tauchte ich mit einer Rolle Gaffa-Tape auf, um Fringies Füße an den Stuhlbeinen zu befestigen. Danach konnte Echo seine Arme hinter den Stuhl ziehen und mit dem Band ein Paar Handschellen improvisieren.

»Du beschissene Schlampe«, wimmerte Fringie.

»Ach, sei still«, sagte Echo. »Du hast doch wegen deiner Brille gar nicht so viel abgekriegt. Es hätte sehr viel schlimmer sein können.« Echos eigene Brille schimmerte im flackernden Licht des Redaktionsraumes. Seit es ihr wieder besser ging, hatte sie sie noch nicht getragen; daher kam sie mir plötzlich seltsam ungewohnt vor. »So«, fuhr sie fort. »Vielleicht kannst du dir jetzt etwas besser vorstellen, wie es ist, wenn man sich nicht wehren kann.«

»Oh, das kann doch nicht dein Ernst sein«, sagte Fringie. Sein Gesicht war dunkelrot und er zwinkerte heftig. »Lass mich raten – du und dein alter armseliger Loser-Bruder habt ein kleines Theaterstück für mich inszeniert? Ich sitze hier und schaue zu, während ihr so was wie eine Kirchenschulversammlung einberuft und alle meine Verbrechen nachspielt, bis ich vor Reue in Tränen ausbreche. Richtig?«

»Was?«, fragte Echo. »Sei nicht albern. Ich will nur mit dir reden. Nach meinen Bedingungen.«

»Ich scheiß auf dich und deine Bedingungen«, zischte Fringie.

»Wenn du dich weiterhin so verhältst, bleiben wir die ganze Nacht hier«, antwortete Echo. »Der Hausmeister kommt erst gegen fünf. Wenn du mit mir zusammenarbeitest, kannst du dann gerne gehen. Wenn nicht, kann ich dich auch irgendwo verstecken, bis er wieder weg ist. Ich hab heute Abend auf jeden Fall nichts anderes vor.«

Fringie sah flüchtig zu mir herüber. Seine Augen waren tiefrot. »Ich wusste doch, dass diese Otubos nur gespielt waren«, fauchte er. »Kratz an der Oberfläche und du findest darunter nichts als primitive Rowdys mit primitiven Drohungen.«

»Ich drohe dir nicht«, entgegnete Echo. »Es wird niemandem was dabei passieren. Du bist in absoluter Sicherheit, ob du nun redest oder nicht. Es geht nur darum, wie viel Zeit deines Tages du verlieren willst.«

»Hör mit diesem Gelaber auf und komm zur Sache«, knurrte Fringie.

»Okay«, sagte Echo. Sie schritt einen Moment lang im Raum auf und ab. »Warum hast du mich gefragt, ob ich mit dir zum Abschlussball gehen möchte?«, wollte sie schließlich wissen.

Fringie gähnte.

»Warum?«, beharrte sie. »Was ist mit dir passiert? Du warst doch früher mal nett zu mir. Ich hab mein Vertrauen in dich gesetzt. Warum musstest du dieses Vertrauen enttäuschen?«

»Weil du es so wolltest«, antwortete er. »Weil du eine Frau bist. Und deshalb masochistisch.«

»Was?«, fragte Echo.

»Da kannst du protestieren, so viel du willst«, sagte Fringie. »Das ist eine Tatsache. Alle Frauen sind Masochisten.«

Er schaute wieder zu mir herüber. »Wisst ihr, die Leute fragen mich oft: ›Hey, Carver, wie kommt's, dass du immer so viele Frauen abschleppst?‹ Und tatsächlich ist die Antwort ziemlich einfach. Es ist nicht schwer, Frauen abzuschleppen. Wenn sie erst mal spüren, dass man ihnen wehtun kann, scharen sie sich unwillkürlich um einen. Ist das genetisch bedingt? Oder kulturell? Ich weiß es nicht. Aber es ist eine simple Tatsache: Alle heterosexuellen Frauen sind geistesgestört. Man sieht das daran, dass sie vom männlichen Geschlecht angezogen werden. Was könnte die Anziehungskraft der Männlichkeit ausmachen? Sie ist an sich abstoßend. Es ist kein Zufall, dass Eva mit Gewalt von ihrem eigenen Spiegelbild weggezerrt werden musste, von der Zartheit und Lieblichkeit und bezaubernden Ausgeglichenheit des Weiblichen, und gezwungen werden musste, sich der barbarischen Rohheit des Männlichen zu unterwerfen. Die Männlichkeit hat nichts Schönes. Nein, das Männliche wirkt nicht aufgrund von Schönheit anziehend, sondern durch die Macht, verletzen zu können. Das Weibliche weiß, dass es dem Männlichen von Natur aus überlegen ist. Doch solange das Männliche es überwältigen kann, ihm Schmerzen zufügen und es verletzen kann, wird das Weibliche sich unterwerfen. Das ist der Lauf der Welt. Das Weibliche besitzt den Wert, das Männliche die Macht.

Aber Macht allein reicht natürlich nicht aus«,· fuhr Fringie fort. »Diejenigend, die die Macht haben zu verletzen, aber es nicht tun, werden niemals Erfolg haben, solange diejenigen, die verletzt werden können, wissen, dass sie nichts tun werden. Frauen sind Masochisten. Wenn sie nicht das Gefühl haben, in Gefahr zu sein, fangen sie an, sich zu langweilen, und suchen sich jemand anders, der sie verletzen wird. Und ein konstantes Gefühl der Gefahr schafft man am besten, indem man unberechenbar ist – beispielsweise plötzlich ein Vokabular benutzt, das sie nicht verstehen, eine Stilebene mit einem fremden Tonfall; eine unerwartete Grobheit in ein Gespräch einfließen lässt; sich weigert, irgendeine wichtige Information über die eigene Vergangenheit preiszugeben. So macht man sich selbst geheimnisvoll, unvorhersehbar und gefährlich – und damit unwiderstehlich. Natürlich muss sich diese Bedrohung auf einer unbewussten Ebene vollziehen, denn dort befindet sich der natürliche Masochismus der Frau. Auf einer bewussten Ebene wird sie abstreiten – oder sogar selbst nicht wissen –, wie sehr sie verletzt werden möchte. Auf der bewussten Ebene muss man die Illusion fördern, dass sie einen irgendwie kennt.«

Fringie schaute Echo und mich prüfend an. »Dies ist natürlich der Grund«, redete er weiter, »warum es nie Paare unter Geschwistern gibt. Es liegt nicht an der genetischen Verwandtschaft, denn dann würden es adoptierte Geschwister ja die ganze Zeit tun. Aber so funktioniert das nicht. Studien haben ergeben, dass selbst in nichtfamiliären Strukturen – Kommunen, Kibbuzen, was auch immer –

zusammen aufwachsende Kinder Abscheu gegen den Gedanken empfinden, ihre Beziehung zueinander in eine sexuelle zu verwandeln. Denn wenn man so viel Zeit miteinander verbringt, lernt man sich zu gut kennen. Man sieht, wie der andere ins Bett macht, sich mit Hilfe einer Pornozeitschrift einen runterholt ... jede peinliche Erfahrung, die man sein ganzes Leben lang verbirgt, ist ein offenes Buch. Deshalb wird Vertrautheit immer zu Verachtung führen.«

»Nur wenn man ein Menschenhasser ist«, unterbrach ich ihn. »Bei manchen Menschen entdeckt man immer wunderbarere Dinge, je besser man sie kennen lernt.«

Fringie schnaubte verächtlich. »Das hättest du wohl gern, stimmt's?«, fragte er. »Aber natürlich hat es in der Praxis nicht funktioniert. Peggy hat mir nämlich von deinem absurden Rat erzählt. Du weißt schon, dass sie sich einen Typ suchen soll, den sie kennt. Da spielten deine eigenen Interessen wohl eine gewisse Rolle, was? Nur kamst du nicht mal theoretisch in Frage. Du warst ebenso wenig auf ihrer Liste wie ihr Bruder. Weil du kein Typ bist für sie. Sondern ein Clown. Weil du nichts für dich behältst. Weil sie dich kennt. Andererseits weißt du aber rein gar nichts über sie. So hat sie es geschafft, dass du ihr all die Jahre über wie ein Hündchen nachgelaufen bist. Indem sie dich nicht zu nah an sich heranließ. Du warst ja nicht mal in ihrem Zimmer, stimmt's?«

»Du hast überhaupt keine Ahnung«, entgegnete ich. »Wir stehen uns sehr wohl nah. Du bist derjenige, der sie nicht kennt. Du kennst sie überhaupt nicht. Du weißt nicht, welche Zähne ihr gezogen werden mussten, bevor sie ihre Klammer bekommen hat. Du weißt nicht, wie sie den Goldfisch genannt hat, den sie mit acht hatte. Du weißt nicht ...«

»Und ich will diesen unwichtigen Mist auch gar nicht wissen«, konterte Fringie. »Ich weiß alles, was ich wissen will. Ich weiß, wie ihr Mund von innen schmeckt. Ich weiß, wo die Nippel auf diesen legendären Brüsten sitzen. Und ich weiß, wie sie stöhnt, wenn sie kommt.«

»Das ist eine Lüge«, sagte ich.

»Ja, klar, zuerst hat sie ihre kleine Show abgezogen«, entgegnete

Fringie. »Kommt oft vor. Dauert aber nie lange. Und natürlich kam sie nach ein paar Tagen – Tagen! – wieder angekrochen. Und hat darum gebettelt. Hat mich in ihr geheimes Zimmer eingeladen, mit breit gespreizten Beinen auf ihrem Bett gelegen und mich angebettelt, mein Ding in ihrs zu stecken. Auf irgendeiner unbewussten Ebene wollte sie sich wahrscheinlich in die Lage bringen, darum betteln zu müssen. Ich sag's dir, Al – Frauen sind Masochisten. Peggy noch mehr als alle anderen. Selbst körperlich. Sie hat herrlich geblutet.«

»Das ist eine Lüge«, sagte ich noch einmal leise.

»Tja, aber weißt du, es gibt keine Möglichkeit, diese Behauptung zu überprüfen«, sagte Fringie. »Man kann dieses Ergebnis nicht wiederholen. Wenn die Unschuld einmal verloren ist, kann man sie nicht zurückbekommen. Aber Moment!«, rief er. »Ich weiß, was du denkst. Du denkst, klar, es kann keine exakte Wiederholung geben. Wenn die Ratte beim Versuch stirbt, nimmst du beim nächsten Mal eine andere Ratte, weil die erste nur noch ein Kadaver ist. Aber ich kann dir aus meiner persönlichen Erfahrung heraus sagen, dass es so nicht funktioniert. Schließlich könnest du genetisch gesehen keinen besseren Ersatz finden als Kelly, aber sie könnte kaum unterschiedlicher sein. Kelly war das ›A-N-greifen‹ schon eingeimpft, lange bevor sie mit dem Cheerleading angefangen hat. Sie beißt und kratzt und krallt. Peggy beißt sich bloß auf die Lippe und versucht, nicht zu schreien. Kelly schreit. Peggy stöhnt. Sie sind so unterschiedlich wie Schneeweißchen und Rosenrot.« Er nickte nachdenklich. »Und genauso ähnlich. Denn trotz all ihrer Unterschiede sind sie immer noch Schwestern. Und wenn's kommt, keuchen sie beide genau gleich.«

Ein spöttisches Grinsen umspielte seine Züge. »Sehe ich da vielleicht Wut?«, fragte er mich. »Moralische Empörung? Ich glaube nicht. Natürlich ist es Eifersucht. Denn schließlich hättest du es ja auch sein können. Ich hatte keinen Vorsprung vor dir, als ich angefangen habe. Ich lag eher etwas hinter dir. *Du* warst immerhin gesund. Und du hättest mit dem Urtypus des stolzen afrikanischen Kriegers spielen können – diesen Bonus des Fremden hätte ich niemals erreichen können. Aber du hast es versaut. Du hast deine Männlichkeit nicht gepflegt – du hast dich sogar außerordentlich angestrengt, allen klarzumachen, dass du absolut harmlos bist. Eine Frau wird sich niemals von einem lieben, kleinen Elfenwesen angezogen fühlen. Du hast es versaut, Al. Und ich wusste, dass du es versauen würdest. Ich saß auf meiner Veranda und sah euch beiden beim Spielen auf dem Rasen vor ihrem Haus zu – immer ihr beide allein, mich habt ihr nie gefragt. Und ich wusste, dass ich mir Peggy als Erster schnappen würde . . . weil ich es so wollte.« Er schaute zu Echo hinüber. »Oh, und du warst auch da«, sagte er. »Du wolltest auch nicht mit mir spielen. Aber als ich aus Chino zurückkehrte, hab ich gemerkt, dass die Jungs nicht gerade bei dir Schlange standen. Also dachte ich, ich könnte mir mit dir Zeit lassen und zuerst ein paar dringlichere Fälle bearbeiten. Als Hayley mir dann erzählte, dass du an mir interessiert wärst, dachte ich mir, ich könnte mich auch gleich um dich kümmern. Und so kommen Verabredungen für den Abschlussball zustande. Klar, nachdem alle dich in diesem Kleid gesehen hatten, musste ich meine Berechnungen überdenken und schnell etwas unternehmen, ohne dass ich Zeit für die Vorarbeit gehabt hatte. Und jetzt ziehen wir die gleiche kleine Show ab wie Peggy. Und genau wie bei Peggy wird es nicht lange dauern, bis du wieder angekrochen kommst. Deshalb hast du ihn hier wohl mitgebracht, was?« Fringie nickte in meine Richtung. »Er ist der einzige Grund, weshalb du mich nicht anbettelst, dich gleich hier zu nehmen.«

Echo stürzte sich auf ihn und einen Moment lang dachte ich ernsthaft, sie würde ihn umbringen: eine Hand an seiner Kehle, die andere erhoben, um ihm das Gesicht vom Schädel zu reißen. »Ich sollte dir die Augen auskratzen«, zischte sie. Und zum allerersten Mal zeigte Fringie einen Anflug von Angst. Denn Echos Fingernägel glänzten – während seines Monologs hatte sie die Fäuste so fest geballt, dass ihre Handteller Blutspuren aufwiesen. Doch dann machte sie einen Schritt nach hinten und schüttelte den Kopf. »Komm, wir gehen«, sagte sie.

»Sollten wir ihn nicht losbinden?«, fragte ich.

»Das Ganze war schon possenhaft genug«, antwortete sie. »Soll das der Hausmeister machen.«

Wir gingen nach Hause.

Neun

Ich war mir nicht sicher, wer anrufen würde. Ich dachte mir, nachdem sich Fringie bei der Verwaltung über die kleine Show beschwert hätte, die Echo und ich abgezogen hatten, müsste ich mit dem Ende meiner Karriere als Vertrauensschüler und zudem mit einem Schulverweis rechnen. Die Frage war nur, *wer* mir die Nachricht überbrachte. Wenn sie glimpflich mit mir verfahren wollten, würden sie dafür sorgen, dass September mich anrief und mir alles erzählte. Wenn es weniger glimpflich ablaufen sollte, konnte auch Doctor Todd anrufen und mich für Montag in sein Büro beordern. Soweit ich wusste, konnten sie auch die Polizei einschalten – die Ilium hatte schon mal Schwierigkeiten mit einem Mockerey gehabt, also warteten sie möglicherweise schon seit Monaten darauf, dass Echo und ich ebenfalls auffällig wurden. Als also am Samstagnachmittag das Telefon klingelte, wusste ich, dass es für mich sein würde. September war dran. »Hey, cool«, sagte ich. »Da hab ich ja noch mal Glück gehabt, was?«

»Hä?«, fragte sie.

»Ach, nichts«, antwortete ich. »Was gibt's?«

»Na ja, du warst gestern nicht da, deshalb wollte ich dich nur daran erinnern, dass du die Party heute Abend übernommen hast«, erklärte sie. »Bei Greg Garner. Du weißt doch noch, oder?«

»Hmm?« Ich überlegte. »Ach, ja. Das ist heute?«

»Gewissermaßen. Eigentlich eher morgen früh. Es fängt um Mitternacht an.«

»Großartig«, stellte ich fest. »Hey, hast du zufällig gestern oder heute von Doctor Todd gehört?«

»Nö«, antwortete sie. »Warum? Sollte ich?«

»Ach, nur so«, sagte ich.

Wir haben keine Pizza bestellt

Ich ging nach unten und fand matschige Fußspuren in der Diele – es sah aus, als wäre jemand in Karamellpudding herumgewatet und dann in die Küche gelaufen, ohne sich die Schuhe abzuputzen. Das ärgerte mich nicht so sehr wie die Tatsache, dass ich mit Sicherheit als Letzter nach unten gekommen war und niemand vor mir den blöden Boden gewischt hatte. Ich holte den Mop hervor und ein paar Minuten später waren die Spuren verschwunden, aber ich war trotzdem sauer.

Da es Samstag war, hatte ich zwar ausgeschlafen, aber trotzdem war mir um Mitternacht eher nach Schlafengehen als nach Ausgehen. Vor gar nicht allzu langer Zeit hatte ich es noch aufregend gefunden, Schlüsselaufpasser auf Partys zu sein; ich hatte das schöne, erhabene Gefühl gehabt, dass ich meinen Teil dazu beitrug, die Straßen sicherer zu machen; außerdem die Hoffnung, vielleicht eine hübsche designierte Fahrerin zu treffen. Doch jetzt kam es mir nur vor, als würde ich mir selbst etwas vormachen und mich nur als Otubo ausgeben. Ich machte nicht deshalb damit weiter, weil ich dachte, etwas Sinnvolles zu tun, und auch nicht, weil ich September nicht enttäuschen wollte. Sondern weil auf jeder dieser Veranstaltungen irgendeine großzügige Seele darauf bestand, dass mich ein Bier nicht umbringen würde, dass gerade ein irre interessantes Gespräch darüber geführt wurde, wie man am besten in einen »Club ab 21« reinkam, und dass es später, wenn alle versuchen würden, sich zu erinnern, mit wem sie am letzten Wochenende geschlafen hatten, noch spannender werden würde. Wenn ich den Schlüsseljob aufgab, würde niemand denken, dass ich mich dann nicht mehr für ihre Sicherheit interessierte. Sie würden denken, ich sei der Anziehungskraft ihrer kleinen Urinprobenbecher erlegen. Und ich wollte nicht, dass sie auch nur eine Sekunde lang glaubten, ich wäre einer von ihnen geworden.

Die Musik, die mir in Greg Garners Haus entgegenschlug, war ziemlich verwirrend: Fiep-, Piep- und Quiektöne wie die, die Jerems Computer von sich gegeben hatte, unterlegt mit Samples von Pornostars, die anscheinend von dem Geräusch herunterschaltender Trucks auf der Autobahn zu den quälenden Höhepunkten einer vorgetäuschten Ekstase gebracht wurden. Zu klingeln hatte keinen Zweck und die Tür stand offen, also trat ich ins Haus. Greg Garner konnte ich nirgendwo entdecken, ebenso wenig jemanden mit einer Salatschüssel für die Schlüssel. Stattdessen stellte ich fest, dass die Eingangshalle, deren Boden ich als abgesenkt in Erinnerung hatte, nun leicht über dem Hartholzboden erhoben war. Einige Leute standen darauf herum, andere lümmelten sich halb betrunken auf dem Boden. Ich machte einen Schritt auf die erhöhte Fläche und spürte, wie der Boden unter meinen Füßen nachgab. Denn das war gar nicht der Fußboden. Der Raum war komplett mit Matratzen ausgelegt worden.

Ich zog mich in die Ecke zurück und beobachtete die ankommenden Leute – alles Pärchen, obwohl sie nicht unbedingt zusammenblieben. Tatsächlich ergab ein schneller Blick durch den Raum eher das Gegenteil: hier und dort Haufen von Jungs, Grüppchen von Mädchen an anderen Stellen, und mehr als einmal sah ich ein Mädchen und einen Jungen gemeinsam kommen und in entgegengesetzte Richtungen gehen, sobald sie die Schwelle überschritten hatten. Das erschien mir auch ganz logisch, so wenig, wie die Paare hier zusammenpassten: schmuddelige Typen im Collegealter in Begleitung von Mädchen, die grade erst ihr Foto für die achte Klasse machen lassen hatten. Leider waren es Erstere, die in meine Zimmerecke strebten und deren Gespräch ich mir anhören musste.

»Hast du Garner gesehen?«

»Nö, wieso?«

»Ich brauch diesen Ausweis von ihm ...«

»Gib ihn ihr doch nicht *jetzt*, du Blödmann – dann geht sie doch ...«

»Ich will ihn ihr ja nicht *geben*, sondern nur *zeigen*, damit sie weiß, dass ich keinen Scheiß rede, und sie bleibt ...«

»Ihr einen Ausweis zu versprechen, ist doch eh für'n Arsch – du musst ihr keinen Ausweis besorgen, sondern ein *Bier.* Dann muss sie immer zurückkommen, wenn sie noch eins will. Wie heißt es noch? ›Bring jemandem das Angeln bei und er wird sein Leben lang zu essen haben. Gib jemandem einen Fisch und er muss dir jedes Mal einen Kolibri bringen, wenn er noch einen Fisch will‹.«

Ich versuchte, mich von dieser speziellen Unterhaltung zu entfernen, doch das Gewühl wurde plötzlich dichter, und auf einmal stand ich an die Wand gedrängt, als ein Dutzend Paare zugleich hereinkamen. Es waren die Wasserballspieler und ihre Begleitungen. Die meisten dieser Mädchen waren Carver Fringies abgelegte Exfreundinnen: Linda Garcia, Erika Christensen ... Ich wusste nicht, ob sie deshalb immer bei Fringies Kumpeln landeten, weil sie einfach in denselben Kreisen verkehrten, oder ob die unbedeutenderen Wasserballspieler offiziell oder inoffiziell für die Rechte an Fringies Exfreundinnen boten wie bei der Auswahl der besten Hockeyspieler. Mir kam der Gedanke, dass das Wasserballteam vielleicht doch nicht so beliebt war, wie ich gedacht hatte. Vielleicht wirkten sie nur so beliebt, weil Fringies verschiedene Eroberungen der Schwerkraft nicht so gut entkamen.

»Wo ist Fringie?«, fragte jemand hinter mir. Vom Team bekam es niemand mit, und wahrscheinlich hatte derjenige sowieso nicht mit den Spielern gesprochen.

»Keine Ahnung«, antwortete jemand anders. »Sieht nicht so aus, als ob er bei ihnen wär. Wahrscheinlich kommt er etwas später. Oder er kommt viel später, weil er gerade jetzt kommt. Hö, hö, hö.«

»Hey, wer ist denn die Blonde?«

»Welche? Die bei Kevin Love?«

»Ja.«

»Lass mal sehen. Oh, das ist Peggy Kaylin.«

In diesem Moment wäre ich fast an meiner eigenen Speiseröhre erstickt. Ich reckte den Hals, um Peggy in der Menge zu suchen, konnte sie aber zwischen all den Leuten nicht finden. Ich entdeckte Kevin Love – er war einen ganzen Kopf größer als alle anderen –, aber wer bei ihm war, konnte ich nicht ausmachen.

»Peggy Kaylin? Die Squeak-Queen?«, fragte einer der Typen hinter mir. »Hey. Ich hätte sie gar nicht erkannt ohne ...«

»Ohne die schwarzen Haare? Ja, das Wasserstoffblond hat sie jetzt seit ein paar Wochen.«

»Ich wollte sagen, ohne dass ihr Sperma aus dem Mund läuft.«

»Ach so. Hö hö. Warte einfach, bis sie noch ein paar Pillen braucht.«

Ich folgte Kevin Loves Kopf ins Wohnzimmer, und dort lichtete sich die Menge ein wenig: Ich konnte erkennen, dass er mit einem Mädchen zusammen war, das ungleichmäßig gebleichte Haare hatte und eine dicke schwarze Lederjacke trug. Das Gesicht konnte ich nicht sehen, aber ich hatte keinen Grund zu glauben, dass es nicht Peggy war. Trotzdem musste ich sie von vorn sehen. Als mir das tatsächlich einen Moment lang gelang, verzerrte sie kurz vor Schmerz das Gesicht und schwankte ein wenig. Nicht weil sie einen Knicks vor mir machte – wahrscheinlich hatte sie mich nicht mal gesehen –, sondern weil Kevin Love ihr Handgelenk gerade verdreht hatte oder so was. Ich wollte gerade hingehen und etwas zu ihm sagen, als ich eine Hand auf meiner Schulter spürte. Es war Greg Garner. »Tschuldigung, aber mit wem bist du denn da?«, wollte er wissen.

»Ich bin Vertrauensschüler von der Ilium«, antwortete ich. »Aber ...«

»Ich meine, wen du dabei hast«, erklärte Greg. »Diese Veranstaltung hier ist, sag ich mal, nur für Paare. Und ich hab bestimmt keine ...«

Kevin Love stellte sich hinter ihn und flüsterte ihm etwas ins Ohr. »Verstehe«, sagte er dann. »Heh. Anscheinend hat es ein Missverständnis gegeben und wir werden deine Dienste heute Abend gar nicht brauchen. Also kannst du jetzt gehen. Du findest sicher allein raus.«

Ich versuchte, Peggys Blick aufzufangen, bevor ich ging, doch Kevin drehte ruckartig an ihrem Handgelenk und zerrte sie ins nächste Zimmer. In diesem Augenblick konnte ich nur hoffen, dass all die Geschichten, die ich über ihn gehört hatte, nicht wahr waren.

Als ich an diesem Abend nach Hause kam, war mein Zimmer kalt und leer, was langsam zur Gewohnheit wurde. Echo verbrachte ihre Nächte neuerdings in Mollys Zimmer, nicht bloß die drei Stunden, in denen sie wirklich schlief, sondern die ganze Zeit von der Abend- bis zur Morgendämmerung. Ich schlief allein in meinem Zimmer. Ich vermisste unser kleines Paralleluniversum, aber im Grunde merkt man beim Schlafen ja nicht, wer mit einem im Bett liegt oder nicht. Das hielt mich natürlich nicht davon ab, in Mollys Zimmer gehen zu wollen, als ich von der Party kam. Die Tür war verschlossen.

Aber als ich am nächsten Morgen – okay, Nachmittag – aufstand und aus meinem Zimmer trat, stand ihre Tür einen Spalt weit offen, ein äußerst seltenes Vorkommnis, das ich als Einladung auffasste. Und als ich die Tür vorsichtig ein Stück weiter öffnete, schaute Molly tatsächlich zu mir herüber und winkte mich herein. Sie saß an ihrer Staffelei und zeichnete irgendetwas – ich konnte jedoch noch nicht erkennen, was.

Erst in ihrem Zimmer sah ich ihr Modell: Echo, nackt wie in der Woche zuvor, mit zwei Äpfeln im linken Arm und einem dritten in der rechten Hand, den sie nachdenklich betrachtete. »Sie soll Atalanta darstellen«, erklärte Molly.

»Atalanta?«, fragte ich. »War das nicht die, die an einen Fels gekettet wurde, weil sie so schön war?«

»Das war Andromeda«, antwortete Molly. »Atalanta war diejenige, die geschworen hat, nicht zu heiraten, bis ein Mann sie bei einem Rennen geschlagen hat – Verlierer wurden hingerichtet. Also bittet dieser eine Kandidat Aphrodite um Hilfe, weil er sie gewinnen möchte. Sie gibt ihm drei goldene Äpfel, um Atalanta während des Rennens abzulenken. Nicht, dass sie sich nicht gern ablenken ließ – mmmm. Also heiraten sie, aber sie sind so wild aufeinander, dass sie es sofort im Tempel tun, anstatt sich zuerst bei Aphrodite zu bedanken. Deshalb verwandelt sie alle beide zur Strafe in Löwen. Obwohl ich nie ganz verstanden hab, wieso das eine Strafe sein soll. Wer würde denn nicht gerne ein Löwe sein?«

»Tiger sind cooler«, bemerkte Jerem. Er hockte auf Mollys Bett und tippte an seinem Computer (als ob ich das noch erwähnen müsste).

»Darüber lässt sich streiten«, meinte Molly. »Ich behaupte ja auch nicht, dass es *besser* ist, ein Löwe zu sein als ein Tiger, oder ein Löwe als ein Mädchen. Aber wenn man in einen Löwen verwandelt wird, gibt es doch keinen Grund, sich zu wünschen, man wäre etwas anderes. Löwen sind wunderbar. Aber Mädchen natürlich auch.« Sie zeigte mit ihrem Kohlestift auf Echo.

Ich schaute Echo an. »Hey, wie lange sitzt du schon so?«, fragte ich.

»Ungefähr eine Stunde«, antwortete Molly.

»Echt? Findest du nicht, dass sie schon genug Zeit in erstarrter Haltung verbracht hat?«

»Ich hab eine Kamera in meinem Zimmer«, warf Jerem ein. »Du könntest ein paar Bilder machen und dann vom Bildschirm abzeichnen. Spart Zeit.«

»Das ist nicht das Gleiche«, entgegnete Molly. »Aber ich könnte sie für ein paar erste Skizzen verwenden ...«

Jerem holte seine Kamera aus dem anderen Zimmer. Molly schloss sie an ihren Computer an und schoss mehrere Fotos von Echo aus verschiedenen Perspektiven. »Okay, jetzt du«, sagte sie zu mir.

»Wie bitte?«, fragte ich. »Kommt nicht in Frage.«

»Behaupte jetzt bloß nicht, es ist dir peinlich«, sagte sie. »Nicht nach letzter Woche.«

»Nicht unbedingt«, antwortete ich. »Aber ich kann doch nicht auf Echo folgen! Das wäre ja so, als würde man von der Decke der Sixtinischen Kapelle zu den ›Poker spielenden Hunden‹ übergehen. Vielleicht ein anderes Mal.« Ich ging in mein Zimmer zurück.

Schließlich kam Echo mir nach. »Wie hat sie dich denn dazu gekriegt, ihr Modell zu sitzen?«, fragte ich.

»Sie hat mich darum gebeten«, erwiderte Echo. »Nach der letzten Woche schulde ich Molly einiges mehr, als ihr nur Modell zu sitzen.« Sie ging den Bücherstapel auf unserem Schreibtisch durch, zog eines heraus, hüpfte damit auf ihr Bett und begann zu lesen.

»Ähm, hast du vor, dich irgendwann auch mal wieder anzuziehen?«, fragte ich.

»Gestern war ich einkaufen und hatte keinen Grund, mich auszuziehen, als ich wieder zu Hause war«, erklärte sie. »Heute habe ich für Molly Modell gesessen und habe keinen Grund, mich wieder anzuziehen. Ich habe keine Tagesordnung, ich bin nur effizient.«

Sie schnappte sich ein Schulheft vom Tisch und fing an, etwas hineinzukritzeln. Ich stellte fest, dass sie es normalerweise für Englisch benutzte. »Gehst du morgen wieder zur Schule?«, fragte ich.

»Ich glaub schon«, antwortete sie mit einem Seufzer.

»Klingt ja nicht gerade begeistert«, meinte ich. »Wenn du willst, könnte ich es bestimmt erwirken, dass du deine Prüfungen und so zu Hause machen darfst . . .«

»Nein, ich will ja hingehen«, sagte sie. »Ich möchte wenigstens Hayley sehen . . .«

Muchas Schmusas

Ich war aus einem anderen Grund erpicht darauf, wieder zur Schule zu gehen: Ich hatte eine Theorie, die bewiesen werden musste. Am Montag ging ich als Allererstes zum Sekretariat und warf noch einmal einen Blick auf die Liste für den Partyschlüsseldienst. Die Party bei Greg Garner stand gleich auf der ersten Seite, der Name in der dazugehörigen Spalte lautete: »Carver Fringie«. Ich nahm mir vor, September die Daumen zu brechen, weil sie mir dieses wunderschöne Detail verschwiegen hatte, als sie mich gebeten hatte, diese Party zu übernehmen.

Andererseits fiel mir auch ein Stein vom Herzen, als ich die Liste weglegte. Okay, das ist vielleicht übertrieben. Aber ich hatte zumindest das Gefühl, dass mir jemand einen Stein vom Herzen gerollt und dafür einen Haufen gasgefüllter Ballons an meine Schultern gebunden hätte. Denn mir war jetzt klar, dass ich mir jetzt keine Sorgen mehr darüber zu machen brauchte, ob Fringie mich meldete. Mich zu der Sexparty zu bestellen und die Ankunft der Wasserballspieler zu inszenieren, um sicherzugehen, dass ich Peggy auf jeden Fall dort sah, war seine Rache für die Geschichte mit dem Denkzettel gewesen. Wir waren quitt. Natürlich fiel mir fünf Sekunden später ein, dass er sich schon vor Wochen eingetragen haben musste und der Vorfall dank des Gesetzes von Ursache und Wirkung in keinem Zusammenhang mit dem Denkzettel damit stehen konnte. Meine Ballons platzten.

Im Redaktionsraum stellte ich fest, dass Echo und Hayley bereits wieder vereint waren. Sie unterhielten sich gerade, als ich hereinkam. »Hey, es ist schön, dass du wieder da bist«, sagte Hayley gerade. »Ich hab dich vermisst.«

»Nett von dir, das zu sagen«, antwortete Echo und schaute dabei zu Boden.

»Na klar«, bekräftigte Hayley. »Ich meine, ich hab dich lange nicht gesehen ... Das letzte Mal noch vor dem Abschlussball, wenn ich so darüber nachdenke. Und wie ich so gehört habe, war dein Kleid ja auch ein ziemlicher Hit. Ich hätte es echt gern gesehen.« Sluggo kicherte. »Was ist?«, fragte Hayley.

»Nichts«, antwortete er grinsend.

»Was ist denn passiert?«, erkundigte sich Hayley. »Allen hat gesagt, du warst krank. Lag's am Essen? Ich hab gehört, das Essen auf dem Abschlussball ist immer ein richtiges E.coli-Fest.«

»Nein ... Es lag nicht am Essen ...«, antwortete Echo. Sie starrte die Tafel an. »Ich hab mich ... einfach nur nicht wohl gefühlt ... Aber danke, dass du vorbeigekommen bist.«

»Hmm?«, machte Hayley.

»Allen hat mir erzählt, dass du da warst«, fuhr Echo fort. »Tut mir Leid, dass ich dich nicht empfangen konnte ... Aber es bedeutet mir sehr viel ...«

»War doch klar«, erwiderte Hayley. »Du klingst so überrascht. Wenn ich krank wäre, würdest du mich doch auch besuchen, oder nicht?«

Echo lächelte, aber so, wie man lächelt, wenn man sich das Schienbein am Couchtisch gestoßen hat. »Du wirst nie krank werden«, murmelte sie.

Hayley warf Echo einen seltsamen Blick zu. »Echo, hab ich irgendwas falsch gemacht?«, fragte sie.

»Was?«, sagte Echo.

»Na ja, mir ist aufgefallen, dass du mich, seit wir miteinander reden, noch nicht angeschaut hast«, erklärte Hayley. »Du machst einen ziemlich verwirrten Eindruck. Hab ich irgendetwas getan, was dich verärgert hat?«

»Nein«, antwortete Echo.

»Hm, es fällt mir schwer, das zu glauben«, sagte Hayley.

Echo schaute Hayley verwundert an. Sie schien einen winzigen Augenblick lang zu erstarren – dann packte sie sie an den Schultern und küsste sie. Eine Sekunde verging, dann fünf; Echo schien nicht aufhören zu wollen.

»Whoa!«, rief Sluggo.

Das zerstörte den Augenblick. Echo wich zurück; Entsetzen huschte über ihr Gesicht, fast zu kurz, als dass es erkennbar gewesen wäre; und dann war sie weg, und die Tür knallte hinter ihr zu. Ich lief ihr nach, mehr aus Gewohnheit als aus anderen Gründen, doch als ich den Kopf durch die Tür steckte, um nachzusehen, wohin sie gerannt war, war der Flur leer. Doch selbst Echo konnte nicht so schnell sein. Entweder sie hatte sich in Luft aufgelöst oder sie hatte sich ein paar Türen weiter auf der Lehrertoilette eingeschlossen. Ich beschloss, sie im Moment besser in Ruhe zu lassen.

»Das kam, ähm, etwas unerwartet«, stellte Hayley fest.

»Whoa!«, wiederholte Sluggo.

»Ich würde sagen, das hat gezeigt, dass sie nicht verärgert ist«, meinte Cat.

»Hmm«, sagte Hayley. »Das war anscheinend eine Art Missverständnis. Ich werde mit ihr reden.« Sie lächelte schwach. »Andererseits . . . wenn Jefferson so küssen könnte, hätte ich Seattle nie verlassen.«

»Ich hab alles vermasselt«, klagte Echo.

Sie saß verzweifelt auf der Bettkante. »Das hast du nicht«, tröstete ich sie. »Hayley wird es verstehen.«

»Verstehen?«, wiederholte sie. »*Verstehen*? Du tust ja so, als wäre das etwas Positives – dass sie versteht. Das, was sie versteht, ist etwas, das sie niemals erfahren sollte. Und jetzt weiß sie es nicht nur, sondern sie hat es auch noch auf die schlimmste Weise erfahren, die man sich vorstellen kann. Wie soll ich mich da nur jemals wieder blicken lassen?«

»Min-Hsun Lee ist auch irgendwie darüber hinweggekommen, dass er sich bei der Schulaufführung in der sechsten Klasse in die Hose gemacht hat«, merkte ich an.

»Das hier ist etwas völlig anderes«, entgegnete Echo. »Es wäre ja eine Sache, wenn ich mich nur blamiert hätte. Aber das hier ist schlimmer. Hayley wollte bloß ... wie eine Schwester sein ... und ich ... sie ist nicht ... sie würde niemals ...«

»Läufst du von zu Hause weg?«, fragte ich. Durch den Türrahmen hatte ich Jerem mit einem schweren Rucksack aus seinem Zimmer kommen sehen. Ich ließ jedoch Echos Hand nicht los.

»Ja, so ist es«, antwortete Jerem. »Obwohl ich nicht laufe. Ich nehme eine Limousine.«

»Was?«, schrie Molly. Ihre Tür flog auf und sie rannte in die kleine Nische hinein. »Du willst weg?«

»Ich ziehe aus«, erklärte Jerem.

»Du ziehst aus?«, fragte ich. »Ich dachte, du wolltest nur auf den Dachboden ziehen.«

»Das war letzte Woche«, antwortete er. »Erinnert ihr euch an das Projekt, an dem ich gearbeitet habe? Ich hab ein paar neue Level für Bloodgnarl designt. Und wo ich schon mal dabei war, hab ich gleich die Game Engine ein bisschen optimiert. Auf jeden Fall hab ich ihnen eine Kopie meiner Arbeit geschickt und sie haben mir daraufhin einen Job angeboten.«

»Was?«, staunte ich.

»Ich glaube, sie lassen mich lieber an der Fortsetzung arbeiten, als zu riskieren, dass ich meine Kenntnisse aus dem Reverse-Engineering ihres Programms in ein Konkurrenzprodukt stecke«, erklärte Jerem. »Also kann ich jetzt endlich aus diesem Loch hier ausziehen. Sie haben schon ein Apartment für mich in Mountain View. Ich hätte das Geld wahrscheinlich auch einfach klauen können, aber das hier ist angenehm und legal und ich muss mich nicht die ganze Zeit nervös umschauen.«

»Aber das ist... Ich meine, das ist doch lächerlich«, wandte ich ein. »Sie können dir keinen Job geben. Du bist erst neun Jahre alt.«

»Und sie sind alle nicht älter als neunzehn«, entgegnete Jerem. »Beim Hacken kommt es nur auf die Kompetenz an und nicht auf so was Blödes und Unwichtiges wie das Alter. Außerdem wissen sie ja gar nicht, wie alt ich bin. Sie waren ein bisschen misstrauisch, weil ich mich nicht persönlich mit ihnen treffen oder am Telefon mit ihnen reden wollte. Aber das kommt in der Hacker-Community häufiger vor. Und davon abgesehen konnte ich sie dafür... entschädigen, dass sie diese Tatsache übersehen haben.«

»Du hast sie bestochen?«, fragte ich. »Womit denn, mit deinem Erbe? Mit *unserem* Erbe? Oder hast du einfach irgendeine Bank mit einem ›unsicheren‹ Server ausgeraubt?«

»Eigentlich hab ich nur Echos Fotos von Mollys Computer runterkopiert«, antwortete Jerem. »Nachdem sie sich ein paar davon angesehen hatten, hätten sie mir auch 'ne Jacht gekauft.«

»Was?«, rief ich.

Molly schlang die Arme um Jerem und fing an zu weinen. »Wie ... wie kannst du so einfach deine Sachen zusammenpacken und abhauen?«, fragte sie. »Warum hast du mir nichts davon erzählt?«

»Bitte, lass uns jetzt kein rührseliges Drama daraus machen«, sagte Jerem und schüttelte sie ab. »Der Wagen wird jede Minute hier sein. Falls ihr mich aus irgendeinem Grund kontaktieren müsst, könnt ihr mich über mein Handy erreichen. Aber ich wüsste nicht, wozu.«

»Geh nicht, Jerem«, bat Molly. »Ich hab dich lieb. Ich hab dich l...«

»Dieses Adjektiv bedeutet gar nichts«, unterbrach sie Jerem. Er schaute über meine Schulter hinweg aus dem Fenster und beobachtete, wie die Limousine in unsere Straße einbog. »Hmm«, sagte er. »Weiß? Ich hatte schwarz bestellt. Da kriegt irgendjemand kein Trinkgeld.« Er ging nach unten. Molly stürzte in ihr Zimmer zurück. Ich sah, wie Jerem das Handy ausstellte, als er unsere Einfahrt entlangging.

Echo seufzte. »Darf ich heute Nacht bei dir schlafen?«, bat sie. »Molly ist vielleicht zu beschäftigt.«

»Sehr gern«, antwortete ich.

Es ist ein Crash, Crash, Crash

In dieser Nacht wurde ich von einem leisen, zarten Geräusch geweckt. Ich kannte dieses Geräusch besser, als mir lieb war. Und ich fragte mich, um wen Echo heute Nacht weinte. Jerem? Hayley? Fringie? Dad? Allein die Länge der Liste war ein Grund zu weinen. Ich wollte sie schon an mich drücken und sie trösten, als mir plötzlich klar wurde, was ich da wirklich hörte. Keine Ahnung, was mich darauf brachte – vielleicht stockte ihr Atem ein kleines bisschen anders. Doch ich begriff sofort, dass Echo nicht weinte. Sie machte etwas ganz anderes. Offensichtlich hatte zumindest eines von Mollys Argumenten, warum sie am Leben bleiben sollte, sie überzeugt. Um die Wahrheit zu sagen, fand ich es ziemlich erfreulich. Endlich hatte Echos Stöhnen ausnahmsweise mal etwas Gutes zu bedeuten. Es bedeutete, dass sie das Leben trotz all dieser Krisen annahm. Unwillkürlich fragte ich mich, an wen sie wohl dachte, während ihre Fingerspitzen ihr wundersames Werk verrichteten. Und dann fiel mir auf, dass die Liste der Kandidaten trotz veränderter Fragestellung eigentlich die gleiche blieb.

Als ich am nächsten Morgen aufstand, erzählte ich Echo natürlich nicht, dass ich sie gehört hatte. Ich fragte sie aber, ob sie zur Schule gehen wolle, und sie zuckte nur die Achseln. Ich beschloss, Molly nach ihrer Meinung in dieser Sache zu fragen – soweit ich wusste, hatte sie noch nicht mal von dem Kuss gehört. Doch als ich nach nebenan in ihr Zimmer ging, waren ihre Augen ganz rot und ihr Gesicht wirkte irgendwie aufgedunsen und abgespannt. »Alles in Ordnung?«, fragte ich. »Du siehst furchtbar aus.«

»Ich hab die ganze Nacht mit Jerem telefoniert«, antwortete sie. »Oder besser, ich hab's versucht – er hat einfach immer wieder aufgelegt.« Sie schüttelte den Kopf. »Wie konnte er nur einfach so gehen?«

»Er ist ein Arschloch«, sagte ich. »Ich denke, das hat er gestern eindeutig bewiesen. Vergiss es.«

»Aber ich hab ihn lieb«, wandte sie ein.

»Warum denn?«, fragte ich. »Er hat uns nicht lieb. Du hast ihm gestern gesagt, dass du ihn lieb hast, und er hat dich behandelt wie etwas, das er sich von seinem Schuh kratzt. Und als du und ich versucht haben, Echo zu helfen, hat er die ganze Zeit nur darüber nachgedacht, wie er aus ihr einen Internetporno machen kann.«

»Aber er ist doch mein Bruder«, entgegnete sie. »Es gibt nur einen einzigen Menschen auf der Welt, für den ich eine große Schwester bin, und das ist er. Das ist alles, was zählt.« Sie seufzte. »Was ist bloß passiert?«, fragte sie. »Ich meine, es war vielleicht nie paradiesisch hier, aber immerhin war alles irgendwie beständig. Jetzt bricht plötzlich alles zusammen. Und ich weiß nicht mal, womit das angefangen hat . . .«

Ich küsste sie auf die Stirn. »Ich tippe mal auf den Urknall«, erwiderte ich. »Okay, die Schule wartet. Bis später.«

Es war ein blendend heller Morgen. Aus irgendeinem Grund ist die Sommersonne um sieben Uhr morgens immer fünfzigmal greller als um sieben Uhr abends, obwohl sie im mehr oder weniger gleichen Winkel steht. Echo zuckte zusammen, als wir aus dem Haus traten. »Als du beschlossen hast, zur Schule zu gehen, hast du wahrscheinlich das Wetter nicht bedacht«, stellte ich fest, als wir in das Rad spazierten. »Mal sehen. Contra: verbrutzelte Netzhaut. Pro: Immerhin regnet es nicht.«

»Kann schon sein«, erwiderte sie.

Plötzlich lief ich in Echo hinein – sie war abrupt stehen geblieben und starrte auf ihr Schließfach. Ich schaute auf. Dick und breit prangte dort in knallroter Sprühfarbe das Wort »LESBE«.

»Okay, das kann man wohl als ein ›Contra‹ zählen«, sagte ich.

Ich rechnete damit, dass Echo wütend reagieren würde. Stattdessen ging sie ruhig zu ihrem Schließfach, tippte vorsichtig ihre Kombination ein und öffnete die Tür.

Dann riss sie die Tür mit einem Ruck aus den Angeln und knickte das dünne Blech mit den Händen in der Mitte um.

»Ui«, sagte ich.

Echo warf die Überreste der Tür über ihre Schulter weg. Dann begann sie, die Bücher aus dem Loch, das ehemals ihr Schließfach gewesen war, herauszunehmen und in ihren Rucksack zu stopfen. Sie hatte ungefähr zwei Drittel geschafft, als sie aufgab und zu Boden sank.

»Ich werd nicht mehr damit fertig«, sagte sie. Sie hielt den Kopf in den Händen. »Ich kann nicht ... Ich weiß nicht ... ich pack das alles nicht mehr.« Sie seufzte. »Ich kann nicht ...«

»Pass auf«, sagte ich. »Wir machen jetzt Folgendes. Zuerst gehst du wieder nach Hause. Aber sitz nicht den ganzen Tag bloß rum. Geh zum Strand oder so was. Oder hol Molly nach der Schule ab und geh mit ihr zum Strand. Ich rede mit Doctor Todd oder jemand anders und sorge dafür, dass du in ein Einzel-Lernprogramm kommst. Dann kannst du alle deine Prüfungen machen und brauchst dieses Schuljahr nicht mehr herkommen.«

»Du meinst Heimunterricht?«, fragte sie. »Dad hat schon mal nach den Hockeyendspielen darum gebeten. Der Schulpsychologe hat gesagt, ich müsste wegen der sozialen Fähigkeiten in der Schule bleiben, sonst würde ich nie lernen, mit den Menschen in der wahren Welt klarzukommen ...«

»Okay, erstens sind das alles Idioten«, antwortete ich. »Die Schule ist alles andere als die wahre Welt. Sie ist die am schlechtesten angepasste Umgebung, die man sich vorstellen kann. Und zweitens bist du nicht mehr zehn, sondern sechzehn. Es würde dir wahrscheinlich eh besser gehen, wenn du jetzt einfach was anderes mit deinem

Leben anstellst. Mach deinen High-School-Abschluss diesen Sommer und danach ein oder zwei Jahre was anderes. Ich bin sicher, Professorin Katie oder Professor Danny würden dich als Forschungsassistentin einstellen, wenn du das wolltest. Oder du arbeitest ehrenamtlich für die Stadt, oder suchst dir etwas im Freien ... Ich meine, es gibt tausend Sachen, die du machen könntest und die im Moment besser für dich wären als die Schule. Ich weiß gar nicht, warum ich erst jetzt darauf komme. Was hältst du davon?«

»Das mit dem nach Hause gehen klingt gut«, antwortete Echo.

Als wir zu Hause ankamen, wollte Molly gerade ins Badezimmer, um sich für die Schule fertig zu machen. »Ihr seid ja schon wieder da!«, rief sie. »Was ist los?«

Echo stieg wieder ins Bett und zog sich die Decke über den Kopf. Ich setzte mich im Badezimmer auf die Fläche neben dem Waschbecken und erzählte Molly alles über den Kuss und sein Nachspiel, während sie unter der Dusche stand. »Es muss Sluggo gewesen sein«, fügte ich hinzu. »Vielleicht war er das nicht mit der Sprühfarbe, aber er hat es dem erzählt, der es getan hat. Vielleicht waren es die Wasserballspieler, aber eigentlich tippe ich eher auf Echos alte Hockeykameraden. Ich verstehe nur noch nicht ganz, was über Echo gekommen ist.«

»Es musste irgendwann passieren«, antwortete Molly. »Ich hab gehört, wie sie über Hayley gesprochen hat. Wahrscheinlich wollte sie das schon seit Wochen machen. Das Einzige, was sie davon abgehalten hat, war ihre Schutzschicht aus Eis. Und als die erst mal zum Teil weggeschmolzen war, wusste sie nicht, wie sie mit dem Gefühl umgehen sollte. Sie muss jetzt einfach lernen, ihre spontanen Regungen auf produktive Weise nach außen zu lassen, anstatt sie unbedacht zu zeigen oder sie ganz zu unterdrücken.« Es quietschte, als sie den Wasserhahn zudrehte. »Vielleicht sollte ich noch mal zu Hause bleiben«, schlug sie vor. »Obwohl ich schon eine Verwarnung gekriegt habe, weil ich letzte Woche so viele Stunden gefehlt habe ...«

»Ich glaube, sie schafft es schon«, sagte ich. »Ich hoffe nur, sie unternimmt mal etwas, das ihr Spaß macht, anstatt immer nur bedrückt hier rumzuliegen.« Ich kehrte in unser Zimmer zurück. »Hey, Schwesterherz«, sagte ich. »Ich geh jetzt wieder hin. Ich komme zum Mittagessen zurück, okay?«

»Okay«, antwortete Echo unter der Decke.

»Und ... ich meine, du weißt doch, dass es für mich keinen Unterschied macht, ja?«, fügte ich hinzu. »Ob du's bist oder nicht.«

Echo zog sich die Decke vom Kopf. »Ob ich was bin oder nicht?«, fragte sie.

»Du weißt schon«, antwortete ich. »Ob du, na ja, lesbisch bist. Ich meine, bist du's?«

Echo funkelte mich wütend an. »Das hat überhaupt nichts zu bedeuten«, sagte sie. »Das ist doch bloß ein Etikett. Das Leben ist viel ungewisser. Woher willst du ahnen, ob du dich zu jemandem hingezogen fühlst, bevor es passiert?«

»Na gut«, erwiderte ich. »Auf jeden Fall ist das für mich alles okay. Ich wollte bloß, dass dir das klar ist.«

Während ich die Treppe hinunterging, musste ich darüber nachdenken. Wenn ich es recht bedachte, konnte ich mir gut vorstellen, dass Echo mit dreißig glücklich mit einer Frau verheiratet war. Dieses Bild schien mir einfach zu passen. Ich lächelte. Vielleicht konnte ich sie ja irgendwann mal überreden, unser Auto gegen ein Kabrio einzutauschen, und dann mit ihr zusammen herumfahren und nach Mädchen Ausschau halten.

»Weshalb grinst du so?«, wollte Peggy wissen.

Zehn Jahre gealtert

Peggy hatte in der Garage auf mich gewartet. »Huch!«, rief ich. Ich schaute auf die Uhr. Ich kam bereits ein paar Minuten zu spät zum Unterricht, aber das war mir unter diesen Umständen egal. »Wow«, sagte ich. »Äh, hi. Bist du nicht etwas früh dran? Es ist nicht mal halb acht.«

»Früh für dich vielleicht«, antwortete sie. »Ich wollte gerade schlafen gehen.«

Ich schaute sie an: glanzlose, fettige Haare mit schwarzen Strähnen, die durch das Wasserstoffblond hervorschauten; die schwarze Lederjacke, die jetzt seltsam verfärbte Flecken aufwies; die Lippen rot und geschwollen; die Augen von einem matten Grau. Sie sah aus, als hätte sie drei Tage nicht geschlafen oder dreißig Tage nicht die Klamotten gewechselt. Wie es mein Gehirn schaffte, diese Information zu verarbeiten und sie dabei dennoch als Schönheit zu registrieren, weiß ich nicht. Aber für mich hätte sie nicht hübscher ausgesehen, wenn sie frisch geputzt und blitzblank in ihrer früheren Schuluniform aufgetaucht wäre.

»Na?«, sagte sie. »Willst du mir nicht die Frage stellen, warum ich hier bin?«

»Du bist hier«, erwiderte ich. »Ich sehe keinen Grund, diese Tatsache dadurch zu verderben, dass ich sie hinterfrage.«

Peggy blinzelte. Mir fiel auf, dass sie ungefähr fünfmal schneller blinzelte als normal – ich hätte das ja auf den grellen Sonnenschein geschoben, aber in der Garage war es eher düster. »Ich werd dir sagen, weshalb ich nicht hier bin«, verkündete sie. »Ich bin nicht hier, weil du mich auf der Party gesehen hast und ich dir eine Erklärung geben will. Ich hab nämlich keine Erklärung. Ich war aus dem gleichen Grund dort wie alle anderen. Was meinst du dazu, hä?«

Peggy war wütend, und dennoch hätte ihr Zorn kaum weniger ansteckend sein können. Ich spürte, wie mich eine ungeheure Ruhe überkam. Vielleicht war ich aber auch nur erschöpft – plötzlich hatte ich das Gefühl, *ich* wäre die ganze Nacht auf gewesen und nicht sie. »War schön, dich wiederzusehen«, stellte ich fest.

»Aber deshalb bin ich nicht hier«, beharrte sie. »Ich bin nicht gekommen, um dir zu sagen, dass du nicht gesehen hast, was du geglaubt hast zu sehen, und dass es nicht so schlimm ist, wie du denkst. Das will ich dir *nicht* sagen. Es ist schlimmer. Es ist *viel* schlimmer. Ich habe Dinge getan, die ... die ...«

»Ja, ich hab schon ein wenig darüber gehört«, antwortete ich.

»Aber du hast keine Ahnung«, stöhnte sie, während sie in der Garage auf und ab schritt. »Du hast einfach keine Ahnung. Du denkst, du denkst, dass die Dinge, von denen du keine Ahnung hast, die gleichen sind wie bei dir, aber da liegst du falsch. Ich hab Dinge getan ... Kevin ... erst heute Nacht, erst letzte Nacht, wir ... er ... siehst du, du hast einfach keine Ahnung. Aber ich werd's dir sagen. Ich werde ...«

»Warum?«, fragte ich.

»Was?«

»Ich meine, wenn du nur gekommen bist, um eine Liste von Drogen runterzuleiern, die du genommen hast, und erniedrigende Geschlechtsakte, die du durchgeführt hast, wäre es mir lieber, wenn du das für dich behältst«, erklärte ich. »Ich weiß nicht, wie man eine Beichte abnimmt, und ich bin nicht unbedingt daran interessiert, das alles zu hören.«

»Siehst du?«, zischte sie. »Du hast keine Ahnung. Du willst dich nur an eine Illusion klammern, die du von mir hast, und ...«

»Das ist es gar nicht unbedingt«, unterbrach ich sie. »Ich sehe nur keinen Sinn darin. Wenn du willst, dass ich dich ›ernster nehme‹ oder so was, funktioniert das so nicht. Wenn ich dir vergeben soll, okay, ich hab dir schon vergeben. Wenn du einfach nur herausfinden willst, ob ich geschockt und angewidert bin und dich aus der Garage schmeiße, kannst du lange warten, denn das werde ich nicht tun. Aber ich habe auch nicht den Eindruck, dass hieraus ein irgendwie sinnvolles Gespräch wird, weil du mir nicht in der richtigen Verfassung dafür zu sein scheinst. Und außerdem bezweifle ich, dass wir genug miteinander gemein haben, um überhaupt noch über irgendwas reden zu können. Was soll ich also tun? Dir irgendjemanden besorgen, der dir hilft?«

»Hilft?«, fragte Peggy. »Hilft? Du meinst, du willst mich wegschicken, was? So wie sie Kelly weggeschickt haben. Aber es hat nicht funktioniert. Weil meine Eltern einfach kein Geld mehr haben, und deshalb müssen sie Kelly heute abholen, obwohl es ihr noch nicht besser geht. Natürlich geht es ihr immer noch besser als mir. Ich bin ...«

»Ach so, jetzt versteh ich«, sagte ich. »Das ist deine Art, Kelly rein zu waschen, stimmt's? Du versuchst, sie wie die gute Tochter aussehen zu lassen, indem du dich wie die böse Tochter benimmst. Nur dass das total unlogisch ist, weil das ein selbstloser Zug ist, den Kelly nie hätte und der zeigt, dass in Wirklichkeit du die Gute bist.«

»Hör auf!«, rief Peggy. »Du hast doch keine Ahnung, was ich denke. Du hast keine Ahnung, was in meinem Kopf vorgeht. Du hast ...«

»Aber nach zehn Jahren kann ich mir das ziemlich gut vorstellen«, entgegnete ich. »Da ist eine kleine Stimme, die dir sagt, dass du gemein und abstoßend und dumm und wertlos bist. Und da ich der einzige Teenager ohne ein Doppelleben bin, den du kennst, soll ich dir sagen, dass du gemein und abstoßend und dumm und wertlos bist, damit du deine Mission als vollendet betrachten kannst. Aber dafür halte ich dich nicht. Ich halte dich noch immer für lieb und nett und gut, und deshalb l...« Ich hielt inne. »Nein, warte. Das stimmt so nicht.«

»Ich wusste es!«, rief Peggy triumphierend. »Ich wusste, dass ...«

»Ich wollte sagen, dass ich dich liebe, weil du lieb und nett und gut bist, aber weißt du was?«, fragte ich. »Das stimmt nicht mal annähernd. All diese Dinge sind mir nämlich egal. Ich liebe dich, weil du ... weil du ... Ach, eigentlich weiß ich es gar nicht. Ich liebe dich einfach. Egal, wie du aussiehst, egal, was du getan hast, egal, in welcher Verfassung du bist. Und nichts, was du tust, könnte mich dazu bringen, dich weniger zu lieben. So sollte man wahrscheinlich seinen Kindern oder seinen Geschwistern gegenüber empfinden, aber aus irgendeinem Grund empfinde ich so für dich. Und ich hab keine Ahnung, warum, und es ist mir auch egal. Ich liebe dich, Peggy. Du bist meine beste Freundin auf der ganzen Welt.«

Peggy stampfte frustriert auf dem Boden auf. »Sag doch so was nicht!«, rief sie. »Sag so was bloß nicht! Ich kann nicht deine *Freundin* sein! Ich bin die schlechteste Freundin, die man nur haben kann! Ich bin die schlechteste ...«

»Ja, vielleicht«, unterbrach ich sie. »Da ist was dran. Manchmal bist du wirklich keine gute Freundin. Aber auch das ist mir egal. Du wirst mich niemals überzeugen können, dass du nicht die glorreiche Krönung des Universums bist. Aber anscheinend weißt du das nicht, sonst würdest du nicht versuchen, dir die Haut im Gesicht abzurubbeln, oder so wenig essen, dass du ins Krankenhaus musst, oder Termine für Brustverkleinerungen machen, aber das bist du wirklich.«

Peggy blickte mich misstrauisch an. »Worauf willst du hinaus?«, fragte sie.

Ich zuckte die Achseln. »Ich meine, sieh dich doch nur an«, antwortete ich. »Wie bist du hierher gekommen? Selbst in den letzten paar Sekunden vor deiner Zeugung haben noch mehrere hundert Millionen Zellen miteinander konkurriert, mehrere hundert Millionen möglicher Kombinationen. Nur ein winziger Unterschied – ein Hundertstel Grad Temperaturunterschied – und eine andere Zelle hätte sich durchgesetzt. Und anstelle von Peggy Kaylin hätte ein Bruder oder eine Schwester von dir eine Chance bekommen, doch sie sind nie geboren worden. Und das sind nur die letzten paar Sekunden. Ein Hundertstel Grad Temperaturunterschied eine Generation vorher, und deine Eltern wären ihre eigenen Geschwister geworden, würden ein ganz anderes Leben mit ganz anderen Menschen führen; und es wäre nie jemand auf die Welt gekommen, der dir auch nur entfernt ähnlich wäre. Und das ist nur die Zeitspanne einer Generation aus achtzehn Milliarden Jahren. Wenn auch nur irgendetwas in der Geschichte der Welt anders verlaufen wäre – wenn eine fünfhundert Millionen Lichtjahre entfernte Supernova auch nur eine Zehntelsekunde später entstanden wäre –, gäbe es dich gar nicht. Wie viele Dinge könnten in jeder beliebigen Sekunde anders verlaufen sein? Wie viele unsichtbar kleine chaotische Abweichungen hätte es geben können? Und wie viele Sekunden gibt es in achtzehn Milliarden Jahren? Nicht mal Echo könnte all diese Zahlen miteinander multiplizieren. Und trotzdem haben sie alle zusammen *dich* hervorgebracht, Peggy Kaylin. Ich denke, das ist die beste Definition eines Wunders, die man finden kann.«

»Nicht bloß mich«, antwortete Peggy. »Das ist . . .«

»Du hast Recht, nicht bloß dich«, räumte ich ein. »Man kann das Gleiche für jeden anderen sagen. Und ich weiß nicht – vielleicht habe ich daher diesen Drang, anderen helfen zu wollen. Obwohl es nie klappt. Denn oft ist es so, dass ich mich mit jemandem ein paar Minuten unterhalte und er mir dann weniger wie ein Wunder, sondern eher wie ein unglücklicher Zufall vorkommt. Aber du nicht. In dir sehe ich immer das Wunder. Keine Ahnung, warum. Und es ist mir auch egal. Ich liebe dich einfach.«

Völlig unerwartet brach Peggy in lautes, hysterisches Schluchzen aus. Ich hätte ja gern gesagt, dass sie deshalb weinte, weil sie so ergriffen war von meinen Worten, aber diese Tränen kamen nicht daher, dass sie so gerührt war. In alten Schriften wird so was immer als »die Klage der Frauen« bezeichnet. Ich zog sie an mich und hielt sie fest – in erster Linie, weil ich ein *Herz* hatte, aber auch, weil die Nachbarn vielleicht weniger schnell die Polizei rufen würden, wenn ihr Schluchzen durch meine Schulter gedämpft wurde.

»Schhh«, machte ich. »Dir ist doch klar, dass es von Anfang an zwecklos war, oder? Du könntest die nächsten zehntausend Jahre damit verbringen, kleine Kätzchen von Klippen zu werfen, und würdest immer noch nicht annähernd die letzten zehn aufwiegen können. Jede schöne Erinnerung, die ich habe, hat mit dir zu tun, Mädchen. Du bist meine glückliche Kindheit.«

Peggy weinte noch ein paar Minuten weiter, beruhigte sich jedoch ziemlich schnell. Bald war sie still und ließ nur einen gelegentlichen Hickser hören. »Okay«, sagte ich. »Du musst ein bisschen schlafen. Ich bring dich am besten nach Hause.« Sie nickte und ich führte sie zu ihrer Veranda, wo ich sie ein letztes Mal umarmte. »Ich liebe dich«, flüsterte ich.

Sie flüsterte etwas zurück, doch ich verstand es nicht ganz. Ich dachte, es würde den Augenblick verderben, wenn ich »Was?« fragte, deshalb hielt ich sie einfach noch einen Moment fest und ließ sie dann los. Die Tür fiel sanft ins Schloss. Auf dem Weg zur Schule fragte ich mich, was sie wohl gesagt hatte.

Und ich frage mich noch immer.

Den ersten Wagen, der an diesem Nachmittag bei den Kaylins ankam, hörte ich nicht – ihr Lieferwagen ist für ein Fahrzeug dieser

Größe bemerkenswert leise. Den zweiten hörte ich, da ein Rettungswagen mit laufender Sirene meist ziemlich laut ist. Molly kam mit beunruhigtem Gesicht in mein Zimmer. »Was ist denn da passiert?«, fragte sie.

Ich wusste nicht, was ich antworten sollte. Ich hatte das Gefühl, als kratzte jemand mit einem Eiskratzer an meinem Herzen. »Wohl irgendein Notfall«, antwortete ich benommen.

Molly schaute mich erwartungsvoll an. »Was denn?«, fragte ich.

»Willst du es nicht herausfinden?«

»Das werd ich schon irgendwann«, sagte ich.

Molly schien meine Gleichgültigkeit ziemlich zu überraschen. »Was denn?«, fragte ich. »Klar will ich wissen, was los ist. Klar würde ich gern rüberlaufen und helfen. Aber ich kann ja doch nichts ausrichten. Ich bin kein Sanitäter. Ich würde nur im Weg sein. Sicher wäre es eine noble Geste, zu den Kaylins rüberzulaufen und zu fragen, was los ist und wie man helfen kann. Aber denk mal drüber nach. Falls Kelly eine Überdosis genommen hat oder Mr. K. einen Herzanfall hat oder so, ist das Letzte, was sie brauchen können, dass ich ihnen lauter Fragen stelle.«

Molly schaute mich traurig an. Wahrscheinlich merkte sie, dass ich verzweifelt nach einem anderen Szenario suchte, an das ich mich klammern konnte, indem ich diese Beispiele auswählte. Trotzdem war ich mir nicht sicher. Ich war immer stolz darauf gewesen, dass ich in Krisensituationen meine Gefühle ausschalten und einen kühlen Kopf bewahren konnte. Aber in Wirklichkeit bewahrte ich den kühlen Kopf eher *in Bezug auf* meine Gefühle: Als ich nun auf dem Bett saß und meine Hausaufgaben machte, schaffte ich es nicht etwa deshalb, mich nicht aufzuregen, weil mich das alles kalt gelassen hätte, sondern weil es nicht *vernünftig* war, sich jetzt schon Sorgen zu machen. Weil es keinen Zweck hatte, mich innerlich zu zerreißen, wenn ich noch gar nicht wusste, wer verletzt war oder wie schwer. Andererseits war es vollkommen vernünftig, schreckliche Angst zu haben. Meine Hände zitterten so stark, während ich an meinen Algebraaufgaben arbeitete, dass ich die Lösungen auch auf Chinesisch hätte hinschreiben können. Und als dann endlich das Telefon klingelte, war ich innerlich so angespannt, dass ich kaum ein »Hallo« herausbrachte.

»Piep! Dies ist eine aufgezeichnete Nachricht der Dienststelle für Anwesenheitsprüfung der Ilium High School. Gemäß unseren Aufzeichnungen hat Madeleine Eve Mockerey heute eine oder mehrere Unterrichtsstunden versäumt. Unentschuldigtes Fehlen kann zu Disziplinarmaßnahmen führen. Piep!«

Das war der einzige Anruf vor Sonnenuntergang. Ich versuchte, mich zum Schlafen zu zwingen, aber mein Herz pochte ungefähr viermal zu schnell dafür. Ich musste es herausfinden. Also zog ich mich wieder an und ging zwei Türen weiter zu den Kaylins. Alle Lichter brannten. Ich hoffte inständig, dass ich das Richtige tat. Zaghaft klopfte ich an die Tür, die aufschwang.

Als Erstes sah ich Dooj und seine Frau, und einen Augenblick lang dachte ich, ich stünde vor dem falschen Haus. Doch dann entdeckte ich Mrs. Kaylin, und sie bemerkte mich. Es hätte mich kein bisschen überrascht, wenn sie mich angeschrien hätte, ich solle verschwinden. Aber das tat sie nicht. Sie winkte mich herein, und als sie dann mit mir sprach, klang ihre Stimme erstickt, so als wäre nicht genug Luft im Raum, um den Ton zu tragen. »Sie war schon tot, als wir nach Hause kamen«, sagte sie.

Peggy hatte sich umgebracht.

Das Mädchen, das es nie gegeben hatte

In dem Ringbuchordner, den September und ich für die Schülerberatung bekommen hatten, stand eine Checkliste von Anzeichen dafür, wie man erkennen konnte, dass jemand selbstmordgefährdet war. Eines war, von Selbstmord zu reden. Ich hatte nichts dergleichen gehört. Ein anderes war, seine Sachen zu verschenken. Ich hatte nichts bekommen. Aber das hier war keine Blitzentscheidung gewesen. Und wenn doch, dann hatte Peggy sehr weit reichende Gedanken in der Zeit eines Blitzes gehabt.

Ich habe keine Ahnung, wie es genau ablief. Aber aus irgendeinem Grund tendiere ich dazu zu glauben, dass sie mit dem Fotoalbum anfing. Es lag aufgeschlagen auf dem Couchtisch im Wohnzimmer, als ich hereinkam. Ich weiß nicht, ob Peggy es dort liegen lassen hatte oder ob es der Familie aufgefallen war, nachdem sie entdeckt hatte, was mit den Bildern an der Wand geschehen war. Peggy hatte sich aus jedem einzelnen Foto im Haus herausgeschnitten.

Man konnte genau sehen, mit welchem sie angefangen hatte. Einige Bilder waren sehr präzise ausgeschnitten worden; selbst ohne Peggy zeigten sie ihre typische Ordentlichkeit. Doch dann hatten der Zeitdruck oder aber die schiere Verzweiflung ihren Tribut gefordert, und sie war von der perfekten Umrisslinie dazu übergegangen, sich mit zwei oder drei schnellen Schnitten zu beseitigen und schließlich einfach die Bilder in Stücke zu reißen.

»Hast du ... irgendwelche Bilder von ihr?«, fragte mich Mrs. K.

»Nein«, antwortete ich. »Ich hab ein paar Karteikarten, die sie mir mal gegeben hat ... mit Autonummern drauf ... aber keine Bilder.« Ich schluckte. »Sind dies ... waren dies die einzigen ...?«

»Meine Mutter hat eins«, sagte Mrs. K. »Eins ...«

Dooj blickte mich finster an, während Mrs. K. das Gesicht in den Händen verbarg. Die Kinder zeigten mir den Rest.

Ich war noch nie in Peggys Zimmer gewesen. Und das kann ich auch heute noch nicht behaupten. Denn nachdem sie mit den Bildern fertig gewesen war, hatte Peggy alle Bücher von den Regalen genommen, in Kisten gepackt und die Kisten in ihren Schrank gestellt. Sie hatte all ihre Kleider in Kisten gepackt und die Kommode auseinander genommen – die Schubladen herausgezogen und den Spiegel hinter die leere Hülle gezwängt. Sie hatte das Bett abgezogen, den Betthimmel heruntergenommen und nur die bloße Matratze liegen lassen. Es hatte nicht lange gedauert. Das Zimmer war winzig. Und nachdem sie jeden Hinweis darauf beseitigt hatte, dass dieses Zimmer mal einem lebendigen, träumenden Mädchen gehört hatte, war sie in die Garage gegangen, hatte die blaugraue Farbe geholt, mit der Mr. K. mal die Fensterrahmen aufgefrischt hatte, und hatte damit alle Wände besprüht, um das helle Rosa zu übertünchen. Peggys Zimmer existierte nicht mehr. Diese kahle Kammer war nur eine leere Kiste.

Auf den ersten Blick begriff ich nicht, wo der Haufen aus zerkleinertem Holz neben dem Bett herrührte. Ich hatte auf einen Nachttisch getippt, aber Grant klärte mich auf. »Sie hat ihr Puppenhaus zertrümmert«, sagte er leise.

»Ihr Puppenhaus?«, fragte ich.

»Ja«, antwortete Käs. »Dies war schon das zweite. Das erste war bloß ein Haus. Sie und Dad hatten es zusammen gebaut, als sie noch klein war. Mit einem Baukasten. Und dann beschloss sie, ganz allein eins zu bauen. Eine Nachbildung von unserem Haus. Alle Zimmer sollten genau gleich sein. Sie hat nicht viel daran gearbeitet, nur ab und zu. Falls du sie jemals in der Garage beim Sägen oder Beizen oder so was gesehen hast, dann hat sie an diesem Haus hier gearbeitet.«

Und jetzt war es Brennholz.

Ich kann nur vermuten, dass sie das Puppenhaus ganz zum Schluss zerstörte. Danach gab es außer ihrer Leiche keinen Hinweis mehr darauf, dass sie jemals gelebt hatte. Und sie konnte sich nicht mal dazu durchringen, sich zum Sterben einen warmen, vertrauten Ort zu suchen. Anscheinend hatte sie nicht geplant, überhaupt gefunden zu werden. Sie hatte keinen Abschiedsbrief hinterlassen. Sie wurde oben an der Treppe gefunden, als wäre sie auf dem Weg zur Haustür umgekippt. Vielleicht war sie tatsächlich auf dem Weg zur Haustür gewesen. Squeak ist ein eher leichtes Beruhigungsmittel; leicht genug dafür, dass es in den meisten Ländern legal ist; und Leute, die es zur Entspannung benutzen, nehmen oft eine Hand voll davon, ohne ohnmächtig zu werden. Peggy hatte mehrere Hand voll genommen, doch selbst damit hätte ihr eigentlich genug Zeit bleiben müssen, um die Tür hinter sich zu verschließen und zu gehen … Aber wohin? Wollte sie sich unter einem Baum im Park zusammenrollen? Wie weit hatte sie vorausgedacht? Doch dann hatte sie plötzlich noch mal einen Abstecher ins Badezimmer gemacht. Hatte das zu ihrem Plan gehört? Oder hatte sie nur aus einer spontanen Idee heraus das Medizinschränkchen geleert? Mit ein paar Hand voll Pillen hätte sie genügend Zeit gehabt, das Haus zu verlassen und sich zu verstecken. Aber mit einer Flasche Aspirin und zwei Flaschen Hustensaft dazu – ganz zu schweigen von einer halben Flasche Mundwasser und Kellys Antibabypille für einen Monat – hatte sie es nicht mal bis zum Ende des Flurs geschafft.

Und dort wurde sie gefunden, als der Rest der Familie mit Kelly aus der Klinik zurückkam. Sie hatten den Rettungswagen gerufen, noch bevor sie die Tür hinter sich geschlossen hatten. Doch das hatte nichts anderes gebracht, als die Aufmerksamkeit der Nachbarn zu erregen.

Peggy war tot.

Und während ich im Flur saß, wo man sie gefunden hatte, und dem Germurmel ihrer geschockten Geschwister lauschte, hatte ich das Gefühl, dass ich mich glücklich schätzen konnte. Peggy und ich hätten uns an diesem Morgen auch streiten können. Wir hätten irgendein belangloses Gespräch über irgendwelche Gastauftritte in Fernsehwiederholungen führen können. Doch durch einen blinden, lächerlichen Zufall hatte ich ihr als Allerletztes gesagt, wie sehr ich sie liebte, wie sehr ich sie immer geliebt hatte. Ich hatte es mir zehn Jahre lang aufgespart und es war nicht zu spät gewesen. Es schmerzte noch immer wie ein Schlag in den Magen – ein Schlag durch den Magen – und ich wusste, es würde den Rest meines Lebens schmerzen. Doch wenn ich auf diese Zeit zurückschaute, würde ich damit leben können, wie alles gekommen war.

Das dachte ich wenigstens.

Ich hörte, wie der Kombi der Kaylins vor dem Haus hielt – sicher hatte Mr. K. etwas im Krankenhaus zu erledigen gehabt, dachte ich mir. Oder bei der Polizei. Ich schaute auf die Uhr. Ich war seit sechs Uhr auf und brauchte dringend Schlaf. »Ich gehe mal besser«, sagte ich. Käs, Kelly und Grant schwiegen. Ich ging nach unten. Mr. K. stand noch in der kleinen Diele. »Es tut mir so Leid«, sagte ich zu ihm.

Er nickte. Das kleine rote Licht am Anrufbeantworter blinkte. Er drückte auf den Knopf.

»Piep! Dies ist eine aufgezeichnete Nachricht der Dienststelle für

Anwesenheitsprüfung der Ilium High School. Gemäß unseren Aufzeichnungen hat Margaret Hannah Kaylin heute eine oder mehrere ...«

Er drückte noch mal heftig auf den Knopf. Wir schauten uns beide lange in die Augen.

Ich war mit dem Tod meiner Mutter und dem meines Vaters fertig geworden. Und ich war darauf vorbereitet, mit Peggys Tod fertig zu werden.

Ich wurde nicht mit dem Tod von Margaret Hannah Kaylin fertig, Tochter von Robert und Josephine Kaylin, wohnhaft 151 Hyacinth Avenue, Fullerton, Kalifornien.

Ich rannte davon.

Da ist ein Bär im Wald

Molly fand mich im Acacia Park. Ich weiß nicht genau, wie lange ich schluchzend dagesessen hatte. Mir war es wie Stunden vorgekommen, aber es konnten auch nur wenige Minuten gewesen sein. Sie sagte nichts, sondern legte einfach nur die Arme um mich und blieb neben mir sitzen, bis ich mich ausgeweint hatte. »Weißt du«, sagte ich schließlich, »du bist echt süß. Aber deine hellseherischen Fähigkeiten könnten eine bessere Feinabstimmung gebrauchen, weißt du?«

»Willst du immer noch Witze reißen?«, fragte Molly. »Selbst jetzt?«

»Entweder das oder in die Luft gehen«, antwortete ich. »Und dann kommt man wahrscheinlich nicht mehr wieder runter. Komm, ich brauche etwas Schlaf.«

Echo wartete in unserem Zimmer auf mich. »Hi«, begrüßte ich sie.

»Allen, es tut mir Leid«, sagte sie. »Was ich gesagt hab ...«

»Was hast du denn gesagt?«, fragte ich.

»Ich hab doch gesagt, dass Peggy Kaylin nichts Besonderes sei«, erklärte sie. »Das hab ich nur im Affekt gesagt. Ich wusste ja nicht, dass so was passieren würde ...«

»Schon okay«, antwortete ich. »Quäl dich nicht deswegen. Aber ich weiß, wie du es wieder gutmachen kannst.«

»Wie denn?«, wollte Echo wissen.

»Indem du es ihr nicht nachmachst«, antwortete ich.

Als ich am nächsten Morgen aufwachte, strahlte die Sonne zum Fenster herein. Selbst so kurz vor der Sommersonnenwende war sie normalerweise noch nicht über das Haus der Monihans gestiegen, wenn ich aufstand. Ich blickte auf die Uhr. Es war nach zehn. Molly war nirgendwo zu finden. »Sie ist zur Schule gegangen«, erklärte Echo. »Sie hatte heute einen Test, den sie nicht verpassen durfte.«

Ich ging zum Fenster hinüber und schaute in die Sonne. Dies war der erste Morgen, den Peggy seit dem Tag ihrer Geburt verpasst hatte. »Dieses blöde Ding«, murmelte ich, »ist die grausamste Wasserstoffkugel des ganzen Universums. Wäre es denn zu viel verlangt gewesen, dass sie ein paar Tage lang nicht aufgeht und wenigstens ein bisschen Respekt zeigt?« Ich blickte auf die Straße hinunter. Ich überlegte, zu den Kaylins rüberzugehen und zu fragen, ob ich ihnen irgendwie helfen könne, doch in der Auffahrt standen lauter Polizeiautos. »Was, glaubst du, hat das zu bedeuten?«, fragte ich Echo. »Ich weiß ja, dass man die Polizei informieren soll, wenn jemand eines unnatürlichen Todes gestorben ist, aber ich dachte, das hätten sie schon getan.«

»Seltsam«, stimmte Echo mir zu.

Ich wusch mich, zog mich an, legte mich aufs Bett, starrte eine Weile an die Decke und ging schließlich nach unten, wo Echo wie versteinert vor dem Fernseher saß. Ich sah nach, was sie sich anschaute, doch sie schaltete sofort auf ein anderes Programm um. Einen Moment lang dachte ich, ich sollte nicht wissen, was sie sich ansah, doch dann merkte ich schnell, dass sie nur davon profitieren wollte, dass die lokalen Nachrichtensendungen zeitlich etwas versetzt liefen.

». . .Frau aus Buena Park, als eine Leiche in einem flachen Grab in ihrem Garten gefunden wurde«, sagte der Sprecher. »Die Polizei begann mit ihren Ermittlungen, als die vierunddreißigjährige Thelma Warner von einem Besuch bei ihren Eltern zurückkehrte und hinter ihrem Haus eine frisch umgegrabene Fläche entdeckte. Die von Schüssen durchlöcherte Leiche wurde identifiziert als der siebzehnjährige Carver Fringie aus . . .«

»Oh, Shit«, sagte ich.

»Da kommt noch mehr«, warnte mich Echo.

Ich wandte mich wieder dem Fernseher zu. » . . .komplizierter, als man herausfand, dass sich Fringies langjährige Freundin am Tag bevor die Leiche gefunden wurde, selbst das Leben genommen . . .«

»Stell's ab«, bat ich. »Stell's ab.« Echo schaltete den Fernseher aus. »Oh Gott«, stammelte ich. »Oh, ich bin ein solcher Idiot.«

»Wieso?«, fragte Echo.

»Dinge!«, rief ich. »Gestern Morgen kam Peggy völlig durcheinander hierher, weil sie und Kevin in der Nacht davor *Dinge* getan hatten. Ich dachte, sie meinte irgendwelche Sexgeschichten, dachte, dass er sie zu irgendwelchen erniedrigenden Sachen gezwungen hätte. Aber jetzt glaube ich, sie hat es mit angesehen. Wahrscheinlich hatten Fringie und Kevin Love Streit und . . . Ich meine, der Typ ist *wahnsinnig*. Alle sagen es . . . und sie hat ihn dabei beobachtet und damit ist sie nicht fertig geworden und . . . Oh Echo, was soll ich jetzt bloß tun?« Ich ließ mich aufs Sofa fallen. »Und die Kaylins!«, rief ich. »Sie gehen wahrscheinlich durch die Hölle. Ihre Tochter stirbt und dann werden sie sofort mit Fragen von der Polizei bombardiert . . .«

»Wir müssen ihnen vom letzten Freitag erzählen«, sagte Echo leise.

»Was?«, fragte ich.

»Wir müssen zur Polizei gehen und ihnen sagen, was wir gemacht haben«, erklärte Echo. »Wir haben Carver wehrlos da sitzen lassen. Weißt du irgendjemanden, der ihn zwischen Freitagnachmittag und heute gesehen hat?«

»Oh Gott«, sagte ich. »Oh . . . oh . . .« Das musste ich erst mal begreifen. Zwei Tage zuvor hatte ich mir noch Sorgen gemacht, dass ich einen Schulverweis bekommen könnte. Jetzt waren wir plötzlich an einem Mord beteiligt. Ich fragte mich, ob die Gefängnisordnung es zuließ, dass wir uns eine Zelle teilten. »Du hast Recht«, antwortete ich niedergeschlagen. »Wir können auch sofort gehen.«

»Ihr geht nirgendwohin«, knurrte Krieg. »Setzt euch auf euren Scheißarsch.«

Ich war so überwältigt von den Nachrichten gewesen, dass ich ihn gar nicht kommen hören hatte. »Setzt euch auf euren Scheißarsch«, wiederholte er, »und haltet eure Scheißschnauze. Ihr werdet niemandem auch nur ein verdammtes Wort sagen. Wenn sie sich nämlich an euch ranhängen, kommen sie schneller auf mich, und den Gefallen tu ich den Scheißern nicht.«

Ich hatte den Namen beim ersten Hören nur vage mitbekommen, weil ich nicht richtig aufgepasst hatte, bevor Fringie erwähnt wurde, aber plötzlich fiel mir wieder ein, in wessen Garten die Leiche gefunden wurde: Thelma Warner. Daisys Mutter. Und sofort tauchten andere Bilder vor meinem geistigen Auge auf: die Spuren auf unserem Fußboden, der Fundort der Leiche ...

»Wenn ihr auch nur ein verdammtes Wort sagt«, fuhr Krieg fort, »und ich meine wirklich nur ein einziges, bring ich Molly um. Und kommt bloß nicht auf die Idee, mich irgendwie zu verarschen. Selbst wenn ihr sie vor mir schnappt, hab ich Freunde da draußen, die sie schnappen. Nur dass sie vorher noch ein bisschen Spaß mit ihr haben werden. Habt ihr Scheißer verstanden? Ein verdammtes Wort und sie ist kalt.«

Echo wollte sich auf Krieg stürzen, doch ich konnte sie packen, bevor sie vom Sofa aufsprang. Sie zappelte wie ein Fisch und ich hätte sie nicht lange festhalten können, aber Krieg brauchte nicht lange, um sie zu bändigen. »Ja, versuch es nur«, sagte er. »Versuch's nur, du Scheißschlampe. Warder hat den Motor laufen. Wenn ich nicht in ein oder zwei Minuten da draußen bin, fährt er zu ihrer Scheißschule und knallt sie sofort ab. Also legt euch nicht mit mir an. Carver Fringie hat sich mit mir angelegt und jetzt seht ihn euch an. Ich hab dem verschissenen Scheißkerl gesagt, ich würd ihn fertig machen. Und ich sag so was nicht, wenn ich's nicht auch so meine.«

Einen Moment lang wusste ich nicht, was er meinte, doch dann konnte ich den Satz plötzlich einordnen. »Moment mal«, sagte ich. »Du hast Carver Fringie ... *umgebracht*, weil er ... auf einer PARTY in dich REINGELAUFEN IST?«

»Er hat mich mit der Scheißtür getroffen«, antwortete Krieg. »Und wenn mich einer mit 'ner Scheißtür trifft, kriegt er das dafür. Also stellt euch einfach vor, was Molly kriegt, wenn ihr auch nur ein Wort davon sagt. Ein einziges verdammtes Wort.« Er grinste höhnisch und ging nach draußen.

Echo und ich blieben auf der Couch sitzen und versuchten, die Situation in den Griff zu bekommen. Man hätte ebenso gut von uns verlangen können, einen elektrisch geladenen Zaun in den Griff zu bekommen.

»Was sollen wir machen?«, fragte Echo.

»Das wollte ich dich auch gerade fragen«, antwortete ich.

»Dad wüsste, was er machen sollte«, stellte Echo fest.

»Wir können ja Bobbo fragen«, schlug ich vor.

»Guter Witz«, sagte Echo.

»Wir ... wir müssen es irgendjemandem sagen«, meinte ich. »Oder? Wer weiß, wie vielen Leuten was passiert, solange ...«

»Das ist mir egal«, unterbrach mich Echo. »Du kannst dir das an so vielen Fingern abzählen, wie du willst. Molly zählt mehr als sie alle zusammen. Wir werden nichts tun, was Molly in Gefahr bringen könnte.«

»Heißt das, dass wir nicht mit der Polizei sprechen werden?«, fragte ich.

»Ich habe keine Ahnung, was das heißt«, antwortete Echo.

Inzwischen waren die Nachrichten vorbei – auf jeden Fall die über Fringie. Ich ging nach oben und stellte das Radio auf den Nachrichtensender. Fringies Vater erklärte, dass sein Sohn immer sehr selbstständig gewesen sei und oft mehrere Tage hintereinander nicht nach Hause gekommen wäre, daher habe er sich nichts dabei gedacht, als er so lange nicht auftauchte. Daisys Mutter erzählte den Reportern, sie habe ihre Eltern in Arizona überreden wollen, ihr ein paar tausend Dollar zu leihen, damit sie ein paar Rechnungen bezahlen könne, und sie habe keinen blassen Schimmer, wie die Leiche in ihren Garten gekommen sei. Aber niemand im Radio war imstande zu erklären, warum Peggy, wenn sie doch nichts von dem Mord an Fringie gewusst hatte und es also nicht dieses Trauma gewesen war, das sie zu dieser Tat veranlasst hatte, nicht mehr hier war, und ich nicht einfach zu meiner besten Freundin zwei Türen weiter rübergehen und sie fragen konnte, was ich machen sollte.

Als Molly am Nachmittag von der Schule nach Hause kam, hatte sie einen scheußlichen roten Fleck vorn auf ihrem T-Shirt. »Mir ist etwas ganz Seltsames passiert«, erzählte sie, während sie es auszog. »Ich bin auf dem Heimweg und gehe einfach so vor mich hin, als plötzlich so ein schlaksiger Typ ganz in Schwarz auf mich zukommt und mich mit Tomatensoße bespr. . .«

»Du bist *allein* nach Hause gegangen?«, schrie Echo. Sie warf mir einen panischen Blick zu. »Wie konnten wir bloß vergessen, sie von der Schule abzuholen? Wie konnten . . .«

»Abholen?«, fragte Molly. Wir erzählten ihr alles. Sie machte große Augen. »Wir sollten zur Polizei gehen«, meinte sie.

»Das dürfen wir nicht riskieren«, entgegnete Echo. »Sie können dich vielleicht vor ihm beschützen, aber nicht vor jedem, den er kennt. Wir müssen dich irgendwo verstecken.« Ihre Augen leuchteten auf. »Wir sollten zu Hayley gehen!«, schlug sie vor. »Hayley weiß bestimmt, was zu tun ist, und wir könnten uns bei ihr verstecken, und . . . und ich muss sowieso mit ihr reden . . . über ein paar Dinge . . .«

Das Telefon klingelte. »Das ist wahrscheinlich der Präsident, der uns Bescheid sagen will, dass die Atomwaffen unterwegs sind«, vermutete ich. Ich ging ran. Ich tippte auf Krieg oder den Ilium-Anwesenheitscomputer. Aber es war September.

»Alles in Ordnung?«, fragte sie. »Du hast in letzter Zeit häufig gefehlt. Bist du krank?«

»Nur seelisch«, antwortete ich. »Haben sie den Unterricht zufällig ausfallen lassen?«

»Wegen Carver?«, fragte September. »Nein, weil es nicht auf dem Schulgelände passiert ist. Aber sie haben für Freitag eine Versammlung angesetzt, um darüber zu reden. Mit professionellen Beratern und so. Aber – ähm, Mrs. Handey ist hier bei mir, und sie möchte mit dir sprechen.«

»Ja?«, sagte ich.

»Hallo, Allen?«, fragte Mrs. Handey. »Es sieht so aus, als müsstet ihr eine Weile ein paar Zusatzstunden machen. Hier sind viele Schüler, die ganz durcheinander sind wegen dieser Sache und . . .«

»Ja, und ich bin einer von ihnen«, unterbrach ich sie. »Mrs. Handey, ich bin zurzeit nicht in der Verfassung, Beratungsstunden machen zu können. Ich hab gerade den Menschen verloren, der mir am nächsten gestanden hat, und . . .«

»Ich wusste gar nicht, dass du mit Carver Fringie so gut befreundet warst«, sagte Mrs. Handey.

»Carver . . .« Fast hätte ich den Hörer auf die Gabel geknallt. »Ich spreche von Peggy Kaylin«, entgegnete ich. »Hören Sie, ich . . . Ich bin gleich bei Ihnen.« Ich legte auf. Vielleicht hatte September ein paar Ideen. »Ich muss für 'ne Weile in die Schule«, erklärte ich Echo. »Ihr könnt ja schon mal zu Hayley gehen, ich komm dann später nach.«

Also machte ich mich auf den Weg zur Ilium. Die Menschenmenge war sehr viel größer als die übliche Traube, die auf die Busse wartete; doch ich merkte schnell, dass die meisten der kleinen Gruppen nicht auf Busse warteten, sondern Fringies trauernde Eroberungen der letzten Jahre waren. Mir war schlecht. Ich konnte diesen Leuten nicht helfen und ich wollte es auch gar nicht. Sie sollten einfach verschwinden. Alles sollte einfach verschwinden.

Ich betrat das Konferenzzimmer. »Du siehst erschöpft aus«, stellte September fest.

»Wirklich?«, sagte ich. »Ich wüsste nicht, warum. Okay, schick die Clowns rein.«

Ich war überrascht, wie wenig der Leute, mit denen September und ich im Laufe der nächsten paar Stunden redeten, Carver Fringie irgendwie persönlich gekannt hatten oder unglücklich waren, dass er aus ihrem Leben verschwunden war. Die meisten sagten eher Dinge wie: »Wenn *Carver Fringie* in einem flachen Grab in Buena Park gefunden werden kann, was für eine Chance hab *ich* dann?

Wahrscheinlich werden sie mich zerstückelt in irgendeinem Kühlschrank finden, bevor ich zwanzig bin.« Wegen der vielen Leute, die mit uns reden wollten, wurde irgendwann klar, dass wir nicht vor dem Abendessen fertig werden würden. Also bestellten wir uns ein paar Pizzas. Das erwies sich als eine schlechte Idee, denn sobald die Pizza da war, dachten sich die Leute irgendwelche Probleme aus, nur um ein Stück Pizza abzubekommen. Schließlich wurde es leerer, doch anscheinend wurde jeder Schüler, der ging, auf einmal von Reportern bestürmt, die für die Lokalnachrichten um vier, um halb fünf, um fünf, um halb sechs und um sechs berichteten. Also beschloss ich zu warten, bis sie weg waren. Im Krankenzimmer stand eine Liege, und nachdem September gegangen war, ging ich dorthin und wollte ein Nickerchen machen, bis die Elf-Uhr-Nachrichten vorbei waren, und mich dann nach Hause begeben. Ich fand jedoch keinen Lichtschalter – im Sekretariat schienen alle Lampen an den Zeitschalter angeschlossen zu sein –, daher rollte ich die Liege in einen einigermaßen dunklen Lagerraum und schloss die Tür. Ich war unglaublich müde.

Molotowcocktails

Mein Schlaf wurde durch ein hartnäckiges Summen gestört – jedes Mal, wenn es aufgehört hatte, schien es einen Augenblick später wieder anzufangen. Zuerst träumte ich von Bienen und Wespen, doch schließlich fand ich mich mit der Tatsache ab, dass mich mein Wecker aus dem Schlaf reißen wollte. Ich öffnete die Augen, konnte jedoch den Wecker nirgendwo entdecken. Ich befand mich noch immer im Lagerraum. Das Summen war das gedämpfte Läuten zu Anfang und Ende jeder Unterrichtsstunde gewesen. Ich eilte ins Krankenzimmer zurück und schaute dort auf die Uhr. Ich wollte meinen Augen kaum trauen: Das Läuten, das mich schließlich geweckt hatte, kündigte den Beginn der Mittagspause an.

Als ich erst mal meine Gedanken gesammelt hatte, konnte ich plötzlich viel klarer denken als vorher. Ich kam zu dem Schluss, dass es das Beste war, zur Polizei zu gehen. Krieg log wahrscheinlich, wenn er behauptete, er könne einen Mord problemlos von einer Gefängniszelle aus steuern. Und was noch ausschlaggebender war: Es gab keinen Grund anzunehmen, dass er Molly nicht sowieso etwas antun würde, auch wenn wir ihn nicht der Polizei meldeten. Und falls das bedeutete, dass Echo und ich mit ihm zusammen im Knast landeten, na, dann konnte uns Molly ja einen Kuchen mit einer Feile darin mitbringen oder so.

Also musste ich jetzt nur noch herausfinden, ob Echo und Molly noch bei Hayley oder schon wieder zu Hause waren. Ich fand Hayley im Redaktionsraum und dachte mir, ich frag sie einfach. »Hey, weißt du zufällig, wo Echo ist?«

»Woher zum Teufel soll ich das wissen?«, versetzte sie.

»Huch«, sagte ich.

»Sorry«, sagte sie. »Hör mal, das ist gerade kein guter Zeitpunkt. Zwischen mir und Jefferson ist es aus.«

»Echt?«, fragte ich.

»Er vögelt seit einem halben Jahr mit irgend so 'ner Schlampe rum«, erklärte sie.

»Hast du nicht gesagt, das wär okay für dich?«

»Ach, hau ab«, fuhr sie mich an. Dann seufzte sie. »Es tut mir Leid. Ich muss jetzt einfach ein bisschen allein sein. Sag Echo auch, dass es mir Leid tut.«

»Was denn?«

»Hat sie es dir nicht erzählt?«, fragte Hayley.

»Was erzählt?«

»Also, sie ist gestern Abend rübergekommen, als Jefferson und ich gerade damit fertig waren, uns zu trennen, und ich war ein bisschen beschwipst, und da hab ich ihr gesagt, dass sie der letzte Mensch auf der Welt wär, den ich sehen will, oder so ähnlich«, erklärte Hayley.

»Was? Oh, das ist einfach groß...«

»Aber sie wollte trotzdem nicht gehen. Sie hat behauptet, sie hätte mich den ganzen Tag schon gesucht. Und ich war immer noch total aufgewühlt, weil ich so lange mit Jefferson gestritten hatte, und das hab ich wohl an ihr ausgelassen«, fuhr Hayley fort. »Ich hab so was Ähnliches gesagt wie, dass ich nur mit ihr geredet hätte, weil ich ihr so gerne dabei zugesehen hätte, wie sie mich anschmachtet, nur weil ich so getan hätte, als würde es mich interessieren, was sie von ihrem armseligen, erbärmlichen kleinen Leben faselt . . .«

Ich starrte sie ungläubig an. »Das hast du gesagt?«

»Und vielleicht hab ich den Eindruck erweckt, dass Holdn, Cat und ich jeden Nachmittag, wenn sie gegangen war, uns darüber totgelacht haben, dass sie immer noch darauf reinfällt«, ergänzte Hayley. »Und ich hab vermutlich auch so was gesagt wie, dass wir immer Wetten abschließen, wann sie es endlich rausbekommt . . .«

»Sie . . . du . . . Was zum Teufel ist eigentlich mit dir los?«, fragte ich. »Meine Güte, Hayley. Begreifst du überhaupt, was du getan hast? Kannst du dir das auch nur annähernd vorstellen?«

»Sieh mal, es ist ja nicht meine Schuld«, antwortete Hayley. »Ich bin eigentlich kein grausamer Mensch. Das meiste hat nicht mal gestimmt. Ich hatte einfach ein bisschen zu viel getrunken. Es tut mir Leid.«

»Ganz toll«, stellte ich fest. »Du hast Recht. Es ist nicht deine Schuld. Schuld haben die Schlägertypen, die dich festgehalten und dir den Alk in die Kehle geschüttet haben. Ich werd das der Leiche meiner Schwester erklären.«

Ich knallte die Tür hinter mir zu und rannte nach Hause. Durch die Tränen in den Augen konnte ich nicht genau erkennen, wohin ich lief. Ich stieß zwar mit niemandem zusammen, schaffte es aber auch nicht ganz über den Zaun und blieb mit blutenden Schienbeinen auf der anderen Seite liegen. Erst jetzt fasste ich den Beschluss, Hayley mit bloßen Händen zu zerstückeln – es sei denn, Echo bat mich ausdrücklich darum, es nicht zu tun.

»Wo warst du?«, wollte Echo wissen.

Ich schaute auf. Echo stand mit verfilzten Haaren, tränenden Augen, zuckendem Mund und einem an die Brust gedrückten Stapel Papiere vor mir und sah aus, als hätte sie einen Monat nicht geschlafen. Molly stand hinter ihr und sah auch nicht viel besser aus – ihr »76«-er T-Shirt schien sie ganz unten aus dem Wäschekorb geholt zu haben. »Ich bin in der Schule eingeschlafen«, erklärte ich und rappelte mich auf. »Und, ähm, ist alles in Ordnung? Hat Hayley … Ich meine, bist du nicht …«

»Ich möchte nicht darüber reden«, antwortete Echo. Sie kletterte über den Zaun und Molly und ich folgten ihr auf den Fußgängerüberweg. »Ich hab dir doch gesagt, ich hab alles vermasselt«, murmelte sie.

»Hast du nicht!«, entgegnete ich. »Du hast nichts falsch gemacht. Es liegt an ihr. Ich schwöre es. Das ist nur eine lange Reihe von Zufällen …«

»Klar«, sagte Echo missmutig.

»Wo willst du hin?«, fragte ich.

»Ich geb noch diese Tests hier ab und dann will ich mit diesem Ort nichts mehr zu tun haben«, antwortete sie. Dann wandte sie sich an Molly. »Du brauchst mich jetzt nicht mehr zu begleiten, wo Allen da ist. Ich wollte nur nicht, dass du allein zu Hause bist.«

»Sei nicht albern«, entgegnete Molly. »Ich bleib bei dir.«

Also marschierten wir drei durch die verschiedenen Ilium-Lehrerzimmer und legten Echos Abschlussprüfungen in die verschiedenen Fächer. Unser letzter Halt war das Zimmer für Englisch, wo ich ein paar Monate zuvor mit Siren gesprochen hatte. Molly wollte sich an dem Wassertank bedienen, bis ich ihr all die toten Fliegen zeigte, die auf der Wasseroberfläche schwammen.

»Iiiih«, sagte sie.

Echo ging zu dem Regal mit den Lehrerbriefkästen und schob ihre Arbeit in den mit Benitos Namen. »Okay«, sagte sie und rieb sich die Schläfen. »Das war's. Wir können gehen.«

Wir wanderten den Flur entlang und nach draußen ins Rad. Ich ging als Letzter. Die Tür schnappte hinter mir ins Schloss – und in diesem Moment ging der Alarm los.

Zehn

Als die Sirenen allmählich verhallten, waren über fünfzig Menschen verletzt worden. In mehr als fünfundzwanzig dieser Fälle waren die Verletzungen tödlich gewesen.

Die Opfer stellten nicht gerade einen Querschnitt der Ilium-Schülerschaft dar. Denn die Kugeln fielen nicht einfach vom Himmel. Der Kugelhagel kam stoßweise und löschte einige Cliquen vollständig aus, während andere völlig unversehrt blieben und ihre Mitglieder nicht mal gestreift wurden. Die Liste der Opfer, die ich in der Zeitung las, war alphabetisch geordnet. Doch als ich sie durchsah, wusste ich, welche Namen zusammengehörten.

Als ich zum Beispiel Clement Campbells Namen las, war ich mir ziemlich sicher, welche anderen Namen ebenfalls in der Liste auftauchen würden. Clement war derjenige, der im Meisterschaftsspiel der Jugendhockeyliga das Siegestor geschossen hatte, und er war auch später noch mit den meisten anderen Hockeyspielern zusammen gewesen. Und tatsächlich fand ich den Großteil der Namen, mit denen ich rechnete, weiter unten auf der Seite. Vance Judden. Jay Kyeutter. Min-Hsun Lee. Neal Navarre. Alle tot. Einige waren aus ziemlich weiter Entfernung getroffen worden, andere aus nächster Nähe. Keiner von ihnen hatte lange genug gelebt, um in einen Rettungswagen gebracht zu werden.

Die Wasserballspieler waren relativ gut dabei weggekommen. Viele von ihnen hatten sich zum Zeitpunkt des Überfalls gar nicht auf dem

Schulgelände aufgehalten, sondern waren im Drive-in des Taco Junta oder im Burger Despot aufgehalten worden. Dies war natürlich kein Trost für die Angehörigen von Arnold »Lemming« Armstrong, der umgekommen war, nachdem er zwei Kugeln in die Brust bekommen hatte.

Doch die relativ geringe Anzahl der Todesfälle innerhalb des Wasserballteams galt nicht für seine Anhänger. Ich brauchte nicht lange, um die Namen von Fringies Exfreundinnen auf der Opferliste zu finden. Erika Christensen. Amber Flores. Linda Garcia. Shelby Streicht. Alle von ihnen waren mal mit Fringie zusammen gewesen, und nun waren alle von ihnen totgeschossen worden, die meisten aus kürzester Entfernung. Fast so was wie eine moderne Form der Sati.

Allerdings hatte Shelby nicht bei den anderen dreien gestanden. Sie hatte ihre eigene Clique und auch diese war unter den Opfern gut vertreten gewesen. Missy Schaeffer war tot. Und Brad Chasintek. Und Siren Delaney. Ihr Tod traf mich schwer. Wir hatten einige wenige Augenblicke zusammen verlebt, die sie wahrscheinlich vergessen hatte, die ich jedoch niemals vergessen würde. An einem Nachmittag hatte ich sogar unsere gemeinsame Zukunft geplant. Nun hatte sie keine Zukunft. Das war das Ende. Siren Delaney gehörte ganz und vollständig in die Vergangenheit. Natürlich war es Sarah, die mir etwas bedeutet hatte, und sie war schon einige Zeit zuvor an die Vergangenheit übergeben worden. Vielleicht würde ich jetzt um sie trauern können, ohne dass Siren herumlief und mir das Gefühl gab, das sei dumm.

Auch Jessica Pound war tot. Sie hatte Siren in ihrem Leben am meisten beeinflusst, und soweit ich wusste, waren sie sich nicht mal begegnet. Ich hatte mal Nachforschungen über sie angestellt, nachdem die Sache mit Siren auseinander gegangen war. Sie war genauso unangenehm, wie Siren sie beschrieben hatte. Wenn man schon vom vierten Lebensjahr an sowohl vom Vater als auch vom Onkel missbraucht und zusammengeschlagen wird, wird man manchmal so. Für Jessica war der Tag, an dem sie totgeschossen wurde, wahrscheinlich vergleichsweise schön.

Und immer mehr Namen tauchten auf, Namen von Leuten, die nichts gemeinsam hatten, außer dass sie sich zur falschen Zeit am falschen Ort aufgehalten hatten. Da standen zum Beispiel ein Jonah Barry und ein Brandon Vane auf der Liste. Ich hatte keine Ahnung, wer sie waren, und jetzt waren sie tot. Andere Namen kamen mir bekannter vor. Sharon Sharalayek. Sie war Septembers und mein erster Fall in der Schülerberatung gewesen. Nun war sie tot. Schuss ins Herz. Ingrid Escajeda. Sie war der erste Partygast gewesen, für den ich jemals eine Fahrgelegenheit besorgt hatte. Nun war sie tot. Schuss ins Herz und in die Brust.

Es waren sogar ein paar Namen dabei, die ich von der *Ilias* kannte. Minh Tran. Ein paar Tage lang hatte es so ausgesehen, als würden Benitos ewige Anwandlungen von passiver Grausamkeit zu Minh Trans Beförderung zum Chefredakteur führen; jetzt war er tot. Marie Lasker, die Sirens Stelle als dritte Schreiberin für die Seite übernommen hatte, für die ich selbst auch schrieb, und ihre Sache sehr gut gemacht hatte. Auch sie war dahingegangen. Und Gayatri Tamar. Sie war Mrs. Wennikees Wunschkandidatin für die Chefredakteurin in ein paar Jahren gewesen. Aber dies waren die Jahre, die sie nun nicht mehr erleben durfte.

Krieg Mockerey war tot und Mark »Warder« Warner mit ihm. Weniger als eine Woche vorher hatten sie Carver Fringie praktischerweise angebunden auf einem Stuhl im Redaktionsraum gefunden. Sie hatten ihn bewusstlos geschlagen, ihn losgebunden, ihn in ihren Kofferraum geworfen, ihn nach Buena Park gefahren, gewartet, bis er wieder aufgewacht war, und ihn mit immer noch zusammengebundenen Händen und Füßen in einen Swimmingpool gestoßen. Ich hatte Fringie gehasst. Trotzdem empfand selbst meine niederträchtigste Seite keine Freude dabei, sich diese Szene vorzustellen. Ich dachte über den Moment nach, als seine Lungen anfingen, nach Sauerstoff zu schreien, als er mit einem Mal begriff, dass das kein Scherz war, dass sie ihn nicht wieder herausholen würden, dass er nicht wieder aufwachen würde, wenn er schließlich das Bewusstsein verlor – allein von dem chemischen Ablauf dieses Terrors wurde mir übel. Obwohl es sich um Fringie handelte. Als ich ihn mir am Grund des Pools vorstellte, sah ich in ihm nicht den raubtierhaften und gierigen Menschen, der so viel Leid über Peggy und Echo gebracht hatte, sondern den armen, kranken Jungen auf der anderen Straßenseite, der nicht kräftig genug war, um mit den anderen zu spielen. Und als sie ihn schließlich doch noch rausfischten – wie lange dauerte es da, bis seine Großtuerei zurückkehrte? Bis der urtümliche Kern seines Gehirns die Kontrolle wieder an die dünne Schicht darüber abtrat? Bis das Heulen eines todgeweihten Tieres verstummte und seine höhnische Stimme wiederkehren durfte? Wie lange dauerte es, bis er wieder vollkommen überzeugt davon war, dass er noch mindestens sechzig Jahre vor sich hatte, mit denen er machen konnte, was er wollte? Und als Krieg und Warder zu ihrem Wagen gingen und mit ihren Pistolen zurückkamen, als er begriff, dass sie nur mit ihm gespielt hatten, als die Kugeln seinen Körper zerfetzten – was war da sein letzter Gedanke gewesen? An wen hatte er im Augenblick des Todes gedacht? Ich wollte eigentlich nicht länger darüber nachgrübeln, aber meine Gedanken kehrten gegen meinen Willen immer wieder zu dieser Szene zurück. Dabei wusste ich nicht einmal, ob es wirklich so abgelaufen war – ich hatte die Ereignisse nur so rekonstruiert. Was die Sache noch schlimmer machte. Denn so musste ich jedes Mal, wenn ich erneut an diese Szene dachte, darauf achten, welche Details sich seit dem letzten Durchgang verändert hatten.

Ich fragte mich nie, woran Krieg und Warder gedacht haben mochten, als sie später nacheinander erschossen wurden. Aber ich bezweifelte stark, dass einer von ihnen je auch nur einen einzigen erwähnenswerten Gedanken gehabt hatte.

Ich kam erst dazu, die Namensliste zu lesen, als die Zeitung schon mehrere Tage alt war. Und sie sah noch sehr viel älter aus: Ich fand sie in Fetzen auf der Einfahrt, als ich gerade mein Zeug in den Wagen packte, und da musste ich sie einfach aufheben und einen Blick hineinwerfen. Nichts von dem, was ich las, überraschte ich. Ich packte weiter.

Ich hatte Bobbo schon mitgeteilt, wohin ich fuhr; ich hatte mich auch bei den Kaylins verabschieden wollen, aber es war niemand daheim. Also schob ich einen Zettel unter ihrer Tür hindurch und ging wieder ins Haus zurück, um mich noch einmal umzusehen und mich zu vergewissern, dass ich nichts vergessen hatte. Ich wollte gerade zum Wagen gehen, als das Telefon klingelte. Eine halbe Stunde später saß ich im Lord of the Pies Family Restaurant and Bakery auf dem Imperial Ecke Lemon Street. Das war die Schwesterkette des Saftrestaurants, in dem Peggy gearbeitet hatte. Selbst diese entfernte Verbindung gab mir einen Stich.

September Young und ich hatten während der letzten zwei Jahre so gut wie jeden Nachmittag zusammen gearbeitet. Nun war sie der letzte Eintrag auf einer Liste, die ich inzwischen auswendig kannte. Doch mit ihrer Familie hatte ich nicht gerade auf gutem Fuße gestanden, und da ich für September selbst nichts tun konnte, zählte jetzt mein Verhältnis zu den Youngs, die überlebt hatten. Ich hatte ihnen eine Karte schicken wollen. Doch August hatte etwas anderes vorgeschlagen, und so fand ich ihn und April an einem Tisch im Restaurant. April hatte eine Tasse Kaffee vor sich stehen, August machte sich gerade an ein Stück Apfelkuchen mit geschmolzenem gelben Käse. Seine Schulter war dick bandagiert. Beide trugen Weiß. »Freut mich, dass du kommen konntest«, begrüßte mich August. »Setz dich.«

Ich nahm Platz. »Ich weiß, dass du nicht viel Zeit hast, also komme ich gleich zur Sache«, begann August. »September hat anscheinend kein Testament hinterlassen, daher hab ich es auf mich genommen, ein paar ihrer persönlichen Sachen zu verteilen.« Er reichte mir ein kleines gebundenes Buch mit einem himmelblauen Cover im Wellenmuster. »Ich dachte mir, dass ich es am besten dir gebe, da du schließlich derjenige bist, um den es darin hauptsächlich geht.«

»Was?«, fragte ich.

»Schau ruhig rein«, antwortete er. »Weißt du, sie hat fast jeden Abend darin eingetragen, ob du sie während des Tages ›bemerkt‹ hast. Ob du kommentiert hast, was sie anhatte, oder einen Insiderwitz gemacht hast, den nur ihr beide verstehen konntet, oder so was.« Er zeigte mit einer Gabelladung Kuchen auf das Buch. »Lies es ruhig«, sagte er. »Sie hätte gewollt, dass du es weißt. Jetzt, wo es nicht mehr drauf ankommt.«

Ich spürte, wie meine Kehle wund wurde und sich zusammenzog, so als hätte ich einen Teller voll Heftzwecken geschluckt. »Bitte nicht«, stammelte ich.

»Bitte nicht was?«, fragte August.

Ich brachte nicht mal eine Antwort heraus. Bei Peggys Tod hatte ich immerhin den winzigen Trost zu wissen, dass sie es selbst so gewollt hatte. Aber September war lebhaft, fröhlich optimistisch und herzzerreißend ernst gewesen ... Ich schaute auf das kleine Buch mit ihren lebhaften, fröhlichen Gedanken, ihren optimistischen Hoffnungen und herzzerreißend ernsten Träumen hinunter und fand alles so verdammt ungerecht. Peggys Tod hatte auf persönlicher Ebene geschmerzt, aber der von September schien mir einfach nur objektiv grausam.

»Und dann hab ich noch das hier«, fuhr August fort. Er gab mir ein Buch mit dem Titel *Verbessere deinen Wortschatz in vierzehn Tagen.* »Du brauchst es wahrscheinlich nicht, aber sie hat es extra gekauft, um dich zu beeindrucken. Wenn du das Tagebuch liest, achte mal darauf, wie sie darauf gewartet hat, dass du ihr ein Kompliment für ihre neu gefundene Ausdruckskraft machst. Aber das hast du nie getan.«

»Es tut mir Leid«, stotterte ich. »Es tut mir Leid. Manchmal ... manchmal hab ich mir wirklich gewünscht, ich würde mich in sie verlieben, weißt du? Dann wäre vieles einfacher gewesen ... für uns beide, denke ich. Ich hab sie schon ... irgendwie geliebt ... Ich wünschte, ich hätte ihr das mal gesagt ... bei ihr hab ich das nicht geschafft ...«

»Ich hol mir 'ne Zigarette«, sagte April. Als sie aufstand, bemerkte ich, dass ihre nackte Taille hervorschaute und sie eine neue Tätowierung hatte: das Zeichen des Planeten Merkur in Lila um den Bauchnabel.

»Sie hat es für das weibliche Zeichen mit Hörnern gehalten«, erklärte August, sobald April außer Hörweite war. »Sie war mal ganz schön schlau ...«

»Du aber nicht«, entgegnete ich.

»Soll das eine Beleidigung sein?«, fragte August ruhig.

»Nein«, antwortete ich. »Ich will bloß sagen, dass ... du hast dich verändert. Seit ich das letzte Mal mit dir geredet habe. Sehr verändert.«

»Und das verdanke ich alles *Verbessere deinen Wortschatz in vierzehn Tagen*«, erklärte er. Er aß noch ein Stück Kuchen und kaute nachdenklich. »Was soll ich sagen? Nach so einem Erlebnis sieht man das Leben, das man führt, plötzlich ganz anders. Ich war nie dumm – ich hab mich nur nie richtig angestrengt. Aber ich glaube, ich bin es meiner Schwester irgendwie schuldig, ein Leben zu führen, das ihr Andenken in Ehren hält. Schließlich bin ich schuld an dem, was passiert ist.«

»Was soll das heißen?«, fragte ich.

»Na ja, wir drei standen zufällig gerade im Rad zusammen, als der Alarm losging«, erklärte August, »und haben uns wie üblich gestritten. Nach wenigen Sekunden haben plötzlich alle angefangen zu schreien, und September und April erstarrten irgendwie, weil sie nicht wussten, was los war. Die Schüsse wurden immer lauter, und sie standen jeweils rechts und links von mir, also musste ich mich entscheiden. Und das hab ich. Ich schrie September zu, sie solle runtergehen, und warf mich auf April. Ich bekam eine Kugel in die Schulter. Na, ich will nicht übertreiben. Es war ein Streifschuss. Und September ... ging nicht rechtzeitig runter.«

»War sie ... ich meine, war sie sofort tot?«, fragte ich. »Bist du sicher, dass sie mit einem Schuss aus dem Turm getötet wurde?«

»Ja«, antwortete August. »Ich hab ... nachgesehen. Bevor April und ich geflüchtet sind. Sie war tot. Und es war meine Entscheidung. Wenn ich auf die andere Seite gesprungen wäre, würde ich jetzt mit September hier sitzen und Aprils Sachen verteilen. Und willst du wissen, was ich gedacht habe, auf welcher Grundlage ich entschieden habe, wer leben und wer sterben soll? Ich hatte keine Zeit, groß darüber nachzugrübeln – mein Gehirn hatte keine Kontrolle darüber, nur mein Hirnstamm. Und obwohl mein Gehirn weiß, dass das ein alter Hut ist, ist mein Hirnstamm vom ersten Tag an darauf programmiert gewesen, dass brave Kinder in den Himmel kommen und böse … eben nicht. Ich habe April gerettet, weil ich mir dachte, wenn auch nur die entfernteste Möglichkeit besteht, dass das wahr ist, weiß ich, wohin September kommt.«

Er verputzte den Rest seines Kuchens. »Deshalb hab ich mir gedacht«, fuhr er fort, »wenn ich schon herumlaufe und Entscheidungen über Leben oder Tod fällen muss, passt das nicht so gut dazu, dass ich ein Dummkopf bin. Also hab ich beschlossen, etwas reifer zu werden. Hoffen wir nur, dass April es ebenso macht. Sie nimmt es ziemlich schwer. Vor einigen Tagen haben wir sie schlafend auf dem Boden gefunden. Heute Morgen war es der Rasen vor unserem Haus. Sie ist geschlafwandelt. Die Arme.«

August tupfte sich mit der Serviette den Mund ab und warf ein paar Dollar auf den Tisch. »Also«, sagte er, »ich muss jetzt los, und du wahrscheinlich auch. Viel Spaß mit dem Buch. Weißt du, als ich dir das Buch zuerst geben wollte, war es eher als Strafe gedacht – meine kleine Schwester war ein ganz besonderer Mensch, und du schienst das irgendwie nie richtig kapiert zu haben. Aber ich glaube, du hast doch versucht, ihr ein guter Freund zu sein, also kriegst du jetzt auch eine Belohnung. Und Strafe und Belohnung sind in diesem Fall eben das Gleiche. Weißt du, alles, was jetzt von September übrig geblieben ist, sind die Dinge, die sie berührt hat. Du hältst da ein wichtiges Teil aus dem Leben eines besonderen Mädchens in den Händen, Kumpel. Und da solltest du dich verdammt geehrt fühlen.«

Und das tat ich auch. Und tue es noch immer. Jeden Tag hole ich Septembers Buch hervor und schaue es mir an.

Aber ich habe es immer noch nicht geöffnet.

Lemming Armstrong. Jonah Barry. Clement Campbell. Brad Chasintek. Erika Christensen. Siren Delaney. Ingrid Escajeda. Amber Flores. Linda Garcia. Vance Judden. Jay Kyeutter. Marie Lasker. Min-Hsun Lee. Krieg Mockerey. Neal Navarre. Jessica Pound. Missy Schaeffer. Sharon Sharalayek. Shelby Streicht. Gayatri Tamar. Minh Tran. Brandon Vane. Mark Warner. September Young.

Fünfundzwanzig Tote.

Und falls ihr mitgezählt habt, wisst ihr, dass einer fehlt.

Elf

Als der Feueralarm ausgelöst wurde, wurde jede einzelne Tür in der ganzen Schule automatisch verschlossen. Und zwar von außen, was bedeutete, dass man das Gebäude verlassen konnte, aber niemand hineinkam. Das war Doctor Todds Idee gewesen. Theoretisch sollte das eine gute Sicherheitsmaßnahme sein, um die Leute davon abzuhalten, in ein brennendes Gebäude zurückzulaufen und ihre Sachen zu holen (oder sich vor einer Feueralarmübung zu drücken). Das war auch alles gut und schön, wenn die Gefahr von drinnen kam. Diesmal war das nicht der Fall.

Es dauerte einige Sekunden, bis ich herausfand, was überhaupt los war. Ich hörte, wie der Alarm losging, und wollte schon einen witzigen Kommentar über Doctor Todds Timing loslassen, als ich außer den heulenden Sirene Dutzende von Schreien hörte und begriff, dass das hier keine Feuerübung war. Aber ich hatte keine Ahnung, was es war.

Zu dem Geschrei und der Sirene hörte ich eine Art undeutliches Knallen, doch bevor ich erkannte, was es war, raste plötzlich eine Welle von Menschen auf die Tür hinter mir zu und ich wurde zu Boden getrampelt. Die Tür war verschlossen. Niemand stand auf der anderen Seite, der sie hätte öffnen können. Als ich wieder aufstehen wollte, wurde ich wieder umgestoßen und knallte mit dem Kopf seitlich gegen irgendein Schließfach. Ich wusste nicht mehr, wo ich war, wo Echo war, wo Molly war. »Lauft!«, brüllte ich benommen. Die Welt drehte sich um mich, und erst jetzt bekam ich flüchtig mit, was überhaupt los war.

Warder rannte im Rad herum und schoss auf Menschen.

Ich wusste haargenau, was ich tun musste: machen, dass ich hier rauskam. Aber mir war noch immer etwas schwindelig und ich konnte keine von meinen Schwestern entdecken. *»Molly! Echo!«*, rief ich. »Wo seid ihr?«

Die zweite Hälfte meiner Frage wurde eine Sekunde später beantwortet, als ich Echo weglaufen sah – auf Warder, auf die Gefahr zu. »*Echo*!«, rief ich. »Echo, nicht ...«

Sie konnte mich nicht hören. Und das war auch gut so. Denn wenn sie mich bei all dem Geschrei und dem Heulen der Sirene gehört hätte, dann hätte mich Warder vielleicht auch gehört und sich umgedreht. Stattdessen sah er zwei von Echos früheren Hockey-Teamkollegen auf sich zustürmen, schoss ihnen hämisch in die Brust und war daher absolut unvorbereitet, als sich Echo mit einem »Flying-Elbow«-Angriff von hinten auf ihn stürzte, so dass sie ihn umwarf und seine Pistole quer durch das Rad schlitterte. Er versuchte aufzustehen, doch Echo schlang einen Arm um seinen Hals und würgte ihn innerhalb weniger Sekunden bewusstlos.

Und es kamen noch mehr Schüsse.

Ich hatte mich so auf Warder konzentriert, dass ich gar nicht mitbekommen hatte, wie die flüchtenden Menschen auf der anderen Seite des Rads ebenfalls beim Laufen niedergestreckt wurden. Und es half vermutlich auch nichts, dass ich den Schützen nirgendwo sehen konnte. Ich sah, wie Leute niedergeschossen wurden, während sie in Deckung gehen wollten, hatte jedoch keine Ahnung, woher die Schüsse kamen, bis ich die spöttischen Rufe hörte. Krieg war immer ein Feigling gewesen.

»READY, OKAY!«, schmetterte er von seinem Hochsitz oben auf dem Turm hinunter. »ANGREIFEN! A-N-G-REIFEN! REICHT EUCH DAS ALS ANGRIFF?« Er feuerte in eine Gruppe von Leuten hinein, die sich verzweifelt bemühten, eine der Türen aufzureißen. »REICHT EUCH DAS ALS SCHEISSANGRIFF?«

Und einen Moment lang spürte ich Hoffnung in mir aufkeimen. Krieg würde auf keinen Fall lebend aus dieser Sache herauskommen. Warder war bewusstlos, also würden ihn die Cops einfach nur verhaften und ins Gefängnis werfen müssen, aber solange sich Krieg nicht ergab, würden sie ihn schon erschießen müssen, wenn sie ihn von dem Turm herunterbekommen wollten. Und dann würde Molly in Sicherheit sein, und Fringies Mörder würden beide in Gewahrsam sein, und alles würde gut sein.

Nur konnte ich Molly nicht finden. Sie konnte auch schon totgetrampelt oder erschossen oder ...

»Craig!«

Mollys Stimme hallte durch das Rad. Sie stand dicht vor dem Sockel des Turmes und rief zu Krieg hinauf.

»Craig! Hör auf! Ich weiß, woran es liegt! Ich kann dir helfen ...«

Sie versuchte, ihn durch Reden zum Aufhören zu bewegen. *Ihn!* *»MOLLY!«*, kreischte ich. »Du kannst nicht ...«

Krieg schaute flüchtig in Mollys Richtung, zielte auf sie und drückte ab. Ein Kugelhagel durchbohrte ihre Brust. Sie sank zu Boden.

Ein wilder, unmenschlicher Schrei zerriss die Luft, als ich zu ihr lief. Krieg sah mich rennen und feuerte in meine Richtung. Oder versuchte es. Diesmal hatte die Pistole Ladehemmung. »Verdammtes sowjetisches Drecksding!«, fluchte er. Er griff nach einer anderen. Mir war das fast egal. Wenn Molly nicht überlebte – und ich konnte mir in dem Moment nicht vorstellen, dass das möglich war –, dann interessierte mich auch nicht, was aus mir wurde. In diesem Augenblick erschien mir mein eigenes Überleben als eine sinnlose Alternative dazu, Molly noch ein einziges Mal berühren zu dürfen, bevor wir beide tot waren.

Als ich auf den Turm zurannte, zielte Krieg mit einer zweiten Pistole auf mich. Doch bevor er abdrücken konnte, flog sie ihm aus der Hand. Oder zumindest sah es so aus. In Wirklichkeit war seine Hand von seinem Handgelenk abgeflogen. Echo hatte Warders Pistole vom Boden aufgehoben und Krieg die Hand abgeschossen. Dann feuerte sie auf seinen Kopf. Der Aufschlag warf ihn fast rückwärts vom Turm hinunter, doch dann gaben seine Knie nach und er kippte nach vorn. Die Polizei musste die Leiche später mit einem Kran vom Turm herunterholen.

Echo und ich waren die Einzigen im Rad, die sich noch rührten. Ich erreichte Molly und sie atmete noch. Zwar nur schwach, aber immerhin. »Halt durch, Molly«, sagte ich. Ich setzte mich neben sie und wiegte sie in den Armen. »Bitte, bitte, halt einfach nur durch.«

Ich hörte immer noch Schüsse. Molly schluckte heftig. »Was ist das?«, fragte sie mit einem heiseren Flüstern. Ich schaute auf.

Jetzt schoss Echo auf Leute.

Sie fing an mit Warder, der bewusstlos am Boden lag. Sie hielt die Pistole an seinen Kopf und drückte ab. Warder lag genau neben den Hockeyspielern, die er erschossen hatte, kurz bevor Echo ihn angegriffen hatte. Und als sie über seine Leiche hinwegtrat, feuerte sie auch auf ihre Leichen. Das war merkwürdig, aber bedeutungslos, weil sie schon tot waren. Warder dagegen hatte noch gelebt.

Echo hatte soeben einen Mord begangen. Ich schaute ihr ins Gesicht.

Ich sah nichts Menschliches darin.

Und sie schoss weiter. Zwischen ihr und uns lagen noch viele Leute herum.

»Es ist nichts«, sagte ich zu Molly. Ich streichelte ihr Gesicht. Mir blieb nicht mehr viel Zeit. »Molly«, sagte ich. »Molly. Ich hab dich lieb, Molly. Ich hab dich lieb, Kleine. Ich werde dich immer lieb haben.« Ich schaute wieder zu Echo auf, die immer noch auf Leute schoss. Die meisten davon waren schon tot, aber einige vermutlich nicht. Aber das beunruhigte mich nicht. Sondern dass sie so lange brauchte. Dass sie nicht rechtzeitig bei uns sein würde, um sich zu verabschieden, wenn sie sich nicht beeilte.

Molly zitterte. Ich hoffte inständig, dass sie mich gehört hatte. »Bitte«, flüsterte ich. »Sag was.«

»Ich bin tot«, wisperte sie.

»Bist du nicht«, antwortete ich.

»Ich werde sterben«, sagte sie. Ihre Stimme zitterte heftig. »In ein oder zwei Minuten werde ich nicht mehr hier sein, es wird mich nicht mehr geben, und ich werde nie wieder zurückkommen. Nie ... oh ... o Gott ...« Sie schluchzte, große, schluckende, heftige Schluchzer, schnappte nach Luft, und Tränen liefen ihr über die Wangen. »Ich werde nie erwachsen werden … ich werde nie ins College gehen oder … oder ein Baby bekommen oder … oder … oder irgendwas anderes, irgendwas, es ist einfach nicht fair, ich wollte doch bloß helfen, ich hätte helfen können, ich wollte helfen, es ist nicht fair, es ist nicht fair, es ist nicht fair! Es ist nicht fair! *Es ist nicht fair!*« Sie schlug mit der Faust auf den Boden, doch so blutete sie nur noch mehr. Meine Sachen waren schon ganz durchnässt von ihrem heißen, zuckersüßen Blut.

Es machte ein klapperndes Geräusch, als Echo die Pistole auf dem Lavagestein ablegte und sich mir gegenüber setzte. »Du hast diese Menschen umgebracht«, sagte ich leise.

»Ich hab sie von ihrem Leiden erlöst«, antwortete sie, und ihr wilder Blick verschwand allmählich, als sie Molly in die Arme nahm. »Sie waren schon tot.«

»Nicht alle«, wandte ich ein. »Einigen von ihnen … einigen von ihnen hätte man vielleicht noch helfen können …«

»Nein«, sagte Echo. »Eins hab ich gelernt. Keinem von ihnen hätte man helfen können.«

Ich hörte Sirenen in der Ferne. »Molly?«, fragte ich. »Molly? Molly, hör mal … Rettungswagen … alles wird wieder gut, bestimmt, bestimmt …«

Sie schluckte. »Ich hab Durst …«, sagte sie. Ihre Stimme war jetzt nicht mehr als ein Hauchen. Es war auch möglich, dass ich es mir nur eingebildet hatte.

»Hol ihr Wasser«, sagte Echo mit rauer Stimme.

»Aber …«

»Du hast sie doch gehört«, unterbrach mich Echo. »Hol ihr Wasser.«

»Aber du wirst doch nicht …« Ich schaute auf die Pistole am Boden.

»Natürlich nicht«, versetzte Echo.

»Nicht sie?«, fragte ich. »Und nicht dich selbst?«

»Natürlich nicht«, wiederholte sie. Sie hielt inne. »Das Magazin ist leer.«

Ich stand auf und flitzte zum nächsten Trinkbrunnen auf der anderen Seite des Rades hinüber. Von meinen Händen und Unterarmen troff Mollys Blut, und einen Moment lang zögerte ich – es schien mir so rein und heilig und ich wollte es nicht beschmutzen, indem ich dieses eklige Behältnis voller Kaugummi und halb getrocknetem Schleim anfasste. Aber ich hatte keine Zeit zu verlieren. Ich streckte die Hand aus und drehte den Hahn auf – doch er gab ihn meiner Hand nach und baumelte lose vom Brunnen herunter. Und dann hörte ich plötzlich jemanden hinter mir rufen.

Die Polizisten betraten das Rad zuerst und schwärmten aus, damit sich die Sanitäterteams nicht in Gefahr begaben. Echo sah sie ebenfalls. Und sie hob Warders Pistole vom Boden auf und zielte damit auf den ersten Cop, den sie sah.

»NICHT!«, kreischte ich. »SIE IST LEER! SIE IST *LEER*!«

Die Cops, die mit gezogenen Waffen hereingekommen waren, richteten sie instinktiv auf mich, weil ich geschrien hatte. Aber ich war offenkundig unbewaffnet. Der Augenblick, den sie brauchten, um zu merken, wo die eigentliche Bedrohung herkam – oder was ihnen als solche erschien –, reichte mir aus. Ich warf mich zwischen Echo und die Polizisten, vor die leere Pistole.

Und sie eröffneten das Feuer nicht.

Blitzschnell hatten vier von ihnen Echo zu Boden gepresst, ein fünfter hatte sich die Pistole geschnappt, und zwei weitere riefen hektisch per Funk die Sanitäter herbei. »Molly«, sagte ich, »es tut mir Leid, es tut mir Leid, der Wasserhahn ist kaputt, ich konnte dir kein Wasser holen . . .«

»Ist schon gut«, murmelte sie. »Es regnet . . .«

Ich blickte auf. Kein Wölkchen am Himmel.

Zwölf

Molly Abigail Mockerey starb im Rettungswagen auf dem Weg zum Krankenhaus. Sie war das fünfundzwanzigste und letzte Opfer.

Die Polizisten und Sanitäter stellten etwas verwundert fest, dass außer Molly alle anderen Opfer im Rad tot waren – alle Überlebenden hatten es aus eigener Kraft geschafft zu entkommen. Natürlich waren eine Menge Verletzte zu behandeln; einige hatten zum Beispiel Schüsse in die Schulter oder in den Arm abbekommen oder hatten sich bei dem wilden Ansturm auf eine offene Tür oder ein offenes Tor irgendwelche Knochen gebrochen. Aber abgesehen von Molly hatten sie niemanden in kritischem Zustand gefunden. Alle anderen hatten entweder keine lebensgefährlichen Verletzungen oder waren schon an Ort und Stelle tot gewesen.

Sie fanden es außerdem merkwürdig, dass einige der Schüsse anscheinend aus vielen Metern und andere aus nur wenigen Zentimetern Entfernung abgegeben worden waren. Doch das deckte sich mit den Aussagen der Überlebenden. Warder und Krieg (oder, wie es in den Nachrichten hieß, Mark Warner und Craig Robert Mockery – sie nannten immer alle drei Namen) hatten einige Tage zuvor Carver Fringie umgebracht. Sie hatten seine Leiche im Garten von Warders Mutter verscharrt, aber schnell gemerkt, dass ihnen die Polizei bereits auf der Spur war, und daher gewusst, dass sie faktisch nicht mehr lange zu leben hätten. Also hatte Warder, angetrieben vom Kokain und dem Wunsch, so viele Menschen wie möglich mit in den Tod zu reißen, den Feueralarm ausgelöst, war ins Rad hinausgerannt und hatte angefangen, aus kürzester Entfernung auf Leute zu schießen, während Krieg von der Spitze des Turmes aus gefeuert hatte. Einige Nachrichtensendungen berichteten, dass die Schießerei kurz nach Schulbeginn stattgefunden habe, da die Uhr, die sie in den Filmaufnahmen gesehen hatten, deutlich 9:07 anzeigte.

Jede Tragödie braucht einen Helden, und Echo bekam einigen oberflächlichen Beifall dafür, Warder überwältigt zu haben – wie die letzten flüchtenden Leute mit eigenen Augen gesehen hatten – und mit seiner Waffe Krieg erschossen zu haben – wie ich der Polizei später erzählte, als ich befragt wurde. Doch dann konzentrierte sich die Berichterstattung schnell auf den pikanteren Aspekt in Echos Geschichte: dass sie die tödliche Verwundung ihrer Schwester durch ihren Bruder nicht verkraftet habe und daher die Polizei provozieren wollte, sie selbst zu erschießen. So wurde Echos Name kein Synonym für »Heldin«, sondern für »Verrückte«. Oder zumindest wurde er das für die zwei oder drei Tage, die die Ilium in den Schlagzeilen blieb. Dann wurde Fullerton auf die Liste der Städte gesetzt, die aufgetischt wurden, wenn so etwas an anderen Orten passierte, und sowohl an Echos Namen als auch an die genauen Ereignisse dieses Tages erinnerten sich nur noch diejenigen, die direkt damit zu tun hatten. Was immerhin ein kleiner Segen war.

Auch ich hatte meinen großen Augenblick in den Nachrichten. Ich hatte mit Molly im Rettungswagen mitfahren dürfen, und nachdem sie dann bei der Ankunft im Krankenhaus für tot erklärt worden war, wurde ich für ein Verhör – anders kann ich es nicht nennen – zum Polizeirevier gebracht. Ein paar Stunden später ließen sie mich wieder gehen. Zuerst blieb ich noch da und wartete darauf, dass sie Echo ebenfalls gehen ließen; doch dann stellte sich heraus, dass sie sie für eine psychologische Begutachtung in Gewahrsam nahmen. Also wurde ich in einem Streifenwagen nach Hause gefahren, wo ich Scharen von Reportern vorfand, die in der Einfahrt kampiert hatten. Sobald ich aus dem Auto stieg, bombardierten sie mich mit Fragen. Oder besser gesagt, mit einer einzigen Frage, die mir zwanzig verschiedene Leute immer wieder stellten: »Warum? Was hat deinen Bruder zu einer solchen Tat veranlasst?«

Ich sah keinen Grund, diese Frage mit einer Antwort zu würdigen. Ich schlängelte mich einfach durch die Menge, doch als ich das Garagentor erreicht hatte, hörte ich jemanden rufen: »Komm schon, du schuldest uns eine Antwort!«

Ich drehte mich um. »Sie glauben, es *gibt* eine Antwort?«, fragte ich. »Das hier ist kein Kriminalroman. Man kann nicht eine Hand voll Hinweise zusammenzählen und dann einen netten, schönen Grund dafür finden, warum die Menschen so sind, wie sie sind. Molly dachte, sie könnte es, und ... und ... Ich meine, glauben Sie wirklich, dass Sie all das hier in einer einzigen winzigen Einspielung zusammenfassen können? Rausfinden, dass er irgendein defektes Gen hatte oder nicht richtig gelernt hat, aufs Klo zu gehen, und dann haben Sie Ihre Antwort? Sie können Krieg erst verstehen, wenn Sie unsere Eltern verstehen; und die können Sie erst verstehen, wenn Sie deren Eltern verstehen; Sie können Krieg erst verstehen, wenn Sie Echo, Molly, Jerem und mich verstehen; Sie können mich erst verstehen, wenn Sie September, Sarah und Peggy verstehen; oder Peggy, wenn Sie Kelly und Fringie verstehen ... und Sie können keinen von uns verstehen, wenn Sie nichts von Biologie und Psychologie verstehen, und von Soziologie, *Volkswirtschaft* und *Astronomie* – hören Sie zu? Haben Sie auch nur ein Wort mitgekriegt von dem, was ich gesagt habe? Um ein einzelnes menschliches Leben auch nur annähernd zu verstehen, müssen Sie das ganze Universum verstehen. Geben Sie mir Bescheid, wenn Sie soweit sind.«

Damit ging ich ins Haus.

Natürlich sendeten sie nur einen Teil von diesem Clip. Ich sah mich selbst in den Nachrichten, wie ich fragte: »Sie glauben, es gibt eine Antwort?« Dann kam der Sprecher. »Ja! Es gibt eine Antwort!«, verkündete er. »Und die Antwort ist die *moralische Verdorbenheit* dieser Generation! Die Liberalen werden es auf die Waffen schieben, aber die Pistolen haben sich ja nicht selbst abgefeuert! Wenn diese jungen Irren sich keine Pistolen hätten beschaffen können, dann hätten sie schon eine andere Möglichkeit gefunden! Wären rumgelaufen und hätten Leute niedergestochen oder hätten sich oben auf diesen Turm gesetzt und mit Steinen geworfen! Aber keiner fordert, Steine zu verbieten, oder? Das ist ...«

Ich schaltete den Fernseher ab und ging nach oben.

Ich ging in Mollys Zimmer. Es war immer noch warm. Dreißig Grad. Alles war noch genau so, wie sie es verlassen hatte, und wartete geduldig darauf, dass sie zurückkam.

Aber das würde sie nie tun.

Erst jetzt begriff ich, dass es ungeheuer mitfühlend von Peggy gewesen war, alles auszulöschen, das einen an sie erinnern konnte. Denn als ich Mollys Zimmer betrat – mit dem Bett, in dem wir alle geschlafen hatten, der Staffelei mit dem halb fertigen Stillleben, ihrem Geruch, der noch in der Luft hing –, tappte ich in eine Falle und dachte unwillkürlich, dass wir es dieses Mal wirklich vermasselt hatten, wirklich alles völlig falsch gemacht hatten, und dass wir uns das nächste Mal, wenn ich sie sah, wenn sie von der Schule oder von wo auch immer nach Hause kam, wirklich zusammensetzen und uns eine bessere Strategie für das nächste Mal, wenn wir in eine solche Situation gerieten, überlegen mussten.

Nur dass es keinen neuen Versuch in zwei Wochen gab. Molly kam nicht nach Hause. Die Frau, deren Porträt an der Wand hing, würde ich niemals kennen lernen.

Irgendwann hatte ich mir mal vorgestellt, dass Peggy und ich später heiraten würden. Als kleines Kind war ich einfach irgendwie davon ausgegangen. Doch das hatte sich in den folgenden Jahren geändert. An der Oberfläche tat ich so, als hielte ich sie nur für eine »gute Freundin«. Tiefer in mir war ich jedoch hoffnungslos in sie verliebt. Aber noch tiefer in mir wusste ich, dass die Oberfläche der Wahrheit näher lag als meine angeblichen »geheimen Gefühle«. Dass diese Gefühle nur Ausdruck des Bedürfnisses waren, in irgendjemanden verliebt zu sein, in wen auch immer, und sie nur die geeignetste Kandidatin war. Dass wir rein gar nichts gemein hatten und uns bald noch weiter voneinander entfernen würden, als wir es sowieso schon getan hatten, dass die Besuche zu Anrufen und die Anrufe dann zu Urlaubskarten werden würden, und dass irgendwann auch keine Karten mehr kommen würden. Auf einer gewissen Ebene wusste ich, obwohl es wehtat, obwohl es mehr wehtat als alles andere, dass ich sie verlieren würde.

Aber Molly war meine Schwester. Sie sollte mich niemals verlassen. Wenn ich schließlich mit hundertundsechs Jahren den Löffel abgab, sollte sie an meinem Bett sitzen, gesund und munter mit hundertunddrei. Wir sollten ein Jahrhundert zusammen haben. Wir sollten ein *Leben* haben. *Sie* sollte ein Leben haben.

Wenn ich mit hundertundsechs sterben würde, würde Molly schon seit neunzig Jahren tot sein.

Ich rollte mich auf ihrem Bett zusammen und wartete. Ich war entschlossen, so lange zu warten, wie es dauern würde.

Natürlich funktionierte es nicht. Ich versuchte, Molly so fest zu halten, wie ich nur konnte, doch sie entglitt mir. Ich weiß nicht, wie viele Nächte vergingen – mehr als eine, das weiß ich sicher –, doch irgendwann kam der Punkt, wo das Zimmer nicht mehr nach ihr, sondern nach mir roch. Es war bloß ein Zimmer. Und es machte nicht mehr Sinn, in diesem Zimmer zu bleiben, als in irgendeinem anderen.

Ich musste mit irgendjemandem reden. Unbedingt.

Doch der Mensch, mit dem ich reden wollte, war Molly.

Die Nacht, nachdem Peggy sich umgebracht hatte, hatte ich nur überstehen können, weil Molly da gewesen war, um mich zu trösten. Sie war diejenige gewesen, an die ich mich immer wenden konnte. Egal, um was es ging. Außer jetzt.

Also musste ich jemand anderen finden. Ich musste mit Peggy reden.

Auch sie war tot.

Also September.

Auch sie war tot.

Ich musste mit irgendjemandem reden, der nicht tot war.

Und ich glaube ganz ehrlich, dass ich nur deshalb noch hier bin und dies hier schreiben kann, weil es noch einen Menschen gab, auf den diese Beschreibung passte.

Irgendein Mensch, der die Macht hatte, solche Dinge zu entscheiden, war der Ansicht, dass Echo noch länger beobachtet werden müsse. Nicht wegen dem, was sie vor dem Eintreffen der Polizei getan hatte – Echo behauptete, und behauptet es bis zum heutigen Tag, dass sie sich nach Mollys Erschießung erst wieder daran erinnerte, am nächsten Morgen aufgewacht zu sein. Und ich hatte nicht vor, von mir aus zu erzählen, warum Warder aus kürzester Entfernung getroffen wurde, obwohl er angeblich von Krieg niedergestreckt worden war. Eine automatische Feuerwaffe vor uniformierten Polizeibeamten zu schwenken wurde dennoch als ausreichend bedenkliches Verhalten angesehen, um sie nicht freizulassen, zumindest nicht sofort. Sie wurde in eine Art psychologisches Behandlungszentrum weiter nördlich an der Küste geschickt. Als ich es herausfand, folgte ich ihr natürlich dorthin. Ich wusste nichts, wohin ich sonst hätte gehen sollen.

Selbstverständlich durfte ich nicht bei ihr in der Klinik wohnen. Deren Budget war bereits bis hin zu absolut lächerlichen Maßnahmen ausgeschöpft: Sie konnten es sich nicht leisten, ihre alte hellblaue Kleidung für Patienten zu ersetzen, daher trug Echo bei jedem meiner Besuche einen alten orangefarbenen Overall, der eigentlich für Häftlinge gedacht war. Sie waren billiger. Zumindest hielt man ihren Zustand für stabil genug, dass sie Stoff anstatt Papier tragen durfte.

Ich darf sie nur sonntagnachmittags besuchen. Wir treffen uns in einem kleinen Zimmer, das nach abgestandenem Rauch stinkt. In diesem Zimmer stehen zwei abgewetzte Sofas, ein Wassertank und ein großes, kastenartiges Radio, in dem auf Knopfdruck ein kleiner schwarzweißer Fernsehbildschirm auftaucht. Wir dürfen uns nicht unter vier Augen unterhalten, aber die Schwester hält sich ein bisschen abseits und sieht fern, während wir reden. Wir dürfen uns am Anfang und am Ende jedes Besuchs umarmen, und das tun wir auch. Wir dürfen uns an den Händen halten, während wir reden, und das tun wir auch. Jeglicher andere Kontakt zieht die Aufmerksamkeit der Schwester auf sich und könnte Echos Aufenthalt verlängern. Allein meine Hand auf ihrem Handrücken, während wir uns unterhalten, muss also die Tatsache ausdrücken, dass sie die einzige noch existierende Verbindung zu meinem früheren Leben ist. Wenn sie mich verließe, hätte ich absolut keinen Grund mehr, mich zu bewegen, zu essen oder irgendetwas anderes zu tun, als im Bett zu liegen und ins Leere zu starren. Ich glaube, sie freut sich, dass ich das endlich begreife.

★★★

Wie ich schon sagte, durfte ich nicht bei Echo einziehen, als sie zur weiteren Beobachtung und Behandlung in Gewahrsam bleiben musste. Ich musste mir ein Motelzimmer weiter unten an der Straße nehmen. Das war am Sommeranfang; jetzt ist der Sommer fast vorbei. Und ich habe mehr oder weniger jeden Augenblick in diesem Zimmer gesessen und geschrieben. Am Tag nach meinem Einzug habe ich meinen Computer hochgefahren und getippt: »An meinem sechzehnten Geburtstag ahnte ich noch nicht, dass vier Monate später fast alle Menschen, die mir etwas bedeuteten, tot sein würden. Unbelastet von diesem Vorwissen ging ich fröhlich und unbekümmert zum Straßenverkehrsamt runter und fiel durch meine Fahrprüfung.« Fast drei Monate und Hunderte von quasi nonstop voll geschriebenen Seiten später bin ich fast fertig. Es war mir wichtig, dass ich das alles auf Papier festhalte. Aber nicht, weil ich Angst habe, ich könnte es vergessen. Eher das Gegenteil.

Echo ist nämlich nicht die Einzige mit einem besonderen Talent. Ich kann zwar keine hundertstelligen Zahlen im Kopf multiplizieren, in einer Woche eine Fremdsprache lernen oder einen Hockeypuck stoppen. Aber ich habe ein Talent, das Echo nicht hat. Ich erinnere mich an alles, was mir jemals passiert ist.

Als Echo und ich noch klein waren, ließ uns Bobbo immer den Frauen, die er mitbrachte, Zaubertricks vorführen. Zuerst musste Echo ein paar ungekürzte Divisionen mit ein oder zwei zum Spaß eingeworfenen Quadratwurzeln machen. Dann fragte er mich Dinge wie »Was hab ich vor siebenundvierzig Tagen getragen?« und ich antwortete »Dasselbe, was du jetzt anhast«. Doch die Frauen waren alles andere als beeindruckt. Schließlich kam er darauf, dass es ein besserer Trick war, mich irgendein beliebiges Buch oder Magazin lesen zu lassen und dann sofort wörtlich wiedergeben zu lassen, was drinstand. Das heißt natürlich nicht, dass ich unbedingt verstand, was ich da gelesen hatte. Ich brauchte mich nur an den Moment des Lesens zu erinnern und die Wörter erschienen wieder vor meinen Augen.

Als ich mit diesem Projekt anfing, wollte ich vergessen. Ich wusste, dass mich irgendwann einmal jemand, der mir nahe stand, nach meiner Vergangenheit fragen würde, und danach, warum ich nie darüber redete. Dann würde ich ihm einfach diesen Stapel Papier geben können und nicht mehr darüber nachdenken müssen. Doch als ich mich tiefer einarbeitete, stellte ich fest, dass es keine unangenehme Aufgabe war, die ich schnell hinter mich bringen wollte, sondern eine wunderbare Ablenkung. Anstatt in einem engen Motelzimmer mit Flecken auf dem Teppich und einem unklaren Fernsehempfang dahinzuvegetieren, konnte ich meine Zeit in einer Welt verbringen, in der Molly und Peggy und sogar September und Sarah noch am Leben waren, konnte wieder mit ihnen reden, selbst wenn ich nur dieselben Sätze sagte und dieselben Fehler machte. Wenn ich Peggy besser zu Wort kommen lassen hätte, als ich sie das letzte Mal sah, würde sie dann jetzt noch an ihrem Puppenhaus basteln, während ich diese Worte tippe? Wenn ich darauf bestanden hätte, dass wir zur Polizei gehen, nachdem Krieg den Raum verlassen hatte, wäre Molly dann noch hier und könnte ihn im Gefängnis besuchen oder Blumen auf sein Grab legen? Ich werde es nie erfahren. Ich kann nur die Worte wiederholen, die ich mich selbst sagen höre, wenn ich mich an den ersten Durchgang erinnere. Und das reicht mir schon. Ich bin nie ein besonders schweigsamer Typ gewesen, aber jetzt verspüre ich mehr denn je das Bedürfnis weiterzureden. Solange ich rede, kann ich die Menschen, die ich geliebt habe, wieder zum Leben erwecken. Solange ich rede, kann ich wieder in mein früheres Leben zurückkehren. Solange ich rede.

Solange ich nicht schweige.